译文经典

米佳的爱情
Митина Любовь
И. А. Бунин

〔俄〕蒲宁 著

冯玉律 冯春 译

上海译文出版社

译本序

伊凡·阿列克谢耶维奇·蒲宁（1870—1953）是第一位获得诺贝尔文学奖的俄罗斯作家，也是二十世纪俄罗斯文学史上公认的语言大师。由于复杂的世界观和侨居国外的经历，这位作家在自己的祖国曾经被冷落了几十年，直到去世之后才得以"回归"，而在今天又成为广大读者和俄罗斯文学研究者关注的热点。

还在上世纪初，高尔基便指出：蒲宁是"贵族出身的最后一位作家"。当然，就蒲宁的自身经历而言，他既无殷实的家产，又无祖先的庇荫，不过是一个读了几年书便辍学谋生的年轻人；在他告别双亲，离开奥廖尔省老家的破落庄园时，"除了脖子上挂的十字架，一无所有"；他走南闯北，当过报社校对员、图书馆管理员、地方自治局统计员，还摆过书摊，全靠发奋自学，才成了作家，在一九〇三和一九〇九年两度获得普希金文学奖，并在一九〇九年当选为俄国科学院名誉院士。但是，就内心世界而言，蒲宁是一位地地道道的"最后的贵族"：他始终不忘昔日显赫的家世，特别引以为豪的是家族中曾经出过两位文化名人——

被卡拉姆辛誉为"俄罗斯的萨福①"的女诗人安娜·蒲宁娜（1774—1829）和被普希金奉为老师的俄国浪漫派大诗人瓦西里·茹科夫斯基（1783—1852）。

然而，在实际上，当时蒲宁目睹的故园却是一片凋敝的景象：他的父亲闲散放荡，沉溺于酗酒和赌博，把家产挥霍殆尽，面对日益贫困的家境一筹莫展。再看看周围，落到破产境地的贵族庄园又何止蒲宁一家。在俄国农奴制改革之后的几十年里，迅猛发展的资本主义势力无情地冲击着俄国农村，动摇了旧的经济基础，不仅使广大农民陷于赤贫境地，而且使那些一向过着优裕生活的贵族地主也手足无措：一个个"樱桃园"被拍卖、砍伐；许许多多公爵、男爵沦落到社会的"底层"。白云苍狗，万物无常——饱尝世态炎凉的蒲宁从年轻时起便倾向于对人生道路的探索。

与此同时，不能忽视列夫·托尔斯泰对他的强烈影响。蒲宁后来回忆说："在青年时代，我由于陶醉在对纯洁、健康和善良的生活的憧憬之中……更主要的是由于对托尔斯泰这位艺术家的热爱，我成了一名托尔斯泰主义的信徒……"②一八九三年，年轻的作家在波尔塔瓦结识了几名托尔斯泰的弟子。不久，他又在莫斯科登门拜访托尔斯泰本人。蒲宁的父亲在一八五二年俄土战争中曾同托尔斯泰并肩作战，一起保卫塞瓦斯托波尔城。当托尔斯泰获悉老战友的儿子在写作时，便对他说："写吧，要是您喜欢写，那就写吧。不过要记住，这不能作为人生的目的。""别对生活期望过多，对您

---

① 公元前7至6世纪的古希腊女诗人。
② 《蒲宁诗文选》，莫斯科教育出版社，1986年，第369页。

来说，现在是再好不过的时候了……"老人还告诫他：想过一种淳朴的劳动生活固然很好，但不必勉强自己，不要把这种生活当作门面……蒲宁觉得，人们往往无意识地受着生物本能的支配，在尘世的琐事中忙忙碌碌，而对以死亡为结局的人生的意义却考虑甚少，只有像托尔斯泰那样的哲人才会认真考虑这个问题。①他要像托尔斯泰那样勤于思索，并且贯彻在创作之中。

此外，蒲宁又受到东方哲学，特别是佛教思想的熏陶。在上世纪的头十年里，蒲宁曾经周游过世界许多地方：多瑙河畔的中世纪城堡、罗马的圣彼得大教堂和斗兽场、庞贝城的遗址、雅典的卫城和苏格拉底墓、埃及的金字塔和萨拉秦王宫、巴勒贝克的太阳神庙、耶路撒冷的圣地、君士坦丁堡的寺院、锡兰的阿纳拉特哈浦拉古都……到处都留下了他的足迹。人类古老的文明引起蒲宁的种种遐想：印度的古代圣书、犹太先知的启示、释迦的教诲、古兰经的篇章使他产生浓厚的兴趣，也使他对人生的哲理性思考又深了一层。蒲宁认为：凡是生物皆有生、老、病、死，这是自然规律，但只有作为万物之灵的人才意识到，生命的结局必然是死亡；生存的每一天、每一时刻都是向死亡的接近。这种意识本身便带有某种悲剧性，千百年来它使无数人感到困惑和苦恼，也为宗教的诞生和发展提供了土壤。天堂与地狱，涅槃与轮回，因果与报应……这都是宗教为摆脱生、老、病、死这些现象给人带来的困惑而提供的答案。作为一个作家，蒲宁并没有拘泥于宗教的教义，他的心愿只在于艺术地表现人生的

---

① 《蒲宁全集》（第9卷），莫斯科文艺出版社，1986年，第127页。

困惑，以及自己对这些困惑的看法。

蒲宁早就认识到，大自然既是人的出发点，也是人的归宿。人只有接近大自然，融入大自然之中，才能体会到生活的崇高和幸福，才能找到和谐、合理、美好的人生真谛。他知道，"生活不会止步不前——旧的事物渐渐消亡，我们常常会怀着巨大的悲痛同其告别"，但生活正是"由于持续不断的更新才显得美好"。问题在于：随着矿藏的开采、森林的砍伐、工厂烟囱的冒烟、铁路的四通八达……大自然遭到了越来越严重的剥夺。安东诺夫卡苹果的香气正在消失，留下的只是对香气四溢的日子的回忆……那么，不禁要问：今后，树干洁白、枝叶繁茂、袅娜多姿的白桦树是否还会有一席之地？郁郁葱葱、一望无际的松林会有什么样的遭遇？当人类在越来越膨胀的物欲支配下，肆无忌惮地破坏自然环境时，他们的精神支柱在哪里？蒲宁正是从这个角度来思考当时的社会危机的。在我们选译的《在庄园里》、《祭文》、《安东诺夫卡苹果》、《松树》、《新路》等小说中可以清楚地看到这种思想的轨迹。

蒲宁同时还认识到，一个人活着的时间极为有限，作为个体的生命十分脆弱。只有依靠所有先辈的经验，人才能把自己微薄的才力加以扩展。离开了历史，人会变得十分渺小，因为只有在历史的长河中人的生命才会得到真正的延续。所以，他的许多作品都以历史和记忆为主题，力图探究人类文明的源头和一个民族生存和发展的规律。在我们选译的《圣山》、《寂静》、《耶利哥的玫瑰》、《革尼撒勒湖》、《众王之王的城市》等具有浓厚的抒情色彩的作品中，正反映出了他对古老文化，对生命价值的思考。

蒲宁同托尔斯泰一样，批评俄国东正教的官方教会，认为它是沙皇专制政权用来愚弄百姓的工具，所以在作品中不乏揶揄讽刺神父之词。但是，他也同托尔斯泰一样，并不否定基督教道德本身，而把上帝授予摩西的十诫①视为人类应该遵守的神圣准则。面对危机四伏的社会现实，蒲宁处在苦闷、彷徨之中，为俄罗斯的前途，为全人类的命运深怀忧虑。在我们选译的中篇小说《乡村》和短篇小说《在异乡》、《噩梦》、《王中王》、《快活的一家子》中，他十分清楚地表达了一种看法，即不管是贵族地主，还是接替这些贵族地主而在农村渐渐发迹的新主人——富农都没有什么美妙的前景，而脱离了土地的农民进城之后也同样找不到什么出路。作家不是从社会原因和历史条件，而是从"斯拉夫灵魂"的抽象特征和俄罗斯性格来解释当时俄国社会的种种弊病，并为贵族地主和庄稼汉的旧农村"唱挽歌"。他用冷峻的笔调描绘了旧俄农村贫穷、愚昧、落后的真实面貌，同时认为：整个俄罗斯"都是乡村"，对重大的社会政治变革还远未做好准备。这一认识决定了作家在后来对待俄国革命的态度。

蒲宁认为，由于人类忘掉了上帝授予摩西的十诫，一味沉溺于物质享受，忽视了对人生目的的追求，崇拜的是"金牛犊和铁牛犊（即金钱和暴力）"，导致普遍的人性沦丧，精神堕落。这正是产生种种罪孽和祸害的根本原因，而一次大

---

① 即：除上帝之外别无救世主；不可崇拜偶像；当纪念安息日；当孝敬父母；不可杀人；不可奸淫；不可偷盗；不可作假见证陷害人；不可贪恋人妻；不可贪恋人屋、财物……

战的劫难则更是加深了这种印象。他在小说《从旧金山来的先生》中有力地谴责了西方上流社会的虚伪、冷酷、贪婪、自私。在小说《圆耳朵》中，他塑造了人群中的一个败类——杀人惯犯的形象，并且由此批判了发动帝国主义战争的西方文明世界。而在小说《轻轻的呼吸》中，作家通过一个花季少女毁灭的故事，对当时俄国世风日下，戕害后代的状况表达了无穷的遗憾。

蒲宁反对暴力，幻想用文化，用精神，用"上帝的准则"来拯救俄罗斯，并把阶级斗争视为全民族的灾难。然而，客观现实同蒲宁的思想追求之间的距离实在是太大了。当迅速发展的俄国革命形势迫使作家回答"何去何从？"的问题时，他不得不作出最违心的选择：于一九二〇年永远地离开他如此热爱的祖国，这也是当时一大批俄国知识分子所走的道路。从个人而言，蒲宁的这一抉择也许可以说是一个悲剧，但从总体而言，他流亡国外以及然后得以继续文学创作的经历也可以说是一件幸事，因为许多留在国内的旧俄文化人不久便遭到了厄运，成了大饥荒中的饿殍或是"古拉格"集中营中的死囚。蒲宁自己的大哥叶甫盖尼、二哥尤里和妹妹玛丽亚便是在二三十年代相继遭难致死的。

蒲宁几经周折抵达巴黎，后来又移居到法国南方的格拉斯小镇上。远离祖国使他的心灵受到了创伤，不久前的种种遭遇使他积郁了满腹怨怼。作家在巴黎的俄侨报纸——《复兴报》上发表了他于一九一八年至一九一九年间在莫斯科和敖德萨所写的一组政论性的日记——《该死的日子》。这是一份反映俄国十月革命年代严酷现实的见证材料，强烈的政治倾向已经压倒了艺术上的要求。在这一时期创作的小说

《理性女神》通过一位女演员在法国大革命年代的不平常经历，谴责了雅各宾派专政时期的极端行为，而在实际上则是把矛头对准了当时苏俄政权反宗教的过激措施。作家悲观失望的情绪也表现在这一时期所写的带有自传性质的小说《夜航途中》，流露出一种否定尘世生活的消极思想。

不过，蒲宁在紧张的精神探索中又渐渐恢复了常态。这位作家所接受的思想影响本来便是多方面的。他钦佩托尔斯泰的艺术成就和道德追求，但不赞成后者的宗教禁欲主义说教。他在无数次目睹破坏、灾难、暴力和死亡之后热望为生活寻找一个支点，这个支点便是由人的双手和智慧创造出来的一切美好的东西，这个支点便是拯救世界的"美"。"美拯救世界"，这是陀思妥耶夫斯基提出的公式，但蒲宁不知不觉地把它接受了过来，再加以肯定，尽管他本人并不喜欢陀思妥耶夫斯基这位作家。蒲宁想告诉人们：人性应趋善，善应该是真实的，美好的，美能够激起爱的激情。爱不是自私的占有，而应该是最崇高的奉献，最充实的人世间的幸福。从二十年代中期开始，他在创作中越来越注重于爱与死的主题。这类作品能够打动读者，其原因不仅在于它有着强烈的艺术表现力，而且还在于它包含着某种哲理性，以致出人意料地使作家那种清醒的、"无情"的现实主义风格增添了一重浪漫主义色彩。在中篇小说《米佳的爱情》中，护林人的媳妇阿莲卡为了五个卢布委身于人，同米佳相爱的卡嘉则为了当名演员而投入戏剧学校校长的怀抱，米佳因失恋而绝望，终于开枪自杀。蒲宁以此批判了一切为了钱，一切都是买卖，甚至爱情和婚姻也不过是一种交易的社会现实。而在小说《中暑》中，他又描写了一对青年男女在旅途中邂逅相遇，坠入情网，真正地做到不带任何自私动机的"两情相悦"。这种恋情是短暂的,但对人的一生却产生了巨大影响。

爱与死的主题不仅在蒲宁的自传性长篇小说《阿尔谢尼耶夫的一生》中有了延续,而且在作家的又一部小说集《幽暗的林荫小径》中得到了进一步的开掘。值得注意的是,《幽暗的林荫小径》一书中的大部分作品写于欧洲局势动荡不安,二次大战爆发的一九三七年至一九四四年。当时,蒲宁困居在格拉斯镇,过着极为艰苦的"自愿流放"的生活:他拒绝去巴黎,同占领军合作,而是一心向往着处于浩劫中的俄罗斯祖国。作家忍受着饥饿和病痛的煎熬,日夜不断伏案写作,终于完成了这一部被誉为"爱情百科全书"的大作。在法西斯侵略势力到处横行的年代里,这种创作成了蒲宁对战争噩梦的一种反抗。正如作家自己所说的,他在战乱期间写出这样一部有关爱情的书,就像当年薄伽丘在黑死病肆虐的日子里创作《十日谈》那样,面对严酷的现实,向往着一个充满真情的世界。

在我们选译的与该书同名的那篇小说中,男主人公面对三十多年前的恋人为自己的背信行为申辩:"一切都会过去的,我的朋友……爱情啊,青春啊——一切的一切都是如此。那是件庸俗的、平凡的事情。随着岁月的流逝,通通都会过去的。"可是,女主人公却不同意,她说:"上帝给每个人的安排是不一样的,尼古拉·阿列克谢耶维奇。每个人的青春都会过去,但爱情,却是另外一回事。"在小说《晚间的时候》中,主人公在梦境里回访故地,重温初恋的情景,刻画了当年所爱的姑娘那令人难忘的形象。蒲宁认为,这是小说集中写得最为出色的作品。而小说《净罪的礼拜一》则引起许多评论家的瞩目，认为女主人公身上体现出了汇合东西方两股潮流的俄罗斯文化的特点，同时又反映出俄罗斯性格中那种东正教徒"受诱惑—堕落—赎罪"的行为模式。

蒲宁是以写诗开始其文学创作活动的。在所谓的俄国文学"白银时代"（1890—1917）派别林立的诗坛上，他以既能继承传统，又能推陈出新的特色而独树一帜。他的小说和散文作品的风格在许多方面是借助诗歌创作的经验而形成的。这里选择的早期散文作品《隘口》象征着蒲宁进行人生探索的艰苦经历，而名篇《耶利哥的玫瑰》则体现出了作家创作活动的纲领。蒲宁在其生前最后一本小说集中再次收入这篇作品，以此作为他的文学生涯的总结。

蒲宁的优秀作品已经成为世界文学宝库中不可缺少的一部分。一九三三年，瑞典科学院因其"以严谨的艺术才能在文学散文中塑造了典型的俄罗斯性格"而授予这位作家诺贝尔文学奖，并作出了中肯的评价：

"伊凡·蒲宁在俄国文学史上已为自己确立了重要的地位。而且，长期以来，他无疑是一位举世公认的大作家。他继承了十九世纪文学辉煌时期的光荣传统，开辟了一条持续发展的道路。蒲宁力求语言丰富、完美，而独到的精确观察是其描写现实生活的基础。他以最严谨的艺术创作态度抵御了单纯追求华丽辞藻的诱惑；尽管他生来是个抒情诗人，但从不粉饰目睹的一切，而是真实地予以反映。他的语言朴实而富有韵味，正如他的同胞所说，此种韵味使其语言犹如醇酒一般，即便在译文里也会透出醉人的芳香。这种能力来自他的卓越的、出神入化的才华，并使他的文学作品具有世界名著的特点。"

确实,我们在阅读蒲宁的作品时,不能不为其塑造人物形象之生动、描写自然景色之细腻、表现心理过程之深刻而叹为观止。

> 冯玉律
> 二〇〇三年五月于上海外国语大学

目 录

隘口 ·········· 001

在庄园里 ·········· 005

在异乡 ·········· 012

祭文 ·········· 020

安东诺夫卡苹果 ·········· 026

松树 ·········· 047

新路 ·········· 061

噩梦 ·········· 073

王中王 ·········· 082

快活的一家子 ·········· 096

从旧金山来的先生 ·········· 140

轻轻的呼吸 ·········· 166

圆耳朵 ·········· 174

夜航途中 ·········· 190

理性女神 ·········· 201

中暑 …………………………… 218
幽暗的林荫小径 ………………… 228
晚间的时候 ……………………… 236
净罪的礼拜一 …………………… 244
乡村 ……………………………… 265
米佳的爱情 ……………………… 429

隘口

早已入夜,可我依然在山中艰难地迈步,朝隘口走去,顶着风,穿过冷飕飕的迷雾。那匹身上湿漉漉的疲惫的马儿被我牵着,也无望而又顺从地跟在后面,把两只空马镫晃得叮当直响。

黄昏时分,我在山脚下的松林里歇息,松林后面便是这条冷落的、光秃秃的上坡路。我望着脚下那无底的深渊,就如通常登高俯瞰时那样浑身是劲,心里充满自豪。从这儿还能分辨出闪耀在下方远处渐渐变暗的谷地和狭隘海湾边的灯火,海湾往东延伸,缓缓地扩展开来,像浅蓝色的峭壁一般影影绰绰地往上升起,围住了半爿天空。但是,山里却已趋近夜晚。天色很快就变黑了,我慢慢地走近一片森林。山岭变得越来越阴森和威严,而在高低起伏的山岭支脉之间的空隙处,像一道道弯曲绵长的云带一般,聚积着被上方风雨驱赶而来的浓雾。一大团蓬蓬松松的雾气裹住了谷地,又从那儿奔腾而下,这种奔流使群山之间黑沉沉的峡谷变得似乎更加深不可测。浓雾已经弥漫在森林中,夹着喑哑、深沉而又凄切的松涛声朝我袭来。闻到一股冬天的清新气息。一阵风刮起,夹着雪花……夜晚来到了,我久久地穿行在迷雾中,走在发出喧哗的山间松林那黑压压的拱顶下面,一边低着头躲开阵阵寒风。

"马上就到隘口了,"我自言自语道,"眼看便可以找到一个无风的地方,翻过山的那一边,就能躲进有人居住的明亮的屋子里……"

然而,过了半个小时,一个小时……我每分钟都觉得隘口就在两步之外,可是遍布石头的光秃秃的上坡路却不见尽头。松林早已留在下方,东倒西歪的低矮的灌木丛也早已走完。我感到有点困倦,打了个寒噤,不由自主地回想起离隘口不远的松林里有几处墓地,那里埋葬着被冬天的狂风刮到山下摔死的樵夫。我觉得自己身处的山峰是多么荒凉,渺无人迹,觉得周围只有团团迷雾和悬崖峭壁,便暗自思忖:我怎样从那些孤零零的石头墓碑旁边,从那些如人的躯体一般在迷雾中突兀出现的黑魆魆墓碑旁边走过去呢?就是在此刻,我对时间和地点都已经失去了概念,那我是否还有足够的力量走下山去呢?

前边,在飘动的雾气中朦朦胧胧地出现了黑糊糊的东西……是几个灰黑色的小丘,活像躺卧在地的熊黑。我费力地从上面爬越过去,从一块石头跳到另一块石头,马儿也磕磕绊绊地跟在我的后面,脚下不住地打滑,马蹄踩在潮湿的小圆石上发出铿锵的碰击声。突然,我发现道路又在缓缓地上升,往山里延伸而去。这时,我停下脚步,心里深感失望。由于紧张和疲劳,我浑身发抖。身上的衣服被融雪浸得透湿,寒风直钻衣内,冷得刺骨。要不要呼喊求助?不过,现在甚至牧羊人都同山羊和绵羊一起躲进了自己那些破旧的农舍里,谁会听到我的喊声呢?我恐惧地环顾四周:

"我的上帝!难道我迷路了吗?"

已经很晚了。远处的松林在有气无力地低吼。夜变得越来越神秘，我感觉到了这一点，尽管既不知道时间，也不知道身在何处。此刻，深邃的谷地中最后一星灯火也熄灭了。灰蒙蒙的浓雾笼罩其上，似乎意识到它的时辰，漫长的时辰已经来到，大地上的一切均已死灭，似乎永远不会再有早晨，只有重重迷雾在不断膨胀，将夜半还森然耸峙在那儿的巍巍群山包裹起来。此刻，只有遍布山峦的森林在低声吼叫，而在荒凉的隘口上空飞雪变得越来越稠密。

我躲着寒风，朝马儿转过身去。那是同我在一起的唯一的生物！可是，马儿没有瞧我一眼。它又湿又冷，弓着背，背上笨拙地高耸着一副鞍鞯，一边顺从地低着头，耷拉着双耳。于是，我气呼呼地拉起缰绳，再次面对湿漉漉的飞雪和寒风，再次顽强地迎着风雪走去。当我企图看清周围的一切时，只见到一片灰白色的混沌，夹着纷纷扬扬的雪花，使人迷离。当我静心倾听时，我只能分辨出风在耳际的呼啸，以及背后单调的叮当声：这是两只马镫在碰撞、敲击。

不过，很奇怪，心头的失望反而使我坚强起来！迈出的步子变得更大胆了，由于经受了这一切磨难而无法向谁倾诉郁积满怀的愤懑与怨言，倒反而使我感到欣然而喜。这股怨气已经转化为一股忧郁而又坚定的韧劲，我准备熬过一切，而在煎熬中无望也会令人喜悦。

最后，终于到了隘口。不过，这对我来说已经是无所谓了。我走在空旷平坦的荒原上。风把雾气吹成一缕缕的长条，还想把我刮倒在地。可是，我对它却毫不在意。光凭着风的呼啸和雾气的绵延便可以揣测，山里的夜晚已有多深。在下方的谷地里，渺小的人们早已在渺小的农舍里安眠；但我并不着急，我咬着牙往前走，一边对着马儿喃喃地说：

"走吧，走吧。只要不倒下，咱们就慢慢地走下去。在我的一生中，这样艰险、冷落的隘口已不知有过多少回了！痛苦、折磨、疾病、爱人的背弃、朋友的负义像黑夜一般朝我袭来。终于挨到了这一时刻，要同业已习惯的一切告别了。于是，我咬紧牙关，把那根在旅途中赖以支撑的拐杖又拿到了手里。通向新的幸福的上坡路是陡峭和崎岖的，山顶上等待我的是迷雾和风雨，隘口边我将感到可怕的孤独……然而，咱们还是向前，向前！"

我艰难地迈着步，跟跟跄跄，好像在睡梦中一般。离拂晓还早着呢。我不得不整夜往山下走，到谷地去。也许只有在黎明时分才得以在某个地方好好地睡上一觉。蜷缩着身子，只有一种感觉——在受冻之后领略一下暖和的惬意。

明天，白昼的人们和太阳又会使我欢欣，又会久久地将我迷惑……但要是我在什么地方倒下呢？那时就会永远留在黑夜和风雪之中，留在自古以来一直如此荒凉的山崖上了。

一八九二——一八九八年
冯玉律　译

在庄园里①

天空中久久地燃烧着胭脂色的晚霞。一大片平坦的庄稼地上空交织着难以捉摸的光亮和难以捉摸的昏暗。村子里也渐渐变黑了,只有牧场上几所农舍的小窗户还闪耀着古铜色的反光。夜晚安宁而又谧静。人们赶着牲口从田头回来,在农舍前的石头上进了晚餐,渐渐静息了……没有歌声,也没有孩子的叫嚷……

一切都沉浸在傍晚的思绪之中。卡皮通·伊凡内奇坐在打开的窗户边,也陷入了沉思。

他的庄园坐落在山上;长着洋槐和丁香树的小花园已经荒芜,丛生着牛蒡和艾草,一直延伸到下方的谷地。从窗内透过灌木丛可以望得很远,很远。

田野缄默无声,躺在一片模模糊糊的昏暗里。空气干燥而又温暖。天空中的繁星幽幽地闪烁着神秘的光。只有纺织娘在窗外的艾草丛里不知疲倦地嘶噪着,而从草原上不时还传来一两声鹌鹑清晰的鸣叫。

卡皮通·伊凡内奇像通常那样,总是一个人。

他似乎命定要单身一人过日子。他的母亲和父亲是非常贫穷的小地主,投靠在诺盖斯基公爵的门下,在他不到一岁时便双双过世。他的童年和少年是在精神失常的姑妈——一个老姑娘的家里,以及世袭兵学校里度过的。在青年时代,他写过诗歌,模仿杰利维格和柯尔卓夫②的风格。他在所写的爱情诗里把心中的"她"称为瓦莲金娜,而实际上,她叫阿纽塔,是一位在军需机关任职的官员的女儿,但他并没有赢得姑娘的芳心。

他的名字听起来像个"管家",长得貌不惊人;皮肤黝黑,身材又高又瘦,照朋友们的说法,他活像一个神学校的学生,尽管在那时候,他靠着公爵的说情已经当上了军官(难怪人们说,公爵是卡皮通·伊凡内奇的生父)。后来,他继承了姑妈的领地,便退了役。他有时候把自己想象成马尔林斯基③的某部小说里的主人公,有时候甚至觉得自己是毕巧林,把头发理成最时髦的"波尔卡式④"……可是,这一切全不管用。"瓦莲金娜"到女伴家去做客,随后便嫁了人。而他则把诗作锁在小柜里,"至死"也不去开启。

他当起家来,还想到刚刚开始办公的地方自治局去谋差使,可是他在自治局里不走运:有一次,首席贵族在贵族俱乐部茶点部边吃东西边说,卡皮通·伊凡内奇"心地挺好,不过是个幻想家……一个老派的幻想家……一个有点过时的

---

① 1895年12月12日,蒲宁同契诃夫首次见面。两天之后,蒲宁把这篇小说的单行本送给契诃夫,并题词:"赠安东·巴甫洛维奇·契诃夫,以示由衷的敬意和真诚的心仪——蒲宁。"
② 安东·安东诺维奇·杰利维格(1798—1831),俄国诗人,普希金的朋友。阿列克谢·瓦西里耶维奇·柯尔卓夫(1809—1842),俄国诗人。两人均喜欢创作仿民歌的作品。
③ 即亚历山大·亚历山德罗维奇·别斯土舍夫-马尔林斯基(1797—1837),十二月党人,俄国浪漫主义小说家。
④ 一种男子发式,两鬓及后脑头发留得较长。

角色"。卡皮通·伊凡内奇同邻村的小地主们广有交往,并且迷恋起打猎来,把猎犬贾尔梅当成不可替代的朋友。日子一天天地过去,年岁渐渐增长……他成了一个真正的小地主,穿起了"短上衣",留着长长的黑胡须;他甚至忘了考虑自己的外表,并且看来也不知道,他那黝黑而略带麻斑的脸显得沉静而又和善,看上去还是挺动人的……

今天,他的心情很忧郁。曾在卡皮通·伊凡内奇这里当过女仆的信徒阿加菲娅一清早就拐过来,顺便对他说:

"老爷,您还记得安娜·格里戈里耶芙娜①吗?"

"记得。"卡皮通·伊凡内奇说。

"她去世啦。在大斋期下葬的。"

此后,有整整一天,卡皮通·伊凡内奇都在莫名其妙地微笑。而晚上……晚上是多么寂静和忧伤啊!

卡皮通·伊凡内奇没有吃晚饭,也不像平常那样早早地上床睡觉。他用很冲的黑色烟叶卷了一支粗大的卷烟,盘起一条腿,一直坐在窗边。

他真想到什么地方去走走。作为一个惯于平心静气地进行周密思考的人,他自问了一下:"到什么地方去呢?"难道去捉鹌鹑?可是晚霞已经消失,再说也无人做伴。谢苗今天去值夜了……何况,抓来鹌鹑又有什么用处!

他连声叹气,一边轻轻地挠着好久没有刮过胡子的下巴。

真的,人生是多么短促和可怜!他还是一个小男孩、一个小伙子的时候离现在才多久呢?世袭兵学校,幸好现在再

---

① 即卡皮通·伊凡内奇的初恋对象——阿纽塔的全名。

也不会有了！忍饥，受冻，一次次地往姑妈那儿跑……那也算是个亲人！他牢记着姑妈的模样，一个瘦骨伶仃的老姑娘，长着干枯的黑头发，外加一双精神错乱的眼睛；据说，她是由于不幸的爱情而发了疯的。他还记得，她总是按照贵族女子中学的老习惯，反反复复地背诵法国的寓言，翻起白眼，一本正经地做出一副心醉神迷的表情；还记得那首奥金斯基①的"波洛涅兹"舞曲……这首曲子听起来热情洋溢，非同一般，因为老姑娘是怀着疯狂的激情来弹奏它的……唉，这首"波洛涅兹"啊！还有心目中的那个"她"也弹奏过……

天空中的繁星幽幽地闪着光，显得那么神秘；纺织娘单调地嘶噪着，这种絮絮低语既令人烦躁，又催人入眠……大厅里有一架古老的钢琴。那里的窗子打开着……要是此时她像幽灵一般轻盈地走进来，弹起钢琴，触动那些反响强烈的琴键，那该有多好啊！然后，他们一起出了屋子，肩并肩地走在田间小路上，在黑麦田之间，一直向西，朝向远处透出亮光的地方……

卡皮通·伊凡内奇回过神来，笑了一笑。

"真是——想入——非非……"他拖着长音大声说。

纺织娘的嘶噪声响彻寂静的夜空，从花园里飘来了一股牛蒡草、高大的苍白色"圆叶当归"草和荨麻的气息。这种气息使他想起当年他从城里回家时心里甜蜜地思念着她，用幸福的憧憬欺骗自己的那些夜晚。

他慢慢地登上山去，村子里已不见一点灯火。辽阔的星

---

① 奥金斯基（1765—1833），伯爵，波兰作曲家。

空下，一切都在沉睡。四月的夜晚昏暗而又暖和；花园里的稠李树散发出一股淡淡的清香，池塘里隐约响起一阵阵蛙鸣，令人昏昏欲睡，这种音乐同早春的氛围是多么协调啊……那时，他在花园的窝棚里，躺在干草上，好长时间都无法入睡！连续几个小时看着一盏盏灯火在远处谷地的乳白色雾气中闪耀明灭；若是从那边被人遗忘的池塘里偶尔传来一声鹭鸟的啼鸣，这叫声会使人觉得神秘莫测，黑糊糊的林荫道也是神秘莫测……而在朝霞将升之际，花园里一阵湿润的清风扑面吹来，他张开眼睛，透过半已敞开的窝棚顶，发现一颗颗清纯的晨星正在朝他眨眼……

卡皮通·伊凡内奇站起身来，往屋子那边走去。他在各个房间里转悠着，脚步引起了回声，有几处地板下陷，发出嘎吱嘎吱的声音。

"屋子造了有八十年啦！"卡皮通·伊凡内奇想，"今秋该叫木匠来修一修，要不，到冬天会冷得叫人受不了的！"

他在大厅里踱着方步，心里似乎感到不大自在。个子又高又瘦，稍稍有点佝偻，足蹬一双长筒旧皮靴，敞开的短外衣露出细棉布竖领衬衫，他就这副样子在大厅里打转，扬起眉毛摇着头，嘴里哼着"波洛涅兹"舞曲。他仿佛在观察自己的步态和体形，把自己想象成另外一个人，那个人孤零零地游逛着，那个人满怀着忧愁，那个人可怜得要命……他拿起便帽，便走出了家门。

户外要明亮一点。村子那头渐渐熄灭的霞光在院子里留下了些许余晖。

"米哈伊尔！"卡皮通·伊凡内奇轻声召唤着老牧人，但没有人回应。米哈伊尔"进屋去换衣服"了。

他想找点事干干，便穿过院子往牲口棚走去，看看米季卡是不是给母牛割了足够的草。不过，卡皮通·伊凡内奇心里想的却完全是别的事情，他只是在牲口棚边站了片刻。

"米季卡！"他招呼了一声。

又是谁也没有回应。只听到大门后边有头母牛沉重地喘了口气，几只母鸡在栖木上扑打着翅膀，忙乱了起来。

"我要找他们干什么？"卡皮通·伊凡内奇想了一想，便不慌不忙地走到马车棚的后边，从那里的斜坡上延伸着黑麦田。他窸窸窣窣地穿过茂密的荨麻丛，点了支烟，坐了下来。

下方是一片开阔的平原，横亘在朦朦胧胧的昏暗之中。从斜坡上可以远远地望见四周的土地，它们静悄悄地沉浸在夜色里。

"我就像一只鹰鸮似的坐在土墩上，"卡皮通·伊凡内奇暗自思忖，"人家会说，这老头儿没事干啦！"

"难道是真的吗？我成了个老头儿？"他继续思忖着，"不久就要死去……安娜·格里戈里耶芙娜已经死了……所有的一切，所有的往事都到哪儿去了呢？"

他久久地眺望着远方的田野，久久地倾听着晚间寂静中传来的声响……

"怎么会这样呢？"他大声地说道，"一切都是照常，太阳照常落山，庄稼汉们照常犁头朝天地背着木犁从田头回来……第二天干活时照常满天霞光，而我却什么也看不到了，不光是看不到，根本就没有我这个人啦！即使再过一千年，我也永远不会在这个世上出现，永远不会再来到这里，坐到这个土墩上！我会在哪里呢？"

他弓起背,闭上双眼,用左手轻轻地拉着已经变得花白的黑胡须,坐着,摇晃着身子……

多少年来总以为在将来,在前边会有什么重大的、首要的事情……他曾经是个小男孩,曾经年轻过……后来……在一个大热天驾起轻便马车沿着大路疾驰,去参加选举!——卡皮通·伊凡内奇对自己的联翩浮想禁不住笑了起来……

但是,这已是很久以前的事了。终于到了这样的时候,正如人们所说,一切均已了结;七十岁,八十岁……再往后连计算也没了必要!那么,生命到底是漫长还是短促的呢?

"漫长的!"卡皮通·伊凡内奇想,"对,毕竟还是漫长的!"

在黑沉沉的天空中,有一颗星星闪烁了一下,陨落下来。他抬起老年人忧愁的双眼,久久地仰望着天空。面对深邃、广阔、缀满繁星的苍穹,心头似乎轻松了一点。"好吧,那有什么大不了的!静静地度过一生,又静静地死去,就像这棵树上的叶子,到时候便要枯萎、脱落……"此刻,透过朦胧的暮霭已经很难看清田野的轮廓。夜色渐浓,天空中闪耀的星星也似乎升高了。偶尔传来的一两声鹌鹑的啼叫也显得格外清晰。草地上送来了一股清新的气息……他轻松、舒畅地吸了一大口气。心里深切地感到,他自己同这个无声的大自然是有着多么紧密的血肉联系啊!

一八九二年
冯玉律　译

在异乡

车站上不像平时那样忙乱，因为正逢复活节①前夕。当九点钟那趟快车过去之后，所有人都急急忙忙地把刻不容缓的事情办完，以便早一点赶回住所，洗个澡，换上干净的衣服，轻轻松松地待在家里过节，即便在短时间里摆脱一下琐事，休息一下也好。

半明不暗的三等候车室里平时拥挤不堪，人声嘈杂，空气浑浊闷热，但此时却显得空荡荡的，还经过了一番收拾。从敞开的窗户和门洞里透进一股南方夜晚清新的气息。屋角有几支蜡烛稍稍照亮了读经台和金灿灿的圣像，圣像中央显露出了救世主那张忧郁发暗的面容。用红色玻璃罩起的长明灯在圣像面前摇晃着，一道道或明或暗的光线在圣像的金箔衣饰上游移不定……

从闹饥荒的省份路过此地的庄稼汉们无处可走，也无心过节。他们聚坐在长长的月台一端的暗处。

他们觉得自己远离故乡，落到陌生的人群中，处在陌生的天空下。有生以来，他们还是第一次被迫到社会"底层"，到远方去挣钱糊口。他们对一切都感到害怕，甚至面对搬运工们都不好意思地急忙把皱巴巴的帽子摘下来。在苦恼不堪地等了两天之后，那个身体虚弱、神态高傲的车站副站长总算走到他们跟前（此人已经在他们那儿得到了一个外号——"小公鸡"），并且声色俱厉地宣布，什么时候，由哪一列货车把他们拉到哈尔齐斯克省。现在，他们百无聊赖，只好整天躺着睡觉。

飘来了一大片乌云。时而吹来一阵和风，送来了清香，那是萌发新芽的白杨树的香气。从附近的池塘里传来呱呱蛙鸣，犹如幸灾乐祸的笑声，分秒不停。这种鸣叫就像所有持续不断的声音一样，不会打破寂静。右边还稍稍闪现出落日的余晖，铁轨便是朝那儿延伸而去的。左边却已经笼罩着一片深蓝色的暮霭。一盏圆盘形的灯挂在空中，好像一颗苍白泛绿的孤独的星星。从那边，从陌生的草原地带，夜色正渐渐逼近……

"唉，看来火车是不会马上来的！"有个人轻声说道，他半躺在车站的水桶边，拖着长音打了个哈欠。

"办公事呗，"另一个人接茬儿说，"总是不会快的。现在还不到七点呢。"

"说不定快到八点啦。"第三个人插了一句。

大家的心情都很沉重。只有一个人不愿意承认这一点。

"哎，真无聊？哎——呀——呀……"他打着哈欠，模仿第一个说话的人，"伙计们，注意着，说不定汽笛就叫起来了！"

"基里尔，你叫大家留点神，"第一个人郑重地说，还

---

① 基督教的主要节日，旨在纪念"耶稣基督被钉死在十字架后神奇复活"。相传，耶稣复活之后，太阳有整整一个星期没有下山，所以这一天相当于通常的七天之久。因此，复活节的庆祝活动要持续一个星期，从春分之后的第一个星期日算起，一般不早于3月22日，不晚于4月25日。

一本正经地吩咐坐在身边的那一个："帕尔梅内奇，去看看钟吧，你是识字的。"

帕尔梅内奇用温和的口吻有气无力地回答：

"伙计，我认不清这儿的钟，老是要搞错。有整整三根针哩。"

"哎呀，难道不是一码事吗？"基里尔嘲笑地说，"看也好，不看也好，反正都一样……"

大家沉默了好一会儿。乌云聚积在天空，暖和的夜晚用黑沉沉的帘幕把一切都悄悄地裹了起来。老头儿点起烟斗，用手指按了下燃红的烟草，一时间贪婪地吸着，只见火光模模糊糊地照亮了他那士兵式的白胡子和粗呢大衣的领口。刹那间，还可以在黑暗中看到盖在基里尔腹部的那件白衬衫，以及其他两位老农身穿的粗糙破旧的短皮袄。然后，他把烟斗弄熄了，喘了几口气，朝左边他的侄子那儿瞟了一眼。那人正在打盹，细长的双脚裹在白色的粗呢包脚布里，一动不动地搁在地上。从他瘦骨嶙峋的身材来看，这还完全是一个孩子，却已经过早地忙于干活，弄得劳累不堪。

"费奥多尔，在睡觉吗？"老头儿悄悄地叫了他一声。

"没——有。"那人用嘶哑的嗓音回答。

老头儿亲切地朝他俯下身去，轻声笑着问道：

"是不是感到烦闷啦？"

隔了一会儿，才听到答话：

"我有什么可烦闷的？"

"哎呀，你说出来吧，别害怕。"

"我本来就不害怕。"

"这就对啦。我说，没有什么可隐瞒的……"

费奥多尔不吭声。老头儿朝他瘦削的双肩瞅了一眼，然后默默地转过脸去。

日落时分天色已经变黑了。衬着夜空的背景，勉强才能分辨出车站屋顶的轮廓。在天空和黑茫茫的大地相接的地方，可以看到许多绿色、蓝色和红色的灯光在交相辉映，闪烁不停。一列蒸汽机车小心翼翼地从月台边驶过，轮子咔嚓咔嚓地响着，烧旺的炉子那红色的反光把月台也照亮了。炉子边，犹如在地狱的一个狭小角落里一般，有一些黑魆魆的人在蠕动。接着，一切又都沉浸在黑暗之中。庄稼汉们好长时间都听到蒸汽机车在旁边的什么地方咝咝地喷着热气。

随后，从远处传来一阵汽笛声，好像有谁在带着鼻音号叫一般。从黑暗里，从五颜六色的灯光中分离出了一个长着火眼金睛的三角形的东西。它变得越来越亮，慢慢地靠近过来，后面拖着长长的，长得不见尽头的一列货车；它越走越慢，终于停了下来，没了声息。过了一分钟，不知是什么东西尖叫了一声，吱吱嘎嘎地响了起来，车厢一抖动，往后退了一下，又停了下来。有谁在高声喊叫，但又住了口。看不清楚是什么人手提着一盏灯，一圈光环摇摇晃晃地在车厢壁下方的地面上移动。

"三十四。"有个庄稼汉说。

"是谁？是车厢吗？看来还要多一点。"

"也许，还要多……"

费奥多尔用臂肘支撑着身子，久久地观察着蒸汽机车那巨大的，里面给隐约照亮的黑色形体，听到机车中有什么东西在呼哧呼哧地作响，又渐渐静息下来。然后，机车脱离了后面的货车车厢，轻松地猛喘了一口气，驶到黑暗中去，用断断续续的汽笛声要人们给它让路……这里没有节日的迹象,一点也没有!

"我以为,火车在节日是不开的哩。"费奥多尔说。

"哪能不开哩!它们是不能不开的……"

有人不大有把握地推测说,大概就是这一趟车要把他们运走。在这样的夜晚,坐在黑洞洞的货车里可真难受。不过反正都一样,但求能把他们运走就好!

老头儿讲起哈尔齐斯克省的情况。但是,今后会怎么样,大家一无所知:哈尔齐斯克省在哪里?什么时候他们可以到达目的地;在那边干什么活;再说,到底还有没有活干?要是碰到几个老乡,他们给你谋个好差使那才行呢!否则,大概又要坐在什么地方,叫人等得心烦意乱,只好喝着车站木桶里的温水啃啃面包干。大家心里再次充溢着忧郁、惶惑。甚至连基里尔也翻动身子,不安地挠着痒,坐了起来,低着头……

"干吗老是待在这里呢?"有人迟疑不决地说,"去城里走走也好嘛。离这里一共才四俄里路……"

"要是他们突然吩咐上车,那怎么办?"基里尔阴沉沉地回答,"错过了这趟车,你就得在这儿再坐上十天。"

"该去问问吧……"

"去问问?问谁?"

"去问站长呗……"

"真的,好像该去问问……"

"可是,站长此刻好像不在车站上……"

"那么,总有人替代他的……"

"办公事呗,在这里也是那副样子。"基里尔依然阴沉沉地说。

"人们都说,办公事是快不起来的……就连开斋都没有东西吃啦……"

"那就索性去要饭吧?"

大家忧心忡忡地望着车站周围的建筑物,那里的窗户内灯火通明,那里的每个家庭都在准备过节。

"唉,这过的是什么日子啊!"老头儿叹了口气,坦诚地轻声说道,"我们简直成了那些鞑靼人啦。连教堂都没有去过一次!"

"老爷子,那你现在就像在唱诗班里那样吟唱吧……"

但老头儿没有听到这些温和而又忧伤的话语。他坐着,只管一门心思地嘟哝:

"愿天使降临人间,带着一切权柄……护佑众生,高唱赞歌,哈利路亚……"

他暂停片刻,两眼紧盯住前方,更自信地补充说:

"吾主复活,审判世人,如你监护万方百姓……"

大家都默不作声。

大家想的是同样的心思,怀着同样的忧愁,回忆起同样的往事。往年的此时,夜晚将临,教堂里也沉着而又繁忙地做着最后的准备。各家各户的院子里套上了马,庄稼汉们穿起了新靴子和松着腰带的衬衫,梳理好的头发还是湿漉漉的;稍作打扮的少女们和娘儿们不时地在农舍和板棚之间奔走。她们在房间里把甜面包和奶渣糕包到手帕中……然后,村子里便空无一人,变得静悄悄的……在黑茫茫的地平线上方,衬着日落时的天空,可以看到许多步行或者乘车到小镇去的人们的身影……小镇上,在教堂的附近,摸黑驶来的大车在吱吱呀呀地作响；教堂里点起了灯火……里面已经开始诵经，显得地方太小，有点拥挤，闻到一股蜡烛、新皮袄和印花布衣服的气味……而在教堂另一边的门前台阶和墓地上黑压压地聚集了一大堆人，听到七嘴八舌的谈话声……

突然，不知在远处的什么地方响起了钟声。庄稼汉们顿时忙乱起来，一下子站起身子，光着脑袋画十字，朝东方鞠躬到地。

"费奥多尔！快起来！"老头儿焦急地嘟哝着说。

男孩一跃而起，用痉挛的动作快速地画了个十字。其他人也在忙碌着，急匆匆地把背包搭上肩头。

在车站的窗子里已经闪耀着蜡烛的火光。金灿灿的圣像同金灿灿的烛光亮成一片。三等候车室里渐渐挤满了职员、工人。庄稼汉们站在月台上，拥在门口，不敢走进去。

一位年轻的神父带着其他神职人员迅速进了屋子，穿起亮闪闪的圣衣，锦缎做的圣衣窸窣作响。他不知在说些什么，一边用敏锐的目光注视着挤满人群的半明不暗的大厅。已经点燃的蜡烛在轻轻地发出噼啪的声音，微风把烛火吹得摇曳不定。而从远处，从黑沉沉的夜空中传来了雄浑的钟声。

"救世主基督今已复活，天使凯歌响彻天宇……"神父用清脆响亮的男高音急急忙忙地诵道。

他刚说完这些话，人群便活跃起来，挪动身子，画起十字鞠着躬。大厅里也变得明亮一点，每个人的手里都拿着一支点燃的蜡烛，每个人的脸上都闪耀着烛火温暖的反光。

只有那些庄稼汉们站在黑暗里。他们赶快跪倒在地，急匆匆地画着十字，一会儿久久地把额头贴住门槛，一会儿又抬起瘦削的脸，带着饥饿的眼神，忧郁而又贪婪地朝明亮的大厅深处，朝灯火和圣像张望。

"吾主复活，审判世人！"

一八九三年

冯玉律　译

祭文[①]

草原上有个小村子,村子最靠边的农舍后面便是我们原先通往城里的道路,它渐渐淹没在一片黑麦田里。路边,在庄稼田那一片延伸到地平线的滚滚麦浪的起端,耸立着一棵树干洁白、枝叶繁茂的白桦树。路面上深深的车辙印上已经长满了青草和黄白色的小花;白桦树在草原疾风的劲吹下变弯曲了,而在其疏落暗淡的树荫下,很早很早之前,便已经竖起一个式样古旧的灰白色十字架,带着三角形木顶,用以保护钉在下面的苏兹达尔圣母像。

一棵树耸立在金色的庄稼田里,树干洁白,树叶翠绿欲滴!当初,来到这个地方的第一个人,在他自己这十俄亩[②]土地上竖起了带三角形木顶的十字架,召来神父,举行祓除仪式,祈求"至圣的圣母保佑"。自此之后,古老的圣像便日夜护卫着草原上这条古老的道路,并且不露形迹地赐福给辛勤劳动的农民。我们小时候对这个灰白色的十字架总是很害怕,从来不敢往它的木顶下方张望一下。只有那些燕子大胆地飞到那里,甚至就地筑起窝来。不过,我们对十字架还怀着崇敬之情,因为经常听到母亲在幽暗的秋夜悄声祈祷:

"至圣的圣母啊,保佑我们平安吧!"

我们那儿的秋天是明亮和静谧的,它来得那么平和而又安宁，似乎晴好的日子不会再有尽头。远处的景象变成柔和的蔚蓝色一片，天空也变得分外清朗，一碧如洗。　　那时候，可以看得清在草原上，在开阔无际的已收割的黄色原野上最远处的丘冈。秋天渐渐给白桦树换上了金色的衣装。白桦树挺高兴，却没有发觉，穿戴这身衣装的时间并不长。随着叶子一片片脱落，衣装也给卸了下来。最后，白桦树不得不光着身子站在金色的地毯上。她被秋天的魅力迷住了，感到很幸福，对其百依百顺，并且由于脚下枯叶的映衬而显得容光焕发。在阳光下泛着虹彩的蛛网在她的身旁飘飞，又悄悄地落到干燥、刺人的已收割过的田地里……人们深情地为其取了个漂亮的名字——"圣母的纺线"。

然而，一当秋天撕下温和可亲的面具时，日日夜夜便变得如此可怕。那时候，狂风无情地摇撼着白桦树赤裸的枝丫！农舍变得无精打采，就像雨天的母鸡一般。暮霭低低地弥漫在光秃秃的原野上。到了夜里，一双双狼眼睛会闪现在冷僻的地方。狼眼睛的后面常常隐藏着妖魔鬼怪；在这样的夜里，如果村外没有那个古老的带三角形木顶的十字架，那真是叫人胆战心寒。从十一月初到第二年四月，暴风雪持续不断，把田野、村庄、白桦树以及十字架通通埋进雪堆。有时，从穿堂往外朝田野望去，只见猛烈的旋风夹着飞雪在十字架的上方呼啸，从尖尖的雪堆上腾起阵阵烟雾，然后呻吟着掠过原野，在奔驰中把坎坷不平的道路上的足迹全部掩盖

---

① 本篇手稿的标题为《圣母的庇护》，初次刊登时改名为《矿石》，并同短篇小说《安东诺夫卡苹果》一样，用了个副标题《选自〈祭文〉一书……》，但后来发表时均用了《祭文》这一题名。
② 1俄亩合1.09公顷。

起来。此时,迷路的行人在狂风暴雪中看到从雪堆中露出的十字架,便会满怀希望地画起了十字,因为知道天上的圣母正在看顾白雪皑皑的荒原,护佑着村庄,护佑着这一片过早地死寂的田野。

田野很长时间都保持着死寂,但草原上的人们是有耐心的。终于有一天,十字架开始从下沉的灰白色积雪中探身出来。高低不平,撒满牲口粪的道路渐渐解冻,飘来了三月暖和的浓雾。由于渗进雾气和雨水,农舍的屋顶变得黑乎乎的,并且在阴沉晦暗的天气冒出一阵阵轻烟……很快,浓雾就被阳光明媚的日子所取代了。整个雪原浸透了水,好像在融解似的,化成无数条颤动的小溪,在阳光下熠熠闪亮。草原在一两天里便换了新貌:田野的颜色变深,透出春天的气息,而在远处则环绕着一抹淡青。人们把已经关得有点麻木的牲口从厩棚里放出来;一个冬天下来变得有气无力的马儿和母牛在牧场溜达着,躺着,而寒鸦则飞到它们瘦瘦的背脊上,用喙揪下毛去筑巢。不过,迅速转暖的新春会提供丰富的饲料,牲口踩着暖和的露珠很快便养肥了!在晴朗的正午,已经有云雀在引吭高歌;由于风吹日晒,牧童的皮肤已经变得黝黑起来,土地也给烤干了。当春雨滋润大地,当第一声春雷将大地惊醒之后,上帝在满天繁星的宁静的夜里祝福庄稼和牧草茁壮生长,而对田野感到放心的古老的圣像则满怀柔情地从十字架的木顶下看顾着一切。在夜晚洁净的空气中洋溢着一股草木发出的淡淡的清香,草原上一片安宁,幽暗的村子里也是十分静谧,那里从报喜节①起便不把灯火

---

① 即圣母领报节,东正教十二大节日之一,在每年的4月7日。

吹旺。晚霞时分，姑娘们同已经订婚的女伴告别的歌声也静息了下来。

然后，一切都迅速地发生变化。牧场变绿了，农舍前的柳树变绿了，白桦树也变绿了……在阴雨连绵中度过炎热的六月之后，花儿一齐开放，喜气洋洋的割草期开始了……我记得，夏日的风无忧无虑地轻扰着如丝一般发亮的白桦树叶，激起阵阵喧哗，并把纤细柔软的树枝吹得弯向一边，触到了麦穗；我记得，圣三节①早晨的阳光是多么灿烂，那时甚至满脸胡子的庄稼汉，作为真正的俄罗斯人的子孙，也从硕大的白桦树冠底下探出脑袋，咧开嘴笑着；我记得圣灵降临节②那粗犷有力的歌声，那时我们在夕阳西沉之后赶往近处的橡树林里，熬起粥，将粥倒在瓦片上，安放到各个土丘，然后"祈求布谷鸟"充当仁慈的预言家；我记得彼得节③前"太阳的闪耀"，记得喜庆的颂歌和热闹的婚礼，记得在田野，在露天下面对庇护一切受苦受难者的仁慈圣母所做的感人祈祷……

生活不会止步不前，旧事物渐渐消失，我们常常会怀着巨大的悲痛同其告别。不过，生活难道不是由于持续不断的更新而变得美好的吗？童年时代过去了。我们禁不住要看一看比村子周围更远的地方。这种愿望非常强烈，因为乡村显得越来越凋敝，白桦树的叶子在春天已不再是那样翠绿和茂密，路边的十字架开始朽烂，人们耗尽了为圣母所庇护的土

---

① 即圣三一主日，在圣灵降临节后的星期日，即每年的6月上旬或中旬。
② 即五旬节，东正教节日，在复活节后第50天。
③ 东正教节日，在每年的7月12日。

地的肥力；因为祸不单行，上天本身似乎也在对人动怒。燥热的狂风驱散了乌云，沿着道路盘旋，太阳无情地灼烤着庄稼和草地。干瘪的黑麦和燕麦还没有成熟便已经枯萎。看到它们令人心疼，因为没有比干瘪的黑麦田更凄凉、更可怜的画面。又轻又空的穗头在热风的吹拂下无可奈何地摇曳着，孤零零地簌簌细语！透过它们的细茎可以看到干裂的耕地，看到干枯的矢车菊……于是，银光闪闪的野生滨藜取代茂盛的庄稼，占据了古老的村际道路边的地盘，这是饥荒的征兆。乞丐和盲人越来越频繁地在村子里徘徊，唱着悲哀的歌。而村子在阳光的照耀下缄默无言，显得多么冷漠而又忧伤。

此时，圣母那温柔的面容被蒙上风沙，像是由于痛苦而变得黯然失色。岁月流逝，她似乎对这片土地的命运再也不加关切。于是，人们一个个地离开这里，沿着道路奔向城市，奔向遥远的西伯利亚。他们卖掉菲薄的家什，用木板钉死农舍的窗户，把马匹套在大车上，永远地离开家乡，去寻找幸福。村子里变得空荡荡的。

"无——人！"风刮遍全村，在道路上漫无目的地使劲卷起尘土，说道。

但是，白桦树像以往一样，没有搭腔。她轻轻地摇曳着树枝，又在打盹了。她已经知道，村里的牧场上已经长满高高的野草，家家户户的门槛边丛生着野芝麻，半已圮塌的屋顶上露出了银光闪闪的艾蒿。草原四周一片死寂，仅剩的十来间完整的农舍，从远处看去，就像游牧民族经过战斗或者瘟疫之后抛弃在原野上的帐篷。白桦树的树顶上竖着几根干枯的白色树枝，在她下方的带木顶的十字架也已经倾斜了。

现在，在黄昏时分，当落日在黑茫茫的田野那头泛出些许红光时，只有饱经世故的白嘴鸦和乌鸦还在白桦树的枝头栖息……

于是，草原上出现了一批新人。他们越来越频繁地沿着道路从城里来到此地，并在村子边安置了下来。夜里，他们燃起篝火，驱走黑暗。他们的影子远远地落在村路上。拂晓时，他们走到田野，并用长长的钻孔器钻探土地。村子周围堆满了黑土，好像一个个坟丘。人们毫不怜悯地践踏未经耕种而自行长出的稀稀落落的黑麦，毫不怜悯地将它们掩在土里，因为他们要寻找新的幸福源泉，在地下的深处寻找，那里埋藏着与未来攸关的财宝……

矿石！也许，过不久烟囱将在这里吐出浓烟，旧的村路上将铺设起刚劲有力的铁道，在原是荒村的地方矗立起一座城市。而曾经在此庇护过昔日生活的东西——那个已经倒在地下的灰白色十字架将会被所有人遗忘……不过，新来的人们将依靠什么来庇护自己的新生活？他们在热火朝天的、喧腾的劳动中祈求的是谁的祝福呢？

一九〇〇年

冯玉律　译

安东诺夫卡苹果

一

……我总是情不自禁地回忆起初秋那些天朗气清的日子。八月刚过,下了几场暖和的细雨,那似乎是特意为了播种而遍洒的甘霖;雨下得非常及时,就在中旬,刚好在圣拉夫连季节前后。正如俗话说:"拉夫连季节雨淋淋,大江小河风浪平,秋冬便有好光景。"然后,便一直是晴好的天气,田野里结起好多蜘蛛网。这也是一个好征兆:"夏末蛛网结得稠,秋后准会大丰收"……我记得那凉风送爽的宁静的早晨……记得那花木开始凋零,变得疏疏落落、一片金黄的大果园,记得那槭树间的林荫道,那落叶所发出的淡淡的清香,夹着安东诺夫卡苹果的芬芳、蜂蜜的甜味和金秋的凉意。空气是多么洁净,简直像不复存在,整个果园里到处都听得见人们的谈话声和大车的吱呀声。这是收购水果的商贩们,同时还有果园主们雇了一些庄稼汉来收苹果,并且装上大车,以便在夜里运到城里去,一定得在夜里,那时候躺在车上,眼望星空,闻着清新的空气中飘来的焦油味,听着长长的车队在夜色中小心谨慎地行驶在大路上,发出一阵阵吱呀声，真是感到心旷神怡。有个装运苹果的庄稼汉一只又一只地吃着苹果，咬得咔嚓咔嚓直响。不过，这是老规矩。果园主不但不会阻止他，反而说：

"吃吧，吃个够，不吃才怪呢！调制蜜酒也要尝尝蜂蜜呢。"

清晨是凉丝丝、静悄悄的。只有栖停在果园深处那些珊瑚色花楸树上的百舌鸟在吃饱肚子后发出的鸣叫，人们的说话，以及把苹果倒进斗里和桶内的咕噜噜的响声才打破了寂静。在树叶变得稀疏的果园里，可以远远地望见一条路，通向盖着麦秸的窝棚。就在这个窝棚附近，果园主一个夏天置起了全部家当。到处都有一股苹果香味扑鼻而来，这里更是浓烈。窝棚里搭了几个铺，搁着一支单筒猎枪，摆着一个长了铜锈的茶炊，角落里还放了些碗碟器皿。窝棚旁边堆着蒲席、木箱和破旧杂物，还挖了个土灶。中午，在土灶上熬着美味的咸肉猪油粥，晚上则生起了茶炊。于是，在果园的树木之间飘起了浅蓝色的袅袅炊烟。逢年过节，窝棚附近简直成了个大集市，树木后面不时闪现出红艳艳的衣裙。那些独院农户①家伶牙俐齿的姑娘们，穿着散发出浓重染料味的萨拉凡②，叽叽喳喳地聚集在一起。而"公子哥儿"们也穿着做工粗糙、土里土气的漂亮衣服陆续赶来了。就连怀着身孕的年轻的村长太太也亲临现场，尽管大脸盘上睡意未消，却摆出一副神气现的架势，活像一头霍尔莫戈尔种的母牛。

---

① 出现于18世纪的俄国国家农民，地位介于农民和小地主之间；大都是服过军役的公职人员及其后裔，有一个院子，没有农奴。
② 俄罗斯农村妇女常穿的一种无袖宽松长衫。

她的发辫盘在头顶两边，犹如一对"犄角"，上面还包着几方头巾，所以脑袋看上去硕大无朋；她的脚下是一双钉着铁掌的短筒靴，站在那儿显得又笨重又结实；身上穿的是棉绒布背心，长围裙，套一条毛料裙子，紫黑的底色上有着砖红色的条纹，裙裾还镶着宽阔的金绦边……

"真是个会当家的娘儿们！"果园主摇着头，议论她说，"现在，这样的女人是越来越少啦……"

浅色头发的小男孩们身穿白麻布衬衫和短裤，光着脑袋，一个个地都走来了。他们三三两两地用小小的光脚丫踩着浮土，一边斜睨着拴在苹果树下的那条毛茸茸的狼狗。当然，买苹果只要派一个人去就行了，只需花上一个戈比或者一个鸡蛋就能换上好多苹果，不过顾客倒来了一大帮。生意做得挺红火，那个身穿双排扣外套，足蹬棕黄色靴子，还患着肺痨的果园主乐得喜笑颜开。他的弟弟也在旁边张罗着，此人说话口齿不清，论智力近于白痴，但动作还算麻利；兄长收留他是"出于善心"。果园主一边做生意，一边开开玩笑，说说俏皮话，甚至有时为了"助兴"，还拉拉那架图拉产的手风琴。直到傍晚，果园里都挤满了人，窝棚附近欢声笑语响成一片，有时还夹着跳舞的踏脚声……

入暮时分，天气变得冷飕飕的，露水又湿又重。我在打麦场上闻够了新收黑麦的麦秸和麦糠的清香，便沿着果园围墙，兴冲冲地走回家去吃晚饭。在充满寒意的霞光中，村里人的说话声和大门的吱呀声听起来格外清晰。天色越来越暗了。这时又增添了另一种气味：生起了篝火，燃烧的樱桃树枝冒着烟，散发出阵阵馥郁的芬芳。在黑黢黢的果园深处，出现了一幅犹如童话中的画面；就像在地狱的一角，窝棚旁边燃起了红彤彤的烈火，四周却是一片漆黑，不知是谁的像用乌木雕就一般的黑色身影在围着篝火移来动去，巨大的影子落在苹果树上，也随着摇晃不停。一会儿，整棵树给一只长达几俄尺①的黑手遮住了；一会儿，又清清楚楚地出现了两条腿，就像两根黑色的柱子。突然，影子又从苹果树上滑下来，落在整条林荫路上，从窝棚一直拖到围墙的门口……

深夜，村里的灯火已经熄灭，当七颗像金刚钻似的北斗星座已经闪烁在高高的夜空时，我再次跑进了果园。那时，我窸窸窣窣地踩着枯叶，像个盲人一般摸索着走到窝棚边。在那边的林中空地上，光线稍稍亮了一点，头顶上空横亘着白晃晃的银河。

"是您吗，少爷？"有人从黑暗里轻声喊道。

"是我。尼古拉，您还没睡吗？"

"我们是不能睡觉的。大概，时间已经很晚了吧？听，那班火车好像已经开过来了……"

我们俩久久地倾听着，觉得地面有点颤抖。这颤抖渐渐变成隆隆的声音，渐渐响起来，不一会儿，车轮似乎就在果园墙外急促地敲击出喧闹的节拍。列车轰隆轰隆、铿锵作响地飞驰而来……近了，更近了，声音越来越大，越来越恼怒……可是，刹那间又轻了下去，没了声息，仿佛钻到了地下……

"尼古拉，您的猎枪在哪里？"

"瞧，就在箱子旁边。"

我举起重得像铁棍一般的单筒猎枪，冒冒失失地朝天放

---

① 旧俄长度单位，1俄尺合0.71米。

了一枪。砰的一声震耳欲聋,一道红色火光直冲天空,刹那间只觉得眼睛发花,星星也黯然失色。四周顿时响起清脆的回声,这回声沿着地平线传去,直至很远很远的地方,消失在洁净而又敏感的空气之中。

"嘿,真棒!"果园主说,"少爷,再开枪吓吓他们,吓吓他们,要不可真糟糕!他们又会爬墙,把梨全摇落下来……"

坠落的流星像一条条明晃晃的红线似的划破黑色的夜空。我久久地仰望着蓝中带黑、缀满繁星而又无比深邃的苍穹,直到觉得脚下的地面在漂浮。这时,我打了个寒噤,赶快把手缩到衣袖里,沿着林荫道跑回家去……天气真冷,露水真重,但生活在世上可真是美好!

二

"安东诺夫卡甜又大,过起年来笑哈哈。"要是逢到安东诺夫卡苹果大年,农事便挺顺遂,因为庄稼准有好收成……我不由得回忆起丰年时的情景。

大清早,当雄鸡报晓,没装烟囱的农舍里飘出炊烟时,我便打开朝向果园的窗户,那里一片沁凉,弥漫着淡紫色的轻雾,透过雾气望到了一轮亮闪闪的朝阳。于是,我按捺不住,赶快吩咐给马备鞍,自己则跑到池塘边去漱洗。池塘边柳树丛细小的叶子几乎全落光了,只有一些树枝衬托着蓝天。柳树下方的池水清澈冰凉,好像变得沉甸甸的。它一下子使人摆脱了夜梦初醒时的慵懒。我洗好脸,在下房同雇工们一起进早餐,吃的是热腾腾的煮土豆和黑面包,还撒上了大颗大颗泛潮的盐巴。然后,便兴冲冲地跨上光滑的皮鞍,策马穿过维谢尔基村去打猎。秋季里要过一系列本堂节日①,所以村民们个个收拾得干干净净,人人心平气和,乡村的面貌也不像在别的季节里那样。要是逢到丰收的年成,打麦场上堆起了金山,河里打早起便有成群的鹅儿在大声而又刺耳地欢叫着戏水,那时村里的日子就非常好过。何况,我们维谢尔基村自古以来,打从老祖宗那时起,便以"富裕"著称。维谢尔基村的老头老太们寿命很长,这是村里生活富裕的第一个标志,而且他们个个长得又高又大,一头白发。常常会听到有人说:"是啊,阿加菲娅已经年过八十三啦!"或者这样的对话:

"潘克拉特,你什么时候才死啊?你大概有一百岁了吧?"

"老爷,您说什么来着?"

"我问,你有多大年纪啦!"

"老爷,这连我自己也记不清喽。"

"那么,你可记得普拉东·阿波洛内奇?"

"那当然,老爷。我记得清清楚楚。"

"啊,你看。那就是说,你至少也有一百岁啦。"

老头挺直腰板,站在地主的面前,温顺而又负疚地笑着。好像在说:有啥办法呢,真对不起,我活得太长了。他要不是在彼得节前的斋戒期里吃了过多的大葱,说不定活得还要长呢。

---

① 东正教教堂往往用重大事件、神话人物或教会名人来命名,并以发生该事件的日子或该人的生日作为本教堂的节日。

我还记得他的老婆子。那时，她整天坐在门廊边的长凳上，弓着背，耷拉着脑袋，双手扶着凳子不住地喘气，总在想什么心事。"准是在为她的家私担心呢，"农妇们说，因为在她家里的那几个大箱子里确实藏了不少"家私"。而她则像没有听见似的，只管闷闷不乐地抬起眉毛，两眼像瞎子一般望着远处，耷拉着脑袋，仿佛竭力要回想起什么来。老婆子的身材挺高大，整个模样使人产生忧郁的感觉。她那条毛料裙子几乎还是上世纪留下的，那双麻绳鞋像是专给死人穿的，脖子枯瘦蜡黄，而斜纹棉布衬衫倒总是雪白雪白的，"即使就这样入殓也行"。门廊旁边横着一块大石板，那是她自己买了准备筑墓用的。她连寿衣也备好了，那是一件挺考究的寿衣，绣有天使、十字架，边上还印着祷文。

维谢尔基村的农舍也同老寿星们相配：一色的砖瓦房，还是先辈们建造的。有些殷实的庄户人家，如萨维里家、伊格纳特家、德隆家都是两三幢房子连在一起，因为村里还不时兴分家。这种家庭常常养着蜜蜂，以拥有高大的青灰色比秋格公马而感到自豪，并且把庄园收拾得井井有条。打麦场旁边是一片黑压压的大麻田，大麻长得又稠密，又茁壮；场上耸立着谷物烘干房和禾捆干燥棚，房顶铺得整整齐齐，简直如梳过的头发一般；干草棚和谷仓都装上了铁门，里面存放着粗麻布、纺车、新皮袄、带金属饰件的马具，嵌着铜箍的斗。大门和雪橇上都用火烙上了十字架图像。至今，我还记得，那时感到当个庄稼汉是件挺诱人的事。当我在阳光灿烂的早晨骑着马在村子里转悠时，老是在想，割麦，脱粒，在打麦场的草垛上睡觉，节日拂晓时起床，听着从村里传来的浑厚悦耳的钟声，在木桶边洗脸，穿上干净的麻布衬衫、干净的麻布裤子以及打着铁掌的结实靴子，那该是多么美妙啊。此外，我想，若是再有一位健康而又美貌的妻子，穿着节日的盛装，同我一起乘着马车去教堂做礼拜，然后到大胡子的老丈人那儿吃午饭，桌上有装在木盘里的热气腾腾的羊肉，还有白面包、蜂蜜、家酿啤酒——能过上这样的日子，还有什么不满足的！

我还记得，中等贵族的生活方式跟殷实的庄户人家的生活方式有许多共同之处，那完全还是不久以前的事。他们同样善于持家，也同样过着那种老派的安宁生活。比如，安娜·格拉西莫夫娜姑妈的庄园就是如此；她住在离维谢尔基村十二俄里远的地方。每当我骑马抵达这个庄园时，天便已经大亮了。由于随身带着一群猎狗，便只好让马走小步，再说我也不想急于赶路，流连在朝阳初升、凉风习习的空旷原野上是多么惬意啊！地势平坦，可以望得很远。天空是多么明净，多么深邃。太阳从一侧照过来，那雨后被大车压得瓷瓷实实的道路看上去油光光、亮闪闪的，好像钢轨一般。四周是一大片田地，茁长着绿茸茸的冬小麦，欣欣向荣。一只小鹰不知从什么地方腾飞而起，盘旋着冲向澄碧的天宇，然后悬在空中凝然不动，只是扑了几下尖尖的翅膀。一根根电线木杆正向着晴朗的远方延伸，看起来一清二楚，上面的电线则如银色的琴弦，沿着斜悬的碧空滑行。电线上停着许多红脚隼，活像乐谱上的一个个黑色音符。

我没有经历和见识过农奴制，不过记得，在安娜·格拉西莫夫娜姑妈那儿是有过一点体验的。我骑着马一进院子，便当即觉得这里依然存在着农奴制的遗风。庄园并不大，但整体显得古朴而又坚固，四周长着百年的白桦和柳树。院子里的建筑物虽不高大，但挺实用，数量很多，而且它们全都像是用深色的橡树原木拼建起来的，屋顶则一色盖着干草。只有那间发黑的下房显得比较突出，这与其说是由于它特别大，倒不如说是由于特别长。家奴阶层中最后的莫希干人——几个拱肩缩背的老头儿和老婆子，以及一个长相活像堂吉诃德、已是风烛残年的不再当差的厨师正从下房里探头往外张望。当我策马进入院子后，他们都吃力地站起身来，深深地鞠躬。白发苍苍的马车夫从马车棚那儿走过来，把马牵走。他还在车棚边便把帽子摘下来，光着脑袋穿过了整个院子。当年，他在姑妈乘马车外出时是专门骑在纵列辕马的第一匹上当御者的，现在则替她驾车，送她上教堂做礼拜。冬天驾的是一辆运货的小马车，夏天驾的则是一辆结实的包铁皮四轮马车，就像神父们乘坐的那一种。姑妈家的花园由于常年无人照管，由于栖居着大群夜莺和斑鸠，由于出产许多苹果而出了名，而房子则以其屋顶出了名。房子是院子中的主屋，旁边就是花园，被几棵椴树的枝丫环抱着，面积不大，矮墩墩的。不过，它建造至今似乎还不到一百年。从其支撑着高得出奇，厚得罕见，由于年深日久而发黑变硬的草屋顶来看，它还相当坚固。我老是觉得，这房子的正面像个有生命的东西，似乎是张老人的脸，一双深陷的眼睛从大帽子下面紧瞅着你。这眼睛便是那两扇由于日晒雨淋而呈珠母色的玻璃窗。在这双眼睛的两边是门廊，两道带圆柱的古色古香的宽大门廊。门廊的三角楣饰上总是停飞着许多吃得饱饱的鸽子。与此同时，数以千计的麻雀像阵阵急雨似的从一片屋顶撒落到另一片屋顶……在秋日的碧空下，到这样的安乐窝来做客，心里是多么舒畅啊！

一进入屋子,首先闻到的便是苹果的芬芳,然后才是其他的气味:老式红木家具和干椴树花的香气,这些椴树花从六月份起便搁在窗台上了……在所有的房间,不管是在仆人房、厅堂还是会客室里,都是那么幽暗和阴凉,这是因为屋子四周是林木葱茏的花园,而上方的那排窗玻璃又是彩色的:有蓝,也有紫。到处是那么静谧、整洁,尽管看起来那些镶花的圈椅和桌子,那些嵌在狭窄的、带螺旋花纹的镀金镜框里的镜子似乎从来没有人触动过。这时,听到有人在咳嗽:那是姑妈出来了。她的个子不高,但也跟周围的东西那样,显得挺结实,肩头围着一条宽大的波斯披巾。她走出来时神态庄重,但挺和蔼。接着,便同你无休止地谈论起往事,谈论起家产的继承问题,同时也开始款待起客人来:起先摆出了梨子、苹果,有安东诺夫卡、"白夫人"、波罗文卡、"丰产"等品种,然后便是一顿丰盛得令人称奇的午餐,煮得透红的火腿肉加青豆,填着馅儿的整鸡、火鸡肉、各色醋渍菜蔬和红色的克瓦斯①,克瓦斯是浓浓的,极甜极甜……朝向花园的窗户全打开了,从那里吹进一阵凉爽的秋风,令人陶然欲醉……

三

近年来,只有一件事还在支撑着日见衰颓的地主们的精神,那便是狩猎。

先前,像安娜·格拉西莫夫娜那样的庄园并不罕见。许

---

① 一种用黑麦面包或黑麦粉和麦芽制成的微酸清凉饮料。

多庄园尽管日趋破落,但依然能过着阔绰的生活,拥有大片领地和二十来俄亩的果园。这类庄园中有一些至今犹存,但已经没有什么生活可言了……再也没有三套马车,没有供坐骑的吉尔吉斯种马,没有猎狗、灵猩,没有家仆,也没有这一切的拥有者——像我已故的内兄阿尔谢尼·谢苗内奇那样热衷狩猎的地主了。

从九月底起,我们的果园和打麦场便变得空荡起来,天气通常会发生剧烈的变化。狂风整天撕扯和摇撼着树木,大雨从早到晚地浇淋着它们。有时,在傍晚之前,西沉的太阳会透过压得低低的乌云,射出一缕若隐若现的金光;空气变得洁净而又清新,夕阳的余晖令人目眩地闪耀在树叶和枝丫之间,而枝叶则在风的吹拂下像一张活动的网一般摇曳,摆舞。北边,在沉重如铅的乌云上方,有一角晶莹的蓝天闪熠着冷冷的光华,而从这些乌云的后面又慢慢地飘浮出一堆堆犹如雪山一般的白云。这时,你站在窗口便会想:"谢天谢地,天总算可以放晴了。"可是,风却没有静息下来。它搅扰着花园,将从下房的烟囱里不断冒出的炊烟吹散,并把一团团不祥的乌云再次驱赶过来。乌云压得低低的,跑得飞快,不一会儿便像烟幕一般把落日遮掩了起来。最后一线阳光熄灭了,蓝天上的缝隙渐渐闭合,花园变得荒凉而又沉闷,雨又淅淅沥沥地下了起来……起先很小,只有两三滴,然后越下越密,最后变成了一场滂沱大雨,狂风怒号,天色墨黑。开始了令人惊惶不安的漫漫长夜……

果园经过这样一番折腾变得光秃秃的,遍地都是浸湿的树叶;它似乎默默地听任着命运的摆布。然而,等到天气转为晴好,等到十月初那些明朗、寒冷的日子——告别秋季时那些佳节一般的日子来临时，它又会变得多么美丽！尚未脱落的叶子将会挂在树上，直到下了几场初雪才离开枝头。黑漆漆的树木映衬出冰凉的碧空，在阳光中取暖，恭顺地等候冬天的来临。经过翻耕的田地变得黑油油的，只有一丛丛越冬作物为它增添亮绿的色彩……打猎的季节到了！

于是，我回忆起在阿尔谢尼·谢苗内奇庄园里的日子，记得自己坐在一幢大房子的客厅里，那儿洒满了阳光，弥漫着烟斗和卷烟喷出的烟雾。在座的有许多人，都给晒得黑黝黝的，脸上的皮肤被风吹得干裂起皱，身上一色穿着腰部带褶的猎装，足蹬长筒靴。大家刚刚饱餐了一顿，脸涨得通红。每个人都兴奋地大声谈论着即将开始的打猎活动，不过也没有忘记饭后把留下的伏特加喝完。院子里有人吹着角笛，一群猎狗便以各种声调吠叫起来。有一条乌黑的灵猩，阿尔谢尼·谢苗内奇的爱犬，猛一下子蹿到餐桌上，大口大口地啃着盘子里剩下的酱汁兔肉。可是，它又突然发出一阵可怖的尖叫声，从桌上跳下去，碰翻了许多碟子和酒杯。原来那是阿尔谢尼·谢苗内奇从书房走出来，手里握着短柄马鞭和左轮枪，心血来潮地朝狗开了一枪，把客厅里的人耳朵都震聋了。硝烟使房间变得更加雾气腾腾，而阿尔谢尼·谢苗内奇却站着发笑。

"可惜打偏了！"他挤眉弄眼地说。

他的身材颀长而又瘦削，不过肩膀很阔，四肢匀称，面容像个英俊的茨冈男子。两眼闪着野性的光芒，动作十分机灵。身穿紫红色的绸衬衫和天鹅绒的灯笼裤，脚下是双长筒靴。他开枪把狗和客人们吓了一跳之后，便半开玩笑半带庄重地用男中音朗诵起诗来：

> 是时候了,快给顿河种快马备鞍,
> 再把吹得嘹亮的角笛挎上肩头!

还大声说道:

"好吧,我们别浪费宝贵的时间啦!"

我至今还能感觉到,每当傍晚骑着马随同阿尔谢尼·谢苗内奇那吵吵嚷嚷的一大帮人出发时,是怎样贪婪地大口大口把晴天湿润的冷空气吸入年轻的胸膛的;我们兴奋地听着猎犬喧闹而又悦耳的吠叫声,放它们扑向阔叶林,扑向"红岗",或是扑向光是地名就使猎人激动起来的"雷鸣岛"去。我骑在一匹性子暴烈、强壮而敦实的吉尔吉斯马上,紧勒住缰绳,感到自己同它几乎融为一体。马儿老是打着响鼻,要求让它撒腿飞奔;马蹄踩在犹如厚实而又柔软的地毯一般的黑糊糊的落叶堆上,发出了响亮的沙沙声,每一声都在寂寥、潮湿而又寒冷的森林中传得很响。前边远处传来一声狗叫,接着是第二条狗、第三条狗作出回应,叫声狂热而又悲凉,刹那间所有猎狗全都应和起来。整个森林好像用玻璃做成的一般,被猎狗的狂吠和人的喊叫震得叮当直响。在这一片喧嚣中,突然听到砰的一声枪响,人和猎狗全都"来了劲",朝着远处什么地方冲去。

"别放跑——啦!"有人用绝望的声调喊道,音量大得响彻整个森林。

"对,别放跑啦!"头脑里掠过一个令我陶醉的念头。我对马儿大喝一声,它便像挣脱了链子一般往前冲,在森林中纵蹄狂奔,连路也不加分辨。一棵棵树木在我眼前飞闪而过,马蹄踢出的烂泥溅到了脸上。我刚冲出森林,便见到一群毛色斑杂的猎狗拉开距离在冬麦田里往前跑。于是我使劲催促那匹吉尔吉斯马去横截逃走的野兽,穿过冬麦田、初耕过的休闲地和麦茬地,可结果却闯到了另一片孤林里。那群猎狗没了踪影,也听不到它们的狂叫和呻吟声。这时,我由于紧张的追赶而浑身湿透,抖个不停,赶快把汗出如浆、嘶声喘气的马儿勒住,一边张口贪婪地吸着树木丛生的谷地中冰凉湿润的空气。猎人们的喊声和狗的吠叫声渐渐消逝在远处,我的周围是死一般的寂静。成片参天大树呈半敞开的态势,凝然不动地挺立着,使人觉得像是闯进了一座富丽堂皇的禁宫之中。从沟壑里透出一股股受潮的蘑菇、腐烂的落叶和浸水的树皮的强烈气息。这种潮气变得越来越重,森林里也变得越来越冷,越来越暗……是该回去歇息的时候了。但是,在狩猎之后再让猎狗集合起来可不是一件容易的事。好长时间都听到有人在森林中绝望而又悲哀地吹着角笛,好长时间都听到人们在吆喝和詈骂,猎狗在尖叫……最后,当天已经全黑的时候,一帮猎人蜂拥到某个几乎素不相识的独身地主的庄园里投宿;庄园的整个院子顿时闹腾起来,主人家里的人从屋里拿出灯笼、蜡烛和油灯,迎接这些不速之客,灯火把院子照得通明……

有时候,猎人们会在好客的邻居家里一连住上好几天。他们在大清早迎着凛冽的寒风,踏着湿漉漉的初雪,骑马赶往森林和田野去打猎,直到临近黄昏才回来。一个个浑身泥浆,脸色通红,散发出马汗味和捕获到的野兽毛皮的膻味,然后便开始了开怀畅饮。在田野的寒风中奔波了一整天之后,坐在挤满人的明亮房间里感到十分暖和。大家解开猎装的纽扣,从一个房间走到另一个房间,不拘礼节地又吃又喝，闹哄哄地互相交流着有关击毙老狼的体会。那条老狼就横躺在客厅中央，龇牙咧嘴，翻着白眼，毛茸茸的尾巴甩在一边，已经变冷的淡红色血污弄脏了地板。喝了伏特加，吃饱了肚子之后会感到一种陶然的惛困，一种为年轻人所特有的愉悦的睡意，以至觉得别人的说话声似乎是隔了一重水才传到耳里的。经过风吹的脸是热烘烘的，闭上眼睛之后觉得脚下的地面在漂浮。当我进入拐角一个供着小圣像和长明灯的古色古香的房间，躺到床上，躺到软绵绵的鸭绒褥子上时，眼前像火光似的闪现出一条条毛色斑驳的猎狗幻影，全身感到骑马腾跃后的酸疼；然后不知不觉地随同这些幻影和感觉一起沉浸到香甜的美梦中，甚至忘了昔日这个房间是一个老头的祈祷室，其名声是同许多有关农奴制的阴森可怖的传说联系在一起的，而且他兴许就死在这间祈祷室里。

有些日子，我睡过了头，错过了打猎出发的时间，那么休息起来就特别惬意。一觉醒来，久久地躺在床上。整幢房子里都是静悄悄的。只听到花匠蹑手蹑脚地走进一个个房间把火炉生旺，以及劈柴燃烧时发出的噼啪声。在这个已经充满冬天气息的清静的庄园里，我可以安安心心地待上一整天呢。我不慌不忙地穿好衣服，在果园里转悠了一会儿，从湿漉漉的叶丛中偶尔找到一个被人忘却的冰凉的、湿漉漉的苹果。不知什么原因，我觉得它特别甜，跟别的苹果完全不一样。然后，我便去浏览藏书，那都是祖辈传下来的。它们有着厚实的皮革封面，精制的山羊皮书脊上烫着一颗颗小金星。这些书就像教堂里的经籍那样，书页已经泛黄，纸张又粗又厚，但气味却是多么好闻啊！这是一种馥郁而有点发酸的霉味，一种古老香水的芬芳，书页上的眉批也挺有意思，那是用羽毛笔写的，字体很大，笔迹圆润柔和。翻开书来，读到"这是堪与古今哲人媲美的思想，是智慧的花朵，是出自肺腑的真情"……便不由自主地被这本书吸引住了。这是一本某"贵族哲人"[①]所写的讽喻性故事，是一百多年前在一位"荣膺许多勋章的人士"资助下由社会救济公署印刷厂承印出版的。书中讲述的是"贵族哲人有空闲时间，也有能力，探讨一个人的才智能达到何等水平。他曾有意构想一项如何在本地村庄的开阔地方建设一个上流社区的计划"……然后，我在无意中看到一本《伏尔泰先生讽刺性和哲理性作品集》，久久地被译文那种亲切而又有点矫揉造作的笔调迷住了："我的先生们！伊拉斯谟[②]。在十六世纪颂扬了愚昧；（这个分号便是一种矫揉造作的语气间歇。）你们却要求我在这里赞美智慧……"然后，我从叶卡捷琳娜[③]朝的古籍转到浪漫主义时代，转到文选，转到感伤主义那些文辞夸张而又冗长的长篇小说上来……这时，从挂钟里跳出一只布谷鸟，在空无一人的屋子里，带着忧伤而又有点嘲弄似的声调，朝我咕咕啼叫。于是，一种甜蜜而又奇特的愁绪悄悄地潜入我的心扉。

啊，这是《阿历克西斯的秘密》，这是《维克多，或森

---

① "贵族哲人"是俄国作家费奥多尔·伊凡诺维奇·德米特里耶夫-马蒙诺夫（1728—1790年左右）的笔名。在此所指的是他于1796年在斯摩棱斯克出版的《讽喻故事集》。
② 伊拉斯谟（1469—1536）文艺复兴时期尼德兰的哲学家，作家和神学家，著名的人文主义者，曾创作讽刺性作品《愚人颂》（1509）
③ 指俄国女皇叶卡捷琳娜二世（1729—1796）。从1762年起在位。她自诩"开明君主"，并同伏尔泰有书信来往。在其当政时，俄国出版了一些伏尔泰的作品。

林之子》[1]："午夜的钟声敲响了！神圣的谧静取代了白昼的喧闹和农夫欢乐的歌声。梦神展开黑糊糊的翅膀，覆盖住我们半球的大地；他从翅膀上抖下罂粟花和幻想……幻想……它们往往只会加剧不幸者的痛苦！……"眼前闪现出一个个亲切而又古老的词语：悬崖与橡树林，苍白的月亮与孤独，鬼魂与幽灵，"厄洛斯[2]们"，玫瑰与百合花，"顽童的胡闹与恶作剧"，百合花似的纤手，柳德米拉与阿林娜……啊，这是几本杂志，上面刊有茹科夫斯基、巴丘什科夫、皇村学校学生普希金的名字。于是，我满怀惆怅地缅怀起我的祖母来了。我回忆起她怎样在古钢琴上弹奏波洛涅兹舞曲，怎样带着懒洋洋的神情朗诵《叶甫盖尼·奥涅金》中的诗篇。于是，那种古雅的、充满幻想的生活再次浮现在眼前……当年，在贵族庄园里曾经生活着多好的少女和妇人啊！现在，她们正从墙上的肖像画里俯视着我。她们脸庞清丽而又显出贵族式的端庄，头上梳着古色古香的发式，长长的睫毛带着女性特有的妩媚垂在忧伤而又温柔的秀目上……

四

安东诺夫卡苹果的芬芳正从地主庄园中消失。虽说果园飘香的日子还是不久以前的事，但我却觉得从那时起似乎已经过去了整整一百年。维谢尔基村的老人们一个个地亡故了，安娜·格拉西莫夫娜去世了，阿尔谢尼·谢苗内奇开枪

---

[1] 法国作家迪克雷-迪米尼尔（1761—1819）的两部长篇小说。
[2] 希腊神话中的爱神。

自杀了……小地主们当家的时代开始了,这些小地主已经破落得近于要讨饭的地步。不过,即便这种贫穷的小地主的生活也有其美妙之处!

我又看到自己再次来到农村,那是在深秋时分。天色虽有点蓝,但阴沉沉的。早晨,我跨上马,带着一条狗,背起猎枪和角笛,往野外驰去。强劲的风迎面刮来,有时还夹着干雪,吹在枪筒里发出一阵阵嘘嘘声。整整一天我都游荡在空旷无人的原野上……将近黄昏时,我回庄园去,感到又冷又饿。然而,当我见到前方闪现出维谢尔基村的灯火,闻到从庄园里飘出的人家炊烟的气味时,心头顿时觉得又温暖,又愉快。我至今还记得,我们家里的人喜欢在这个时候摸黑闲聊,不点灯,就在半暗不明的房间里拉家常。我走进屋里,发现窗户已经安上过冬用的双重玻璃窗框,这使我心里更加渴望过一个宁静的冬季。在下房里,有个雇工正在生炉子。我便像在童年时那样,蹲在一堆已经散发出浓重的冬季寒气的麦秸边,时而瞅着熊熊燃烧的炉火,时而望着窗外,外边苍茫的暮色正在消逝,一片凄凉。然后,我往另一个下房走去,那里灯火通明,十分热闹:村姑们正在剁白菜,手里的弯刀亮闪闪的。我一边听着她们剁菜时发出和谐的咚咚声,一边听着她们和谐地唱着又悲又喜的农谣……有时候,邻村的某个小地主驾车路过我们家,便把我接去住上几天……小地主的生活也确有美妙之处!

小地主总是大清早便起床了。他使劲伸个懒腰,下了床,用廉价的黑烟丝或者干脆用马合烟替自己卷了支粗大的烟卷。十一月份的黎明以其熹微的晨光照亮了陈设简单、四壁空空的书房,照亮了床头的几张粗糙发硬的黄色狐皮,也照亮了那个人矮壮的身影,他穿着灯笼裤和竖领衬衫,没束腰带,镜子里则映现出了他那酷似鞑靼人的睡眼惺忪的脸庞。半明不暗的屋子里挺暖和,依然还是死一般的寂静。那个年迈的厨娘还在门外的走廊里打鼾酣睡。她从小姑娘那时候起便在主人家里干活了,但这并不妨碍老爷用嘶哑的嗓门对她吆喝,声音大得震撼了整座房子:

"卢克里娅,生茶炊!"

然后,他穿起靴子,把外套朝肩上一披,衬衫纽扣也不扣,便往门廊那边走。在上了锁的穿堂里有一股狗的气味;几条猎狗伸着懒腰,尖声叫着,讨好地围住了他。

"那就走吧!"他像表示宽容俯就似的,用男低音慢悠悠地喝道,然后便穿过果园,朝打麦场方向走去。他敞开胸膛,呼吸着拂晓时分凛冽的寒气,闻着冻了一夜的光秃秃果园中的沁凉气息。白桦林小径两旁的树木已经给砍掉了一半,小径上的落叶在受冻之后拳曲发黑,给靴子一踩便簌簌地响着。几只竖起羽毛的寒鸦栖宿在禾捆干燥棚的屋脊上,衬着曙光依稀的低垂的天空,显得格外分明……这可是打猎的好日子!老爷站在小径的中央,久久地眺望着秋天的原野,眺望着绿油油的冬麦田,田里空旷无人,只有几头小牛在其间徘徊。两条母猎狗不住地尖叫着,围着他的脚打转转,而那条叫"醉鬼"的公狗已经出了果园;它在刺脚的麦茬地里跳来跳去,仿佛在召唤,在请求主人赶快到旷野去。可是,现在光带着几条猎狗能干些什么呢?野兽此时都待在旷野、初耕过的休闲地和冷僻的小路上;它们是不敢待在森林里的,因为在森林里风把落叶吹得簌簌响……唉,现在若是有一两条灵提那可多好!

在禾捆干燥棚里，人们正在准备脱粒。脱粒机的滚筒渐渐加快转速，发出隆隆的声音。套在传动装置上的几匹马懒洋洋地拉紧套索，用腿支地，绕着撒满马粪的那个圈子，摇摇晃晃地往前走。赶马人坐在传动装置中央的那条小板凳上，一面跟着转，一面用单调的嗓音对马吆喝着；他的鞭子老是抽在那匹棕色的骟马身上，因为它在几匹马中最懒，而且仗着双眼被蒙住了，竟然边走边打起瞌睡来。

"姑娘们，快，快！"负责投料的中年汉子穿起宽大的粗麻布衬衫，厉声喊道。

姑娘们急急忙忙地把脱粒场所打扫干净，扛着抬架，拿着扫帚跑来跑去。

"上帝保佑！"投料的人说罢便投下第一捆麦子，试试机器运转得怎么样。这捆麦子带着嗡嗡声和呼啸声穿过滚筒，撒落的麦粒呈扇形自下而上地飞溅而出。滚筒的轰隆声变得越来越稳定，人们干得热火朝天。不久，所有的声响渐渐汇合成一曲喧腾动听的脱粒乐章。老爷站在禾捆干燥棚的门口，只见棚里暗处闪现出红色和黄色的头巾、手、耙子、麦秸。所有这一切都随着滚筒的轰鸣声和赶马人单调的吆喝声、鞭子声在有节奏地移动着和忙碌着。麦糠像一团团烟雾似的朝门口飞去。站在那里的老爷沾了一身，弄得浑身灰不溜丢的。他时不时回头眺望原野……过不久，原野就要披上银装，过不久它就要覆盖上一重初雪……

初雪终于纷然而降，这是头一场雪啊！没有灵猩，在十一月份是无法狩猎的。可是，现在冬天一到，就可以同猎狗一起"干活"了。于是，小地主们又跟昔日那样聚集到一起，用仅有的一点钱买酒喝，整天待在白雪皑皑的原野上消磨时间。

而到了晚上,他们就落脚在某个偏僻的田庄。

在昏黑的冬夜,老远就能看到从那边厢房里透出的亮光。

在那间小小的厢房里,一团团烟雾在飘浮,蜡烛发出昏黄的光,吉他给调好了弦……

  暮色中刮起了一阵狂风,
  刹那间吹开了我家大门——

有人用洪亮而低沉的男高音唱了起来。其余人则装作开玩笑一般,虽然心里充满了忧愁和绝望,但还是鼓起勇气,参差不齐地应和着:

  刹那间吹开了我家大门,
  那白雪掩埋了大道小径……

一九〇〇年

冯玉律　译

松树

一

傍晚,被大雪覆盖住的屋子里静悄悄的,而外面森林里暴风雪在咆哮……

早上,我们普拉托诺夫卡村的村警[①]米特罗方死了,神父赶来已来不及为死者举行终傅礼[②],到黄昏时便坐在我这里,边喝茶边议论,说是今年死掉的人可真多……

"这不是童话中的森林又是什么呢?"我想,一边倾听着窗外森林的喧哗,以及夹着飞雪的旋风掠过屋顶所发出的凄厉尖叫。我想象有一个旅人在我们这一片密林里打转,他觉得永远找不到出路了。

"这些小屋里有人住吗?"他在一片弥漫的飞雪中好容易看清了普拉托诺夫卡村后说。

但是,寒风使他喘不过气来,雪花迷糊了他的双眼,透过暴风雪恍惚看到的闪现的灯火,刹那间就没了踪影。何况,这是不是人的住房呢?童话中的老妖婆不也是住在这种黑魆魆的小房子里的吗?"小房子,小房子,背向森林面向我,接待旅客来投宿!……"

整个傍晚我都躺着，想象着我家那些灯火通明的小窗子，它们在被暴风雪染得一片白的怒吼的森林中怯生生地闪烁明灭，显得多么孤独可怜！屋子坐落在宽阔的林间小路边，环境很幽静，但是当狂暴的飓风驾着雪的翅膀，像一个巨大的幽灵似的从森林上空飞驰而过时，耸立在周围的高大松树便同飓风应和着，发出威严、深沉的呼喊，此时走在小路上可真让人害怕。雪片在森林中疯狂地乱窜乱飞；穿堂中的那扇门没有关紧，以罕有的力量轰然撞击到墙上，躺在穿堂里的几条狗顿时给埋进了雪堆，好像盖上了一重厚厚的绒毛被。它们在睡梦中尖声哀叫，身子抖个不停……我不由得又想起了米特罗方，他竟要在如此阴沉的夜里等待下葬。

房间里又暖和又安静。玻璃窗上闪耀着五颜六色的寒光，好像镶着一颗颗小小的宝石。炉炕烧得很热，而我对户外的喧哗和碰击声已经习以为常，所以不加注意。桌子上的灯懒洋洋地投射出柔和的光芒，勉强可以听到灯里点燃的煤油发出均匀的吱吱声，这声音既单调又模糊，好像发自地下一般。不知是谁在隔壁的厨房里唱歌，哄孩子睡觉，可能是费多西娅本人，也可能是她的阿纽特卡。阿纽特卡从小就喜欢在言行上模仿她那些老是唉声叹气的婶婶和母亲。听着这支打从孩提时代起就熟知的歌谣，听着这些喧哗和碰击声，整个人都会陶醉在这漫长的夜晚中。

---

① 旧俄时代由村里人自行选任的农村下级警士。
② 东正教圣事之一种，行之于病危者：诵念祈祷经文，并用经祝圣的橄榄油敷擦额、颊、唇、胸和手，以使病人免除身心之病痛，并从其未获赦免的罪过中解脱。

睡神游穿堂，
催人进梦乡……

如怨似诉的歌曲在心头回响，而夜晚像影子一般无声无息地盘旋在头顶上方，那煤油灯发出的吱吱声，犹如渐渐消逝的蚊鸣，使人着魔，而煤油灯投射到天花板上的那个暗淡的光环则神秘地颤抖着，在原地摇曳。

突然，穿堂里传来了踩在柔软干雪上的吱吱嘎嘎的脚步声。前室的门砰地一响，不知是谁的毡靴踏在地板上。我听到有人在门上摸索着把手，然后感到刮进一阵寒风，吹来一股一月的暴风雪所特有的清新气息，这气息十分强烈，味道就像切开的西瓜。

"您睡觉了吗？"费多西娅小心翼翼地低声问道。

"没有……怎么啦？是你吗，费多西娅？"

"是我，"费多西娅答道，嗓音也变得响亮和自然了。"我是不是把您吵醒啦？"

"没有。你有什么事？"

费多西娅没有回答，只管回过头去，看看门是不是关好了，然后笑了一笑，站到炉子边。她只是想来看看我。这是一个身材不高，但长得挺结实的女人，身穿一件短皮袄；她的头上裹着条围巾，看上去活像一只猫头鹰，短皮袄和围巾上的雪正在融化。

"外边雪真大，像扬起的尘土一样！"她高兴地说着，一边缩着身子，朝炉边靠近，"时间已经很晚了吗？"

"九点半。"

费多西娅点点头，然后想起心事来。她在一天里已经做

米佳的爱情 | 049

了好多家务琐事。现在,她迷迷糊糊地休息了。她的一双茫然无神的眼睛惊讶地盯着灯火,惬意地张大嘴巴打了一个哈欠,一边嘟哝着:

"唉,上帝啊,老要打哈欠,真叫人没办法!我倒是真可怜那个米特罗方!整天会想起他来,现在又要担心我们家那些人:不知道他们动身回家了没有?要是上了路,那准会冻得要死!"

突然,她急匆匆地补上一句:

"等一等。现在您哪一边的耳朵里在响?"①

"右耳朵,"我答道,"今天他们是不会动身的……"

"那您可猜得不对!我倒是摸熟了我家那口子的脾气。我担心,他会给冻坏的……"

一心想着暴风雪的费多西娅开始讲述起来:

"有一次,那是在四十殉教圣徒纪念日②发生的事情。我讲给您听,那可真是吓人!您当然是记不起来啦,您那时大约还不到五岁呢。我可记得清清楚楚。那时,有多少人冻死了,有多少人冻伤了……"

我没有听她。她知道的关于暴风雪的所有故事我都已经记得滚瓜烂熟了,所以只是机械地捕捉着她的一词一句,而这些词句又同我自己内心的话语奇怪地交织在一起。"不在别的王国,不在别的国度,"我的心中响起了常常给我讲故事的老牧人那动听而又低沉的声音,"不在别的王国,不在别的国度,就在我们生活的这个国家,从前有过一个聪明的

---

① 旧俄民间迷信:右耳朵里响预示有好消息,左耳朵里响预示有坏消息。
② 东正教节日,在每年的3月22日。

小伙子……"

森林在吼叫,犹如风神奏响了千百架风鸣竖琴[1],但声音又受到墙壁的阻隔,被暴风雪压低了。"睡神游穿堂,催人进梦乡",我们那些民间歌谣中的人们忙碌了一天之后,吃了点"松林里的"面包,喝了点沼泽中的清水,此刻正在普拉托诺夫卡村里睡觉。主啊,你来权衡一下他们生生死死的意义吧!

突然,狂风竭尽全力把穿堂里的门砰的一声拍击到墙上,犹如一大群鸟儿一般,哗啦啦地呼啸着掠过屋顶。

"哎哟,主啊!"费多西娅颤抖着,皱起眉头说,"在这样可怕的夜晚还是早一点睡觉吧!您现在要吃晚饭吗?"她补了一句,一面使劲去抓住门把。

"还早呢……"

"我那个讨厌鬼,不必等他到鸡叫三遍啦!还是吃了晚饭去睡觉,睡我自己的觉吧!"

门慢慢地打开后关上了,我又是一个人待着,心里老是想起米特罗方。

这是一个又高又瘦,但体格强健的庄稼汉,走起路来步子很轻快,身材匀称,不大的脑袋总是往后仰着,一双灰蓝色的眼睛显得很活泼。冬夏两季,他那双长腿总是整整齐齐地裹着灰色的包脚布,穿着树皮鞋。冬夏两季,他还老爱穿着那件破旧的短皮袄。他的头上总是戴着一顶自制的兔皮毛里帽子。从这顶帽子下面露出了他那张饱经风霜的脸,鼻子上脱了皮,胡子稀稀拉拉,但他的眼神却是多么和蔼可亲!

---

[1] 一种古代乐器,狭长木匣状,内有 8—13 根琴弦,装于屋顶,随风而鸣。

这是一位善于辨认野兽踪迹的猎人，一个地地道道的农家猎户，他身上的一切都予人一种纯朴的印象：他的外貌，他的帽子，他那条膝部打着补丁的裤子，他身上那股不带烟囱的农舍的气味，他的单筒猎枪。当他出现在我房间的门口，用短皮袄的衣襟擦着给风雪弄得湿漉漉的褐色面孔——这张面孔由于长着一双绿莹莹的眼睛而显得生动活泼，房间里顿时充溢着一股来自森林的清新的空气。

"我们这儿挺不错！"他经常对我说，"主要的一点是森林挺大。当然，有时面包或者别的东西稍有不足，不过不必埋怨上帝：有了森林，就靠森林吃饭吧。也许，我比别人还要困难一点，我家里光孩子就有一大堆，但我还是支撑着，支撑着！狼是靠四条腿吃饱肚子的。我在这儿住了多少年，可还是没有住厌……过去的事情我一点也没记住。夏季或者说是春季，好像有过那么一两天，其余的再也没有印象了。记得牢的是冬季的日子，不过也是天天一个样。可是，没有觉得厌烦，挺好。我在森林里走啊走，从一片森林到另一片，前面出现一块发青的地方，那是林中空地，还看到村子里耸起的十字架……走到那里，睡上一觉，醒来又是早晨，又得去干活……马儿长着个脖子，就得找个颈圈套！听人家说，住在森林里，就得朝着树墩做祷告，问问应该怎样过日子，谁也不知道。看来，就像个长工那样过日子吧：叫你干什么，你便干什么，这样就够了。"

确实，米特罗方像打长工一般度过了一生。需要穿过那条困难重重的林中道路，米特罗方便老老实实地走下去……只有疾病使他中断了行程，他只好在阴暗的农舍里躺了一个多月，一直到死。

"抓住一根稻草是救不了命的!"当我建议他到医院去看病时,他宽厚地笑着对我说。

谁知道他说得对不对呢?

"死去,送了命,没有挺过来。那意味着,命定如此!"我这样想,一边站起身来,想到户外去走走。我穿上皮袄,戴起帽子,走到灯前。一时间,窗外暴风雪的呼啸使我犹豫起来,但随后我断然把灯吹灭了。

我穿过一个个空荡荡的暗房间,那里的窗户朦朦胧胧地呈现出灰白色,由于刮来一阵阵旋风,它们时而变得明亮一点,时而又暗了下来,活像处在颠簸的船舱中那样。在前室跟在穿堂里一样冷,闻到一股潮湿而又冻透的树皮味,那是从准备生火炉的劈柴堆里散发出来的。一幅硕大的古老圣像挂在屋子里最显要的墙上,黑不溜秋的,上面画着圣母,以及躺在她膝头上的已死的耶稣……

屋外,狂风撕扯着我的帽子,把我从头到脚都撒满冰冷的雪花。可是,深深地吸一口冷飕飕的空气,感受一下皮大衣钻进风后变得又轻又薄的感觉是多么奇妙啊!刹那间我停下脚步,想定睛看看……又一阵狂风扑面而来,弄得我透不过气来。我只来得及看清楚被旋风卷起的两三团飞雪沿着林间小路奔驰,直冲田野而去。在暴风雪的喧哗中,突然响起森林的吼声,犹如管风琴的奏鸣。我紧缩着头,几乎齐腰陷入雪堆里,久久地往前走,自己也不知道往哪里去……

看不见村子,也看不见森林了。不过,我知道,村子在右边,在村子的尽头,在此刻盖着雪的平静的沼地小湖边便是米特罗方家的农舍。于是,我向前走去,走了很长时间,吃力地迈着步子,感到像是受罪似的。突然,离我两步开外，透过旋风刮起的雪雾，闪现出了灯火。不知是谁扑到我的胸前，差一点把我撞倒在地。我低头一看，原来是我送给米特罗方的那条狗。我一动身子，狗便像在诉怨，却又有点高兴似的叫着往后一跳，往农舍奔去，仿佛想让我知道，那里出了什么事。而在农舍边，在靠近小窗的地方，有一团亮闪闪的雪尘在盘旋飞舞。灯光是从下方雪堆里照着它的。我踩在雪堆里，艰难地走到窗前，匆匆地往里张望着。那边，在下方，在灯光微弱的农舍里，靠窗躺着一个长长的白色的东西。米特罗方的侄子站着，俯身朝向桌子，在诵读圣诗。在农舍的深处，在那些半明不暗的板床上，可以看到睡着的女人和孩子们的身影……

二

早晨。我从窗子未被雪蒙上的一小块地方望出去，竟然认不出森林的样子了。多么壮丽和宁静啊！

新的积雪把一片枞树林深深地埋了起来，积雪上方是辽阔而又纯净得出奇的蓝天。我们这儿，只有在阿法纳西节[①]那些严寒的早晨，天空才会有这样明朗和欢乐的色调。今天，在新降的白雪和苍翠的松林上方，天色显得分外鲜艳。太阳还待在森林的后面，林间小路上笼罩着一片深深的阴影。在雪橇从小路转到屋子的地方，清晰有力地划出了半圆形的辙迹，那里阴影完全是呈蓝色的。而在松树的顶端，在其郁郁苍苍的树冠上已经闪耀着金灿灿的阳光，松树就像一

---

① 东正教节日，在每年的1月17日。

面面神幡似的，在蓝天下凝然不动。

弟兄们从城里赶来了。他们带来了严冬早晨的蓬勃朝气。当他们在前室里用笤帚把毡靴扫干净，将皮袄那沉重的领子上的雪花拍打掉，把采购来的撒满面粉般干雪的一包包物品拎进门时，房间里顿时变冷了不少，弥漫着一股冰凉刺骨的酷寒气息。

"要冷到零下四十度哩！"赶车人艰难地说，一面把一个蒲包拎进来。他的脸是红彤彤的，从嗓音可以听出，他已经给严寒冻僵了。唇髭、胡子和短皮袄的领角全给冻成了冰溜子……

"米特罗方的哥哥来了，"费多西娅把头探进门内，告诉我说，"他想要一点木料做棺材。"

我出去见安东，那人平心静气地谈起米特罗方的死，随即一本正经地把话题转到木料上去。这是对亲人的冷漠，还是意志坚强呢？……我们走出屋子，靴子踩在台阶的积雪上，发出咯吱咯吱的响声，一面交谈，一面往板棚那儿走。早晨的严寒使空气紧紧地凝缩起来，我们发出的声音听起来挺奇怪，每说一个词便有一股雾气随呼吸盘旋而出，好像在抽烟似的。眉毛上渐渐凝起一重毛茸茸的霜花。

"托主的福，天气这么好！"安东说。他在板棚边站停下来，那里已经晒到了太阳，阳光照得他眯起了眼睛，他望着小路边像堵绿色的墙似的密匝匝的松林，以及上方的蓝天。"唉，要是明天也是这样的天气就好喽！但愿葬礼举行得顺顺利利！"

然后，我们打开结了冰的板棚那轧轧作响的大门。安东好长时间都在翻弄木板，最后想把一块长长的松木薄板扛上

米佳的爱情 | 055

肩头。他使劲往上一甩，着肩之后又整了整位置，说道："好吧，多谢您啦！"然后，小心翼翼地走出板棚。他那双树皮鞋留下的脚印很像熊的足迹。安东走的时候弯着膝盖，以便同木板的晃动相协调。那块搁在肩头的沉重木板放不稳定，随着他身体的运动而在有节奏地摇来摆去。当他踩着齐腰深的雪消失在门外时，我听到他脚下的咯吱声也渐渐轻了下去。周围真静啊！只有两只寒鸦在兴高采烈地相互大声聒噪着什么。其中有一只猛一冲刺，栖停到一棵枝叶繁茂、挺拔苍翠的枞树顶的枝头上，差一点失去平衡，致使树枝上的积雪撒落开来，雪尘纷纷扬扬地飘然而下，泛起一片虹彩。寒鸦得意地笑起来，但马上住了口……太阳渐渐升起，林间小道显得越发幽静……

午后，大家都去同米特罗方告别。村子给埋在雪堆里。被雪覆盖后变得白皑皑的小木房分布在也是白皑皑的平坦的林中空地周围。这片阳光普照的空地很开阔，也给晒得挺暖和。有人家在烤面包，传来一股烟味。男孩子们坐在一块块冰上，相互推着玩，几条狗则蹲坐在小木房的顶上……完全是个未开化的村子！看，那个宽肩膀的年轻妇女穿着件麻布衬衣，正从穿堂里好奇地往外张望……看，那个活像侏儒老头的傻子帕什卡戴着他祖父的帽子，正跟在运水的马拉雪橇后面走。在外层结了冰的木桶里，冒着热气、有股臭味、颜色发黑的水在沉甸甸地晃荡着，发出汩汩声响，而雪橇的滑木则像小猪一般吱吱尖叫……看，这就是米特罗方的小木屋。

它是多么狭小、低矮，周围的一切又是多么简陋！一副滑雪板搁在通向穿堂的门边。穿堂里有头母牛在打盹，一边还嚼着反刍。小木房靠着穿堂的那堵墙已经严重往里倾斜，所以开起门来要费很大的劲。最后，门总算给推开了，一股农舍的热气扑面而来。在半明不暗中可以看到几个女人正站在炉子边，她们注视着死者，低声地交谈着什么。而死者则裹着白布，在一片肃穆中躺着，倾听季莫什卡如泣似诉地诵读圣诗。

"完全变样了！"有个女人怜悯地说，一边小心地拉开白布，让别人看看死者的遗容。

啊，米特罗方变得多么庄重，严肃！小小的脑袋显得高傲、忧郁而又安详，闭起的眼睛沉陷着，大鼻子似乎给削尖了；宽阔的胸膛，在最后一次呼吸时挺了起来，现在变得像石头一样硬，而在下边，在深陷的腹部搁着一双犹如蜡制的大手。洁净的衬衣使身体显得格外瘦削，肤色看来更加蜡黄，但让人觉得英俊。女人轻轻地拿起他的一只手，抬起来又放了下去；看来，这只冰冷的手挺沉。米特罗方对什么都无动于衷，依然静静地倾听着季莫什卡的诵念。说不定他也知道，今天是他在故乡的最后一日，而这一日又是多么晴朗和庄重吧？

在死一般的寂静中，这一天似乎十分漫长。太阳在天上慢腾腾地走着自己的路，终于有一缕光线溜进半明不暗的木屋，好像红缎子那样闪闪发亮，斜照在死者的额头上。当我离开木屋走到街上时，太阳已经躲到重重枞林后面，藏身在松树的枝丫之间，渐渐失去了光辉。

我再次沿着林间小路慢慢地走着。林中空地和农舍屋顶上的积雪，犹如撒了白糖一般，给染成一片红色。在林间小路的阴影里会不知不觉地令人感到，入夜时分的严寒有多么厉害。北边的天空是绿莹莹的，色彩变得更加纯净和柔和，在这样的背景下，高大的松树显得分外纤细。而从东边已经升起一轮硕大的苍白的月亮。随着晚霞渐渐熄灭，它越升越高……同我一起走在林间小路上的那条狗有时会钻到枞林里去，随后从那些明暗相间的神秘的密林角落里蹿出来，浑身是雪、凝然不动地站在洒满月光的道路上，留下了清晰的黑影。月亮已经高挂在空中……村子里寂无声息，从米特罗方家那静静的小木屋里怯生生地透出了一线红色的灯光……在东北方的天空中亮晶晶地闪烁着一颗巨大的星星，好像绿宝石一般。它似乎正是缀在上帝宝座上的那颗星星，从那里上帝无形地看顾着这个遍布森林的冰雪世界……

三

第二天，人们把米特罗方的棺材沿着林中道路运送到村里。

户外依然寒风凛冽，千千万万颗细小的针尖形和十字架形的雪花在空中盘旋，在太阳的照耀下闪烁着暗淡的光芒。松林和空气中弥漫着轻雾，只有在南方的地平线那边显露出一角晴朗而又冷漠的青天。当我踩着滑雪板往村里奔去时，听到了一阵阵积雪在雪橇的重负下所发出的刺耳尖叫声。我冒着严寒在教堂前的台阶上待了好长时间，最后在白皑皑的村路上看到了几个白色的穿粗呢大衣的人和一具用新的板材钉制的白色大棺材。教堂的大门打开了，一股寒气夹着蜡烛味扑面而来：可怜的林中小教堂里里外外已经给冻透了；整个圣像壁和所有的圣像全给蒙上一重暗淡的浓霜，染成灰白色。当教堂里充满了持重的谈话声、脚步声和呼吸的热气，人们艰难地将一具宽大的沉甸甸的棺材放到地板上时，神父便用患了感冒的嗓音又说又唱起来。一缕缕浅蓝色的香烟缭绕在棺材上方，透过烟气可怕地露出一个尖尖的褐色鼻子和套着绦带①的前额。神父手中的那个手提香炉几乎是空的，丢在燃烧的枞木炭上的廉价神香散发出一股松明味。神父本人齐耳裹着围巾，脚穿一双硕大的毡靴，身上是破旧的庄稼汉穿的短皮袄，外面再马马虎虎地套上一件旧圣衣。他同诵经士一起急急忙忙地主持仪式，只花了半个小时，只有在开唱"愿亡灵同圣徒一起安息"时才放慢了节奏，并且力图让嗓音显得感人一点，对尘世一切皆为虚空表示悲哀，为一位兄弟在人间创造业绩之后投身永生之怀抱而感到喜悦，"追随义人而去，安息吧"。在拖着长音的歌唱声中，人们把装着冻透的死者遗体的棺材抬出教堂，再抬着它穿过街道，到了村外的一个小山丘上，将它放进一个浅浅的坑里，用冻得硬邦邦的泥土和雪将坑填满。人们把一棵小枞树插在雪地里，嘴里由于寒冷不住地发出呼哧声，然后便匆匆忙忙地走散了，有的步行，有的乘着雪橇。

现在，林中空地上笼罩着一片寂静，那里的雪堆中竖着几个低低的十字架。不计其数的雪花在空中盘旋飞舞，默默无声，只有头顶上方的高空中还时而响起一阵微弱、模糊而又深沉的喧哗，就像傍晚时分远处的大海隔着群山送来的涛声一般。挺拔的松树从赤裸着的土红色树干上高高地托起绿

---

① 东正教徒在举行葬礼时给死者额上套着一条用缎子或纸做的带子，上面绘有耶稣、圣母和圣徒约翰的像，并书以经文。

色的树冠，密密层层地从三面围住了小山丘。山丘下方是宽阔的低地，长着一片葱葱茏茏的枞林。一长排坟茔横亘在我脚下的斜坡上，已经被雪覆盖上了，它有时使人觉得不过是一堆普普通通的黄土，有时却使人觉得它非同寻常——既有思想，又有感情。我凝视着它，久久地思索着，力图琢磨出只有上帝才能洞察的难以琢磨的奥秘：人世的一切为何昙花一现，同时又是那么诱人。然后，我使劲踩着滑雪板往山下冲去，迎着飞卷而来的一团团雪尘，在一大片洁白、柔软、无人走过的斜坡上留下了两道整齐、美观的平行轨迹。由于没有刹住，我摔倒在山下一片茂密翠绿的枞林里，弄得袖口里灌满了雪。我赶快在灌木丛里迂回行进，不住地触碰着枞树枝丫。喜鹊也悲切地喳喳叫着，在空中摇晃着身子，在树林上空飞来飞去。时间一分钟一分钟地过去，我依然稳健而又灵活地在雪地里挪动着自己的双腿，脑子里什么也不想了。闻到一股新雪和针叶的淡淡的清香，感到自己同这些雪花、森林，以及爱吃枞树嫩芽的兔子相亲近是多么美妙……天空蒙上一层白茫茫的轻雾，预示着将有一段长时间的宁静的天气……远处依稀可闻的松涛正在含蓄地不住谈论着某种永恒的、庄严的生命……

一九〇一年

冯玉律　译

新路

一

"您何必去空跑一趟!"黄昏时分几个熟人在车站送我上路,告别时对我说,"人们只会到彼得堡来聚会。您去的那个地方有什么东西没见过?大片的森林,成堆的雪?更何况这是条新路,没有一天不出事故!"

"上帝会保佑我的!"我答道。

送行的人耸耸肩膀。离别前剩下的几分钟挺难堪,该说的话都说完了,脸上的笑容不太自然,而时间又过得出奇的慢。

最后总算响起了第二遍钟声。送行的人挥着帽子,渐渐离开,还转过身子,完全是真诚地鞠躬致意。

"准备好了!"不知是谁在蒸汽机车边喊道,于是蒸汽机车同车厢的缓冲装置重重地撞击了一下。只听到机车缓慢地喷着热气,发出咝咝的响声,还不时吐出一团团浓烟。月台上的人渐渐稀少,只剩下一个身材高大的英俊军官,他留着连鬓短胡子,椭圆形的脸上带着骄横、严肃的神情,以及一位服丧的夫人。夫人裹着斗篷,用哭肿了的黑眼睛忧郁地瞅着军官。然后，走过一个长着金黄色胡子的胖胖的地主，此人饱食终日，所以在迈着急步时显得不太灵活；他穿着一身灰色的猎装，外面罩了件鹿皮袄，手持一支带布套的猎枪，跟在他后面的是一位矮小结实、但双肩很宽的将军。然后，车站站长从办公室快步走出来。他刚刚同什么人争执了一番，心情挺不好，所以厉声发出指令："第三遍钟"之后把香烟头远远地摔了出去，那香烟头在月台上跳了好几下，随风溅出红色的火星。此时，整个月台顿时响起了浑厚的车站钟声，列车长的哨子尖叫起来，机车的汽笛也高声吼叫着。我们的火车平稳地开动了。

军官沿着月台走去，一边点头行礼。他加快了脚步，但还是落在车厢的后面；蒸汽机车从汽缸下边断断续续地使劲喷着热气……月台的最后一盏灯闪烁了一下，军官似乎给风刮走了；火车顿时融入一片黑暗之中。这黑暗马上延伸开来，点缀着城郊万千金色的灯火。火车从许多货仓和车厢边疾驶而过，自信地往黑暗中冲去，一边用颤抖的吼叫向人发出威严的警告。车窗内的灯光投射到通往四面八方的铁轨和枕木上，这光影越跑越快，后来便跑在雪地上了。不一会儿，车厢里就变得温暖和舒适起来，旅客们把行李杂乱地堆放在沙发椅上，开始准备过夜。列车员是位头发灰白、神情严肃但彬彬有礼的小老头，鼻尖上架着副夹鼻眼镜；他不慌不忙地在人群中穿来穿去，在助手提的小灯下俯着身子，认真地抄写车票的号码。

出了城，在田野里，空气似乎非同一般。我跟以往一样，站在车厢的过道里，把边门打开，迎着风，紧张地遥望着黑茫茫的雪原，直到深夜。由于快速奔驰，车厢颤抖着发出叮当声，风夹着雪尘扑面而来，过道的灯光摇曳不停，同阴影搅在一起。我摇摇晃晃地穿过被雪染白的冷飕飕的过道，从一道门走到另一道门……以前，在旅行时，我总会情不自禁地想在火车隆隆的进行曲伴奏下唱歌、高喊。现在却没有这种情绪了。只见山丘和灌木丛模糊的剪影在往后漂浮、飞奔，随着一阵低沉的哐啷声，小铁桥在车轮下往后奔驰而去，而在远处稍稍泛白的田野上不时地闪现出荒村的灯火。我由于风吹而眯起双眼，忧郁地遥望着这一片黑沉沉的远方的土地，那里故园的生活已被遗忘，只有这些苍白微弱的灯光还在闪烁……

我回到车厢，在半明不暗中只看见许多躺着的人的身影；由于他们盖着皮袍，抬高了沙发椅的靠背，这里便显得挺挤，空气中飘散着一股烟草和橙子的气味……吹了冷风之后，我挺想暖和一下身子，一面用半闭的眼睛观察着那件挂在门边频频摆动的皮毛大衣，一面想起某件模糊不清的事情，这件事情同车厢里摇摇晃晃的朦胧景象交织在一起，使人不知不觉地打起了盹。这种旅途中的睡梦可真是令人惬意！有时，在睡意懵懂中觉得火车停下来了。此时，听到车窗外有人在大声说话，有人在石板月台上拖着脚步沙沙地走动，而在车厢里却是睡着的人们在打鼾，在发出均匀的呼吸声。有什么东西在刺激我的眼睛……这是窗外月台上的一盏灯，它在结冰的车窗上映射出了浑浊、明亮而又泛黄的光芒，隐隐约约地照进昏暗的车厢，令人不快。

"请问，这是什么站？"不知是谁用奇怪的、受惊的声音发问……

然后，在老远老远的地方敲起钟来，钟声催人入睡。车厢的门乒乒乓乓地关上,传来了蒸汽机车那如怨似诉的鸣叫声,使人想起漫长的夜晚和不见尽头的远方路程。什么东西震颤起来,从侧面推了一下;灯火投在窗玻璃上的冷光飞闪而过,终于熄灭;沙发椅的弹簧晃动得越来越小,最后不断加速飞奔的火车再次使人陷入黑甜乡中……

黎明前,不知是谁的手突然碰了我一下,我知道该是转车的时候了,马上惊慌地跳了起来,赶紧收拾好行李,穿过一个面积很大,仍在沉睡、灯光昏黄的车站,走上积着厚厚一层新雪的长长的月台,到达一列由大小不等的车厢组成的小火车跟前……新路!寂静,小小的车厢,白桦树木柴飘出芬芳的烟,针叶散发出阵阵清香……真不错!

我睡眼惺忪地进入拥挤的,装着四方形窗子的混合车厢,一头倒下便再次睡熟了。拂晓时,我已经远离彼得堡。一次真正的俄罗斯冬游之旅开始了,有关这样的旅程,彼得堡那里的人早已忘得一干二净……

二

不知是谁在连声咳嗽,把我吵醒了。我睁开眼睛,看到一位年迈的警察局局长,身穿灰色警服大衣,外面套了一件棕黄色浣熊皮袄。由于使劲咳嗽,他的眼睛瞪着,泪水汪汪,饱经风霜的脸涨得通红,灰白色的胡子也翘了起来。他用廉价的烈性烟草卷了一支老大的纸烟,把卷烟抽得热腾腾地燃了起来,弄得乌烟瘴气。而破旧的小车厢里本来就已经是昏沉沉的,因为车窗已经几乎全被雪遮住了。火车老是在颠簸和隆隆作响,好像坐在运货的四轮大车里似的。

"咳得好厉害！"老警官说，一边沉重地喘着大气，说话的口吻挺随便，挺亲切，好像我们是老相识似的。"只有抽了几口烟，才稍微好一点！"

"那么，离彼得堡已经很远啦！"我心里想，一边望着窗外。啊，多么洁白，多么干净的雪！毫无生气的白茫茫天空和无边无际的白皑皑雪原，以及一簇簇灌木和小树林。窗外电线杆上的电线在懒洋洋地往后飘，它们似乎厌倦了跟着火车一起升高、下降和延伸，而电线杆也对跟着电线跑感到腻味了。火车在上坡时摇摇晃晃，发出嘎吱嘎吱的声音，而在下坡时则像个拔腿追赶什么人的老头一般飞奔。白色的田野显得有点单调，远处有只鸟儿在扑打着翅膀，一些灌木丛和小村庄看上去黑魆魆的，所有这一切都打着圈往后退。风懒洋洋地吹着机车的浓烟，使其飘散在灌木丛里，灌木丛似乎也在吞云吐雾，在雪原上漂浮……

车厢里的旅客，除了我和警官（顺便说说，那人不久便在会让站下了车），只剩下一个人，一个矮墩墩的大胡子老头。他是某铁路部门的主管，肩挎着一个背包，看上去活像县城里的小铺子老板。他起劲地摆弄着几支香烟，还不停地喝茶。整个早晨，只听到他在心满意足地拿匙子从茶碟里舀着滚烫的液体喝。

"先生您不想喝吗？"他说道，一边以目示意着白铁皮茶壶。"在车站上要卖到十戈比一杯哩！"

我的座位靠着门，那边老是有一股寒气透进来，吹在脚上；我裹住膝盖坐着，眼望窗外的景色，一会儿是铁路线附近前不久开挖的洼地，一会儿是用木板新搭建的车站和会让站，一会儿是白皑皑的雪原和小树林；我觉得那些树干在瑟瑟发抖，抱成一团，而整个小树林正在打转转：近处的树木在战战兢兢地往后跑，而远处的树木却在渐渐往前走……后来，我同那个主管喝了一会儿茶，便又起身在各个车厢和平台转悠……看到空中闪现的雪花感到特别愉快：这才是真正的俄罗斯气息！

车站和会让站可真多，但它们处在空旷辽阔的冬天原野中便不显眼了。新路的周边还未经开发，也没有把当地居民吸引过来。火车在空荡荡的车站上停了一会儿，便又奔驰在小树林中间……我们的车还是晚点了：停在旷野中，谁也不知道为什么。大家在焦急的期待中枯坐着，听着一动不动的车厢壁外狂风的呼啸，以及圆桶形的蒸汽机车那凄厉的尖叫。这机车有个习惯，在开动时总要把旅客从沙发椅上摔下来。火车在颠簸中摇摇晃晃地前进，我也摇来摆去地从一个车厢踱到另一个车厢，看到的全是俄罗斯边远地区火车中常见的生活景象。一等和二等车厢中空无一人，三等车厢里则全是行李袋、短皮袄、大箱子，满地垃圾和葵花子壳；几乎所有人都在睡觉，睡相奇形怪状，十分难看。不睡觉的人则坐着，如醉如痴地拼命抽烟；热烘烘的空气中弥漫着马合烟那种辛辣而又有点甜丝丝的浅蓝色烟雾。有个卖彩票的年轻人，样子贼头贼脑，一双眼睛骨碌碌地转着，他可没有打盹。他把几个庄稼汉和喝得半醉的工人聚成一堆，那些人想碰碰运气，偶尔，好像开玩笑似的，一会儿赢到一支价值两戈比的铅笔，一会儿赢到一个玻璃高脚酒杯。有人在争吵和交谈，一个小孩拼命哭叫着，火车发出咔嚓咔嚓、轰轰隆隆的声音。有个当兵的身穿一件细棉布衬衫，系着黑领带，坐在自己的大箱子上，高耸在睡觉的人们上方，还伸出一条腿,搁在对面的条凳上,两眼茫然无神,上嘴唇噘了起来,只管使劲拉那架图拉产的手风琴:"美妙的月亮漂浮在小河上空……"

"前方到达白松林站,列车停靠时间八分钟……"列车员喊道,那是个高个子大汉,身穿又厚又长的制服大衣。他在穿过我们的车厢时,使劲把门关得乒乓响,简直像是要把它永远钉起来一般。

这意味着,进入森林地带了。白松林站之后,再过两个车站便到达县城,这一片由阔叶林和针叶林混合而成的森林便是根据县城的名字来命名的。再过一至一个半小时,从远处的森林后边会露出使县城出了名的那座修道院的圆顶和十字架。城市四周的松林遭到了无情的砍伐,新的铁路像一个征服者那样勇往直前,把那些保持了千百年寂静的密林荡涤干净。火车在抵达城市之前通过一座横跨林中小河的桥梁,发出了悠长的汽笛声,似乎是在向当地居民宣告这一进程。

几分钟里,我们周围显得一片忙乱。在砖瓦色的车站木头房子后面可以看到许多三套马车,铃铛震天价响,车夫们争先恐后地招呼顾客;冬天的日子阴沉沉的,却挺暖和,好像过谢肉节①一般。有几位小姐和青年男子在月台上散步,其中特别惹人注目的是一位电报员。他是当地的美男子,一个花花公子,戴着烟色夹鼻眼镜,头上是顶高加索的毛皮高

---

① 斯拉夫民族的传统节日,在每年的2月底至3月初的一周,旨在送冬迎春,具有祖先崇拜、农事崇拜和家族-氏族崇拜的明显特点,举行各项活动以祈求丰年,在20世纪之前,不乏所谓神圣纵欲的成分。

米佳的爱情 | 067

帽。车厢的门不住地打开，从外面刮进冷风，送来了冰雪和针叶林的气息。体格匀称的仆役，只穿着一身燕尾服，光着脑袋东奔西走，把油炸馅饼送给旅客。在周围的森林中看到他那件浆硬的衬衫和雪白的领带，叫人觉得挺古怪。我们的车厢里进来了好几位小姐，她们不知是给谁送行来的，不住地挤眉弄眼，咬着耳朵说话。有个商人捧着一个坐垫，急匆匆地往自己的座位挤来，一路上碰撞了许多人。而一个瘦骨伶仃的高个子神父正喘着气把貂皮帽子从汗涔涔的额头往后脑勺推。此人刚跑进车厢又跑了出去，低声下气地请搬运工帮忙。他把无数包裹和纸袋堆到沙发椅上，塞到沙发椅下，一面因为打扰了大家而向所有人连声道歉，一面又故作高兴地嘟哝着：

"啊，现在可好啦！这个放到此地……这个，我想可以放到椅子下边……我没有给您带来麻烦吗？那可好啦，多谢！"

人群中有个跛足的小贩提着一篮柠檬一瘸一拐地走着，一些修女愁容满面地为建造修道院而可怜巴巴地向人们募捐……车厢给往后拖了一阵子又停住了。好长时间听到列车员之间在对骂，他们把信号绳从蒸汽机车那里沿着火车拖过去，绳子碰到车窗发出了啪啪声……最后，火车开动了。

窗前又闪现出白雪覆盖的白桦树和松树，田野和小村庄，而在它们上方是一片灰蒙蒙的天空……

三

这些白桦树和松树显得越来越阴沉；它们似乎愁眉不展

地聚在一起，相互靠得越来越近。天空中飘着稀疏的小雪，但由于窗外是连绵不断的密林，车厢里变得阴暗起来，天气也似乎愁眉不展。回到宁静的林中生活所感受到的欢乐情绪给蒙上了一重阴影……新路越来越远地深入到新的，尚未为我所熟悉的俄罗斯地区，为此我更加深切地感受到了还在青年时代便已经充分感受到的心境，那种同俄罗斯生活有着如此紧密联系的景色中一切美丽的，一切令人产生深深愁绪的心境。森林阴沉沉地包围着新的铁路，似乎在对它说：

"你往前开吧，开吧，我们在你的面前让路。不过，你难道还不罢休，弄穷了人们之后还要把大自然也弄得贫困不堪？"

在森林中，冬天的白昼是很短的，车窗外已经笼罩着蓝色的暮霭，一种不知从何而来的模糊而又真切的俄罗斯愁绪也渐渐闯进了心扉。空旷辽阔的雪原方圆有几千俄里，从四面包围着我，而彼得堡不过是其边缘上一块遥远的绿洲。车厢又渐渐空了下来。同我一起的又是只有那个铁路部门的主管，以及两个睡觉的人——一位骑兵军人，一位车站副站长。骑兵军人挺年轻，绷着紧紧的马裤，挺直身子仰面躺着，睡得死死的；副站长则脸朝下睡着，轻轻地摆动着身子，似乎想同火车奔驰的震动保持协调。看着他那破旧的大衣和从沙发椅子垂下来的破旧的胶皮套鞋，心里真是难受。

简陋、寒冷而又震颤不停的车厢里变得越来越暗。窗外不时闪现出埋在雪堆里的高大松树的树干，聚在小山丘上的一簇簇枞树林，这些枞树活像一个个穿着黑丝绒袍的修女……有时小树林让到一边，眼前便呈现出一片凄凉的沼泽低地，伸展得很远很远，再过去是渐渐递升的森林，郁郁苍苍，而在森林上方则如一条带子一般缭绕着乳白和铅灰色的云雾。然后，披雪的松树和枞树又频频出现在窗前，稠密的丛林黑压压、密匝匝地逼近过来，车厢里变得一团昏暗……窗上的玻璃在震动，哐啷哐啷直响，通往另一车厢单间的门没有关上，正平稳地绕着铰链时开时合，而车轮则似乎急急忙忙地在底下交谈，争先恐后，含糊不清。

"谈吧，谈吧！"忧郁而又高大的松树林傲慢而又深沉地对它们说，"我们让路，可是你们为我们这个宁静的地方带来了什么呢？"

在林中车站那些新盖的小房子里，有一些灯火在畏葸而又欣喜地闪耀着。每一盏灯火中都令人感到有一种新的生命。但是，在离公家的房子两步之外的地方便完全是另外一个世界。那边的森林中零零落落地散布着一些黑不溜秋的村子，住着没有文化、神情沮丧的当地居民。车站的月台上就有几个来自这些村子的人——身穿破烂的短皮袄，头发蓬乱，活像乞丐。他们的嗓音由于受冻而嘶哑了，但态度是多么恭顺，目光是多么坦诚，几乎充满着稚气。他们放下手中的鞭子，期待有人搭乘他们的雪橇，但几乎毫无希望，因为他们几个人也摊不到一个乘客。于是，他们只能呆呆地望着火车，似乎用自己的目光也在对它说：

"你们该干什么就干什么吧。我们是没有出路啦。结果会怎么样，我们不知道。"

我望着这一群备受折磨的年轻人……缄默无声的漫漫长夜正渐渐降临在无比空旷辽阔的俄罗斯大地上……

这个夜晚是暖和的，飘洒着轻柔无声的雪花。火车在会让站的一长串低矮的建筑物前边停了一分钟。建筑物那些被灯火照亮的小窗,像一双双活生生的眼睛一般,从被积雪覆盖的百年松林后面往外探视着。蒸汽机车咔嚓咔嚓地在轨道上滚着轮子,平稳地从火车边驶过,把十来节货车车厢挂到上边,然后抱怨似的鸣叫了两声,宣布准备就绪。汽笛声悠扬婉转地荡漾在林区上空,传得很远,同阵阵回声互为呼应……

"再走下去的路段挺危险!"一位小市民叹口气说,他站在车厢的平台上,就在我后边。"这里马上要上坡,有三俄里①长的路,可是路堤真差劲。看看也叫人害怕!没有一天不出事故……"

我眼望着车站灯光离我们远去,渐渐消失在森林中。"我这个孤身漂泊的流浪者的归宿在哪里啊?"我不由自主地想,"我们同这一片偏僻的森林还剩下什么共同之处?它是多么辽阔,无边无际,我怎么能弄得清它的种种烦恼,我怎么能帮得上它的忙呢?这些地方是多么美好,多么富饶,却又未经开发!多么高大茂密的树林耸立在四周,悄悄地沉睡在这个暖和的一月的夜晚,在这个充满了新雪和绿色针叶的清新气息的夜晚!而前景却是那么可怕!"

我望着前方,望着这条新路,忧郁的森林迎接它时显得越来越冷淡。这条路受到黑漆漆的密林的挤压,只有在前边被机车灯照亮着,好像正在通过一条不见尽头的隧道。百年的松树合拢起来,似乎不让火车前进。但是,火车不甘示弱,拼命搏斗:它像一条巨龙一般,有节奏地发出沉重而又断断续续的呼吸,沿着山坡往上爬,而它的脑袋在远处喷出

---

① 1俄里合1.06公里。

了红色的火焰，这火焰在机车的轮子下，在铁轨上颤抖着闪闪发光，一边颤抖，一边恶狠狠地照亮了忧郁的林间小路，照亮了凝然不动、无声无息的松林。小路又被笼罩在黑暗里，但火车依然还在顽强地前进。长长的一缕乳白色的浓烟像彗星的尾巴一般，飘在火车的上方，烟中夹着点点火星，并且被下边的血色火焰映得通红通红。

一九〇一年

冯玉律　译

噩梦

田野里很冷，雾蒙蒙的，还刮着风，天色很早就黑了。在我们这个偏僻小车站的屋子内空无一人，点燃的灯发出一股浓烈的煤油味，拧紧的灯芯在微微闪光；车站守门人盖着一件皮袄，就睡在三等候车室的餐饮部柜台上。我穿行到贵宾室，那里有一座挂钟在半明不暗的角落里慢条斯理地滴答作响，桌子上玻璃瓶内盛的水还是去年留下的，已经发黄……我在经受雨雪天的旅途劳顿之后，一躺到已经磨损的长毛绒沙发上便睡熟了。我觉得睡了好长时间，可是睁开眼睛，却懊丧地发现，钟上的指针还只停在六点半的位置。

"白昼消逝而去，暮色中迎来黑沉沉的秋夜。"我不由自主地回想起一本俄罗斯旧书中有这样一个忧郁的句子。

依然是寒冷和寂静，依然是窗外一片漆黑……

当时钟犹犹豫豫，好像在沉思中一般敲了八下时，不知什么地方发出了一阵尖叫，外面的门砰的一声关上了，月台上如怨似诉地响起了钟声。我穿过三等候车室，看到一个头戴便帽，身穿厚呢外衣的小市民。他把胳膊肘支在膝盖上，用手掌托着头，呆呆地坐在长凳上。

"这是火车来了吗？"我问道。

小市民猛然一抖，受惊似的瞅了我一眼。然后，嘴里嘟哝着什么,皱着眉头赶快朝通往月台的门走去。

"他的老婆难产,快要死了,"刚睡醒的守门人说,一边坐在餐饮部柜台上,一边用报纸卷着纸烟。"真是家家都有自己的难处啊。"他心不在焉地补了一句,然后突然甜丝丝地打了个哈欠,用一种令人不解的幸灾乐祸的口吻兴奋地说:

"谁让他娶了个有钱的老婆!已经折腾了两天,人们打开了教堂的正门①,可是一点也不见效。最后才急着到城里请医生,请问,现在还管什么用?"

"照你说,他是来不及啦?"

"怎么也来不及!"守门人回答,"他要到明天傍晚才赶得回来,那时他的老婆已经没了命,"他确信无疑地接着说,"据说,他算过三次命,问问谁先死去,是他自己,还是他老婆,三次结果都一样。起先是……怎么说的?'你不必想得太远,'后来更加不妙:'向上帝祈祷吧。别喝酒,准备进修道院。'而昨天晚上,据他说,还做了一个梦:似乎他被人剃了个光头,还拔掉了所有的牙齿……"

也许,他还会讲上好长时间,不过此刻一列货车轰隆隆地驶近了。候车室的门再次吱吱呀呀地响了起来,进来一位列车员,身穿又湿又重的制服大衣,背后的扣带脱开着,他的身后跟着一位润滑工,手提一盏昏黄的灯……我朝月台走去。

那边,我迎着夹带潮气的夜风,久久地徘徊在黑暗里。

---

① 旧俄民间迷信,求神父把教堂中通向祭坛圣像壁的正门打开,便可以解救难产。

最后，随着铁轨的震颤和嗡嗡作响，一列蒸汽客车终于用巨大的红彤彤的眼睛透过迷雾投来了亮光。我登车进入半明不暗、暖暖和和而又气味难闻的车厢，那里已经挤满了熟睡的人群。等到火车开动时，我才在通往另一节车厢的门边角落里找到了一个空位子。周围是一片摇曳不定的阴影，许多人杂乱无章地躺在车厢座位和抬起的座位靠背上，看上去黑压压的；地板下的车轮在发出隆隆的响声。我闭上眼睛，老是弄不明白，火车是朝哪个方向开的。这时，一个黑人模样的锅炉工人带着火钩子走了过去，他没有把我旁边的门关上。我听到有人在说话，闻到一股马合烟味……那个赶往城里请医生的小市民正神情专注地叼着烟，坐在离门第四排的凳子边，靠着别人的脚，而在我旁边那扇打开的门后面，一群庄稼汉聚成一堆，在朦胧的灯光下吞云吐雾地抽着烟，正在听一个坐在他们对面的人说话。

"是……啊，我的伙计们，"透过列车奔驰的轰鸣声听到不知是谁的嗓音，"是……啊。神父老头便从叶皮凡来到这个最倒霉的村子里。也就是说，把他从城里调到一个最穷的教区。干吗要调呢？因为酒喝得太多了……也就是说，调动是作为一种处罚。不过，老头虽然爱喝酒，人却是再好不过了。人家问他：'彼得神父，举行洗礼或者葬礼，该付你多少钱？'他回答说：'亲爱的，不是我要钱，实在是过日子得开销。随你给多少吧……'总是这样。也就是说，他调来时是春天，夏天还是好端端的，可是到秋天便生起病来。不知是因为年岁大了，还是受凉感冒。你们也知道，夏天是怎么样的，不过很明显，他的身子变得虚弱起来。这样，我的

米佳的爱情 | 075

伙计们，他觉得情况不妙，便在圣母节①那天做完日祷之后走到众人面前，同大家告别，他说：'教徒们，我过不久便要去见上帝。我若是犯下什么罪过，请大家宽恕……'他这样说罢便向众人鞠躬施礼，然后离开他们，进了教堂。回家之后，他本想吃午饭，可是怎么也吃不下去，只是拿匙子搅了几下，便站起身来，对那个在他身边当仆役的看门人说：'亲爱的，我觉得身子有点发冷，似乎不太舒服，简直没有一点力气。老是不由自主地回想起已故的女儿，觉得她在等我上她那儿去……你把桌子收拾一下，我不想吃了。''你别说这样的话，老爷，'看门人对他说，'别这样说。您的年纪才多大呢？''不，我就要死啦！不过，难受的是到处都有那么多的痛苦，难道无法改变了吗？'那时，外面也是坏天气，下着雨，下得不比现在小，时间已近黄昏了。老头儿朝小窗外望了一眼，挥挥手，便走到自己房间里去。他在房间里拨弄一下圣像前的神灯，便想躺一会儿。不知是睡着了，还是昏迷了，反正已经到了夜里，他依然还是躺着，躺着……"

"哎哟，竟会有这样的事！"有人叹了一口气说，"你是说，在圣母节发生这件事的吗？"

"人家已经说了，是在圣母节！"一个长着红头发，眼露凶光的高个子庄稼汉用嘶哑的嗓音阴沉沉地打断他说，此人身穿一件破旧的短皮袄，坐在讲故事的人对面的长凳边上。

---

① 东正教最大的节日之一。此节行之于10月14日。由于圣母被视为务农者的保护神，这一节日便在旧俄农村生活中扎根，并备受欢迎。

"在圣母节，在圣母节，"讲故事的人肯定地说，"傍晚时，老头儿走到自己房间里，躺了下来……是啊……进了房，便躺着，好像要在炕上取暖似的，就在神灯的对面，却怎么也起不了身，做个祈祷，再好好地躺下来。他说，他躺着，眼望着神灯，突然发现门轻轻地、轻轻地打开了，已故的女儿走了进来，到他跟前。'怎么一回事，'他想，'主啊，怎么会出这样的怪事？'女儿却径直走到他的身边，把手放到他的手上。她穿着一身黑衣服，脸却是白的，又白又漂亮！就这样低声说：'起床吧，父亲。快上教堂去。'他猛一下子起了床，女儿却突然不见了！他坐了一会儿，坐了一会儿，越是坐下去，越是觉得惊讶和可怕。最后，他一跃而起，拿着教堂大门的钥匙，披上皮袄，费力地走到穿堂去……外面正狂风怒号，穿堂里呼呼直响，又黑暗，又吓人，但他想，不，应该去！他急急忙忙地登上山，走到教堂跟前，发现里边有一星火光在闪烁，好像有什么人家的死者停放在那里过夜似的。他又胆怯起来，不过在给自己画了个十字之后还是走上了教堂的台阶。他使劲把钥匙插进锁孔，打开门一看，没有什么死者的遗体，只有一支蜡烛点在圣像壁的中门上方。他想，这是谁点的，是怎么一回事啊。站在原地，吓个半死。突然，圣像壁的帷幔一下——子给拉起，两扇门也轻轻地敞开，从黑暗中，也就是说从祭坛里走出一只好大好大的红公鸡①。它走出来后，停下脚步，扑打着翅膀，对着整个大堂啼叫起来：喔！喔！喔！啼了三遍，便不见了踪影。这只鸡刚刚不见，从祭坛里又走出另一只公鸡，

---

① 在俄罗斯民俗中，公鸡是烈火和寻衅闹事的象征。

浑身雪白,好像抹了一重石灰似的,啼叫得比第一只还要响。又是啼了三遍……神父第二天早上说,他当时吓得手脚都不听使唤了,只能站着,看看以后会发生什么事。以后又走出了第三只公鸡,浑身黑得像木炭似的,只有鸡冠在闪光。我的伙计们,它啼叫得真是凄厉可怕,吓得神父扑通一声跪倒在地,对着大堂一字一句清清楚楚地说:'上帝复活,驱走恶魔!'他刚说完这句话,公鸡便消失不见了。只有一个头发雪白雪白的老修士站在他面前,并且轻声对他说:'别害怕,服膺上帝的人,快向所有的人宣告,你见到的幻象意味着什么。它意味着要出大——事情啦!'"

"难怪人家会把你们这种人称为傻瓜、魔鬼,"小市民睁开眼睛,恶狠狠地皱着眉头大声说。"深更半夜没事干,他倒坐在那里散布起迷信来啦!你说这些居心何在,啊?"

"我可没有存什么坏心。"讲故事的人怯生生地嘟哝着说。

"请问,你这些劳什子是从什么地方听来的?"

"怎么什么地方?人家说过了,是神父亲口讲的。"

"这个神父已经死了。"小市民打断他说。

"这话不错,不错……是死了……过不久就死了……"

"那就是说,在借他的名义胡编乱造。要知道这是梦见的事。笨蛋!"

"那我讲什么来着?当然,是讲梦见的事。"

"别讲啦,"小市民又打断他说,"再说,也早就不该抽烟了,弄得这里烟雾腾腾,简直像在谷场烤干房里。"

"你要是不喜欢,就到一等车厢去呗。"红头发的庄稼汉用嘶哑的嗓音没好气地说。

"你敢再叫！"

"是你自己在叫，是狗在叫！"

"好了，好了，伙计们！"庄稼汉们不安起来，喊着劝阻道。

对骂的人不吭声了，车厢里一时间静了下来。然后，小市民叹了口气。

"真可恶。主啊，宽恕我吧！"他沉思着一本正经地说，说话的口吻就像车厢里只有他一个人似的。

车厢里又静了下来，只听到车轮低沉的轰隆声、睡着的人们的打鼾和呼吸声。

"干吗要吵架呢？"当对骂的人闷闷不乐地平息下来之后，讲故事的人问道，"是谁开的头？那可是你啊！我们不过是随便聊聊天……"

"见……鬼！"小市民匆匆地回答，他的嗓音痛苦地颤抖起来。"深更半夜，没事干，可是我呢，兴许老婆和孩子都要死了。体谅一下我吧！"

"要说苦恼的事，别人也不比你少。"长红头发的庄稼汉答道。

"不比你少！"小市民学着他的口吻说，"也许，我现在不惜花几千卢布去请医生，可是他却在几百俄里之外，而道路又一点也不畅通！昨天，我忙得筋疲力尽，衣服也不脱，一倒在床上便睡着了。梦见别人把我剥得精光，还把所有牙齿都拔了！请体谅一下，这好受吗？"

"噢！"长红头发的庄稼汉说，"现在明白过来啦！要不，又会说：这是梦见的事！"

"谁到图罗夫卡下车？"列车员穿行在车厢中喊道。

他用灯照亮了什么人的脚,然后把我身旁那扇通往另一节车厢的门重重地关上了。

我从座位上站起来,又把门打开,站在门口。小市民佝偻身子坐着,在睡觉,而红头发的庄稼汉紧锁起双眉,对讲故事的人说:

"好吧,好吧,再讲下去。"

几个穿短皮袄的角色围住讲故事的人,几双神情严肃的眼睛在轰隆隆地向前飞奔的车厢里,在烟雾弥漫的昏暗中闪闪发光。讲故事的人喘了一口气,已经想开讲了,但这时红头发抬起头,紧盯住我,嘶声说道:

"先生,你来干什么?"

"我想听听。"我回答说。

"听庄稼汉瞎聊,这可不是老爷们该干的事。"

"那么,我的伙计们,"当我一走开,讲故事的人便用原来的口吻又开讲起来,"就是说,有一个头发雪白雪白的老修士站在他面前,并且轻声对他说:'别害怕,服膺上帝的人,听我说,快向所有的人宣告,你见到的幻象意味着什么。它意味着要出大——事情啦'……"

讲故事的人起先的嗓门挺大,可是以后却渐渐低下去了。尽管我集中注意力细细地听着,但他们所说的话全给轮子的咔嚓声和睡觉的人的打鼾声盖住了。透过这种咔嚓声和打鼾声传来一阵蒸汽机车发出的凄厉的汽笛声,通告即将抵达下一站。此时,有个戴眼镜的士官生从我身旁的凳子上急急地跳起身来,用惊讶的目光环顾一下四周,又赶快坐到座位上,把臂肘支在他自己的大箱子上,马上又睡熟了。有个穿深色花布连衣裙的年迈妇女站起身来,病态地皱着眉头,慢腾腾地往通过台走。堆放着的行李袋、箱子和短皮袄组成一幅粗俗而又忧郁的图画，不住地在我眼前晃动。那个讲述有关公鸡的故事的庄稼汉坐在那里，把身子挨近红头发，还在轻声而又起劲地说些什么。不过，当我集中注意力，想听清楚他的话时，却什么也听不见，只看到在我对面烟雾腾腾的昏暗中闪烁着几双神情严肃、露出凶光的眼睛。

一九〇三年
冯玉律　译

王中王

在一个晴朗的秋日，卢基扬·斯捷潘诺夫驾着马车赶到加利诺村的女地主尼库林娜家去。这离他的田庄足有十五俄里远。平时，他爱惜马儿就如爱惜自己的眼珠一样。这次他赶长途来显然是有要紧的事情。

那匹枣红色牡马两眼闪光，猛冲进院子，直到板棚边；至今为止，凡是不敢在大门台阶边下马的人，都是在那儿下马的。卢基扬·斯捷潘诺夫端坐在轻便马车里，座下只是一块光溜溜的木板。

"卢基扬·斯捷潘诺夫，您怎么连坐垫也不用一个？"中学生谢瓦从马厩那边走过来，笑着问道。

"等一等，我告诉你。"卢基扬·斯捷潘诺夫回答说，一边把牡马拴在一辆没有前轮和车辕的大车上。

谢瓦便等着。卢基扬·斯捷潘诺夫张罗了好一会儿，把马儿拴得牢牢的。拴好之后往地面擤了擤鼻涕，用衣襟擦了一擦，最后才伸出手来，说道：

"这就是你们那些老爷弄得一无所有的原因。有了个垫子，便往尾巴上，往头上乱放！"

他从马车上把一个装着什么重物的袋子拿下来，便朝屋里走去，一身打扮看上去又肥大，又臃肿。穿着暖和的带褶外套，再加一件不挂面的羊皮袄，脑袋用红头巾连耳包起来，还戴一顶帽子，脚下是一双沉甸甸的靴子。

谢瓦又笑了起来，说：

"您可穿得真多啊！"

"老弟，我的年纪已经八十有余了，"卢基扬·斯捷潘诺夫说，"你试着活到我这把年纪吧。"

"哟，已经八十岁啦！您怎么会这样长寿的？"

"在田里干活呗，老弟。"

"那么，您干吗把耳朵包起来呢？"

"我不想做聋子，这便是原因。你们那些老爷为什么会耳聋的？就是因为不论穿着什么就往外跑，风往耳朵里一灌，就聋了。"

女主人到客厅来见他，同来的还有她的大儿子米卡，那是个秃顶、留着小胡子的近视眼患者；还有她的女儿柳琼，那是一个脸色苍白、温柔内向的姑娘，肩头老是披着一条绒毛围巾，时不时会做作地哆嗦起身子来。女主人用白面包来款待他，不断给他倒茶，还说了许多话，做出一副对农业是行家里手的样子。谢瓦笑眯眯地紧瞅着卢基扬·斯捷潘诺夫，盯住他那晒得黑黑的脸庞和鼻子，鼻子已经给晒脱了皮，颜色发紫，脱起的皮呈金黄色。米卡俯身朝着桌子，抽着烟，一边把烟灰抖在一个手掌形的烟灰缸里，一边把面包搓成一个个小圆球，这种动作在平时准会使女主人生气。柳琼盘腿坐在沙发上，紧偎在一个角落里，缩着身子，用那双美丽而又忧郁的眼睛一眨不眨地瞧着卢基扬·斯捷潘诺夫的大嘴：他的牙床是粉红色的，光秃秃，没有一颗牙齿。大家都在纳闷：他这一回来干什么？想必是为买领地而来讲价钱吧？哎哟，但愿天遂人意。女主人自以为挺巧妙地把话题扯到出售领地的事上，暗示说，照目前的境况，她挺乐意把领地卖掉：

"哎呀，卢基扬·斯捷潘内奇，我们的人不由自主地得出了结论，银行是最可靠的投资场所！"

可是，卢基扬·斯捷潘诺夫只管讲自己的马匹，讲打出的粮食，十分乐意地吃着白面包，规规矩矩地用小匙子从高脚盘里舀出果酱，塞进嘴里，然后又搁回原处，并且喝着茶。他做出一副专心听女主人说话的样子，对最普通的事情都拍着膝盖，表示惊讶，然后又只讲他自己，不让女主人有插嘴的机会。他坐着，把带褶外套的纽扣全解开了，里面露出褪色的印花布衬衫，一面把从耳际解下来的头巾擦着渐渐谢顶的脑袋和面孔。"这庄稼汉的身子还挺硬朗！"大家心里想，"只是胡子白了，而且不是全白，还看得出，它曾是棕黄色的；当然，眼睛有点昏花，毕竟上了年纪，肚子也瘪下去了……"最后，他站起身来，从前室把沉重的袋子拎来，解开一看，里面装满了银币，还夹着些金币。原来，他来的目的不过是为了炫耀一下自己。"这还不算什么呢！"他说，"难道这算是钱吗？这不过是订好预售燕麦的合同之后到手的一点定金……"

在场的人既惊讶，又忌妒，还抱着一点敬意。这时，他满意而又狡黠地笑了起来，说得准确一点，是张开粉红色的嘴巴发出一阵咝咝声，对请他喝茶、款待他表示谢意，然后走出去穿皮袄。

"不，该回去了，该回去了，"他说，尽管谁也没有挽留他。"已经晚了。还是到圣母节再来。"

大家都很失望，不等他把皮袄穿好便走开了。前室里只留下谢瓦一个人。

"卢基扬·斯捷潘内奇，您说，您已经八十开外了，"他坐到一个躺柜上，开言说，"那么，您坦率地说：怕不怕死？经常想到死吗？"

"等一等，我来讲。"卢基扬·斯捷潘诺夫边穿衣，边说。

但他又什么也没有讲。他包好耳朵，将帽子拉到眉际，把腰带紧紧地系在下腹部，开始把皮袄套到身上。打点好这一切之后，他感到有点累，便喘着气，重重地坐在谢瓦的身边。

"死吗？"他说，"谁不怕死呢？人真是个怪物！可是有什么办法呢？尽管会死，但总不肯放弃……老弟，再有钱，死的时候也随身带不走的！"

"那么，您带了钱驾车走，就不怕人家把您杀了，抢了？"

"我带了钱，是谁也不知道的。即使知道了，也追不上我。我驾的这种马，你爷爷举行婚礼时还不曾有过呢。"

卢基扬·斯捷潘诺夫一坐上马车，便从院子里飞驶而出，但是在绕过教堂、谷仓和能注意到他的人之后，便让马儿放慢了步子。而在由于抽烟而弄得烟雾腾腾的客厅里，还久久地剩留着夕阳投进的几道光柱。谢瓦打开竖式钢琴，不知是第几次弹起了《月光奏鸣曲》，不过他只记住曲谱的第一页。女主人觉得自己平白无故受了委屈，但又不得不认命，此刻脸带忧郁和高傲的神情，正忙于洗刷茶具。她厌恶地把卢基扬·斯捷潘诺夫曾经用来吃过果酱的那个高脚盘递给使女，说：

"把里面的东西倒掉，再用开水洗一洗。"

柳琪站起身来，难受地做了个鬼脸："唉，这种蹩脚的音乐家可真讨厌！"然后出了屋子，沿着椴树林荫道慢慢地走，力图把脚踩在金色和粉红色的干枯落叶上。"秋天，我的花园多么可怜，一片凋零！"她用很高的声调唱了起来。但是，刚唱了一句便戛然而止，拐向丁香树丛间的小径，坐到长凳上，突然哭出声来。她强压住哭声，使劲咬住手帕边，不让自己在痛苦中叫起来。一道明亮的落日余晖射在长凳边那张灰不溜丢的旧桌子上。有只黑眼睛的小鸟悄无声息地从空中飞到树枝，再从树枝飞落到桌子上，从侧面弹跳了两下，好奇地盯着哭泣的人。米卡装出一副当家人的样子，身穿奥地利式外套，足蹬长筒靴子，正朝打谷场走去，从那里传来了脱粒机平稳的隆隆声。晴朗而又平淡的傍晚是多么宁静，脱粒机的声音在田野里传得很远，而田野是黄澄澄、空荡荡的，只有一些蜘蛛网在闪着金光。

几天之后，尼库林娜家的台阶前备好了一辆三套马车。车夫穿着平绒背心、亮黄色绸衬衫，还戴上饰有孔雀毛的帽子，太太和小姐则身穿丧服：总是有什么远亲去世；要是没有什么好衣服可以穿着上火车的话，这样服丧出门反而挺方便。她们放下面纱，拉好棉纱手套，亲切而又忧伤地同女仆告别，一边把阳伞、披肩，以及已故的尼库林的那条棕黄色方格毛毯接过去。谢瓦是骑马走的，他骑的是匹性子暴烈的瘦牝马。到车站一共才二十俄里，火车是晚上七点开，可是他们在两点便出发了。用不着赶得很急。谢瓦在卢基扬·斯捷潘诺夫的田庄附近停了下来。三套车消失在草原中那一片收割过的黑麦田里,而他却调转马头,沿着掘松后长满蒿草的道路到田庄去。

天气很热,周围是一片收完土豆之后再经翻耕的干泥地,看上去亮闪闪的。远处有几株白杨树在泛着银光。踩着尘土迎面走来一个白白胖胖的小男孩,大约有三岁,身穿一件肮脏的小衬衫,戴着一只有遮檐的大帽子,活像一个小老头。他走着,把脑袋歪靠在肩上,不知往哪儿去。"大概是迷了路,往远处乱跑。"谢瓦笑着想。

那是个节日,又是午后时间,田庄里静悄悄的,像是无人居住一般。前边是篱笆和通向宽大院子的入口。院子里有几辆大车,一个可装四十桶水的石槽,那口井早已干枯了,但是取水吊杆还竖在原地,几间铺着瓦灰色草顶,带遮阳的旧谷仓投下了阴影。在谷仓的后边露出了未经油漆的白色铁皮屋顶,那是一幢小市民式的新房子,建在高高的基座上,这跟草原上庄稼汉住房的风格不大吻合。再远处是一个黑糊糊的硕大的窝棚,旁边的杆子上挂着一只死去的鸤鹰。往前有一个小池塘,在阳光的照耀下金光粼粼,黏土岸上飘洒着许多鹅毛。而在院子的另一边是一片古老的牲畜栏的废墟,这个牲畜栏年代久远,还是建于田庄属于阿奇卡索夫伯爵的那个时候:墙壁是石头砌的,好像在要塞中一般,屋架坚不可摧,至今还留着光秃秃的框子。大门洞开,可以看到多少年来在横梁正下方堆积、增厚和干结起来的粪肥。

卢基扬·斯捷潘诺夫一个人神气活现地站在院子中央;他光着脑袋,身穿一件雪青色的衬衫,双手支着一把大叉。不远处,有个脸色苍白的小孩头戴童帽,裹着马衣,静静地坐在一个木桶里,把整个桶都塞得满满的。另一个小孩正东

米佳的爱情 | 087

倒西歪地努力抬起胖胖的小脚，爬到谷仓的石头台阶上；他穿着一件衬衫，这衣服在鼓起的腹部已经给绷破了。而在周围，全躺着睡觉的人；光是卢基扬·斯捷潘诺夫一家便有十六口，再加来了一些客人、干亲家夫妇。大家吃了午饭之后都觉得挺困倦，浑身乏力，便就地躺下，睡熟了。只有卢基扬·斯捷潘诺夫一个人挺着；他还有一点醉意，脸色红红的，但站在原地，精神抖擞地守卫着自己的地盘。

当谢瓦骑马进了院子之后，卢基扬·斯捷潘诺夫不慌不忙地走到跟前，伸出手来，还仔细地观察了一番鞍下汗涔涔的牝马。

"到莫斯科去听唱歌吗？"他带着讪笑问道。

在谷仓的遮阳下面蹲着几条牧羊犬，它们全都系着链子。在它们旁边的阴影里，有个人仰面呼呼大睡，那便是干亲家，一个留着黑胡子的庄稼汉。太阳底下的大车中躺着一个身穿绿色连衣裙的女人和卢基扬·斯捷潘诺夫的大儿子，后者身上是件蓝色的缎子衬衫，脚下是双钉着铁掌的靴子，从敞开的靴筒里露出了羊毛袜子的花边。这两个人是脸朝下睡的，还相互搂着。其他人都直接睡在草地上。女人们还撂起围裙和衣襟来遮太阳。

"想吃点煎蛋吗？啊？"卢基扬·斯捷潘诺夫问道。

谢瓦笑着谢绝说：

"我们刚刚吃过饭。"

"那么，来杯茶吧？"

"真的，我不想喝。"

"要不，我把火腿肠拿出来？"

"不，谢谢。我真的什么也不想吃。再说我还担心去车站迟到呢。"

"这么说,你们确实是去莫斯科喽?"

"是的……该去啦。我已经缺了那么多课。"

"你们真会过日子啊!"卢基扬·斯捷潘诺夫用像是带着羡慕,但又没有掩饰住嘲笑的口吻说,"上课!可我已经有了四万卢布的家产,成了王中王,却一直待在家里。连基辅都无论如何也不想去。这比你的课业更加有用吧。走,让你看看我的家业。"

屋子边,在一条破旧的棉被上,正晒着黍米。

"去——去,真是该死的东西!"卢基扬·斯捷潘诺夫抡起大叉,朝一群正在黍米堆上跑动的长得又高又瘦的小鸡挥了一下,便踏上台阶,走进了穿堂,这穿堂把屋子分成了两半。穿堂里还没有铺上地板,那里杂乱地堆着散架的车轮、干裂的小木桶、砖头、石灰。从打开的门往里,可以看到空空的小房间、瓷砖壁炉、铜制的通风管,墙上贴着浅蓝色的糊墙纸。

谢瓦环顾一下四周,问道:

"那您怎么没把它装修好呢?"

"装修什么?是房子吗?"

"对。"

"老弟,资本不够啊。哪像你,只要操心一件事——上课,做习题,默写。"

"不,别开玩笑!既没有装修好,也没有搬进来。

听说,你们是住在窝棚里,住在土窖里的吧?"

"只住在土窖里,不过比什么房子都强,"卢基扬·斯捷潘诺夫说,"没有搬过来,这是真的。已经第二年没有搬了,所以也不去装修。当然,问题不在于缺少资本。若是让孩子们过来,那可以排成一个队。"

"谁家的孩子?"

"孙子呀。我的孙子数都数不清。要是让他们来啊!一下子就会把糊墙纸全撕破啦。"

在后面一个房间,在卢基扬·斯捷潘诺夫所称的"客厅"里,有个样子文静、长得挺秀气的女人光着脚坐在地板上,用一柄柴刀在剁青草。

"这是给谁弄的?"谢瓦问道。

"准备给猪吃的呗,"卢基扬·斯捷潘诺夫说,"走。这儿太热了。"

"我还挺想看看你们的住房。"

"我会领你去看住房的。"

在年久发黑的大窝棚下方,有一个很大的土窑,上面覆盖着用圆木钉成的厚厚的天花板。他们踩着已经磨损的泥土梯级往下走。里面阴森森、黑洞洞的,只有靠天花板下边的两扇小窗才透进一点光来。谢瓦看到一张可以躺近二十个人的板床,上面还堆满了破旧衣物——马衣、木箱、破烂的树皮鞋、摇篮;他环顾一下散布在四周的砖砌炉灶,高板床、几乎占了一半房间的桌子、炉灶边湿泥地上那个有缺口的生铁锅子,锅子里盛着混炉灰的水,用来蒸洗裤子和衬衣。

"这真是可怕!"他笑着说,"你们怎么在这儿住得下去的!你们总共有十六口人哪。整个冬天大家都睡在一起……"

"这有什么可怕的,"卢基扬·斯捷潘诺夫说,一边朝炉灶下方仔细地瞧着,突然把手里的大叉挥了一下,从炉灶下边飞出一只脱毛的病鸽,把炉灰扑打得扬了起来。"我的老弟，这里一点也不可怕。靠上帝保佑，我在这里已经住了九年。一次也没有给烟熏倒过。这不是房子，是块宝地。它有多暖和！就是在冬天也会热得把衬衫脱掉……老弟，我们是些同泥土打交道的人啊。"

"不过，看来挺潮湿的吧？"

"能对付过去的！潮湿，这倒是真的，非常潮湿。走吧，我给你看看我的宝贝。"

卢基扬·斯捷潘诺夫的"宝贝"是几匹在附近出了名的黑花斑比秋格马，给圈养在特别的马厩里，在新房子旁边一间木顶石砌的厢房里。他们把高大的木板门的锁打开，走进一个由一些单间马房和带有台阶及小铁门的仓库所围成的宽敞的正方形场地中。

"以后，我就住在新房子里。夜里醒来，从客厅往外瞧瞧，什么都一清二楚，"卢基扬·斯捷潘诺夫说，一面指着从房里可以望到院子的那扇小窗。"明白吗？想得多么巧妙？真的，就像亚当住在天堂里一样！真的，我成了王中王！"

他的双眼炯炯闪起光来。单间马房也上着锁。他打开锁，让门敞开着，大胆地径直朝马儿的身后走去，抚摸着它，然后又走到它的头部。

"你别来，别来！"他从马房里喊道，"站在门口。它会把人踢死的！只让我一个人走到身边……"

那些阴沉可怕的马儿浑身的皮肤在哆嗦，它们急急地退到一旁，打着响鼻，用火辣辣的眼睛斜视着人。它们的鬃毛是乌黑色的，十分浓密，几乎垂到地面，身体养得极为健壮，背部和臀部的肌肉都鼓了起来。

"啊？看到什么啦？怎么样？"卢基扬·斯捷潘诺夫从暗处闷声闷气地喊道，"见到过吗？要不又是莫—斯—科……我们这样的马种已经传了一百多年啦。谁还会有这种毛色的马，在全省也找不出第二个人。我在临终时，要嘱咐他们挑最好的大车，套上整整三匹马，用三套车来运棺材！"

然后，他弯下腰跨进另一间马房的门槛，那里站着一匹漂亮的白色母马。

"这可是我的宠儿呢！它叫'珍珠马'。哎哟，我的妈呀！喜欢吗？喜欢吗？它就喜欢别人挠它的小鼻子，喜欢得要命。"他回过头来兴高采烈地对客人说。

等到参观完毕，关起门，上好锁，他的情绪变得极好，心里舒畅，态度和蔼。

"等一等，小傻瓜，等一等，来得及的！"他拦住谢瓦说，"我们一起去喝杯茶。啊，你不想喝，那就坐一会儿，聊聊天……"

他到屋子里搬了条长凳来，坐下；一边满意地深深叹了一口气，一边让谢瓦坐在他旁边。

"喂，奶奶！"他对着整个院子喊道，"老太婆！"

一个背有点驼，戴副眼镜的胖老太婆，脚穿长筒羊毛袜，手拿着一只袜筒和几根毛线针，从窝棚后探出身子。

"我这位夫人你还没见过吧？"卢基扬·斯捷潘诺夫朝她点了下头，问道，"顺便你也看看她吧。她在我这儿也有事干。坐在屋后，看守那块罂粟田。"

老太婆走到跟前，深深地一鞠躬。

"怎么样？"卢基扬·斯捷潘诺夫发问，"你可坐在那边？没有见到什么人吧？"

"谢天谢地,暂时没见到什么人。反正大家都知道,有人守卫着。"

"我是为了好玩才种了一点罂粟,"卢基扬·斯捷潘诺夫对客人说,"我对这些罂粟子、葵花子一点也不感兴趣,只是为了好玩才种了那么一点点。只要,只要够孩子们嗑嗑就行了。祖辈们是一直种黑麦的,上帝也吩咐我们种黑麦。他们光知道种黑麦,还有用三卢布的钞票来卷纸烟。可我,老弟……"

老太婆站着,手里摆弄闪闪发光的毛线针,一边皱着眉头从眼镜后面瞅着他,听他说话。卢基扬·斯捷潘诺夫稍稍把脸一沉。

"喂,听一会儿就够了,"他对老太婆挥了下手说,"该看腻了吗?我身上可没有什么花纹。走开,走开……"

天色渐晚。一群寒鸦叽叽喳喳地飞停在新房子那烟囱的筛形盖罩上。睡觉的人醒了。一个接一个地从旁边走过,到池塘去洗脸;卢基扬·斯捷潘诺夫的几个儿子都是些脸色阴沉、头发浓密的庄稼汉。坐在桶里的那个小孩连桶一起摔倒在地,满院子都听到他的哭叫声。谢瓦起来告辞。"好吧,祝你一路平安,"卢基扬·斯捷潘诺夫说,"祝你学业有成。"谢瓦跨上那匹性子暴烈的牝马,便沿着池塘边的土坝出发了。草原上静悄悄的,充溢着晚间的沁凉。麻雀纷纷飞落到土坝边那些光秃朽烂的柳丛里,发出一阵阵咔嚓声,傍晚闲适之感油然而生。土坝边发黄的脏水里密密麻麻地浮游着许多小虫。有个庄稼汉洗完脸后解下腰带,坐在黏土岸边,在水里映出了倒影。他只管眺望着在草原那边,在无边无际的田野那边,正从乳白泛蓝的雾气中渐渐消失的一轮桔黄色的太阳。麦茬田是柠檬黄色的。一个戴着羊皮帽的小牧童鼓起嘴唇,在田里赶着羊群。羊儿有好多,边走边还在吃草,呼哧呼哧地喘着气。谢瓦骑着马已经离田庄有了一段距离,他用羡慕的目光扫了一下宁静、安适的田园景象,便加了一鞭,疾驰而去,在身后扬起了一股股尘土。这尘土绵延了一俄里,久久没有沉落下来,直到天黑……

整个秋天莫斯科都在下雨。米卡既没有写信,也没有从乡下寄钱来,他又跟情妇勾搭上了。妈妈一直在生病,至少是推说生病而不接待来客。家里只接待过一个叫日德林斯基的客人;他是个老牌戏迷,脸刮得光光的,长得非常胖,患着气喘病,不过说起俏皮话来却是全城有名。到十一月份,柳琉出乎大家意外地嫁给了他。现在已经下雪。到了夜里,一辆辆三套马车沿着特维尔大街飞奔,低沉的铃声响个不停。日德林斯基成了谢瓦的好朋友,总是带他到"斯特列利纳"餐厅同戏剧界伙伴们一起过夜生活。当日德林斯基在严寒天气里抽着雪茄烟,身穿里外两面都是毛皮的大衣坐在妻子和身材娇小的著名女演员中间时,他总是朝后者俯着身子轻声说些俏皮话,引得她捧腹大笑,还要打他的手。柳琉穿着又轻又暖和的名贵皮毛大衣,头戴中世纪式的天鹅绒贝雷帽,把脸藏在一个极大的暖手筒里,一边用忧郁的眼睛恳求似的紧瞅着坐在对面的那位来自苏姆斯科耶的年轻军官。坐在军官旁边的是位著名歌唱家,脸型活像叶卡捷琳娜二世朝代的权臣,头发剪成童花式,像个庄稼汉似的,但是戴着大礼帽,穿着熊皮大衣,眼神显得懒洋洋,冷冰冰的,心里却在妒火中烧。柳琉忧郁地暗自思忖:

"我是个坏女人,坏女人……"

"斯特列利纳"和"雅尔"餐厅里的夜生活还刚开了个头。进门就到了一个灯火辉煌、春意融融、流光溢彩的世界，那里暖和的空气中充溢着雪茄、香槟和油炸松鸡的香气，抖掉皮毛大衣上的雪花，将大衣扔到那些身穿腰部带褶外套的动作灵巧的人手里，然后帮助身上丝绸衣裙沙沙作响、脸庞给严寒冻得通红后又容光焕发的女士们解开高腰套鞋，那真是件愉快的事情！

而卢基扬·斯捷潘诺夫则同他的人丁兴旺的后代，还有几头小牛，安安分分地挤在暖和的地窖里过夜。此刻，他已经是第三次醒来，光着脚走到上面，踩着吱呀作响的雪地，站在缀满繁星的蓝黑色天空下了。

一九一二年十二月三十日
于卡普里
冯玉律　译

快活的一家子

一

叶戈尔·米纳耶夫是帕任村的小炉匠，他的母亲由于老是挨饿已经瘦得皮包骨头。邻居们不叫她的本来名字——阿尼西娅，而是给了个外号，叫"炉叉"。她家里的人也给开玩笑地称为"快活的一家子"。

据帕任村的人说，叶戈尔的禀性同他已故的父亲米隆一模一样，也是那么爱讲空话，喜欢骂人和抽烟，只是脾气稍为温和一点。

"他是个不错的邻居，"大家议论他，"是个能干的小炉匠，就是太傻，积不起一点钱来。"

叶戈尔挣的钱一直很少，入不敷出。他家的木房尽管挺大，但不像个样子，一年比一年破旧，由于无人照管，眼看就要倒塌了。有一次，他不知从什么地方弄来了一个很大的供士兵练习的靶子——那是用黑墨印在一张白纸上的人像，背着枪，歪戴军帽，瞪起双眼；他把纸贴在木房已经歪斜的窗间外墙那些朽烂的圆木上。至于整修屋顶，用麻屑填塞隙缝，翻造一下炉灶，清理烟道等等，他却没有想到。这样，到了冬天，就是狼也会在这间木房里冻死的，因为各个角落里都积了一层雪。本来，人家早就把这间破房子的木头一块块地拖走了，只是碍于阿尼西娅的情面才没有干。

叶戈尔的头发是淡白色的，十分蓬乱，身材不高，但肩膀宽阔，胸脯隆起。他老是戴着一顶蓝色中学生制帽，这顶帽子由于戴用过久而褪了色，浸透了汗水，变得沉甸甸的。他身上穿着一件麻布衬衫，领口已经磨损，露出线来，裤子搭拉着，膝盖上也磨出了窟窿，脚下是双被石灰烧蚀过的树皮鞋。他到处闲逛、瞎聊，老是吸着一只烟斗，还使劲地咳嗽，弄得眼泪汪汪的；咳嗽平息下来之后，那双浮肿的眼睛便闪着光，喉咙里久久地发出咝咝声，隆起的胸脯起伏不停。他咳嗽是由于吸烟，打从八岁起便吸上了；他深呼吸是由于肺叶扩张。当他呼吸的时候，衬衫领口下方的衣缝便豁了开来，露出经日晒后留下的一道褐色痕迹，在苍白的肌肤上显得格外分明。他的一双手长得很难看，右手大拇指活像一段给冻坏的残指，上面的指甲如同兽爪一般，食指和中指长得比无名指和小指短，这两个指头似乎都只有一个关节。可是，他用这些笨拙的残指在扑哧扑哧的烟斗里按烟灰时却灵活自如。他一边使劲地咳嗽，一边甚至颇为得意地说："嘿，倒还挺管用！"看到他这副样子，简直难以置信，像他这种信口开河、脏话连篇的家伙，竟还会有老娘管教。简直难以置信，阿尼西娅就是他的母亲。

确实难以叫人相信。儿子长着淡白色头发，肩膀宽宽的，而母亲却是又干瘪，又枯瘦，肤色灰褐，像个木乃伊；细长的腿裹着一条破旧的方格毛料裙子，走路晃来晃去。儿子从来不肯把鞋子脱下来，她却总是光着脚。儿子老是要闹病,她却一生从来没有生过病。儿子喜欢闲聊,有时显得胆小怕事,有时又显得放肆大胆,这要视对方是谁而定,而她则总是沉默寡言,性情温和,安分守己。儿子是个浪荡汉,喜欢挤在人堆里高谈阔论,举杯畅饮,反正是好也罢,不好也罢,过一天就算一天,而她一辈子都是那么孤独,老是坐在长凳上,忍受难熬的饥饿和无穷的忧愁,而且对此已经习以为常:"大地母亲已经把我这个罪人给忘了!"按阿尼西娅的意见,大地母亲忘了把她收罗过去的唯一理由是必须让她为叶戈尔守护和保全这间木房。她一直在想,儿子毕竟不算年轻了,也许会明白过来,想娶亲呢。她一想到这件无法实现的好事,心里便充满甜蜜的柔情,头脑也有点晕乎乎的。可是,叶戈尔却一个劲儿地说:"我一辈子都不娶亲!现在,我是个自由的哥萨克,一结了婚,那就得为老婆操心。让她见鬼去吧!……"他反对娶亲,反对有什么财产,也反对有什么家园。

妨碍阿尼西娅出外当雇工的原因,除了这间木房之外,还有一件糟糕的事情,那便是她身体很弱,而且还瞎了一只眼睛。她养过一只羽毛黑里带金的老公鸡,多年来一直在她身边,在她成天呆坐的长凳边转悠。她坐着想心事,一只细细的手托着腮帮,而公鸡则跳来窜去,在用小块玻璃拼起的浑浊的窗子上啄苍蝇。有一天,她凑近玻璃窗往外张望,因为有人驾着马车在村里跑,响起了一阵阵铃声。突然,公鸡往她的左眼上啄了一下!左眼睛受伤流出了水,眼皮凹陷,耷拉下来,只剩下一条灰色的隙缝……先前,她还在园子里种大麻,收一些麻秆,揉一点大麻纤维,这样多少也能有一点收益。可是,叶戈尔把园子也租出去了。先前,她还出去打打零工，到小地主帕纳耶夫家去，离帕任村有一俄里远。可是，那些姑娘们挺不高兴（"老鬼在抢我们的活干！"），便在管家面前说她的坏话，说她瞎了眼什么事情也干不好，说她在老爷的果园里偷苹果，塞在那条她用来包早餐——一块发硬的面包头的头巾里带出去……

阿尼西娅很早便出嫁了，也很早便当了寡妇。年轻时，阿尼西娅找不到一个值得爱的人。但是，她又不能不爱一个人。在没有意识到该向谁敞开心扉的情况下，她嫁给了米隆（他也是炉匠，一个获释的自由农奴），并且长期逆来顺受地爱着他，后来因为她在婚后不久便遭到丈夫的殴打，导致小产，所以无法把自己的爱转移到孩子身上。米隆喝醉酒后变得非常暴躁。事情很清楚：一个人清醒时连小孩都不会碰，但在喝多了以后会把圣人往外赶。会敲碎玻璃窗，抡起大棒追打儿子和老婆。"嘿，米纳耶夫家里又吵开啦！"左邻右舍们说，看到他们打打闹闹觉得挺开心。"真是快活的一家子啊！"米隆酒醒之后不太情愿地请求她宽恕，她听到几句温柔的话便心软了，只是含着眼泪轻声地说："怎么办呢？要是你把我打成残疾，大家取笑的是你啊！"

不管怎么样，自从米隆死后，甚至这种往事在阿尼西娅的心目中也似乎成了幸福。确实，她曾经有过青春，有过家庭生活，有过家业，有过丈夫，有过孩子，有过欢乐和痛苦，跟别人都一样……二十年前，米隆冻死了。他喝醉了酒，莫名其妙地硬要跟着别人的大车上利夫内城去，结果遭了殃。此后的好几个夜晚，她没有睡觉，坐在黑洞洞的木房那个躺柜上，回忆往事，愁肠百结，但是谁也不知道她在想些什么。以往，她的几个孩子死去时，她都痛哭流涕过，不过也是悄悄地一个人悲伤。贫穷已经弄得她家徒四壁，常常迫使她向邻居们苦苦哀求，求他们帮帮她那失去父亲的儿子，因为孩子还小呢。但她从来不敢向人们提起，她以前也曾经帮助过他们。结果，弄得帕任村里没有一个人相信，她曾经过着常人一样的生活。她指望在晚年时总可以休息一下，靠靠儿子。儿子已经长成一个挺像样的庄稼汉，尽管说话比较随便，言辞激烈，但不像已故的父亲那样好打架。她说，儿子的手挺灵巧，要是他不离开家，那准会过上好日子的！

今年冬天，叶戈尔的举动让帕任村的人大吃一惊。他干出别的什么事情都不会出人意外，可是怎么也没有料到，他竟会突然丢下自己的手艺，莫名其妙地，就像米隆跟在别人的大车后面一样，跑到莫斯科掏大粪去了，结果成了大家的笑柄。但是在莫斯科他也没待几天。儿子跑掉的消息使阿尼西娅挺伤心，不过她有时也想，叶戈尔是由于她老是挨饿，为了多挣些钱，暗暗地下决心改善一下生活，才跑掉的。可是，儿子又突然回来了，衣衫褴褛，身无分文。他在家里睡了三夜，但跟邻居，跟母亲没有好好地说过两句话。尽管没有垂头丧气，但也显得心不在焉，他甚至无法讲清楚，干吗要跑到莫斯科去，只是说了一句："哎呀，有什么了不得的？"便又溜到什么地方去了。

五月份，他受雇到兰斯科耶村去守护地主古里耶夫家的林子，那个地方离帕任村有十五俄里远。人家给他伙食费，另外每月再添他三个卢布供零花。三个卢布算什么？这样买买，那样买买……到头来连买火柴都没了钱……所以，叶戈尔一当了雇工，便完全不接济母亲了。

在圣彼得节那天，她把好容易才借来的最后一块面包皮吃掉之后，终于下定决心到兰斯科耶村去找儿子，探望他，更主要的是想稍微填饱一下肚子。她吃面包是非常节省的，身子也越来越衰弱了。平时老是瞌睡，眼睛发花，耳鸣不停；两条腿开始浮肿，头脑里老是盘旋着一个念头：最好能吃一点热的食物，撒上盐。她不敢自作主张去找儿子，不过过路人开导她，说服她，劝她去找。她们是来喝点水的，那是一个老太婆和一个年轻妇女。两人要上古里耶沃村去追荐亡灵，老太婆要悼念的是死去的儿子，年轻妇女要悼念的是丈夫。于是，她们三个人一起叹起苦经来了，谈论女人的命运，谈论丈夫和儿子。年轻妇女的个子很高，脸庞虽胖但没有血色，长着一双凸出的灰色大眼睛。衣着很讲究，很漂亮，身穿新的后面有褶的棕色粗呢坎肩、红色毛料裙和短筒靴，头颈部位还饰有黑色丝绒绦带和白纽扣，她一直没有吭声。那个老太婆长得干瘦而又白净，尽管神情疲惫，但挺活跃，叽叽咕咕地说个不停。年轻妇女在她说话的当儿总共才简简单单、不慌不忙地插了一句话，只有这一次，那是在老太婆顿住了，忘了人家把她的小儿子拉去当兵的那个城市名字的时候。

"大嫂，我的儿子是在三个星期之前下葬的，"老太婆和蔼地对阿尼西娅说，"他进城跑了一趟，去的时候还挺起劲，兴冲冲的，回来后在夜间放马，还没走到谢德林庄园那二十俄亩田（我们放牧牲口时总是要穿过谢德林庄园的农田的），便回家了。我拿着粗麻布回屋去，看到他躺在炉炕上，身上盖着短皮袄……嘴里说：'妈妈，我要死了，我生了病。昨天夜里我去放马，连谢德林庄园那二十俄亩田都没走

米佳的爱情 | 101

到,突然好像刮起了一阵寒风,身上冷飕飕的。我好容易才走到家里,两条腿都站不住了'……"

阿尼西娅叹了口气,眼里涌出了泪水。"孩子尽管不成器,亲娘总是疼在心。"她想着又叹了口气,心里充满了对儿子的忧虑和柔情。"我去看看。不管怎么样,我总不是外人吧……"而那个老太婆还在说下去,一边用干瘦发硬的手指擦着抽搐起皱的薄嘴唇的两角。

"亲爱的,那有什么办法呢?我给了他两块圣饼,一块是为了祈求健康,另一块是为了心灵安宁。我说,儿子啊,你吃了吧。也许病会好一些的。到了第二天,他叫住了我:'妈妈,今天天气倒挺好,你们带我到外面走走,屋子里空气太闷。'我们把他领到打谷场,让他坐到干草堆上,自个儿离开了片刻,去剪羊毛。不多一会儿再来时,他已经耷拉着脑袋,奄奄一息了。以前,他的脸色红彤彤的,好像一块红呢子,这时却从额头开始发白啦。我们把他的身子抬起一点,他已经断气。那就是说,他没有来得及等我们走过来……"

这时,阿尼西娅沉思起来。他被老太婆讲的家事感动了,心里满怀着母亲的温柔、母亲的痛苦,便同两位过路的女人商量起来,该怎么办:去还是不去?要是去的话,最好要考虑得周到一点;不仅仅是去探望一下,而且是整个夏天都留在那边。人家说,儿子现在的伙食是给包下来了。既然伙食有了着落,那么她也能吃饱了。也许他倒吃不了,而她也不需要多少食物……

老太婆说:

"那怎么讲呢?也说不准,该怎么办才好,大嫂。我家的吉洪不能成为别人的榜样。但他是多么懂规矩，有头脑，考虑事情真周到！听听周围的人是怎么说的。真的，现在那些当儿子的可不是这样的，不能跟我家的那个相比，全都不孝顺……不过，要是我的话，还是会去的。我的意见是：你还是去。"

"他总会不给母亲吃饭吧。"年轻妇女补充了一句。

于是，阿尼西娅高兴起来了。

"那也好，我就去，"她有点犹豫地说，"他住在我这儿只不过是觉得烦闷，但没有人说他有什么不好的地方，既不打架，也不酗酒。只是不喜欢待在家里……我现今在挨饿，再说也挺寂寞。有时竟然会想：让他生场病也好，至少可以来家里住住……他是个挺好的庄稼汉，当然是个会干活的人，就是气量小了一点。我有我的心思，他有他的心思。我以为他会来，他倒可能在生气哩……"

送走两位女人之后，她久久地环视空荡荡的木板房，看看还有什么东西可以变卖。可是，全部家当只有一个小箱子，里面放着叶戈尔送给她的唯一的一件礼品——供她去世后下葬披的一块头巾，那是在扎顿斯克修道院的小铺里买的。那是一块细棉布的白色方巾，挺大，上面印满了黑色的骷髅，交叉的黑色骨头，还有黑色的题词："神圣的上帝，至圣的上帝……"把这样的东西卖掉是罪过，而且说老实话，也舍不得，因为叶戈尔在喝了点酒之后捎来礼物是诚心诚意让母亲高兴一下的……不过，她想，是儿子自己不好，把母亲忘了，把母亲逼到了绝境。上帝是仁慈的，能看到她已经穷到了什么地步。她下葬时不披头巾也行，反正在另一个世界对穷老太婆是不会怎么问罪的……于是，她便出门去

米佳的爱情 | 103

卖头巾了。身子消失在帕任村的庄稼田和柳树丛里,远处可以看到有钱的阿巴库莫夫家的砖房。那房子有地基,盖着铁皮屋顶,周围长着色彩缤纷的锦葵,屋前还有小花园。正是星期天,阿尼西娅去找阿巴库莫夫。阿巴库莫夫用他那双鞑靼人的小眼睛仔细地察看那块头巾,还叫来了他的母亲——一个神色阴沉、身体臃肿、身穿棉袄和毡靴的胖老太婆。

"你要多少钱?"老太婆慢腾腾地走出屋子,皱起眉头环顾一下门廊,弓着背没好气地问道。

阿尼西娅感到对方缺乏善意,但还是夸耀起头巾来,把货物的正面展示一下,披到肩头,走了几步。阿巴库莫夫想了一想,摸出两枚铜币——十戈比;然后,冷冷地一笑,再加了五戈比,那是因为阿尼西娅"态度好"。阿尼西娅摇摇头,便回家去了,甚至没有把头巾从肩上拉下来。在家里,她披着这块下葬时用的头巾坐着,用仅有的一只眼睛仔细地观察头巾的两端,想着什么心事。然后,她把臂肘支在桌子上,头脑里已是一片茫然,只听到耳朵里嗡嗡作响……在桌子的隙缝里以前嵌进了不少黍米。她把米粒一颗颗地挑出来,放在手里大约有半把,吃掉了。然后把头巾放进小箱子,躺到已经开裂的炉灶边那张光秃秃的宽板床上,在天还没有黑时便自言自语:该早一点睡着,要不明天会走不到那边的;要早一点出门,走的时候别忘了锁好小箱子,塞住烟囱,以防打雷下雨……

整整一夜,她都在睡意蒙中想着一些令人忧虑、萦绕不去的事情,再加跳蚤叮咬,苍蝇扰人,以至直到凌晨才熟睡了一会儿。一觉醒来,天色已经大亮。她带着病态喜迎新的一天,因为她还活着,因为要到兰斯科耶村去,要开始过一种新的，也许是美好的生活……上帝是仁慈的，她能感觉到自己尚在人世间，看到早晨，疼爱儿子，上他那儿去，这是一种幸福，甜蜜的幸福……她在屋里用一根单齿炉叉把穿堂的门顶住，将炉叉的一端插在泥地里，在屋角找到一根被麻雀的粪便弄脏的木棒，爬过已经倾圮的墙头……管家养的一群鹅正在摇摇摆摆地朝池塘走去，池塘边有一片草色青青的牧场，那里铺着正在漂白的粗麻布，好像一条条灰色的带子。玛什卡·贝乔克，一个满脸雀斑、身体健壮的姑娘，正挑着扁担，扁担两头都扎着又湿又重的卷起来的粗麻布。她扭动全身，用白净结实的双脚在草地上踏着小步，迎面走来。阿尼西娅便想：谢天谢地，遇到了一个挑满东西的人，准会有好运……

整个五月和六月都下过一阵阵小雨，今年庄稼和牧草都长得非常茂盛。阿尼西娅用木棒探寻着黑麦、燕麦和荞麦田中间的小径，瘦瘦的脚掌和毛料裙子不时地缠在长满青草和野花的田埂上，但她按习惯依然为丰年而高兴，尽管丰年早已不给她带来什么好处了。黑麦长得很高，随风摆动着，亮闪闪的，只是在有些地方夹杂着几朵蓝色的矢车菊。燕麦正在抽穗，颗粒饱满，麦秆光滑，闪着暗淡的银光。荞麦开出楔形的花儿，现出一片粉红。正是多云的天气，刮着阵阵暖风，但风力很大，它把一群蜜蜂赶得晕头转向，难以向前，只能乱窜乱飞，在密密的荞麦丛中懒洋洋地发出嗡嗡声，有时送来一股晒暖后的蜂蜜香味。不知是由于风吹，还是由于这股香味，阿尼西娅觉得浑身软绵绵，脑袋晕乎乎。她沿着小径和田埂走着，想缩短点路程，但是当她绕过帕纳耶夫谷地，爬到对面山上时（从那里可以望得很远，直到地平线上的火车站),却发觉反而多走了一段弯路。

她一出家门,便觉得应该考虑一下主要的问题:叶戈尔在那边吗?她能不能找到他?但老是分心,无法集中思想好好考虑。此刻,有两只斑鸠出现在她的前面,它们前后距离在十步开外,成一条线,在黑页岩的山路上快速踩着小步跑,影响了她的思索。在它们飞起之前,她一直弄不懂:这是怎么一回事?斑鸠的颜色同路的颜色一模一样,只是背脊上泛出一点红色。它们像女人家一般扭扭捏捏地踩着碎步,然后轻松地往上一飞,展示出有白边的灰尾巴,然后又飞停在地上,跑起来。阿尼西娅朝斑鸠挥了一下木棒,听到一阵轻微的翅膀扑打声,但不到一分钟,她又看到鸟儿照老样子在前边快速奔跑。它们使她觉得不安、厌烦,但它们身上漂亮的羽毛,无忧无虑的神态,以及充满温情的相互依恋的样子又使她受到感动。她自己那条墨绿色的方格毛料裙子,那件穿在干瘪的身上的肮脏破烂的衬衫,那条印着黄色圆点的深色头巾已经有多少年啦!年迈、干瘦、痛苦同斑鸠、花朵、肥沃土地的美丽是多么不相称,这美丽的一切早已把她这个穷老太婆忘掉了;她意识到了这一点,感到很痛苦。她笨拙而又胆怯地朝斑鸠挥起木棒来。斑鸠腾空飞起,她站了一会儿,直到望不见它们的踪影……

她强打起精神,但还是觉得昏昏欲睡。走在被车轮压得结结实实的乡间土路上,比走在软绵绵的小径上要轻松得多;赤足踩在暖烘烘的泥地上真是舒服。不过,她总觉得在地平线上有一些并不存在的风车在旋转个不停。抬起眼睛,望望多云的天空,似乎看到有一条玻璃小虫子在飘啊,飘啊,还有一些玻璃苍蝇也在飘,怎么都捉不住,也无法让它们停下来；只有在把目光盯住一个地方时，小虫子才溜走，但不一会儿又飘起来，渐渐滑到上方，苍蝇也变得越来越多……她放慢脚步，喘了一口气："哎哟，走不到那边了！应该慢一点……"但又往前迈着步子，又不知不觉地走快了……

南边刮来的和风吹在身体的一侧，给灰绿色的原野送来了云雀的歌声，送来了花粉的芬芳。远方的村落、小树林形成了朦胧、稠密而又柔和的一片蓝色。啊，在右边远处，在田野和高地的那一边，可以望见多么亲切而又久被遗忘的兹纳缅尼耶村的小教堂。左边，在更远的地方，在沃尔戈利斯基牧场的那一边有几个贫穷的草原村落：卡缅卡、苏希耶布罗德、里亚宾基……天空堆积起大块大块稀薄而又形状古怪的灰紫色浮云。它们在地平线那里密集成一片泛青的乌云，从云层中像一条条雾蒙蒙的蓝丝带似的降起雨来。而看不见的风车甚至在这些丝带中都在不停地旋转……难道该躺下来，打个盹？不，不行。休息之后就更难赶路和干活了，她凭着多年的经验非常明白这一点。啊，远处有什么人在骑着马呢……前边出现了一辆三套车。她仔细地凝望着，精神振奋起来。三套车上全包着铜片，马身套着名贵的挽具。车子缓缓地驶近，马儿放慢了脚步。枣红色的辕马高昂起头，迈着小步，拉边套的两匹深褐色马弯着汗津津发亮的脖子，几乎把张大的鼻孔触到地面，似乎在往前浮动。年轻的马车夫眯着双眼，有气无力地靠在马车的后部；他身穿平绒坎肩，浅黄色衬衫，戴着一顶城里的遮檐帽，还套着一副麂皮手套……这些老爷家的皮肤光滑的马儿有着某种特别的模样，这些四轮马车有着一股特别好闻的气味：那是柔软的皮革、

米佳的爱情

上漆的挡泥板、受热的轮子润滑油同尘土混杂在一起的气味……接下去是一片暗绿色的豌豆田，那也是老爷家的。为了给三套车让路，阿尼西娅走到田埂上，往豌豆田瞧了一眼，又目送着轻便马车那高高抬起的后背……不，豌豆还没有长出来。要是已经长出来的话，便可以吃个饱了。而且，谁也发现不了的！阿尼西娅皱起眉头，仰望一下天空，在比较明亮和温煦的云层后面已经觉察到太阳出来了。显然，马车夫是赶到火车站去接一点钟那班车的客人的；人们已经在院子里吃午饭啦……

她忘掉了那些风车，风车旋转得慢一点了。她只管往前走；长满白色花朵的田埂在她的脚下延伸，星星点点的白花在颤抖。不知什么地方，有几个村妇在七嘴八舌地吵架，骂得十分起劲，只听见女人的声音一个比一个响。她把每个人的声音都听得清清楚楚，甚至挺乐意地留心着她们声音的变化，连珠炮似的语调和喊叫声。但是，她又不把这些声音当一回事，因为听到这些并不存在的声音已经是习以为常。她只管胡思乱想，依然无法静下心来，考虑一下叶戈尔怎么样了。她一会儿想到向谁借了点面粉，至今没有还，一会儿想到昨天邻居家里那头小牛把挂在篱笆上的衬衫下摆给嚼碎了，一会儿想到自己快要死去……"你真不知羞，不知羞！"村妇们大声喊着。"该坐一下。"阿尼西娅暗自想着回答，并且老是在寻找一个似乎预定好的休息地点。是谁预定的呢？是上帝吗？"不，是儿子叶戈尔预定的！"不知是谁喊道。她哆嗦了一下，摇摇头，驱走了睡意……

不管在田埂上，还是在田埂下方的沟里，到处都开着五颜六色的小花。阿尼西娅觉得自己走不到目的地了，便随便找了个地方坐下来。村妇们不作声了。"挺好！"她想，一边在沉思中带着凄然的苦笑采摘起花来；她采了许多，深褐色的粗糙的手里捧着一大把五颜六色的花朵，它们又娇嫩，又美丽，又芬芳。她用温柔、怜悯的目光时而看着花朵，时而看着这一片肥沃而又对她这个人如此冷漠的土地，看着同红色的草藤纠缠在一起的茂密、鲜艳的豌豆苗。村妇们不再吭声，风车也消失了。现在，她在飘啊飘的，就像空中那条玻璃小虫那样。看，远处的豌豆田里有一个守护人搭的窝棚，现在还没有人住：可以钻进去，睡一会儿……田野上空随风传来一阵催人入眠的云雀啼啭声，绿色的田埂继续往前延伸着。上面长了不少母菊、金色毛茛、紫色的熊耳花、深红的三叶草。阿尼西娅一会儿拔了几茎毛蕊花，一会儿摘了几根三叶草，只觉得要恶心，嘴唇发干，而在花朵里有几滴新鲜的苦蜜。突然，她的心里咯噔了一下，头上渗出冷汗，双肩无法动弹，感到酸疼，全身受到一阵可怕的，似乎濒死的，难忍的冲击，就像一个人在秋千上高高荡起之后，又突然掉下去，直冲地面时的感觉那样。阿尼西娅强使自己从田埂里，从坐下后给压倒的青草丛中跳起身子，几乎想跑起来。她的手脚在发抖，但无论如何要见到儿子，对他说几句话，临终之际为他画十字祝福……

豌豆田后是一片休闲地。几个庄稼汉正在那里翻耕。她用微弱无力的声音喊道：是不是往左拐弯到古里耶沃村，往右到兰斯科耶村？"是到兰斯科耶村！"一个光着双脚的高个子老头也喊着回答，那人留着一把浓密的大胡子，未经修理，胡子下面敞开着长衬衫的领口，贴肩由于沾满尘土和汗水而发黑了。"亲爱的，能不能给口水喝？"那人扛着犁一脚高一脚低地跨过垄沟,摇摇晃晃地走到田埂边,站定下来,在砧木上把亮闪闪的拨土板敲结实。"行啊。"他说。阿尼西娅从田埂上捧起用帽子盖住的水罐,低头喝了起来,一边斜眼瞅着老头的脚板。那人的样子挺吓人,活像林妖或者沼泽地里的精怪:大大的脑袋,黄绿色的毛发,同样颜色的胡子,长着麻斑的紫色脸膛和绿莹莹的眼睛,那双眼睛在稀疏而又蓬乱的眉毛下面露出凶光;他的脚板呈甜菜色,活像犁铧。但是,不一会儿就看出,那是个罕见的好心人……她喝饱了水,想问问,有没有一点面包,但说不出口,也无法问……

现在,她能回想起周围的地区了。离兰斯科耶村还有两俄里,她的一只眼睛便紧盯住森林边,紧盯住一片已经抽穗的麦田中间那棵枝干发白的孤零零的大树,那是一棵生长多年的白桦树,树顶呈圆形,衬着烟色的云天,经风一吹,便闪着熠熠的银光。从麦田再过去,在白桦树后边出现了一片像丝绸一般发亮的深绿色小白桦树丛。这里是草原区域,地势平坦,看来也很荒凉:进入兰斯科耶村周围时,一眼望去,只见到天空和无数的灌木林,到处都疯长着草木,而这里的小树林茂密得简直无法通行。草长得齐腰高;灌木砍也砍不尽。连花儿也开到齐腰高的地方。看着这些花儿,白的、蓝的、粉红的、黄的花儿,真会眼花缭乱。整片林中空地布满这样美丽的花儿,它们只会在白桦林中生长。乌云慢慢地聚积起来,清风送来了云雀的歌声,但这歌声又渐渐消失在草木持续不断摇曳所发出的窸窣声和喧哗声中。在灌木和树墩之间好容易才找到早已荒弃的道路。闻到了草莓的甜味,也闻到了蛇莓、白桦树和蒿草的苦味。阿尼西娅在花草丛中磕磕绊绊地快步跑着，终于看到了护林人的守卫室。可是门上挂着一把褐色的大锁。阿尼西娅一见到它，便皱起眉头，大声号哭起来。

然而，边跑边哭是太难了。心里怦怦直跳，全身发热，泪水模糊了视线。于是，她站定下来。周围全长着蒿草、牛蒡、荨麻，荨麻丛里有间小木房，已经没了屋顶。从牛蒡草丛里钻出一只黑灰色的公狗，那条狗的胡子已经发白，眼睛流着脓，尾巴给砍去了一截，两耳也被撕得鲜血直流，上面叮着一些小虫子。它竖起耳朵和半截尾巴，低沉地叫了起来，这是独特的、森林里的狗叫声。她站在原地不动，两耳由于自己的心跳声而给震聋了。公狗瞅了她一眼便不再出声，把头转了过去。有好一会儿，人与狗都犹豫不决地站着：狗不知道是不是该再叫几声，她则不知道是不是要往前走近？

"叶戈鲁什卡！"她用微弱的嗓音喊了一声。

谁也没有回应。公狗想了一想，又叫了一声。然后，它垂下半截尾巴和撕破的耳朵，脑袋顿时变得圆圆的，显得和善而又可怜。它摇着短短的粗尾巴，走到阿尼西娅跟前，望了下她的眼睛。"唉，你也老啦！"它的目光似乎在冷漠地说，"我们都没有什么东西可吃……叶戈尔又不在……"公狗走到一边，漫不经心地朝那些开着黄灿灿花儿的灌木丛抬起了后腿，然后什么也没有干，只管往下一躺，按老习惯张开嘴巴，急促地喘起气来，一面摇晃着脑袋，想把叮在耳朵上的那些灰黄色苍蝇驱走。周围又显得那么寂寞、冷静和荒凉。像丝绸一般发亮的灌木丛里发出一阵阵窸窣声和喧哗声，一只鸫鸟在林中发出单调而又清脆的啼叫声，几只灰青色的鹡鸰发出诉怨似的咋嚓声,从一处飞到另一处,从一根草茎飞到另一根,好像在寻找什么又老是找不到。护林人的房子极小,非常破旧;屋顶上长满了高棵的银白色莠草。阿尼西娅窸窸窣窣地走在牛蒡草丛里,一边摇晃着身子,一边低声痛哭。她摸索了一下门楣上方,看看有没有钥匙。她没有找到,便猜中了:拨开锁的挂环(门果然只是虚掩着),拉了一下门把手,便跨进高高的门槛……

吃东西——对这个她甚至不敢去想。周围的一切似乎都在漂浮,都在七嘴八舌、情绪激昂地说话。但她还是用尽力气环顾一下四周,确信每个角落哪怕一小块面包都没有。然后,她把一束已经发蔫的花往小桌子上一放,那张小桌子是用旧木板和新削的白桦树橛子马马虎虎地钉成的,歪歪斜斜地堆在屋角高低不平的浅蓝色泥地上,再坐到小桌子旁边靠墙的长板凳上,一动不动地待到傍晚。她呆然期待着什么,不知是期待儿子,还是期待死神,睡意蒙眬地瞅着泥墙,以及半已圮坍的炉灶。窗外透进一点微弱的光,照在小桌子的上方。稍远处的另一扇窗已经没了窗框,用一件短皮袄、几块肮脏的熟羊皮填塞着,弄得屋里更昏暗了。昏暗中有几只小青蛙在地下跳动。

"莫非是我出现幻觉啦?"阿尼西娅想,一面更加仔细地观察起来:不,这不是幻觉,是真正的青蛙……

天花板上长满了小蘑菇,它们往往是倒挂着的,茎很细,像根线一般,下方是柔滑的小帽子,有黑色的,有灰色的,有珊瑚红色的,看上去挺轻巧,稍稍一碰就会变成黏糊糊的一团。难道可以吃吗?不行,吃了会死的。到那时候,帕任村的邻居们就会把房子的木头一根根地拖走了……可是，再也没有别的东西可吃了。窗台上有个陶罐，上面用块木板盖着。她拿起木板：陶罐里有只可怕的大苍蝇在嗡嗡叫；她把木板移到眼前，仔细一瞧，原来是幅圣像画。叶戈尔真是作孽，怪不得上帝不会赐福给他！她艰难地抬起手，画了个十字，亲吻一下木板，将它放到小桌子上，略一思索，想到自己快要死了，便再次画了个十字迫使自己在叹息中，在特别缓慢而又狂热的手的动作中表达自己对上帝的俯首顺从，对其荣耀和威力的无比崇拜，对其仁慈的全部指望……炉灶门敞开着，在里面放炭处的灰堆上搁着一个平底锅，上面粘着一点煎蛋剩下的硬皮：看来，叶戈尔煎的是鸟蛋，带有花斑的蛋壳就扔在平底锅的旁边。阿尼西娅想：老天爷啊，他在拿什么充饥，简直像黄鼠狼一样过日子！她越来越觉得困倦，真像在做梦，脚下的路在随着三套车和斑鸠飞奔……阿尼西娅把头往后一仰，刹那间恢复了知觉，驱走了梦境和那种令人惊恐的意识模糊的状态，她已经渐渐深陷到这种状态之中了。风轻轻地吹拂着四周的墙壁和荨麻丛，刮过天花板上方的莠草，发出窸窸窣窣的声音，令人昏昏欲睡。窗外有几株小树在轻轻地摇动树梢，影影绰绰的，衬着铅灰色的乌云，显得很苍白。天色黑了下来，将近傍晚了……

她知道，外面又下起雨来，风在呼啸，从小树林里传来鸦鸟时高时低的单调的叫声：叽——叽——叽，叽——叽——叽……不知什么地方，有几只年幼的白嘴鸦在懒洋洋地啼叫，它们也是喜欢在傍晚下雨时叫的……尽管她心里一切都明白，但人却在睡觉，睡觉，而且已经处于濒死状态，而她的想象力，平时并不丰富的想象力，此时却以不可抑制的势

米佳的爱情 | 113

头发挥了出来。是啊,叶戈尔去赶集市了,应该追上他!于是,她看到集市上的情景。那边一片喧闹,人声嘈杂,大车的吱嘎,马儿的嘶叫,响个不停,人们拥挤不堪,全都是醉醺醺的,样子挺吓人;游艺场上的乐队吹吹打打,好不热闹,身穿红色镶边衣裙的姑娘们和身穿金黄色衬衫的小伙子们骑着旋转木马飞快地转啊转的,叫人看得眼花缭乱,感到恶心……真热啊,好难受,而米隆却是又年轻又快活,把帽子推到后脑勺,穿过人群朝她走来,手里捧着一大包好吃的东西,有羊角面包,有馅饼,有薄荷饼。他不让她把一瓶刚打开的克瓦斯喝完,卖克瓦斯的便是翻耕休闲地的那个老头。米隆喊道:"快把马套好,得赶上叶戈尔!……"米隆,你这个人啊,她对他说,年轻时从来没有疼过我,现在我人都要死啦……田野里刮着风,乌云密布,下着小雨,姑娘们正在挖土豆,"不,米隆努什卡,看来得赶快躺下吧……"阿尼西娅像个梦游病人似的,一面喃喃自语,一面摇摇晃晃地从长凳上站起身来,从窗口把短皮袄拉了下来,卷成一团,放到长凳上,靠头的那一边……她的髋骨在隐隐作痛,发抖,心跳似乎要停止了。她不时觉得自己好像给悬在空中,没了双脚,只有一个身体,就像贴在帕任村的木房外那个黑不溜秋的可怕士兵那样。赶快,可别倒在地上。她躺了下来,闭上了眼睛,长凳平稳地飞向了深渊……

她睡着,在梦中咽了气。她的脸,像木乃伊似的脸是那么安详,那么冷漠。一阵雨过后,傍晚的天空转晴了。森林和田野都是静悄悄的。晚间的飞蛾颤抖着,无声地在空中飘舞。在暮色的笼罩下,地面上只看得见白色的花朵。护林人的小房子后面,小树林的绿色树顶变得黑糊糊的,泛出一道道美丽的花纹，从浑浊的橘红色渐渐往上延伸，变成透明的柠檬黄色，直到淡淡的一抹。在小房子对面，在灰暗的天空中挂着一轮圆月，轮廓清晰，但不明亮，还没有洒下光华。它朝小窗内探望着，窗边躺着一个不知是已经死去，还是仍活着的古稀老人。从另外一扇既无玻璃，也无框架的窗外吹进来一阵和风……

二

在青少年时代，叶戈尔表现得时而懒散，时而活跃，时而引人发笑，时而又招人讨厌，不过喜欢撒谎胡闹倒是一贯的，而且往往无缘无故。有一次，他故意吃了许多有毒的天仙子草，人们用牛奶把他灌活了。然后，他又装腔作势地说什么要上吊自杀。叶戈尔在炉匠马卡尔老头手下干活，那人样子很凶，酗酒挺厉害。当他听到叶戈尔这样胡说之后，狠狠地打了后者一记耳光。叶戈尔挨揍之后倒反而又忙着去用脚搅黏土了，仿佛什么事情也没有发生似的。不过，隔了一段时间，他又胡说什么要上吊，而且说得还要起劲。他压根儿就不信上吊真会死的，有一次果然付诸行动了。当时，他们在老爷家的空房子里干活，大厅里回声很响，地板和玻璃窗上满沾着石灰。叶戈尔乘房里没有别人的机会，贼头贼脑地瞧了瞧四周，便一下子把皮带扔到烟囱通风管上，在恐惧中喊了一声，身子便吊了上去。大家把叶戈尔从皮带上放下来时，他已经没了知觉。花了好大劲才把他弄醒，将他的脑袋转啊转的，弄得他又哭又叫，上气接不着下气，简直像个两岁的小娃娃。从此，他就再也不想上吊的事了。

叶戈尔渐渐长高，有了体力，像个庄稼汉的模样，生生病，酗酗酒，干干活，聊聊天，到县城去转悠转悠，只是偶尔想起荒芜的家园，以及不知为什么被他称为"累赘"的母亲。尽管他是在毫无意义地混日子，但自我感觉还是不错。即使有时他觉得疲劳，浑身无力，心烦意乱，嘴里说什么"活在这世上真没劲！"他也没有一点要扯淡到上吊自杀的意思。就这样，他到了三十岁，就在那年冬天，在无意中同那些外出掏大粪的人联系上之后，莫名其妙地跑到莫斯科去了。

叶戈尔从莫斯科回来时醉眼惺忪，情绪激昂。他觉得自己这次贸然出门实在荒唐，又似乎准备随时反击那些把他称为"掏大粪者"的人，便在路上把最后一个戈比都买了酒喝，而且每当火车停在某个车站时，他就下车在人群里横冲直撞，往小卖部挤。就在他坐在摇摇晃晃、烟雾腾腾的车厢里时，差一点又要说出当年胡扯过的话来，想对坐在同一条长凳上的几个乡下来的锯木工人作证，似乎他即将上吊自杀，而这还是打从当初在老爷家的空房子里出了事情之后的第一次。不过，这次同样没有人相信他的话，他在睡了一觉之后也把自己胡扯的事情忘了。

去了一趟莫斯科，在那里过了一段不寻常的日子，又在路上喝醉了酒，亢奋了一阵子之后，他觉得家里以及自己出生地的一切都是那么平淡无奇，甚至当人家带着嘲笑的口吻问他干吗去莫斯科时都不屑加以回答。家园在一天天地破落，母亲在一天天地改变模样，显得越来越干瘦，脾气温和得出奇，举止有点古怪，但这些变化并没有给他留下任何印象。他不太乐意地在家里住了三天，便上古里耶夫老爷家去，要求担任兰斯科耶林子的护林人。那是一个阳春三月的艳阳天，路上的积雪起先在融化，后来太阳在万里无云的天空中徐徐西沉，阳光下的雪原像云母一般闪着金光，而在东南方向的远处飘起了一重轻盈、透明的雾气，这时路又开始上冻。树皮鞋一踩上去会发出一阵悦耳的咯吱声。在这种漫长、晴朗而又安宁的天气，叶戈尔的心里也同样是那么愉快和安宁。他登上村子里那座被结冰的车辙划得东一道西一道的亮晶晶的小山，走进老爷家的院子。院子对面，在河的那一头，夕阳正宁静地照着，已经有了春天的气息；在灰绿泛金的树枝上，在老爷家房子边的丁香丛里，有许多麻雀在忙碌和啁啾，也带来了些许春意。这房子的白墙和褐色的铁皮屋顶衬着蓝天，显得分外醒目。一名使女站在门廊里，正把灰从茶炊里抖出来。她说，主人不在家，到城里去了。也许今晚回来，也许不回来……叶戈尔顿时没了劲，心里挺烦恼。他犹豫不决地在被夕阳染红的院子里站了一会儿，便拖着脚步往下房走去。下房里有一股浓烈的酸菜汤气味；桌子旁的长凳上坐着雇工格拉西姆，一个粗鲁的黑脸膛庄稼汉。他正把一根鞭子装在柄上，一面同他的老婆马利亚对骂。马利亚手里抱着一个小孩，挺不舒服地坐在板床上。叶戈尔进了门，点点头，坐了下来。他们向他回了礼，但嘴里还在骂个不停。小孩用两只小手抓着母亲的短上衣，想吃奶。肤色黝黑的小个子女人马利亚却只管目光炯炯地盯着丈夫，嘴里滔滔不绝，全然没有发觉小孩的意图。叶戈尔不一会儿便明白了，他们吵架是由于一把属于马利亚的哥哥的剃须刀，格拉西姆把这把剃须刀送了人。

"先要自己挣钱买一把，"马利亚恶狠狠地瞪着眼说，

"那时再拿自己买的东西送人才行。真是个穷要饭的,见鬼!"

"我不想跟你纠缠,也不跟你啰唆",格拉西姆硬声硬气,一板一眼地说,"你别跟我吵架。大家明天要过节哩。"

"你休想封住我的嘴。"马利亚觉得自己占着理,便放大胆量说。

"你最好给我闭嘴。"格拉西姆回答。他还想保留生硬的口气。

"别神气,你以为人家怕你啦!"

"等着瞧,你这个婊子,有你哭的时候!帮你的人可并不多!"

"那有什么,哭一阵子,忍一阵子。山鹰落了地,乌鸦都敢欺。这又不是什么新闻……"

叶戈尔习惯于走东家,逛西家,看看别人怎样过日子,喜欢瞧人家打架,听人家对骂,所以起先对这次口舌之争也挺感兴趣,可是,不一会儿便觉得无聊了……

"怎么样,莫斯科很快就使你厌烦啦!"马利亚说,她指的是丈夫的莫斯科之行。这次行程跟叶戈尔的出走同样荒唐,尽管还不太丢脸,因为格拉西姆是想到用马拉的铁轨马车上找个差使。"怎么这么快就回来啦!看来,在那里像你这种闲逛的人还真不少吧!"

"你这条母狗,最好还是管管好自己!"格拉西姆答道。"你看你今天把粥熬成什么样子?难道是拌猪食吗?这里的人可不是贪吃的猪!"

"你别对我吆五喝六,"马利亚回嘴说,"你还是去管管你的加什卡,管管你的那些婊子、姘头吧。"

叶戈尔想吹吹牛，说他有一把珍贵罕见的剃须刀，可是懒得开口，便没有吭声。他从座位上站起身来，暗想："我一定要上吊自杀！去他们的吧……滚得越远越好！……"他慢慢地走到正在点火抽卷烟的格拉西姆跟前，把烟斗伸过去。那个人没有看叶戈尔一眼，便把几乎要燃尽的火柴递给他。叶戈尔烫疼了手，但还是点燃了烟斗，站在门口。

"加什卡干的活恐怕比你还多一点哩！"格拉西姆无话找话地说。

"我嫁了你这个死鬼，一点也不幸福，"马利亚答道，"我要让你也十年不得安生！"

"哎——呀！真有你的，真会演戏啊！"

"光是土豆，你们一次就要吃三铁锅！为了使劲搬铁锅，我的肚子都给弄疼了……"

叶戈尔没有听完便走了。

春季和初夏他是在兰斯科耶村里度过的。起先，稳定的生活使他挺高兴。以往，他老是担心没有收入，老是到处奔波，去寻找这份收入，为此含辛茹苦，受够了罪，这已经叫他厌烦透顶。而现在，不需要干什么活，可以随心所欲地睡大觉，而工钱、伙食费却源源不断……不过，日子一天天过去，越来越显得单调乏味，也越来越显得漫长；需要打发时光，而在森林里，老是一个人，怎么打发时光呢？于是，叶戈尔以他有个患病在身的挨饿的老母亲为借口，三天两头上老爷家去预支工钱和伙食费，拿到钱后便同他的朋友——古里耶沃村的铁匠一起买酒喝个精光。现在，他的感觉同阿尼西娅最近的感觉一样：全身轻飘飘的，心里不知为何老是发慌，头脑里特别紊乱。到了黄昏时分，他便视物不清，所以总是害怕夜晚的到来。在这片寂寥无声的灌木林里阴森森的，暮色笼罩之处好像总躲着一个形体看不清楚，捉摸不定，所以显得格外可怕的灰不溜丢的大鬼怪。这个鬼怪目不转睛地盯着叶戈尔；叶戈尔往什么地方走，它的头就往那儿转。由于它，这个鬼怪，使他回想起上吊的套索、带钩的渔具、麦田里老白桦树粗大的枝丫，所以以前一直盘旋在他心里，认为很平常的有关上吊的念头也变得可怕起来。结果，叶戈尔索性离开了森林，日日夜夜在古里耶沃村里鬼混。他一走出冷落的草原区，从丰茂的庄稼田和灌木林折到通往村子的路上，来到人们中间，心里便马上会变得轻松起来。

就在阿尼西娅去兰斯科耶村的那一天，叶戈尔踱到古里耶沃村去了。老是吃野浆果，到晚上身子会发冷，这他是知道的。但是，肚子饿得发慌啊。所以，他出了木房，膝盖着地，久久地在灌木林里，在花草丛中爬来爬去，采摘蛇莓和草莓，有的已经很熟，有的还是青色发硬的，统统吃了下去……然后，不慌不忙地朝村子里走。

"主要的事情，是挣钱买一点面包。"他在走出森林时想，这时比阿尼西娅到达那里刚好早了一个钟点。

他不知道，在什么地方可以弄到面包，而且也没有多少希望能挣到钱。不过，总得找点离开森林的理由吧。说实在的，说到挣钱买面包，他的情况可真不妙。"算了吧，不妙就不妙，我又不是第一次过冬的狼！"他自言自语，一面迈着八字脚，把树皮鞋踩在路上，吸着烟斗，连声咳嗽，用浮肿而又发亮的眼睛望着远方。

古里耶沃村挺大，挺古老，有着广阔的牧场，还有两座磨坊，一座是水力的，一座是风力的。两座磨坊都坐落在河边，被一大片柳树林和白杨树林遮掩着，树林里栖居着成千上万只白嘴鸦。"这样的村庄，"叶戈尔说，"就是在美国也找不到！"傍晚之前，在他走近村子的当儿，哗啦啦地下起了一场大雨，不过为时不长；看来，这已不是今天的第一场雨了。在长着绿茸茸嫩草的牧场上，一条条道路乌黑闪亮。牧场的左边，在靠近老爷的庄园之处，有一座屋顶蒙着铁皮的古老教堂，教堂旁边是一幢用砖瓦新建的学校，牧场中间有一个属于全村社的粮仓，右边有一座看上去沉甸甸的风车，以及磨坊主家宽敞的庭院。刮着风，可是风车的叶片伸向多云的天空，依然一动也不动。它们一向呈灰色，但现在却是黑糊糊的，而且挺潮湿。从粮仓的屋顶上不时地滴着水。在绿草地上牧马的几个小男孩穿着湿漉漉的粗呢外套，坐在粮仓的屋檐下。

"真是出奇啦，"叶戈尔想，一面朝风车走去，一面像通常那样，见到什么便大发议论。"这里在不断地下雨。地方是多么宽敞，简直相当于好几个菜园。仓库又是那么干净……"

时间还早，可是人们已经把走散在牧场上的大小牲口往家里驱赶了。夕阳在村后远处，在河谷那边，刚好在学校的对面露了一下面，将犹如锌制的学校屋顶、教堂镀金的十字架照得熠熠发亮，把牲口群也照得五光十色起来，但不一会儿又变得暗淡了，躲进了云层。古里耶沃村的教堂建造得挺粗糙，样子单调，跟周围的环境很不相称；学校的样子像乡政府的办公楼；风车则显得笨重，难得运转。小河边的柳树丛里，许多白嘴鸦跟平时一样在无休止地喧闹、聒噪。牲口群在奔跑，互为呼应地发出一片哞哞和咩咩的叫声，几个农

米佳的爱情

妇把衣襟兜在头上,在追赶一些母羊……那边,在兰斯科耶村,在处于灌木林、野花和莠草丛中的那间没有屋顶的护林人的房子中,叶戈尔那温顺的母亲正在临终的挣扎中悄悄地死去。而叶戈尔本人却漫无目的地站在古里耶沃村的牧场上,一面胡思乱想,一面不知为了什么在等待人家把牲口赶回家去。看人家赶完牲口之后,他又久久地望着两匹给绊着腿的浑身湿透的马儿,注意它们如何啃着草,用绊住的前腿艰难地跳来跳去。他把烟斗从一个嘴角移到另一个嘴角,沉重地喘着气,又是咳嗽又是吐口水,漫不经心地扫视着牧场,心里暗暗地痛骂那个把石砌的旧教堂包上铁皮的神父是笨蛋,同时又观察着粮仓。几个小男孩贴着粮仓的墙壁,坐在一块白色的大石头上,身穿着湿漉漉的破旧呢外套。在他们旁边站着一匹两岁的小马。从屋顶上流下的水珠滴在它的身上,所以它的头部是黑糊糊的,下身倒是浅褐色的,还挺干燥……叶戈尔凄然苦笑了一下,便迈开套着树皮鞋的双脚,打着滑,慢慢地朝磨坊主家的木房走去。

磨坊主跟通常一样,根本不把叶戈尔当一回事儿。他也跟通常一样,一点也不为此感到难堪。他跨过木房的门槛,点点头,晃了下平平地压在白头发上面的那顶中学生制帽,算是打过招呼,便坐到板床上,从磨破的烟荷包里倒出点刺鼻的马合烟丝,塞到烟斗里。磨坊主老头弓着背,坐在桌旁的长凳上,两个手掌撑着凳子,呆呆地瞅着他那怀孕的年轻妻子阿廖娜的双手,阿廖娜正在桌子上方筛面粉。在古里耶沃村里,阿廖娜号称是个美人。她人长得健壮,而且脸像母牛一般温顺而又白净。可是,磨坊主本人却是小个子,秃头,大脑袋,相貌丑陋。他尽管有钱,但身穿的短皮袄却破旧不堪，看上去油光光、黑糊糊的，这使得这件短皮袄的一只橘黄色新袖子显得分外醒目。他的鼻子像只毒蘑菇，两个大鼻孔由于经常吸鼻烟而变成暗绿色，好像挺柔滑。他眼望着如灰土一般从筛子底下飘洒下来的面粉，冷淡地问叶戈尔：

"怎么样，在森林里觉得寂寞了吗？"

"我有什么可寂寞的，"叶戈尔不慌不忙地回答，"到村里来是有事……"

说罢从板床上溜下来，走到炉口堆炭的地方，打开炉盖，齐腰探身到黑洞洞、热烘烘的炉灶深处。

"有要紧事呢。"他从那里低声喊道，一面用那双像残肢一般的手从炉灰里拖出一块烧红的炭，塞到烟斗里。

阿廖娜稍稍蹲下身体，灵巧地用手掌拍着筛子，摇摆着肥硕的臀部，一边从肩上方斜视着叶戈尔。"这冒失鬼，把整个炉灶都弄冷了！"她想。但是，叶戈尔已经摸透了她的心思，从炉灶里探身出来之后，装出一副根本无所谓的样子。他深深地吸了一口气，弄得鼻孔里充满了燃烧的杨树木炭所发出的热气和辛辣味，并且既难受又舒适地咳了下嗽，再次心安理得地坐到板床上。"还是离开吧？"他心不在焉地想，"不，别去管他们。我再坐一会儿……他们吃啊，吃啊，一个星期要烤上两次面包，还老是吃不够。"他胡思乱想着，一会儿朝炉灶边那个盖着一件旧上衣的和面木盆瞧瞧，一会儿朝桌子上渐渐堆得像个棺材盖形的小山一般的面粉瞧瞧，一会儿又朝阿廖娜瞧瞧。她那双把袖子卷得齐胳膊肘高的粗大的手上沾满了面粉；手指头上的铜戒指和银戒指在闪闪发亮。女主人把那条羊毛红裙的底边拉了起来，塞在

米佳的爱情 | 123

腰带上，两条粗腿所穿的男式黑靴映衬着灰色的衬裙，两脚站得稳稳的，身体稍稍后仰，挺着一个大肚子，有节奏地摆动着臀部。

"我能不能在你这里要一小块面包吃吃？"叶戈尔问道，一边不住地把涌到唇边的口水往外吐；嘴唇由于饥饿和含着烟斗而发白了。

阿廖娜不开口。她的小女儿阿纽特卡扑到桌子上，正想往上爬，用小指头在面粉上划道道。这小姑娘从嘴唇看来似乎生着热病，粗硬的头发剪得齐额高。阿廖娜没有应对叶戈尔的发问，却突然用手掌拍了一下小姑娘的前额。小姑娘往后一仰，噗的一声滑倒在长凳上，马上哭叫起来。

"叫你别碰面粉，还要碰！"阿廖娜粗声粗气地喊道，声音大得整个院子都听得见。

"我现在就用小刀把她宰了。"年轻的雇工萨尔特克走进木房说。他身穿一件羊皮外套，系着白围单，刚刚从田头骑马回来。他在那里要把一片遭到冰雹袭击的林边燕麦田收割掉。

萨尔特克说罢把一副带皮环的沉甸甸的新马轭和马笼头挂到墙头圆木间的钉子上。马笼头和嚼环亮闪闪的，上面还沾着些马儿吃草时留下的绿色泡沫。

他前一阵子刚当过兵，露出一副志得意满的样子。脸给晒得黑黑的，留着些许连鬓胡子，看上去挺端正，胸部挺宽阔，一顶军帽给推到了后脑勺。围单的胸口还用红线绣着几个很大的字母。见到叶戈尔，他只是稍稍点了下头。叶戈尔想：

"这准是阿廖娜绣的。那个小姑娘也准是同他生的。难怪人家说,他还在当兵之前便同她勾搭上了。磨坊主真是个傻瓜!要是我,准会把她的皮剥下来,摊在绷子上!"

他喉咙里发出咝咝的声音,胸脯不停地一起一落,磨损的衣领豁了开来,露出苍白的皮肤上那道给晒黑的痕迹。浮肿的脸也是苍白色的。叶戈尔已经病得很重,但是他对身子有病已经习以为常,根本不加注意。人家对他这个又病又饿的人连正眼都不瞧一下,对此他一点不觉得委屈。他对阿廖娜也不抱恶意,就是在想"准会把她的皮剥下来,摊在绷子上"的时候也是如此,虽说他可能真会这样做的。然而,他在心里毕竟还在默默地恼火,不仅对这一户富裕而又沉闷的人家,而且还对古里耶沃村所有的居民。这股火气使他感到难受,使他想着某种不受理智控制的念头,这一念头像一枚磨损的螺帽一样讨厌地在他的头脑里打转。他经常会在同一时间经受两种思想感情,对此也已经习惯了:一种是平常的、普通的,另一种是令人不安的、病态的。他在心平气和地,甚至是自鸣得意地思考某种偶然所见或者偶然想到的事物的同时,却又在徒劳地构思什么别的东西来。他有时会羡慕起小狗、飞鸟和母鸡来:它们大概从来不会去想什么东西吧!此刻,他既想,又不想坐在磨坊主的家里。可是,不坐在这里又去干什么,到哪儿去?难道回森林,钻进灌木丛,在黄昏时分,到那些处处都有灰色鬼怪出没的地方?

阿廖娜把挂在桌子上方的吊灯点亮,火焰闪着淡绿色的光,窗外还没有暗下来呢。萨尔特克从裤袋里掏出一个平绒烟荷包,不慌不忙地卷起一支弯弯的烟卷,嘴里打了个嗝儿,拿起一根麦秆,插到吊灯的玻璃罩里,点燃烟卷,坐到长凳上抽起来。

"来这边坐坐,来这边坐坐,"他对阿廖娜说,一边深深地吸了一口烟。"我倒挺想吃个馅饼的。"

"那你不想吃羊角面包吗?"阿廖娜问道,她同萨尔特克说话时用的是一种似乎挺粗鲁的特别语调,这只有在外人面前同相好才那样说话。

"烤馅饼啊,那可要动动脑筋哩,"萨尔特克往远处啐了一口说,"应该给你订一份食谱。我在梯弗里斯当兵时,那边主人家的女儿总是订食谱的,根据食谱什么菜都可以做。比如说你,往莫斯科寄封信,信里附上七戈比的邮票,写上:请把各种食谱寄来,等等。"

"那倒也对,"老头儿回应说,"你是个出了名的百事通,样样都知道:什么地方有怎样的居民,什么地方有怎样的城市……"

叶戈尔斜眼瞅了一下,心里想:有怎样的城市!他这个傻瓜,除了梯弗里斯,还知道点什么!还不如让我来讲给他听听……他挺想争论一番,在争论中他准会比萨尔特克显得聪明,有头脑,老练。可是,想讨点面包的打算,还有什么无法确定的原因束缚了他,使他这个一向大胆和多嘴的人进入了死胡同。而且是当着什么人的面!当着那些种田人的面;以前,他觉得他们根本不配同炉匠、木匠、油漆匠相比的呢!他只好管自咳嗽了一声,吸着已经熄掉的烟斗,装出心不在焉的样子,听听萨尔特克还要胡扯些什么?

"我怎么会不知道!"萨尔特克开了口,"我别说以前去过,今年秋天也一定要去呢!那边现在正准备过节,"他瞟了阿廖娜一眼,微笑着说,"说真的,喝酒啊,玩乐啊,每天都这样,从早上八点到夜里两点。特别是在一些旅游城市,在皮亚季戈尔斯克，在基斯洛沃茨克，在维辛图基……"

"那就是说，人们不会感到寂寞喽。"老头儿插了一句，从短皮袄里摸出一个桦树皮扁烟盒来。

"不过，在那边有钱才好过，"萨尔特克接着说，他没有听老头儿的话，"没有钱，最好还是别上那边去，那边只有酒才便宜。那边每个格鲁吉亚人都有一大片葡萄园，他们把葡萄酒装在大木桶里往市场上送，只听见哗啦哗啦地响。"

"他们有资本买酒，所以才哗啦哗啦地响，"叶戈尔说，"也许，我们对这种事情了解得不比你差，"他嘴里嘟哝着，身上感到又是酸痛，又是发冷，老是想起那件短皮袄。他真不该将它塞到护林人守卫室的窗洞里，应该穿在身上，因为已经想到傍晚时下了雨，天气会变凉的。

可是，萨尔特克对这一点见解也不在意。

"那边，老弟，"他说着，不知是冲着谁，"林荫道，花园有多美！恰雷科夫公爵家的花园竟然有三平方公里大！只有一点不好：到了夜里，不披上毡斗篷寸步难行，会冻个半死。山上总是积着雪，终年不化……"

"傻瓜！"叶戈尔想，"不披上毡斗篷！去问问他看，什么毡斗篷，他连个屁，连根烂羊毛都不知道……"斗篷，老弟，那是用熊皮制的，你在哪里能找得到？——他不由自主地说出声来。

他闭上了眼睛。"现在，在我的窝里是多么冷落……他妈的，真不该把短皮袄留在那里！"他想，一边望着绿莹莹的灯火，望着窗外渐渐发紫的天空，又一阵雨下来，打在窗子上。于是，他又回想起灌木林里鸫鸟单调的叫声，以及鹈鸪

米佳的爱情

那凄凉的咔嚓声。

"那边的山上到处都修起了小路,"萨尔特克说,"切尔克斯人骑着马往四面八方跑……飞奔,跳跃,只要不摔破脑袋就一直这样干!从远处望着山岭,就像黑压压的一片乌云。那边的姑娘也真不错。上姑娘那儿去,按规定的价钱,过一夜三十戈比。你已经是个上了年纪的人,可她会把你弄得浑身是劲。"

"不,现在我可不行啦,"老头儿回答说,一面耸动肩膀,用下滑的短皮袄挠着痒。"过去,我倒真是姑娘们的冤家!挺会对付她们的。"

叶戈尔冷笑了一声,本想讲个故事,说是有个炉匠用河狸香浸的酒灌醉了将军的女儿,弄得她迷迷糊糊的,跟他上了床,而且还要说明,这个炉匠就是他本人。可是,话给阿廖娜打断了。

"够了,别嚼舌头啦!"她用一种故意装出的恶狠狠的腔调喊道。这种腔调是那些有着年迈丈夫的健康女人惯用的,以便掩饰她们对一些微妙话题的兴趣。"够了,真不知羞!上了年纪,还胡扯这种事情!你啊,墓地上早已准备好位置啦!两个老婆被你送进了坟墓!"

"我怎么啦,"老头儿说,"我什么也没有说啊。"

"那边的人长得挺漂亮,不失身份,"萨尔特克继续说,"有些老人活到了一百岁……"

叶戈尔对这也想发表异议:活是活着,可是请问,又有什么用呢?可是,人家又打断了他的话。

"行了,关于这个你也别说啦!"老头儿说,"就拿我来打个比方吧。我活了七十个年头,给十六个亲人送了葬。要是我能活到一百岁,我还会生下儿女来……那时住在什么地方呢?现在,人已经出生得太多,弄得大家都要饿死,那时就只好人吃人,就像海里的鱼那样喽。有个老头经常上我这儿来,他说已经有一百零五岁了。掉下帽子,连拣起来都不行啦。"

"这是老爷家的人吧?怎么能跟你比!"阿廖娜起劲地喊道,"你自己还能驾着马车去运水呢!真是个手脚利索的老头!"

"不比我的老娘差,"叶戈尔说,"她真是个长寿的老太婆!我倒要供养她,为她操心……"

"一些聪明人有种说法,"老头儿说,"要是人能活上一个世纪,那他死后就会不朽不烂。不过,据说,在活着时不能吃使身体发热的东西。当我住在主人家时,那里有个小少爷是学医的。他是我的好朋友,经常对我说,每个人都可以使自己的身体变冷,这样,到他死后身体便不会腐烂,而是挥发到空气里。"

"那真是胡说八道。"萨尔特克反驳说。

"可是,书里是这样证明的。"

"书里!"萨尔特克冷笑一声。"难道人的血变冷了还能活着吗?"

叶戈尔谈到母亲时,别人表现很冷淡,这使他有点不高兴了。于是,他又插了嘴,而且显得挺勇敢。

"那么鱼呢?"他问道,"它们不是血冷了还活着,而且活得挺舒服吗?"

萨尔特克朝他转过头来。

"是这——样!"他带着嘲笑说。

米佳的爱情 | 129

又突然果断地开了口：

"鱼！那你看看，鱼是怎样潜在水里，游来游去的？你能做到这样吗？你只能在浅水里泡泡。鱼是冷血动物，可是你把它扔到岸上，它挥发了没有？它挥发不到什么地方去的！"

叶戈尔突然变得急躁起来。

"我就是这样说，"他喊道，"我对你说，我们这些干活的人可不能不吃热的东西！你这个臭小子吃饱了肚子说风凉话！我不吃东西可要生病啦！我要是吃饱肚子的话……"

"好了，好了，出了两个大傻瓜！"老头儿站起身子，喊了起来。

"我们缺乏耐心，所以不会变冷！你们看看那些圣徒，那些侍奉上帝的人，不吃，不喝，他们是怎样做的？圣拉里翁是怎样做的？他不是能整整三年只吃萝卜为生吗？"

"照你的说法，我家的老太婆也要变圣徒啦？"叶戈尔把烟斗从嘴里取出来喊道，"她也是不吃，不喝……我们甚至连你说的萝卜都没有……"

"等——等，"萨尔特克说，"别动手啊！"

他把脸转向老头儿，突然接受了叶戈尔的观点：

"这样说来，你我之辈都可以当圣徒喽？只要把身体弄冷，吃饱了萝卜，就万事大吉？"

"好了，你们嘴皮子该耍够啦！"阿廖娜把筛子一扔，喊得比谁都响。"全是些糊涂虫！"

"说得对！"老头儿搭腔说，"该想想上帝喽！老弟，为了这种放肆的言论，上帝是不会饶恕我们这些傻瓜的！"

阿廖娜皱着眉头走到板床跟前，斜眼瞅了一下叶戈尔坐

在上面的那块毛巾,把它一抽,没好气地喊了一声:

"让——开!坐在人家的毛巾上,还不当一回事!也该回家去了,坐到吃晚饭的时候有啥意思!"

"这不关你的事,"叶戈尔还嘴说,"我自己会安排时间的。我不要吃你们的晚饭,可是聊聊天你总不能禁止我吧。我现在坐一会儿,就走……"

雨停了,晚间的天空变得明净起来,村子里静悄悄的,几间木屋里都挺暗。夏天,在伊里亚节①之前,家里都是不点亮灯火的,大家都坐在木房前边的石头上,在朦胧的霞光里吃晚饭。叶戈尔走出磨坊主的家门,站停下来,暗自发问:是不是回兰斯科耶村去?便转过身子,走到那条沿着小河上方的山坡蜿蜒在农家木房之间的道路上。在晚霞半明不暗的余晖中,人们光着头,坐在门槛边的石头周围,捧着木碗,有的在喝面包渣汤,有的在喝牛奶。可是,叶戈尔从旁边经过时斜着眼睛看他们,却分辨不清吃晚饭的人的脸,因为眼睛发花,身体觉得冷,心里不安,思绪乱成一团。他很想认真考虑一番刚才在磨坊主家里争论的事情:他们在那里尽是胡扯,只有他才能说出点名堂来,要是他们不来打扰他思索的话。他也很想解决一个问题,迫不及待的,最最重要的问题……不过是什么问题呢?他竭力思索起来。在他的头脑里,梯弗里斯同鱼,萨尔特克同阿尼西娅都搅在了一起。能否不吃任何东西,让自己身体变冷这个问题是无法解决了。因为此刻对阿廖娜的痛恨在他的心里占了上风,他痛恨

---

① 东正教节日,在每年的8月2日,纪念圣徒伊里亚,古时民间把这个节日视为"雷神节"。

阿廖娜那肥硕的臀部,以及响彻整个院子的说话声。叶戈尔急匆匆地在路上走着,他担心铁匠不在家里,担心铁匠已经睡觉了,结果又无法畅谈一番,无法证明磨坊主那里的人尽在胡扯……还好,铁匠倒是在家里。

铁匠是个不可救药的酒鬼。他自以为全村唯有他最聪明,而且他喝酒也是由于头脑聪明的缘故。难道他只配当铁匠!他一辈子都无法接受这样的命运。他在头脑清醒时极度瞧不起村里的人,对他们既冷淡又凶狠,而在他得以连续畅饮三四天之后,便变得越发狂暴起来。那时,他会手拿着一个车轮扳手到处走,随便碰到什么人都会寻衅惹事。他跑到那个每逢节日去教堂唱诗的小铺子老板家的窗下大声喊叫,说是要同后者比一比谁的歌声美。再不,便走到学校里去,要考考那些小男孩们的神学掌握得怎么样,还威胁女教师,若是发现有一个错便要用扳手将她就地打死。他在有点醉意时总是情绪不佳,叶戈尔刚好在这时候碰到了他。

他坐在铁匠铺旁边,坐在河面上方的斜坡上,正对着那座水力磨坊。磨坊后面,在明净透青的天空同渐渐变暗的地面相接的地方,夕阳留下了一抹火红的余晖。河水溢到草地上,泛出了银灰色。上方还挺明亮,但磨坊所在的那头河岸已经是黑糊糊了,只是根据水面的倒影才可以猜出,那里有一片树木。铁匠坐在铁匠铺旁边,把胳膊肘撑在膝盖上,心里在想,我们的将军在同日本人打仗[①]时怎么表现得那么笨。比如说,像这样的傍晚……日本人要逼近我们的军队得花多大的代价?难道我们的将军,那些聪明人,只管用望远

---

① 指1904年爆发的日俄战争。

镜看着河的对面，看着什么也看不见的暗处，却没有想到根本不应该往那里看，而应该看着河面，那里倒映出了每一棵树，每一片处在树木中间的亮晶晶的水洼……当叶戈尔走到跟前，同他并排坐在斜坡上时，铁匠马上把这个想法讲了出来。而叶戈尔高兴的是铁匠身边有烟草，而且喝醉之后其实并不在考虑什么将军们的事；他一面东张西望，一面咳着嗽，等待铁匠想完心事。铁匠同叶戈尔一样，身上也冰冷；他那件衬衫老是被风从后面吹得掀了起来，衬衫是印花布做的，挺旧，上面给火花烧出了一个个小洞。铁匠的头发也蓬乱不堪，但不像叶戈尔那样，而是像一般手艺人、工匠的样子。他的头发，他的胡子乌黑油亮，脸也是黝黑闪光，双眉总是蹙得很紧，两眼炯炯有神。一阵微风吹来，渐渐变暗的小河粼粼起波；铁匠打了个寒噤。但是，他突然站起身来，用脚上的一只靴子踩着另一只，很快便拉了下来，还开始脱衣服。

"喂，你发疯啦？"叶戈尔喊了一声，惊恐地望着他那在暗淡的霞光中微微泛白的清瘦的身体；铁匠正披散着头发，把衬衫从身上扯下来。"喂，你发疯啦？在这么冷的水里，你的心都会冻得停止跳动的！"

"滚开！"铁匠用嘶哑的低音喊道。

他突然哈哈大笑，把长裤连内裤一起扔到旁边，向前跑了几步，准备扑到水里去：

"上——帝，保——佑！"

他挺清楚，冰冷的水顿时会使他变得果断机灵起来。在水里他的心真的一下子变麻木了，不过他没有听之任之，鼻子里发出嗤嗤的声音，身体不断地往水里钻，全身游动

米佳的爱情 | 133

着……他跳到岸上,牙齿还在捉对儿地打架,不太灵活而又急急忙忙地把裤子套到湿漉漉的身上,穿起衬衫,边穿边还毅然决然地对叶戈尔说,他不想冻死,他的灵魂要比那些车轮贵重。什么车轮,这用不着对叶戈尔作解释,因为一下子就明白,铁匠家里还搁着一些车轮,是人家送来修理的,现在应该尽快拿起两个前车轮到偷偷卖酒的磨坊主那儿,抵押着换点酒来喝。半小时不到,叶戈尔便已经同铁匠一起坐在铁匠铺里,就在那盏放在熔铁炉上的白铁皮小油灯旁边,面前是一瓶酒,还有一瓦盆黍米冷饭。他们热烈地谈论着,人能不能光吃萝卜,当上圣徒,能不能让身体变冷,以便死后不朽不烂……

夜里两点,当一轮明月徐徐下沉到闪着幽光的庄稼田后边时,叶戈尔来回摆动双手,摇晃着身子,快步走进了兰斯科耶村。现在,他的身体似乎被一股有弹性的波浪推动着。脚下的花草又湿又稠密,散发出一股香气。其中特别浓烈的是蒿草味,那是叶戈尔喜爱的一种植物。从灌木林投下的阴影拖得长长的,徐徐往南方下沉的明月照亮了树梢。惺忪的醉眼里,林木之中一条条明暗相间的光带形成了一个童话般的世界,一颗粉红泛金的巨大星星已经在灌木林和田野上方那片透明的银光中颤动起来,而在灌木林和田野那头的远方也像在童话中一般亮闪闪。叶戈尔哼着歌,窸窸窣窣地踩在沾上露珠的牛蒡草丛里,大胆地走到门前,拉了一下把手,便站定在自己那间小小的、微微透光的木房门口。在这个拂晓之前的时分,整个世界都笼罩着死一般的寂静。护林人的小房子里也是死一般的寂静。就在这种寂静中,在这种充满睡意的蒙眬中,有一样黑魆魆的东西躺在圣像下方的长凳上。叶戈尔仔细看了一眼,突然惊恐万分地嘶声大叫起来,以至那条花白带黑的老狗也吠叫着冲出牛蒡草丛……

三

古里耶夫老爷捐了一张红钞票①,来为死者举行葬礼。所有仪式都举行得像模像样,尽管阿尼西娅似乎还配不上。

教堂的钟楼上慢慢地敲起一下又一下钟声,间隔很长,起先响亮而又凄婉,后来变得越来越凌厉。这钟声突然被一阵不太和谐的低音和中音的小钟声打断了。接着是久久的沉默,只听到兰斯科耶村那条道路的柳树丛里传出一阵悠长的教堂唱诗声。神父和执事在路上迎送那辆将阿尼西娅遗体运往村外的四轮大车。女人们从庄园的院子里,从斜坡上方的路上纷纷往牧场跑去。马利亚手抱着小孩,也磕磕绊绊地急着往前走。磨坊主光着脑袋同他的老婆一起站在门槛边。刮着西风,从小河那边又飘起来一片青灰色的乌云,看来要下雨了。

道路穿过柳树丛,在进入古里耶沃村时坡度变缓了。铁匠走在众人的前面,他身穿一件沉甸甸的腰部带褶的黑外衣,头顶着长长的棺材盖,边走边阴沉沉地唱着挽歌,这一群人在云海茫茫的天空映衬下,远远看去显得分外高大和突出。盖在棺材盖上的细棉布雪白雪白的,在迎风飘动。大家的步子摇摇晃晃的,不过可以看清楚,这些被风吹得头发蓬乱的黑乎乎的人群还用毛巾拖着一个长长的盒子,黑不溜秋

---

① 旧俄10卢布的纸币。

米佳的爱情 | 135

的，边上还有一圈橘黄色的框框。神父和执事的嗓音显得特别庄重。他们按照惯例，走路慢条斯理，不时停下脚步，摇晃着手提香炉，嘴里重复着老一套的话，一会儿预言凶险，一会儿又表示恭顺，自己吓唬自己。一切都要做得庄严、肃穆。而为其举行仪式的那个人现在依然是如此安分、朴实，就像在生前那样。她是多么黝黑和枯瘦；干瘪的脑袋变得更小了，脸上盖着一方新的黑头巾。她的胸口搁着一个木制的黄色圣像。她安静地躺在其中的那个小小的黑盒子有一半给盖上了锦缎；锦缎，那可是富贵的标志。可是这块锦缎是多么破旧，多么肮脏，上面全是小洞：上帝啊，它已经给多少人盖过啦！古里耶沃村的教堂执事是个白发苍苍的老头，人在这里，心却不安地惦念着家里的养蜂场。他把身躯弯得低低的，再加一张又短又宽的脸，看上去像头野兽。黄头发的神父是个身体孱弱、没有主见的人，平时爱喝酒，总是带着几分醉意，弄得说话时口齿也不清。他们身上的圣衣、颈上的长巾也是多么破旧邋遢，上面的银绣下摆，以及脚下的套鞋已经同满是泥泞和灰土的道路，同大车和车中沾着牲口粪的薄薄一层麦秸完全合拍了。

在有牲口吃草的老爷家的牧场上，神父便再也无法摆出庄严的样子了；他开始抓紧时间，口中念念有词，一边老是观察老爷家那头公牛的动静，因为那头牛很会使性子，前不久刚把一个牧童撞伤。神父还不时朝教堂围墙边的警卫室方向张望，因为在警卫室的台阶上放着一个柳条筐，用桌布裹着。筐里装的是"供神父的吃食"：精白面粉馅饼，一只油炸鸡，一瓶伏特加，这是除付钱之外再给参加葬礼的神职人员的酬劳。神父把熙熙攘攘的一群人匆匆领进教堂的大门，风把浅褐色的细发吹得飘了起来。扛棺材的人们脖子涨得通红，给毛巾擦破了皮，大家都面带愁容。叶戈尔肩扛着毛巾，走在棺材的最前边，他力图显得比谁都要悲伤。

在教堂里，大家都有点胆怯。没有人敢说话，只听见跺脚和鞋子擦地的沙沙声。人们小心翼翼地把棺材放到地上。神父从长袍底下哆哆嗦嗦地伸出柔软的小手，把一束点燃起金色火焰的又短又小的蜡烛拆开来，分给大家。他分发完毕之后便如惯常那样大声宣起经来。只见人们用捏在一起的三个手指在画十字，脑袋一会儿低下，一会儿抬起，在鞠躬施礼。老太婆们画起十字来特别虔诚，一边还仰望着圣像壁。分散在人群中的烛火在闪闪发亮，手提香炉给挥得高高的，发出了叮当声。人们摇着手提香炉，迈着大步绕着棺材走，朝阿尼西娅鞠躬，用一种早已被其故乡的贫民遗忘掉的庄重语言急促地说着话，同时装出恭顺的样子颇不和谐地唱着圣歌，为了抒发一种感情，说是现在她已经同沙皇和君主的地位平等，为了表达一种希望，说是她能像圣人们的灵魂一样安息。然而，阿尼西娅再也听不到这些安慰的话了。在她发青的脸上没有一丝血色。她那只右眼的紫色眼皮紧闭着，薄薄的嘴唇已经干裂、闭合和凝结起来了。她那冰冷的额头已经戴上标示最高荣誉的冠冕，那是用染成金色的纸做成的。她的手蜡黄泛青，非常白净，手指痉挛后缩在一起，指甲下有几个暗红的淤血点，手里已经竖着一支熄灭的蜡烛……

叶戈尔眼望着棺材，频频地画十字，动作幅度很大，扮演了在母亲的灵柩前理该扮演的角色。他不住地眨着眼睛，似乎想痛哭，低低地鞠着躬，同时把紧夹在残手中的那支滴着烛泪的蜡烛也垂得低低的。但是，他的思绪却飞得很远，而且跟平时一样，既想着一点，又想着另一点。他模模糊糊地意识到，在他的生活中发生了一个转折；他要开始过另一种生活，现在已经完全是自由自在了。他也想到，他该在葬礼后如何进餐，要不慌不忙，恪守规矩……

他让母亲入土之后，也确实这样做了，又吃又喝，直到肚子发胀。可是，到了傍晚，为了让大家开心，他竟然就在母亲的坟前跳起民间舞来，怪模怪样地拉下树皮鞋，一次又一次地把制帽扔到地下，装得疯疯癫癫的；喝了不知多少酒，差点送了命。第二天他照样喝酒，第三天也是喝酒……然后，又跟平时一样过起日子来。

但是，这种日子已经跟过去不同了。一个月里，他迅速变老，变得萎靡不振，促使他这样的一个重要原因，是母亲死后他感到异样的自由和孤独。母亲活着时，他自我感觉还年轻，总还受着点约束，似乎背后总还有个人。母亲一死，他便从阿尼西娅的儿子变成了简简单单的叶戈尔。大地，整个大地好像变得空荡荡的。好像有人在无声地问他：怎么样，往后日子该怎么过，啊！

他不去想这个问题，只是感觉到了这个问题的存在。八月三日夜里，当他和帕任村的几个小男孩一起在离村三俄里外的铁路堤坡边牧马时，小男孩们也没有发现他脸上有什么特别的神情。只是在拂晓时，他突然醒了，猛地坐起身来，脸色煞白。

"你怎么啦，叶戈尔叔叔？"躺在他旁边的小男孩吓得叫出声来。

脸色煞白的叶戈尔淡然一笑。

"没什么……好像做了个噩梦。"他嘟嘟哝哝地说。

然后，又躺了下来。

时间还早，在收割完庄稼的田野上空飘拂着秋天将临时的蒙蒙细雨。叶戈尔拿短皮袄稍稍盖住身子躺着，一边咳嗽，一边慢腾腾地告诉醒来的孩子们，说他不怕打官司，他已经丢下职位，离开了兰斯科耶村。他说话时每一句都要带脏字儿。他说罢便细听起货运列车渐渐驶近的轰隆声来。声音渐渐增强和接近，变得越来越威严和急促。叶戈尔静静地听着。突然，他往上一跃，离开地面，沿着堤坡飞奔，将破旧的短皮袄套在头上，侧着肩膀往巨大的机车底下钻过去。机车稍稍撞了一下他的一侧脸颊。叶戈尔便像个陀螺似的翻动身子，一头摔在路堤，而双脚却留在铁轨上。当火车摇撼大地、震耳欲聋地飞驰过去之后，男孩们只看到铁轨旁边有一团可怕的东西在挣扎，在跳动。沙土上跳动的东西在这之前还是叶戈尔的身体，鲜血正在渗透到沙子里，粗粗的两截肢体向上竖着，这是两段短得吓人的腿。另外两段腿给血淋淋地缠在包脚布里，套着树皮鞋，横在枕木上。而在空荡荡的秋天田野，在蒙蒙细雨中，透过飒飒的风声，传来惊恐不安的号角声。这是从最近一处的岗亭里飞奔出来的守卫用悠长的号角声向下一个岗亭报警……

帕任村"快活的一家子"的女主人和男主人就这样以各不相同的方式结束了自己的生命。

一九一一年十二月

于卡普里

冯玉律　译

从旧金山来的先生

一位从旧金山来的先生——他的名字无论在那波利还是在卡普里岛都没有人记得——带着妻女来到旧大陆,想在那里住上整整两年,唯一的目的是散散心。

他深信他完全有权利休息,享受各种乐趣,作一次各方面都十分完满的旅行。他之所以这样满怀信心,是有一定道理的:第一,他很富有;第二,尽管他已五十八岁,但他才刚刚开始享受生活。在这个岁数之前,他没有好好享受过生活,不过是活着而已,诚然,日子过得不错,但他仍然把希望寄托在未来。他毫不懈怠地工作——他所雇用的数千名华工都十分清楚其中的奥妙!他终于看到,他已积聚了那么多财富,几乎可以和那些他曾奉为典范的人物平起平坐,于是决定停下来喘喘气。他所属的那个阶层的人大都习惯于到欧洲、印度、埃及去旅行,以此开始享受人生的欢乐。他也决定仿效一番。当然,他首先是想犒赏自己,因为他已付出多年的辛劳;然而他也乐于为妻女作出一些报偿。他的太太从来不是一个喜欢游山玩水的女人,不过所有上了点年纪的美国妇女都热衷于旅行。至于女儿,一个正当青春年华的姑娘,不免常闹点小毛病,出门旅行对于她来说绝对是必要的:不用说,这对健康有益,在旅行中喜结良缘不也是常有的事吗？有时候还可以和某个亿万富翁同桌用餐，一起去参观壁画呢。

旧金山先生的旅行计划制订得十分宏伟，十二月和一月，他希望能好好地享受意大利南部的阳光，游览那里的名胜古迹，欣赏意大利民间的塔兰台拉舞和游吟歌手的情歌，以及享用一下像他这样年纪的人都觉得妙不可言的那波利妙龄女郎的欢爱，即使这种欢爱远不是无私奉献的。嘉年华会他打算在尼斯和蒙特卡洛度过。每逢这个佳节，许多上流社会的名流都聚集到这里来，有的人热衷于赛车和帆船竞赛，有的人热衷于轮盘赌，有的人趁机干些所谓吊膀子的勾当，还有些人迷恋于射鸽游戏，许多白鸽从射击场翩翩起飞，在碧玉般的草地上空自由翱翔，背衬着勿忘草色的大海，突然像一团白色的绒球啪的一声落到地上。三月初他想到佛罗伦萨去玩玩，基督受难日之前到罗马去听"求主赦免我们"①。他的计划里还有威尼斯、巴黎，到塞维利亚去看斗牛，到英伦三岛去游泳，去雅典、君士坦丁堡、巴勒斯坦、埃及，甚至还有日本，不用说，这要等回国时再去……这个计划开始时进行得非常完满。

那是十一月底的事，到达直布罗陀海峡之前，邮轮时而在冰山的阴影下航行，时而在湿漉漉的暴风雪中破浪前进，但都航行得十分顺利。乘客很多，邮轮是著名的大西洋号，它就像一家设备齐全的大旅馆，有夜酒吧、东方式浴室、自己办的报纸。船上的生活有条不紊：乘客都起得很早，天色还很幽暗，晨曦初露，冷漠地一点一点照亮在雾中波涛汹涌

---

① 原文为拉丁文，天主教祷文。

米佳的爱情 | 141

的广漠的灰绿色大洋的时候，走廊里就响起尖利的汽笛声，唤醒乘客。乘客们一一起床，披上法兰绒晨衣，喝咖啡、巧克力或可可，然后洗澡、做早操，以唤起食欲，调理出良好的自我感觉，再换上白天的服饰，前去进第一次早餐。十一点钟之前应当精神饱满地到甲板上散步，呼吸海洋上凛洌清新的空气，或者玩掷木盘或其他能激起食欲的游戏，到十一点便就着肉汤吃几片面包夹火腿以增加点体力；吃了早点之后可以心满意足地看看报，从容不迫地等待第二次早餐，这次早餐比第一次更富营养和丰盛。接下去有两小时休息。甲板上摆满了藤躺椅，乘客们躺在上面，裹着毛毯，可以仰望蓝天白云，可以观赏舷外稍纵即逝、浪花飞溅的波涛，或者美美地打个瞌睡。五点钟，他们一个个神清气爽，心情愉快，可以喝喝芬芳的浓茶，吃吃饼干；晚上七点钟，汽笛一响，通知乘客们某种活动开始了，这种活动正是此次旅行生活的最高目的，是这快乐的旅行生活的最高峰……于是旧金山先生急忙跑进自己豪华的船舱去更衣。

一到晚上，大西洋号的各层船舱便在黑暗中睁大无数火红的眼睛，不计其数的仆役在厨房里、洗碗间和酒窖里干活。船舷外的海洋是可怕的，但谁也没想到这一点，全都坚定地相信船长有能力驾驭它。船长长着火红的头发，身高马大，总是睡眼惺忪，穿着带宽金镶条的制服，活像一尊巨大的神像，很少走出他神秘的卧室，到人群中来。汽笛不时在桥楼上像鬼一样号叫着，狂暴地尖叫着，但听到汽笛声的人却很少，因为一支优秀的弦乐队正在演奏，音乐盖过了汽笛的吼声。那乐队正在灯火辉煌的双排窗户大厅里优雅而不知疲倦地演奏，大厅里坐满了袒胸露背的淑女、穿燕尾服和晚礼服的男士，挤满了身材挺拔的仆欧和彬彬有礼的领班，领班中有一个专门为宾客定酒，脖子上甚至戴着项链，俨然是个英国大都市的市长。旧金山先生穿着晚礼服和浆硬的衬衫，显得年轻多了。他干瘦，个子不高，身材也不匀称，却很结实。他端坐在这富丽堂皇的宫殿里，面前摆着一瓶葡萄酒，几只大小不同的精致的高脚杯和一束繁花似锦的风信子。他那蓄着银白色唇髭、微微发黄的脸有点像蒙古人，他的满口大牙都装着闪闪发光的金牙，结实的秃顶仿佛是陈年象牙雕成的。他的太太身材高大，体态丰盈，神情安详，虽然衣着豪华，却和她的年龄相称。他的女儿经过精心打扮，浑身轻盈、白皙，有些开放，却不失天真烂漫。她的身材颀长纤细，一头华丽的头发梳得极为雅致；她口含紫罗兰口香片，气息芬芳清香，唇边和搽过香粉的肩胛骨之间露出几颗极为细小的玫瑰色朱砂痣……晚餐持续了一个多小时，晚餐之后舞厅里便开起了舞会。这期间男士们，旧金山先生当然也在其中，便都抬腿前往酒吧间，在那里由一些穿红背心、眼白像剥了壳的熟鸡蛋似的黑人伺候着，抽着哈瓦那雪茄，喝着烈性甜酒，直醉得满脸通红，像颗红树莓。船舷外面海洋波涛汹涌，掀起一座座高山般的黑色浪峰，咆哮着，暴风雪在吃足水变得沉甸甸的缆索上声嘶力竭地呼啸；邮轮颤抖着，迎着暴风雪和山峰一般的巨浪奋勇前进，犹如一张犁不断把汹涌翻腾、不时掀起怒涛、高高甩起浪花四溅的尾巴的巨浪辟开，拨向两边。被浓雾包围的汽笛像濒临死亡那样痛苦地呻吟着。望台上的值班员在暴风雪的严寒中被冻僵，更由于过分集中注意力，身体难以支持而晕头转向。邮轮水面下的内脏就像地狱的底层——十八层地狱一样阴森可怖，闷热不堪。在那里，锅炉的巨大炉膛发出隆隆巨响，张开烧得通红的大口，贪婪地吞食着由浑身臭汗淋漓、光着上半身、被火焰照得通红的司炉们哗啦哗啦送进它口中的煤块。而在酒吧间，人们无忧无虑地把脚搁在圈椅的扶手上，嘴里呷着白兰地和烈性甜酒，沉浸在富有刺激性的烟雾之中；舞厅里流光溢彩，温馨而快乐，对对舞伴一会儿在华尔兹舞曲中回旋翱翔，一会儿在探戈乐曲中扭身弯腰，音乐用它那靡靡之音一直执着地央求人们去做一件事，去做那件事……在这五光十色的人群中有一位大富翁，他胡子剃得精光，身材修长，穿着老式燕尾服，有一位著名的西班牙作家，一位世界闻名的大美女，还有一对衣着优雅的情侣，所有在座的人都好奇地注视着他们，而这对情侣也不掩饰他们的幸福：那位先生始终只同那位小姐跳舞，他们的舞姿总是那么细腻精湛、优美迷人，这期间只有船长一人知道，这对情侣是劳埃德公司①用高薪专门聘请来船上表演爱情的，他们很早以前就曾在许多邮轮上巡回表演过。

船到直布罗陀，阳光灿烂，像早春天气，全船的人无不欢欣鼓舞。大西洋号船舷上出现了一个新乘客，引起了众人的兴趣。那是一位亚洲国家的王储，隐姓埋名出来旅行。他身材矮小，神情呆滞，宽脸庞，细眼睛，戴着金丝边眼镜，有一点让人不太喜欢——他那厚重的唇髭像是长在死人脸上一样。不过总的来说，他还是很讨人喜欢，朴实而谦逊。地中海翻滚着孔雀尾巴一样绚烂而排山倒海的巨澜，在万里无

---

① 英国保险业垄断组织，17世纪末成立，19世纪中叶起附设劳埃德船级社，监督海船建造，授予海船级别。

云的碧空下和灿烂的阳光照耀下，干冷的越山风发狂般地纵情掀起万顷波涛……后来，到了第二天，天空开始变得黯淡，地平线上烟波浩渺，大陆已近在眼前，伊斯基亚岛和卡普里岛已隐约可见，用望远镜可以看见一片瓦灰色云霭下像糖块一般疏落散布着的那波利……许多女士和先生已经穿上轻薄的毛皮服装。总是轻声细语、待人和气的中国仆役，一些留着长及脚跟的乌黑辫子、长着少女般浓密睫毛、双腿弯曲的半大孩子，一步一步地把旅客的方格毛毯、手杖、箱子、梳妆盒等行李搬向舷梯……旧金山先生的女儿和王储并肩站在甲板上。昨晚，由于一个幸运的偶然机会，有人介绍她认识了王储，此时她正装出一副十分专注的样子，凝望着他为她指示的远方，而王储正在对她讲解着什么，匆促而轻声地叙说着。他因为个子矮小，和别人站在一起就像个小孩，他非但长得很不好看，而且模样好生古怪：鼻梁上架着眼镜，头上戴着圆顶礼帽，身穿英国式大衣，稀疏的唇髭硬得像马鬃，扁平的脸上黝黑细嫩的皮肤像是绷上去的，并且薄薄地涂上一层油漆，但姑娘还是专心听着他说话，不过由于情绪太激动，并没听进他在对她说些什么。由于和他站在一起产生一种莫名其妙的兴奋，她的心怦怦地狂跳着：她觉得他身上一切的一切——他那干爽的手，那洁净的皮肤，皮肤底下流着自古以来历代帝王的血，这些都与众不同；甚至他那欧式的，虽然很普通，却似乎特别整洁的服装都潜藏着一种非言语所能表达的魅力。而旧金山先生本人——皮鞋上套着灰色的保暖鞋罩——则频频注视着站在他身边的那位著名的美女。她高挑个儿，长着一副令人叹为观止的优美身材，一头金发，按照巴黎最新时尚画着眼影，手里用银链子牵着一条弓着背的脱毛小狗,并且不断和它讲话。先生的女儿模模糊糊感到有点难为情,竭力不去注意她父亲。

旧金山先生在旅途中花钱相当大方,因此充分相信所有的人都会对他关心备至,他们关注他的吃喝,从早到晚服侍他,无微不至地预先考虑他的需要,保持他的整洁和安宁,为他搬运行李,帮他找脚夫,把他的箱子搬到旅馆去。到哪里都是这样,在船上也是这样,到那波利也应该是这样。那波利越来越大,越来越近了。乐师们已经拿着金光闪闪的铜乐器聚集在甲板上,突然吹起了雄壮的进行曲,乐曲声震耳欲聋。巨人般的船长穿着礼服出现在桥楼上,像一尊仁慈的多神教神像,亲切地向旅客挥手致意。满载乘客的多层巨轮大西洋号终于进港靠岸,轰隆隆放下跳板,这时有多少旅馆的茶房和他们戴着缀金线便帽的助手,多少经纪人、流浪儿和身体强壮的流浪汉手里持着一沓沓彩色画片向旧金山先生蜂拥过来,要为他效力!他对这些流浪汉轻蔑地笑了笑,朝王储可能下榻的那家旅馆的汽车走去,同时从容不迫而冷淡地时而用英语时而用意大利语喝道:

"走开!① 走开!②"

在那波利的生活立刻就按习惯的程序展开了:一清早在昏暗的餐厅里进早餐,天空阴云密布,预示着天气不好,一大群导游早就在大堂门口聚集;接着暖烘烘的淡红色太阳露

---

① 原文为英文。
② 原文为意大利文。

出最初的微笑，于是走上高悬在空中的阳台去眺望直到山麓都萦绕着一大片在曙光中闪亮的晨雾的维苏威火山，眺望海湾中像白银和珍珠般闪亮的波光以及地平线上若隐若现的卡普里岛，或者看看底下在海滨街上拉着两轮车奔跑的小毛驴，看看在雄壮的军乐声中行进的一队队小小的士兵。然后就出门登上汽车，让汽车在熙熙攘攘的狭小而潮湿的小街上缓缓行驶，在有许多窗户的高楼大厦之间穿行，去参观博物馆，那些博物馆都清静得毫无生气，灯光像雪一样把室内照耀得均匀而亮丽，却显得冷清空寂，有时则是去参观阴森森的、散发着蜡烛味的教堂，这些教堂到处都一样，大门庄严雄伟，挂着厚重的皮门帘，教堂里空旷宽广，鸦雀无声，大厅深处装饰着花边的供桌上安放着一只插七根蜡烛的烛台，红色的烛光安详平静，一排排深色的木椅中孤零零地坐着一位老妇，底下铺着一块块盖住棺木的光滑石板，墙上挂着某个画家绘制的《基督下十字架》图[①]，必定是出自名家之手的作品。一点钟的时候，在圣马丁山上进第二次早餐，中午有不少名流都到这里来；有一次旧金山先生的千金几乎在这里昏倒，因为她仿佛看到王储也坐在大厅里，虽然她看过报纸，说王储此时正在罗马观光。五点钟在旅馆的豪华沙龙里喝茶，那里地上铺着地毯，壁炉里熊熊燃烧着劈柴，令人感到十分温暖舒适。接着又准备进晚餐——每个楼层又响起响亮权威的铜锣声，楼梯上又响起一连串绸缎衣裙的窸窣声，一面面镜子映现无数袒胸露背的淑女的倩影，宫殿般富丽堂

[①] 表现从十字架上放下殉难的耶稣的绘画作品，米开朗琪罗、罗索·菲奥伦蒂诺、罗吉尔·凡·德尔·韦登等画家都曾画过这一题材的作品。

皇的餐厅又敞开大门殷勤接待客人，舞台上出现了身穿红色上衣的乐师，一大群穿黑色制服的侍者聚集在领班身边，等待着他以非凡的技艺把粉红色的浓汤分装到一只只盘子里……晚餐仍然是那么丰盛，各色菜肴、美酒、矿泉水、甜食、水果，应有尽有，因而晚上十一点的时候，女侍们必须灌好热水袋，分送到各个客房去，让客人暖暖胃。

可是今年十二月份的天气"正巧"不尽如人意。跟旅馆的看门人谈起天气，他们总是抱歉似的耸耸肩膀，嘟嚷着说，他们不记得哪年有过这样的天气，虽然他们已不是头一年这么嘟嚷了。他们还举例说，到处天气都不正常：里维埃拉遭遇前所未有的暴雨和风暴，雅典下了雪，埃特纳火山被大雪封住，到晚上就闪闪发光，在巴勒莫，游客为了免得冻死，都四散逃命……早晨的太阳每天都在骗人，从中午起天色必定阴沉下来，下起蒙蒙细雨，接着便越下越密，天越来越冷。旅馆门口的棕榈树都闪耀着白铁一样的寒光。城市显得格外泥泞、拥挤。博物馆尤其千篇一律，单调乏味。披着像翅膀一样迎风飘荡的橡皮斗篷的胖车夫抽着雪茄烟头，臭不可闻；他们在细头颈的驽马头上噼噼啪啪地甩着马鞭，显然是虚张声势。正在清扫电车轨道的先生们穿的鞋脏得不成样子；而在泥泞里吧嗒吧嗒地走来走去的妇女全都不戴头巾，一头黑发在雨中淋得透湿，她们的腿都很短，显得极其丑陋。至于空气的潮湿，漂浮在海滨街旁浪花飞溅的海水中的烂鱼的恶臭则不言自明。旧金山先生和他的太太每天早晨都要争吵一番：他们的女儿一会儿头疼，脸色煞白，一会儿又活蹦乱跳，对一切都感到新奇，在这种时候她便显得可爱而娇媚；她之所以显得娇媚，全是来自于那种柔情似水的复杂感情，那是因为遇上那个长得并不好看的人引起的，在他的身上有着非同一般的血缘。其实，归根结底，究竟是什么在唤醒这少女的心灵，是金钱，荣誉，地位，还是门第……这一切并不重要。大家都在说，索伦托和卡普里岛的情况跟这里完全不一样，那边气候温暖，阳光灿烂，民情朴实，柠檬树上鲜花怒放，连葡萄酒都纯净得多。于是旧金山先生一家决定带着全部皮箱行李先到卡普里岛去游览一番，通过乱石滩前去参观提比略①皇宫的遗址，再去看看神话般的蓝洞②，聆听阿布鲁齐的风笛演奏，这些演奏者在圣诞节之前将在岛内巡回演出一个月，赞颂圣母马利亚，然后全家再到索伦托去小住一段时间。

动身那一天的情景是旧金山先生一家终生难忘的。从早晨起就没见过太阳。浓雾直到山麓笼罩着维苏威火山，低低地悬挂在铅灰色大海的波涛上面。卡普里岛完全看不见，仿佛在世界上从来就没有存在过。开往卡普里岛的小轮船激烈地摇晃着，旧金山先生一家都一动不动直挺挺地躺在小轮船寒碜船舱里的长沙发上，用方格毛毯裹着双腿，由于晕船呕吐而紧闭着眼睛。先生的太太正如她所认为的那样晕得比谁都厉害，她已经呕吐了好几次，觉得这一回必死无疑。女侍几次为她端来盆子，只是一个劲儿地笑，她已经好多年日复一日地在这海浪上颠簸，无论是严寒酷暑，从不觉得劳累。小姐脸色惨白，嘴里含着一片柠檬。先生脸朝天躺着，穿一件宽大的大衣，戴一顶大遮檐帽，一路上没开过一次口。他

---

① 提比略（前42—37），古罗马皇帝，公元14至37年在位。
② 卡普里岛的一处岩洞。

米佳的爱情 | 149

的脸发黑,唇髭雪白,头疼得厉害:最近几天由于天气不好,他每天晚上都喝了过多的酒,在一些花街柳巷看了太多的"活人画"。大雨打在哐啷啷响的舷窗上,雨水从舷窗流到沙发上。狂风怒吼着朝桅杆猛扑过来,有时则和袭来的巨浪一起冲向轮船,使它倾斜到一边,在这种情况下,总有什么东西哐啷啷响着往下面滚去。中途停靠斯塔比亚海堡和索伦托的时候,情况好一些。但轮船仍摇晃得厉害,海岸和海岸上的悬崖峭壁、花园、意大利五针松、粉红色和白色旅馆、云雾缭绕的青山全在窗外忽上忽下地滑动,人就像坐在秋千上一样。小舢板在船舷外不时碰撞着,潮湿的海风吹进门里面。在一条插着"皇家"①旅馆旗子的平底船上,一个口齿不清的小孩一刻不停声嘶力竭地吆喝着,招徕着旅客。而旧金山先生正如他应该感觉到的那样,觉得自己确实是老了,他一想起这些贪得无厌、身上发出一股大蒜味的臭意大利人,就不由得感到厌恶和愤恨。有一次船靠岸的时候,他睁开眼睛,稍稍从沙发上抬起身子,看见一座峭壁底下有一簇破破烂烂、浑身发了霉、歪歪倒倒挤在水边的小石屋,门前泊着几只小船,晾着破衣烂衫,堆着空罐头和褐色的渔网,于是他想起这就是真实的意大利,就是他千里迢迢跑来享乐的地方,不禁大失所望……天色已经黑下来了,黑糊糊的卡普里岛终于越来越近地漂移过来,山脚下亮着点点红色的灯光,整个岛屿仿佛被钻透了许多小孔,风变得柔和些、温暖些了,送来了阵阵清香,码头上亮着盏盏街灯,倒映在微波荡漾、波光粼粼的黑油般的海面上,宛如千万条金蛇在

---

① 原文为英文。

狂舞……后来铁锚突然响动起来，扑通一声落进海水里，四面八方立即响起摆渡船船夫们的狂热叫喊声，他们都争先恐后地靠拢来招徕顾客——人们顿时感到心头轻松了许多，想吃，想喝，想抽烟，想活动活动筋骨，船上休息室的灯光也明亮了……十分钟以后，旧金山先生一家搭上一条大平底船，再过十五分钟，他们已经踏上海滨街的石板路，然后坐上缆车的明亮小车厢，吱吱响着沿斜坡向山上滑行，沿途都是葡萄园的木桩，倾圮的石头围墙、潮湿、粗糙、有些地方还盖着草帘的橙子树，树上橙色的果实和厚实的树叶闪着亮光，纷纷往山下下垂着，并掠过敞开的车厢……意大利雨后的泥土是甜蜜的，它的每一座岛屿都有自己独特的香味！

这天晚上，卡普里岛潮湿而阴暗，但这时有那么一会儿它活跃起来了，许多地方都灯火通明。在山上缆车索道的站台上已聚集着许多人，他们肩负着接待旧金山先生的重任。同车来到这里的还有其他乘客，但对他们无须加以关注——其中有几个是住在卡普里岛的俄国人，他们衣冠不整，心不在焉，戴着眼镜，蓄着大胡子，竖起破旧大衣的领子，还有一伙长腿圆头的德国小伙子，他们穿着奥地利蒂罗尔地方的服装，肩上背着亚麻布背包，无需别人效劳，也舍不得花钱。旧金山先生不慌不忙地避开这两类人，立即就引起注意。来迎接的人连忙把旧金山先生和他的妻女接出来，跑在他们前头，给他们领路，一些男孩和头上顶着体面游客箱包的健壮的卡普里岛农妇又跑过来把他们团团围住。那些农妇脚上穿着木屐，把歌剧舞台一般大小的站台敲得噼里啪啦直响，站台上空有一盏球形电灯，在潮湿的海风中摇曳，吵吵闹闹的孩子们像鸟叫一样吹着口哨，翻着筋斗。旧金山先生

米佳的爱情 | 151

好像在舞台上演戏一样，在他们的簇拥下向连成一片的房屋下的一个中世纪式拱门走去，拱门外有一条回声很响的斜坡小街通向前面一座旅馆的灯火辉煌的大门。小街的左边一株株棕榈树高踞于一个个平顶屋顶之上，前面漆黑的天空上许多蓝盈盈的星星在闪烁。这一切似乎在说明，这座地中海中峭壁林立的潮乎乎的小石头城热闹起来，是为了对从旧金山来的三位客人表示敬意，说明正是这几位客人的来临使得旅馆的老板欢欣鼓舞，觉得三生有幸，说明旅馆中的中国铜锣已恭候多时，等他们一走进大堂，便当当响将起来，召唤各层旅客前去用餐。

旅馆的老板，一位风度翩翩的年轻人殷勤周到、彬彬有礼地向这几位客人鞠躬行礼，迎接他们，这幕情景一刹那间使得旧金山先生大吃一惊：他突然想起，昨天夜里他在纷繁乱梦颠倒中梦见的正是这位先生，他分毫不差，就像这个人，也是穿着这身常礼服，头发梳得像镜子一样铮亮。他惊奇得几乎站住不动。但是他心中那种所谓神秘主义的感情早就荡然无存，因此他立刻消除了这种惊奇：在走进旅馆的走廊时，他便用戏谑的口吻对妻子和女儿说起这种梦境和现实的巧合。然而女儿这时却惊慌地看了他一眼：她突然担心起来，觉得在这黑暗的异国岛屿上孤独得可怕……

有一位高贵的大人物赖斯十七世在卡普里岛上住了一阵子，刚刚离开，于是从旧金山来的三位客人便被安排住在他住过的这一套客房里。被派来服侍他们的仆欧中，一个是最漂亮能干的女侍，她是个比利时女子，由于穿着紧身胸衣，虽然很苗条，动作却不灵便，头上还戴着浆硬的锯齿形皇冠式小帽；第二个是个最出色的仆欧，一个皮肤像黑炭、眼睛亮晶晶的西西里岛人；第三个是最机灵的客房听差，矮胖的路易治，曾在许多类似行业中当过差。过了一分钟，餐厅领班，一个法国人，便来轻轻敲响旧金山先生的房门，他是来请问各位旅客是否要进餐，如果回答是肯定的，其实这是毫无疑问的，他便报告说，今天将供应龙虾、烤牛肉、龙须菜、野鸡等菜肴。旧金山先生觉得脚下的地板在摇晃——那艘糟透了的意大利小轮船让他晕得厉害，——但他还是不慌不忙，不习惯并且笨拙地亲手把由于领班走进来而被风吹开的窗门关上，窗子吹开时房间里飘进了远处厨房的气味和花园里被雨打湿的鲜花的香味。然后他不紧不慢明确地回答，他们需要进餐，餐桌必须离餐厅门远些，摆在餐厅的最深处，他们要喝本地的葡萄酒。对于旧金山先生的回答，领班都用各种不同的语调连连称是，然而他所要表达的只有一层意思，即旧金山先生的愿望毫无疑问都是正确的，必将准确地照办不误。最后领班鞠了个躬，彬彬有礼地问道：

"先生，就这些吗？"

旧金山先生慢腾腾地回答了一声"Yes"，领班这才进一步说，今晚大堂里有塔兰台拉舞表演，表演者是卡尔梅拉和朱塞佩，他们是蜚声整个意大利和"整个旅游界"的著名舞蹈家。

"我在画片上看到过她，"旧金山先生用毫无表情的声音说，"这位朱塞佩是她的丈夫吗？"

"是她的表兄，先生。"领班回答。

旧金山先生沉吟了一下，像在想什么事，但什么也没有说，最后点点头，让领班离开。

接着他又像去参加婚礼似的打扮起来：把所有的电灯打开，让所有的镜子映出室内的灯光、家具和打开的箱包，然后

米佳的爱情 | 153

剃胡子，洗漱，不断打铃叫人，这时整条走廊也铃声大作，另一些迫不及待的铃声不断盖过他的铃声，这是从他太太和女儿的客房里打出的。路易治系着红围裙，以许多胖子所特有的机灵扮了个鬼脸，逗得那些捧着瓷罐从他身边跑过的女侍笑出了眼泪，接着又像陀螺似的滴溜溜转到打铃的客房，用手指关节敲敲门，装出一副战战兢兢的样子，像个白痴似的恭恭敬敬地问道：

"是您打铃吗，先生？"①

门里传出一个不慌不忙、尖声尖气、不情愿却不失礼貌的声音：

"是的，请进……"②

旧金山先生在这个对他具有特殊意义的晚上有些什么样的感觉，他在想些什么呢？他像所有经受旅途劳顿的人一样，现在只想好好地吃一顿，只怀着一种甜蜜的心情向往着第一勺汤，第一口美酒，因此甚至有点兴奋地做着那些通常都要做的梳洗打扮的事，顾不上心里的感受了。

他刮好胡子，洗好脸，顺利地装好几颗假牙，便对着镜子用一根镶银边的刷子蘸上水梳理好褐黄色头壳周围那几根残留的珍珠色头发，然后往他那虽然衰老却仍结实并且由于

---

① 原文为意大利文。
② 原文为英文。

拼命吃喝而发福的身上绷上一件奶油色的丝织紧身内衣，再在那双干枯的平脚上套上黑丝袜和舞鞋，接着稍稍蹲下身子，把那条用丝织吊带高高吊着的黑裤子和前胸突出的雪白衬衫穿得舒适些，把闪亮的袖扣扣好，接下来便开始艰难地折腾起来，得把硬领上的扣子扣上。脚下的地板还在摇晃，手指尖疼得厉害，纽扣有时紧紧夹住喉结下凹陷处的松弛皮肤，但他是个顽强的人，虽然由于拼命使劲，眼前金星直冒，由于衣领太紧，掐住咽喉，使他脸色发青，但他终究还是把纽扣扣上了。他累得精疲力竭，瘫坐在窗间镜前面，窗间镜映出他全身的影子，这影子又在其他许多镜子里面映现。

"啊，这太累了！"他垂下结实的秃头，嘴里喃喃地说，并不明白究竟什么事太累。接着他习惯地仔细看了看指关节因患痛风病而变得僵硬的短短的手指、手指上突起的绯红的指甲，又言之凿凿地重复说："这太累了……"

但这时整座旅馆又像在多神教神庙里一样响起了响亮的第二遍锣声。旧金山先生急忙跳起来，用领带把衣领勒得更紧些，用低领的坎肩把肚子收紧，套上晚礼服，把袖口拉拉好，再次照照镜子……他想，这位卡尔梅拉一定长着一双风情万种的眸子，皮肤黝黑，像个混血儿，穿一身橙黄色花衣服，舞艺肯定非同凡响。于是他精神抖擞，步出房间，从地毯上走到隔壁太太住的客房，高声问她们是否快准备好了。

"再过五分钟！"门里传出少女的声音，响亮而愉快。

"好极了。"旧金山先生说。

他不慌不忙地从走廊和铺着红地毯的楼梯下了楼，去找阅览室。迎面走来的几个仆欧急忙让开，贴墙站着，而他从他们身边走过，仿佛压根儿就没看见他们。一个耽误了就餐时间的老太太，已经弯腰曲背，满头白发，却仍穿着袒胸露背的浅灰色绸连衣裙，拼出全部力气，迈着可笑的鸡步，急急忙忙地往前赶，旧金山先生毫不费力地一下子走到她前面去。他走到餐厅的玻璃门前，餐厅里已经座无虚席，开始进餐，他在一张小桌子跟前站住，桌子上摆满一盒盒雪茄烟和埃及卷烟，他取了一支粗大的马尼拉雪茄，往小桌子上扔了三个里拉。在冬天装上玻璃的外廊上，他顺便往打开的窗口看了看。一股柔和的气流从夜空中向他吹拂过来，他仿佛看到老棕榈树的树梢，巨大的树叶伸向满天的繁星，传来了远处均匀的涛声……阅览室里舒适、安静，只有桌上才亮着灯，一个白发苍苍的德国人，长得活像易卜生，戴着银丝边圆形眼镜，长着一双疯子般令人吃惊的眼睛，站在那里窸窸窣窣地翻阅报纸。旧金山先生冷冷地看了他一眼，在角落里一盏装着绿色灯罩的落地灯旁边一把深凹的皮圈椅上坐下，戴上夹鼻眼镜，使劲转转被衣领勒得透不过气来的头，整个儿窝到一张报纸后面去。他匆忙浏览了几篇文章的大标题，读了几行有关永远打不完的巴尔干战争的报道，用习惯的动作把报纸翻了过来，突然，报纸上的一行行文字在他眼前迸发出玻璃般的闪光，他的脖子僵硬起来，双眼鼓出，眼镜从鼻子上掉了下来……他拼命往前冲出身子，想咽一口空气，于是发出一声嘶哑的怪叫；接着，他的下颌脱落下来，金牙把嘴巴照亮，头歪到肩膀上，不断地晃动，衬衫的胸部像篮子一样鼓起来，接下去就是扭曲整个身体，用鞋跟蹬起地毯，像要同某个人进行绝望的搏斗，整个身体滑落到地板上。

如果阅览室里没有那个德国人，那么旅馆方面就可以迅速而巧妙地了结这桩可怕的事故，刹那间就可以抬着旧金山先生的头和脚从后门拉出去，要送到多远就能送到多远，不会有任何一个旅客知道他出了什么事。但是德国人大喊大叫冲出阅览室，惊动了整座旅馆和餐厅。于是许多旅客放下食物跳起来，许多人脸色发白冲向阅览室，用各种语言打听："什么事，出了什么事？"但是谁也说不清楚，谁也不知道出了什么事，因为人们至今最感到恐惧，无论如何不愿意相信的就是出了人命。旅馆老板气急败坏，在旅客当中跑来跑去，想拦住奔跑的旅客，为了让他们安下心来，急急忙忙地向他们担保，说不过是出了点小事，一位从旧金山来的先生昏倒了……但谁也不听他说，许多人看到，几个仆欧和客房听差正从这位先生身上解下领带，脱下坎肩、压皱的晚礼服，甚至不知为什么还从他那穿着黑丝袜的平脚上脱下舞鞋。他还在抽搐。他还在顽强地同死神搏斗，说什么也不肯向这如此突然和粗暴地向他袭击的死神投降。他不断地摇晃脑袋，像被宰杀似的哼哼叫着，翻着白眼，像喝醉了酒似的……他被匆匆抬到四十三号房间的床上去，这是底楼走廊尽头最小、最差、最潮湿、最寒冷的房间，这时他的女儿披头散发、裸露着被紧身胸衣挤上来的胸部跑来了，接着跑来的是他那已经打扮好准备去就餐、吓得张大嘴巴的大块头太太……可是这个时候他的脑袋已不再摇晃了。

过了一刻钟旅馆里总算勉强恢复了秩序。但这个晚上的兴致已无可挽回地被破坏了。有些客人回到餐厅里继续吃晚餐，但都一言不发，气愤地板着脸，而旅馆老板则走到一个个客人跟前，怀着一种无可奈何却还不失体面的愤懑耸耸肩膀,冤屈地向大家表白,说他完全理解"这件事有多么不愉快",一再保证他将"竭尽全力,采取一切措施"消除这种不愉快。塔兰台拉舞不得不取消,多余的灯光熄灭了,大多数客人都到城里去喝啤酒,旅馆里变得静悄悄,甚至能清晰地听见大堂里时钟的滴嗒声,那里有只鹦鹉还在昏昏欲睡地嘟囔着什么,虽然快要睡着了,却还在笼子里折腾,荒谬地伸出一只爪子想抓住上面的一根架竿,用这种巧妙的姿势入睡……旧金山先生躺在一张廉价的铁床上,盖着几条粗毛毯,天花板上一盏煤气灯往毛毯上投下昏暗的灯光。一只冰袋搁在他湿润冰凉的脑门上。他那铅灰色的死气沉沉的脸正在逐渐僵冷,从张开的被金牙照亮的嘴里发出的嘶哑的呼噜声越来越微弱。现在听到的呼噜声已经不是旧金山先生发出来的——他已经不存在了——而是另一个人的。太太、女儿、医生、女仆站在一边看着他。突然,他们所等待而且担心的事发生了,呼噜声中断了。在场的人都亲眼看到死者脸上苍白的尸斑在慢慢地慢慢地扩散,他的脸盘渐渐变得细瘦、明亮起来……

老板来了。"已经死了。"[①] 医生轻声对他说。老板神色冷漠地耸耸肩膀。旧金山先生的太太泪流满面,走到老板跟前,怯生生地说,现在得把死者搬到他的房间去。

"啊,不行,夫人。"老板急忙表示反对,虽然仍保持礼貌,却已毫不客气,而且不用英语,而操法语。对于从旧金山来的客人现在能给他多少进账这种小事已完全不放在心上。"这是绝对不可能的,夫人。"他说,并且进一步说明,

---

[①] 原文为意大利文。

他非常珍视这套客房,如果他满足了她的愿望,那么全卡普里岛的人便会知道这件事,旅客们就不肯住进这套客房了。

小姐一直古怪地看着老板,这时便坐在椅子上,用手帕掩住嘴巴,失声痛哭起来。太太一下子止住眼泪,脸刷地红起来。她提高嗓门,提出要求,用她的本国语言说话;她仍不相信对他们一家的尊敬竟然会荡然无存。老板仍不失礼貌却又保持着自己的尊严,打断她的话,告诉她,如果夫人不喜欢店里的规矩,他不敢强留她们住下。他又强硬地声明,天亮时必须送走遗体,他已经报告警方,警方马上就会派人来办理必要的手续……太太问他能不能在卡普里岛上买到一口哪怕是普通的现成棺材,可惜无论如何买不到,叫人做,时间又来不及。得另外想办法……比如说,他订购的英国苏打水是装在又大又长的木箱里运来的……可以把当中的隔板抽掉……

深夜,全旅馆的人都已入睡。四十三号房的窗子打开了,窗子朝向花园的一个角落,花园的高墙上插着碎玻璃,墙边有一棵枯萎的芭蕉。来人关了电灯,锁好门,走了。死人留在黑暗的房间里,蓝盈盈的星星从空中遥望着他,一只蟋蟀在墙根郁抑而悠闲地唱起歌来……灯光昏暗的走廊里两个女侍坐在窗台上织补着什么。路易治穿着便鞋,一只手拿着一叠衣服走进来。

"准备好了吗?"[①] 他往走廊尽头那扇令人害怕的门看了一眼,用一种较响的耳语关切地问,然后用那只空手朝那边挥了挥。"走吧!"[②] 他轻轻地喊了一声,好像在送别一列火

[①][②] 原文为意大利文。

车似的。在意大利，火车将要开出站台时，通常都喊一声这句话。两个女侍哑然大笑起来，都把头靠在对方肩膀上。

随后，他轻盈地跳到那扇门跟前，轻轻地敲了敲，把头侧到一边，毕恭毕敬地轻声问道：

"是您打铃吗，先生？"

接着，他压低嗓门，伸出下巴，尖声尖气、慢条斯理地用一种悲伤的声音自己回答自己，那声音仿佛是从门里传出来的：

"是的，请进……"

黎明时分，当四十三号房窗外刚显出鱼肚白，潮湿的海风沙沙地吹动破裂的芭蕉叶的时候，当卡普里岛上在晨曦中刚出现一片蓝天，又渐渐扩散开去，明净如洗的蒙特索利亚罗山的峰峦被远方意大利苍翠的群山上喷薄而出的朝阳照耀得金光灿烂的时候，当石匠们纷纷上工，在岛上为游客修路的时候，人们把一口装苏打水的长方形箱子抬到四十三号房。很快这口箱子就变得沉重起来，紧紧地顶住运送它的旅馆年轻仆欧的膝盖，他正驾着一辆单驾马车，把这口箱子沿着岛上弯弯曲曲的白色公路往山下飞快地运送出去，一路上经过许多石头围墙和葡萄园，一直往下走，把它送到海边。马车夫精神委顿，眼睛布满血丝，穿一件旧短袖外衣，脚上套一双破鞋，他彻夜在小饭馆里和人家赌骰子，现在正因宿醉未醒，闹着头疼。他拼命抽打那匹强壮的马驹，那马驹按照西西里岛的风俗给精心打扮了一番，装饰着彩色绒球的笼头上和高高的青铜鞍鞯上各种各样的铃铛丁零丁零响个不停，修剪过的额鬃上高高地戳着一根一俄尺长的翎毛，正随着马匹的奔驰而迎风飘扬。马车夫默默无言，为自己的浪荡行为和恶习感到难过，为昨夜把最后一个子儿都输光而沮丧。但早晨的空气是清新的，处身在这样的空气中，在大海和清晨天空的广阔天地间，醉意很快就消散了，他又感到逍遥自在，再说有这么一个旧金山先生给他带来了一笔意外的进账，马车夫顿时感到轻松起来，现在那死者正躺在他背后的箱子里晃着脑袋呢……山下柔软明亮的蓝色大海给那波利湾送来了充足的暖湿空气，一条小轮船像只甲虫似的远远横卧在那里，已经鸣响了开船前的最后几次汽笛，全岛都发出洪亮的回声，它的每一处海湾，每一座山脊，每一块岩石不管在哪里都可以看得清清楚楚，仿佛岛上根本就没有空气。在码头上，一个年长的仆欧驾着汽车赶上了年轻的仆欧，车上坐着从旧金山来的太太和小姐，她们脸色煞白，由于哭泣和彻夜未眠，眼睛都深陷了下去。过了十分钟，小轮船又哗哗地破浪前进，再次驶向索伦托和斯塔比亚海堡，从卡普里岛永远带走从旧金山来的一家人……岛上又恢复了祥和与安宁。

两千年前在这个岛上住过一个人[①]，他骄奢淫逸，无所不用其极，却不知为什么，得以主宰上百万人口，对他们实施极其残暴的统治，因而人类多少世纪以来都没有忘记他，至今仍有许许多多的人从世界各个角落来到这里观看他那座

---

① 指古罗马皇帝提比略。

建造在岛上最陡峭的山坡上的石头建筑的遗址。在这令人心旷神怡的早晨，所有怀着这个目的来到卡普里岛的游客都还在各个旅馆做着美梦，而各个旅馆的大门口已经聚集了许多装着红色鞍子的鼠灰色小毛驴，今天那些吃饱睡足的年轻的、年老的美国男人和美国女人，德国男人和德国女人又都会爬到这些小毛驴背上去，一些贫穷的卡普里岛老太婆便都用她们青筋暴突的老手拿着棍子，跟在后面用它们驱赶这些小毛驴，让它们沿着怪石嶙峋的山间小径，爬到山上，一直到达蒙特提比略山的顶峰。那个从旧金山来的老头本来也准备和其他游客一起到山上去，但他没有去成，却提醒那些游客有死亡的危险，使他们着实吓了一跳，如今这个死老头已经被送往那波利，这些游客便安下心来，酣畅地睡着了，因此岛上仍旧静悄悄，城里的商店也还关着门。只有小站台上的集市在卖鲜鱼和蔬菜，集市上只有一些普通老百姓，其中有一个叫洛伦佐的，这会儿没事到这里来闲逛，他是个身材高大的老船夫，一个无忧无虑的悠闲人，全意大利都知道的美男子，多次给许多画家当过模特儿。他昨夜捕到两只螯虾，便拿到集市来出售，已经以很便宜的价钱卖掉了，这会儿两只虾正在从旧金山来的一家人所住的那家旅馆的一个厨子的围裙里窸窸窣窣地爬动呢。于是洛伦佐现在得以优哉游哉地站在那里，哪怕站到晚上也不会有什么牵挂。他摆出一副威风凛凛的样子环顾着四周，炫耀他那一身破衣烂衫、陶制的烟斗和歪戴在一边耳朵上的红呢贝雷帽。在蒙特索利亚罗山的悬崖上，有两个阿布鲁齐山民正从阿纳卡普里山沿着从岩石上开辟的古代腓尼基小道的石阶走下山来。其中一个在皮斗篷底下挂着两根牧笛——一个装着两个笛子的很大的羊皮囊。另一个则带着一种类似木笛的乐器。他们的脚下伸展着整个国家，一个欢乐、美好、阳光灿烂的国家：那是几乎整个儿横卧在他们脚下的海岛，海岛上怪石嶙峋的山脊；那是卡普里岛在其中纵情戏水的神话般蔚蓝色大海；那是笼罩在大海上的熠熠生辉的晨雾，它在炫目的阳光底下一直扩展到东方；太阳已经晒得人暖洋洋的，越升越高，而整个意大利的美好河山，它的无数远近崇山峻岭都还笼罩在蔚蓝色的烟雾之中，起伏荡漾，迷迷茫茫，这一大片山河的秀丽是人类的语言难以形容的。两山民走到半路上便渐渐放慢了脚步，在小道的上方，蒙特索利亚罗峭壁的一个石洞中有一尊圣母像，它全身沐浴着阳光，充满了太阳的温暖和光辉，穿着雪白的石膏衣裳，戴着金色的皇冠，这皇冠由于日晒雨淋已经锈迹斑斑，圣母温柔而慈祥，眼睛仰望着苍穹，仰望着她备受祝福的儿子居住的永恒乐土。山民摘下帽子，向太阳、早晨和圣母发出天真、朴素和快乐的赞美，衷心赞颂这位庇护着这罪恶而美好的世界上所有受苦受难的人的贞洁圣母，赞颂那在遥远的朱迪亚伯利恒山洞中穷苦牧人的居所里从她腹中降生的基督……

死去的旧金山老头的遗体已经运往新大陆彼岸，准备回家进坟墓。一个礼拜以来，这具尸体经受了许多委屈羞辱，尝尽了人间白眼刁难，从一个港口的茅草棚被转移到另一个港口的茅草棚，最后又落到不久前备受尊敬载往旧大陆去的那艘驰名的邮轮上。但这一次已经远远地离开了活人，被装进涂满焦油的棺材里放进深深的黑漆漆的底舱。邮轮再一次走上遥远的海路。夜里它驶经卡普里岛，岛上的人看着这艘邮轮，只看到它的灯光特别暗淡，渐渐隐没到黑暗的世界里。然而邮轮上在点燃许多枝形吊灯的辉煌大厅里,这一夜却像往常那样,依然人头攒动,歌舞升平。

第二夜和第三夜,舞会照常举行。邮轮又一次遭遇暴风雪。暴风雪从回荡着安魂曲般呜咽的大洋上一阵阵掠过,在白浪翻滚、排山倒海般奔腾的送葬的波涛上飞卷。在直布罗陀悬崖上,在分开两个世界的岩石大门里,监视大船驶入黑夜和风雪中的魔鬼在这场漫天大雪中只能勉强看到邮轮上无数眼睛般的灯光。魔鬼是个像悬崖一样的庞然大物,邮轮也是个庞然大物,它有许多楼层,有许多烟囱,它是装着古代人心脏的现代人的骄傲产儿。暴风雪在邮轮的缆索和积着白雪的粗大烟囱上呼啸,但邮轮却那么坚固、刚强、雄伟和威严。在最上层甲板上有一层灯光暗淡的舒适船舱孤零零地矗立在狂风怒吼的飞雪之中,那位酷似多神教神像的高大船长正高踞在邮轮之上,耽入高度警觉的瞌睡之中。他听到被暴风雪呼啸声盖没的汽笛发出的费力的呼号和愤怒的尖叫,但他还是很放心,因为那仿佛装着钢甲的电报室就在他的舱外,就在他的身边,电报室里的一切其实是他所百思不得其解的:它时而发出神秘的隆隆声、战栗声和蓝色火花的噼啪声,这火花是在头上戴着半圆形金属箍、脸色苍白的电报员周围不时迸发出来的。在邮轮的最底层,也就是大西洋号的水线以下的腹腔里,若干台数千普特重的庞大锅炉和其他各种轮机正闪耀着钢铁暗淡的银光,发出哐哐响的蒸汽声,不断地滴漏沸水和机油,在底部被地狱般烈火烤得通红的厨房里正在熬制邮轮的动力——这高度凝聚的可怕的动力在迸发,并被传送到龙骨,传送到长得没有尽头的地下工程里,传送到被电灯稍稍照亮的圆形隧道里,巨大的轴就在机油铺就的轴座里像一个活的怪物伸进炮筒般的隧道，以一种令人感到压抑的准确性缓缓地转动着。而在大西洋号的中心，在餐厅和舞厅里，到处灯火辉煌，人们尽情欢乐，盛装的人群在高声谈笑，鲜花散发出馥郁的芳香，弦乐队在演奏着乐曲。而那对被雇佣前来表演情侣角色的机灵活泼的男女又在这摩肩接踵的人群中，在这辉煌的灯火中、丝绸衣裙中、钻石首饰中和女性裸露的香肩中百般扭动，有时甚至痉挛地互相碰撞：那女郎含着愧疚而又无奈的神情垂下眼睫毛，梳着无可非议的发式，而那高大的男青年则长着一头仿佛粘在一起的黑发，脸上由于搽粉而显得苍白，脚下穿着一双极其雅致的漆皮鞋，身上穿一袭长后襟的紧身燕尾服，他是个美男子，浑身柔软得像条大水蛭。然而谁也不知道这对男女早已厌倦这种在无耻的靡靡之音的伴奏下用假装的快乐的磨难去折磨别人的勾当，也没有人知道，在他们脚下很深很深的地方，邮轮一片漆黑的舱底，在那昏暗闷热的腹腔里，放着一件什么东西。而邮轮则在奋力劈开黑暗、波涛和暴风雪，费力地前进……

一九一五年十月

冯　春　译

轻轻的呼吸

墓地上有一堆前不久才挖起的黄土,上方竖着一个新制的橡木十字架。它又结实,又沉重,又光滑。

已经四月了,但天色还是灰蒙蒙的;透过光秃秃的树枝,老远就能望见这个县城大墓地上的纪念碑。寒风吹动十字架脚下的瓷质花环,不时发出叮叮的响声。

十字架上嵌着一个高高凸起的相当大的瓷质圆框,里面有张女中学生的照片,一双眼睛异常俏皮,满含着喜悦的神情。

这便是奥丽亚·梅谢尔斯卡雅。

当她还是个小姑娘的时候,在成群身穿褐色连衣裙、活跃在课堂和走廊里的叽叽喳喳的女孩子中间并不显得出众。除了说她是那些脸蛋俊俏、家境富裕的有福气的小姑娘中的一个,说她聪明能干,不过挺调皮,说她对班主任的教导总是满不在乎之外,关于她还能说些什么呢?可是到后来,她出落得漂亮起来,简直是一天一个样。十四岁那年,她便有着细细的腰身,匀称的双腿,胸部和体形勾勒出优美的曲线,其魅力还从来没有一句人类的语言能够形容出来。十五岁时,她成了公认的美人。她的几个女伴梳起头来是多么仔细,对外表的整洁是多么注意,一举一动又是多么谨慎!可是她却什么都不在乎——不在乎手指头上有墨水渍，不在乎把脸涨得通红，不在乎头发弄乱，也不在乎在摔跤后将膝盖裸露出来。她根本没有用心地打扮和修饰，却不知不觉地获得了那些在近两年中引起全校瞩目的长处——绰约的风致，鲜艳的衣衫，灵巧的动作，以及一对清澈透亮的眸子……在舞会上，奥丽亚·梅谢尔斯卡雅的舞姿比谁都优美；在溜冰场上，她的动作比谁都轻盈。没有人在跳舞时能像她那样受男伴们的倾慕，也不知为什么，没有人能像她那样赢得低年级学生的喜欢。她不知不觉地出落成了一个大姑娘，也不知不觉地在中学里出了名。大家已经议论纷纷，说她举止轻佻，说她没有追求者就活不下去，说什么有个叫申欣的中学生"发疯一般"地爱上了她，而且她似乎也爱他，可就是态度反复无常，弄得那小伙子想寻短见……

去年冬季，照学校里人们的说法，奥丽亚·梅谢尔斯卡雅简直是欣喜若狂。这是一个多雪的冬季，天气晴朗而又酷寒。太阳很早便沉落在披着银装的中学校园那几棵高高的云杉树后面，但它总是那么艳丽，那么明亮，预示着翌日依然是一个严寒而又晴好的天气，依然可以在大教堂街上散步，依然可以在市立公园里溜冰，依然有一个玫瑰色的黄昏，有音乐，有这一群在溜冰场上溜来滑去的年轻人，而奥丽亚·梅谢尔斯卡雅则是其中最漂亮、最无忧无虑、最幸福的一个。有一次，在大休息的时候，她正一阵风似的穿过大礼堂，几个一年级女生赶在她后面，一边高兴得尖声大叫。突然，有人叫梅谢尔斯卡雅去见女校长。她猛地停下脚步，只是喘了一口大气，用习惯的动作理了下头发，将衣裙的一角朝肩头拉了一拉，便喜气洋洋地朝楼上跑去。女校长是个小个子女人，样子显得挺年轻，不过头发全白了。她坐在书桌边，手里打着毛线，墙上挂着一幅沙皇的肖像。

"您好，梅谢尔斯卡雅小姐[①]，"她用法语说，一边只管低头打毛线，"很遗憾，这已经不是第一次了。我不能不把您叫来，同您谈谈您的表现。"

"我听着，夫人[②]。"梅谢尔斯卡雅答道。她边朝书桌走近，边用清澈灵动的眼睛瞅着校长，但脸上却毫无表情。然后，她袅袅婷婷地坐到桌边，这种姿势只有她一个人才会做得出来。

"您不会好好听我的。很遗憾，我已经证实这一点了，"女校长说罢扯了扯毛线，使线团在打蜡地板上滚动起来。梅谢尔斯卡雅不禁好奇地朝它瞧了一眼。然后，校长抬起头来。"我不再重复，也不多讲了。"她说。

梅谢尔斯卡雅很喜欢这间窗明几净、宽敞舒适的办公室。火光熊熊的荷兰式炉子使室内温暖如春，而放在案头的铃兰花又是多么清香好闻。她朝那幅画着站在某个豪华大厅里的青年时代沙皇的全身像，朝女校长那梳得整整齐齐，往两边披分的乳白色波浪形头发瞥了一眼，便默默地等对方说下去。

"您已经不是小姑娘啦。"女校长意味深长地说，心里不禁有点恼火。

"是的，夫人。"梅谢尔斯卡雅大大方方，几乎还挺高兴地回答。

[①][②] 原文为法文。

"但还不是女人，"女校长更加意味深长地说，她那张苍白的脸上微微地泛起一阵红晕，"先说这个——这算什么发型？这是女人的发型呀！"

"我的头发长得好，夫人。这可不是我的过错。"梅谢尔斯卡雅答道，一边用双手摸了摸自己梳得漂漂亮亮的头发。

"噢，原来您还没有过错！"女校长说，"留这种发型您没有过错，用这些贵重的发卡您没有过错，为了买一双鞋叫您父母破费了二十个卢布也没有过错！不过，我得再说一遍，您完全忘了，您现在只不过是一个中学生……"

梅谢尔斯卡雅依然还是那么自在，那么镇定，这时她突然彬彬有礼地打断校长的话：

"请原谅，夫人，您错了：我已经是个女人啦。您知道这是谁的过错吗？是我爸爸的朋友和邻居，是您的弟弟阿列克谢·米哈伊洛维奇·马柳金。事情发生在去年夏天，在乡下……"

这次谈话之后过了一个月，有个貌不惊人，样子粗鲁，看来似乎同奥丽亚·梅谢尔斯卡雅所属的那个阶层毫不相干的哥萨克军官，竟在车站月台上，当着一大群乘火车刚到的旅客的面，把姑娘一枪打死了。而且，奥丽亚·梅谢尔斯卡雅那段曾经使校长大为震惊，认为不可置信的自白也得到了完全的证实：军官在法院侦查员面前声称，梅谢尔斯卡雅诱骗他，同他谈恋爱，还发誓要做他的妻子，可是在案件发生的那天，当她在车站上为他到新切尔卡斯克送行时，却突然对他说，她可从来没有想到过要爱他，所有那些关于婚事的扯淡只不过是对他的挖苦和嘲弄，还给他读一页日记，里面写到了马柳金。

米佳的爱情 | 169

"我把这些词句匆匆念了一遍,她在月台上散步,等我读完。我便向她开了一枪,"军官说,"这就是日记,请看,去年七月十日她在日记里写了些什么。"

日记里是这样写的:

> 现在是夜里一点多。我睡得好香,不过很快又醒了……从今天起我成了女人啦!爸爸、妈妈和托利亚都到城里去了,就我一个人留在这里。就我一个人,那可多自在。早晨,我一个人在花园里,在野外散步,还到森林里去了。我觉得世上好像只有我一个人,我想得真美,真是有生以来从没有这样想过。午饭也是一个人吃的,然后弹了一个多小时钢琴,听到音乐我就有一种感觉,似乎我会永生,会得到一种从未享受过的幸福!然后,我在爸爸的办公室里睡着了。四点钟时,卡佳叫醒我,说是阿列克谢·米哈伊洛维奇来了。他的来访真使我高兴,我十分乐意接待他,同他交谈。他是坐马车来的,套着两匹非常漂亮的维亚特卡马,它们一直停在门外台阶边。不过,他本人在屋里留了下来,因为天在下雨,他希望到傍晚时路能干一点。他为没有见到爸爸而感到遗憾,不过兴致很好,同我在一起他的举止就像个年轻人,还老是开玩笑,说他早就爱上了我。喝茶前,我们在花园里散步,这时天气又转晴了,整个湿漉漉的花园都闪耀着阳光,尽管气温变得很冷。他挽着我的手,说他是浮士德,正同玛格丽特①在一起。他五十六

---

① 歌德著名诗剧《浮士德》中受浮士德引诱的少女。

岁了，可还是那样英俊，衣着总是那样讲究——只有一点我不喜欢，那就是他来的时候披着斗篷——全身散发出英国花露水的香气，两眼还是那么年轻，乌黑乌黑的，胡须雅致地分成长长的两绺，全是银色的。喝茶时，我们坐在镶玻璃的凉台上。我感到好像不大舒服，便倚靠在沙发榻上。他在吸烟，然后移坐到我的身边，又讲起种种动听的话来。然后，他仔细地观察着我的手，并频频亲吻。我用绸手帕盖着脸，他隔着手帕吻了我几次……我不明白，这怎么会发生的，我发疯啦，我从来没想到自己是这样的人！现在，我只有一条出路……他使我厌恶透顶，简直无法忍受！……

在四月的这些日子里，城里变得清洁而干燥。路面上的石块泛白了，踏在上面又好走又舒服。每个星期天午祷之后，总是有一个瘦小的女人穿着一身丧服，戴着黑色的细羊皮手套，手拿一把乌木柄雨伞，沿着大教堂街朝城外走去。她绕过消防站，沿公路穿过那个林立着熏黑的铁匠铺，而又刮着从田野来的清风的泥泞地带；再往前一点，在男修道院与监狱之间呈现出浮着白云的天空和灰蒙蒙的春天的田野。然后，跨过修道院墙脚下的一个个水洼，再往左拐弯，便可以望见一大片林木低矮，像是公园一般的地方，四周围着白色栏杆，大门上方画着一幅圣母升天图。瘦小的女人匆匆地画了个十字，习以为常地走在林荫道上，一到橡木十字架对面的那条长凳跟前，她便坐了下来，在风口里，在料峭的春寒中待上一两个钟头，直到穿着皮鞋的双脚和裹着细羊皮手套的双手冻僵才回去。春天的鸟儿不管天寒地冻依然在悦耳地啼鸣，春风吹动瓷质花环发出一阵阵叮叮声。她听到这些声音有时便想：她宁可少活半辈子，只要眼前这个象征死亡的花环消失。让这个花环，这堆黄土，以及橡木十字架消失！埋在黄土下面的竟然就是凸起的瓷质圆框里那个两眼炯炯、活灵活现的人，那怎么可能呢？这样纯洁天真的目光又怎么能同跟奥丽亚·梅谢尔斯卡雅的名字连在一起的那件骇人听闻的事情相容呢？不过，瘦小的女人在内心深处是感到欣慰的，就跟所有处在热恋中或者对某个理想孜孜以求的人们一样。

这个女人便是奥丽亚·梅谢尔斯卡雅的班主任老师。她是一个年纪不轻的老姑娘，早已把幻想当作现实了。起先，这个幻想是她的弟弟，一个贫穷而又毫不出众的陆军准尉；她把自己的整个心灵都同他，同他不知为什么给想象得如此光辉的前程联系在一起，并且奇怪地期待着有朝一日她的命运会由于他而来一个突变。后来，当弟弟在沈阳城下被打死①之后，她又自以为是理想的劳动妇女。现在，奥丽亚·梅谢尔斯卡雅又激起了她的新的幻想，成了她朝思暮想的对象，引起她感慨万端。每逢节日，她都要上梅谢尔斯卡雅的坟，一连几个小时盯着橡木十字架，回想着奥丽亚·梅谢尔斯卡雅处在鲜花丛中，躺在棺材里时那个苍白的小脸蛋，也回味着有一次她暗中听到的话：那天，在大休息的时候，奥丽亚·梅谢尔斯卡雅在中学的校园里散步，一边像炒豆子似的对好朋友——长得又高又胖的苏博金娜说：

"我爸爸有许许多多奇怪可笑的书，我在他的一本书里

---

① 指在1904年日俄战争中阵亡。

读到这样的东西,说是一个女人怎样才算美……你可明白,那里说了好多,一下子真叫人记不住:比如说,眼睛当然是乌黑的,像松脂一般火辣辣的,——真的,就那样写:像松脂一般火辣辣的!——眼睫毛像夜晚一般漆黑,脸上要有娇羞的红晕,腰要细,手要比一般人长一点,——你可明白,要比一般人长一点!——小巧玲珑的脚,丰满适度的胸脯,匀称滚圆的小腿,白如贝壳一般的膝盖,瘦削的双肩,——许多话我已经逐字逐句背下来了,所以这是千真万确的。不过,你可知道,主要的是什么?——轻轻的呼吸!这个我倒是有的,——你听,我吸口气,——可对,我是有的?"

现在,这轻轻的呼吸又在这世界上,在这多云的天空中,在这寒冷的春风里消散了。

一九一六年

冯玉律 译

圆耳朵

亚当·索科洛维奇是个身材非常高大的年轻人,他自称当过海员。在这个阴沉寒冷的日子里,有许多人见到过他的身影,一会儿出现在尼古拉耶夫车站,一会儿出现在涅瓦大街的各处。他从利戈夫卡的人行道上带着莫名其妙的严肃神情注视着亚历山大三世的纪念碑,注视着在广场绕着圈子的一长串有轨电车的车厢,还有黑压压的人群,还有驶向火车站的载客和运货的马车,还有从车站拱门下开出的大型邮政车,还有在车水马龙中把一具无人押送的金黄色薄皮棺材运到不知何处去的平板大车;他站在阿尼奇科夫桥上,闷闷不乐地望着迷迷蒙蒙的水面,以及那些由于覆盖着脏雪而变得灰不溜丢的驳船;他在涅瓦大街上转悠时,还仔细地观察店铺橱窗中陈列的商品。要不注意他,不记住他的模样是做不到的。谁看到他一眼,便会产生一种朦朦胧胧的烦恼、不安的感觉,并且回过头去暗想:

"哎哟,这真是一位叫人害怕的先生!"

从他的鞋子、瘦腿裤、后襟溅上泥浆的厚呢大衣,以及那顶英国式的皮制便帽来看,他身上的衣服已经很长时间没有更换过,而且不管天晴天雨都是这一套。他就这样久久地站在橱窗前,个子高得出奇,身材瘦削且不匀称,两腿修长，脚掌很大，嘴上的胡子刮得精光，粗壮发达的下颌底下疏疏落落地长着一些淡黄色茸毛，好像美国人那样。他脸色忧郁，充满了怒气，一心在想着什么。两只长长的手一直插在裤袋里，嘴里不疾不徐地咬着一个烟嘴。难道这些领带、钟表、箱子、文具真的使他那么感兴趣吗？一下子便可以看出，不是这样，他决不属于那些古怪的人。那些人从早到晚在城里游荡，唯一的原因是只有在走动时，在逛街时才能考虑问题，或者是因为无家可归，所以在期待着什么。

这个晚上他是在离拉兹耶兹热耶街不远的一家廉价餐厅里度过的，同两个水手在一起。

他们三个人没有脱去大衣，就坐在昏暗寒冷的房间那张靠墙的狭小桌子边，而且索科洛维奇坐得特别不舒服：他的身后有个圆脑袋的小个子鞑靼人，站在房间深处放冷菜的柜台旁，老是盯住他的后背；他的前边墙上刺眼地贴着一张啤酒厂的广告，上面画着三个幸运的花花公子，他们头上的礼帽推到了后脑勺，手里捧着冒出泡沫的大酒杯；从右边不时送来一股冷飕飕的潮气，那是从街上进门的顾客带来的，而在左边则不时有一些服务员往柜台那边奔走来回，扇起一阵阵风。这里还有一道门槛，有三级阶梯，通向一个小走廊，从那里飘来了厨房的烧菜味和煤气味。还看到一扇敞开的门，通向台球房，台球房的上半部分很暗，下半部分却十分明亮。几个光穿着坎肩，把台球杆搁在肩头的男子不时地走来走去，把台球撞击得咯咯响，他们的脑袋全都隐没在昏暗中。索科洛维奇坐到那个不舒服的位子上，从大衣口袋里掏出一个烟斗，紧蹙双眉，专注地看了一下啤酒广告。两个水手在同走上前来的服务员交谈，而他则把烟丝装进烟斗，用浑厚的嗓音慢条斯理地自言自语：

"人们干吗要收藏乱七八糟的东西，却不收藏广告呢？广告是最真实地描绘人类理想的历史文件。打个比方说，这些花花公子难道不就是表达了全人类十分之九的人的理想吗？"

"您自己便是上流人家的儿子吧。"一个叫列夫琴科的水手不太友好地指出。

"我是人类的儿子，"索科洛维奇用一种古怪而又庄重的口吻说道，听上去有点像讽刺，"我的上流人出身并不妨碍我去见识世界及其所有的神祇。甚至不妨碍我去当司机……要知道，这是一种挺有刺激性的娱乐——眼看着街道在朝你飞奔，眼看着前边有个漂亮的女人在手忙脚乱，不知道该往哪儿跑。"

他说罢便抽起烟来，将一个胳膊肘支在桌子上，用巨大的左手托着烟斗，袖口里面没有露出衬衫，而在伸长的平滑手腕上可以看到蓝色刺花纹——一条弯弯曲曲的日本龙。

整个晚上，他们都以酒代茶，从杯里喝着高加索白兰地酒，就着粉红色的薄荷鱼球，而且拼命地抽烟。水手们跟所有干活的人一样，经常在生活中遭到挫折，牢骚满腹。每个人都力图只讲他自己的事，从记忆中搜索与他为敌、压制他的那些人所干的最卑鄙下流的勾当，一面夸耀自己的能耐；一个人好像曾经给了爱挑剔的大副"一记耳光"，另一个人把水手长一下子抛到了海里。还老是争论不休，动不动就大喊：

"好吧，要不就打个赌？"

索科洛维奇吸着烟斗，咬动下颔，阴沉沉地不吭一声。

尽管他是形形色色酒馆（从"喀琅施塔得"到"蒙得维的亚"）的常客，但从来没有喝醉过，他只喜欢姜汁啤酒和苦艾酒。在这天晚上，他不比伙伴们喝得少，但从外表看来却毫无醉意。两个水手为此有点不快，更何况他们事后承认，索科洛维奇那张强横、讨厌的脸庞，他那种若有所思、城府很深的神态，再加上他们无法了解，也捉摸不透他的脾气，不知道他过去的经历，他现在无家可归，无所事事的处境，这些都叫人感到同他有隔阂。很快便有点醉意的列夫琴科对他喊道：

"哎，真是个怪人！我们请您喝酒，您却表现得不够朋友，只管抽自己的烟斗！"

索科洛维奇粗鲁而又镇静地回应说：

"请您别哇哇乱叫。这会惹我生气的。我已经一再告诉你们，酒在我身上起不了大作用，也不会给我带来什么特别的快感。我的味觉已经变迟钝了。我就是所谓的败类。明白吗？"

列夫琴科感到挺尴尬，便故意装出一种随随便便的样子说：

"是啊，不过请您也不要太自以为是！您知道我是怎么理解的？倘若您真是一个败类，那您准会患病，嗜酒如命，可是您讲的情况却刚好相反。您是用一只手便能杀得了人的，却说……"

"我说的是真话，"索科洛维奇提高嗓门，打断了他的话，"各种败类的情况是不一样的，有的人在某方面的感觉和能力变得强大和敏感，而有的人却相反，变迟钝了。明白吗？这跟体力大小是无关的。"

米佳的爱情

"倘若某个人看上去健壮得像头公猪,那我怎么能认出他是败类呢?"列夫琴科带着嘲笑问道。

"比如,根据耳朵就能认出来,"索科洛维奇半像正经,半像嘲笑似的回答,"败类、天才、流浪汉、杀人犯都长着一对圆耳朵,就像绞索环,就像套在他们脖子上,叫他们送命的那种绞索环一般。"

"不过,您要知道,任何人只要头脑发热,都可能会杀人的,"另一个水手,皮利尼亚克不大客气地插了一句,"有一次,我在尼古拉耶夫城……"

索科洛维奇等他讲完,然后说道:

"皮利尼亚克,我也怀疑,这种圆耳朵不至于是那些所谓败类特有的吧。你们也知道,每个人的心里都有着某种想杀人和干出种种暴行的潜在热望。也有那样的人,他们完全是不可遏制地渴望着杀人,出于各种各样的原因,比如由于回复到祖先的本性,或者是由于积聚在内心的对某人的仇恨。他们在杀人时丝毫没有表现出狂热,杀人之后不仅不感到内心的折磨,就如通常所说的那样,反而显得挺正常,感到松了一口气,尽管他们的愤怒、仇恨、隐秘的对血的渴求是以卑鄙和可悲的形式表现出来的。总之,该是抛弃有关杀人犯会受良心折磨、被恐惧跟踪的童话的时候了。别再撒谎,说见到血就发抖。别再编写什么罪与罚的小说,该去写写不受任何惩罚的罪孽啦。杀人犯的心态取决于他对凶杀的看法,取决于他在杀人之后面临的是绞架还是奖赏和颂扬。难道那些认为血亲复仇、决斗、战争、革命、死刑有道理的人会感到良心折磨和恐惧吗?"

"我读过陀思妥耶夫斯基的《罪与罚》。"列夫琴科不无得意地说。

"是吗？"索科洛维奇抬头用沉重的目光打量了他一下，"那么，您读过有关刽子手多伊布勒的书吗？前不久，他在巴黎市郊的别墅里死了，活了八十岁。他在一生中奉他那个高度文明的国家之命，一共砍掉了五百个人的头颅。有关刑事案件的新闻中记录了一连串最凶残的罪犯的最冷酷、无耻和爱发高论的行径。不过，事情还不在于败类，不在于刽子手，也不在于苦役犯身上。所有人类的书籍，所有这些神话、史诗、壮士歌、历史、戏剧、长篇小说，都充斥着诸如此类的记录，有谁为此胆战心惊过？每一个小男孩都会把库珀①的书读得津津有味，那里写的是人们整天光在剥别人的头皮；每一个中学生都在历史课上学到，亚述国王把战俘的皮剥下来钉在城墙上；每一个牧师都知道，在《圣经》中'杀人'这个词用了上千次，而且在大多数场合都为所做的事情向造物主表示最崇高的颂扬和感激。"

"正因为这样，它才叫作《旧约》，是古代的历史。"列夫琴科表示异议。

"那就看看现代史吧，"索科洛维奇说，"若是猩猩会阅读的话，连它都会吓得毛发直竖的……唔，不，"他皱起眉头，把目光投向一边说，"没有必要拿长着双臂的猩猩同该隐作对比！人类离该隐的时代②已经很远，早已失去了那种单纯，看来还是从他们在所谓天堂的原址上建立起巴比伦城

---

① 库珀（1789—1851），美国小说家，其不少作品描写早期美国边区山林居民和印第安人的生活，以情节惊险而著称。
② 指《旧约·创世记》中所记载的该隐杀死其弟约伯的那个年代。

的那时候算起。在真正的猩猩那里还没有什么亚述国王,没有什么恺撒,没有什么宗教裁判,没有什么发现新大陆,没有嘴里叼着雪茄烟签署死刑判决书的国王,没有能把几千人一下子送入海底的潜水艇的发明者,没有罗伯斯庇尔①之流,也没有专门给人开膛破肚的杰克一类……列夫琴科,您是怎么想的,"他再次严厉地打量了两个水手一番,问道,"所有这些先生们会不会像该隐或者拉斯科尔尼科夫②那样受到内心折磨呢?那些杀了暴君、压迫者的人,在用金色字母将自己的名字载入史册之后,经受过内心折磨没有?当你们从报上读到,土耳其人又杀害了十万名亚美尼亚人,德国人用鼠疫杆菌在水井下毒,战壕里堆满腐烂的尸体,军用飞机轰炸拿撒勒,③这时是否会因此而感到难受呢?在累累白骨上建造起来,靠着对所谓的近亲穷凶极恶、习以为常的残暴行径繁荣起来的巴黎或者伦敦是否为此而感到难受呢?结果,难受的只有一个拉斯科尔尼科夫,即便如此,也不过是由于他自身的懦弱,由于怒火满腔的作者的安排,这位作者把基督塞到所有他写的低级趣味的小说中去了。"

"行啦!还是讲点别的东西吧!"列夫琴科叫道,他想把这场已经使他感到难堪的谈话转到开玩笑上去。

索科洛维奇沉默了一会儿,朝两膝之间啐了一口,平静地继续说:

"现在已经有几千万人参战。过不久,欧洲将成为彻头

---

① 罗伯斯庇尔(1758—1794),激进的雅各宾派领袖。法国大革命中的重要人物之一。
② 陀思妥耶夫斯基的小说《罪与罚》的主人公。
③ 这里列举的均为第一次世界大战时发生的事件。

彻尾的杀人犯王国。每个人都非常清楚，全世界的人一点也不会因此而发疯的。有人曾经说过，到萨哈林岛去是挺可怕的。不过，我倒想知道，过了一两年，等到欧洲的战争结束之后，谁还会害怕到那里去？"

皮利尼亚克讲起他自己的叔叔，那人出于忌妒把妻子杀了。索科洛维奇听后，沉思着忧郁地说：

"总的来说，比起对男人来，人们更倾向于对女人下手。我们的感性认识从来不去集中在男人的身体上，而是集中在女人的身体上，集中在生养了我们大家的女性的身体上。正是这样的女人怀着真正的性欲冲动，只委身于粗野而又强壮的男人……"

他说罢把胳膊肘支在膝盖上，又沉默起来，似乎把谈伴忘得一干二净。

在十一点钟，他漫不经心而又有点高傲地同依然坐在餐厅里的水手告别，再次朝涅瓦大街走去。

涅瓦大街明亮的灯光冲破了重重浓雾，这雾气寒冷刺骨，以至那位在弗拉基米尔大街街角指挥马车、雪橇和大眼睛汽车来来往往、左转右转的警官脸上的胡子都冻成灰白色了。在帕尔金大街附近，有匹黑色公马用铁蹄使劲而又不稳地踩在光滑的马路上。它力图挺起身子，一跃而起，结果倒向一侧，跌在车辕上。马车夫围着它跑来跑去，慌慌张张、急急忙忙地想帮上一手。一位脸色红红的大个子警察身穿一条宽大无比的裙子，样子古里古怪的；他挥舞着一只戴线手套的手，艰难地禽动着冻僵的嘴唇，喊着把人们驱走。索科洛维奇听说，有个穿浣熊皮大衣的白胡子老头，好像还是一位知名作家，在穿越马路时给马车压死了。不过，索科洛维奇甚至没有稍作停留，他又拐到涅瓦大街上去了。

有些人赶上他，惊讶地自下而上望着他的脸，他自己也赶到了有些人的前面。他将双手插在裤袋里，稍稍抬起双肩，把在雾气中沾湿的下巴藏在大衣领中，斜眼看着那些在他前面奔走的黑压压的渺小人群。在这群人中，他由于身材高大而显得非常突出。他有节奏地把一双又长又大的脚掌印在人行道上，总是先迈起左脚，而且左脚的步子要比右脚大一点。一根根电线木杆把黑魆魆的影子投在迷雾中。身上蒙着霜花的马儿在迷雾中拖车飞奔，发出急促而又单调的马蹄声；一些高头大马在急驶中显得精力充沛，趾高气扬，从鼻孔中喷出一团团热气，同随风飘浮的迷雾混杂在一起。一辆双套马车如旋风一般狂驰而去，车里坐着年轻的军官，他的手搂着一位女士的腰部，那位女士则紧偎着他，并把脸埋在羊羔皮暖手筒里……索科洛维奇放慢了脚步，久久地目送着这辆双套马车，望着前方。涅瓦大街犹如一道冰冷浑浊的洪流，有轨电车那不见尽头的一连串酒红色灯光在其中时隐时现，还闪熠着绿莹莹的电火。他在专注地想着什么，宽大的脸凶相毕露。

他斜穿过阿尼契科夫桥，在马路的另一边往前走。风夹着雾气刮得更猛了。在远处黑沉沉、雾蒙蒙的地方，出现了国家杜马塔楼上的时钟，它高高在上，犹如一只泛红的眼睛。索科洛维奇停下脚步，站了好一会儿，一边抽烟，一边皱着眉头打量着那些已经出现在人行道上，不断从他身旁慢慢走过的妓女；在他的身后是一家已经打烊的商店，商店的橱窗像一面巨大的镜子，被晚间的灯火幽幽地照亮了。一些蜡制的长睫毛金发美女正从橱窗里向外张望，她们穿着名贵的大衣和皮袍，烫得笔挺的时髦裤子下露出一双双一动不动的木制小脚……然后，他继续往前走，直到被黑茫茫的浓雾覆盖住顶部的喀山大教堂，登上"多米尼加"餐厅的台阶。

那里挤满了人，大家都没有脱下大衣，像在街上一样站着吃喝，只有在被人们围住的柜台上方才点着一盏灯。他便坐到一个暗角落里，为自己要了一杯黑咖啡。这时，在他的桌子边突然出现了一个戴着圆顶礼帽，冻得脸色通红的瘦个子先生，急匆匆地请求从桌上火柴盒里取了根火柴，快速地划亮了，然后连珠炮似的说道：

"对不起，您极像我在维尔纽斯的一位熟人亚诺夫斯基。"

索科洛维奇紧盯住那人的眼睛，口气生硬地回答：

"您搞错了，密探先生。"

他在"多米尼加"餐厅一直坐到夜里一点钟。最后，餐厅里的人走得差不多了，只听到乒乒乓乓的声音，那是仆役们正把椅子翻过来，将它们放到一下子变得可以自由摆弄和粗暴对待的小桌子上。他瞧了下自己那只硕大的银表，便站起身来。

浓雾之夜的涅瓦大街是挺可怕的，昏沉迷蒙，死寂无人，似乎成了从世界尽头，从隐藏着某种非人类智力所能理解的秘密，而且被称为"北极"的地方延伸过来的黑暗世界的一部分。这条烟雾洪流的中央还被电灯泡发出的苍白光芒从上方照耀着。而在人行道上，在黑糊糊的橱窗和紧闭的大门旁边则更加昏暗。一些用廉价的化妆品，不问场合地打扮得花枝招展的女人嘴里哼着歌，踏着轻松的步子在人行道上溜达着。她们从外表看来无忧无虑，内心却由于冰冷的潮气而冻得发抖。其中有些人的脸上流露出了多么渺小和可怜的神情，叫人看了感到震惊，简直像是碰到某种不同于人类的未知的另类生物一样。

索科洛维奇从"多米尼加"餐厅出来，走了约两百来步路，要了这些女人中的一个。后来知道她叫科罗利科娃，不过她自称为"科罗利卡"。这是一个身材瘦小的女人，但由于穿着蹩脚的时装，看上去挺宽大，戴着一顶做工精致，显得也有点宽大的黑丝绒帽子，上面还装饰着一串玻璃樱桃。她那张颧骨宽宽的小脸蛋上长着一双深陷的黑色小眼睛，整个脸型有着某种像蝙蝠似的特征。她故意放肆地摇晃着头，甚至像是意识到自己有着不可抗拒的性感魅力似的，一只手提着裙子，另一只手塞在一个用闪光的黑毛皮制成的扁平大暖手筒里，将它挡着嘴，突然拦住了正弓着背往前走的索科洛维奇的去路。他机警地把她端详了一番，当即用浑厚的低音朝站在街角的夜班马车夫叫了一声。这样，这一对男女坐上低低的四轮轻便马车出发了，起先沿着涅瓦大街，然后沿着广场走，从尼古拉耶夫车站闪光的大钟旁经过，车站里已是黑洞洞的，所有列车均已开往白雪皑皑的俄罗斯腹地；再从那匹可怕的高头大马旁经过，那匹马不管是下雨天还是雾天，总是扬着头，要求魁伟的骑手松缰向前；①后来又沿着陶匠街奔驰，接着便沿着浓雾弥漫的街道和小巷，朝着夜间首都迷一般的郊外冷落地区驶去。

索科洛维奇一路上默默地抽着烟。显然，这种沉默使科罗利科娃感到难堪。她便说了一句，照她的意见，"库图佐

---

① 即指青铜骑士雕像。

夫"牌香烟要比"丁香"牌香烟好。这种想同别人随便谈谈,似乎表示一点友好,而又不涉及此行目的的企图显得可怜而又感人;但是,索科洛维奇没有吭声。于是,她便要求把钱预付给她,而且故作大胆地补了一句,只有出大价钱她才答应陪一整夜。他默默地掏出两枚银卢布,递给她。她拿到手里,还用牙齿咬了一下其中的一枚,发现它是假的,但还是藏到暖手筒里,一面说,这枚卢布不作数,她留着不过是作为纪念,因为现在是战争时期,这卢布含银量低,禁止使用,说罢向他再要一枚。索科洛维奇迟疑了一下,又给了她一枚卢布。这时,她便玩起了新花样——显出一个女人的样子:突然哆嗦了一下,身子一倾,依假到他身上。她的哆嗦是装出来的,不过突如其来的内心感受应该说是真实的:她觉得有一种急切的欲望,要同他这个高大、强壮、既难看又忧郁的冷酷的男人相接近。但是,他对她的动作没有回应。

他们走得很远。科罗利科娃吩咐马车夫停在一幢两层楼砖房的旁边,砖房上的招牌是:"贝尔格莱德旅馆"。时间已是两点缺一刻,地方很冷僻。

索科洛维奇和科罗利科娃踩着肮脏的地毯走到二层楼。客房服务员尼扬丘克正盖着一件羊毛皮领已磨破的冬大衣,睡在一张狭窄的木制沙发上,他在半明不暗的走廊里迎接来客。索科洛维奇那高大的身材,忧郁沉思的表情和在迷雾中沾湿的美国式稀疏胡子使睡眼惺忪的服务员吓了一跳。他站起身来,冷淡地说:

"你们需要什么?"

"你好像不知道似的,笨蛋。"索科洛维奇咬着牙说,

米佳的爱情 | 185

一边自信地从他旁边走过去,把一枚五十戈比的银币塞到他手里。

尼扬丘克本来想发火,说:"讲这种话的也是笨蛋,"但是觉得手里有了钱,再加认出了科罗利科娃,(她走过去时对他说:"没有认出我吧。那我就要发财啦!"①)便没有开口,光是皱起了眉头。他不满意地咕哝着,说是本来警察每天来找麻烦已经够令人不快的了,但还是抢在索科洛维奇前面,擦亮火柴,把门打开。门里是一个窒闷的房间,挺暖和,浑浊的空气中夹着一股甜丝丝的香味,半扇窗户被院子斜对面一幢建筑物的屋顶挡住了。从窗外,从黑糊糊的玻璃外面传来低沉的说话声、不知什么机器的轰隆声,而且还燃着熊熊的火苗,闪着红光。

"这是什么?"索科洛维奇停下脚步,严厉地,甚至有点惊惶地问道:

"是污水处理机,在开夜班。"尼扬丘克咕哝着说,心里依然有点不痛快。他把梳妆台上红色插座里的两支蜡烛点亮,拉下白色细棉布窗帘,便问客人还要些什么。

索科洛维奇自己要了点克瓦斯,并且奇怪地冷笑着补了一句:

"给小姐拿些水果来。"

"别的水果没有,"尼扬丘克答道,"葡萄倒是有的。一份一个半卢布。"

"好极了,"索科洛维奇说,"拿点葡萄来吧。"

显然,这种态度使科罗利科娃挺满意。她想做得真的像

---

① 旧俄民间迷信,没有给熟人认出来,意味着将有财运。

一个冬天被人家请吃葡萄的小姐那样，环顾房间的四周，踩踩冻僵的双脚，往暖手筒里吹着气，撒着娇说：

"哎哟，哎哟，哎哟，真的，房间里好冷啊！"

一分钟之后，尼扬丘克拿来一个装着葡萄的铁制大托盘和两个已经打开塞子冒着泡沫的玻璃瓶，索科洛维奇当即把门锁上。尼扬丘克走出去时，科罗利科娃站在桌子边，依然还在对着暖手筒吹气，一面把沾满木屑的硬硬的绿色葡萄皮剥掉，而她那位戴着黄色项链、新刮过胡子的可怕的伴侣正在角落里脱大衣，把紫色粗羊毛长围巾解开来。然后，那个窗外闪耀着不祥的火光，传来夜班工人低沉的喧闹声的房间便成了一个谜。

早上四点，走廊里响起了一阵铃声。尼扬丘克一醒过来，便把扎着衬裤套带、穿在毡鞋中的双脚从沙发移到地上，走到电铃盒子边。那里标示着数字"3"。从三号房间里传出了一个女人的声音，要他拿十支"仄费洛斯"牌香烟去。尼扬丘克从小卖部买了香烟回来，睡意惺忪，搞不清该往哪个房间送，便敲了下索科洛维奇住的那个房间的门。门里边有人用粗鲁、低沉的男低音发问：

"什么事？"

"您的小姐刚才要过香烟。"尼扬丘克说。

"我的'小姐'没有要过香烟，而且无论如何也不可能要香烟的。"男低音斩钉截铁地说。

尼扬丘克顿时想起，该把香烟盒送给谁。他在把香烟交到从稍稍打开的三号房间门伸出的胖女人手中后，便重新躺到老地方，在昏暗和寂静的旅馆走廊尽头那只挂钟有节奏的滴答声中睡熟了。

米佳的爱情

直到早上七点,他才再次醒来;八号房间那位房客穿着大衣,戴着便帽,挺直身子高高地站在他的上方,推着他的肩膀。

"这是房钱和小费,"他说,"开门让我出去。我该上工厂了。小姐吩咐到九点叫醒她。"

"那么,葡萄的费用呢?"尼扬丘克有点惊慌地急着说。

"我都算好了,"索科洛维奇说,"依我看,是四卢布七十戈比。但我给了你五个半卢布。明白吗?"

他说罢便从容不迫地朝楼梯走去。

尼扬丘克由于还想睡觉而半闭着眼睛。他耸了下肩膀,把披在身上的大衣整整好,便再次抢在客人前面,踩着梯级往下走。索科洛维奇耐心地等着他把紧插在锁孔里的钥匙扭来扭去。最后,门打开了。他从尼扬丘克身边走过去,拉直衣领,像一个害怕感冒的歌剧演员一般用一只手护着咽喉,自言自语地低声说了一句"再见",便走上街头,到了潮湿而又空气新鲜的户外。那里很暗,很静,但在这种昏暗和宁静中已经感到黎明将至。在整个四郊远处的上空,在还是缄默无声的首都那巨大巢穴的上空,正回荡着大小工厂隐隐约约的呻吟声,把无数劳动者从贫民窟、从所有的底层和角落里召唤出来。旅馆对面的街灯照亮了马路和街道的一角,留下了黑黑的影子。雾消散了,夜里下了一场小雪;街灯那边的栅栏后面竖放着一大块木板,在夜色中看上去白生生的,好像服丧一般。索科洛维奇拐向右边,消失在远处。尼扬丘克打着寒噤把门砰地关上,登上楼梯往回跑,到二楼去。

再躺下睡觉已经没有什么意思了。他便寻找起放在沙发底下的皮鞋来，突然发觉八号房间的门稍稍开着，房间里还有亮光。他跳起身来，急急地朝房间走去。房间里静得可怕，这种情况即便是在客人睡觉时也是罕见的。插在开裂的插座里的两支蜡烛即将点完，发出了噼啪声，光影在昏暗中晃动着。而在床上，仰面躺着一个女人，从被子下面露出两条赤裸裸的短腿。她的头被两个枕头紧压住了。

一九一六年

冯玉律　译

夜航途中

夜里，从敖德萨驶往克里米亚的轮船停泊在叶夫帕托里亚港的前边。

轮船上面及其周围地区一片喧闹，乱哄哄的。绞盘隆隆作响，不管是接货上船的人，还是从下边巨大的驳船往上装货的人都在声嘶力竭地喊叫；那些来自东方的平民百姓不知为什么像发疯一般急急忙忙地拖着行李，争先恐后往舷梯上攀登，又是推搡，又是叫骂，简直像打仗；挂在舷梯平台上方的那盏电灯刺目地照在一大堆拥挤不堪、杂乱无章的人群身上，只看见肮脏的非斯帽[①]、缠头巾、长耳风帽、圆瞪的眼睛、横冲直撞的肩膀、死劲抓住栏杆的手；下方，在不时被海浪打湿的最后几个梯级的地方，也是嘈杂异常；那里也有人在打架、对骂、纠缠、拉扯；那边还有一些载满人的小船在敲打船桨，相互碰撞，——它们时而被海浪高高地托起，时而又深深地往下掉去，消失在船舷外的黑暗中。而活像海豚躯体一般的轮船，犹如置身在橡皮上似的，颇有弹性地一会儿侧向一边，一会儿侧向另一边……

到后来，总算静息下来了。

最后一批旅客中，有一位身材挺拔，双肩宽阔的先生踏上了甲板。他在头等舱旁边把船票和手提包交给随从之后，看到舱内已经没有座位，便往船尾走去。这里挺暗，摆着几把亚麻布躺椅，只有一把椅子上半躺着一个黑黢黢的人形，盖着块毛毯。　　刚来的旅客在那人几步之外挑了一把椅子。躺椅很低，他一坐下去，帆布便绷紧了，使他感到又舒适又惬意。轮船随着波浪起伏而摇晃着，慢慢地漂浮并转动身子。刮来一阵阵南方夜晚的和风，夹着海洋的气息。那夜晚就如通常在夏季所见的那样，显得安宁而又平和。晴朗的天空缀着几颗小星星，给大海蒙上一重淡淡的、透明的阴影。远处的灯火看上去挺苍白，又由于时间已晚，似乎有点让人昏昏欲睡。不久，轮船上的一切便变得井然有序，已经听到船长镇定的指挥声，起锚的链条发出了哐啷哐啷的声音……然后，船尾猛一颤动，螺旋桨卷动流水发出了哗哗声。散布在远处低矮平坦的海岸上的灯火开始往后漂去。轮船也不再摇晃了……

　　本来以为，两位旅客均已入睡，一动不动地躺在椅子上。其实，他们并没有睡着。他们两人透过朦胧的暮色都在凝视着对方。后来，第一位，就是那个脚上盖着毯子的人平心静气地随便问了一句：

　　"您也是到克里米亚去吗？"

　　第二位，即那个宽肩膀的人也用同样的口吻慢悠悠地答道：

　　"是的，到克里米亚，随后还要赶路。先到阿卢普卡，再去加格雷。"

---

① 流行于北非和近东国家的一种帽子，用毡或毛线做成，平顶圆锥形，并带有帽缨。

米佳的爱情

"我一下子就认出您来啦。"第一位说。

"我也认出您了,也是一下子。"第二位回答。

"真是一次奇特的不期而遇啊。"

"再奇特不过了。"

"说实在的,我倒不是认出了您,而是我好像有一种神秘的预感,仿佛您一定会出现的,所以连辨认也没有必要了。"

"我的感觉同您一模一样。"

"真的吗?那可真是奇怪。怎么能否认,生活中毕竟有一些时刻,比如说不平凡的时刻呢?也许,生活并不像咱们所感觉到的那样简单吧。"

"也许是的。不过,也可能是另一种情况:咱们两人在此刻不过是把这些感受想象成什么预兆而已。"

"那也可能。是的,完全可能。而且看来,确实是这样。"

"由此可见,咱们在高谈阔论,而生活却可能十分简单。简单得就像刚才在舷梯边打架的那一伙人一样。这些傻瓜干吗那么着急,你推我搡的?"

两人沉默了片刻。然后,又交谈起来。

"咱们已经有多少年没有见面啦?有二十三年吧?"第一位旅客,即那位盖着毛毯的人问道。

"是的,差不多,"第二位回答,"到今年秋天整整有二十三年。咱们算起来挺容易,将近四分之一个世纪了。"

"好长一段时间。一辈子了。我想说的是,咱们两人的一辈子几乎都要过完喽。"

"对,对。那有什么呢?难道咱们还害怕这一辈子就此过完吗？"

"嗯！当然，不害怕。几乎一点也不怕。当我们说什么害怕，就是说当我们自己吓自己，说什么一辈子已经过完，再隔十年就得躺进坟墓时，这全是胡扯。您想想看：进坟墓。那可不是开玩笑的事情。"

"完全正确。我甚至还可以说得更严重一点。您大概也知道，我在医学界也算是个名人了吧？"

"有谁不知道呢！我当然知道。至于在下，也算是有点小名气，那您也知道吧？"

"那当然喽。可以说，我是您的崇拜者，热心的读者，"第二位答道。

"对，对，两个都是名人。那么，您的意思是指什么呢？"

"我指的是，因为有了点名气，因为有了些知识，尽管不算什么高深的学问，但毕竟还是相当扎实的知识，我几乎正确无误地了解，本人存活的日子甚至还不是十年，而只有几个月。好吧，最多也只有一年。根据我自己以及同行们可靠的诊断，我患了绝症。但您可以相信，我依然还是这样过日子，好像什么事情也没有发生似的。只不过经常会发出嘲讽的冷笑，就像您所看到的那样，想在众人面前炫耀一下自己对各种死亡原因的知识，以便出点名，活得精彩一点，还弄到自己头上——完全弄清了自己的死因。否则，人家会哄我，骗我，（老兄，您想到哪里去啦，我们还会尽力治疗的。真是见鬼！）现在，怎么来哄我，怎么来骗我？这会显得又愚蠢，又难堪。甚至难堪到过于坦率的地步，夹杂点同情和讨好：'怎么办呢，尊敬的同行，同您耍花招我们可不够格……喜剧结束啦!'①"

"您说这些是当真的吗?"第一位问道。

"完全当真,"第二位回答,"而且,主要问题在哪里?某个叫卡伊的人要死了,那么②我总有一天也会死的,这在某个时候总会发生!然而,很遗憾,现在却完全是另一回事:不是在某个时候,而就是在一年之后。一年的时间长不长?明年夏天,您依然会在大洋的碧波上航行,而我那宝贵的骨殖却已经躺在莫斯科新圣母修道院墓地里了。那又怎么样呢?当我想到这一点时,几乎毫无感受,更糟糕的是,这根本不是出于勇敢,(当我从病理学角度将自己的疾病和发展过程作为一种有趣的现象描述给学生们听时,他们便是这样认为的)而只不过是出于一种痴呆一般的麻木。而且,所有在我周围的人,虽然知道我有这个不幸的秘密,却也是毫无感受。比如说您,难道您会因为我而觉得害怕吗?"

"因为您而害怕?不,老实说,真是一点也不怕。"

"而且,也当然一点也不怜悯我喽?"

"不,不怜悯。何况,我想,您也绝不会相信,有什么没有忧愁、没有悲伤、只有天堂里的苹果的地方吧?"

"嘿,咱们还有什么信仰可言……"

两人又不吭声了。然后,他们取出烟盒,抽起烟来。

"您也发现,"第一位,即那位躺在毯子下的人说,"咱们俩都没有卖弄自己,现在咱们相互之间也好,在想象的听众面前也好,都没有装腔作势。真的,咱们俩说的话都非常

---

① 原文为意大利文。
② 原文为拉丁文。

实在，没有一点故作豪放，没有一点夸耀和自嘲，因为自嘲之中总带有点叫人看看咱们的地位怎么样，谁都比不上的味道。咱们交谈时推心置腹，不说话时也开诚相见，没有什么深奥的东西。人们通常说，人是世上最富有情感的动物，人心是多么灵巧，时时处处都能找到自我满足的感觉。但在咱们现在这个场合，我连这一点也看不到。更有意思的是，除了您所说的咱们那种痴呆一般的麻木之外，还要加上咱们之间关系的特殊性。要知道咱们俩的关系是十分密切的。说得正确一点，应该认为是十分密切的。"

"当然！"第二位答道，"当时，我在实际上把您弄得有多惨啊。可以设想，您的感受会怎么样。"

"是的，甚至远远超出了您的设想。总之，这真是可怕，真是一场噩梦。一个男人，一个丈夫，在妻子被别人夺走之后，整日整夜，几乎是分秒不停地由于自尊心受到伤害，由于想象他的情敌是多么幸福而备受妒火的煎熬，由于对失去的女人无望的，无法补救的感情（说得正确一点，是性爱）而遭到折磨。他既怀着极度的仇恨想活活扼杀那个女人，又想做出种种屈辱的姿态来向她表示出狗一般的温情和忠诚。这种可怕真是无法用语言来形容。更何况，我这个人又有点与众不同，感情特别容易冲动，想象力又特别丰富。那您可以设想一下，我在整整几年里的感受会怎么样。"

"难道有几年吗？"

"您可以相信，至少有三年。而且到后来还老是想到您，想到她，想到你们之间的亲热，这种念头像烧红的烙铁一般烫在我的心头。这也是可以理解的。要是有个人，比如说，夺走了我的未婚妻，那倒也算了。可是，夺走的是爱人，或者像我们这种情况，夺走的是妻子！夺走的是，请原谅我直话直说，同我睡觉的那个女人，那个肉体和灵魂的所有特点我都了如指掌的女人！请想一想，心头的忌妒之火会燃得多旺。怎么能容忍别人来占有她呢？这一切简直超出了人的忍耐力。因为什么我差点成了酒鬼，因为什么我损害了健康，丧失了意志？因为什么我把精力最旺盛、才思最横溢的年代白白蹉跎？可以毫不夸张地说，您简直是把我活活地劈成了两半。当然，我又愈合起来了，但又有什么用呢？不管怎么样，过去的我是没有，也不可能有了。要知道您是闯进了我的一生中最最神圣的宝地啊！乔答摩王子①在为自己挑选未婚妻时，见到'有着女神似的身段和春天母鹿一般温柔的眼睛'的雅索达哈拉，燃起满腔的爱火，便在同别的年轻人的竞赛中创造出了非凡的奇迹——比如，挽弓射箭，声震七千里，——然后，摘下自己的珍珠项链，戴在雅索达哈拉的脖子上，说道：'我选中了她，是因为我同她前世便在森林里游玩过。当时我是猎人的儿子，她是森林的女儿。我的灵魂记起她来了！'那天，她围着黑色绣金的披巾，王子看了一眼便说：'她披着黑色绣金的披巾，是因为无数年前，当我是一个猎人时，看到她是森林里的一头豹子：我的灵魂记起她来了！'请原谅，我竟同您讲起这种充满诗意的故事，不过在这个故事中包含着巨大而又可怕的真理。您只要把这些有关灵魂记忆的令人吃惊的话语琢磨一下，再想想，

---

① 相传，释迦牟尼在出家之前为古印度迦毗罗卫国净饭王之子——悉达多·乔答摩太子。太子16岁时相中邻国公主——美貌的雅索达哈拉，为此与众少年参加射箭比赛，在比赛中胜出，获公主青睐，并娶后者为妻。

若是这种世上最神圣的缘分被一个旁人破坏的话,这会有多么可怕。谁知道呢,我可能也会挽弓射箭,声震千里的。可是,突然出现了您……"

"好吧,那么您现在对我抱着什么感情呢?"宽肩膀的先生发问,"是愤恨、厌恶、复仇的渴望吗?"

"您想不到吧?我什么感情也没有。尽管前面发表了长篇大论,却什么感情也没有。可怕,真可怕。这还能算什么'我的灵魂记起来了'!再说,您自己也挺明白,就是说,我已经什么感情也没有了。否则,您也不会这样发问的。"

"您说得对。我知道。这也十分可怕。"

"咱们毕竟还是不害怕。接连不断的可怕,倒也叫人一点也不怕了。"

"是的,确实一点也不怕。老是说,从前怎么样,从前怎么样!通通都是胡扯。严格地说,人们是没有什么从前的事的。只不过是某段时间生活中留下的一点微弱的回声而已……"

两位旅伴又沉默了片刻。轮船颤动着驶向前去;懒洋洋的波浪沿着船舷奔流,有节奏地时而哗哗作响,时而又渐渐静息下来;在发出单调喧哗声的船尾后面,测程仪的绳索也在快速而又单调地旋转着,不时地用一阵尖细而又神秘的铃声,叮叮当当地标示着什么……然后,宽肩膀的旅客问道:

"那么,请问……当您知道她去世的消息之后,又有什么感受呢!也是什么也没有吗?"

"对,几乎什么也没有,"盖着毯子的旅客答道,"至多不过是对自己的冷漠感到惊讶。早上翻开报纸,几行字映入了眼帘:由于上帝的安排,某某女士……在这个黑框框里,

米佳的爱情 | 197

在报纸用粗体字庄严地刊登讣告的不祥角落里,看到一个熟悉而又亲近的人的名字,觉得不习惯,觉得挺奇怪……然后,想发发愁:是啊,这就是那位……不过——

> 我从冷漠的嘴里听到了噩耗,
> 又冷漠地将它放在心里……

甚至,连发愁的感觉也没有。只是有一点说不明白的怜悯……要知道,这就是'我的灵魂记起来'的那位姑娘,这就是多么残酷地折磨了我许多年的初恋对象啊!当我刚认识她的时候,她真是美艳动人,天真烂漫,显示出几乎是少女一般的轻信和羞怯,难以言传地震撼了男人的心,因为每一个女性身上也许都会有这种愿意信托于人的柔弱心理,都会有某种稚气的特征,那是一种标志,说明一个姑娘,一个女人总会孕育未来的孩子。再说正是我第一个,在某种极度幸福和恐惧之中,接受了她付出的上帝赋予她的一切,正是我以一生中再也不会有的狂热,真正是上百万次地热吻着她那青春的身体,热吻着世上最美好的东西。正是由于她,我在整整几年里日日夜夜弄得丧魂落魄。由于她,我痛哭流涕,撕扯自己的头发,想自杀、酗酒,驾着马车狂奔,在暴怒中撕毁了自己最好的,也许是最有价值的作品……可是,二十年一过,我只是呆呆地看着讣告里黑框中她的名字,呆呆地想象着她躺在棺材里的模样……想象出来的情景是令人不快的,但也只能如此。请相信,只能如此。再说您现在,当然是现在,难道还有什么感受吗?"

"我?不,何必要隐瞒呢?当然,几乎什么感受也没有……"

轮船继续行驶，前边掀起一团团浪花，发出刷刷声，拍击着船舷往后奔腾而去，在船尾后面形成一长条如雪一般白晃晃的路，一边翻滚，一边单调地哗哗作响。吹来了一阵阵和风，布满繁星的天宇凝然不动，高挂在黑乎乎的烟囱、缆绳和尖尖的前桅杆上方……

"不过，您可知道？"第一位旅客好像猛醒过来似的突然问道，"您可知道，主要的问题在哪里？在于我怎么也无法把死去的她同我刚才跟您讲起的另一个她联系起来，怎么也不能。根本不能。另一个她完全是个特殊的人。若是说我对另一个她毫无感情，那是撒谎。所以，我说得还不够准确。说得不对，也不该这样说。"

第二位旅客沉思了一会儿。

"那又怎么样呢？"

"我是指，咱们之间的这番交谈完全是空话。"

"唉，算是空话吗？"宽肩膀的旅客说，"那个您所谓的另一个她不过是您自己想象的产物，是您自己的感觉。总之，是某种您自己的东西。这意味着，您是自己在使自己亢奋和激动。您好好地分析一下吧。"

"您是这样想的吗？我不知道。也许……对，也可能……"

"而且，您自我激动的时间久不久呢？十分钟吧。就算半个小时吧。最后，就算是一天吧。"

"对，对。真可怕，不过您讲的话似乎是对的。现在，她在哪里呢？在上边，在这一片美妙的天空中吧？"

"我的朋友，这只有上帝才知道。极可能是，什么地方都不在。"

"您是这样想的吗？对，对……极可能是这样……"

茫茫海面好像黑色的圆圈一般给笼罩在微微透光的夜色中的苍穹之下。小轮船隐没在这个渐渐变黑的圆圈中，坚持不懈地往前走。在它的后面不断地拖着一条懒洋洋滚动的乳白色道路，这条路向着远方延伸，向着夜空同海洋的交界之处，向着海平面延伸。在它的苍白色的映衬下，海平面显得分外昏黑和忧郁。测程仪的绳索在转动，忧郁而又神秘地标示着什么，敲出了尖细的铃声：叮——当……

两位旅伴又沉默了一会儿，相互随便地说了一句：

"晚安。"

"晚安。"

一九二三年
于阿尔卑斯山海滨

冯玉律　译

理性女神

一

我把这一天记载下来：

"巴黎，一九二四年二月六日。

参观了理性女神的墓地。"

二

理性女神于一个半世纪之前出生在巴黎，她的本名是特雷莎·昂热利克·奥布里①。她的父母完全是普通百姓，生活俭朴，甚至贫穷。但是，上天赋予她非凡的美貌和罕见的风姿，还在少女时代她便显示出了极佳的辨音力，并且有着一个淳美、清脆的嗓子，而离她出生和成长的那条圣马丁街两步之遥，便坐落着一座像童话一般神奇的大厦——歌剧院。当然，活泼而又有天赋的小姑娘那"像古典雕像一般优美的小小的头脑"里便很早就萌生出了诱人的想法，希望有一个光辉的前程。结果，她的理想和抱负没有落空，而且在某些方面还超出了意料。特雷莎·昂热利克·奥布里不仅成了歌剧院的女演员,不仅跟那些名角们同台唱歌跳舞,赢得阵阵欢呼和掌声,在观众面前扮演奥林匹斯山上的女神,——一会儿是狄安娜,一会儿是维纳斯,一会儿是雅典娜,而且还载入了史册:一七九三年十一月十日,她在过去不敢想象的巴黎圣母院舞台上扮演了一个见所未见、闻所未闻的角色——理性女神。然后,"在推翻了原来的圣母之后"②,她被隆重地接送到土伊勒利宫③,登上国民公会④的宝座,成了人类接受的新神祇的化身。

女神葬在蒙马特公墓。怎么能不去拜谒一下这个墓地呢?

三

我早就有这个打算了。最后,终于出发了。那是一个阳光明媚的日子,几乎像是春天,但还是有点寒意,浅蓝色的天空中飘着几缕云丝。我走上街道,进入最近的一个地铁站。穿堂风、奔走的人群、长长的走廊、五花八门的广告、越来越往下的梯级,最后到了底部,那边像澡堂一般又湿又热,永远是黑夜和灯光,饰着凸纹的光滑的灰色拱顶亮闪闪的,简直就像待在地狱大蛇的肚子里……一分钟之后,我已

---

① 特雷莎·昂热利克·奥布里(1772—1829),法国女演员,于 1793 年 11 月 10 日在巴黎参加过"理性庆典"。这一庆典象征着法国大革命时期以理性崇拜取代基督教的思潮。
② 原文为法文。
③ 法王亨利二世王后卡特琳·德·美第奇的宫室。位于巴黎罗浮宫旁。
④ 1792 年 9 月 20 日至 1795 年 10 月 26 日的大革命最危急时期统治法国的议会。

经站在满载乘客的车厢里，在巴黎的地下飞驰。我的思绪转到了理性女神那个时代的巴黎，又想起了她那奇特的命运，她那奇特的形象。

同时代人是这样写到她的："凡是大自然能够给予一个女人的所有禀赋，她都已经具有了。她是艺术杰作为我们显示出的那种古典式完美的活的典范。只要看一眼她的身段和头部的轮廓，便马上会想到戴盔持盾的雅典娜。她善于在面容、姿势、举止、步态上重现女神的形象，扮演此类角色真是得心应手……"人们写下这些字句时，她的年龄已有三十五岁了。可以想象一下，她在二十岁的那年，身穿古罗马式的白色短袖长衬衣，匀称的双脚套着轻巧的平底鞋，高高的发髻戴着金制的新月形头饰，圆润修长的双手握着一张弓，就这样走到舞台中央时，会予人什么样的感觉，那真是纯贞的月神狄安娜啊！但是，奥布里从来没有在歌剧中担任过女主角，没有成为名演员；她的物质条件并不令人羡慕——一年总共只有几百个利弗尔[①]的薪金，再加上在父母家里有一个自己的角落；她把弓往后台一放，洗掉脸上的脂粉，脱下古罗马式的长衬衣，将头发重新梳成普通的发式，穿上廉价的连衣裙，便往家里跑。在家里，她喝的是豌豆稀粥，睡的是阁楼上那个小间。人们公正地说，奥布里小姐"相当朴素"[②]，心地单纯，天真活泼，处事随和始终是她性格的特点。于是，"砸烂了奴役枷锁的人民在一七九三年十一月十

---

① 法国旧时的银币
② 原文为法文。

日便理所当然地称颂起她来"。肖梅特[1]在把奥布里介绍给国民公会时奉承地称她为"大自然的奇迹"[2],而人民则使她获得了不朽的声誉。在这之后的许多年里,街头的歌手们还在演唱贝朗瑞[3]所写的有关她的歌谣:

> 我见到的可是容光焕发的你,
> 当人民将你的马车团团围住,
> 当你高举着自由的旗帜,
> 像女神一样青春永驻?
> 你如蓓蕾初绽,鲜艳动人,
> 人民欢呼:"世代称颂你的美名!"
> 你目光炯炯; 你就是女神,
>   自由女神![4]

四

我在歌剧院附近走上了地面。高尚的希腊人说得真对:拥有天空、阳光、空气是凡人最大的快乐,身陷哈得斯[5]地下王国的亡灵真是三倍的不幸。可怜的特雷莎·昂热利克·

---

[1] 肖梅特,彼得-贾斯珀(1763—1794),法国左翼雅各宾党人,"理性庆典"的创议者。
[2] 原文为法文。
[3] 贝朗瑞(1780—1857),法国诗人。
[4] 原文为法文。
[5] 哈得斯,希腊神话中的冥王。

奥布里，可怜的理性女神！怎样能够用理性来好好地解释一下，为了什么原因和目的，"大自然的奇迹"已经在地下朽烂了一百年？

毕竟是冬天的太阳，它已经开始西斜了。现在正是交通最繁忙的时候，无数人群和车辆挤满了广场，太阳透过稀疏的树荫在那里投下了淡淡的绿光。行人在奔走，汽车和公共马车形成一股可怕的洪流，喧嚣着缓缓向前。我叫住一辆空车，跳上车继续赶路。从一条狭长街道的另一头隐隐约约地显露出了蒙马特高地上那座圣心大教堂的东方式建筑剪影。

五

我坐在汽车里，认真地回忆和想象自己所了解的有关一七九三年十一月十日那天的情况，尽可能回忆得详细和清晰一点。

那时的巴黎是什么样子的？天晓得是什么样子，我们的想象力很贫乏，头脑也不够聪明。当然，就是在那时，巴黎也是一个大城市，周围有许多花园和田庄，市里有漂亮的楼房，不过也有破旧的房舍，甚至在大广场上都有水坑和泥淖，古老的塞纳河上跨着几座粗糙的中世纪桥梁……塞纳河左岸的景色还比较容易想象出来，那里至今还保留着许多狭长的旧街和低矮难看的小房子。不过，大教堂[①]还是风采依旧。真奇怪，大教堂始终还是保持着当年的模样，保持着当年美丽的特雷莎·昂热利克·奥布里站在它的拱顶下面，站

[①] 即巴黎圣母院。

在理性女神神殿旁边那些岩石布景之上的那个时候的样子!

我在刹那间相当真切地感受到了那个年代的巴黎的灵魂,那种混乱的生活,那种无所事事、兴高采烈而又惊心动魄的情景,那种在任何革命时期都会出现的平民执政的氛围。那是一个潮湿的秋天,刮着强劲的寒风,夜里刚下过一场滂沱大雨。在桥上,在通往大教堂的小街上,特别是在大教堂前的广场上和教堂里面,到处是人山人海,简直像在赶集一般。城市上空不时响起隆隆炮声,这是为了庆祝新神祇的加冕典礼而放的礼炮,而新的神祇则站在大教堂的拱顶下,站在"这幢过去被称为大主教教堂的大厦"①里,脚下是岩石重叠的山,旁边是有着白色圆柱的神殿。她头戴小红帽,身披白斗篷,腰际围着一条粉红色的绦带,手持一支长矛。而两排合唱队员——"自由的崇拜者"②也穿着一身白衣服,戴着玫瑰花冠,在她的面前燃起香料,向她躬身礼拜,并向她伸出赤裸的双手,高唱:

"降临到我们中间吧,大自然之女,自由女神!"③

密密麻麻地挤满了大教堂的那些"爱国者们"在欢呼,在鼓掌……

六

蒙马特公墓当年是在城外的,那时比较开阔、安静,像

---

① ② ③ 原文为法文。

一片小树林，宛如一座大花园。现在，日益扩展的城市把它团团围住，将它也包容了进来。由于它处在一片低地中间，现在便架起了一座又长又沉重的铁旱桥来跨越这片低地，上面人来车往，穿梭不绝，公共马车摇摇晃晃地隆隆而过，汽车鸣着各式各样的喇叭疾驶向前，有轨电车也在叮叮当当地赶着路程。当我抵达理性女神长眠之地时，首先使我产生强烈的感受，引起我的注意的便是这座粗笨的黑色旱桥，人们从这座桥向下驶向公墓的大铁栅栏门，桥上的喧闹声日夜震响在亡灵们的头顶。然后，发生了一件完全出乎意料的事情。

我十分清楚，当年十分风光的特雷莎·昂热利克·奥布里还活着的时候便已经被人们遗忘，到后来是忘得如此彻底，以至那些专门研究"大革命"历史，特别是研究理性女神崇拜的史学家们在一百年中几乎全都确信，著名的革命女神的扮演者是梅拉特夫人①——那些日子当红的芭蕾舞女星，直到有人想起去翻翻保存下来的一七九三年十一月十一日的报纸，才总算把事情弄清楚了。而我却没有好好地考虑这一点，不过也有一定的理由：要知道特雷莎·昂热利克·奥布里的名字现在总该记载在每本新的历史教科书中吧。我尽管想到了她的种种不幸，但总觉得她在公墓里总会有一穴之地，而且是广为人知的吧。所以，我在打听她的坟地在何处时所表现出的那种幼稚的态度多少可以得到原谅。我向偶然遇到的第一个行人发问：理性女神的坟墓在哪里？那个行人朝我瞅了一眼，好像我是个疯子似的。

"理性女神？这是何许人物？"

---

① 原文为法文。

我作了解释。可是，行人双手一摊，然后颇有道理地建议我最好到公墓管理处去询问。

这样，我便更有信心地往管理处走去。可是，当管理处的人反问我时，我是多么惊讶啊。

"奥布里夫人是您的亲戚吗？"

"不，不是。"我一愣，说道。

"她安葬很久了吗？"

"在一八二九年一月。"

这时，他们的眼睛全都瞪了起来。

"得啦，您不是在开玩笑吧！我们怎么能够知道一百年前在这儿下葬的所有人呢？"

"不过，难道从来没有人来看看她的墓地，而我是第一个向你们打听的吗？"

"好像是第一个！您去问问那个看门人吧。也许他倒能根据墓碑题词找到的，只要确实有这样的墓地，只要题词还保留着的话……"

七

然后，我便去向站在管理处门口的那位上唇长着黑色茸毛的胖女人打听起著名的墓地来，心里估计她就是看门人。果然，她是看门人，而且挺热情，挺有头脑，上唇长着黑色茸毛的胖女人都是这样的。不过，她对那个墓地也一无所知。我在树木已经光秃秃的林间小径上徘徊了半个多小时，一面察看墓碑上的题词。迎面走来几个守卫人员，我详细地询问了他们，但依然白费劲。后来，我又向那些迎面走来的穿丧服的太太和先生们请教起来……有位先生突然无缘无故地（看来是想以某种方式满足一下我这个发了疯的名人墓地寻访者的心愿）建议我去看看左拉的墓地。这个墓地就在小山丘上，近在咫尺。时临傍晚，刮起了强劲的风，公墓上方的天空变得更加苍白，低垂的太阳冷漠而又刺眼地照耀着一大块形状难看的红色花岗石墓碑，上面光秃秃，亮闪闪，没有宗教的标记，也没有任何《圣经》的词句，显然，这也是出于对理性的崇敬。石头上方的底座上矗立着一个陶土半身像，那是一个面容年轻，大约三十岁的男子，一身适时的平民打扮，脸上露出做作的专注神情，留着长长的头发，穿着短衫。我朝它瞥了一眼，抽起一支烟，漫不经心地在林间小径上走了几步。然后，不知怎么的，我折到一边，那里在树木、十字架和墓碑之间还残留着一些灰白色的积雪。"行啦，别管这个理性女神了吧，"我想，"该回家了。"可是，我突然发现自己刚好站在她的墓前……

于是，我坐到旁边的墓碑上，十分惊愕地盯着这座墓地……

八

噢，原来如此：甚至在管理公墓的人中间也没有一个人知道，也不想知道有关什么理性女神的故事，尽管当初她就在巴黎本地，在巴黎圣母院古老的拱顶下面举行过加冕典礼。除此之外，我还能目睹到什么景象呢？

在我眼前是一棵一点也不起眼的老树。树下是一圈生锈的铁栅栏，围成一个正方形。正方形的中间，在平坦的，甚至略已下陷的泥地上有一块墓碑，墓碑上有两根最普通的圆柱，大约有一俄尺高，已经有点倾斜，并且由于长期遭到风吹雨打，再加青苔丛生而朽蚀了。圆柱旁边曾经"装饰"着两只花瓶。现在，连这些装饰物也没有了：一个花瓶不翼而飞，另一个则横倒在地上。两根圆柱中一个刻着："永远思念法妮"，另一个上的题词则是"特雷莎·昂热利克·奥布里千古"。

"难道这就是你吗？"[①]

难道这是真的，难道真是她，她本人，特雷莎·昂热利克·奥布里小姐躺在离我两步之遥的泥地里？

那里还有腐烂的棺木的残骸，同泥土混在一起，还有端端正正地躺着的枯骨，龇牙咧嘴的骷髅……这是她吗？当然是她！在边上的，当然不是她……大睿大智的理性女神啊，帮帮忙吧，在这种情况下，我总是思绪纷乱，惊慌失措！

可是，理性女神帮不了忙。

九

无疑，奥布里的命运是奇特的。奇特的原因在于她的极度不幸。总的来说，她的命运真是可怕。尽管她有着自由不羁的天性，尽管当时她似乎处在最美好的日子里，她也不能不明白这一点。

---

① 原文为法文。

她在正当青春美貌的年头逢到了革命。乍一想来，对她这个年轻的舞蹈演员，而且还是手艺人的女儿来说，革命会带来什么不幸呢？只会带来欢乐！而且，人们称颂她，——"你就是女神，自由女神！"还加了薪水，一下子翻了一倍……可是，不行，她的天性太善良了，承受不起所有的这些欢乐。

就在她的眼皮底下，昔日的全部生活遭到了持续多年的可怕浩劫，而她正是在昔日的生活环境中出生、成长、走上舞台的，这种生活的光彩也自然使她倾心。而在革命时期，摧毁"旧的生活"与其说是出于人民对这种生活的鄙视，倒不如说是出于对这种生活的极度忌妒和渴求。但是，奥布里连这样的忌妒心也没有。根据她的性格，她只需要听到掌声（而且，侯爵的掌声比起扫烟囱工人的掌声，大概会使她更为高兴）。她不能不感觉到，不能不看到，当时她身处的那个博爱和平等的王国是怎么一回事，那种奉命每天在歌剧院，同时也在街头，在监狱地下室和竖着断头台的广场上举行的"向自由女神的祭礼"是怎么一回事。至于上帝、教堂呢？也许，她对宗教并不感兴趣。不过，在那些日子里，人们对宗教的所作所为，那种在全国范围内突然爆发的对神职人员的疯狂追杀，对教堂的抢劫和亵渎，以及在运动高潮中按照委员会的法令废除上帝，甚至一度决定毁掉巴黎圣母院，后来又将其改名为"理性女神庙"的举措都不可能不使她感到震惊。在那样的日子里，可爱的、温柔的特雷莎·昂热利克，现在变成一堆枯骨躺在我眼前的黄土之中的特雷莎·昂热利克能感到自豪和幸福吗？

米佳的爱情 | 211

十

可是,她不仅经历了当时全法国的人在几年内难以幸免的那场噩梦,而且她自己,她个人也突然面临可怕的厄运:"人民向她欢呼,使您获得不朽的美名"①,说得简单一点,就是强迫她在史无前例的亵渎神圣的闹剧中扮演一个最荒谬、最可耻的角色。上帝啊,宽恕她吧,难道这是她的罪过!要知道这是强迫她干的,强迫她的是一切暴政中最残暴的政权,打着"自由"名义的残暴政权。而且,她本人也不会觉得自己有过错的。毕竟她的心里挺不好受。"人民向你欢呼:你就是自由女神……"唉,真是鄙俗到了极点!当然,在不幸的特雷莎·昂热利克的内心深处也会产生一点女性的、职业上的自豪感:毕竟她在一七九三年十一月十日那天成了全巴黎的女王,成了那场非凡的,宏伟的,尽管是荒诞不经的庆典上的主角,这个角色以前还没有让世上任何一位女演员担任过。而她却扮演了,因为她长得美,因为她真的是"大自然的奇迹"。但与此同时,一种难以形容的恐惧感像浓雾一般整天笼罩在这位半裸着身子,冻得瑟瑟发抖,已经给折磨得几乎失去知觉的取代圣母者的头上!

我再说一遍,就是在十一月十日那天之前,她也已经受了不少折磨,不得不老是去参加那种夸张而又鄙俗的演出;按照那些满口谎言的狂热之徒的命令,歌剧院的舞台上必须每天重复此类节目。我说,她已经很明白,所有这些《自由

---

① 原文为法文。

的馈赠》和《整个希腊，或者自由能创造出什么》①在实际生活中意味着什么。革命的领袖们，按照他们设想的革命风尚，疯狂地开展活动，每天都要搞出什么新花样来让全城的人吃惊，以至到最后，人们的感觉已经来不及对这些花样作出反应，面对最意外的事情也不觉得意外。尽管如此，十一月十日的那次庆典对巴黎人来说依然犹如从天而降的灾难，对奥布里来说便更是如此。"为了强化反教皇运动"②，十一月七日星期四那天，肖梅特突然下令，要在十日星期日那天举行纪念理性女神的"全民"庆典，要在巴黎圣母院内举行史无前例的亵渎活动，并宣布奥布里小姐十分荣幸地在该项活动中担任主角。于是，人们狂热地为庆典做起准备来，到了星期日那天，用以使上帝和教士们彻底丢脸的一切均已布置就绪。庆典前夕，彻夜下着冰冷的倾盆大雨。到早晨雨才停了下来，但是路上泥泞不堪，刮着凌厉的寒风。尽管如此，从大清早起便响起了礼炮，打起了鼓，巴黎人纷纷走上街头……

十一

那是一场规模宏大的闹剧，而对奥布里来说又是一场极大的磨难，甚至是肉体上的磨难。从大清早起，她便已经同其他"崇拜自由的人们"，即同芭蕾舞群舞的演员和合唱团

---

① 原文为法文。当时的音乐家勒莫安根据法国小说家贝弗鲁瓦（1757—1811）的剧本所改编的独幕歌剧，于1793—1794年间在巴黎歌剧院演出。
② 原文为法文。

米佳的爱情 | 213

员们一起待在冰冷的大教堂里排练了。然后,"爱国者"们渐渐集合起来,操办此事的肖梅特也骑着马赶来——于是,庆典开始了。接着,在大炮的轰鸣声、歌声、击鼓声和人群的嘈杂声中,四名流浪汉面带得意的笑容把奥布里连同她的宝座一起抬上健壮的肩头,在合唱团员和芭蕾舞群舞演员的簇拥下穿过人群,先是走向广场,"到人民中去",然后走到了国民公会。到处是拥挤的人群,交谈声、呼喊声、嬉笑声、嘲弄声响成一片,无数双脚踏在泥泞里,发出吧唧吧唧的声音,有人还踩到了水坑里。寒风撕扯着"女神"奥布里的蓝色长袍和小红帽,她已经给冻得脸色发青;那些芭蕾舞女演员们的白衬衫溅上了泥浆,给风吹得鼓了起来,她们也冷得牙齿直打战。而在后边,在人群上方,有人高举起几根木杆,上面摇摇晃晃地挂着巴黎大主教的金绣圣衣和法冠,以便示众,给大家提供笑料。而在国民公会里,以主席为首的全体"高层代表"热烈地欢迎女神,主席把她作为"人类的新神祇"来接待'"代表全体法兰西人民将她拥抱",并请她登上主席台,坐在自己的旁边……仪式似乎该结束了吧。不!人们又把奥布里从国民公会按原来的路线抬回去,送到大教堂!可以想象一下这一次行程,然后再读读贝朗瑞那首慷慨激昂的诗……

十二

革命年代过去了,又到了帝国时期[1]。奥布里又登上舞

---

[1] 即拿破仑·波拿巴称帝后的法兰西帝国。

台，成了所有望远镜、长柄眼镜对准的目标。她福星高照，时势、青春、成就使往事变成一场遥远的梦。可是，有一天，在一个最为光辉灿烂的夜晚，王后陛下偕其宫廷近臣亲莅观看她的演出，而在《乌利西斯之回归》①一剧庄严结幕，扮演弥涅耳瓦②的奥布里从云端缓缓地降到地面的那一刻，"光荣座"（我使用了当时的舞台术语），即她骑坐的那块木板突然掉落下来，她自己也一个倒栽葱，摔了下去……当时，奥布里已经结婚，并且当了母亲。人们把受了重伤，浑身是血的她抬进演员化装室。等她恢复知觉后，她喊出的第一句话是"看在上帝的分上，别让法妮（她的女儿）过来，这会吓着她的！"然后，她马上恳求人们说出真心话：若是她能活下来，是否还能演戏？

不，奥布里再也不能演戏了。她成了残疾，不久便被大家遗忘，靠着菲薄的退休金过着忧郁而又单调的生活。她的住所又破旧又狭小，整天要陪着、抱着病得奄奄一息的女儿法妮。更不幸的是，这种日子还拖了好几年。街头歌手在她的窗下唱道：

> 这是你吗？那些光辉日子中的神祇？
> 你的绯红的双颊，你的鹰一般的目光在哪里？
> 啊，再也见不到昔日的娇艳。
> 你的冠冕，你的马车在哪里？

---

① 乌利西斯即希腊神话中的奥德修斯。《乌利西斯之回归》为米隆所编的芭蕾舞剧，于1807年在巴黎歌剧院上演。
② 罗马神话中的智慧女神，相当于希腊神话中的雅典娜。

何处还有你的荣誉,豪气,崇高的憧憬,
以及使人惊叹的伟大的身形?
一切都已消失——你不是女神,
　　不是自由女神!①

不过,她是否知道这是针对她的呢?不,她甚至连这个也不知道。她只明白一点,即便没有贝朗瑞的诗也明白:是啊,是啊,一切都已过去,一切都已消失,确实只剩下一条路——听任命运的摆布,用最后一点力气来照顾法妮,以便在自己身后多少能让女儿有一点保障。她到处张罗,为法妮的生活操心,立了遗嘱,还恳求好心的人们关心法妮,以及她自己的葬礼——要把后事办得"体面"一点,"在她的墓地上立一块小小的纪念碑"。上帝最后还是给了她一个很大的安慰:法妮终于活得比她长久些,法妮也葬在我面前的那个墓地里,那是在母亲去世之后再过一个半月发生的事……

也许,奥布里若是在临终之际获悉她们再过一个半月会重聚,她将同自己的法妮永远在一起,心里会高兴一点吗?也许,也许……我们知道些什么?我们知道些什么,理解些什么,能做到些什么!

十三

有一点是好的:在人类的生活中,总是只有那些高尚的、善良的和美好的东西最终才得以留存下来,传之后世,

---

① 原文为法文。

仅此而已。一切邪恶的、卑鄙的和庸俗的、愚昧的东西归根到底会销声匿迹:它们将不复存在,再也不见踪影。那么留下的是什么呢?还有什么呢?优秀作品脍炙人口的篇章,关于荣誉、良心,关于自我牺牲,关于卓越功勋的传说,美妙的歌曲和雕像,伟大的、神圣的陵墓,古希腊的神殿,哥特式的教堂,像天堂一般神奇的彩色玻璃窗,管风琴所奏出的犹如雷鸣和怨诉的音响,《震怒之日》[1]和《弥撒曲》[2]……留下和万世永存的是从爱和苦难的十字架走下来,向杀害他的凶手伸出双手的基督,留下的是圣母马利亚,唯一的女神中的女神,她的幸福王国万世永存。

一九二四年

冯玉律 译

---

[1] 原文为法文。《震怒之日》,一译《最后审判日》。相传为意大利僧侣西拉诺(死于13世纪中叶)所作,后世作为安魂曲之一章。其音乐主题常被近代作曲家所采用。

[2] 《弥撒曲》,天主教用于圣体圣事礼仪的音乐,以纪念耶稣牺牲于十字架上。仪式结束时的唱词有"去吧,弥撒完了"之句,由此得名。15世纪之后,许多音乐家都创作过弥撒曲。

中暑

饭后，他们走出灯火通明、热气腾腾的餐厅，来到甲板上，在栏杆旁站定了。她闭上眼睛，用手背贴着脸颊，天真而又迷人地笑了起来（在这个娇小的女人身上，一切都是迷人的），然后说道：

"我好像有点醉了……您是从哪里来的？三个小时之前，我还没有想到世上有您这个人呢。我甚至都不知道，您是在什么地方上了船。是在萨马拉吗？不过，反正都一样……哎呀，我怎么感到晕乎乎的，是真的头晕还是我们的船在转弯？"

前边是黑沉沉的夜空和点点灯火。一阵强劲而又柔和的风从黑沉沉的夜空迎面吹来，灯火急速地退向一边。原来是轮船正以伏尔加河上特有的那种自我炫耀的姿态在水面上画出一个大大的圆弧，渐渐向码头靠拢。

中尉握住她的一只手，抬到嘴边吻着。那只手纤小而又有力，散发出一股经晒黑后发出的芳香。他不禁联想起这个女人在麻布连衣裙里的整个身子，在南方的太阳下，在温热的海滨沙滩上躺了整整一个月之后（她说过，她是在阿纳帕上船的），大概也是那么健美和黝黑的吧。这种联想使中尉的心揪紧了，感到又是甜蜜，又是惶惑。中尉嘟嘟哝哝地说：

"我们下船吧……"

"到哪儿去?"她惊讶地问道。

"这个码头。"

"干吗?"

他没有吭声,女人又把手背贴在热烘烘的脸颊上。

"神经病……"

"我们下船吧,"他笨拙地重复着,"我恳求您……"

"唉,那就随您的便吧。"她转过身子说。

滑行的轮船往灯光昏暗的码头轻轻地碰撞了一下。在晃动中,他们差点跌在一起。钢缆的一端在他们头顶上方飞闪而过,然后轮船又稍稍退后一点,流水沸腾一般哗哗地响着,乒乒乓乓地搁起了几块跳板……中尉赶快奔去取行李。

一分钟之后,他们已经穿过冷清清的码头,踩在深及轮毂的沙子里,悄悄地登上一辆落满尘土的出租马车。马车沿着平缓的山坡往上驶去,两边是稀稀落落、东倒西歪的路灯。那条由于积满尘土而变得软绵绵的山路似乎长得没有尽头。他们终于到了山上,顺着马路辚辚地向前奔驰,经过广场、政府大楼、消防瞭望塔,处在夏夜县城的闷热之中,闻到了各种各样的气味……马车停在被灯火照亮的大门口,敞开的门里可以看到一道很陡的木头楼梯,这楼梯已经很旧了。一个身穿粉红色竖领衬衫和常礼服,但又没有刮过胡子的老仆人不太高兴地提起行李,拖着已经给踩烂了的鞋子,走在前面。他们走进一个宽敞而又闷气的房间;由于太阳烘烤了一整天,里面热烘烘的。白色的窗帘已经放了下来,梳妆台上摆着两支没有点过的蜡烛。进了房间,一待仆人把门关上,中尉便猛地向她扑去,两人气喘吁吁地狂吻起来。后来，在多少年里，他们都会牢牢记住这一时刻，因为两人中不管哪一个在一生的任何时候都不曾有过这样的体验。

第二天早晨十点，炎热的太阳金灿灿的，显得喜气洋洋，空中回荡着教堂的钟声，旅馆前广场的集市上人声喧腾，散发出干草、松焦油的气味，以及俄罗斯县城所特有的种种浑浊而又浓郁的芬芳。她，这位娇小的不知名的女人，始终没有说出自己的名字，只是开玩笑地自称为美丽的陌生女郎，现在要走了。尽管夜里他俩睡得很少，但在早上，当她从床边的屏风后走出来，花上五分钟梳洗一番，穿好衣服之后，便马上显得神采奕奕，像个十七岁的少女一般。她感到不好意思吗？没有，最多只有一点点。依然是那么天真、活泼，只是理智得多了。

"不，不，亲爱的，"当他央求她继续结伴同行时，她回答说，"不，你应该留在这里，乘下一班轮船。要是我们再一起走的话，那会把一切都搞糟的。这会使我感到非常讨厌。我老实告诉您，我根本不是您能够想象的那种女人。今天在我身上发生的事情，以前我从未做过，哪怕是类似的情况都没有，以后也不会有的。我好像是一时糊涂……或者，说得确切一点，我们俩似乎都中了暑，热昏了头……"

不知怎么的，中尉挺爽快地答应了她的要求。他轻轻松松、高高兴兴地用车送她到码头，刚好赶在那艘粉红色的"飞艇"号客轮开船之前。他当着众人的面在甲板上同她吻别，等到跳回到跳板上时，跳板已在往回抽了。

他依然是那么轻松，那么无忧无虑地返回旅馆。但是，情况已经有了变化。房间里没有了她，就完全是另一番景象，同她在场时截然不同。尽管充溢着她的气息，却显得空荡荡的。这真是奇怪！还能闻到她留下的那股高雅的英国香水的幽香，托盘上还搁着她那杯没有饮尽的茶，而她却已经不在了……中尉的心突然收缩起来，涌起了一股柔情。他急忙抽起烟来，在房间里来回踱了好几次。

"真是一次奇特的艳遇！"他自言自语，苦笑着，感到眼眶里充满了泪水。"我老实告诉您，我根本不是您能够想象的那种女人……"言犹在耳，人却已经离开了……

屏风给移到一边，床还没有整理过。他觉得自己现在简直已经无力再去张望这张床了。他用屏风将床遮掩起来，关上窗子，不让集市的喧闹声和车轮的嘎吱声闯进屋内，拉上洁白的泡泡纱窗帘，然后坐到沙发上……是啊，这就是一场"旅途艳遇"的结局！她走了，此刻已经在很远的地方，大概正坐在镶满玻璃窗的洁白的客舱里，或者在甲板上，眺望着在阳光下波光粼粼的宽阔的河面，眺望着迎面漂来的木排，眺望着黄澄澄的浅滩，眺望着水天相接的闪闪发亮的远方，眺望着伏尔加河寥廓的空间……别了，而且已经是永别了……因为今后他们俩还能在什么地方重逢呢？"我总不能，"他想，"总不能无缘无故地闯到她的丈夫，她的三岁的女儿，以及她的全家天天生活的那座城市去吧！"而且，他觉得那座城市已经不同寻常，成了神圣不可侵犯的地方。他想到，她在那座城市里将会过着孤苦伶仃的生活，也许还可能会想起他，想起他们俩这次短暂的邂逅，而他则已经再也见不到她了。这种想法使他惊骇万分。不，这是不可能的！这样可太不正常，太不合情理，叫人难以置信！他十分痛苦，觉得失去了她，今后的生活简直是毫无意义，心里感到惊恐而又无奈。

米佳的爱情 | 221

"真是见鬼!"他想,一边站起身,又在屋里踱起方步来,一边竭力克制自己,不去看屏风后边的床。"我这是怎么啦!她的身上有什么出众之处?又到底发生了什么事?确实,像是中了暑似的!现在要紧的是,她一走,我怎么在这个偏僻的地方打发这一整天的时光?"

但是,他还记着她整个人的模样,包括所有最细微的特点,记着她那黝黑的肌肤和麻布连衣裙发出的芬芳,记着她那健美的身段和活泼、生动、悦耳的嗓音……前不久他刚体验到的由她的女性魅力所赋予的强烈快感依然还充溢着他的身心,但现在支配他的却是另一种崭新的感情,一种奇特的,不可名状的感情。他们俩在一起的时候,这种感情根本未曾有过;他在昨天把这次巧遇看作逢场作戏时,也根本没有想到会有这种感情。而现在他已经永远不可能向她倾诉这种感情了!"主要的是,"他想,"永远不可能向她倾诉了!我怎么办呢?我在这些思念中,在忍受这些无法解脱的痛苦中怎样来度过这个漫长的白天,处在这个给上帝遗忘的小城里,面对着下方亮闪闪的伏尔加河?而她,却已经给粉红色的客轮带走啦!"

必须摆脱这种单相思,干些事,散散心,往什么地方走走。他毅然决然地戴上制帽,拿起马鞭,快步穿过空荡荡的走廊,把马刺碰得叮当响,奔下陛梯,往大门口走去……不过,往哪儿去呢?大门外有个马车夫,年纪挺轻,身穿一件腰部带褶的合身外衣,悠悠地抽着一支自卷的纸烟。中尉心慌意乱地瞧了他一眼,心里感到纳闷:他怎么能够这样悠闲地坐在驾车座上抽烟,显得这样从容自在,无忧无虑,与世无争?"大概,在这个城里,只有我一个人是极度不幸的吧,"他这样想着,一边往集市方向走。

集市已经开始散了。他踩着尽是新拉的牲口粪的泥路,在一辆辆大车之间,在载着黄瓜的货车和一堆堆陶盆和瓦罐之间漫无目的地走着。几个坐在地上的农妇争先恐后地招徕他,手拿起瓦罐,用指头弹得当当响,表明她们的货物质地优良。庄稼汉们则用震耳欲聋的嗓音冲着他叫卖:"长官,这是头等的黄瓜!"这一切显得那么愚蠢,那么荒谬,他赶快跑离集市,往大教堂走去,那里的人们正以尽心尽责的姿态热烈而又坚定地高唱着圣歌。然后,他迈着大步,久久地转悠在一个炎热而又荒芜的小花园里,这花园位于山坡陡岸上,下边是一望无际的银灰色河面……他军服上的肩章和纽扣给太阳灼烤得滚烫,简直不能触摸。制帽帽圈的夹里全给汗湿了,脸热得通红……他回到旅馆,走进底楼那宽敞无人的阴凉的食堂,才觉得舒服一点。他摘下制帽之后觉得更舒服了,便坐在紧靠窗户的小桌子旁,洞开的窗户固然有热气进来,但毕竟还能吹到一点风,然后要了一客加冰块的波特文尼亚汤①……一切都很好,处处都能感到无比的幸福和巨大的欢乐;甚至在这样炎热的天气里,在集市各种混杂的气味中,在这个陌生的小城,在这所破旧的县城旅馆里都能感到这种欢乐,而与此同时,他却又觉得心快要碎了。他就着淡淡的莳萝腌黄瓜,连饮了几小杯伏特加酒,一边暗自思忖,若是出现奇迹,让她回到他的身边,再一起度过今天这一天,那么哪怕明天叫他死,他也心甘情愿。再共度一天只是为了,只是为了向她倾诉感情,

---

① 一种用克瓦斯、蔬菜泥、鱼、罐头蟹肉等制成的俄罗斯风味的冷汤,吃的时候加小冰块。

向她证明,要她相信,他是多么痛苦而又狂热地爱着她……干吗要证明呢?干吗要让她相信呢?他自己也不知道,不过觉得这比生命还重要。

"我真是想入非非啦!"他一边自言自语,一边斟了第五杯酒。

他把波特文尼亚汤推开,要了杯清咖啡,点起一支烟,紧张地思索着:现在该怎么办?怎样才能摆脱这种突如其来而又出乎意外的爱情?不过,他十分真切地感到,要摆脱是不可能的。于是,他又突然站起身来,拿着制帽和马鞭,打听邮局在哪里,急匆匆地赶去,头脑里已经拟好了一句电文:"从此,我的生命永属于您,至死听候您的吩咐。"但是,他一走到邮局和电报局所在的那幢墙壁很厚的旧房子前时,又惊愕地停下了脚步:他知道她居住的那个城市,知道她有丈夫和一个三岁的女儿,可是却不知道她姓什么,叫什么名字!昨天,不管是在船上用餐时,还是在旅馆里,他都问了她好几次,但每次她都是笑着说:

"您干吗要知道我是谁,叫什么名字呢?"

在邮局旁边的街角上有家照相馆。他久久地注视着橱窗里那张军人的巨幅肖像照片,那人佩戴的肩章有着厚实的穗子,脸上长着一双凸出的眼睛,前额低低的,留了一把大得惊人的连鬓胡子,宽阔的胸膛上挂满了勋章……当心灵受到伤害时,所有那些日常所见的普通东西都显得那么古怪和可怕了。是的,受到了伤害,他现在明白了这一点。他的心灵已经被这次可怕的"中暑",被过于强烈的爱,过于巨大的幸福所伤害了!他朝那张结婚照瞥了一眼:一个剃平头的青年人身穿长长的礼服,打着白领结,笔直地站在那里,手挽着披着婚纱的新娘，然后，他又把视线移到一个长得挺漂亮的小姐的照片上，她俏皮地歪戴着一顶大学生的制帽……他不禁忌妒起这些素不相识的人来，因为他们都是那么无忧无虑，为了减轻内心的煎熬，他掉过头去，凝望着街头。

"往哪儿去呢？干什么呢？"

街上空无一人。两边的房子都是一个模样，全是商人住的两层楼砖房，墙壁粉得雪白，还连着个大花园，花园里似乎也没有人影。马路上覆盖着一层厚厚的白色尘土。所有这一切看上去十分耀眼，所有这一切全都沐浴在明亮而又像火一般灼热的阳光下。不过在这儿，太阳如此逞威，似乎有点不合情理。在远处，街道渐渐往上拱起，越升越高，同净无纤云、光华灿烂的浅灰色天宇连在一起。这种景色颇有点像南国风光，使人想起塞瓦斯托波尔、刻赤……阿纳帕。这叫他格外难受。于是，中尉耷拉着脑袋，在强光下眯起了双眼，只管低头看着脚下，摇摇晃晃，踉踉跄跄地往回走，靴子上的马刺不时地磕碰着。

他回到旅馆时已经累得要命，好像到突厥斯坦或者撒哈拉大沙漠去长途旅行过一般。他用尽最后一点力气，走进那间宽敞而又空荡荡的客房。房间已经收拾过，连她的最后一点痕迹也消失不见了；只有一枚发卡，是她遗落的，还搁在床头柜上！他脱了上装，朝镜子里瞧着自己：他的脸是一张平平常常的军官的脸，被太阳晒得又灰又黑，胡子也给晒得褪了色，变得花白了，一双本来就微微泛白的浅蓝色眼睛，衬着晒黑的脸膛，显得更白了。脸上的神情又亢奋，又狂热，而在那件带有浆硬竖领的薄薄的白衬衫里，则是一颗年轻而又深感不幸的心。他仰卧在床上，把那双沾满尘土的靴子脱在一边。窗户打开着,但窗帘已经放下。阵阵轻风不时将窗帘吹得鼓了起来,将晒得滚烫的铁皮屋顶的热气,将在烈日照耀下不见一个行人的、寂寥无声的伏尔加河边整个世界的热气送进屋里。他把双手枕在后脑勺下,躺着,眼睛盯着正前方。然后,他咬了咬牙,合上眼睑,觉得泪水正顺着脸颊往下淌,最后终于睡熟了。当他再次睁开眼睛时,窗帘外已是夕阳西沉,投来一抹橙红色的余晖。风静了,房间里又气闷又干燥,像在烤炉里一样……昨天和今晨的种种往事,回忆起来就像是发生在十年前似的。

他慢悠悠地起了床,慢悠悠地洗了把脸,拉起窗帘,按了下铃,要侍者拿茶炊和账单来,然后久久地喝着柠檬茶。最后,他吩咐叫马车夫来,将行李拿出去。他在坐到轻便马车那已经褪色的棕红色坐垫上时,给了侍者整整五个卢布。

"长官,昨夜好像就是我把您送到旅馆来的!"马车夫拿起缰绳,高兴地说。

当他们下了山坡,抵达码头时,夏夜暗蓝色的暮霭已经笼罩着伏尔加河,河面上星星点点地闪烁着五颜六色的灯火。那艘驶近的客轮也在桅杆上挂起了许多盏灯。

"刚好赶上!"马车夫讨好地说。

中尉也给了他五个卢布,然后买了船票,走上码头……跟昨天一样,客轮在靠岸时轻轻地碰撞了一下码头,脚下一晃动,脑袋有点晕乎乎的,然后钢缆绳飞闪而过,轮船稍稍往后退去,于是轮下的流水又像沸腾一般哗哗地向前冲……这艘满载乘客,灯火通明,飘着饭菜香味的轮船显得特别亲切,舒适。

一分钟后,客轮已经继续赶路,往上游,往不多久之前的早晨她乘船离去的方向驶去。

前边远处,一抹深红色的夏日晚霞渐渐变得暗淡下来,在其下方粼粼起波的河面上朦朦胧胧地投下了色彩缤纷的倒影,而散落在四周昏暗中的灯火则在不断地往后漂移,漂移。

中尉坐在甲板的遮棚下,感到自己一下子老了十年。

一九二五年

冯玉律　译

幽暗的林荫小径

那是秋季一个寒冷的阴雨天，图拉城郊外的一条大路被来往车辆压出了一条条黑糊糊的车辙，积满了雨水。路边有一长排木房，一头是公家设立的驿站，另一头则是私人开的客店，过往客人可以在那里歇个脚或者过一夜，吃顿饭或者喝口茶。此时，有一辆溅满污泥，拉起半截顶篷的轻便四轮马车正朝木房驶来，套在车辕上的三匹马都是普普通通的。由于道路泥泞，它们的尾巴给系了起来，免得甩起泥浆。驾车座上坐着一个身体壮实的庄稼汉，穿着一件腰部束得紧紧的厚呢上衣，神情严肃，脸色黝黑，留着一撮稀稀拉拉的漆黑胡须，活像古代的绿林豪强。车里坐着一个身材匀称的老军人，他戴着一顶硕大的遮檐帽，身穿一件缝有河狸皮翻领的尼古拉式灰色军大衣。他的眉毛还是黑的，但是唇髭及其连鬓胡子却已经灰白了；他的下巴剃得光光的，整个外表很像亚历山大二世，在这位沙皇当朝时军界就流行这副打扮。就连他的目光也同皇上一样：充满疑惑，严厉而又带着倦意。

当马停下来后，他便从马车里跨出一只脚来。脚上穿着军靴，靴筒光洁平滑。然后，他用套着麂皮手套的双手提起军大衣的下摆，跑上木房的台阶。

"大人，往左边走，"马车夫从驾车座上粗声粗气地喊了一声，于是，老头在门槛边稍稍弯下高大的身躯，进入穿堂，然后进入左边的客店去。

客店上房里又暖和，又干燥，收拾得井井有条：左上角供着一尊新的贴金圣像，下方是一张铺着洁净的本色台布的桌子，桌后有一排擦洗得干干净净的长凳；右角深处砌着一座炉灶，前不久刚刷过石灰，洁白如新；稍近一点放着一个沙发形状的躺椅，上面覆盖着带花点图案的马衣，靠在炉灶的一侧；从炉门里飘出一股菜汤的香气，那是加月桂叶的牛肉卷心菜汤的味儿。

客人脱下军大衣，将它扔在长凳上。他只穿着军服和长筒靴，看上去身材更加匀称。然后，他拉下手套，摘掉帽子，神情倦怠地用白皙瘦削的手掠了下头发。他那灰白的头发和一直垂到眼梢的鬓角都有点拳曲，长着一双深色眼睛的长脸挺英俊，但还隐隐地留着几个麻斑。上房里不见一个人影，于是他稍稍推开通往穿堂的门，不太高兴地喊道：

"喂，有人吗？"

一个黑头发、黑眉毛的女人当即走进上房，她尽管有了点年纪，但依然挺美，长相像个中年刚过的茨冈妇女，上唇和两颊侧面有一层深色茸毛。她走路时脚步很轻，但身体已经发福了；大红短上衣下高耸着硕大的双乳，黑呢裙子衬托出鼓鼓的腹部，她的腹部呈三角形，就像母鹅的胸脯一样。

"欢迎您，大人，"她说，"您想用饭还是上茶炊？"

客人朝她丰满的肩膀和小巧的双脚（脚上穿着一双旧的

鞑靼式红色便鞋)瞥了一眼,便断断续续、心不在焉地回答:

"上茶炊吧。你是这里的店主还是打工的?"

"我是店主,大人。"

"那就是说,你自己当家喽?"

"是的,我自己当家。"

"真的吗?难道是守了寡,所以得由自己来操劳?"

"我不是寡妇,大人。不过,人总得挣钱谋生吧。再说我也喜欢管管事。"

"哦,原来是这样。这挺好。你店里很干净,很舒适。"

女人老是紧瞅着他,稍稍眯起了眼睛,好像要寻根问底地打听些什么。

"我也喜欢干净,"她答道,"我从小是在贵族老爷家长大的,怎么会不知道讲究体面呢,尼古拉·阿列克谢耶维奇。"

他一听到自己的名字,顿时惊讶得挺直身子,睁大双眼,脸也涨红了。

"纳杰日达!是你?"他迫不及待地说。

"是我,尼古拉·阿列克谢耶维奇。"她回答。

"我的上帝,我的上帝啊,"他一边说,一边坐到长凳上,两眼紧盯住她。"谁能想得到!我们已经多少年没有见面啦?大约有三十五年吧?"

"三十年,尼古拉·阿列克谢耶维奇。我现在四十八岁,我想您已年近六十了吧?"

"竟有这样的事……我的上帝,太不可思议啦!"

"老爷,这有什么不可思议的?"

"不过,这一切,一切……真是弄不明白!"

他目光中流露的倦意和脸上心不在焉的神情顿时消失了。他站起身来,两眼望着地板,在房间里大步地踱来踱去。然后,他又停下了脚步,长着灰白胡子的脸涨得通红,开口说道:

"从那时候起,我对你的下落一无所知。你怎么会到这儿来的?为什么不留在主人家里?"

"您走后不久,主人就给了我一张自由证。"

"那你后来住在哪里呢?"

"老爷,这说来话长。"

"听你刚才说的话,你没有嫁过人喽?"

"没有。"

"那为什么?凭你当年的姿色,怎么会找不到人嫁呢?"

"我不能这样做。"

"为什么不能?你说这话是什么意思?"

"这有什么可解释的。想必您也记得,那时候我是多么爱您。"

他羞愧得热泪盈眶,便皱着眉头,又踱起方步来。

"一切都会过去的,我的朋友,"他嘟嘟哝哝地说,"爱情啊,青春啊——一切的一切都是如此。那是件庸俗的、平凡的事情。随着岁月的流逝,通通都会过去的。《约伯记》里是怎么说的?'就是想起也如流过去的水一样'[①]。"

"上帝给每个人的安排是不一样的,尼古拉·阿列克谢

[①] 见《旧约·约伯记》第11章第16节。

耶维奇。每个人的青春都会过去，但爱情，却是另外一回事。"

他抬起头来，停下脚步，苦笑着说：

"你总不能为我守一辈子吧！"

"我想，我能的。不管过去了多少时间，我还是独身一人。我知道，当年的您是早已不存在了，对您来说，好像什么事情也不曾发生过，可是……现在责备也已经晚了。不过说真的，当年您抛弃我可实在是太无情无义了。光是因为这个，我曾经有多少次想自杀，更不要说别的种种遭遇了。尼古拉·阿列克谢耶维奇，要知道曾经有过这么一段时候，我是管您叫尼科连卡的，而您叫我什么，还记得吗？您老是念诗给我听，关于'幽暗的林荫小径'什么的，"她冷笑着补充说。

"啊，那时你是多美啊！"他摇着头说，"多么热情，多么可爱！那身段，那眼睛是多么迷人！你可记得，谁见了你，都会盯着看，看得出神呢？"

"我记得，老爷。那时您也挺英俊的。要知道我是把自己的美貌，自己的热情全都献给了您。这样的事情怎么能忘记呢。"

"啊！一切都会过去。一切都会被忘记的。"

"一切都会过去，但并不是一切都会被忘记。"

"你出去吧，"他说，一边转身往窗子走去。"请你出去吧。"

然后，他掏出手帕，捂住双眼，连珠炮似的接着说：

"但愿上帝会宽恕我。看来，你已经宽恕我啦。"

她已经走到门口，又停了下来。

"不，尼古拉·阿列克谢耶维奇，我没有宽恕您。既然我们谈到了我们的感情，那我就坦率地说：我是永远不会宽恕您的。当年，除了您，我在世上再也没有一个更亲的人，后来也没有。正因为这样，我是无法宽恕您的。不过，何必去回忆这些事呢。人死了，是无法把他从墓地里拖回来的。"

"对，对，没有必要去回忆了。请你吩咐一下，让他们把马备好吧，"他回答说，一边离开了窗口，脸色已经变得严峻起来。"不过，我想告诉你，我在一生中可从来没有感到过幸福，你也别以为我有多么幸福。请原谅，这也许会伤害你的自尊心，但还是得坦率地告诉你，我爱我的妻子，爱到神魂颠倒的地步。可是，她竟背叛我，把我抛弃了，跟别人走了；她使我受到的凌辱远比我使你受到的厉害。儿子小的时候，我把他当成宝贝，把一切希望都寄托在他身上！可是，他长大后却成了个浪子、坏蛋、无赖，没有心肝，不知羞耻，丧尽天良……不过，话得说回来，这一切也不过是最平凡的、庸俗的事罢了。好啦，我的朋友，祝你健康。我想，我也是把我生活中曾经有过的最珍贵的东西留给你了。"

她走到尼古拉·阿列克谢耶维奇跟前，吻了下他的手，他也吻了下她的手。

"请吩咐备马吧……"

他在再次启程赶路时，忧郁地想："是啊，她曾经是多么美啊！曾经是多么迷人啊！"他回想起刚才说过的最后几句话，以及吻了她的手这一举动，不禁感到羞愧起来，但马上又因为自己的这种羞愧而更加羞愧。"她给了我一生中最美

米佳的爱情 | 233

好的时刻,难道这不是事实吗?"

淡淡的夕阳在西沉时终于露了面。马车夫赶着马走小步,快速地向前奔驰。他一面让马车不时地从一道黑糊糊的车辙驶上另一道,选择泥浆较少的地方走,一面也在想心事。最后,他神情严肃地开了口,直言不讳地说:

"大人,刚才我们离开的时候,那个娘们一直往窗外望着。看来,您早就认识她了吗?"

"早就认识了,克利姆。"

"那娘们可聪明呢。据说,她越来越发了。还拿钱去放债哩。"

"这算不了什么。"

"怎么算不了什么。谁不想把日子过得好一点!要是放债时讲点良心,那也没有什么不好。据说,她放债还比较公道。不过太顶真!谁要是到期不还,那别怪她,只能怨自己。"

"是啊,是啊,只能怨自己……你快赶车吧,可别误了火车……"

落日将黄澄澄的余晖洒在空旷的田野上,马儿吧唧吧唧地踩着一片片水洼,平稳地朝前飞奔。他望着不时闪现的马蹄,紧蹙乌黑的双眉,寻思着:

"是啊,只能怨自己。是啊,那当然是最美好的时光。不光是最美好的,而且简直是心醉神迷的时光!'一条小径掩映在椴树幽暗的林荫之中,四周盛开着红色的蔷薇……'可是,我的上帝,要是当初我不把她抛弃,以后会怎么样呢?那是多么荒谬!这个纳杰日达不是客店的女主人,而是我的妻子,我的彼得堡那个家的女主人,我的孩子们的母亲,这可能吗?"

于是,他闭上眼睛,摇了摇头。

一九三八年十月二十日

冯玉律　译

晚间的时候

唉，我好久没有到那里去了，我对自己说。从十九岁这年起。当时，我住在俄罗斯，深感她是我的祖国，可以自由自在地到处走，乘车跑上三百俄里也不算什么大难事。可是，一直没有去，老是把行程往后推。时光流逝，过去了几十年。现在可再也不能拖延了：或是马上出发，或是永远不去。应该利用这个唯一的、最后的机会，好在是晚间的时候，谁也不会见到我。

于是，我跨过桥往河的那一边走去。在七月夜晚的月光下，可以把四周远景一览无余。

依然是那座熟悉的桥梁，就如昨天还刚刚见过那样：古老而又粗犷，中间微微拱起，简直不像是用石头砌就，而是由于年代久远而自然变成了化石，永不朽坏。我在念中学时便想过，它大概在拔都①统治时期就有了。不过，证明城市古老的也只不过是大教堂下方陡岸上一些城墙的遗迹，再加上这座桥。其他的一切只是显得陈旧，土里土气，仅此而已。奇怪的是一件事。它表明自从我还是一个男孩、一个小伙子那时起，世上毕竟还是有了一些变化：当年那条河是不能行船的，现在它显然已经加深和疏通了；月亮高挂在我左边的河面上方，在朦胧的月色中，在波光涟涟的水面上出现了一艘白色的明轮船；它默默地行驶着，似乎里面空无一人，尽管所有舷窗都被灯火照亮，犹如一只只凝视的金色眼睛，倒映在水中，形成条条游移不定的金柱；轮船就像停在这些金柱之上。 这种景象在雅罗斯拉夫尔，在苏伊士运河，在尼罗河上都曾经见到过。在巴黎，夜晚潮湿而又幽暗，漆黑的夜空雾沉沉的，映着粉红色的反光，塞纳河水像黑糊糊的焦油一般在一座座桥梁下流淌，桥上的灯光也在下方留下了一道道游移不定的柱形倒影，不过它是三色的：白、蓝和红色，那是俄罗斯国旗的颜色。但在这座桥上却没有灯，桥面很干燥，满是尘土。而在前边的小山上，是影影绰绰的城区花园，花园上方矗立着一座消防塔。我的上帝，这真是一种不可言传的幸福啊！那一次，在发生火警的夜里，我第一次吻了下你的手，而你把我的手紧握着，作为回答；我永远忘不了你的这一默契。那时，整条街都挤满了黑压压的人群，处在非同寻常的不祥火光的照耀之下。我刚好在你们家里做客，突然响起一阵报火警的钟声，大家当即奔到窗口，然后出了便门。失火的地方很远，在河对岸，但是传来了一股令人生畏的热气，烧得又旺又快。那边冒起一大团乌黑泛红的浓烟，从里面高高地蹿出一条条鲜红的火舌。它们颤抖着，把在我们附近的米哈伊尔天使长大教堂的圆顶映成了赤铜色。在拥挤不堪的人群中，在纷至沓来的平民百姓一阵阵时而表示怜悯，时而又显得兴奋的惊惶的谈话声

---

① 拔都（约1208—1256），钦察汗国（金帐汗国）建立者。成吉思汗之孙。 1235年率兵远征欧洲，1240年征服整个俄国。他在俄国南部建立钦察汗国，由几代继承人统治达两百年之久。

米佳的爱情 | 237

中,我闻到了你那少女的头发、脖子、粗麻布连衣裙的气味,便突然下定决心,凝神屏息地抓住了你的手……

在桥的那一边,我登上小山,踩着铺上石头的道路往城里走。

城里没有一处灯火,也见不到一个人。周围寂寥空旷,静谧中带着点凄凉,那是一种在俄罗斯的草原之夜,在沉睡中的草原城市里的凄凉。只有花园中的树叶在七月微风缓缓的拂弄下小心翼翼地摆动着,这风是从田野那边吹来的,轻抚着我的脸。我走着,那一轮明月也在走,犹如一面圆圆的镜子透过黑糊糊的树叶在向前滚动;宽阔的街道给笼罩在阴影里,只有右边的几间房子落在阴影之外,白色的墙壁披着清辉,黑油油的玻璃窗闪着悲哀的光泽。我走在阴影中,踩在犹如镶上镂空黑色丝绸花边的树影斑驳的人行道上。而她,身上是件晚礼服,真是漂亮,看上去又修长又苗条。这件衣服同她窈窕的体形和年轻的乌黑眼睛特别相配。她穿着这件衣服显得挺神秘,而且令人扫兴地不朝我瞧一眼。这是在哪里发生的?在谁的家里做客?

我的目的是要到老街走走。本来可以抄另一条近路抵达那里。然而,我还是拐到这些夹在花园之中的宽阔街道上,因为想看看那所中学。还没有走到跟前,心里便又惊讶起来:这儿的一切跟半个世纪之前一模一样;石头砌的围墙,石头砌的院子,院子中间石头砌的大楼,一切看上去是那么刻板、单调,如同我当初就学时那样。我在大门口放慢了脚步,想在心中唤起充满忧愁和惋惜的回忆,但竟然做不到:确实,我曾经第一次剪着短发,戴着帽檐上饰有银棕榈叶的蓝色新便帽,穿着钉上银纽扣的新制服大衣,作为一年级小学生进入这扇大门，然后我成了一个瘦瘦的年轻人，穿着灰外套和时髦的有套带的宽松裤从这扇大门进进出出。可是，难道这就是我吗？

我觉得，老街只是比以前狭窄了一点，其他一切都没有变化。马路上坑坑洼洼，没有一棵小树，两边全是些盖满尘土的商家房子。人行道也是高低不平，看来还是踏着月色在街心走为好……夜晚也几乎同那个夜晚一样。只不过那个夜晚是在八月底，全城飘着苹果的芳香，那些苹果像小山一样堆在市场上，而且天气是那么暖和，这种时候穿着一件竖领衬衫，束着高加索式的皮带散散步可真是一种享受……能不能记起在那个地方度过的那个夜晚，记起在天堂一般的那个夜晚呢？

我依然下不了决心走到你家的房子前。它大概没有什么改变，但越是这样，我就越怕见到它。现在，房子里住的全是些新来的陌生人。你的父亲，你的母亲，你的哥哥都比年轻的你活得长，但到一定的时候也去世了。再说，我家里的人也都去世了；不光是家里人，还有许多亲朋好友，许多同我一起走上人生道路的人。似乎还在不久之前，他们还自信生命是没有尽头的，可是一切都在我的眼前开始、流逝和终结了；变化是那么迅速，而且就在我的眼前！我坐在大门紧闭、铁锁重重的某个商人家房子旁边的石墩上，回忆起在遥远的当年她在同我相处时的模样：随意梳理的深色头发，清亮的眸子，微微晒黑的年轻脸庞，薄薄的夏季连衣裙，裙子里面是白璧无瑕的少女那结实而又娇柔的身躯……那时，我们刚刚相爱，正在度过一段无忧无虑的幸福、亲热、信赖，充满兴奋的柔情和欢乐的时光……

在夏末的俄罗斯县城那些暖和而又明亮的夜晚里有着一种十分独特的气氛。真是别有天地,分外安宁!一个老头手持打更用的梆子,在夏夜充满生气的城市里转悠,仅仅是为了自得其乐:没有什么可提防的,好心的人们,安安稳稳地睡觉吧;上帝会从高高的碧海苍天垂顾你们的。老头不经意地仰望一下天空,踩在被白昼阳光烤热的马路上,只是偶尔为了好玩才在梆子上敲击出一阵轻快的颤音。就在这样的夜里,在这样晚间的时候,当城里只有他一个人没有入睡时,你在你们家那个因时令近秋而草木略显枯黄的花园里等着我,我悄悄地潜进园内,轻轻地推开那扇你在事先为我打开锁的便门,蹑手蹑脚地快速穿过院子,从院子深处的板棚后边走进树影斑驳的花园。在那边,我看到远处苹果树下方的长凳上隐隐约约地闪现出了你那身白色连衣裙。我赶快走到你的跟前,满怀喜悦而又恐惧的心情,迎着你那双闪闪发亮的期待的眼睛。

我们坐着,坐着,由于幸福而不知所措。我一只手搂着你,听着你的心跳,另一只手握住你的手,通过你的手感知到整个你的存在。时间已经很晚,连梆子声也听不到了;那个老头躺到不知何处的长凳上,嘴里咬着烟斗,披着月光打起了盹。当我朝右边望时,看到一轮洁白的明月高挂在院子的上空,屋顶上闪着鱼鳞似的反光。当我朝左边望时,看到一条杂草丛生的小径消失在苹果林中。在苹果林的后面,在邻家的花园那边,有一颗绿色的星星正在徐徐地升起,它熠熠地闪烁着,像在期待着什么,在无声地诉说着什么。不过,我朝院子和星星只是瞥了一眼,现在,在整个世界上我注意的只是朦胧的夜色,以及在朦胧的夜色中闪闪发亮的你的眼睛。

后来，你把我送到花园的小门边，我说：

"如果有来世的生活，如果我们在那时再见，我将跪在地下，为你今生给我的一切而亲吻你的双脚。"

我走出小门，到了洒满月光的街道中心，朝所住的客店走去。回过头来，看到小门边依然闪动着白色的连衣裙。

现在，我从石墩上站起身来，沿着刚才走来的路回去。不过，除了想再走走老街之外，我还抱着另外一个目的，尽管不敢承认，但心里明白，必须要这样做。于是，我出发了，去看上一眼，此后便永远离开此地。

路径又是挺熟悉的。一直往前走，然后往左拐弯，穿过市场，从市场再走到修道院街，往出城的方向走。

市场像是城中之城。一排排货摊散发出强烈的气味。在熟食铺那边的敞棚下，长凳和椅子的上方笼罩着一片昏暗。在五金铺那边的中央通道上方，用链条挂着一幅大眼睛的救世主圣像，其衣饰的金属片已经生锈了。在面粉铺那边，每天早晨总是有一群鸽子奔来走去，在马路上啄食。当你去学校的时候，会碰到多少鸽子啊！一只只都长得胖胖的，吃得嗓子都胀鼓鼓了，一边啄食一边跑，像女人一般扭着身子，摇来摆去，一个劲地伸缩着小脑袋，好像没有发现你似的；但当你稍稍踩到其中的一只，整群鸽子便一齐扑打着翅膀，腾空飞了起来。夜里，这儿总有一些黑不溜秋的大老鼠忙忙碌碌地跑来跑去，动作飞快，叫人看了觉得又可恶，又可怕。

修道院街既是一条街，又是往田野的一条通道：有些人沿着它从城里回到乡下的家里，有些人则沿着它走向埋葬死者的墓地。在巴黎,若是某条街上有人家生病死了人,这一家的大门口便要连续两昼夜挂起标志,挂起表示哀悼的夹银丝的花环,大门口还要连续两昼夜摆出一张小桌子,铺着黑桌布,上面放着一张印着黑框的纸,有礼貌的来客会在上面签名,以表悼念。然后,在确定的最近某个日子,会有一辆撑起志哀华盖的大马车停在门口,马车的木质部分乌黑似漆,就跟棺木一样;华盖的布幔剪得圆圆的,上面缀着一些很大的白色星星,表示这是天空,而顶部的四角则钉着微微拳曲的黑色缨饰——来自地狱的鸵鸟羽毛;车辕套上了样子稀奇古怪的高头大马,披着乌黑的马披,头部装上两只角,眼眶给涂成白色;在高高耸起的驾车座位上坐着一个年迈的酒鬼,等待别人把棺材抬出来,身上也象征性地穿着出殡的制服,戴着三角形制帽,而在听到庄严的话语"主啊,让他们安息,让永恒之光照耀着他们"①时则总是暗自发笑。这里却是另外一回事。田野来的清风吹到修道院街上,人们用布条抬着打开的棺材迎风走去;死者那蜡黄的脸微微颤动着,在紧闭的眼睑上方,在额头上戴着色彩缤纷的花冠。人们也是这样抬着她走的。

在出城的地方,在公路的左边,是一座建于沙皇阿列克谢·米哈伊洛维奇②时代的修道院,城堡式的大门总是紧闭着,而从城堡式的高墙后面露出了金光闪闪的洋葱头似的大教堂圆顶。再过去,那完全是在田野中了,由另外一些墙壁围起了方方正正的一大块地。不过,这些墙壁建得不太高

---

① 原文为拉丁文。
② 阿列克谢·米哈伊洛维奇·罗曼诺夫(1629—1676),1645年起为俄国沙皇。

大，墙内有一大片小树林，给一条条长长的通道分隔了开来。在通道的两边，在古老的榆树、椴树和白桦树下面，处处散布着形形色色的十字架和纪念碑。这里的大门敞开着，我看到了主要的通道，平平坦坦，望不到尽头。我怯生生地摘下帽子，走了进去。时间是多么晚了，又是多么安静！月亮已经低低地挂在树丛的后面，但放眼望去，周围的景色依然清晰可辨。这一片由亡灵的小树林、十字架和纪念碑所占据的空间在透光的阴影中布满了斑杂的花纹。时近黎明，风静息了下来，树木下面时明时暗的杂色斑点也变淡了。从小树林的远处，从墓地小教堂的后边，突然有什么东西一闪，像个黑色的线团一般，朝我飞奔而来；我猛然一惊，赶快闪到一边，头上顿时冒出冷汗，缩紧脖子，心头一沉，几乎停止了跳动……这是什么东西？闪了一下，便无影无踪。可是，我胸口的心还是揪得紧紧的。这样，我怀着一颗揪紧的心，好像背着重负似的，继续向前移动着脚步。我知道该往哪里走，便沿着林中通道一直往前。在路的尽头，在离后墙已经只有几步之处，我停了下来。前边有一块平坦的地面，干草丛中孤零零地躺着一块长长的、窄窄的石碑，头向着墙壁。从墙壁的后方露出一颗绿色的星星。它低低地挂在空中，像奇异的宝石一般熠熠发光，就跟以前所见的那颗星星一模一样。不过，现在它默默无言，凝然不动。

一九三八年十月十九日

冯玉律　译

净罪的礼拜一[①]

莫斯科冬季那灰沉沉的天空渐渐变黑,街头燃起一盏盏煤气灯,商店橱窗里也被灯火照得通明,显得暖洋洋的,随之,摆脱了白天公务的莫斯科人开始了热闹的夜生活:供出租的马拉雪橇跑得更频繁,更欢快;坐满乘客的有轨电车时隐时现,响起沉重的叮当声,在昏暗中可以看到,电线上哗哗地迸溅出绿莹莹的火星;在满是积雪的人行道上,黑压压的行人也影影绰绰地走得更快……每天晚上的这个时刻,我的马车夫总是套上马,驾着车,把我飞快地从红门送到基督救世主教堂那边,因为她就住在教堂对面的寓所里;每天晚上,我带着她上"布拉格",上"艾尔米塔什",上"大都会"饭店进餐,餐后到剧院看戏,听音乐会,然后又去"雅拉"和"斯特列利纳"餐厅……这些交往的结局会怎么样,我不知道也不去想它,要想也是想不清楚的,因为同她说这个也是白费劲,在谈到我们今后的关系时她绝不表态。对我来说,她真是个谜,不可理解;我们之间的关系也挺奇特,至今还没有达到亲密无间的地步。所有这一切使我始终处于一种无法摆脱的紧张状态,处于一种痛苦的期待之中,但与此同时,我在同她相处的每一时刻都感到不可名状的幸福。

她不知为什么要去上进修班,难得听听课,但又不放弃学业。有一次，我问她："干吗这样做？"她耸耸肩回答说："世上干吗会发生许多事情？难道我们对自己的所作所为都能弄明白吗？再说，我对历史课挺感兴趣……"她是一个人住的；她的父亲出身于一个知名的商人世家，思想很开明，自从丧妻之后便在特维尔安度晚年，并且像所有这类商人一样，喜欢收藏些什么。她则在基督救世主教堂对面那幢房子里租了套住宅，在五层楼，靠街角，这样便于饱览莫斯科的景色。一共才两个房间，但挺宽敞，而且摆设挺讲究。在第一个房间里，一张宽大的土耳其式沙发占去许多地方，那里还摆着一架名贵的竖式钢琴。她老是在这架钢琴上弹练《月光奏鸣曲》那缓慢而又美妙得令人迷醉的开头部分，只是开头部分。钢琴和梳妆台上的水晶玻璃花瓶里总是插着美丽的鲜花，那是我吩咐每个礼拜六给她送的花。当我在礼拜六晚上到她家去时，她躺在长沙发上（沙发上方不知为什么挂着一张光着双脚的托尔斯泰画像），不慌不忙地伸出手来给我亲吻，并且漫不经心地说："谢谢您给我送花……"我给她捎去了几盒巧克力糖，一些新书（那是霍夫曼斯塔尔、施尼茨勒、泰特马耶尔、普日贝谢夫斯基②等人的作品），她依然说了声"谢谢"，把暖乎乎的手伸过来，有时还叫我大衣也不脱便坐到沙发旁边。"不知什么原因，"她沉思着说，一面抚

---

① 每年2月底至3月初的一周为斯拉夫民族传统中送冬迎春的"谢肉节"，带有昔日多神教"神圣纵欲"的成分。紧接其后的是东正教为期七周（直到复活节），带有赎罪性质的大斋期，大斋的第一天称为"净罪的礼拜一"。
② 均为20世纪初在欧洲流行的现代派作家。霍夫曼斯塔尔（1874—1929）为具有象征主义倾向的奥地利作家。施尼茨勒（1862—1931）为奥地利印象派剧作家，小说家。泰特马耶尔（1865—1940）为波兰诗人，小说家。普日贝谢夫斯基（1868—1927），用德语和波兰语写作的波兰作家，善于刻画罪犯的心理。

米佳的爱情 | 245

摸着我的河狸皮大衣领子,"总觉得冬天从外面进屋时带来的空气比什么都好闻……"似乎她什么也不需要:不需要鲜花,不需要书籍,不需要进午餐,不需要上剧院,不需要到城外去吃晚饭。不过,喜欢也好,不喜欢也好,她那里总是摆着鲜花,我捎去的书她也总是读完,巧克力糖她一天可以吃一整盒,在进午餐和晚餐时她吃得不比我少,特别爱吃大馅饼加江鳕鱼汤、用酸奶油煎成粉红色的松鸡,有时还说:"真不明白,人每天都要吃午饭,吃晚饭,怎么一辈子也吃不厌。"但她自己吃起午饭和晚饭来就像个莫斯科的美食家。她的明显的癖好是缝制出色的时装,丝绒的,绸缎的,贵重皮毛的……

我们俩都很有钱,身体健康,而且长得挺漂亮,以至在餐厅里,在音乐会上吸引了众人的目光。我虽然出生在奔萨省,但在那时不知什么原因却有着一副感情丰富的南方人的英俊相貌。一次,有个身材胖得出奇,非常贪吃而又十分聪明的名演员甚至说我"漂亮得不成体统"。"鬼知道您是什么人,大概是个西西里人吧。"他懒洋洋地说。我的性格也像个南方人,十分活跃,随时都会露出幸福的笑容,或者说些善意的俏皮话。而她的美貌却是印度式的,波斯式的,脸庞黝黑,呈琥珀色,一头浓密的乌发看上去雍容华贵,又似乎显出几分不祥,两道浓眉柔软发亮,好像黑貂的皮毛,一双眼睛如煤一般黑,又像丝绒一般柔和;鲜红的嘴唇饱满滋润,在脸部深色茸毛的衬托下显得十分迷人。她在出门时经常穿着石榴红色天鹅绒连衣裙,以及同一颜色的饰有金扣环的便鞋(而去进修班上课时,她却是一身朴素的女大学生打扮,花上三十个戈比去阿尔巴特街的素食食堂吃早饭)。我越是滔滔不绝地说话，越是单纯地流露出自己的好心情，她却越是经常地保持沉默：老是在想着什么心事，老是像在钻研什么问题；躺在沙发上，手捧一本书，又不时把书搁到一边，神色疑惑地眼望着前方。这是我偶尔在白天上她那里去时亲眼所见的情景，因为她在一个月里总有三四天足不出户地待在屋里，躺着看书，还强迫我也坐在沙发边的圈椅上，默默地读书。

"您这个人太爱唠叨，太好动了，"她说，"让我把这一章读完……"

"要是我不爱唠叨，不好动的话，那我大概也不会同您相识了，"我回答说，提醒她，我们是怎样认识的：有一次，大概在十二月份，我参加文艺小组①的活动，听安德烈·别雷讲课，讲课的内容都是由报告人唱出来的，他在舞台上又是跑，又是跳舞；我在座位上听得坐不住了，哈哈大笑。她刚好坐在我旁边的座位上，起先有点惊讶地瞅着我，后来自己也笑了起来，于是我马上高兴地同她搭讪起来。

"不过，"她说，"不过您还是稍微安静一会儿，读读什么东西，抽支烟吧……"

"我安静不下来！您无法想象我是多么爱您啊！您不爱我！"

"我能想象。至于我的爱情，那您也知道，对我来说，除了父亲和您以外，世上已经没有别的人了。不管怎么样，

---

① 即莫斯科文学艺术小组，20世纪初的莫斯科文学团体，蒲宁及其长兄均为其成员。这里描写安德烈·别雷的表演情景，据蒲宁夫人回忆，这正是当时蒲宁本人的观感。

您是我所爱的第一个人,也是最后一个人。您觉得这还不够吗?不过,还是别说这些了。您在这儿,我就无法读书啦。还是一起喝茶吧……"

我便站起身来,用沙发靠背后那张小桌子上的电茶壶烧水,再从小桌子旁的屋角那个胡桃木玻璃柜里取出茶碗、茶碟,一边随口说了一句:

"您把《火焰天使》①看完了吗?"

"读完了。辞藻太华丽,简直看不下去。"

"昨天,在夏里亚宾②的音乐会上,您为什么中途退场?"

"表演得太夸张了。再说,我对那些黄头发的俄罗斯人一般都不抱好感。"

"您对什么都不喜欢。"

"对,许多事情……"

"真是奇特的恋爱!"我想,一面站着,眼望着窗外,等待水烧开。房间里闻到一股花香;对我来说,她的气息已经同花香融为一体了。从一扇窗子往外,可以看到河对岸的远方低处那一幅巨大的、瓦灰色的莫斯科雪景画;从另一扇窗子,靠左一点,可以看到克里姆林宫的一角,而在窗子对面,似乎近在咫尺,矗立着建成不久的雄伟的基督救世主教堂,它的金顶映出了在其周围盘旋飞舞的寒鸦的影子,好像一个个蓝色的斑点……"真是奇特的城市!"我默默自语,一面想着猎具商场,想着伊韦尔圣母礼拜堂,想着圣瓦西里

---

① 勃留索夫所写的神秘主义历史长篇小说。
② 夏里亚宾(1873—1938),俄罗斯男低音歌唱家。

大教堂。①"圣瓦西里大教堂,还有松林救世主大教堂,意大利风格大教堂,②而在克里姆林宫围墙的塔尖上有着某种吉尔吉斯风格的东西……"

我在黄昏时分到她那儿,往往会看到她坐在沙发上,穿着一件镶着貂皮的丝绸短上衣("这是住在阿斯特拉罕的外婆留给我的遗物,"她说)。我在半明不暗中坐在她的旁边,也不点灯,只管吻她的手、腿、无比美妙的光滑的身体……她全都顺从了我,也不吭声。我不时地寻找她那炽热的嘴唇,她回应着,呼吸已经变得急促起来,但依然没有吭声。当她觉得我已经控制不住自己时,便把我推开,坐了起来,低声要我点起灯,自己则进了卧室。我点了灯,坐到钢琴边的转椅上,渐渐恢复了常态,冷静下来,不再那么冲动。过了一刻钟,她走出卧室时已经穿好了出门的衣服,显得镇定自若,落落大方,似乎在此之前什么事情也不曾发生。

"今晚上哪儿?也许到'大都会'去吧?"

于是,我们又是整晚谈论着别的事情。在我们那次亲密接触之后不久,当我讲起婚事时,她对我说:

"不,我当妻子可不合适。不合适,不合适……"

这没有使我失望。"今后看着办吧!"我暗自思忖,指望随着时间的流逝,她会改变主意,所以再也不提婚事了。我们那种不完全的亲近有时使我觉得无法忍受,但除了指望时

---

① 伊韦尔圣母礼拜堂位于红场入口处,在历史博物馆旁边。圣瓦西里大教堂在红场上,于1555—1560年间为庆祝俄罗斯战胜鞑靼汗国而建。
② 林中救主教堂位于克里姆林宫围墙内,建于14世纪,于20世纪30年代被毁。意大利风格大教堂是指在克里姆林宫围墙内的教堂群,由意大利人设计,建于1475—1479年间。

米佳的爱情 | 249

间会改变一切之外,还有什么办法呢?有一天,我在这种傍晚的昏暗和寂静中坐到她的身边,一把抱住头喊道:

"不,这叫我再也受不了啦!出于什么目的,为了什么原因,要这样残酷地折磨我,折磨您自己呢?"

她没有开口。

"真的,这依然还不是爱情,不是爱情……"

她从黑暗中心平气和地回答:

"也许是这样。不过,谁知道什么是爱情呢?"

"我,我知道!"我呼喊起来,"我还要等待,总有一天您也会明白,什么是爱情,幸福!"

"幸福,幸福……'朋友,我们的幸福就像渔网中的水一样:拉一下,它鼓胀起来,拖上来,却什么也没有'。"

"这是什么话?"

"这是普拉东·卡拉塔耶夫对彼埃尔①说的话。"

我挥了下手说:

"唉,别管它,别管这种东方的哲理啦!"

于是,我又整晚只谈论别的事情,关于艺术剧场的新剧目啦,关于安德列耶夫新发表的短篇小说啦……我又仅仅满足于先是坐在风驰电掣的雪橇里,紧挨着她,将她裹在平整柔滑的皮毛大衣中,然后同她一起在歌剧《阿依达》②的进行曲乐声中走进挤满宾客的餐厅,同她坐在一起又吃又喝,听着她慢条斯理地说话,瞅着她那一个小时之前还被我亲吻的

---

① 即托尔斯泰的长篇小说《战争与和平》中的主人公彼埃尔·别祖霍夫。普拉东·卡拉塔耶夫是小说中的一个人物,宗法制农民的代表。
② 意大利作曲家威尔地(1813—1901)的四幕歌剧。

嘴唇。我暗自说，真的，被我亲吻过了，一边怀着狂喜和感激之情瞅着她的嘴唇，瞅着嘴唇上方深色的茸毛，瞅着她那石榴红色的天鹅绒连衣裙，瞅着她那往下倾斜的双肩和圆圆隆起的乳房，闻着从她头发散发出的幽香，心里想着："莫斯科，阿斯特拉罕，波斯，印度！"在郊外的餐厅里，当晚餐将近结束的时候，周围由于客人抽烟变得雾气腾腾，声音越来越喧闹。她也抽着烟，并且有了点醉意，此时会把我领到一个单间里，要我叫一帮子茨冈人来，那些人进房时故意吵吵嚷嚷，装出一副不拘礼节的样子：走在合唱队前边的是一个茨冈老头，身穿带金银边饰的卡萨金①，将一把吉他用蓝色带子斜挂在肩头，脸色青青的，像个溺死者，脑袋光光的，像个生铁的圆球，跟在他后面的是个领唱的茨冈女人，前额很低，披着煤焦油一般的黑色额发……她听着茨冈人唱歌，脸上懒洋洋地露出奇怪的讪笑……在夜里三四点钟时，我把她送回家，在大门口幸福地闭起眼睛，吻着她那湿漉漉的皮毛衣领，又在兴奋和无奈之中往红门飞驰而去。我想，明天也好，后天也好，依然如此，依然是那种折磨，依然是那种幸福……怎么办呢？毕竟是幸福，巨大的幸福！

这样，度过了一月份，二月份，迎来又送走了谢肉节。在四旬斋前的最后一个礼拜天②，她约我在傍晚四点钟到她那儿去。我到了那里，她迎接我时已经穿好了出门的衣服，身上是黑羊羔皮短大衣，头戴一顶黑羊羔皮帽子，脚下是双

---

① 19至20世纪初乌克兰人和俄罗斯人穿的一种后身打褶的短外衣，分男式和女式。
② "净罪的礼拜一"的前夕。

米佳的爱情 | 251

黑色的长筒毡靴。

"一身黑啊！"我进房时像通常一样高兴地说。

她的眼神显得温柔而又文静。

"明天已经是净罪的礼拜一了，"她回答说，一边从黑羊羔皮暖手筒里掏出手来，把戴着黑羊皮手套的手伸给我。"'上帝啊！我的生命的主宰……'您想去新圣母修道院吗？"

我感到很惊讶，不过连忙说：

"想去的！"

"老是酒店、酒店有什么意思，"她补上一句，"昨天早晨，我去了一次罗戈日斯科耶公墓……"

我更感到惊讶了：

"去墓地？干吗？这是著名的分裂派教徒①墓地吧？"

"对，是分裂派教徒的墓地。彼得大帝之前的罗斯！埋葬着大主教。您想象一下：棺材是用一大块完整的橡木凿成的，如同古时候那样。里边的绣金锦缎像精锻细打的金属片一般。盖在亡人脸上的白色圣巾用黑线绣着大大的连体花字，看上去又美丽又可怕。棺材旁边站着几位助祭，手持法器和三支烛台……"

"您从哪儿知道这些事情的！法器、三支烛台！"

"那您还不了解我哩。"

"我不了解，原来您还是那样笃信宗教。"

---

① 17世纪中叶，俄国东正教牧首尼康在沙皇的支持下，企图集中权力，改革礼仪，遭到旧礼仪派人士反对，东正教会出现分裂。反对改革者遭到残酷迫害，被称为"分裂派教徒"。

"这倒不是笃信宗教。我不知怎么……不过我,比如说,当您没有拉我上餐厅去的时候,总是在早上或者晚上到克里姆林宫的大教堂去,而您甚至根本没想到过这个呢……这样,我看到了那些助祭,真是庄重啊!就像佩列斯韦特和奥斯利亚比亚^①!两排唱诗班座位上有两支合唱队,人人都像佩列斯韦特:身材高大,体魄健壮,穿着黑色长袍,唱着,相互应和,一会儿是这支合唱队唱,一会儿是那支合唱队唱,大家都是用一个调子,不看曲谱,光看音符。坟墓内铺着亮闪闪的枞树枝,而户外正是严寒天气,阳光灿烂,白雪耀眼……不,您这是不明白的!走吧……"

傍晚时分,天气很晴朗,斜阳洒金,树枝上挂着霜花;在修道院红砖墙的墙头,几只像小修女一般吵吵嚷嚷的寒鸦打破了寂静,钟楼上不时地响起尖细、忧郁的钟声。我们在静谧中嘎吱嘎吱地踩着雪进了大门,沿着墓地积雪的小路走去。太阳刚刚西沉,天空还挺亮,披着浓霜的树枝在金灿灿的落日余晖的衬托下,如一簇簇灰色的珊瑚枝一般凸现出来,显得十分美妙。而在我们周围,那些疏疏落落地挂在坟墓上方的长明灯在安详而又忧郁地闪烁着神秘的微光。我跟在她的后面,满怀柔情地看着她留下的小小的脚印,看着新的黑色毡靴留在雪地上的星状图案,她觉察到了我的目光,突然回过头来说:

"真的,您非常爱我吧!"她摇摇头,有点不解地说。

---

① 亚历山大·佩列斯韦特(?—1380),罗季昂·奥斯利亚比亚(?—1380)均为谢尔吉圣三一大修道院的修士,在与鞑靼人作战的库利科沃会战中表现突出,被公认为英雄。

我们在埃尔杰利①、契诃夫的墓前站了一会儿。她把双手塞在下垂的暖手筒里，久久地望着契诃夫墓上的纪念碑，然后耸了下肩膀：

"把多愁善感的俄罗斯风格同艺术剧院混杂在一起，真难看！"

天色变黑了，冷了起来，我们慢慢地走出大门。大门外，我的费多尔正安安分分地坐在马车的赶车座位上。

"我们再溜达一阵子吧，"她说，"然后到叶戈罗夫餐厅去吃煎饼……不过别太快。费多尔，行吧？"

"行。"

"在大奥尔金卡路上有幢房子，那里住过格里鲍耶陀夫。我们去找找看……"

于是，我们不知为了什么又往大奥尔金卡路驶去，好长时间穿行在花园之间的一些小巷中，到了格里鲍耶陀夫小巷；可是，有谁能够告诉我们，在哪幢房子里曾经住过格里鲍耶陀夫。街上没有一个行人，再说此刻又有谁需要格里鲍耶陀夫？天色早已全黑了。在挂着浓霜的树木后面，家家户户的窗内已经点起灯火，闪着粉红色的光……

"这里还有一座圣女玛莎和玛丽修道院。"她说。

我笑了起来：

"又要到修道院去吗？"

"不，我这是顺便说说……"

在猎具商场的叶戈罗夫餐厅底层挤满了须发蓬乱，穿着

---

① 亚历山大·伊万诺维奇·埃尔杰利（1855—1908），带有民主主义色彩的俄国现实主义作家。

臃肿的马车夫。他们把一沓沓煎饼切开来,浇上过量的黄油和酸奶油,弄得又潮湿又闷热,简直像在澡堂里。楼上房间的天花板很低,那里也挺暖和。一些旧派商人一边吃着夹上等鲟鱼子酱的滚烫煎饼,一边喝冰冻的香槟酒。我们进入第二个房间,那里的角落里有一块黑色木板,上面画着三手圣母像,圣像前点着一盏长明灯。我们坐到长桌旁的黑皮沙发上……她的嘴唇上方的茸毛沾着霜,琥珀色的脸稍稍泛起了红晕,黑色的包房同她的眸子完全相配;我惊喜地瞅着她,简直无法把视线移开。而她则从发出幽香的暖手筒里拿出一块小手绢来,说道:

"挺好!楼下是些粗野的庄稼汉,这里却是煎饼和香槟酒,还有圣母。三手圣母。三只手臂!要知道,这是印度才有的啊!您是一位贵族老爷,您不会像我那样理解整个莫斯科的。"

"会的,会的!"我回答说,"让我们定一桌'着力'的饭菜吧。"

"'着力'是什么意思?"

"这意味着'丰盛的'。您怎么会不知道的?久尔吉[①]说……"

"多妙啊!久尔吉!"

"是啊,那是尤里·多尔戈鲁基。'久尔吉对北方大公斯维亚托斯拉夫说:"兄弟,到我这里,到莫斯科来吧。"还下

[①] "久尔吉"为俄罗斯人名"尤里"的古称。据编年史记载,尤里·多尔戈鲁基(11世纪90年代—1157)在1147年向斯维亚托斯拉夫大公发出请柬,首次提到"莫斯科"。为此,他被认为是莫斯科城的奠基者。

米佳的爱情 | 255

令准备了着力的午宴'。"

"多妙啊！不过，现在只有一些北方的修道院还保留着这个罗斯。还有在教堂的赞美诗里。前不久，我去了一次扎恰季耶夫斯基修道院①。您简直无法想象，那里的人把赞美诗唱得有多动听！而在神迹修道院②里唱得还要好。去年，我总是在受难周③里到那里去。啊，那是多美好！处处都有水洼，和风拂面，春意盎然，心里似乎变得又温柔，又忧伤，始终充满着对祖国，对她的古老风尚的感情……大教堂的门全敞开着，整天都有普通百姓进进出出，整天都在做礼拜……啊，我准会到修道院去，到一个最冷落的，沃洛格达省的，维亚特卡省的修道院去！"

我想对她说，要是这样，我也进修道院，或者杀一个人，以便给流放到萨哈林岛去。我在激动中一时想出了神，抽起烟来。这时，一位身穿白衬衫，白裤子，腰系深红色绦带的跑堂走过来，彬彬有礼地提醒我：

"先生，请原谅，我们这儿不能抽烟……"

他又带着格外殷勤的神色，当即像连珠炮似的说了起来：

"请问，除了煎饼还要些什么？要点家常菜汤吗？还是鱼子酱，鲑鱼？我们这儿的鱼汤加白葡萄酒特别好吃，还有鳕鱼……"

"要鳕鱼，再来点白葡萄酒。"她在那天晚上特别爱讲

---

① 在莫斯科市内，建于1584年。
② 在克里姆林宫围墙内，建于1365年。
③ 复活节前一周，即大斋期的最后一周，基督教徒在这一周的礼拜中"缅怀救主之苦难"。

话，这使我挺高兴。我已经是心不在焉地听着她继续讲下去了。而她则不断地说话，两眼闪着温柔的光。

"我是多么喜欢俄罗斯的编年史，俄罗斯的传说啊。至今我还经常反复诵读那些特别心爱的篇章，直到背得滚瓜烂熟。'俄罗斯的土地上有一座城市，其名叫穆罗姆，那是由一位名叫巴维尔的高贵的大公统治着。一天，魔鬼附身在飞蛇身上，要引诱大公的妻子淫乱。这条蛇变成人的样子，长得非常英俊……'"

我开玩笑地做出受惊吓的样子：

"哟，那真是可怕！"

她没有听我，只管继续说下去：

"上帝这样来考验她。'等到临近逝世之日，大公和大公夫人祈求上帝，让他们在同一天死去。并且讲好同葬在一个石棺之中。他们吩咐下人在同一块石头上凿出两个棺穴。然后，两人同时穿上修士的衣装……'"

我起先听得漫不经心，但后来又感到惊讶和恐慌起来：她今天怎么啦？

这天晚上，我不是在通常的时候，而是在十点多钟便把她送回家了。她在大门口跟我告别，但当我要坐上雪橇时，又突然把我拉住了。

"请等一等。明天晚上十点后上我这儿来。明天艺术剧院要举办'白菜会'①呢。"

"怎么啦？"我问，"您想去出席这个'白菜会'吗？"

---

① 当时盛行的一种诙谐、幽默、讽刺、滑稽的文娱晚会，多为戏剧，采用应时题材。

"是的。"

"不过,您说过,不知道有谁比这些参加'白菜会'的人更庸俗的啦!"

"就是现在也不知道。尽管这样,我还是想去看看。"

我暗暗地摇了下头。真是些怪主意,莫斯科人的怪主意!但还是高兴地回答:

"行啊!"

第二天晚上十点,我乘电梯到了她住所的门前,用自己的钥匙打开门,但没有马上从昏暗的门厅走进去:里面十分明亮,所有的灯都开着——吊灯,镜子两边的枝形烛台和沙发一端那盏带着轻巧灯罩的高脚柱灯,钢琴上正在弹奏《月光奏鸣曲》的序曲,声音越来越响,越来越沉重,越来越充满期待,在悠悠忽忽中表达了一种夹着愉悦的忧愁。我把门厅的门砰的一声关上,钢琴声中断了,听到一阵衣裙的窸窣声。我走进房去,见到她挺直身子,有点像在舞台上表演似的站在钢琴边,一身黑丝绒连衣裙熠熠生辉,十分漂亮,使她显得更加苗条,衬托出了她那像过节那样精心梳理的漆黑头发、裸露着的像琥珀一般闪光的浅褐色手臂和双肩、娇小而又丰满的乳房、稍施淡妆的脸颊两旁那副亮晶晶的钻石耳环、炯炯有神的黑眼睛和温柔的红唇;几绺乌黑发亮的发辫呈半圆形垂在眼旁,使她看上去活像民间版画中的东方美女。

"假如我是个歌唱家,在舞台上演唱,"她看到我一脸惊惶,便说,"我会用亲切的笑容来答谢掌声,向着左边和右边,向着上方和正厅稍稍鞠躬,而自己则悄悄地小心翼翼地用脚挪开长裙的衣裾,以免踩在上面……"

在"白菜会"上,她抽了许多烟,一小口一小口地喝着香槟酒,目不转睛地盯着那些大呼小叫,低吟高唱,表现某种似乎是巴黎风格的演员们,盯着白头发、黑眉毛、高个子的斯坦尼斯拉夫斯基和圆盆似的脸上戴着副夹鼻眼镜的,胖乎乎的莫斯克温①;后面两人故意做出一本正经、尽心尽力的样子,往后仰着身躯,在众人的哈哈笑声中起劲地跳着康康舞②。卡恰洛夫③手持一只大酒杯走到我们跟前;这个白俄罗斯人喝醉酒后脸色苍白,一绺头发垂在额际,额头渗出大颗的汗珠,他举起酒杯,做作地以阴沉沉的贪婪目光盯住她,用演员的低嗓音说道:

"年轻的女皇,舍马哈城的女皇④,祝你健康!"

她淡淡一笑,同他碰了杯。他拿起她的手,带着醉意弯身吻着,差一点摔倒在地,但终于站定脚跟,咬着牙,朝我瞧了一眼:

"这是哪里来的美男子?我恨他!"

然后,一架手摇风琴上响起了沙哑的,夹着轰隆声、口哨声和跳舞跺脚声的波尔卡舞曲。这时,永远显得那么匆忙而又带着笑容的小个子苏列尔日茨基像飞行一样滑到我们跟前,弯着腰,做出那种商人的殷勤姿态,急着嘟嘟哝哝地说:

---

① 斯坦尼斯拉夫斯基(1863—1938),俄罗斯著名戏剧家。莫斯克温(1874—1946),俄罗斯演员。
② 起源于法国或阿尔及利亚的一种轻快而并不高尚的舞蹈。
③ 卡恰洛夫(1875—1948),莫斯科艺术剧院演员。
④ 舍马哈城为公元9—16世纪高加索希尔凡国的都城。普希金曾在童话《金鸡的故事》中提到"舍马哈城的女皇"。

"请允许我邀请塔拉勃拉姆跳波尔卡舞……"

于是,她笑着站起身来,灵巧地跺着脚,耳环、黝黑的肌肤和裸露的双肩和手臂在人们眼前闪动,跟着他在小桌子之间翩翩起舞,迎来了人们惊喜的目光和热烈的掌声。这时,他把头一场,像头山羊似的叫着:

赶快,赶快跳起来,
波尔卡舞真愉快!

夜里两点,她稍稍闭起眼睛,从桌旁站了起来。当我们穿上大衣后,她瞧了瞧我的河狸皮帽子,抚摸了一下河狸皮衣领,朝门外走去,一面半开玩笑半正经地说:

"是啊,是个美男子。卡恰洛夫说得对……'蛇变成人的样子,长得非常英俊……'"

她一路上没有吭声,只管低着头,顶着在皎洁的月色中迎面刮来的暴风雪。一轮圆月钻进克里姆林宫上方的云层。"像个发光的骷髅头。"她说。斯巴斯克塔上打了三下钟,她又说道:

"多么古老的声音啊,有点像敲打白铁皮,敲打生铁。还在十五世纪时,到了夜里三点,就敲击出这样的声音,在佛罗伦萨发出的也是这样的钟声,在那里我想起了莫斯科……"

当费多尔在大门口勒住马时,她无精打采地吩咐我说:

"您让他走吧……"

我大吃一惊,她还从来没有允许过我在夜里进她的卧室哩。便慌慌张张地说:

"费多尔,我步行回去……"

这样,我们默默地乘着电梯上楼,走进深夜的房间。那里很暖和,很安静,只有暖气管里时而发出轻轻的叩击声。我帮她脱下了由于沾雪而变得滑溜溜的皮大衣,她把湿漉漉的绒毛披巾从头发上拉下来,往我的手里一扔,便急匆匆地进了卧室,身上光穿着窸窣作响的丝绸衬裙。我脱下大衣,走到外面一个房间,坐到土耳其长沙发上,心脏几乎停止了跳动,紧张得好像面临深渊一般。通往卧室的门开着,那儿灯火通明,听到她在里面的脚步声,听到她从下往上拉过头顶,钩住发卡,脱掉连衣裙的声音……我站起身来,走到门口:她只穿一双天鹅绒便鞋,面对窗间镜站着,将赤裸的后背对着我,正在用一把玳瑁梳子梳理着垂在脸部一侧的长长的乌发。

"他老是说我很少想到他,"她说罢把梳子扔到镜子下面的小桌子上,将头发甩在背后,朝我转过身来,"不,我想的……"

拂晓时,我觉得她在翻身。我睁开眼睛,发现她正紧盯着我。我从还留着她体温的暖烘烘的被窝里稍稍抬起头来,她却俯下身子,平静地悄声说道:

"今晚我要上特维尔去。要待多久,那只有上帝才知道喽……"

然后,她把脸颊紧贴在我的脸上。我感到她眨巴着眼睛,眼睫毛是湿漉漉的:

"我一到那里就写信,把一切都告诉你。把有关今后的一切告诉你。请原谅,现在让我一个人待一会儿,我很累……"

她说罢又靠在枕头上了。

我悄悄地穿好衣服,怯生生地吻了下她的头发,便踮着脚尖走到房间外的楼梯边,那里在苍白的晨光下已经变得明亮了一点。我踩在黏糊糊的新雪上往前走;暴风雪已经停了,沿着大街可以望得很远,闻到一股冰雪的清新气息和面包房散发出的香气。我走到伊韦尔圣母礼拜堂,见到里面火光熊熊,燃着一簇簇蜡烛,便挤在一群老太婆和乞丐中间,摘下帽子,跪在踩得结结实实的雪地上……不知是谁碰了下我的肩头,我回头一看,有个神情悲戚的小老太婆瞅着我,皱起眉头,眼含怜悯的泪水说:

"唉,别伤心,别那样伤心!罪过啊,罪过!"

打这之后过了大约两个礼拜,我收到了一封信,那封信很短。她在信里温柔而又坚决地请求我再也别等她,也别打算找她,看到她:"我再也不会回莫斯科了。现在先去修道院完成赎罪劳役,以后也许会决定接受剃度……愿上帝予你以力量,别给我回信,延续和加深我们的痛苦是毫无益处的……"

我满足了她的要求。我长时间地混迹在最肮脏的酒馆里,喝得烂醉如泥,肆无忌惮地变得越来越堕落。后来,开始稍稍恢复常态,但对一切都感到冷漠、无望……就这样,自那个净罪的礼拜一之后过去了将近两年……

一九一四年的除夕,那也是一个夕阳洒金的宁静傍晚,就跟那个永远忘不了的晚上一样。我出了家门,搭乘马车,往克里姆林宫驰去。在那里拐到空荡荡的天使长大教堂,久久地站在昏暗中,没有祈祷,只是观望着微微闪烁金光的圣像壁和莫斯科历代王公的墓碑;我站着,似乎在期待着什么，身处在空无一人的教堂那种特别的肃穆中，简直害怕吸一口气。出了教堂之后，我吩咐马车夫把车驶到大奥尔金卡路去，要迈着小步走，就跟当初沿着花园之间的幽暗小巷，看着树木下面灯火通明的窗户时那样，穿过格里鲍耶陀夫小巷，而我自己则一直在默默地痛哭，痛哭……

在大奥尔金卡路上，我让马车停在圣女玛莎和玛丽修道院的大门边。那边院子里停着几辆黑黢黢的轿式马车，可以看到小教堂里灯火通明，敞开着大门，从门内传出了少女唱诗班那充满深情的忧郁歌声。不知什么原因，我情不自禁地要往里走。看门人在大门口拦住了我的路，温和地恳求我说：

"不行，先生，不行！"

"怎么不行？难道进教堂都不行？"

"行的，先生，当然是行的。不过请求您看在上帝的分上现在别进去。现在那里有伊丽莎白·费多罗芙娜大公夫人，德米特里·巴甫洛维奇大公光临……"

我塞给他一个卢布，他便无奈地叹了口气，让我进了门。不过，我刚走进院子，便看到人们手持圣像、神幡从教堂里走出来，跟在他们后面的是大公夫人，穿着一身白色长衣，脸庞瘦削，戴着额际绣着金十字架的白色头巾。她身材颀长，垂着双眼，恭恭敬敬地慢步走着，一只手里举着一支大蜡烛。在她的后面缓缓地行进着一长队穿着同样白色长衣的修女，她们唱着赞美诗，脸上映着烛光。我不知道，她们是谁，要往哪里去。但不知为什么，我对她们凝目注视起来。突然，队伍中有一个修女在行进时把扎着白色头巾的头抬了起来，手遮着蜡烛，用乌黑的眼睛注视着暗处，似乎刚

米佳的爱情 | 263

好是看着我……她在昏暗中能看见什么,她怎么能够感知到我在那里?我转过身子,悄悄地走出了大门。

一九四四年五月十二日

冯玉律 译

乡村

一

克拉索夫兄弟的曾祖父，在家奴中外号叫茨冈人，是杜尔诺沃老爷放猎狗咬死的。茨冈人夺走了老爷的情妇。杜尔诺沃叫人把茨冈人带到杜尔诺夫卡村外野地里的一座土冈上，自己带了一群猎狗上那儿去，喊了一声："咬他！"坐在土冈上发呆的茨冈人拔腿就跑，可猎狗扑上来时是不能跑的。

克拉索夫兄弟的祖父领到了"自由证"①。他带着家眷住到城里去，很快就扬名四海，因为他成了个遐迩闻名的强盗。他在黑镇上给老婆租了一座简陋的房子，让她在那儿织花边卖钱，自己跟一个叫别洛科贝托夫的城里人在省里到处抢劫教堂。他被捕后的所作所为有好一阵子在县里到处传开，人们无不唏嘘赞叹。据说，他穿一袭波里斯绒长袍，脚蹬羊皮靴，厚颜无耻地挤眉弄眼，装出一副毕恭毕敬的样子，把自己犯下的无数哪怕最微不足道的案子也照直供认不讳。

"是这样，老爷。是这样，老爷。"

克拉索夫兄弟的父亲是个小贩,在县城里串街走巷,有一阵子在老家杜尔诺夫卡村开一家小店,可是后来亏了本,便酗起酒来,又回到城里,死在那儿。他的两个儿子吉洪和库兹马曾在几家小铺子里当伙计,也做过小生意,经常赶着一辆满载货箱的大车,一路苦恼地吆喝:

"大婶大嫂们,来货啦!大婶大嫂们,来货啦!"

货箱里装着各种货物——小镜子、肥皂、戒指、针线、头巾、小甜面包。板车上则堆满了他们用货物换来的东西:死猫、鸡蛋、粗麻布、破烂……

可是这么跑了几年之后,有一次兄弟俩差一点拔刀相向,因而散了伙。库兹马到一个牲口贩子那儿帮工去了,吉洪则在离杜尔诺夫卡村约五俄里的沃尔戈尔车站边上的公路旁租了一家小客栈,在那里开了一家小酒馆和杂货店:"出售小商品茶叶食糖烟草雪茄等杂货"。

将近四十岁的时候,吉洪的胡子有些花白了,但他仍像从前那样英俊,身材高大而挺拔;他神色冷峻,皮肤黝黑,脸上有点麻斑,肩膀宽阔而干瘦,说起话来威严而斩钉截铁,动作利索灵敏,只是越来越爱皱眉头,目光也比以前更锐利。

深秋时节,正是征税的时候,乡下生意兴隆,吉洪便不知疲倦地跟着区警察局长东奔西走。他不厌其烦地向地主们放青苗账,低价租用土地……他和一个哑巴厨娘同居了好长一段时间。"这倒不错,她什么也不会说出去!"他跟她生过一个孩子,可她在睡梦中把孩子压死了。后来他又娶了老公

---

① 旧俄农奴主释放农奴,发给自由证,农奴即不再隶属农奴主。

爵小姐沙霍娃的一个中年使女。成了家，拿到陪嫁之后，他便"处理"了早已破产的杜尔诺沃家的后代，那是一个身体肥胖、性情温和的小少爷，二十五岁就谢了顶，却蓄着一把华丽的栗色胡子。他把杜尔诺沃的产业搞到手，庄稼汉们无不敬佩得连声赞叹：因为整个杜尔诺夫卡村几乎都属于克拉索夫家了！

庄稼汉们还惊叹他精力的旺盛，这么多事情他怎么忙得过来：又要做生意，又要进货，几乎每天都守在庄园里，像老鹰一样盯着每一寸土地……庄稼汉们感叹着说：

"好厉害！不过一个当家人就得这么干！"

吉洪·伊里奇本人也对他们明明白白地说，而且常常训导他们：

"我们过日子不能乱花钱，你要是落到我手里，我就给你戴上笼头，不过，事情要做得公平合理。老弟，我可是个俄罗斯人。我不白拿你的东西，可你等着瞧吧，我的子儿你一个也拿不到。逢迎讨好——没用，等着瞧吧，我不会给你什么好处的！"

纳斯塔西雅·彼得罗夫娜走起路来脚尖朝里，像鸭子一样，一摇一摆，她老是怀孕，结果都以生下女婴死胎告终，她因此皮肤蜡黄，浑身浮肿，又长出几根白发。她听了这席话，有气无力地说：

"唉，我看你呀，也太死心眼儿了！跟他这个蠢货费劲有什么用？你教他机灵点，可他一点也不买账。你瞧，他就这么叉开两条腿,活像个埃米尔的布哈拉[①]!"

小客栈一边朝着公路,一边朝着车站和大粮仓,到了秋天,附近便经常响起咿咿呀呀的车轮声:载着粮食的大车在这里拐弯,有的上山去,有的下山来。小酒馆和杂货店的门不时咿呀尖叫着,纳斯塔西雅·彼得罗夫娜在小酒馆照料,杂货店又黑又脏,发出肥皂、鲱鱼、马合烟、薄荷饼干、煤油的浓烈气味。小酒馆里不时响起这样的谈话声:

"嘿!彼得罗夫娜,你这儿的伏特加真有劲!直往脑门上冲。该死的。"

"你的嘴真甜,亲爱的!"

"你这儿的酒该不是放了鼻烟吧?"

"瞧你,原来也是个大傻瓜!"

这时杂货店里的人更多了:

"伊里奇!称一磅火腿行不行?"

"老兄,感谢上帝,今年我这儿的火腿货源充足,货源充足得很呢!"

"什么价?"

"便宜得很!"

"掌柜的!你这儿有好的煤焦油吗?"

"亲爱的,我这儿的煤焦油连你爷爷办喜事的时候都没见过!"

"什么价?"

[①] 布哈拉,今乌兹别克斯坦共和国、土库曼斯坦共和国、塔吉克斯坦共和国境内的部分地区,16世纪至1920年为布哈拉汗国、布哈拉埃米尔国。埃米尔是某些伊斯兰教国家的军事首领、统治者、王公及元首。这句话应说成布哈拉的埃米尔,纳斯塔西雅因没有知识,说反了。

失去生育的希望，几家小酒馆先后倒闭，这是吉洪·伊里奇一生中的几件大事。他深信不疑自己当不上父亲之后，明显见老了。起初他还跟人家开开玩笑。

"不行，我非达到目的不可，"他对熟人说，"没有儿女的人不算人，简直是废物……"

后来一想到这事，他就不寒而栗：怎么回事？一个睡觉时压死孩子，一个尽生死胎！因而纳斯塔西雅·彼得罗夫娜怀最后一胎那段时间特别难熬。吉洪·伊里奇苦恼不堪，火气也特别大。纳斯塔西雅·彼得罗夫娜总是悄悄地祈祷，暗暗地流泪，每天夜里，她以为丈夫睡着了，便借着长明灯的灯光悄悄溜下床，艰难地跪下，趴在地上，悄悄地祷告，又忧心忡忡地抬头望着圣像，这才老态龙钟地费尽力气站了起来，那样子着实很可怜。吉洪·伊里奇甚至不敢承认，他从小就不喜欢长明灯，不喜欢这靠不住的教会灯光：那个十一月之夜是他终生难忘的，当时黑镇上那座歪歪斜斜的小屋里也点着长明灯，灯光是那么安详，又甜蜜又令人哀伤，长明灯的铁链子投下几道阴影，屋里死一般寂静，父亲一动不动地躺在圣像下的板凳上，双目紧闭，尖鼻子朝上，两只蜡黄的手搁在胸前，他旁边挂着一方红布的窗户外面一群壮丁正唱着惊天动地的忧伤的歌，号哭着，伴随着不入调的手风琴的轰鸣声缓缓走过……现在那盏长明灯仍然点着。

几个从弗拉基米尔省来的制小盒的工人正在客栈里喂马，于是家里出现了一本《新占卜巫术大全：预卜未来，并附简易之纸牌、大豆与咖啡占卜法》。从此纳斯塔西雅·彼得罗夫娜便每天傍晚戴上眼镜，用蜂蜡搓一个小球，把它投到乩盘上问卜。吉洪·伊里奇则在一边斜睨着她。答案总是模棱两可,要么预示凶兆,要么莫名其妙。

"我的丈夫爱我吗?"纳斯塔西雅·彼得罗夫娜问道。

乩盘上回答:

"像狗爱棍子一样。"

"我会有几个孩子?"

"命运注定你要死亡,田里要锄草。"

这时吉洪·伊里奇说:

"我来投投看……"

他问的卜是:

"我该不该和那个人打官司?"

他得到的回答是一句胡话:

"数数你嘴里的牙齿。"

有一次,吉洪·伊里奇朝空落落的厨房瞥了一眼,发现老婆坐在厨娘孩子的摇篮旁。一只芦花小鸡叽叽叫着在窗台上走来走去,往窗玻璃上啄苍蝇。老婆坐在铺板上一边摇着摇篮,一边用颤抖的声音凄凄切切地唱着一首旧时的摇篮曲:

> 我家的宝宝睡在哪儿?
> 宝宝的小床儿搁在哪儿?
> 宝宝睡在高高的绣楼里,
> 躺在描着彩画的摇篮里。
> 谁也别过来打扰我们,
> 谁也别过来敲绣楼的门!
> 宝宝睡着了,睡得很安稳,
> 这儿挂着幽暗的帐子,

用那红红绿绿的塔夫绸……

看到这一幕,吉洪·伊里奇神色起了很大变化,纳斯塔西雅·彼得罗夫娜瞥了他一眼,并不感到尴尬,也不感到胆怯,她只是嘤嘤地哭了起来,擤了一下鼻涕,轻轻地说:

"看在上帝的分上,你就带我到神父那儿去吧……"

于是,吉洪·伊里奇带她上扎顿斯克去。可是一路上他都在想,上帝反正是要惩罚他的,因为他一天到晚忙忙碌碌,只有复活节才上教堂。再说,他脑子里还常常钻进一些亵渎神明的念头:他总拿自己和一些圣徒的父母相比,他们也是一直没有子女的。这样想实在不高明,可他早就发觉,他身体里面还有一个人,比他还愚蠢。临走前,他收到一封从阿丰寄来的信,信上说:"最最虔诚的恩人吉洪·伊里奇!愿上帝赐予您平安,愿您得救并得到上帝的祝福,万人赞颂的圣母保佑您免遭她在尘世圣阿丰山所遭受的劫难!我有幸获悉您乐善好施,得悉您常奉献爱心,资助上帝圣殿及修士修室的建造和修缮。如今寒舍因年久失修,已破败不堪……"于是吉洪·伊里奇寄去一张十卢布钞票供他修葺旧居。吉洪·伊里奇曾经怀着天真的自豪感相信,他的名声真的传到了阿丰,并且明知阿丰有数不清的破房子,却还是不断地寄钱去,这样的日子现在已过去很久了。可是这样做还是无济于事,纳斯塔西雅·彼得罗夫娜的分娩还是以一场苦难告终:在生下最后一个死胎之前,她刚睡着,突然全身发抖,呻吟并尖叫起来……据她说,在梦中她有那么一刹那感到万分欣喜,接着就感到一种难以形容的恐惧:她一会儿看见天后穿着金光闪闪的长袍从田野向她走来,从某个地方

米佳的爱情 | 271

传来一阵和谐的歌声,并且越来越响;一会儿从床下跳出一个小鬼,在黑暗中看不清楚,但心灵的眼睛却看得明明白白。他吹起口琴,琴声嘹亮豪放,却不连贯。纳斯塔西雅·彼得罗夫娜觉得,如果不睡在闷热的屋子里和羽毛褥子上,而睡在露天里,粮仓的屋檐下,该会好受些。但是她害怕:

"狗会跑来嗅我的头……"

生儿育女的希望落空后,吉洪·伊里奇越来越想不通:"我到底是为谁受这份罪啊,该死的?"专卖权的实施简直是在他的伤口上撒上一把盐。从此他两手常常发抖,眉毛病态地皱在一起或往上扬,嘴角往下撇,尤其是在说"等着瞧吧"那句口头禅的时候。他仍旧把自己打扮得很年轻:脚蹬漂亮的小牛皮皮靴,身穿斜领的绣花衬衫,外套一件双排扣上衣。但胡子已经日渐花白、稀疏、杂乱……

老天爷好像故意和人们作对,这年的夏天又热又旱。黑麦颗粒无收。只有向顾客诉苦时才得到一点安慰。

"干不下去了,干不下去了!"吉洪·伊里奇在谈到酒类买卖时,快快活活地一字一顿说,"怎么干啊!专卖权!财政大臣自己想做生意啦!"

"唉,我看着你呐!"纳斯塔西雅·彼得罗夫娜难过地说,"你别再说下去了!会把你流放出去的,到那里连骨头都找不回来!"

"你别吓唬我!"吉洪·伊里奇扬起眉毛,打断她的话,"不是每个人的嘴都可以堵住的!"

于是他对顾客更加尖刻地说:

"黑麦会让他们称心的!等着瞧吧:会让所有的人都称心的!夜里都看得出来。你跑到门口看看月光下的麦田:亮得跟光头似的！你出去看看：光秃秃的一片！"

那年彼得节吉洪·伊里奇在集市上度过了四个昼夜，因为焦虑、天热和失眠，情绪更坏了。往常，他很喜欢赶集。黄昏时，他给几辆大车的车轮涂上油，装满干草，把枕头、呢大衣放在他和老雇工乘坐的那辆车上。他们很晚才动身，大车咿咿呀呀直走到天亮。起初大家开开心心地聊天、抽烟，彼此谈些往日的故事，说的都是些商贩在路上或宿夜时遭人谋杀的事件，叫人心惊胆战。后来，吉洪·伊里奇躺下睡觉，蒙眬中他听到迎面来人的说话声，感觉到大车在摇晃，仿佛在往山坡下走，脸颊在枕头上晃来晃去，帽子从头上掉了下来，夜晚清新的气息使他感到头上很凉快，这一切都使他感到很舒服。他在太阳升起之前醒来，迎来一个露珠遍地的玫瑰色早晨，周围是一片朦胧的绿色庄稼地，远方浅蓝色低地上一座城市正欢乐地焕发着耀眼的光彩，城里的教堂闪闪发光，痛痛快快地打个哈欠，迎着远方传来的钟声画个十字，从睡眼惺忪的老头手里接过缰绳，那老头在清晨的寒气中已像个孩子一样，浑身乏力，在晨曦中脸色煞白……这一切多么叫人心旷神怡！可是这一回吉洪·伊里奇却让总管押车，自己单独赶一辆竞赛马车前去。夜晚暖和而明亮，但毫无乐趣。他只觉得一路上好生疲劳。城门口集市、监狱和医院的灯光在十俄里外的草原上就看得见，却让人觉得永远也无法走到这些遥远朦胧的灯光跟前。板条广场的客栈里闷热不堪，臭虫咬得人浑身发痒，门口总有人高声谈话，大车不时隆隆地驶进石板地的院子，公鸡老早就打鸣，鸽子也咕咕直叫，打开的窗户外面天色已经发白，这一切都扰得他一夜未曾合眼。第二天他试着跑到集市的大车上过夜，同样没有睡好：马匹不断嘶叫，货篷里灯火通明，周围人来人往，人声鼎沸，拂晓时正是困得眼睛睁不开的时候，监狱和医院却钟声大作，甚至有一头母牛就在头顶上惊天动地地鸣叫起来……

"简直是活受罪！"一想到这几天过的日子，他就这么想。

集市分布在牧场上，绵延整整一俄里长，像往常一样闹闹嚷嚷、混乱不堪。到处人声嘈杂，马匹嘶鸣，孩子们胡乱吹着哨子，旋转木马游艺场上的轻便管风琴奏响着震耳欲聋的进行曲和波尔卡舞曲。庄稼汉和农妇们有说不完的话，他们从早到晚成群结队在大车和帐篷之间、马匹和母牛之间、临时戏台和冒着刺鼻油烟的小吃摊之间形成的尘土飞扬、遍地牲口粪的通道里像潮水一样涌来涌去。像往常一样，无数投机贩子面红耳赤地在这儿争吵，进行他们的交易。瞎子、穷人、乞丐和残疾人，有的拄着拐杖，有的坐着小车，成串成串地哼着鼻音很重的小曲走过。县警察局长的三驾马车挂着叮叮当当的小铃铛缓缓地从人群中驶过，车夫穿一件波里斯绒坎肩，帽子上饰着孔雀毛……吉洪·伊里奇的顾客很多。有脸色发紫的茨冈人，有身穿帆布大袍、脚蹬破旧长筒靴的红发波兰犹太人，有穿紧腰细褶长外衣、头戴遮檐帽、脸色黝黑的小贵族。前来光顾的还有漂亮的骠骑兵巴赫京公爵和他那穿英国式服装的妻子、老态龙钟的塞瓦斯托波尔英雄赫沃斯托夫。这位塞瓦斯托波尔英雄是个瘦高个子，布满皱纹的黑脸膛大得出奇，他身穿长长的军服，裤子耷拉下来，脚上穿一双宽头的长靴，大盖帽上有一个黄圈，从大盖帽下露出两绺染成深褐色的鬓发……巴赫京向后仰着身子，细细地端详着马匹，蓄着八字胡的嘴矜持地微笑着，抖动着一条穿樱桃色马裤的腿。赫沃斯托夫一步一蹭走到马匹前，那匹马睁着一只亮晶晶的眼睛斜视着他，他仿佛要倒下去似的勉强站住，举起手中的手杖，用沙哑的声音，毫无表情地反复问了十来次：

"卖多少钱？"

对所有的顾客都必须回答。吉洪·伊里奇回答得十分勉强，他咬紧牙关，出了个高价，使得所有的顾客都空手离去。

他晒得像黑炭，又瘦又苍白，一身尘土，苦闷至极，浑身乏力。他的胃病再次发作，甚至绞痛起来，只好上医院去看病。但他在那里等了两个多钟头，坐在嘈杂的走廊里，闻着难闻的石碳酸气味，他觉得自己已不是吉洪·伊里奇，而是坐在主人或上司家的过道屋里。一个活像教会助祭的医生，脸色红润，眼睛浅淡，穿着一身发出铜臭味的短小黑礼服，呼哧呼哧喘着气，把一只冰凉的耳朵贴在他的胸口上，他急忙说"肚子差不多好了"，只是因为胆怯才没拒绝服用蓖麻油。回到集市，他喝下一杯掺胡椒和食盐的伏特加，又吃他的灌肠和劣质面包，喝茶，喝生水，喝酸菜汤，但都不能解渴。几个熟人叫他去"喝几杯啤酒提提神"，他便去了。一个卖克瓦斯的小贩在吆喝：

"克瓦斯，冲鼻子的克瓦斯！一戈比一杯，最好的柠檬汽水！"

于是他拦住卖克瓦斯的小贩。

"卖冰淇淋喽！"一个大汗淋漓的秃顶的冰淇淋贩子在高声叫卖，那是个穿红衬衫的大肚子老头。

米佳的爱情

他又用骨制的小勺子吃了一份冰淇淋，那冰淇淋几乎像冰雪一样，吃得他两鬓发痛。

尘土飞扬、被人畜踩踏、车轮碾轧、堆满垃圾、遍地畜粪的牧场空了——集市结束了。但吉洪·伊里奇好像存心跟谁作对似的，仍旧在大热天里、尘土当中看住他那几匹没有卖掉的马，呆坐在大车上。上帝啊，这是多么好的地方啊！黑土层有一俄尺半厚，而且是多肥沃的黑土层啊！可是五年里少不了要闹一次饥荒。这座城市是全俄罗斯闻名的粮市，可是全城只有百来个人吃得饱。而集市上呢？全是乞丐、傻子、瞎子、残疾人，简直有整整一个团，叫人看了又害怕又恶心。

在一个艳阳高照、天气炎热的早晨，吉洪·伊里奇顺着旧大道回家去。他起初取道市区和市场，然后涉过被几家制革厂污染得酸臭不堪的小河，在河对岸穿过黑镇，就可以进山了。他和弟弟曾在这个市场马托林开的小店里当过伙计。这会儿市场里的熟人都对他点头问好。他的童年是在黑镇上度过的，就在这个半山腰里，在这些陷入地里、干草屋顶腐烂发黑的土坯房里，在这些晒干了用以生火的牛马粪堆当中，在这些垃圾、炉灰和破烂堆里……如今，吉洪·伊里奇在其中出生、长大的那座土坯房已经踪影全无。在原来的地方造起了一座新的木板房，门口挂着一块生锈的招牌："信教的裁缝索博列夫"。镇上的一切则依然如旧：猪和鸡在门口转悠；大门口竖着高高的竹竿，竹竿上挂着羊角；织花边女工们不时从小窗口的花盆后面探出一张张大白脸来；几个肩上挎着一根背带的孩子赤着脚，正在放拖树皮尾巴的风筝；文静的淡黄头发小姑娘们在墙根土台上玩她们爱玩的游戏：掩埋布娃娃……在山上的野地里，他对着一块墓地画了个十字，墓地的围墙外几棵老树之间原有一座可怕的坟墓，里面埋葬着富裕的吝啬鬼济科夫，当年人们刚动手往他的坟墓填土的时候，坟墓却突然塌陷下去了。吉洪·伊里奇沉思了片刻就掉转马头朝墓地大门走去。

墓地的白色大门旁坐着一个正在织袜子的老太婆，她像童话里的老太婆一样——戴着眼镜，长着一个鹰钩鼻，嘴巴瘪了进去。这是住在墓地附近一家寡妇养老院里的一个老寡妇。

"你好啊，老太太！"吉洪·伊里奇把马拴在大门口的柱子上，大声说，"帮我看一会儿马行吗？"

老太婆站起来，深深地鞠了一躬，含混不清地说：

"行，老爷。"

吉洪·伊里奇脱下帽子，低着头翻起眼睛，对大门上的一幅圣母升天图再次画了个十字，又说：

"你们这儿的人还多吗？"

"还有整整二十个老太婆，老爷。"

"这么说，免不了要吵架吧？"

"免不了，老爷……"

吉洪·伊里奇不慌不忙地穿过树林和墓地上的众多十字架，顺着一条通往木结构老教堂的林荫道走去。他在集市上理了发，修剪了胡子，显得年轻多了。病后的清瘦也使他显得年轻。他面孔晒黑，只有两鬓因理发露出两小块白嫩的皮肤，使他显得年轻。对童年和青年时代的回忆，还有一顶新的帆布遮檐帽，这一切都使他显得年轻。他边走边瞧着两边的景色……人生是多么的短暂而无聊啊！在这阳光灿烂的僻静山野，在这古老乡村墓地的墓园，周围是多么宁静和安谧！由于天热得太早，明亮的树林已变得稀疏，露出了一片万里无云的晴空，灼人的热风掠过树梢，直吹得墓碑上淡淡的树影婆娑起舞。风停了之后，阳光烘烤着野地里的花草，鸟儿在灌木丛里甜蜜地鸣啭，蝴蝶一动不动地停在灼热的小径上，享受着睡意的舒适……在一个十字架上吉洪·伊里奇读到：

　　死神向人们征收
　　多么可怕的赋税！

不过周围并不恐怖。他往前走着，甚至仿佛有些高兴地发现墓地在扩大，在充斥墓地的无数古老的棺形有脚墓碑、沉重的生铁墓碑和粗大、已经朽烂的十字架当中又出现了许多新坟。"一八一九年十一月七日凌晨五时逝世"——读这样的碑文真令人不寒而栗，在古老的县城，死于阴雨连绵的秋日的凌晨实在可怕！但旁边的树丛里却有一尊白色的石膏天使像闪耀着光芒，天使的眼睛仰望着天空，底座上刻着金字："在主里面而死的人有福了！"[①]一个八级文官的铁墓碑经过风雨和岁月的冲刷，已显得斑驳陆离，上面的诗句尚可辨认：

　　他忠诚为沙皇服务，
　　他真心热爱诸亲友，

---

① 见《新约·启示录》第14章第13节。

赢得了众人的尊敬……

吉洪·伊里奇觉得这几句诗很虚假,然而真情又在哪儿呢?瞧,灌木丛里扔着一块人的颌骨,像是用肮脏的蜡做成的——这就是一个人死后留下的东西……然而只有这一点儿吗?鲜花、缎带、十字架、埋在地里的棺材和尸骨都在腐烂——一切都会死亡和腐朽!但吉洪·伊里奇继续往前走,读到"死人复活也是这样:所种的是必朽坏的,复活的是不朽坏的"。①

所有的碑文都动人地谈到宁静、安息、温顺和世上似乎不存在、将来也不会有的爱情;谈到朋友之间的忠诚、对上帝的顺从以及寄托对在另一个幸福国度里的来生和重逢的热烈期待。这些话你只有在这儿才能相信。此外,还谈到只有死亡才能给人带来平等——人们在最后吻一次死去的乞丐时就像在吻自己的兄弟,这个时候和吻沙皇和大主教是一样的……而在墓园的边远角落里、炎热的阳光中萎蔫的接骨木丛中,吉洪·伊里奇看见一座新的小孩的坟墓和十字架,十字架上有两行诗:

树叶啊,小点声,莫喧哗,
别吵醒我家的科斯佳!

于是他想起自己被哑巴厨娘在睡梦中压死的孩子,不禁连连眨巴着泪水盈眶的眼睛。

---

① 见《新约·哥林多前书》第15章第42节。

墓地附近有一条公路穿过起伏不平的田野，但从来没有车马在这条公路上行走。人们走的是旁边一条尘土飞扬的村道。吉洪·伊里奇也走这条村道。迎面飞也似的驶来一辆破旧的出租马车——县里的出租马车跑起来都是这么不要命的！马车上坐着一个城里的猎人。他的脚边躺着一条花斑猎狗，膝盖上搁着一管装在套子里的猎枪，脚上蹬着在沼泽地上行走用的长筒皮靴，尽管县里没有沼泽地。吉洪·伊里奇气愤地咬咬牙齿：真该把这个二流子送去当雇工！正午的太阳似火烧一般，热浪滚滚，无云的晴空变成浅灰色。吉洪·伊里奇越来越生气地扭过脸去，避开路上飞扬的尘土，越来越担心地斜眼望望过早干瘪的瘦弱的庄稼。

许多朝圣的女人饱受劳累和炎热的折磨，拄着高高的拐杖，成群结队地一步一步走来。她们十分恭敬地向吉洪·伊里奇深深鞠躬问好，可吉洪·伊里奇这会儿却觉得一切都是虚假的。

"好一群恭顺的女人！可一到宿夜的地方就会像狗似的互相咬起来！"

喝得醉醺醺的庄稼汉们赶完集要回家去，他们催动马匹，扬起一股股乌云似的尘团，一个个都长着火红、瓦灰和乌黑的须发，全是那么丑陋、干瘪、蓬头垢面。吉洪·伊里奇赶过他们那些隆隆作响的大车，摇摇头想道：

"哼，这帮该死的叫花子！"

一个庄稼汉穿着撕成布条的花布衫睡在车上，他翘起沾血的胡须和血迹已干但仍肿胀的鼻子，头往后仰，脸朝天躺着，像个死人似的撞击着车身。另一个庄稼汉奔跑着，追赶着被风吹落的帽子，跌了一跤，吉洪·伊里奇幸灾乐祸地抽了他一鞭。他还遇到一辆大车，上面装满筛子和铁铲，挤满了农妇。她们背对着马匹坐着，一路摇晃颠簸；一个农妇戴着一顶新的儿童遮檐帽，帽檐朝着脑后，另一个在唱歌，还有一个对着行驶在前面的吉洪·伊里奇挥着双手，笑呵呵地嚷嚷着：

"大叔，销子掉了！"

过了关卡，公路在这里拐了弯，隆隆作响的大车已落在后面，周围静悄悄的，只剩下一片广阔而炎热的草原，他又一次感觉到世界上最重要的还是"事业"。唉，周围是一片贫穷的景象啊！农民全破产了，遍布县里的宅园都穷得一文不名……这里要有个好当家就好了，需要一个好当家啊！

半路上有个叫罗夫诺耶的大村庄。燥热的风一阵阵掠过空荡荡的街道，扫过被暑热烤焦的柳条。一群母鸡竖起羽毛，在家门口灰堆里扒来扒去。一座颜色刺眼的教堂突兀地矗立在光秃秃的牧场上。教堂后面，一座用畜粪筑起的堤坝下，一个小小的泥塘在阳光下熠熠闪亮，一群母牛站在浑浊、发黄的水中，不时拉屎撒尿，一个赤身露体的庄稼汉在往头上擦肥皂。他站在齐腰深的水里，胸前有个铜十字架在闪光，脸和脖子晒得漆黑，身上却白得惊人。

"来帮我解下马嚼子吧。"吉洪·伊里奇把车赶进发出牲口气味的水塘。

庄稼汉把一块像大理石那样青灰色的肥皂扔到因沾满牛粪而发黑的岸上，带着满头的灰色肥皂沫，难为情地遮掩着，急忙跑上来执行命令。马儿如饥似渴地跑去饮水，但水塘里的水又热又臭，它只好抬起头来，转过身去。吉洪·伊里奇对它吹了一声口哨，用帽子指着水塘说：

"瞧,这就是你们的水!你们就喝这水塘里的水?"

"你们的水兴许是甜的吧?"庄稼汉快活而亲切地反问。

"这水我们都喝了上千年了!水又怎么了,没有粮食才……"

过了罗夫诺耶村,道路两旁是无边无际的黑麦田——同样都很瘦弱,田间长满了矢车菊……在杜尔诺夫卡附近的维谢尔基村旁一棵满是窟窿和节疤的爆竹柳上栖息着黑压压的一群白嘴鸦,它们都张大银白色的嘴,这些白嘴鸦不知为什么对火灾后的废墟总是情有独钟。如今维谢尔基村只剩下它的村名——瓦砾堆中只剩下一些烧焦的屋架。瓦砾堆还在冒着灰白色的烟,散发出一股酸溜溜的焦煳味……吉洪·伊里奇脑子里闪过一个发生火灾的念头。"糟了!"他脸色陡变,想道。他的财产都没有保险,顷刻之间就会化为乌有……

自从这次难忘的圣彼得节赶集回来,吉洪·伊里奇就喝上酒了,虽然没有喝得酩酊大醉,却经常喝,喝得面红耳赤才肯罢休。然而喝酒并没有影响他的事业,用他的话说,也没有影响他的健康。"酒能活血。"他常说。现在他常把自己的生活称作苦役、绞索和金笼子。然而,他在自己选定的道路上走得更加自信了,而且一连几年,天天过着同样的日子,好像这些日子都汇合成一个工作日了。可是谁也没有想到,发生了新的重大事件——对日战争和革命。

不用说,人们谈到战争,起初都是用吹牛的口气:"老弟,哥萨克很快就会把黄皮鬼打个落花流水的!"可是没多久,人们听到的却是另一些话。

"自己的地还多得种不过来呢!"吉洪·伊里奇也用精

明、严厉的口气说,"这不是打仗,简直是在胡闹!"

听到俄国军队遭到惨败的消息,他幸灾乐祸地大叫起来:

"嘿,好啊!活该,他妈的!"

起初革命使他感到兴奋,凶杀也使他感到兴奋。

"把这个大臣狠狠地教训了一下,"有时吉洪·伊里奇兴奋起来会说,"尸骨都不给他留下!"

但只要谈到土地收归国有的话题,他心中的仇恨便苏醒了。"都是那伙犹太人搞的鬼!全是那伙犹太人,还有那些蓬头垢面的大学生!"可是令人百思不得其解的是:大家都在说"革命,革命",可是周围还是老样子,过着平平常常的日子:太阳照样当空照着,黑麦照样在田里扬花,火车照样一辆辆驶往火车站,络绎不绝……令人费解的是,老百姓都缄口不言,说起话来也含糊其辞。

"老百姓都不肯说真话!简直太可怕了,都藏得那么深!"吉洪·伊里奇说。

于是他不再提"犹太人"三个字,又说:

"其实,这套把戏并不高明。换个政府,平分土地——连三岁孩子都懂。也就是说,让老百姓去为谁受罪,事情明摆着,不过,大家嘴里不说罢了。也就是说,要注视老百姓的一举一动,让他们不敢吭声。不能让他们得逞!不然,你可得当心:一旦让他们得手,发起火来,会叫你彻底完蛋!"

当他看到或听到某种消息,说只剥夺那些拥有五百俄亩以上地产的人的土地时,他自己也变成"捣乱分子"了。他甚至和农民争论起来。有过这么回事——一个庄稼汉站在他的铺子旁边说：

"伊里奇，你可别这么说。要是价钱公道，也可以把地收去。可这么干不行，不好……"

天气炎热，堆在院子对面粮仓旁的松木板散发出一阵阵香气。听得见树林和火车站建筑物后面一列货车的机车烧热了，在放蒸汽，发出咝咝声。吉洪·伊里奇没戴帽子，眯起眼睛，嘴角露出一丝狡黠的微笑。他笑着回答道：

"不错。可万一他不是个好当家，而是个二流子呢？"

"谁啊？你是说东家老爷吗？这就是另一码事喽。对这种人就是把他所有的家私都拿走也不罪过！"

"对，对，对，就是这么回事！"

然而又传来另一种消息，五百俄亩土地以下的也要剥夺！吉洪·伊里奇立刻变得心神不定，烦躁不安。家里不管发生什么事，他都嫌烦。

帮工叶戈尔卡从铺子里拿出几只面粉袋在外面抖搂。他的头是尖的，头发又硬又密（为什么傻子的头发总是那么密？）前额凹陷，脸像一只歪到一边的鸡蛋，一对鱼眼睛往外暴出，长着白色牛犊般睫毛的眼皮就像绷在上面似的。他脸上的皮仿佛不够用：要是闭起眼睛，就得把嘴张开；要是闭住嘴，就得睁大眼睛。这时吉洪·伊里奇恶狠狠地对他嚷道：

"傻子！野蛮人！你干吗对着我抖搂？"

他的上房、厨房、铺子和粮仓（以前他在这里卖酒）都在同一座大房子里，同一个铁皮屋顶下。盖着干草的牲口棚从三面紧连着这座房子。就这样构成一个四方形的安乐窝。隔着大路，正对着他家有一排粮仓。右边是火车站，左边是公路。公路后面是一片小小的桦树林。吉洪·伊里奇遇上心情不好时，就常常到公路上去溜达。公路像一条白色的带子，穿过一个个山口，向南方伸展过去，连同它旁边的田野一路下坡，一直到一个白色的岗亭，在那里同一条从东南方向延伸过来的铁路相交，再重新上坡，向地平线那边伸展过去。有时杜尔诺夫卡的庄稼汉从这里经过——当然，是那种比较精明干练的，例如雅科夫，由于他"有钱"，并且贪得无厌，大家都尊称他雅科夫·米季基奇，——吉洪·伊里奇就会叫住他。

"买一顶遮阳帽戴戴吧！"他讪笑着喊了他一声。

雅科夫戴着便帽，穿一件麻布衫和一条厚实的短裤，赤脚坐在车帮上。他拉紧缰绳，勒住那匹膘肥体壮的母马。

"你好啊，吉洪·伊里奇。"他不冷不热地说。

"你好！我说啊，你该把那顶便帽拿出去做乌鸦窠了！"

雅科夫点点头，低头冷笑了一下。

"这……怎么说呢？……倒是不错。可是比方说吧，没钱，买不起啊。"

"得了吧！你们这种人大家都知道，尽会哭穷！闺女出嫁了，小子娶了亲，钱有的是……你还盼着上帝给你什么啊？"

这些话说得雅科夫好不得意，但也使他变得更加小心谨慎。

"啊，主啊！"他叹口气，用颤抖的声音喃喃地说，"至于钱……我的钱，比方说吧，要开个店什么的，还不行啊……而小子……至于小子呢？小子可不快活……我照直说

米佳的爱情 | 285

吧——不快活！"

雅科夫像许多庄稼汉一样，脾气十分急躁，尤其是问题涉及他的家庭和营生的时候。他是个很内向的人，但这个时候却急躁起来，虽然只表现为说话结结巴巴，声音发颤。吉洪·伊里奇存心要败坏他的情绪，便关切地问他：

"不快活？说说是怎么回事！都是那当儿媳的婆娘惹的祸吗？"

雅科夫往四下里看看，用指甲狠狠地挠了挠胸膛说：

"都是那婆娘惹的祸，叫她不得好死……"

"吃醋啦？"

"吃醋了……说我扒灰……"

雅科夫的眼睛滴溜溜地转起来，说：

"她总在男人面前告我的状，总是告我的状！嘿！还想毒死我呢！比方说，有一次我着了凉，想抽口烟，让胸口好受些……她呢，就往我枕头底下塞进一支卷烟……我要不是看了看，那准得遭殃！"

"那是支什么烟卷啊？"

"她把死人骨灰当烟丝卷在里面……"

"你那个小子是个傻瓜！得照俄罗斯人的规矩教训教训她啊！"

"算了吧！他啊，比方说，爬到我胸前来，只会像蛇一样扭来扭去！……我要抓他的头，可他的头发剃光了……我要抓他的衣领——把衣服拉破了可不值得！"

吉洪·伊里奇摇摇头，沉默了片刻，终于下决心问道：

"那么，你们那边怎么样？大家都在等造反吗？"

这时雅科夫又恢复了他的内向。他微微笑了笑，挥挥手。

"不！"他很快地嘟囔着，"干吗要造反啊！我们那儿的人很老实……都是些老实人……"

他把缰绳拉拉紧，仿佛马不是站在那儿似的。

"那么礼拜天干吗开大会？"吉洪·伊里奇突然恶狠狠地问了一句。

"开大会？鬼才知道干吗！大家胡乱吵闹了一番，比方说……"

"我知道吵闹些什么！"

"那好吧，我也不瞒你……大伙儿在议论，比方说，来了一道命令……据说，来了一道命令——再不按以前那样的工价给东家干活了……"

就因为杜尔诺夫卡毁了他的事业，想想都叫人气恼。杜尔诺夫卡总共不过三十户人家，坐落在一个鬼山沟里：这山沟很宽阔，一边是农民的房子，一边是一座小庄园。现在这个小庄园和那些农家小房子正面对面对峙着，天天等待着来一个"命令"……唉，真想带上几个哥萨克，高高地扬起鞭子冲去！

"命令"终于下来了。一个礼拜天，传来一个消息，说要在杜尔诺夫卡召开大会，制定向庄园进攻的计划。吉洪·伊里奇的双眼放射着凶狠而又窃喜的光芒，感到身上有一股不寻常的劲，想去拼一回命，准备去"和魔鬼较量一番"，于是他厉声吩咐"套上小公马"，过了十分钟，他已在通往杜尔诺夫卡的公路上疾驰了。雨后初霁的太阳落到暗红色的云彩后面去了，小桦树林的树干鲜红亮丽，积满暗紫色泥泞的村道在一片葱茏的绿地中间显得格外清晰，也非常难走。

米佳的爱情 | 287

从小公马的后腿上，从在马腿上来回磨蹭的后鞧上不断流下粉红色的泡沫。吉洪·伊里奇噼里啪啦地抽动缰绳，从铁路上拐过弯，走上右边的一条田间土路。他看见了杜尔诺夫卡，有那么一会儿他竟怀疑起造反传闻的真实性。周围是那么宁静安谧，云雀安适地唱着黄昏的歌，空气中像往常一样恬静地散发着湿润的泥土气息和野花的甜味……蓦地，他的目光落在庄园旁边的休闲地上，那里长满了黄香草木樨：他的休闲地上竟放牧着农民的马群！这么说，真的干起来了！于是吉洪·伊里奇扯动缰绳，飞驰而去，一路驰过农民的马群，长满牛蒡和荨麻的干燥棚，种满低矮草木、麻雀成群的花园，马厩和下房，冲进院子……

后来发生了一件荒唐事：暮色中，吉洪·伊里奇由于愤恨、气恼和恐惧，呆呆地坐在野地里的竞赛马车上。他的心怦怦直跳，双手发抖，面孔发烧，听觉变得像野兽一般灵敏。他坐在那里，谛听着从杜尔诺夫卡传来的叫喊声，回想起刚才发生的事变：一群人，他觉得人很多，看见他，就冲过山沟，拥向庄园，连吵带骂，聚集在台阶前，把他逼到门口。他手里只有一根鞭子。他挥着鞭子，时而后退，时而不顾一切冲向人群。但是冲上前来的马具匠却更加勇猛地挥舞着棍子。他精干强壮，大肚子往下坠，鼻子尖尖的，穿一双长筒靴和一身紫色布衫，像凶神恶煞一般。他代表整个人群大叫大嚷，说来了命令，要大家"罢工"——在当天同一时辰实行全省大罢工：把外地来的雇工从所有的庄园赶走，用本地雇工代替他们，工钱一天一卢布！吉洪·伊里奇叫得比马具匠还凶，竭力把声音盖过他：

"好哇！原来如此！你这个二流子也跟着那些吹鼓手学

会吹吹打打了？练出本事来啦？"

马具匠马上接过他的话猛烈还击：

"你才是二流子呢！"他面红耳赤，声嘶力竭地喊叫，"你这个老东西！我还不知道你有多少地？有多少，扒猫皮的？两百亩吧？可我呢，魔鬼！我总共才有你的台阶这么大的一小块！为什么？你是什么东西？我问你，你是什么东西？是什么货色？"

"好哇，你可得记牢点，米季卡！"吉洪·伊里奇孤掌难鸣，只觉得头脑发昏，便大叫一声，冲出人群，向马车跑去。"你可得好好记住！"

可谁也不怕威胁，人群在他后面齐声大笑、叫喊、吹口哨……他绕着庄园走了一圈，然后安定下来，仔细谛听。他把车赶到大路上，在十字路口面对晚霞和火车站停了下来，准备随时策马前进。周围一片寂静、温暖、潮湿、幽暗。地面渐渐升高，向地平线伸展开去，那里还微微发出一抹淡红的霞光，但整个儿已是一片漆黑，像无底深渊。

"站住，该死的畜生！"吉洪·伊里奇对那匹正稍稍活动的马轻轻地骂道，"站——住！"

从远处传来一阵说话声和吆喝声，从中可以听出万卡·克拉斯内的声音。他已经到顿涅茨矿区去过两次。后来庄园上空突然升起一股深红色的火焰：庄稼汉们在焚烧花园里的一座窝棚，一个城里来的园丁在逃走时把手枪忘在窝棚里了，这时手枪被烧得走了火……

后来才知道真的出了一桩怪事：就在同一天几乎全县的农民都起来造反了。城里的客栈有一阵子挤满了来寻求当局保护的地主。后来吉洪·伊里奇一想起他也曾来寻求过当局的庇护，就感到羞愧难当，因为这一次造反很快就结束了。农民们在县里嚷嚷了一阵，焚烧和捣毁了几座庄园以后就平静下来了。马具匠不久就像没有发生过什么事似地出现在沃尔戈尔的铺子里，进门的时候还恭恭敬敬地摘下帽子，仿佛没有发现吉洪·伊里奇看到他出现时板起了面孔。不过还在到处传说，杜尔诺夫卡的农民要杀死吉洪·伊里奇，因而他从杜尔诺夫卡回来总不敢在途中耽搁。他不时摸摸灯笼裤口袋里那把讨厌地不断使裤袋往下坠的大口径短筒手枪，发誓要在某一个夜里把杜尔诺夫卡烧个精光……在杜尔诺夫卡的池塘里投毒……后来这种传说停止了。然而吉洪·伊里奇已下定决心摆脱杜尔诺夫卡。"奶奶的钱不是钱，口袋里的钱才是钱！"

这一年吉洪·伊里奇已满五十岁。但他仍不放弃做父亲的梦想。正是这个梦想使他和罗季卡发生了冲突。

罗季卡是从乌里扬诺夫卡来的小伙子，长得又高又瘦，脸色阴沉，两年前来投靠雅科夫的鳏居兄弟费多特。他娶了亲，埋葬了在婚礼上因酗酒夭亡的费多特，便去当兵。新娘则去庄园打短工，她身材优美，皮肤雪白粉嫩，脸上微微泛出一片红晕，总是低垂着眼睫毛。就是这眼睫毛把吉洪·伊里奇惹得神魂颠倒。杜尔诺夫卡的婆娘们头上都长着"角"：她们一嫁人便把辫子盘到头上，再包上一块头巾，弄出一种很古怪的模样，活像一头头母牛。她们都穿一种旧式带金银镶边的深紫色方格毛料裙子，类似萨拉凡的白罩衣，脚穿树皮鞋。不过新娘子——人们仍然这样称呼她——即使这样打扮也还是很动人。一天晚上，新娘子在幽暗的干燥棚里垛麦子，吉洪·伊里奇往四下里看了看，便快步向她

走去,急促地对她说:

"你会穿上短筒鞋,戴上丝头巾……给你二十五卢布的票子我也舍得!"

但新娘子像死人一样,一句话也没说。

"你听见了吗?"吉洪·伊里奇压低声音对她喊道。

但新娘子像个泥塑木雕似的,只顾低着头,挥动耙子。

因此他什么便宜也没有占到。突然罗季卡回来了:他回来得比预期的早,瞎了一只眼睛。这件事发生在杜尔诺夫卡农民造反以后不久,吉洪·伊里奇立即把罗季卡夫妇一起雇到杜尔诺夫卡庄园里来,借口"现在没有个当兵的办不了事"。在圣伊里亚节前夕,罗季卡到城里去买扫帚和铁铲,新娘子在家擦地板。吉洪·伊里奇跨过地上的积水,走进屋里,朝趴在地上的新娘子、她那溅上污水的雪白小腿肚和婚后变得丰满的身子看了一眼……他身上突然产生一种力量和欲望,使他极其敏捷地向新娘子大步走过去。她立即直起身子,抬起激动得通红的脸,手里抓着水淋淋的抹布,怪声怪气地大叫:

"再过来,我就给你抹一把,好家伙!"

只闻得一股污水的热气、灼热的身体散发出的气息和汗味……吉洪·伊里奇一把抓住新娘子的手,野蛮地紧紧捏住,甩掉她手里的抹布,再用右手搂住新娘子的腰,使劲把她拉到跟前,弄得她骨头咯咯直响,接着把她抱到另一个有床铺的房间。于是新娘子仰着头,睁大眼睛,不再挣扎,不再反抗……

此后,他一看见老婆和罗季卡,想到罗季卡和新娘子睡觉,日日夜夜毒打她,就感到心如刀割。他很快就心惊胆战起来。那吃醋的人不知道通过什么途径竟知道了事情的真相，反正罗季卡知道了。他干瘦，瞎了一只眼，手臂像猿猴一样又长又有劲，长着黑头发的小脑袋常常把头发剃得很短。他总是低着头，皱紧双眉，用那只深陷而又炯炯有神的眼睛看人，样子很可怕。当兵的时候，他学到了一些乌克兰话和腔调。新娘子只要胆敢对他那简短生硬的话表示异议，他就会稳稳当当地拿起皮鞭，狞笑着走到她跟前，用乌克兰腔调，若无其事地从牙缝里挤出一句话，问她：

"您在说什么？"

接着就用皮鞭抽得她两眼发黑。

有一次，吉洪·伊里奇碰上了这样的毒打场面，忍不住大喝了一声：

"你在干什么，你这恶棍？"

但是罗季卡若无其事地在长凳上坐下，只是用眼睛瞥了他一眼。

"您在说什么？"他问道。

吉洪·伊里奇连忙砰的一声关上门，走开了……

他脑子里开始闪过各种恶毒的念头：要想办法，比方说，让罗季卡在什么地方让屋顶塌下或者土块落下压死……但一个月两个月过去了，那个愿望，那个使他迷恋于这些念头的愿望并没有实现：新娘子没有怀孕！既然如此，那么何必再继续玩火呢？应该摆脱罗季卡，尽快把他赶走。

可是找谁来接替他呢？

一件意外的事使吉洪·伊里奇摆脱了困境。他和弟弟突然和解，并且说服弟弟前来管理杜尔诺夫卡。

他从城里一个熟人那里听说，库兹马在地主卡萨特金那里当管理员,已经有一段时间了,更令他惊奇的是弟弟竟然成了"作家"。不错,他好像还出了一本诗集,封底上还印着《作家文库》字样。

"太好了!"吉洪·伊里奇听到这消息,拖长声音说,"库兹马,真不错!那么请问,真的印着:'库兹马·克拉索夫著'吗?"

"千真万确。"那个熟人回答,虽然他和城里的许多人一样坚信,库兹马的诗是从别的书刊上"摘"下来的。

当时吉洪·伊里奇正在达耶夫小酒馆里喝酒,当场就给弟弟写了一张措辞生硬的字条:老兄弟俩该和解悔过了。第二天,他们就在达耶夫小酒馆里重归于好,并且进行了一些事务性的商谈。

那是一天早晨,小酒馆里空荡荡的。太阳照着积满尘埃的窗户,照亮了屋里铺着潮乎乎的红桌布的餐桌、刚刚用麸皮擦过还发出马厩味的黑漆漆的地板和穿着白衣白裤的伙计。一只金丝雀在笼里尽情地歌唱,不过不像是一只活生生的鸟,而像一只上发条的机器鸟。吉洪·伊里奇神情紧张而严肃地在桌旁坐下,刚刚要了两杯茶,耳边就响起了一个他早已熟悉的声音:

"嗨,你好哇。"

库兹马个子比他矮些,骨骼粗大些,干瘦些。他脸庞宽阔、干瘦,颧骨较高,灰色的双眉紧紧皱在一起,长着一对浅绿色的小眼睛。他一开口就不寻常:

"吉洪·伊里奇,我首先要向你说明,"吉洪·伊里奇刚刚给他斟了一杯茶,他就说,"我要向你说明,我是什么人,让你知道……"他笑了笑,"你在和谁打交道……"

他有个习惯,说起话来一字一句,毫不含糊,不断扬起眉毛,不时解开上衣的第一个纽扣又把它扣上。这时他扣上纽扣,继续说:

"告诉你,我是个无政府主义者……"

吉洪·伊里奇扬起双眉。

"你别害怕。我不搞政治。不过谁也不能禁止人家思考问题。这对你没有任何害处。我会尽力管好庄园的,但是我要坦率地说,我不会去扒人家的皮。"

"也不是那个年代了。"吉洪·伊里奇叹口气说。

"年代倒还是那个年代,扒人家的皮也还可以。不过,不能这么干。我会去管理的,有空就充实充实自己……就是说,读读书。"

"哼,等着瞧吧:一旦读上瘾,口袋里的钱就少了!"吉洪·伊里奇摇摇头,撇了一下嘴唇说,"再说,读书也不是我们这种人的事。"

"不,我不这么想,"库兹马反驳说,"大哥,我,怎么跟你说好呢?我是个古怪的俄罗斯人。"

"我也是俄罗斯人,等着瞧吧。"吉洪插了一句。

"不过不一样。我不想说,我比你能干,但是不一样。我看得出,你很为自己是俄罗斯人而骄傲,我呢,大哥,也不是个斯拉夫主义者[①]!不必再多说了,我只说一点:看在上帝的分上,别再夸你们是俄罗斯人了。我们还是个野蛮

---

① 19世纪中期俄国社会思潮中的一个派别,认为俄国的发展道路应该同西欧各国有原则区别。他们美化古代罗斯的社会制度和农民村社,后来同西欧派逐渐接近,加入自由主义阵营。

民族！"

吉洪·伊里奇皱起眉头，用手指敲敲桌子。

"这个嘛，也许说得对，"他说，"是野蛮民族，糊里糊涂的。"

"是啊，你说得对。我敢说，我也算见过一些世面了，可结果呢？我就没有见过比我们更无聊更懒散的人。即使不懒吧，"库兹马瞟了大哥一眼，"也搞不出什么名堂来。拼出老命，想攒点钱，给自己筑个窠，结果又怎么样呢？"

"什么结果又怎么样？"吉洪·伊里奇问道。

"是这么回事，要筑个窠，也得动动脑筋啊。就说让我筑个窠吧，我可得过上个像样的日子。要动动这个，动动这个。"说着，库兹马用手指戳戳胸口和额头。

"老弟，看来，我们做不到这一点，"吉洪·伊里奇说，"'到乡下住一阵，喝一点没味的菜汤，穿穿破旧的树皮鞋！'"

"树皮鞋！"库兹马连讥带讽地说，"大哥，我们已经穿了一千多年了，让它受到三倍的诅咒吧！这该怪谁呢？鞑靼人，你看，都是他们害的！你看，我们这个民族还嫩！看来，欧洲那边也深受其害，都是蒙古人干的。日耳曼人也不比我们老练……不过，这是另一个话题了！"

"对啊！"吉洪·伊里奇说，"我们最好还是谈谈正事吧！"

可是库兹马还是把原来的话题说下去：

"我不上教堂……"

"这么说,你是莫罗勘派教徒①喽?"吉洪·伊里奇问道,心里想:"我完了!看来,我得摆脱杜尔诺夫卡了!"

"差不多是莫罗勘派,"库兹马笑了笑,"那么你是上教堂的喽?要不是因为恐惧和贫困,你大概会把教堂完全忘记的。"

"这么说吧,我既不是第一个,也不是最后一个,"吉洪·伊里奇皱起眉头,表示不同意,"世人都是有罪的。不是有这么一句话吗——叹息一声,一切都可赦免。"

库兹马摇摇头。

"你这是老一套!"他严肃地说,"你静下心来想一想吧:这怎么可能?糊里糊涂活了一辈子,叹息一声,就可以一笔勾销!有这种道理吗?"

谈话变得沉重起来。"话是不错。"吉洪·伊里奇睁着晶亮的双眼望着桌面,心里想。然而他像往常那样想回避关于上帝、生活的谈话,便首先把刚到嘴边的话说出来:

"进天堂当然好,可是罪孽在身进不去啊。"

"对对对!"库兹马用指甲敲着桌子,紧接着说,"这就是我们最舍不得割舍的陋习,是我们最致命的特点:说的是一套,做的是另一套!大哥,这就是我们俄罗斯人唱的调调:不想过猪一般的日子,可日子还是这么过下去,而且以后还得像猪一样过下去!好啦,我们还是谈正事吧……"

金丝雀已停止了歌唱。小酒馆里渐渐坐满了人。从集市某家铺子里传来鹌鹑的鸣叫,声音极其嘹亮清晰。在进行事

---

① 18世纪兴起的一个教派,他们否认一切宗教仪式,在斋期内照样饮乳,以对抗东正教的戒律。

务性的商谈过程中库兹马一直在谛听鹌鹑的鸣叫声，并且不时发出轻轻的赞叹："多灵巧！"两人谈妥之后，库兹马用手掌拍了一下桌子，充满自信地说：

"好，就这样吧，一言为定！"接着，他把手伸进外衣侧面的口袋，掏出一叠文据和钞票，从中找出一本浅灰色封面的小册子，把它放在哥哥面前。

"瞧！"他说，"我向你的要求，也向自己的爱好让步了。小册子很不像样，诗还不成熟，是以前写的……但没办法。喏，拿去作个纪念吧！"

吉洪·伊里奇又激动起来，他弟弟成了作家，在书的浅灰色封面上印着：《库·伊·克拉索夫诗集》。他把小册子翻转了一下，怯生生地说：

"你给我念念吧……怎么样？请给我念几首小诗吧！"

于是库兹马低下头，戴上夹鼻眼镜，把书挪到离眼睛远一点的地方，透过眼镜一本正经地注视着诗集，像一般自学的人那样，也就是模仿柯尔卓夫、尼基丁[①]的样子，朗读了起来，埋怨命运和贫困，向即将过去的风雨挑战。但在他那干瘦的颧骨上泛起一片红斑，声音有时发颤。吉洪·伊里奇的眼睛也亮了起来。诗写得好不好并不重要，重要的是写这些诗的是他的亲弟弟，一个身上散发着马合烟味和旧皮靴味的普通人……

"库兹马·伊里奇，"等库兹马停下来，摘下夹鼻眼镜，垂下眼睛时，吉洪·伊里奇说，"可我们唱的总是一个调……"

[①] 尼基丁（1824—1861），俄国诗人。诗体故事倾诉穷苦人的厄运。

他痛苦地抽动一下嘴唇，不高兴地说：

"我们唱的总是一个调：卖多少钱？"

可是，他把弟弟安置到杜尔诺夫卡之后，把这个调唱得更欢快了。在把杜尔诺夫卡交到弟弟手里之前，他为了一根被狗咬坏的新轭索，故意找罗季卡的岔子，辞退了他。罗季卡不屑地对他冷笑了一下，若无其事地到小屋里收拾他的东西。新娘子听说罗季卡被辞退，也像没事儿似的。自从和吉洪·伊里奇分手以后，她又恢复了以前的姿态：冷漠，沉默，不看他的眼睛。但是过了半小时，罗季卡收拾好东西，却带着新娘子去求情。新娘子脸色煞白，哭肿了眼睛，一声不吭地站在门口。罗季卡低着头，手里拿着帽子，也想哭，扭歪着脸，那样子很叫人恶心。吉洪·伊里奇坐着，翘起双眉，只顾噼里啪啦地敲着算盘。他只在一件事情上开了恩——不要他赔新轭索的钱。

这回他十分坚决。摆脱了罗季卡，把事务交给弟弟管之后，他觉得精力充沛，称心如意。看样子弟弟不是个办正事的人，靠不住，暂时就这么凑合吧！于是他回到沃尔戈尔，整个十月份都在不知疲倦的奔忙中度过。老天仿佛和他意气相投，十月份整整一个月都是艳阳天。但天气发生了变化，突然风雨大作，杜尔诺夫卡也发生了一件意想不到的事情。

十月里，罗季卡到铁路线上去干活，新娘子没有事做在家闲着，只是偶尔在庄园的花园里干点零活，赚个十五、二十戈比的。她的行为很古怪：在家里总是默默无言，哭哭啼啼，可在花园里却兴高采烈，嘻嘻哈哈，和冬卡·科莎一块儿唱歌。冬卡·科莎是个傻乎乎然而很漂亮的姑娘，长得像个埃及女郎。她正和一个租借花园的小市民同居。新娘子不知为什么和她很合得来,常常和那个小市民的弟弟,一个脸皮很厚的小伙子眉来眼去,边瞧着他,边唱歌,暗示她正为他害相思病。她是不是和他有过什么事,谁也不知道,不过后来事情竟以一件大丑闻告终。喀山圣母节前夕,小市民兄弟俩准备到城里去,在自己住的窝棚里搞了个"晚会",邀请科莎和新娘子参加。他们通宵达旦拉着两架手风琴,请这两个女朋友吃薄荷饼,喝茶和伏特加,到拂晓时,兄弟俩套好大车,突然哈哈大笑,把喝得烂醉如泥的新娘子翻倒在地,捆起她的双手,把她的裙子撩起来在头上打了个结,并用绳子扎紧。科莎拔腿就逃,吓得一头钻进湿淋淋的乱草堆里,等到大车载着小市民兄弟俩离开花园后,她才从草堆里悄悄往外看了看,这才看到新娘子下半身齐腰光溜溜地给吊在树上。那是个阴云密布的有雾的早晨,花园里淅淅沥沥地下着小雨,科莎泪流成河,颤抖得上牙对不住下牙,她从树上解下新娘子,赌咒发誓,决不让村里知道花园里发生的事,要不然就让她五雷轰顶……可是还不到一个礼拜,杜尔诺夫卡就到处流传着新娘子的丑事。

这些流言蜚语自然无从核实。"谁也没有看见,科莎就是瞎说也不会付出什么代价。"可是这些流言蜚语引起的议论却久久没有停止,大家都急不可耐地等着罗季卡回来收拾他的老婆。吉洪·伊里奇从雇工们嘴里听到花园里发生的事,他又坐立不安起来(生活又一次脱离了常轨),等待着新娘子被收拾:这件事情的结局说不定会出人命!但事情的结局竟然是这样:在米哈伊尔节①前夕,罗季卡回家来"换件衣

---

① 东正教纪念大天使米哈伊尔的节日,在11月21日。

服"，突然"闹肚子"死了，真不知道，对于杜尔诺夫卡人来说，是闹出人命还是闹出这样的结局更令人震惊！消息传到沃尔戈尔时已是入夜时分，但吉洪·伊里奇立刻吩咐套车，连夜冒雨赶到弟弟那里去。在喝茶的时候，他情绪激动，喝下一瓶甜酒，眼睛骨碌碌地乱转，语气急切地向弟弟承认是自己的罪过：

"都是我的罪过，弟弟，我的罪过！"

库兹马听完他的话，沉默了好久，又好一阵在房间里踱来踱去，扳着手指头，直扳得关节咯咯地响。最后莫名其妙地说了下面一段话：

"你想想看：有谁比我们这些人更凶残？在城里，一个小偷偷了摊头上一块半戈比的小饼，整个食品摊的人便追了上去，追上后，就把肥皂往他嘴里塞。要是哪儿失火啦，哪儿打架啦，全城的人就会跑去看热闹，如果火灾或打架很快就结束了，你就瞧瞧他们有多失望吧！你别摇头，别摇头啊：真的很失望！要是有人把老婆往死里揍，或者狠命地打孩子，或者百般戏弄他，你就瞧瞧那些围观的人有多么快活吧！这才是他们最最开心的事。"

"你就等着瞧吧，"吉洪·伊里奇猛然打断他的话，"这种喜欢胡闹的人哪儿都有，多得不可胜数。"

"没错。可你怎么不把那个……他叫什么？……弄来？就是那个傻瓜？"

"是那个鸭头莫佳吗？"吉洪·伊里奇问。

"对对对……你没把他弄来开开心？"

吉洪·伊里奇笑了笑，说弄来过的。有一回人家甚至把莫佳装在装白糖的木桶里从铁路上给他送过来。铁路上的长官都是认得的,就这样送来了。木桶上面写着:"小心。大傻瓜。"

"有的人还教这些傻瓜用手淫取乐!"库兹马痛苦地接着说。"往可怜的新娘子家的门上涂煤焦油!放狗咬乞丐!用石头打屋顶上的鸽子取乐!而吃这些鸽子则是最大的罪孽。鸽子是圣灵的化身啊!"

茶炊早就凉了,蜡烛在淌油,房间里弥漫着青灰色的烟雾,漱口杯里装满臭气熏人的泡涨的烟头。通风孔——装在窗子上角的一根马口铁管子——开着,那里时而发出刺耳的尖叫声,好像有什么东西在转动,接着枯燥地呜呜响个不停,"像在乡公所里一样,"吉洪·伊里奇心里想。他们抽了那么多烟,就是有十个通风孔也不顶用。雨点滴滴答答地敲打着屋顶,库兹马像钟摆似的在两个角落之间走来走去,说:

"是啊,都很好,没说的!善良得无法形容!可你只要读读历史,你就会毛骨悚然:兄弟之间、亲家之间、父子之间,不是尔虞我诈就是互相残杀,不是互相残杀就是尔虞我诈……你读读民间的《壮士歌》吧,真够你受的:'撕开他雪白的胸膛'啊,'掏出他的五脏六腑扔在地上'啊……伊里亚①对他的亲生女儿则是'踩着她的左脚,扯着她的右腿'……而歌谣呢?千篇一律,千篇一律:后妈总是'凶恶贪婪',公公总是'残暴刁蛮','坐在大厅里像绳索拴住的公狗',婆婆也是很'残暴','坐在炕上像用铁链拴住的母狗',小姑子必定是'母狗加长舌妇',小叔子必定是'幸

---

① 伊里亚·穆罗梅茨,俄罗斯古代《壮士歌》中的勇士,是民间歌谣中的英雄。

灾乐祸的缺德鬼'，丈夫'不是傻瓜就是酒鬼，'公公吩咐他要狠狠地揍老婆，剥皮要剥到脚后跟'，小媳妇则给这位公公'擦地板，做菜汤，刷门槛，烙馅饼'，对丈夫则说'起来，讨厌鬼，醒醒，给你这脏水，去洗脸，给你包脚布，擦擦干，给你根带子，快拿去上吊'……而我们的俏皮话呢，吉洪·伊里奇！你能想出比它更肮脏、更下流的吗！至于谚语呢！'宁要一个行家，不要两个力巴'……'宁要偷盗，也不要老实巴交'……"

"照你这么说，宁可去当乞丐喽？"吉洪·伊里奇冷笑着反问。

库兹马高兴地接着他的话说：

"说得对，说得对！世界上没有比我们更穷的人了，因此也没有比受穷更可耻的事了。骂什么更伤人？穷！'见鬼去吧，瞧你什么吃的都没有……'我给你举个例子：杰尼斯卡……就是那个……阿灰的儿子……一个鞋匠……前几天对我说……"

"等一等，"吉洪·伊里奇打断他的话，"阿灰本人现在怎么样了？"

"杰尼斯卡说'他快饿死了'。"

"这个无赖！"吉洪·伊里奇断然骂了一句，"你就别在我面前给他唱赞歌了。"

"我没有唱赞歌啊，"库兹马生气地说，"你最好还是听我说说杰尼斯卡的事。有一次他对我说：'遇到荒年，我们手艺人常常到黑镇上去找活干，那边妓女多得不得了。都是些饿得皮包骨头的婊子！你给她半俄磅①面包，跟她玩一次，她**会在你身下就把面包啃光的**……你说好笑吗！'你听听，"库兹马停了停，严峻地大叫一声，"你说好笑吗！"

"行啦，看在基督的分上，"吉洪·伊里奇又一次打断他的话，"让我说说正事吧！"

库兹马停了下来。

"好吧，你说，"他说，"不过你想说些什么呢？你该怎么办？没什么好说的！给钱——就完了。你想想看：人家要烧的没烧的，要吃的没吃的，要埋葬，没有钱！以后再把她雇来。到我那儿当厨娘……"

天亮前吉洪·伊里奇赶着马车回家了。那是一个寒冷有雾的早晨，空气中还散发着潮湿的打谷场和烟雾的味道，公鸡在弥漫着大雾的乡村里像没睡醒似的打鸣，狗在台阶旁睡觉，一只老火鸡待在屋旁一棵苹果树几乎光秃、还留着几片秋天枯叶的枝丫上，也在睡觉。大风横扫着灰色的浓雾，田野上两步开外就看不见景物。吉洪·伊里奇没有睡意，但感到十分疲乏，像往常一样，他使劲地催赶着马匹，那是一匹枣红色骏马，尾巴扎着，浑身湿漉漉的，显得更瘦、更黑、更神气。他转过脸去避开迎面吹来的风，从右边竖起因蒙着密密麻麻的细小雨珠而变成灰色的厚呢长大衣冰冷而潮湿的衣领，透过挂在睫毛上的冰冷水滴，看着越来越厚地裹上一层黑色黏土、转得飞快的车轮，看着成团的泥泞像喷泉一样不断高高地飞溅，粘在他的长筒靴上，不时瞟一眼奔跑中的

---

① 俄国采用公制前的重量单位，1俄磅合409.5克。

米佳的爱情

马腿和两只模模糊糊、紧贴着的马耳朵……当他一路急驰、满脸污泥回到家里的时候，首先映入他眼帘的是拴在系马桩上的雅科夫的马。他急忙把缰绳拴在车辕上，跳下竞赛马车，向铺子敞开的门奔去，结果却吓得顿时站住了。

"傻子！"纳斯塔西雅·彼得罗夫娜在柜台后面说，那口气显然是在学吉洪·伊里奇，不过声音有气无力，甚是亲切。她越来越低地俯身在放钱的抽屉上，在叮当作响的钱币里翻找着，但是黑暗中找不到要找的零钱。"傻子！眼下哪儿煤油卖得便宜呀？"

没找到零钱，她直起腰来，看一眼站在她跟前、戴着帽子、穿着粗呢外衣，但赤着双脚的雅科夫，又看看他那说不出是什么颜色的斜胡子，再问了一句：

"他会不会是她毒死的？"

雅科夫连忙嘟囔了一句：

"这不关我的事，彼得罗夫娜……鬼才知道……我们还是走远点……走远点，比方说……"

一整天吉洪·伊里奇一想起这种议论就两手发抖。所有的人，所有的人都认为，是她毒死的！

幸而秘密仍然是秘密：罗季卡被埋葬了，新娘子送葬时真情地哭诉着，简直不顾体面，本来这样边哭边诉并非是真情的流露，不过是例行公事——因此吉洪·伊里奇心上的一块石头总算渐渐落了地。

再说，吉洪·伊里奇正忙得昏天黑地，又没有帮手。纳斯塔西雅·彼得罗夫娜帮不上多少忙。请帮工呢，吉洪·伊里奇只请"夏令短工"，到斋期前就期满，因而都散去了。这时只留下一年期的雇工——一个厨娘，一个外号叫"葱油饼"的老更夫，以及傻乎乎的小伙子奥西卡。可是光牲畜就要叫人操多少心哪！有二十只绵羊要过冬。猪圈里有六头老是愁眉苦脸、老是愤愤不平的黑公猪。牛棚里有三头母牛、一头公牛犊、一头红母牛犊。院子里有十一匹马，单间马栏里还有一匹瓦灰色种马，性烈、体大、鬃长、胸阔，像个庄稼汉，但只值四百卢布；它的上一代种马有畜种证书，值一千五百卢布。所有这些家畜都需要细心照看。

纳斯塔西雅·彼得罗夫娜早就想到城里的熟人那里去做客。她终于收拾好行装走了。吉洪·伊里奇送走她以后便信步到田野里去溜达溜达。这时乌里扬诺夫卡的邮政局长萨哈罗夫背着枪从公路上走过，他对待乡下人的粗暴是尽人皆知的，大家都说："把信交给他时，手脚都要发抖！"吉洪·伊里奇迎着他走去。邮政局长扬起眉毛，看了他一眼，心里想：

"这傻老头，瞧，他没事在这泥泞里走来走去干吗？"

吉洪·伊里奇友好地招呼了他一声：

"出来打猎呢，安东·马尔基奇？"

邮政局长站住了。吉洪·伊里奇走过去，向他问了声好。

"唉，打什么猎啊！"邮政局长闷闷不乐地回答。他身材高大，背有点驼，从耳朵和鼻孔里长出浓重的灰白毛发来，眉毛又弯又粗，眼睛深陷。"是这么回事，出来走走，免得生痔疮。"他说，特别强调最后两个字。

"等着瞧吧，"吉洪·伊里奇突然伸出一只张开五指的手，愤愤不平地说，"等着瞧吧，我们这地方全光了！什么都没有了，飞鸟走兽全没有了！"

米佳的爱情 | 305

"树林全砍光了。"邮政局长说。

"还有什么话说呢!全砍光了!像用篦子篦过似的!"吉洪·伊里奇接过话头说。

他又突然添了一句:

"脱毛啦!全在脱毛啦!"

这句话是怎么脱口而出的,吉洪·伊里奇自己也不知道,但他觉得这样说并非没有来由。"全在脱毛啦,"他想,"就像牲畜经历了漫长而艰难的冬天以后……"告别邮政局长以后,他还在公路上站了很久,愤愤地看着周围的景物。天上又稀稀拉拉地下起小雨来,刮着令人很不舒服的带雨点的风。起伏不平的田野——冬小麦地、耕过的地、麦茬地、褐色小树林——上空暗了下来。阴云密布的天空越来越低地压到地面上。被雨水淋湿的道路闪耀着锡灰色的光。车站上旅客正在等一列开往莫斯科的邮车,从那边飘来茶炊的香味,令人惆怅地向往起舒适的生活、温馨干净的房间和家庭……

夜里又是倾盆大雨,天黑得伸手不见五指。吉洪·伊里奇难以入眠,恨得咬牙切齿。他感到身上发冷,肯定是傍晚站在公路上着了凉,现在他盖在身上的厚呢大衣又滑落到地上,于是他做起了梦,做的是从小只要夜里背上发冷就会做的梦:暮色苍茫,狭小的街道,奔跑的人群,赶着笨重的大车、骑着黑色比秋格马的消防队员……有一次,他醒过来,擦了根火柴,看了看闹钟,才三点钟,他捡起厚呢大衣,刚要睡着,忽然担心起来:会不会有人来铺子偷窃,把马匹盗走……

有时他觉得他正待在丹科夫的客栈里,夜雨哗哗地打在大门的屋檐上，门铃不时扯动，发出声音——有贼来了，在这漆黑的夜里牵走了他的公马，如果他们知道他在这里，会马上杀死他……有时他回到现实中来。但现实也使他惊惶不安。老头儿敲着梆子在他的窗下走来走去，但有时他又觉得他在很远很远的地方，有时他又听见看家狗布扬喘着气，拽着某个人，狂吠着跑到田野上去，突然又出现在窗口下面，站在一个地方，执拗地吠叫着，要叫醒主人。于是吉洪·伊里奇打算跑出去看看出了什么事，是否一切完好如常。他正下决心爬起来，突然从黑魆魆的、无边的田野上刮起一阵狂风，接着斜打的大雨便越来越密集地噼噼啪啪打在漆黑的窗子上，在这种情况下，做个好梦真比爹娘还亲……

终于，门砰地响了一声，吹进一股潮湿的寒气，更夫"葱油饼"窸窸窣窣地拖着一捆干草走进了外厅。吉洪·伊里奇睁开眼睛：晨光熹微，窗上蒙着一层水汽。

"生火吧，生火吧，老弟，"吉洪·伊里奇用睡意未消的嘶哑声音说，"我们去给牲口喂点草料，然后你就睡觉去。"

老头儿一夜未睡，面容憔悴，由于饥饿、潮气和疲劳，脸色发青。这时他用深陷的无神的眼睛望着吉洪·伊里奇。老头儿戴一顶湿帽子，穿一件湿漉漉的外衣，蹬一双沾着泥水的破树皮鞋，艰难地在炉炕前跪下，往炉炕里塞进一把冰凉的散发着香味的干麦秸，擦亮一根硫黄火柴，嘴里低声嘟囔着什么。

"你的舌头是不是让牛给咬掉了？"吉洪·伊里奇爬下床来，哑着嗓子嚷了一声，"还在嘟囔些什么？"

"在外面转悠了一夜，这会儿叫人'去给牲口添点草料'。"老头儿没抬头,仿佛自言自语地嘟囔着。

吉洪·伊里奇瞟了他一眼,说:

"我可看见你是怎么转悠的!"

他忍住腹部的轻微痉挛,穿上外衣,走到踩得很脏的台阶上,呼吸着这个阴雨早晨凛冽清新的空气。到处是铅灰色的积水,所有的墙壁都被雨水打得发黑。细雨霏霏,"午饭前肯定会大起来,"他想,这时毛茸茸的布扬从墙角向他跑来,他看了它一眼,感到很是惊奇:狗的两眼发亮,舌头像火一样鲜红,吐出热乎乎的气息,发出一股狗臊气……这是跑了一夜叫了一夜的结果!

他抓住布扬的颈圈,在泥泞中吧唧吧唧地走了一圈,检查了所有的门锁。接着他把布扬拴到粮仓的铁链上,回到过道屋。他朝大厨房看了一眼,又看看屋里。屋里发出一股热烘烘的令人恶心的臭气:厨娘睡在没有铺垫的卧柜上,用围裙盖住头,撅起骶部,两腿紧缩在胸前,脚上穿着一双宽大的旧毡靴,靴底沾了一层厚厚的泥巴。奥西卡躺在铺板上,穿着短皮袄和树皮鞋,把头埋在满是油污的厚枕头里。

"这小东西让鬼给迷住了!"吉洪·伊里奇厌恶地想,"嘿,放荡了一夜,到早上,就往长凳上一躺!"

他环视了一下漆黑的四壁、窄小的窗户、装满污水的木盆、宽大的炉炕,厉声叫道:

"喂,贵族老爷们!该起来了!"

厨娘生火烧喂公猪的土豆和烧茶炊的时候,奥西卡帽子也不戴就带着瞌睡,磕磕绊绊地拿谷糠去喂马和母牛。吉洪·伊里奇亲自打开畜棚那扇吱嘎作响的大门,第一个走进它们那温暖而肮脏的安乐窝，那里四面搭着棚子，隔成一个个畜栏和猪羊圈。畜棚里积满了没脚脖子的畜粪。屎尿雨水混合在一起，汇合成一层厚厚的褐色粪水。马匹长出了冬天的绒毛，浑身变得更黑，在棚子下走来走去。一群绵羊，身上脏得灰不溜丢的，挤在墙角里。一匹栗色的老骟马孤零零地站在糊满浆水的食槽旁打盹。正方形的院子上方是一片阴雨连绵的阴沉沉的天空，从那里正绵绵不断地下着蒙蒙细雨。公猪在猪圈里一个劲地哼哼着，发出咕噜咕噜的声音。

"烦死啦！"吉洪·伊里奇心里想着，随即对拖着一捆麦秸走来的老头儿厉声怒斥：

"怎么可以在泥泞里拖，老蠢货？"

老头儿把麦秸扔在地上，看了他一眼，突然若无其事地说：

"我听着蠢货盼咐呢。"

吉洪·伊里奇往四下里匆匆打量了一下，看看小伙子是不是出去了，等到他确信小伙子已经出去，便快步，似乎也是若无其事地走到老头儿跟前，往他嘴巴上给了一拳，打得他脑袋摇来晃去，随后又抓住他的衣领，使尽全部力气把他往大门口推去。

"滚！"他脸色发青、气急败坏地大叫，"别让我再闻到你的臭气，你这无赖！"

老头儿奔出大门，五分钟后，他已经背着口袋，挂着棍子，顺着公路回家去了。吉洪·伊里奇两手颤抖着给公马饮了水，又给它撒了些新鲜的燕麦——昨天喂的燕麦它不吃，只用鼻子把燕麦拱来拱去，在上面涂满了唾沫，——然后迈开大步，踩着粪水回屋里去。

"烧好了吗?"他把门推开一点,扬声问道。

"来得及的!"厨娘顶撞了一句。

屋子里弥漫着从铁锅里冒出来的烧土豆的清淡蒸汽。厨娘和小伙子拼命用杵捣着土豆,同时往锅里撒面粉,吉洪·伊里奇因捣土豆的声音太响,没听见厨娘的回答。他砰的一声关上门,喝茶去了。

在小过道屋里,他一脚踢开扔在门口的又脏又重的马衣,往屋角走去。在放锡脸盆的凳子上方挂着一个铜水壶,小搁板上有一块脏兮兮的椰油肥皂。他把铜水壶弄得哐啷直响,横眉竖眼,鼓着鼻孔,不停地转动着眼睛,像个凶神恶煞,一字一顿,异常清晰地说:

"这帮该死的雇工!你说他一句,他回你十句!你说他十句,他回你一百句!哼,你叫嚷去吧!这回可不是夏天,你们这样的穷鬼多的是!老弟,到冬天,你们要吃的,你们会来的,狗崽子,你们会来的,到时候就得来给我——磕头!"

铜水壶旁边的那块毛巾是米哈伊尔节那天挂上的,已经破烂不堪,连吉洪·伊里奇看了它一眼之后都恶心得直咬牙。

"唉!"他闭上眼睛,摇摇头说,"唉,圣母啊!"

过道屋开着两扇门。一扇在左边,通往有几扇小窗朝着畜棚的狭长、阴暗的房间,那是为客人准备的。屋里摆着两张很大的沙发,包着黑漆布,硬得像石头,其中藏着许多活的和被压死后干瘪的臭虫。而在两扇窗子当中的墙上挂着一位将军①的肖像，那将军蓄着一脸河狸毛似的连鬓胡子，煞是威风。肖像的周围嵌着许多小照片，都是俄土战争中的英雄，下面是几句题词："我们的子孙和斯拉夫兄弟将永远铭记这光荣的业绩，我们的父亲是一位英勇的战士，他击败了苏里曼帕沙，战胜了异教徒敌人，带领他的儿郎登上只有云雾缭绕和鸟类之王盘旋的悬崖峭壁。"另一扇门通往主人的房间。房间右边靠门的地方有一个闪闪发亮的玻璃橱，左边是白色的暖炕。这炕以前曾开裂过，在白色的炕壁上糊了泥，那形状就像一个备受折磨的瘦子，让吉洪·伊里奇厌恶到极点。暖炕的后面高耸着一张双人床，床的上方挂着一幅用墨绿色和砖红色毛线织成的挂毯，上面织着一只老虎，那老虎长着长须，竖起两只猫一样的耳朵。门对面的墙边是一个铺着针织台布的五斗橱，橱上放着纳斯塔西雅·彼得罗夫娜结婚时用的首饰匣……

"有人上铺子里来了！"厨娘把门稍稍打开一点，嚷道。

远处又起了浓雾，天色又变得像黄昏时一样，飘着霏霏细雨，但风向转了，刮起北风，空气变得凉爽起来。一列货车从火车站开走，吼了一声，那声音比前几天让人觉得愉快和嘹亮。

"你好啊，伊里奇。"一个豁嘴的庄稼汉点点头说，他头戴一顶潮湿的满族毛皮高帽，站在台阶旁，牵着一匹被雨淋湿的花斑马。

---

① 指俄国陆军元帅约·弗·古尔科（1828—1901），1878年俄土战争中率领七万士兵打败苏里曼帕沙率领的土耳其军队。

"你好,"吉洪·伊里奇瞟了一眼庄稼汉从豁嘴里露出来的坚固雪白的牙齿,点点头说,"你要点什么?"

他匆匆卖了一些盐和煤油,又匆匆回到上房来。

"都不让人往额头上画个十字,狗东西!"他一边走一边唠叨。

两扇窗中间的墙壁前放着一张桌子,桌上的茶炊烧开了,咕嘟咕嘟直响,挂在桌子上方的镜子上蒙着一层薄薄的水汽。窗子和钉在镜子下面的一张石印画都濡湿了。石印画上画着一个身穿黄色长袍、脚蹬红色羊皮靴、双手举着一面俄罗斯旗帜的巨人,他的背后可以看见莫斯科克里姆林宫的塔楼和圆顶。画的周围挂着许多镶在贝壳镜框里的照片。屋子里最显要的墙上挂着一位著名神父的肖像,他穿着波纹绸长袍,蓄着稀疏的胡须,两颊微肿,长着一对目光锐利的小眼睛。吉洪·伊里奇看了他一眼,随即对着屋角的圣像恭恭敬敬地画了个十字。接着他从茶炊上取下熏黑的茶壶,倒了一杯茶,那茶有一股浓烈的澡堂桦笤帚①的气味。

"都不让人往额头上画个十字,"他痛苦地皱起眉头,想,"真要命,这帮该死的东西!"

好像该想起一件什么事,集中精神想一想,或者干脆躺下来好好睡一觉。现在最需要的是温暖、平静、心中有数和当机立断。他站起来,走到玻璃和餐具震得叮当响的食品橱跟前,从架子上取下一瓶花楸露酒,一只大肚子酒杯,酒杯上刻着一句话:"教士亦可用"……

"恐怕不能这么说吧?"他说出声来。

---

① 俄罗斯人洗蒸汽浴,用桦树枝做成的笤帚拍打身子。

他斟了一杯，喝干了，又斟了一杯，也喝干了。接着吃一块厚厚的甜面包，在桌旁坐下。

他如饥似渴地从茶碟上喝了一口热茶，把一块糖含在嘴里。他边喝茶，边心不在焉而又疑惑地瞟了一眼墙上那穿黄色长袍的汉子，又看看装在贝壳镜框里的照片，甚至还看了一眼那穿波纹绸长袍的神父。

"我们这些猪顾不上信教！"他心里想，又仿佛在别人面前为自己辩护似的粗暴地补充了一句："到乡下去住一阵子，喝喝酸菜汤试试吧！"

他斜睨着神父，觉得一切都很可疑……甚至觉得平时对这个神父的尊敬……也很可疑，并有欠考虑。要是好好想一想……可是他立刻把视线转到莫斯科的克里姆林宫上去。

"说起来也难为情！"他嘟囔着，"这辈子还没有去过莫斯科呢！"

是的，没去过，可为什么呢？要照料公猪，不能去！要么是生意走不开，要么是照看客栈，要么是照看酒馆，这会儿则是照看公马和公猪，不能去。什么莫斯科呀！就是公路那边的白桦林子，想了十年也没去成。总是想无论如何抽出一个傍晚的空闲时间，带上毯子、茶炊，到草地上，到树荫里，到树林里去坐一坐，可就是抽不出时间……日子就像手指间的水，一滴滴地流失，想都来不及想一想，转眼已年过半百，眼看着就要活到头了，可光着屁股在外面乱跑的那会儿难道过去很久了吗？简直就是昨天的事！

贝壳镜框里的人一动不动地凝望着他。你瞧，地板上（可应该是茂密的黑麦地里）躺着两个人——吉洪·伊里奇本人和年轻的商人罗斯托夫采夫——手里举着酒杯，杯里正好

米佳的爱情 | 313

有半杯黑啤酒……罗斯托夫采夫和吉洪·伊里奇之间建立了多么深厚的友谊呀！拍照的那一天正好是灰蒙蒙的谢肉节，这真叫人终生难忘！可这是哪一年的事啦？罗斯托夫采夫哪儿去啦？如今简直不知道他是不是还活着……还有这三个城里人，站得笔直，像三个呆子，头发从中间分开，梳得油光锃亮，身上穿着领口开在一边的绣花衬衫和长摆常礼服，脚蹬刷得锃亮的长筒靴——那是布奇涅夫、维斯塔夫金和博戈莫洛夫。站在中间的是维斯塔夫金，他手捧着放着面包和盐的木盆子，面包上覆盖着绣有公鸡的手巾，布奇涅夫和博戈莫洛夫各捧着一幅圣像。拍照的那天是个刮风的日子，灰尘满天，正好有要人光临参观粮仓，来的是一位高级僧侣和省长。吉洪·伊里奇也是欢迎队伍中的一员，他为此感到颇为自豪。可这一天又给他留下什么记忆呢？只记得大家在粮仓旁等了五个小时，狂风刮起成团的白色尘土，已故的省长身材修长，服饰整洁，穿着镶有金线的白色长裤、绣有金饰的制服，戴着三角帽，极其缓慢地走向代表团……还记得他接受面包和盐①开始讲话的时候，大家都感到非常害怕，使大家震惊的是他的手瘦得出奇，白得可怕，手上的皮肤像蛇皮一样又薄又亮，干瘦细长的手指留着透明的长指甲，戴着闪闪发亮的钻石戒指……如今这位省长已经过世，维斯塔夫金也已过世……那么再过五年、十年，人们谈起吉洪·伊里奇的时候，也会说：

"已故的吉洪·伊里奇……"

暖炕烧热了，房间里变得温暖而舒适，镜子明亮了，可

---

① 俄罗斯的习俗，用面包和盐招待贵客。

窗外什么也看不见，玻璃上蒙着一层雾气，这说明外面气温降低了。饥饿的公猪哼哼直叫，令人厌烦，而且声音越来越响。它们突然一起大吼大叫起来，大概是听见厨娘和奥西卡抬着一大盆饲料进来的声音。吉洪·伊里奇还没有想完死亡的问题，便把烟蒂扔进漱口杯，披上外衣，快步向畜棚走去。他迈开大步，在积得很深的粪水中噗嗤噗嗤地行走着，亲自打开猪圈的门，忧心忡忡，久久地注视着那些奔向食槽的公猪，食槽里已经倒进了热气腾腾的猪食。

另一个念头打断了他关于死亡的思虑：死人固然死了，但也可以把这个死人树为榜样。他是什么人？一个孤儿、要饭的，小时候两天都吃不上一块面包……可现在呢？

"应该给你写一部传记。"有一次库兹马嘲笑他说。

其实没有什么好嘲笑的。如果一个穷小子，一个只识得几个大字的小男孩，他长大没有成为吉什卡，而成了吉洪·伊里奇[①]，那就说明，他有一颗聪明的脑袋……

厨娘本来也在注视着那些挤来挤去、把前腿伸进食槽的公猪，突然打了个嗝，说：

"啊，主啊！但愿我们不会出什么祸事！昨天夜里我做了个梦，有人把一群牲口赶进我们的院子里，有羊，有母牛和猪等等……通通都是黑的，都是黑的！"

吉洪·伊里奇的胸口又开始隐隐作痛。是啊，这些该死的畜生！仅仅为了畜生都可以逼得人去上吊。要不了三个钟头，又要带上钥匙，满院子送饲料。大畜栏里有三头奶牛，

[①] "吉什卡"是吉洪的卑称，意为被人看不起，而"吉洪·伊里奇"是一种尊称，说明受人尊敬。

单间畜栏里有一头红牛犊和公牛俾斯麦：这会儿得给它们喂干草了。马和绵羊中午要喂糠，公马呢——鬼才知道该喂些什么！它从门上面的窗栅里探出头来，撅起上唇，露出粉红色的牙床和白白的牙齿，还皱起鼻子……吉洪·伊里奇连自己都没有想到，突然疯狂地向它吼叫起来：

"该死的，你闹吧，让天雷劈死你！"

他又弄湿了脚，简直要冻坏了——下着雪糁，——于是又喝了点花楸露酒，吃了葵花子油拌土豆、腌黄瓜、浇蘑菇汁的菜汤和小米粥……脸涨得通红，头重脚轻起来。

他用脚蹬下肮脏的皮靴，和衣躺在床上。但心里一直记挂着马上又得爬起来：傍晚前得给马、牛、羊喂麦秸，那匹公马也得喂……或许，最好是把燕麦秸和干草一起捣碎，然后浇点水，放点盐好好腌一腌……要是放心睡去，准会睡过头的。于是吉洪·伊里奇伸手拿下五斗橱上的闹钟，上好发条。闹钟又走了起来，滴答滴答地响，在这种有节奏的响声中，房间里显得更宁静。思绪迷糊了……

他的思绪刚刚迷糊起来，便有一阵粗犷、响亮的教会歌声突然响起。吉洪·伊里奇吃了一惊，随即睁开眼睛，起初只看见两个庄稼汉带着很重的鼻音哇哇乱叫，从过道屋里吹进一股冷气和潮湿的契克曼上衣①的气味。他霍地爬起来，坐下，这才看清两个庄稼汉的模样：一个瞎子，麻脸，鼻子很小，上唇很宽，长着一个又大又圆的脑袋，另一个竟是马卡尔·伊凡诺维奇本人！

马卡尔·伊凡诺维奇从前不过是众人瞧不起的马卡尔

---

① 一种高加索男子上衣款式，腰间打褶。

卡，大家都这么称呼他：浪游的马卡尔卡。有一次他来到吉洪·伊里奇开的小酒馆。他顺着公路不知要到什么地方去——穿着树皮鞋，戴着教士的小圆帽，穿着肮脏的教士的内衣，——这回他走了进来，手里拄着一根长长的拐杖，上面雕着一条蛇，上端有个十字架，下面是个矛。他的肩上背着一个背囊，挎着一个军用水壶；他的头发很长，是黄色的，脸盘很宽，呈油灰色，鼻孔像两个枪口，鼻子仿佛从当中折断，像个马鞍，就像长着这种鼻子的人常见的那样，他的眼睛很明亮，闪耀着一种锐利的光芒。这是个厚颜无耻、机灵麻利的人，他一支接着一支拼命地抽烟，把烟从鼻孔里喷出来，说话粗野，断断续续，用一种完全不容别人反驳的口气，吉洪·伊里奇非常欣赏他，他喜欢的正是这种口气，因为一眼就能看出这是个"老奸巨猾的狗东西"。

于是吉洪·伊里奇把他留下来当助手。他把他身上那套流浪汉的衣服脱下来，收留了他。但没想到，马卡尔卡竟是个本性难改的小偷，不得不狠狠地把他揍一顿，赶出门去。过了一年，人们便纷纷议论起他那些不祥的预言，马卡尔卡也因而闻名全县，人们害怕他的光顾就像害怕火灾一样。他只要走到人家窗下，凄切地唱唱"和圣徒一起安息"，或者给人家一块神香，一撮香灰，这人家就非死人不可。

现在马卡尔卡穿着原先那套服装，拄着拐杖，站在门口唱着。瞎子翻起那双蒙着白翳的眼睛和他一起唱，凭他那副面目可憎的样子，吉洪·伊里奇立刻就断定这是一个像凶残可怕的野兽一样的在逃苦役犯。但更可怕的是这两个流浪汉所唱的歌。瞎子阴沉着脸，微微扬起两道眉毛，扯起那令人讨厌的带鼻音的男高音，马卡尔卡则从那一动不动的眼睛里射出锐利的光芒,用那狂暴的低音呜呜地唱着。两个人的歌声显得过分响亮、粗暴却又合拍,唱的是那种威严可怕的古代教会的歌。

　　大地母亲要号啕大哭!

瞎子扯着嗓门叫着。

　　要号啕大哭!——

马卡尔卡坚信不疑地附和。

　　在救主圣像面前——

瞎子吼道。

　　罪人们都来忏悔!

马卡尔卡张开丑陋的鼻孔威吓着。接着他的低音和瞎子的男高音合在一起无情地宣布:

　　难逃上帝的审判!
　　难逃地狱的大火!

歌声突然中断,马卡尔卡和瞎子一起咯地叫了一声,又用他们惯用的无赖口吻干脆发出命令:

"老板,给杯酒暖暖身子吧。"

没等主人回答,马卡尔卡便跨过门槛,走到床前,塞给吉洪·伊里奇一张图画。

这不过是一张从画报上剪下来的画,但吉洪·伊里奇朝它看了一眼,却感到有一股冷气直往心窝里钻。画上画着八棵被风暴吹弯的树,一道划过乌云的闪电和一个倒下的人。画的下方写着:"让-保罗·里希特[①]遭雷击。"

吉洪·伊里奇大惊失色。

他立刻就从容不迫地把那张画撕成碎片,然后下了床,穿上皮靴,说:

"你还是吓唬胆小鬼去吧,老弟,我可是认得你!该拿什么就拿点去,然后就请走吧。"

接着他走进铺子,给了和瞎子一起站在台阶旁的马卡尔卡两俄磅小甜面包,一对咸鲱鱼,便更严厉地说了一声:

"请走吧!"

"还有烟叶呢?"马卡尔卡放肆地问。

"烟叶就在你身上,"吉洪·伊里奇斩钉截铁地说,"老弟,你可别对我耍滑头!"

他停了停,又说:

"马卡尔卡,凭你干的这些勾当,把你吊死都便宜了你!"

马卡尔卡看了一眼站得笔直的瞎子,高高扬起眉毛,问他:

"上帝的仆人,你看怎么办?吊死还是枪毙?"

---

① 让-保罗系德国作家里希特(1763—1825)的笔名。

"还是枪毙好,"瞎子一本正经地回答,"这样至少干脆些。"

天黑下来了,一团团白云变成青灰色,天渐渐冷下来了,充满了冬天的气息。泥泞变得浓稠。打发走马卡尔卡之后,吉洪·伊里奇在台阶上跺跺冻僵的脚,便回房间去了。他没脱外衣,便在窗口的椅子上坐下,点着一支烟,又沉思起来。他想起了夏天、造反、新娘子、弟弟和老婆……还想起至今没付农忙时的工钱。他一向有拖欠工钱的习惯。来他这里打短工的姑娘和小伙子们一到秋天就整天站在他的家门口,为没法过日子诉苦,发脾气,有时还讲些不客气的话。但他绝不为他们的吵闹所动。他总是大声嚷嚷,指天发誓,说他"家里只剩下两个三戈比的子儿,不信可以来搜"!他把衣袋、钱包都翻过来,装出一副气疯了的样子朝地上吐唾沫,好像这些来讨账的人不相信他,"没良心",使他感到吃惊……现在他感到这种习惯不对头。他对老婆太冷酷无情,简直把她当作外人。他突然感到心惊肉跳:我的上帝,他甚至不了解她是个什么样的人!在这些同他一起度过的漫长而充满忧烦的岁月里,她是怎么度过的,她想过些什么,她有过一些什么感受?

他扔掉烟头,又点了一支烟……唉,马卡尔卡,这骗子手实在聪明!他既然这么聪明,又怎么会预见不到谁在什么时候会遭遇什么事情呢?他吉洪·伊里奇这回肯定难逃噩运。谁不知道,他已经不年轻!有多少他的同龄人已经归天了!谁也逃不了死亡和衰老。孩子也救不了他们,就是有孩子,他也不了解他们,他对孩子们会视同路人,就像他对所有的亲人,不管是活的,还是死的,都视同路人一样。世界上的人就像天上的星星一样多。但是人生苦短，人生长、成熟、死亡得那么快，人们彼此都不太了解，往事那么快就被遗忘，如果认真想一想，真能叫人发疯！不久以前他还暗自说过：

"应该把我的一生写下来……"

可写些什么呢？没什么可写的。没什么可写的，要么是不值得写。这一辈子的事他几乎什么也想不起来。比方说，儿时的事情他就全忘记了：只仿佛记得有一个夏天，发生过一件什么事，有一个同龄人……有一天，他烧了人家一只猫的毛，结果挨了一顿揍。有人送给他一根鞭子和一个哨子，他高兴得不得了。有一次，喝醉了酒的父亲把他叫过去，又亲切又伤心地说：

"到我这儿来，吉沙①，来吧，宝贝！"

他突然抓住自己的头发……

如果小贩伊里亚·米罗诺夫现在还活着，他吉洪·伊里奇出于善心会养活他这个老父亲，但不会去了解他，关注他。他不就是这样对待他的母亲的吗，现在如果问他：你还记得母亲吗？他会回答：还记得一个驼背的老太婆……她晒牛粪，生炉子，偷偷喝酒，唠唠叨叨……别的就想不起来了。他在马托林那儿干了将近十个年头，但这十年合起来给他留下的印象不过是一两天：四月的小雨淅淅沥沥地下个没完，几张铁皮被哐啷一声扔到隔壁铺子旁边的大车上让雨淋得锈迹斑斑……灰蒙蒙的寒气逼人的中午，一群鸽子哗啦啦落在隔壁另一家卖面粉、麦子和麸皮的小店旁的雪地上，挤

---

① 吉洪的小称。

在一起，咕咕地叫，噼噼啪啪扑腾着翅膀，他和弟弟在门口用牛尾巴抽打着嗖嗖响的陀螺……马托林那时还年轻，身强力壮，脸色青中带红，下巴剃得精光，留着剃掉半截的火红色连鬓胡子。如今他穷了，穿一件晒得褪色的厚呢大衣，戴一顶高筒的男式便帽，老态龙钟，从一家铺子到另一家铺子，从一个熟人到另一个熟人那儿到处串门，下下跳棋，到达耶夫小酒馆里坐坐，喝点酒，有点醉意以后就说：

"我们都是小人物，喝了，吃了，付了钱——就回家！"

遇到吉洪·伊里奇的时候，已不能立刻认出他来，只是可怜巴巴地微笑着说：

"你好像是吉沙吧？"

而吉洪·伊里奇今年秋天最初遇到弟弟时也没有马上认出他来，他想："难道这就是那个跟我一起在田野上、乡村里和村道上流浪了好几年的库兹马吗？"

"你老了，弟弟！"

"是老一点了。"

"老得早了点！"

"就因为我是俄罗斯人，这方面，我们变得快！"

吉洪·伊里奇点了第三支烟，凝望着窗外，困惑地想：

"难道在别的国家也这样？"

不，这不可能。有几个熟人去过国外，比如商人鲁卡维什尼科夫，他们都说过……即使鲁卡维什尼科夫不说，也可以想象……就拿俄籍的德意志人或者犹太人来说吧，他们都很干练，办事认真，互相都很了解，大家都是朋友，不仅是酒肉朋友，他们都互相帮助；一旦分手，都互相通信，父亲、母亲和熟人的肖像都一代一代传下去；他们教育孩子，疼爱孩子，和孩子们一起散步，和孩子平等交谈，这样，小孩长大后就会想起这些事。可我们都互相仇视、忌妒、攻讦，一年只来往一次，偶尔来个客人，就忙得团团转，急忙收拾房间……可实际上呢？一匙果酱都舍不得拿出来招待客人！如果不是诚心诚意地劝客人多喝几杯，客人是不会多喝一杯的……

一辆三驾马车从窗外驶过。吉洪·伊里奇仔细看了看。拉车的是一种体细而强壮的马，不过看得出是一种快马。四轮马车完好无损。这是谁家的马车呢？附近谁家也没有这种三驾马车。附近的地主都穷得叮当响，有时三天都吃不上面包，圣像上仅存的金属衣饰都被剥下来卖掉，窗玻璃打碎，屋顶渗漏都没钱修复，常常用枕头堵住窗洞，一下雨，地板上便摆满盆子和水桶，雨水从天花板上漏下来就像从筛子里漏下来一样……后来鞋匠杰尼斯卡也从窗前走过。他这是到哪里去？去干什么？手里好像还提着个箱子？唉，你真是个傻瓜，求主赦免我的罪孽！

吉洪·伊里奇套上一双套鞋，走到台阶上。他深深地吸了一口秋冬相交之际淡蓝色黄昏时的新鲜空气，又停了下来，坐在一条长凳上……是啊，阿灰父子俩，也算一个家！吉洪·伊里奇想象着自己怎么走过杰尼斯卡提着箱子走过的那段泥泞不堪的路。他仿佛看见杜尔诺夫卡，他的庄园、山谷、农民的小屋、黄昏、弟弟屋里的灯火，家家户户的灯光……库兹马大概坐在那儿看书吧。新娘子坐在昏暗寒冷的过道屋，靠近有点热气的炉子，烘着双手、脊背，等候主人吩咐"开晚饭"！她紧闭着渐渐衰老的干瘪的嘴唇沉思着，她在想什么？……想罗季卡吗？是她毒死他的吗？这全是胡

米佳的爱情

说,胡说!如果是她毒死的……主啊,上帝!如果是她毒死的,她会有什么感觉?在她的灵魂深处压着一块多么沉重的墓碑啊!

他想象着从杜尔诺夫卡家的台阶上眺望整个杜尔诺夫卡村,眺望山谷那边山坡上黑乎乎的农舍、村边农舍后面的干燥棚和柳树的情景……左边田野的后面,地平线上有一座铁路岗亭。暮色中有一列火车从它旁边驶过,像一串灯火从那里掠过。接着家家户户的窗口亮起了灯。天渐渐黑下来,气氛显得更加安适。但是每当他看到新娘子和阿灰家的房子时,心里总感到有些不快。他们两家都几乎坐落在杜尔诺夫卡村的中央,彼此相隔三户人家,晚上都不点灯。阿灰的几个孩子都像鼹鼠一样看不清东西,要是有哪个幸运的夜晚,屋里点上灯,他们会高兴和惊奇得手足无措……

"不行,太罪过了!"吉洪·伊里奇坚定地说,站了起来。"不行,难道没有天理啦!得想办法改善一下。"他说着,往车站走去。

天冷下来,车站那边飘来的茶炊香味显得更浓。那边的灯火更加明亮,三驾马车的铃铛发出清脆的响声。这辆三驾马车实在太棒了!可是那些乡下马车夫的瘦马,他们赶的那些架在快要散架、歪歪斜斜和沾满污泥的车轮上的小破车,看看也叫人可怜!小花园后面车站上的门吱嘎吱嘎叫着,砰砰响着。吉洪·伊里奇绕过小花园,登上高高的石台阶,那里有一个能装两维德罗[①]水的铜茶炊在咝咝作响,炉栅烧得通红,像一排火的牙齿。在这里他正好碰上他要找的人——

[①] 旧俄液体容量单位,1维德罗合12.3升。

杰尼斯卡。

杰尼斯卡站在台阶上低头沉思,右手提着一只廉价的灰色小箱子,那上面布满了钉帽,箱子还用绳子捆着。杰尼斯卡身穿一件显然很重的旧外衣,两肩耷拉下来,腰部很低,头戴一顶新的遮檐帽,脚蹬一双破皮靴。他个子不高,两腿比起躯干来显得很短。这会儿因为穿着腰部很低的外衣和歪向一边的破皮靴,他的腿就显得更短了。

"是杰尼斯[1]吗?"吉洪·伊里奇喊了他一声,"你怎么会在这儿,小流氓?"

从来对任何事情都不大惊小怪的杰尼斯卡若无其事地抬起他那双懒洋洋、带着忧郁笑意、睫毛很密的黑眼睛望着他,把帽子拉下来。他的头发是鼠灰色的,特别厚,脸色土黄,像涂了一层油,但眼睛很好看。

"您好,吉洪·伊里奇,"他用城里人的男高音回答,像平时一样似乎有些腼腆。"我到……那个……图拉去。"

"去干吗?请问。"

"也许可以找份活儿干干吧……"

吉洪·伊里奇把他周身端详了一下。手里提着箱子,外衣的口袋里露出几本卷起来的红红绿绿的小册子。外衣……

"你这身打扮可不像图拉的花花公子!"

杰尼斯卡也把自己周身看了看。

"您是说这件外衣吗?"他谦逊地问道,"那又怎么样?等我在图拉攒够了钱,我就去买一件匈拉利式的骑兵装,"他把匈牙利说成匈拉利,"夏天我干得挺顺手!卖报纸。"

---

[1] 即指杰尼斯卡。杰尼斯卡是杰尼斯的卑称。

吉洪·伊里奇朝他的箱子扬扬头。

"这是什么玩意儿?"

杰尼斯卡垂下眼睫毛。

"我买的箱子。"

"穿上匈牙利骑兵装,没有个箱子倒真是不行!"吉洪·伊里奇带着嘲笑说,"那么口袋里是什么?"

"各种各样的破烂……"

"让我看看。"

杰尼斯卡把箱子放在台阶上,从口袋里拿出几本小册子。吉洪·伊里奇接过来,仔细地看了看,是歌曲集《玛露霞》、《放荡的妻子》、《遭受强暴的处女》、《献给父母、师长和恩人的贺诗》、《俄国……》。

念到这里吉洪·伊里奇念不下去了,一直注视着他的杰尼斯卡便机灵而谦逊地提示他:

"俄国无产阶级的作用。"

吉洪·伊里奇摇摇头。

"真新鲜!没吃的,却有钱买箱子、买书。而且是买这种书!难怪人家都叫你捣乱分子,一点没错。据说,你一直在骂皇上?当心点,老弟!"

"我反正没置地产,"杰尼斯卡露出忧郁的笑容回答,"我也没碰过皇上。人家像对死人一样对我狂吠,可我想都没想过这档子事。难道我犯了梦游症了?"

门上的铰链吱吱地响了起来,走出一个站警。那是一个退役的白发老兵,一直在呼哧呼哧地喘气。从门里出来的还有一个小吃部的伙计,他是个胖子,长着一双浮肿的眼睛,一头油光光的头发。

"请让一下,商人先生们,让我们把茶炊搬走……"

杰尼斯卡让开一点,又抓住箱子的把手。

"是在哪儿偷来的吧?"吉洪·伊里奇一面对箱子扬扬头问道,一面思量着他来车站要办的事。

杰尼斯卡低下头一声不吭。

"而且是空的,没错吧?"

杰尼斯卡笑起来。

"是空的……"

"让人家赶走啦?"

"是我自己要走的。"

吉洪·伊里奇叹了一口气。

"活脱跟你父亲一样!"他说,"他也是这样:让人家抓住脖子赶出去,还说'是我自己要走的'。"

"我要是骗你,就叫我瞎掉眼睛。"

"行了,行了……回过家吗?"

"待了两个礼拜。"

"你父亲又没活干了吧?"

"这会儿没活干了。"

"这会儿!"吉洪·伊里奇嘲弄地模仿他的语气说,"十足的笨蛋!还充什么革命者。直往狼群里钻,却拖着一条狗尾巴。"

"说不定你也是这路货。"杰尼斯卡没抬头,冷笑着想。

"这么说,阿灰就闲坐在家里抽烟喽?"

"他是个没用的人!"杰尼斯卡毫不迟疑地说。

吉洪·伊里奇用指关节敲敲他的头。

米佳的爱情 | 327

"别那么傻里傻气的,谁这么说自己的父亲?"

"他是条老公狗,不是爹,"杰尼斯卡不动声色地回答,"他要是当父亲的,就得养活孩子,可他养活我了吗?"

但吉洪·伊里奇没听他说完。他找了个适当的时机来谈自己的事情。因此他没再听下去,打断了他的话:

"有钱买去图拉的车票吗?"

"我要买车票干吗?"杰尼斯卡回答,"我一走进车厢,上帝保佑,就直接往座位下钻。"

"就在那儿读这些书?在座位下面可没法读。"

杰尼斯卡想了想。

"有了!"他说,"我不老待在座位下面。我钻进厕所,在那儿哪怕读到天亮都没事。"

吉洪·伊里奇皱起眉头。

"是这么回事,"他说,"是这么回事:你该结束这种把戏了。你不小啦,傻瓜。回去吧,回杜尔诺夫卡去,你得干点正经事了。要不然,看着你这副样子都叫人恶心。你看我那儿……那些七等文官都过得比你好,"他指的是那些看家狗①,"我可以帮帮你,这么说吧……开头,你就去办点货,经营点工具……这样你就可以养活自己,同时还可以帮你父亲一把。"

"他干吗这么逼我?"杰尼斯卡想。

可吉洪·伊里奇已经下了决心,他把话说完:

"再说,你也该成家了。"

"原来是这么回事!"杰尼斯卡想,他不慌不忙地卷起

---

① 俄语中七等文官和看家狗词形相似,这里是文字游戏。

一支烟卷来。

"那有什么,"他没抬起眼睛,无动于衷而又有点忧郁地回答,"我不反对。成家可以,去找妓女总要糟些。"

"这就对了,是这个道理,"吉洪·伊里奇接过他的话头说,"不过,老弟,等着瞧吧,要成家还得动动脑筋。要养好孩子,还得有本钱。"

杰尼斯卡哈哈大笑起来。

"你笑什么?"

"怎么不笑!养活孩子!不就像养鸡养猪一样吗?"

"可不比鸡和猪吃得少。"

"可我去娶谁啊?"杰尼斯卡苦笑着问。

"娶谁?你想娶谁就娶谁呀。"

"是娶新娘子吗?"

吉洪·伊里奇满脸通红。

"傻瓜!新娘子有什么不好?婆娘脾气好,干活勤快……"

杰尼斯卡没作声,用指甲抠着箱子上的钉帽。然后他故意装傻。

"新娘子多的是,"他拖长声音说,"不知道您说的是哪一个……是不是跟您同居过的那一个?"

这时吉洪·伊里奇已经恢复了常态。

"我是不是跟她同居过,与你这头蠢猪不相干。"他板起面孔迅速地回答,杰尼斯卡只好好声好气地喃喃说:

"您这是给我面子……我不过是随便……说说……"

"好了,别多啰唆了。我想让你活得像个人样,懂吗?我会给你一份嫁妆……明白吗?"

杰尼斯卡沉思起来。

"我想到图拉去一趟……"他说。

"公鸡找到一颗珍珠啦①!你到图拉去干什么?"

"在家里都快饿死啦!……"

吉洪·伊里奇解开厚呢大衣,把手伸进上衣口袋里,想给杰尼斯卡一枚二十戈比的硬币。但转念一想,平白无故地给钱是愚蠢的,再说,这蠢货会翘尾巴,说人家想收买他,于是装出一副找东西的样子。

"噢,忘了带香烟了!给我卷支烟吧。"

杰尼斯卡把烟荷包递给他。门口的灯已经点亮,吉洪·伊里奇借着昏暗的灯光出声地念出荷包上用白线绣出的几个大字:

"送给我爱的人我真心爱他送个荷包留作永久纪念。"

"妙极了!"念完,他说。

杰尼斯卡不好意思地垂下眼睛。

"这么说,已经有对象喽?"

"在外面闲逛的母狗还少吗!"杰尼斯卡随随便便地说,"成家我不反对。开斋节前我就回来,然后,上帝保佑……"

一辆溅满污泥的大车从小花园后面辘辘地驶到台阶前,一个庄稼汉坐在马车的栏板上,中间麦秸堆里坐着乌里扬诺夫卡的助祭戈沃罗夫。

"开走啦?"助祭从麦秸堆里伸出一只穿着新套鞋的

---

① 典出克雷洛夫寓言《公鸡与珍珠》。公鸡在粪堆里发现一颗珍珠,认为它还不如一粒大麦有用。

脚，惊慌地问道。

他长着一头又长又密的棕红色头发，每一根头发都拳曲得很厉害，帽子滑到后脑勺上，由于风吹和焦急，脸涨得通红。

"您是说火车吗？"吉洪·伊里奇问，"没有，还没来呢！"

"噢！荣耀归于上帝！"助祭高兴地叫起来，还是急忙跳下大车，匆匆奔进门里。

"那就这样，"吉洪·伊里奇说，"那就这样，开斋节前见。"

火车站上弥漫着潮湿的皮袄味，茶炊、马合烟和煤油的气味。烟抽得呛人喉咙，在烟雾、暮色、潮气和寒冷中所有的灯都只发出微弱的光线。门咿咿呀呀、乓乓乒乒直响，手持鞭子的乡下人都聚在一起叽叽喳喳地说话，他们都是乌里扬诺夫卡来的马车夫，在这里等生意，有时要等上整整一个礼拜。人群中有一个犹太粮商，戴着圆顶礼帽，穿着带风帽的大衣，扬起眉毛，在那里走来走去。售票处旁边有几个乡下人在把某个老爷的箱子和包着漆布的箱笼搬到磅秤上去，一个执行站长助手职务的电报员在对这些乡下人吆喝，那电报员是个短腿、大脑袋的小伙子，额头上黄黄的鬈发梳成鸡冠形发式，像哥萨克那样从帽子里露出一绺头发，垂在左鬓角，一条向导狗蹲在肮脏的地上，浑身直哆嗦。它长着一双凄苦的眼睛，身上的斑纹像青蛙。

吉洪·伊里奇从乡下人中间挤过去，走到小吃部柜台前，跟伙计聊了一会儿，然后回家去了。杰尼斯卡还站在台阶上。

米佳的爱情 | 331

"吉洪·伊里奇,还有一件事我想求求您。"他比平时更腼腆地说。

"还有什么事?"吉洪·伊里奇气呼呼地问。"要钱吗?我不给。"

"不是,要什么钱哪!请您看看我这封信。"

"信?写给谁的?"

"写给您的。我刚才就想给您,没敢。"

"写些什么?"

"喏……写我的生活……"

吉洪·伊里奇从杰尼斯卡手里接过那张纸,把它塞进衣袋里,便踏着那已经凝结、富有弹性的泥泞回家了。

这会儿他浑身精力充沛,很想干点活,便高兴地想到,又该喂牲口了。可惜他一时来了气,把"葱油饼"赶走了,现在只好晚上不睡觉,自己干。奥西卡靠不住,说不定已经睡了,要不然就是和厨娘在一起骂东家……吉洪·伊里奇走过仆人住的小屋还亮着灯的窗口,悄悄溜进过道屋,把耳朵贴在门上。里面传出一阵笑声,接着是奥西卡的声音:

"还有这么一个故事。村里住着一个庄稼汉,穷得叮当响,村里没有比他更穷的了。有一回,弟兄们,这个庄稼汉出去耕地,一条花斑公狗总是缠着他。庄稼汉在耕地,公狗在地里到处嗅啊刨啊。它刨啊刨啊,突然狂吠起来!出什么怪事了?庄稼汉奔过去,往坑里一看,里面有个铁罐子……"

"铁——罐子?"厨娘问。

"你听我说呀。铁罐子就是铁罐子,可铁罐子里装着黄金呢!真是闻所未闻……这一下庄稼汉可发财喽……"

"哼,瞎扯!"吉洪·伊里奇想,又集中精神听下去,想听听那庄稼汉后来怎么样。

"庄稼汉发了大财,造了好多房子,像商人那样……"

"不比我们那'硬腿'差。"厨娘插嘴说。

吉洪·伊里奇冷笑了一声:他知道,人家早就叫他"硬腿"了……没有绰号的人是没有的!

奥西卡又说下去:

"比他还有钱……不过……那条公狗死了。怎么办呢?他忍不住心疼那条狗,得把它厚葬……"

爆发出一阵大笑。说故事的人自己也笑了起来,还有一个人也在笑,边笑边咳嗽,是个老人。

"也许是'葱油饼'吧?"吉洪·伊里奇精神一振,心里想。"嘿,荣耀归于上帝。我不是跟这傻瓜说过吗:你会回来的!"

"庄稼汉去找神父,"奥西卡继续说,"他去找神父:如此这般,神父老爷,公狗死了,得把它安葬……"

厨娘又忍不住,快活地嚷道:

"哎哟,你这该死的!"

"你让我说完呀!"奥西卡也嚷了起来,又用讲故事的口气说下去,一会儿形容神父,一会儿形容那庄稼汉。

"如此这般,神父老爷,得把这条公狗安葬。神父气得直跺脚:'怎么安葬?把一条狗葬在墓地?我把你送去坐牢,让你戴上脚镣手铐!''神父老爷,这可不是一条普通的公狗:他死后给您留下五百卢布呢!'神父霍地跳起来,说:'傻瓜!难道我是因为你要埋葬它才骂你吗?我是骂你该安葬在哪里?应该把它安葬在教堂的园子里!'"

吉洪·伊里奇干咳了一声,推开门。桌上点着一盏冒烟

米佳的爱情 | 333

的油灯,打破的玻璃灯罩从一边糊上一张发黑的纸,桌旁坐着厨娘,她低着头,一头湿漉漉的头发垂下来披在她脸上。她正用一把木梳梳理头发,并不时透过头发对着灯光看看梳子。奥西卡嘴里叼着烟卷,仰天大笑,晃动着两只穿树皮鞋的脚。炉炕旁边昏暗中亮着一点红色的火光,那是一只点燃的烟斗的火光。吉洪·伊里奇推门进去,出现在门槛上时,笑声便猝然停住,抽烟斗的人怯生生地站起来,从嘴里拿下烟斗,把它塞进衣袋里……没错,是"葱油饼"!然而,仿佛早晨没发生过任何事情似的,吉洪·伊里奇神采飞扬、态度友好地喊了一声:

"伙计们,该喂牲口啦……"

他们提着灯在畜棚里巡视,灯光照亮了冻结的畜粪、撒在地上的麦秸、食槽、柱子,投下巨大的影子,惊醒了棚子下面草垛上的鸡。鸡飞了下来,摔倒在地上,往前冲去,撒腿乱跑。马匹把头转向灯光,它们那紫色的大眼睛闪亮着,显得古怪而庄严。从它们嘴里呼出一口口热气,像在抽烟。吉洪·伊里奇放下手中的灯,仰望天穹,他高兴地看到,在四方形的院子上空呈现出一片湛蓝的晴空,各种色调的星星十分明亮。他听到,北风吹过屋顶,发出轻轻的潇潇声,一股股凛冽清新的空气吹进了缝隙……主啊,荣耀归于上帝,冬天降临了!

吉洪·伊里奇干完活,叫人烧茶炊,便提着灯到寒冷而气味很重的铺子里去,在那里选了一条上好的醋渍鲱鱼——在喝茶之前吃点咸的东西是很有滋味的!——在喝茶的时候吃完了它,喝下几盅苦中带甜的橘红色花楸露酒,倒了一杯茶,然后便从衣袋里掏出杰尼斯卡的信,分辨着他那写得歪歪扭扭的字迹。

"杰尼亚拿到四十卢布然后去收拾东西……"

"四十卢布！"吉洪·伊里奇想，"这个小要饭的！"

"杰尼亚上图拉火车站去遭到抢劫把他抢得一文不剩，他没有地方可去心里发愁……"

辨识这些胡言乱语又吃力又枯燥，但冬天漫长，无事可做……茶炊一个劲儿地咕噜咕噜响，灯火安然地照亮着，这夜晚的宁静安谧中隐含着一种哀愁。窗外传来阵阵有节奏的梆子声，在料峭的寒风中变成一支嘹亮的舞曲……

"我怕回家后父亲那么凶……"

"嘿，这傻小子，主啊，赦免我！"吉洪·伊里奇想，"这阿灰是很凶！"

"我到密密的树林里选了一棵高高的云杉把扎糖块的绳子拿来想上吊了事穿一条新裤子但没有皮雪……"

"是皮靴吧？"吉洪·伊里奇眼睛看累了，放下那张纸，说，"确实是这样，确实……"

他把信扔进漱口杯，把臂肘搁在桌上，望着灯……我们都是些怪人！各式各样的人都有！有的人十足像条恶狗，有的人整天发愁，怨天尤人，情意绵绵，自怨自艾……就像杰尼斯卡或者他吉洪·伊里奇本人……窗玻璃流汗了，梆子敲得像通常在冬天响起的那样又清晰又利落，报告平安无事……唉，如果身边有几个孩子该多好！如果，嘿，有个漂亮的相好在身边，而不是那个臃肿的老太婆，那该有多好，这老太婆一天到晚总讲某个公爵小姐和某个在城里叫作波卢卡尔皮娅，而她管她叫波利卡尔皮娅的虔诚修女的故事，真叫人讨厌！可是晚了，晚了……

米佳的爱情 | 335

吉洪·伊里奇解开衬衫的绣花衣领，苦笑着摸摸脖子和耳朵后面脖子上凹陷的地方……这些凹陷的地方是老之将至的第一个信号，头就要变得像马脑袋那样了！其他地方还可以。他低下头，把手指插进胡须里……胡子也花白了，又枯又乱。不行啦，完了，完了，吉洪·伊里奇！

他啜饮着，有了些醉意，越来越使劲地咬着牙关，又眯起眼睛，越来越聚精会神地注视着灯芯上平稳的火焰……您想想看：连到亲弟弟那里都去不成——那些公猪不让去，这些猪猡！即使去了，也没有什么乐趣。库兹马要教训他，新娘子会垂下眼睛，闭紧嘴唇站在那儿……光看看这双低垂的眼睛，你就会想逃走！

心痛如绞，方寸大乱……他在哪儿听到过这首歌？

无聊的黄昏来到了，
我不知道干什么好，
我那个心上人来了，
他把我亲热地拥抱……

噢，对了，这是在列别姜的客栈里听到的。冬天的傍晚，那些织花边的姑娘坐在那儿唱……她们坐在那儿织花边，低垂着眼睛，用响亮的胸音唱着……

又是亲吻又拥抱，
分手的时候又来到……

方寸大乱：一会儿觉得前途光明——会有欢乐，会有自由，无须烦恼，一会儿又感到绝望，心痛如绞，一会儿又来了精神：

"只要口袋里有钱，不怕买不到女人！"

一会儿又恶狠狠地盯着灯火，嘴里念念有词，咒骂弟弟：

"教师爷！说教家！伪善的菲拉列特[①]……光屁股的穷鬼！"

他喝完花楸露酒，烟抽得屋子里昏天黑地……他只穿着一件外衣，脚步踉跄，从踩上去摇摇晃晃的地板上走到漆黑的过道屋，闻到一股凛冽的新鲜空气、干草的香味、狗的骚气，看到门槛上两个闪烁的绿色光点……

"布扬！"他叫了一声。

他使尽全力往布扬的头上踹了一脚，便在门槛旁小解起来。

星光下的幽暗大地死一般寂静，各种色调的星座像花纹一般闪闪发光。公路显出淡淡的白色，渐渐没入黑暗中。远处仿佛发自地下，传来一种沉闷的却越来越响的隆隆声。突然，附近响起一阵汽笛声，从东南方驶来一列特别快车，列车闪亮着一串被电灯照得通明的车窗，灯光从底下照红了上面一股浓烟，活像一个飞翔的女巫散开的发辫，列车穿过公路，飞也似地驰往远方。

"这列火车将驶过杜尔诺夫卡！"吉洪·伊里奇说，他打着嗝，回房间里去了。

[①] 菲拉列特（约 1554/55—1633），俄国大牧首，俄国罗曼诺夫王朝第一代沙皇米哈伊尔·费多罗维奇之父。

米佳的爱情

睡眼惺忪的厨娘用两块满是油污的发黑的抹布垫着，端着一铁锅油腻腻的菜汤走进吉洪·伊里奇的房间，一盏灯油将尽的油灯发出昏暗的灯光勉强照亮着，房间里弥漫着烟草的臭气。吉洪·伊里奇瞟了她一眼，说：

"马上给我滚出去。"

厨娘转过身，一脚踢开门，走了。

吉洪·伊里奇已经想上床了，但他仍旧坐着，咬紧牙关，瞌睡连连，愁眉苦脸地望着桌子，久久不想就寝。

二

库兹马一辈子都在梦想读书和写作。

诗算得了什么！他写诗不过是为了"消愁解闷"。他很想说说他这一生是怎样被毁掉的。他想用极其无情的笔调描写自己的贫困和那可怕的平庸生活，就是这种生活彻底毁了他，使他成了一颗"没有果实的无花果"。

每每想起自己的生活，他又是自责，又是为自己辩解。

怎么说呢！他的生活经历就是俄罗斯所有自学者的生活经历。他生在一个有一亿多文盲的国家，长在至今还在斗殴时把人往死里打的黑镇上，生活在极其野蛮和极其愚昧无知的环境中。一个当套鞋注型工的邻居别尔金教他和吉洪学会字母和数字，但这不过是因为他闲得无事可做，镇上谁还穿套鞋啊！还因为无论从谁那里捞两个小钱买酒喝总是件愉快的事，他总不能老是松开腰带坐在墙根土台上，低着毛发蓬乱的头晒太阳，往两只赤脚当中的尘土里吐唾沫。兄弟俩在集市的马托林铺子里干活的时候学会了读书写字，库兹马渐渐迷上了书本，那些小册子是集市里的自由主义者和怪人、拉手风琴的老人巴拉什金送给他的。可是在铺子里哪里顾得上读书啊！马托林经常对他吃喝："你这小鬼头，再迷恋那些小书，看我不揪你的耳朵！"

库兹马也是在那里开始写东西的。最初他写了一篇短篇小说，写的是一个商人在风雨交加的夜晚来到穆罗姆森林，在强盗那里投宿时遭到杀害的故事。库兹马满怀热情地描写了他临死时的祈祷、思虑和那不公正的"过早断送一生"的悲哀。但集市上的人无情地给他兜头浇了一盆冷水：

"你真傻，求主赦免！'过早'！这个大腹便便的家伙早该见鬼去啦！再说，你怎么知道他在想些什么？他不是遭到杀害了吗？"

于是库兹马按照柯尔卓夫诗作的样式写了一首歌颂古代勇士的诗，那勇士把自己一匹忠实的马传给儿子，在诗中感叹说："这是我年轻时候的坐骑！"

"是这样吗？"那些人又问他："那么这匹马该有多大岁数了？唉，库兹马，库兹马！你最好还是写点实实在在的东西吧，比如说，哪怕写写战争什么的……"

库兹马还迎合当时集市上的口味，写了当时集市上经常议论的俄土战争：

在七七年那一阵，
土耳其发动了战争，
它派出一支大军，
要把俄罗斯吞并。

这一支大军——

> 戴着丑陋的尖顶帽,
> 摸到炮王底下……

后来他怀着巨大的痛楚心情意识到这些诗写得那么拙劣外行,语言粗俗,还流露出俄罗斯人对异国尖顶帽的蔑视,实在是毫无价值!

母亲死后,兄弟俩变卖了所有的遗物,离开了铺子,自己去经商。他们经常待在家乡的城里,库兹马仍和巴拉什金友好往来,凡是巴拉什金送给他的书或指点他看的书,他都如饥似渴地阅读。不过在和巴拉什金谈论席勒的时候,他做梦都想借他的手风琴拉个曲子。他虽然沉醉于《烟》①的情节,却坚信"聪明人没学问也明察秋毫"。他去拜谒过柯尔卓夫的墓,喜滋滋地抄下那文理不通的碑文:"此碑下埋葬着沃罗涅日市民和诗人阿列塞·瓦西里耶维奇·卡尔卓夫,他深蒙皇上恩宠,无师自通,天生博学多才……"②

巴拉什金年事已高,身材高大瘦削,无论冬夏从不脱下他那长着绿霉的厚呢大衣和暖帽。他脸庞宽阔,刮得精光,嘴歪到一边,说话尖锐刻薄,声音苍老低沉,灰白的面颊上布满扎人的银白色硬胡子,绿色的左眼向前暴出,闪闪发亮,正好斜睨着歪到一边的嘴巴,这副模样着实让人望而生

---

① 俄国作家屠格涅夫的长篇小说。
② 诗人的全名应为阿列克谢·瓦西里耶维奇·柯尔卓夫,碑文有多处错别字,文理不通。

畏。有一次他听到库兹马说"无师自通,天生博学多才"那番话,那只独眼便怒火直冒,他从一只装过鲱鱼的罐头里撮了点儿马合烟,卷了一支烟卷,又使劲把烟卷一扔,厉声怒斥:

"你这头蠢驴!尽胡说些什么?你有没有想过,我们这些'无师自通,天生博学多才'的人意味着什么?"

他又捡起烟卷,声音低沉地吼叫起来:

"慈悲的上帝啊!普希金被打死了,莱蒙托夫被打死了,皮萨列夫淹死了,雷列耶夫被绞死了……陀思妥耶夫斯基被陪绑刑场,果戈理被逼疯……而谢甫琴科呢?波列扎耶夫呢?你会说,政府罪责难逃,对吗?其实,有什么样的农奴就有什么样的老爷,就是这么回事。啊,世界上竟然还有这样的国家,这样的人民,让它受到三倍的诅咒吧!"

库兹马心神不安地扯着长长的常礼服的纽扣,一会儿扣上,一会儿解开,他皱起眉头,笑了笑,尴尬地回答说:

"这样的人民!这是最伟大的人民,而不是'这样的'人民,请您注意。"

"别吹嘘啦!"巴拉什金又吼叫了一声。

"不,我就要说!这些作家就是这样的人民的儿子。普拉东·卡拉塔耶夫①就是这人民的公认的典型!"

"那为什么不是叶罗什卡,为什么不是卢卡什卡②?老弟,我要是想炫耀一下文学知识,那我可是无所不知!为什

---

① 托尔斯泰在《战争与和平》中塑造的俄国士兵的正面典型。
② 叶罗什卡和卢卡什卡是托尔斯泰小说《哥萨克》中的人物。

么是卡拉塔耶夫,而不是拉祖瓦耶夫和科卢帕耶夫[①],不是贪得无厌的吸血鬼,不是放高利贷的神父,不是出卖灵魂的教会助祭,不是某个萨尔蒂奇哈,不是卡拉马佐夫[②]和奥勃洛摩夫[③],不是赫列斯塔科夫[④]和诺兹德烈夫[⑤]?好啦,别扯远了,最后为什么不是你那无赖哥哥呢?"

"普拉东·卡拉塔耶夫……"

"让虱子咬死你的卡拉塔耶夫!那算什么理想人物!"

"那么俄国的受难者、苦行僧、教士、疯修士、分裂派教徒呢?"

"什么?那么大斗兽场、十字军东征、宗教战争、不可胜数的教派呢?最后还有路德[⑥]呢?你想驳倒我,不行,办不到!蚍蜉撼不了大树!"

是的,只有一个办法——学习。可是什么时候学呢?到哪儿去学呢?

整整五年都花在生意上了——这可是一生中最好的时光啊!甚至进一次城就是一件了不起的大喜事。可以休息,和熟人聚聚,闻闻面包房和铁屋顶的气味,在商业大街上逛马路,喝茶,吃小白面包,在"卡尔斯"饭店听波斯进行曲……看小铺子里的人用茶水洒扫地板,看鲁达科夫门前斗

[①] 拉祖瓦耶夫和科卢帕耶夫是俄国作家萨尔蒂科夫-谢德林(1826—1889)作品中的人物。
[②] 陀思妥耶夫斯基同名长篇小说中的主人公。
[③] 冈察洛夫同名长篇小说中的主人公。
[④] 果戈理戏剧《钦差大臣》中的人物。
[⑤] 果戈理长篇小说《死农奴》中的地主。一译"罗士特莱夫"。
[⑥] 马丁·路德(1483—1546),德国宗教改革运动的发起者,基督教新教路德宗的创始人。

那只遐迩闻名的鹌鹑,闻鱼摊、土茴香摊、罗曼诺夫马哈烟摊的气味……巴拉什金看见库兹马走过来时面带慈祥而可怕的微笑……然后就是对斯拉夫主义者大发雷霆,破口大骂,谈论别林斯基①,发出最恶毒的谩骂,海阔天空,激昂慷慨,举出许多人名,引用许多言论,用它们来彼此攻击……最后得出完全令人绝望的结论。"现在真的要完蛋了,我们一个劲儿地倒退,要退到亚洲去啦!"老头儿大声说,突然,他压低声音,往四下里看了看,说:"你听说了吗?有人说萨尔蒂科夫要死了。这是最后一个啦!据说是给他下了毒……"到第二天早晨,又是大车、草原、炎热的天气或泥泞,在颠簸的大车上紧张而艰苦地读书……久久地眺望着草原的远方,心里吟哦着既甜蜜又忧伤的诗,同时又想着摆脱困境的办法或者想到会和吉洪吵架,因而打断了思路……路上尘土和柏油的气味直让人烦躁不安……车厢里薄荷饼干的香味和令人透不过气来的臭猫皮味……这几年真把人折磨得死去活来——经常是两个礼拜没有换衬衫,只啃些干粮充饥,因穿歪了皮靴,走路一瘸一拐,脚后跟磨出血来,在别人的农舍或过道里过夜!

库兹马终于从这种痛苦的境遇中挣脱出来,他在胸前画了个大大的十字。但是他仍然得去挣一口饭吃。他在耶利茨乡下跟一个牲口贩子干了几天活儿,便动身到沃罗涅日去了。在沃罗涅日时他早就跟一个有夫之妇好上了,他的心总记挂着那儿。他在沃罗涅日混了将近十年,住在一个粮食收购站旁边,当过经纪人,在报上发表一些有关粮食问题的小

---

① 别林斯基(1811—1848),俄国革命民主主义者,文艺评论家。

文章，读托尔斯泰的文章或谢德林的讽刺作品以排解忧闷，其实结果是更增加了烦恼。他总觉得在虚度年华，浪费生命，这种想法一直挥之不去，使他感到很苦闷。

九十年代初巴拉什金因患疝气不治身亡，死前不久库兹马和他见了最后一面，这次见面的情景真是令人刻骨铭心！

"应该写，"一个皱着眉头，恶狠狠地说，"要不然，会像野地里的牛蒡那样枯死的……"

"是的，是的，"另一个瓮声瓮气地说，他也斜着一只临死前已经迷迷糊糊的眼睛，艰难地翕动着下颌，抖动的手怎么也无法把马合烟装到烟卷里去。"不是说要时刻抓紧学习、思考吗……要仔细观察周围的事物——关注我们遭受的苦难和贫穷……"

接着他不好意思地笑了笑，放下烟卷，把手伸进小桌子的抽屉。

"你看，"他在一叠破旧纸头和剪报中翻寻着，嘟囔着说，"你看这里，朋友，这一包宝贝……我一直在看啊，剪啊，摘录啊……我快死了……这对你有用，这都是有关俄罗斯生活的难得的资料。你等一等，我马上就给你找出一篇故事……"

他翻啊翻啊，可是没找到，他又去找眼镜，心急慌忙地摸衣袋，最后只好挥挥手，皱起眉头，晃晃脑袋：

"算了，算了，你现在还干不了这种事。你的文化程度还不行。还是量力而行吧。我给你的那个关于塌鼻子的题材，你写了吗？还没写？你真是头蠢驴。这是多好的题材啊！"

"应该写乡村，写人民，"库兹马说，"您看，您不是说：俄罗斯，俄罗斯吗……"

"难道塌鼻子就不是人民，不是俄罗斯？**俄罗斯就是整个乡村，请你牢牢记住！**你往四下里看看：你说，这是城市吗？一到傍晚就满街都是畜群，扬起那么大的尘土，连邻居都看不见……可你还叫它'城市'！"

塌鼻子……这个镇上的糟老头多年来一直没有从库兹马的脑海里被抹掉，他的全部财产就是一条沾满臭虫屎的床垫和一件老婆死后留下的满是蛀洞的女大衣。他靠讨饭度日，拖着病体，忍饥挨饿，在一个卖熟食的女摊贩家寄宿，每月付半个卢布。在这个女摊贩看来，他只要卖掉老婆留下的东西，他的境况就可以大大改善。但他视这份遗产如珍宝，这自然不是因为他对死者太多情，而是他觉得身边好歹还有一份财产，尽管和别人不能相比。他觉得，这件女大衣还非常值钱："如今这样的女大衣可是觅也觅不到的！"他并不是不肯卖掉它，只是要价高得太离谱，往往一开口就吓坏了买主……库兹马十分理解镇上的这出悲剧。但是他一开始构思这出悲剧，就又想起镇上纷繁驳杂的生活，回忆自己的童年和青年时代，于是思绪大乱，塌鼻子的事竟被淹没在脑子里不计其数的景象之中。库兹马心里产生了一种冲动，想要好好表达自己的内心感受，揭示摧残自己一生的那些因素，可是他无能为力。这种生活之可怕就在于它是那么平凡庸碌，总是以令人难以理解的速度让人在无足轻重的琐事上白白耗尽精力……

从那时候起又虚度了许多年。他在沃罗涅日当过经纪人，后来，那个和他姘居的女人患产褥热死去，他便到叶列茨去，仍旧干经纪人那一行，他还在利佩茨克一家卖蜡烛的小店里当伙计，在卡萨特金的庄园里当管理员。他本来会成为一名托尔斯泰的狂热信徒：差不多一年工夫不吸烟，不沾一口酒，不吃肉，手不释卷地读《忏悔录》，想迁移到高加索去投奔反正教仪式派……可是他被派到基辅去办事。那是天高气爽的九月底，一切都是那么欢畅美好：空气清新，太阳温煦，列车在飞奔，窗子敞开着，一处处繁花似锦的树林从窗外掠过……突然他看见涅任车站候车室门口聚集着一大群人。人群围着一个人大喊大叫，争辩着什么，情绪十分激动。库兹马的心猛烈地跳动起来，他向人群跑去。他匆匆挤进人群，看见一个戴红色制帽的站长和一个高大的穿灰色军大衣的宪兵，那宪兵正在申斥站在他跟前的三个小俄罗斯人①。那三个小俄罗斯人看似顺从，却挺直腰杆站着。他们都身穿短短厚厚的长袍，脚蹬结实的皮靴，头戴栗色的羊皮帽。帽子勉强扣在三个圆圆的脑袋上，那三个脑袋看起来很吓人——它们都缠着结着血块的干硬绷带，眼睛被打肿，肿胀呆滞的脸上尽是淤血和血污发黑的伤口。这三个小俄罗斯人是被恶狼咬伤的，正要到基辅去治疗。他们身无分文，几乎每到一个大站都得饿着肚子坐等一昼夜。库兹马听说现在不让他们上车，只是因为这趟车是快车，他不由得火冒三丈，便在人群中一些犹太人的支持下对着宪兵大吼大叫，跺起脚来。结果他被拘留，做了笔录，在等下一班火车期间，喝得烂醉如泥。

三个小俄罗斯人来自切尔尼戈夫省。在库兹马的想象中，那是个偏僻荒凉的地方，森林上空总是阴霾密布，灰蒙

---

① 旧俄对乌克兰人的蔑称。

蒙的一片。这几个刚刚赤手空拳同野兽搏斗过的人使他想起弗拉基米尔①时代，想起了古代的丛林生活和古代农民的生活。和宪兵闹了一场之后，库兹马斟酒时手还在发抖，他边喝边兴奋地感叹："唉，那个时代过去喽！"他恨那些宪兵和俯首听命的穿长袍的畜生，心里好不憋闷。愚钝、粗野，真是该死……可是——罗斯，古罗斯啊！醉后的欢欣把一切都扭曲到不自然的程度，使他激动得泪流满面。可"勿以暴力抗恶②呢？"他有时想起这种观点，只好苦笑着摇摇头。有个和他一起在公共餐厅吃饭的衣着整洁的年轻军官背对着他坐着，库兹马甚至不怕难为情，公然欣赏他的白制服，那制服短短的，腰部做得太高，他甚至想走过去，帮他拉一拉。"我就走过去！"库兹马想，"他要是跳起来大嚷大叫，我就打他个耳光！叫你勿以暴力抗恶吧……"后来他到基辅去，也不干什么正事，一连三天喝得醉醺醺，兴奋地在城里和第聂伯河陡峭的河岸上游逛。在索菲亚大教堂做日祷的时候，许多人都惊奇地回头看看这个站在雅罗斯拉夫石椁前的瘦瘦的俄国佬。他的样子很古怪：日祷结束以后，来祈祷的人都走了，教堂管理人来熄灭蜡烛，他则咬紧牙关，让稀疏的灰白胡子垂到胸前，悲喜交加地闭起那双深陷的眼睛，倾听着教堂上空悦耳而又重浊的钟声……傍晚有人看见他在大修道院附近，坐在一个有残疾的小男孩旁边，那小男孩露出一丝浅浅的苦笑望着修道院的白墙和在秋天晴空中闪耀的小小的

---

① 指弗拉基米尔-苏兹达利公国，古罗斯最大的封建国家，14世纪并入罗斯版图。
② "勿以暴力抗恶"是托尔斯泰的哲学观点。

金色圆顶。小男孩没戴帽子，肩上搭着一只粗麻布讨饭袋，单薄的身上披着污渍斑斑的破布片，一只手端着木碗，碗底有一个戈比，另一只手不停地摆弄着那条变了形的裸露到膝盖的右腿，仿佛在摆弄别人的腿或一件什么东西。那条腿已经萎缩，细得很不自然，晒得很黑，还长着许多金黄色的毛。周围没有一个人，他昏昏沉沉、病恹恹地仰起头，头上留着因晒太阳又沾满灰尘而变得僵硬的短发，胸前露出小孩的细细的锁骨，他不去理会那几只叮在鼻涕上的苍蝇，只是一个劲儿拖长声音唱着一支小调：

> 请看看我们吧，诸位母亲，
> 我们是多么痛苦和不幸！
> 啊，愿主保佑我们，诸位母亲，
> 不再出现这样的受苦人！

库兹马连声附和："是的，是的，说得对！"

在基辅库兹马心里很清楚，他在卡萨特金那儿待不长，前景肯定是贫困，活不出个人样。结果确实也是这样。他又待了一段不长的时间，境况十分艰难，简直没脸见人：他总是喝得晕晕乎乎，身上邋里邋遢，声音沙哑，浑身散发出马合烟味，并且竭力掩饰自己的无能……后来仍然是每况愈下：他回到故乡城里，用仅剩的一点零钱度日；整个冬天都在霍多夫客栈的通铺过夜，白天在阿夫杰伊奇的小酒馆和村妇市场上消磨时间。那些零钱中有许多都花在一件蠢事上——印他的诗集，后来只好以半价在阿夫杰伊奇小酒馆的顾客中兜售……不仅如此，他竟堕落到当小丑给人取乐的地步!有一次,他站在市场上一家面粉店旁边,看见一个二流子冲着走到门口来的商人莫兹茹欣献殷勤。莫兹茹欣的脸像铜茶炊上的映像,他带着没有睡醒的嘲弄神情,对那只在舔他那双锃亮的皮靴的猫却更感兴趣。但那二流子并不因此罢休。他用拳头捶着自己的胸脯,耸着肩膀,声嘶力竭地朗诵起来:

谁醉后再喝醉,
谁就是一个聪明人……

库兹马闪亮着一双暴突的眼睛,突然接着说:

欢乐万岁,
美酒万岁!

一个脸长得像老母狮的城里老太太从他身边走过,她站定下来,皱着眉头看了他一眼,举起手杖,一字一顿,恶狠狠地对他说:

"祈祷文大概没背得这么熟吧!"

他已经堕落到无法再堕落的地步了,但这种情况反而救了他。他发过几次严重的心脏病之后,断然戒了酒,毅然决定要过一种最平凡的劳动生活,比如租种花园、菜园什么的……

这种想法让他感到高兴。"是的,是的,"他想,"早就该这样了!"确实,他需要休息,要过一种清寒然而纯洁的生活。他已经开始衰老了。他的胡子已完全花白,变得稀疏，梳成平分头的头发变成铁灰色，发梢卷了起来，颧骨高高的脸庞在发黑，变得更加瘦削了……

春天……在和吉洪和好前的几个月，库兹马听说在他家乡那个县的卡扎科沃村有个花园要出租，于是他赶到那里去。

那是五月初的事。乍暖还寒，突然下起雨来，城市上空飘着秋天那样的阴云。库兹马披一件旧的厚呢外衣，戴一顶旧遮檐帽，脚蹬一双旧皮靴，迈步朝普什卡尔镇后面的火车站走去。他把手反背在厚呢外衣里面，嘴里叼着烟卷，这使他的脸浮起许多皱纹，他一边摇头，一边浮起嘲弄的微笑：刚才有个赤脚的男孩抱着一叠报纸迎面向他跑来，边跑边机灵地喊着他平常喊惯的话：

"总罢工啦！"

"迟到了，小孩，"库兹马说，"有没有比较新的消息？"

男孩闪亮着眼睛，站住。

"新的消息在火车站上让警察给没收了。"他回答。

"哼，好一部宪法！"库兹马气愤地说，他一路艰难地跨过被雨水淋得发黑的破篱笆、湿漉漉的花园里的乱树枝和山坡下破房子的窗架，踩着泥泞，向街道的尽头走去。他边走边想："真是莫名其妙！"从前遇到这样的天气，铺子里、酒馆里的人都闲得打哈欠，难得说上一句话，可现在，全城都在议论杜马、造反和火灾，议论"穆罗姆采夫如何刮了总理大臣的胡子"[1]……哼，兔子尾巴长不了！武装守卫队的

---

[1] 谢·穆罗姆采夫（1850—1910），俄国立宪民主党领导人，第一届国家杜马主席。"刮胡子"是训斥的意思。

乐队在市立公园里演奏……城里派来了整整一个哥萨克骑兵连……前天商业街上有个哥萨克兵喝醉了酒，走到公共图书馆打开的窗户前，一边解裤子，一边拿出一本《算术》，要管理员小姐收购。一个站在旁边的老车夫指责了他，那哥萨克兵便拔出军刀，劈掉车夫的一个肩膀，还骂骂咧咧地追杀那些吓得目瞪口呆、四散逃跑的过路人……

"剥猫皮，剥猫皮，蹲到篱笆下面去！"一群小姑娘一边跳过镇上一条小溪的石头，一边在库兹马后面用尖细的嗓子唱着。"在那里剥猫皮，人家给他一只猫爪子！"

"哼，真讨厌！"一个走在库兹马前面的列车员叱骂着这些小姑娘，他身上穿的大衣看上去就知道重得不得了。"找到同样岁数的人啦！"

但从声音里听得出他在忍着笑。他脚上穿的旧长筒套鞋沾满了干泥巴，大衣腰部的扣带吊在一颗纽扣上。他脚下用原木搭的小桥已经歪斜。再走过去，在被春潮冲过的沟边上长着许多已经枯萎的藤蔓。库兹马闷闷不乐地看着这些藤蔓，看看小镇山坡上茅屋的干草屋顶、那边上空烟灰色和深蓝色的云彩，以及一条在沟里啃骨头的黄狗……

"是啊，是啊，"他登上山坡，一路想，"兔子尾巴长不了！"他上了山，看见坐落在一片空旷绿地中央的红色车站建筑，又冷笑了一声。议会，代表？昨天公园里为了庆祝节日，挂了彩灯，放了烟火，武装守卫队的乐队演奏了《斗牛士》、《在河边，在桥头》、《玛特奇什舞曲》和《三套车》，在演奏加洛普舞曲时喊叫着："喂，亲爱的姑娘！"库兹马从公园回到客栈，在门口拉了门铃。他拉了半天，里面竟没有一个人答应。连周围都没有一个人影，到处都静悄悄，只有昏暗的暮色，广场那边，街道尽头是日落后寒冷的淡绿色天空，头顶上是一片乌云……最后大门里面终于有人呼哧着走过来开门，嘴里还喃喃地说着：

"腿全瘸了……"

"怎么会这样？"库兹马问。

"马撞的，"那人打开便门，又接着说："好啦，现在只剩两个人啦。"

"是法官吗？"

"是法官。"

"你知道不知道法官来这儿干什么？"

"审判一个代表……有人说他要往河里投毒。"

"代表？你真傻，难道代表会干出这种事情？"

"鬼才知道……"

小镇边上一个个子高高、穿一双破鞋的老头站在土屋的门口。他手里拿着一根长长的胡桃木棍子，一看见过路人，就装出一副老态龙钟的样子，两手举起棍子，耸起肩膀，现出疲劳不堪、穷愁潦倒的神情。田野上吹来潮湿的冷风，吹乱了他的一头灰白蓬乱的头发。于是库兹马想起了父亲，想起了童年……"罗斯，罗斯！你奔向何方？"——他想起了果戈理的感叹，"罗斯，罗斯！……啊，信口开河，你真该死！'代表想往河里投毒'……这倒干脆，是啊，可应该追究谁的责任呢？不幸的人民哪，首先是不幸！……"于是库兹马的绿色小眼睛里充溢了泪水——这泪水是突然涌出来的，这种情况他近来常常发生。不久前他顺路走进村妇市场的阿夫杰伊奇小酒馆。他走进院子，一脚踩在没脚脖子深的泥泞里，他蹚过去，顺着臭气熏天、连他这个见过许多世面的人都感到恶心的朽烂楼梯登上二楼，费力地推开一扇油腻、沉重的门，那门上钉着破毡子，蒙上一层破布，用一块砖头吊着当滑车。屋里烟雾腾腾，什么也看不清，柜台上餐具碰得叮当响，茶房穿梭奔走，留声机发出鼻音很重的狂叫，这些响声混在一起，震耳欲聋。他走到里面一个顾客较少的房间，在一张小桌旁坐下，要了一瓶蜜酒……脚下的地板踩得很脏，到处是痰迹、吸干的柠檬皮、蛋壳和烟头……他对面的墙边坐着一个穿树皮鞋的高个子庄稼汉，他满面春风，摇晃着毛发蓬乱的脑袋，一心倾听着留声机的狂叫。他桌上放着一瓶一百二十毫升的伏特加、一只小酒盅和几只小甜面包。但他并不喝酒，只是一个劲儿摇晃着脑袋，眼睛瞅着自己脚上的树皮鞋，突然他感觉到库兹马投来的目光，便睁开喜洋洋的眼睛，抬起留着拳曲红胡子的好看而善良的脸。"嘿，我是顺路来看看的。"他又惊又喜地喊道，接着又连忙表白："先生，我有个兄弟在这儿当差……是亲兄弟……"说着，库兹马眨眨眼睛，挤出几滴眼泪，又咬咬牙。唉，真该死，把老百姓糟蹋成什么样子了！"顺路来看看的！"来看阿夫杰伊奇！不仅如此，当库兹马站起来对他说再见的时候，那庄稼汉也急忙站起来，心里乐滋滋的，想到他竟然能走进这样豪华的地方，还有人把他当个人跟他说话，心里真是感激万分，于是连忙回答："请不要见怪……"

从前人们在火车里只谈论雨情和干旱问题，都说"粮价天定"。现在许多人手里都翻着旧报纸，仍旧在谈论杜马、自由和土地国有化问题，谁也没有去注意车顶上的倾盆大雨，显然所有的乘客——粮商、农民、田庄上的居民都盼着下一场春雨。一个截去一条腿的年轻士兵害着黄疸病，长着一对忧郁的黑眼睛,挂着一条假腿,一瘸一拐地走着,不时摘下满洲毛皮帽,像乞丐一样,每得到一次施舍便在胸前画个十字。车厢里又掀起一轮义愤填膺的议论,人们纷纷谈论政府、杜尔诺沃大臣和某个官家的燕麦等问题……嘲弄了半天之后,又想起一件不久前人们赞不绝口的事:为了在朴茨茅斯吓唬日本人,"维佳"①下令把自己的箱子捆起来……坐在库兹马对面的一个剃平头的年轻人涨红了脸,愤愤不平地急忙打断别人的话说:

"对不起,各位先生!你们都在谈论自由……我在一个税务督察官那儿当文书,往京城的报纸投过几篇稿……这关他什么事?他一再标榜拥护自由,可一听说我写了一篇稿子谈论我们的消防工作不正常,便把我叫去,对我说:'狗崽子,你要是再写这些东西,我就拧下你的脑袋!'对不起,要是我的观点比他左……"

"观点?这就是你的观点?你还比他左?你光着屁股的时候我就见过你了!你差点没饿死,不比你那个讨饭的父亲强些!你只配去给督察官洗脚,喝喝清汤!"

"宪——法,"库兹马打断阉割派教徒的话,用他尖细的声音说。接着,他站起来,擦过乘客的膝盖,朝车厢的门走去。

阉割派教徒的脚又小又肥,像管家婆的脚一样,叫人恶心。面孔也像女人的一样,宽宽的,黄黄的,胖乎乎的,但

---

① 指谢尔盖·尤利耶维奇·维特(1849—1915),沙俄大臣委员会主席、大臣会议主席。曾代表俄国赴朴茨茅斯就俄日战争问题与日方进行谈判,签订了丧权辱国的《朴茨茅斯和约》(1905),以便沙皇集中精力对付国内革命。

嘴唇很薄……初级中学的教师波洛佐夫却很不错，他身材矮壮，戴一顶灰色的礼帽，披一件灰色的斗篷，长着一双明亮的眼睛，一个圆圆的鼻子，蓬松的淡褐色大胡子盖满了整个胸膛，他拄着一根拐杖，倾听着阉割派教徒的话，不断亲切地点着头……库兹马推开车厢通往平台的门，愉快地吸了一口雨天寒冷而芳香的新鲜空气。大雨哗哗地敲打着平台上的顶篷，水流如注，水珠飞溅。车厢摇晃着，在哗哗的雨声中隆隆地向前驶去，电话线时起时伏，迎面飞来，浓密的榛树林青翠欲滴，从车厢两边掠过。一群男孩穿着各种颜色的衣服突然从路基上跳下来，一起大声叫喊着什么。库兹马慈爱地笑了笑，整个脸上浮起了细细的皱纹。他抬起眼睛，一眼看见对面平台上一个朝圣的人：一张饱经沧桑的善良农民的面孔，灰白的胡子，宽檐帽，厚呢大衣，腰间系着绳子，肩上背着口袋和一只马口铁茶壶，细瘦的脚上穿着白桦皮鞋。库兹马在隆隆的列车声和哗哗的大雨声中提高嗓门和他打招呼：

"去朝圣回来吗？"

"从沃罗涅日来的。"朝圣的人用虚弱的声音客气地回答。

"那边把地主抓去烧死吗？"

"烧死……"

"好极了！"

"什么？"

"好极了，我说！"库兹马叫道。

接着，他转过身，用颤抖的双手挥去由于感动而流下的泪水，卷起烟来……但他的思绪又迷乱了。"朝圣的人是人民,难道阉割派教徒和教师就不是人民吗?农奴制才废除四十五年,怎么能责怪人民呢?不错,可是谁应该对此负责呢?还是人民自己!"库兹马的脸又阴沉下来,显得瘦削了。

到第四站,他下了火车,雇了一辆马拉大车。几个赶车的农民起初要七卢布——到卡扎科沃有十二俄里,——后来减到五个半卢布。最后一个农民说:"给三卢布,我去,别再费口舌了。如今不像从前……"但他没能坚持这种口气,又说了句平常惯说的话:"饲料又贵了……"结果要了一个半卢布,把他拉走。道路泥泞不堪,简直难以通行,车子又小,勉强可以拉动,马匹的耳朵很大,像头驴子,但瘦弱无力。大车慢慢驶出车站的院子,车夫坐在车沿上折腾起来,拼命扯动缰绳,仿佛要拼足全身力气助他的马儿一臂之力。在车站上他曾夸下海口,说他的马一跑起来"拉都拉不住",到现在,看来他也不好意思了。但最糟的还是他本人。他年纪轻轻,人高马大,脚上裹着白色脚布,穿着树皮鞋,身上穿一件高加索式短上衣,腰间系一根带子,头上戴一顶旧遮檐帽,压住他黄色的直发。他身上发出一股没有烟囱的农舍和大麻的气味,像个远古时代的农夫!脸白白的,没有胡子,脖子粗大,声音沙哑。

"你叫什么名字?"库兹马问。

"我叫阿赫瓦纳西……"

"阿赫瓦纳西!"库兹马气恼地想。

"接着说。"

"缅绍夫……嘿,真该死!"

"有病吗?"库兹马朝他的脖子扬扬头。

"能有什么病？"缅绍夫喃喃地说，眼睛望着别的地方。"冷的克瓦斯喝多了。"

"咽东西疼吗？"

"咽东西——不，不疼……"

"嗯，你别再瞎扯了，"库兹马严厉地说，"最好快点到医院去看看。娶亲了吗？"

"娶了……"

"哼，你看吧。孩子生下来，你就赏给他们这副好样子。"

"准是这样。"缅绍夫表示同意。

他又折腾起来，扯着缰绳。"驾……真拿你没办法，该死的东西！"他终于放弃这种毫无用处的努力，安静下来。他沉默了一阵子，又突然问道：

"掌柜的，杜马召集了没有？"

"召集了。"

"听说马卡罗夫①还活着，只是不让人家说……"

库兹马只得耸耸肩膀。鬼才知道这些草原上的脑袋在想些什么！"可这儿有多富啊！"他想。他竖起两个膝盖，艰难地坐在车上一把盖着粗麻布的干草上，回头望着街道。多好的黑土啊！路上的泥泞是青的，肥得流油，树木、青草、菜园子都碧绿碧绿，颜色那么深，长得那么密……但农舍都是土坯房，很小，屋顶上晒着畜粪。房子旁边都有车厢干裂的运水车。水里自然有蝌蚪……这是一个富裕人家。打谷场上

---

① 马卡罗夫（1848—1904），俄国海军统帅，俄日战争初期任旅顺口太平洋分舰队司令，因彼得罗巴甫洛夫斯克号装甲舰触水雷爆炸而牺牲。

有一座旧干燥棚。畜棚、大门、房子都在一片屋顶底下，屋顶上盖着整整齐齐的麦秸。房子是砖砌的，分两趟，窗户中间的墙上用白粉画着画：一处画着一根棍子，上面分杈，成了一棵枞树；另一处画着一只像公鸡一样的东西；窗户四周也用白粉画着雉堞一样的花纹。"这也叫画！"库兹马冷笑了一声。"穴居时代，让上帝惩罚我吧，我敢说，这还是穴居时代！"在干草棚子的门上用木炭画着十字架，台阶旁放着一块很大的墓碑，显然是为祖父或祖母百年后准备的。是的，这是一个富裕人家。但房子周围积着齐膝深的泥泞，台阶上躺着一头猪。窗户很小，住人的一半大概很昏暗，总是那么逼仄：高板床、织布机、大暖炕、污水盆……长年挤在一起。家庭成员一定很多，有许多孩子，冬天还有小羊羔、小牛犊……屋里潮湿，烟雾腾腾，总有股霉味儿。孩子哭闹——肯定是挨了骂，挨了脖儿拐；妯娌吵架——"叫你给天雷劈死，下贱的母狗！"互相咒着，叫对方在"大斋节噎死"；上了年纪的婆婆随时都会摔炉叉，摔木盆，卷起袖子，露出青筋累累、黑糊糊的手，向媳妇扑过去，扯破嗓子，尖声叫骂，唾沫四溅，一会儿咒骂这个，一会儿咒骂那个……老头子也是凶巴巴的，虽然沉疴在身，却还唠叨个没完，骂得人垂头丧气……

再过去，大车便转入牧场。牧场上正准备举办集市。许多地方已竖起帐篷的支架，堆着车轮和陶器；匆匆砌成的炉灶已经在冒烟，发出油炸饼的香味；一辆茨冈人的灰色大篷车停在那里，车轮旁蹲着几只用铁链拴住的牧羊犬。再往前走，在一家官办的酒馆旁聚集着一群姑娘和庄稼汉，人声鼎沸。

"老百姓在玩乐呢。"缅绍夫沉思着说。
"有什么喜事啊?"库兹马问。
"有盼头啦……"
"盼什么呀?"
"就是……盼家神啊!"
"嘿!"人群中有人合着重浊的跺脚声叫道。

不用耕地不用收,
甜饼送到姑娘手!

一个站在人群后面、个子不高的庄稼汉突然挥动双手。他身上的穿着,无论是树皮鞋、包脚布、厚实的新裤子,还是打褶的下摆剪得很短的瓦灰色厚呢长外衣,都是自己家里做的,又干净,又结实。他突然灵巧地轻轻跺了跺穿树皮鞋的脚,挥动双手,用他的男高音喊道:"让开点,让掌柜的看一看!"接着他跳进让开一条路的圈子,在一个高高的年轻人跟前拼命抖动自己的裤子。那年轻人低下戴遮檐帽的头,灵巧地转动一双穿长筒靴的脚,他一边转,一边把黑色的外衣脱下来扔掉,露出里面穿的新花布衬衫。年轻人的脸阴郁、苍白、满头是汗。

"孩子,我的宝贝!"一个穿着方格毛料裙子的老太太伸出双手在一片喧闹声和细碎的跺脚声中号叫着。"看在基督的分上,你别再跳啦!我的宝贝,别再跳啦,你会跳死的!"

她儿子突然抬起头,捏紧拳头,咬紧牙关,满脸怒气,跺着脚嚷道:

嘘，老太婆，别嚷嚷……

"为了这个儿子，她把家里所有的粗麻布都卖掉了，"缅绍夫一边在牧场上费力地赶车，一边说，"她没命地疼着这个儿子，每个寡妇都这样，可他几乎每天都打她，他是个酒鬼……她这是自找的。"

"'自找的'，这是怎么回事？"库兹马问。

"就是说……不能宠孩子……"

在一座农舍前面一个瘦高个儿庄稼汉坐在长凳上——是个快入土的人了。两条腿像棍子一样插在毡靴里，两只死人一样的大手放在尖尖的膝盖上，膝盖上的裤子已磨成碎片。帽子像一般老年人那样低低地扣在额头上，眼睛里露出一种备受折磨、似在乞求什么的神情，瘦得失了人形的脸拉得长长的，嘴唇灰白，半张着……

"这是稻草人，"缅绍夫朝那病人扬扬头说，"他生胃病已经是第二年了，给折腾得死去活来。"

"稻草人？这是外号吧？"

"是外号……"

"愚蠢！"库兹马说。

他转过身，以免看到下一座农舍前的一个小姑娘：她向后仰着身子，手里抱着一个戴睡帽的婴儿，注视着过路人，嘴里嚼着黑面包，伸出舌头，把嚼烂的黑面包喂给孩子吃……村边打谷场上的柳条给风吹得呜呜响，歪到一边的稻草人的两个空袖子在随风飘舞。直通草原的打谷场总是那么荒凉、凄清，再加上稻草人，给地面上的一切罩上一片阴影的秋云，田野上吹来的风呜呜响着，吹乱了在长着荆棘的打谷场上走来走去的一群鸡的尾巴……

地平线上有一座苍翠的小树林，那里有两道长满了橡树的长长的山沟，叫裤子沟。就在裤子沟附近，还没到卡扎科沃村时，库兹马遇到一场夹带着冰雹的倾盆大雨。缅绍夫赶着他的驽马大步快跑起来，库兹马坐在车上，眯起眼睛，用一块湿漉漉的冰冷粗麻布片遮着雨。手被冻僵了，冰冷的雨水顺着外衣的领子往下流，吸足了雨水变得厚重的麻布片发出一股粮囤的霉味。冰雹敲打着脑袋，泥巴四处飞溅，车轮底下的车辙里积水哗哗响着，不知什么地方有羊羔在咩咩叫着……库兹马终于觉得透不过气来，便把头上那块麻布片掀掉。雨小了，暮色渐浓，一群牛羊从大车旁边，顺着牧场的绿草地跑回屋里去。一只细腿的黑绵羊跑到一边去了，一个赤脚的村妇用被雨水打湿的裙子盖在头上，露出雪白的小腿，跑去赶那头羊。村外，西边天空还亮着，东边庄稼地上空的瓦灰色阴云上出现了两道绿色和紫色交融的彩虹。苍翠的田野上弥漫着浓浓的潮气，在有人居住的地方，总使人觉得温暖。

"这儿老爷家的大院在哪儿？"库兹马向一个穿白布衫、红色毛料裙子、宽肩膀的村妇大声问道。

村妇手里牵着一个在大声哭闹的小姑娘，站在家门口的石板门槛上。小姑娘的哭声尖得出奇。

"大院？"村妇反问，"谁家大院？"

"老爷家的。"

"谁家？一点也听不出……喂，别闹了，再闹叫你好看！"村妇大声呵斥着，使劲扯了一下小姑娘的手，扯得那小姑娘转了一圈。

他们到另一家去打听。然后走过一条宽阔的街道,先向左转,又向右转,经过一处门户紧闭的老式庄园,走到一座陡峭的山岭下面,来到一座小桥边。水珠从缅绍夫的脸上、头发上、外衣上往下滴。那被雨水冲刷过的长着白色粗睫毛的胖脸显得更加愚钝了。他好奇地望着前方一个地方。库兹马也往那里看。对面山坡上有一座卡扎科夫家的草木葳蕤的花园,一个四周围绕着倒塌的杂用房和颓败石墙的大院;院子当中在三棵枯死的枞树后面是一座房子,外墙包着灰色的护墙板,屋顶是锈红色的。山下小桥边有一群庄稼汉。前面,在雨水冲刷过的陡峭道路上,三匹瘦骨嶙峋的役马正拉着一辆四轮马车,在泥泞中挣扎,慢慢爬上山坡。一个脸色苍白、蓄着略带红色的胡子、长着一双聪明眼睛、模样英俊,只是衣衫褴褛的雇工站在三匹马旁边,他使劲扯着缰绳,拼命吆喝:"驾!驾!"可是那一群庄稼汉却哈哈大笑,吹着口哨,一起大叫:"吁!吁!"车中坐着一个穿丧服的年轻女人,她绝望地向前伸出两只手,长长的睫毛上挂着大颗大颗的眼泪。她旁边坐着一个长着碧绿眼睛、蓄着火红色唇髭的胖子,神情也同样焦急。他右手戴着一枚闪闪发光的订婚戒指,手里还握着一把手枪。他一直挥着左手,大概觉得很热,因为身上穿着驼绒外衣,头上戴一顶呢帽,那帽子已经被推到脑后。他们对面的凳子上坐着一男一女两个孩子,都脸色苍白,裹着围巾,正怀着好奇心,静静地看着周围的景物。

"这是米什卡·西维尔斯基,"缅绍夫绕到三驾马车旁边去,平静地看看两个孩子,声音嘶哑地大声说,"昨天给大火烧死了……活该。"

卡扎科夫老爷家的事务由总管管理，他当过骑兵，身材魁梧，为人粗暴。一个把一大车刚割下来的潮湿青草运到院子里的雇工对库兹马说，要找这个总管得到下房去。这天总管刚遭到不幸——孩子死了，因此对库兹马很不客气。库兹马把缅绍夫留在大门外，独自到下房去，看到总管老婆满面泪痕，神情阴郁，腋下夹着一只乖乖地蹲着的芦花鸡，从花园里走来。在破旧台阶上两根柱子中间站着一个脚蹬长筒靴、身穿花布竖领衬衫的高个子年轻人，他看见总管老婆，便大声向她喊道：

"阿加菲娅，你要把鸡抱到哪儿去？"

"抱去宰。"总管老婆神情忧伤，一本正经地回答。

"让我来宰吧。"

年轻人径直朝冰窖走去，一点不理会阴沉的天空又稀稀拉拉地落下的小雨。他打开冰窖的门，从门旁抓起一把斧头，过了一分钟，只听到笃的一声响，一只没了头的母鸡便光着血淋淋的脖颈跑到草地上，它颠踬了一下，就在原地打转，扇动着翅膀，把羽毛和鸡血洒得到处飞溅。年轻人扔下斧头，往花园走去，总管老婆抓了鸡，走到库兹马跟前问：

"你有什么事？"

"谈谈花园的事。"库兹马说。

"你等等费多尔·伊凡内奇吧。"

"他在哪儿？"

"马上就从地里回来。"

库兹马便在下房敞开的窗口下等候。他往窗子里看了看，看见昏暗的房间里有炕、板床、桌子，窗下的长凳上有一只洗衣盆，实际上是一只像洗衣盆一样的小棺材，里面躺

米佳的爱情 | 363

着一个死婴，头大大的，几乎没有头发，小脸儿发青……桌旁坐着一个瞎眼的胖姑娘，用一把很大的木勺子从汤盆里舀牛奶和面包渣吃。几只苍蝇像蜂房里的蜜蜂一样在她头上嗡嗡叫着，在死婴的脸上爬来爬去，后来又掉进牛奶里，但瞎姑娘像木头人似的，笔直地坐着，两只长着白翳的眼睛直对着黑暗，只顾一口口地吃。库兹马觉得可怕，扭转身去。寒风一阵阵吹来，天空阴云密布，天色越来越暗。院子里竖起两根柱子，中间架着一根横木，横木下像挂着圣像一样挂着一块铁板，那是供夜里敲打报警用的。院子里躺着几只干瘦的猎狗。一个八岁模样的男孩拖着一辆小车在猎狗之间跑来跑去，小车上载着他戴一顶大黑帽的白头发弟弟，那小车发出极其尖锐的吱吱声，十分刺耳。房子死气沉沉，臃肿，在这样的黄昏时刻待在里面一定十分无聊。"哪怕点盏灯也好！"库兹马想。他感到十分疲劳，仿佛出城已经快一年了。

傍晚和夜里他是在花园里度过的。总管骑马从田野里回来，怒气冲冲地对他说："花园早租出去了。"对于库兹马提出的在这里借宿一夜的要求，他竟然十分惊奇地回答："你倒挺聪明，"他大叫大嚷，"找到一个多好的客栈啦！如今像你这样的流浪汉可多了……"不过他还是发了善心，允许他在花园的澡堂里过夜。库兹马和缅绍夫清了账，便绕过这座房子，向菩提树林荫道末端的大门走去。从敞开的几个漆黑窗户里，从防蝇的铁纱窗里传来了钢琴声，琴声时时被一阵阵嘹亮的歌喉、美妙的练声曲盖过，这情景和这个晚上、这座庄园完全不协调。一个棕色头发的年轻庄稼汉、没系腰带、没戴帽子，穿一双笨重的皮靴，手里提着一个水桶，顺着林荫道斜坡上肮脏的沙径不慌不忙地向库兹马走来,那林荫道的末端仿佛是世界的尽头,可以看见那上面一片白茫茫的阴云密布的天空。

"你听,你听!"他谛听着练习曲,一边走一边带着嘲笑说,"你听,多快活!"

"谁这么快活?"库兹马问。

庄稼汉抬起头,站住。

"少爷啊,"他带着很重的地方口音快活地说,"据说他练了六年了!"

"是杀鸡的那一个吗?"

"不是,是另一个……这首歌还不怎么样!有时他放开喉咙唱:'今天是你,明天是我',那才好听呢!"

"他这是在学唱,对吗?"

"学得多好!"

这些话好像是随便说说的,并不时停一下,但口气里带着刻毒的嘲笑和地方口音,这使库兹马不由得对他仔细端详起来。看样子,他像个傻瓜。他的头发是直的,剪了个童花头。脸庞不大,其貌不扬,像古罗斯人,苏兹达利人。他的靴子很大,身材细瘦,像木头雕出来似的。他眼泡肿胀,眼睛像鹞鹰一样,垂下眼皮时,像个一般的傻子,抬起眼皮时甚至有些吓人。

"你是看花园的吗?"库兹马问。

"是看花园的,要不然看什么?"

"你叫什么名字?"

"我?阿基姆……你呢?"

"我想租下这座花园。"

米佳的爱情 | 365

"嘿……你刚想起来!"

于是阿基姆嘲笑着,摇摇头,走他的路了。

风一阵紧似一阵,把翠绿的树上的雨水洒得满地都是。花园后面的低处响起一声闷雷,浅蓝色的闪电照亮了林荫道,到处响起夜莺的歌唱。在这沉重的阴云密布的天空底下,在被风吹得弯下腰的树上,在水淋淋的浓密灌木丛中,它们竟还如此全力以赴,如此一心一意,如此兴致勃勃地放声歌唱,发出阵阵悠扬动听的颤音,真是叫人百思不得其解。但是更加令人难以理解的是,那些守夜的更夫如何在大风中度过这些夜晚,如何在破窝棚的潮湿麦秸上睡觉。

更夫一共有三个人,每个都有病。一个年轻的,从前做过面包师,如今是个无业游民,常发热病;第二个米特罗凡,也是个无业游民,生肺病,虽然他自己说没什么病,"只是两肋发凉";阿基姆患"夜盲症",因营养不良,天黑时看不清东西。那面包师脸色苍白,待人亲切,库兹马走过来时,他正蹲在窝棚旁,卷起棉衣袖子,露出两只瘦弱的手,用一只木碗淘黄米。患肺病的米特罗凡个子不高,骨架子宽大,黑脸膛,身上穿着湿漉漉的破烂衣衫,脚上穿一双像老马蹄一样歪到一边的硬邦邦的破鞋,他站在面包师旁边,耸起肩膀,睁大一双闪亮的褐色眼睛,毫无表情地看着他干活。阿基姆提来一只桶,在窝棚对面的一只土灶那边生火。他走进窝棚,挑了几把干一点的麦秸,又回到铁锅下冒着草香味浓烟的火堆前,嘴里念叨着什么,呼吸时发出呼哧声,脸上带着神秘的嘲弄神情,对同伴们的玩笑报以漫不经心的微笑,有时则机灵地狠狠报复他们几句。库兹马坐在窝棚旁边的一条潮湿的板凳上,闭着眼睛,有时听听他们的谈话，有时听听夜莺的鸣啭，在电闪雷鸣的阴暗天空下，一阵阵潮湿的风吹过林荫道，便把冰凉的水滴洒在他身上。由于饥饿和吸多了劣质烟草，他的胸口正隐隐作痛，黄米粥仿佛永远烧不熟似的。一个念头一直在他的脑子里萦绕着：说不定哪一天他也要像这些更夫一样过起这种野兽般的生活……一阵阵强劲的风、远处隆隆的雷声、夜莺的鸣啭、阿基姆那带着浓重的地方口音、慢条斯理，看似漫不经心实则十分辛辣的玩笑话，他那呼哧呼哧的声音，这一切都惹得他心神不定。

"阿基姆，你哪怕买根腰带也好啊。"面包师装作顺口说说的样子，想逗逗阿基姆，同时向库兹马丢了个眼色，请他听听阿基姆会怎么说。

"你等着吧，"阿基姆用一把长柄勺子从沸腾的锅里舀出一点泛着泡沫的浓汤，漫不经心地反唇相讥了一句："等我们在东家这儿度过了夏天，我给你买一双吱吱响的皮靴。"

"'吱吱响的'！我可没要你买。"

"可你穿的是一双破鞋啊！"

阿基姆专注地尝着勺子里的浓汤。

面包师难为情地吸了一口气：

"我们哪有福分穿皮靴啊！"

"行啦，"库兹马说，"你们最好还是说说，你们是怎么过日子的，难道天天都吃这种粥吗？"

"那你想吃什么——鱼，火腿？"阿基姆没转过身来，只顾舔着勺子。"这当然好：一两老酒，三磅鲇鱼，一点火腿，一杯果子露……可这不是粥，它叫粥汤。"

米佳的爱情 | 367

"那么菜汤呢,你们烧面糊汤吗?"

"老兄,菜汤我们也烧过,你可知道那是什么样的菜汤!往狗身上一泼,狗毛都得掉光!"

库兹马摇摇头说:

"你有病,所以脾气不好!你还是去看看吧……"

阿基姆没有回答。土灶里的火已渐渐熄灭,铁锅底下只剩一堆烧红的炭。花园里越来越暗,风一阵阵鼓起阿基姆的布衫,浅蓝色的闪电照在脸上显得更加惨白。米特罗凡撑着一根棍子,坐在库兹马旁边,面包师坐在菩提树下的一个树桩上。他听了库兹马最后一句话,脸色变得凝重起来。

"依我看,"他带着平和而忧伤的神情说,"万事都由主决定,要是主不赐给你健康,那么什么医生也不管用。阿基姆说得对:不该死的时候死不了。"

"医生!"阿基姆眼睛盯着炭火,特别愤恨地说出这两个字!"老兄,医生只看重自己的钱袋,换了我,我会为他干的事把他的肠子揪出来的!"

"也不是所有的医生都看重钱袋的。"库兹马说。

"我可没有看到所有的医生。"

"哼,没有看到就别胡说八道。"米特罗凡厉声说。

阿基姆突然改变了那种带嘲讽意味的平和态度,瞪着一双鹞鹰般的眼睛,霍地跳起来,像白痴那样暴躁地狂叫:

"什么?叫我别胡说八道?你去过医院没有?去过吗?可我去过!我在那儿住了七天,你那个医生给了我多少白面包?很多吗?"

"你这蠢货,"米特罗凡打断他的话,"白面包可不是人人都能吃的,要看生什么病。"

"哦！要看生什么病！哼，叫他撑破肚皮，让面包给噎死！"阿基姆狂叫。

他狂躁地往四下里扫了一眼，把长柄勺子往"稀粥"里一扔，走进窝棚里去了。

在窝棚里，他呼哧呼哧喘着气，点亮了灯，窝棚里顿时显得舒适起来。接着他从棚顶底下拿出几把勺子，扔在桌上，喊了一声："把粥端进来！"面包师站起来，走过去端铁锅。"请进来。"他走过库兹马身边，对他说。但库兹马只要了一块面包，撒了点盐，津津有味地嚼着，又回到长凳上去。天完全黑下来了。浅蓝色的闪电仿佛被风吹散了一样，越来越宽、越来越快、越来越亮，也照亮了潇潇响的树木。每打一次闪，那些死气沉沉的绿色树叶一瞬间就像在白天一样，可以看得清清楚楚，过后又被坟墓般的黑暗所吞没。夜莺停止了歌唱，只有窝棚顶上还有一只在兴致勃勃地鸣啭。"他们竟没有问我是何许人，从哪里来？"库兹马想，"这些该死的老百姓！"于是他想开个玩笑，便向窝棚里高声问道：

"阿基姆！你怎么不问问我是什么人，从哪儿来？"

"我干吗要问你？"阿基姆回答。

"我倒是要问他另一件事，"响起面包师的声音，"他想从杜马那儿得到多少土地，你看呢，阿基姆什卡①？啊？"

"我没有文化，"阿基姆说，"你在粪堆上看得清楚些。"

面包师大概觉得有些尴尬，沉默了一会儿。

---

① 阿基姆的小称。

"他这是冲我们兄弟来的,"米特罗凡说,"有一次我说起过罗斯托夫的穷人,也就是无产阶级,冬天在粪堆里拣到一条命……"

"一出城就钻进粪堆里!"阿基姆开心地接着说,"钻得不比猪差,一点也不难过。"

"蠢货!"米特罗凡打断他的话,"你笑什么?你穷了也会钻进去的!"

阿基姆放下勺子,用一双迷离的睡眼看了他一眼,突然又圆睁着那双毫无表情的鹞鹰眼睛用他那浓重的地方口音狂叫起来:

"哦!穷!你想干钟点活吗?"

"那又怎么样?"米特罗凡鼓起他那达荷美人的鼻孔,用一双炯炯有神的眼睛盯着阿基姆,也跟着狂叫。"你想干二十个钟头只拿二十戈比工钱的活吗?"

"哦!你想干一个钟头拿一卢布的活吗?你真是财迷心窍,会撑破肚皮的!"

但是争论就像开始时那样,来得快去得也快。过了一会儿,米特罗凡已经能平心静气地说话,喝着烫嘴的粥了。

"他就不财迷心窍!这瞎眼的魔鬼为了一个戈比也会情愿到祭坛上去上吊的。信不信由你,为了十五个戈比,他都能把老婆给卖了。上帝作证,我可不是开玩笑。我们利佩茨克那儿有一个老头叫潘科夫,原来是个园丁,现在退休了,他可喜欢干这种勾当了……"

"阿基姆,这么说你也是利佩茨克人?"库兹马问。

"是斯图坚卡村的。"阿基姆不动声色地说,好像谈话与他无关。

"他跟兄弟一块儿过，"米特罗凡证明，"土地、院子都是他们两人共有的，不过他似乎总是让人当傻瓜耍了，老婆当然也离开他走了，为什么要出走呢，就是因为这种事：他跟潘科夫做了一笔交易，让他出十五戈比，代替他到储藏室去过夜，他真的让潘科夫去了。"

阿基姆一声不吭，拿勺子在桌子上敲着，眼睛望着油灯，他已经吃饱，擦了嘴，坐在那儿想心事。

"伙计，瞎说一气不费力，"他终于说，"就是让他去了又怎么样：难道她会蜕一层皮吗？"

他沉吟了一会儿，终于咧开嘴笑笑，扬起眉毛，他那苏兹达利型的脸堆满一道道粗大死板的皱纹，现出悲喜交集的神情。

"真该拿枪干掉他！"他声音特别刺耳地说，口齿不很清楚。"让他翻个跟头才好！"

"你这是说谁啊？"库兹马问。

"我说的是这只夜莺啊……"

库兹马咬咬牙，想了想，说：

"你是个混蛋。一头野兽。"

"来亲亲我的……来呀。"阿基姆回答。他打了个嗝，站起来。

"怎么，我们就这样白白耗着灯油？"

米特罗凡拿出烟来卷，面包师收拾勺子，阿基姆从桌旁走出来，转身背对油灯，匆匆画了三次十字，猛然对着窝棚的黑角落鞠了一躬，甩了甩平直的淡色头发，然后抬起头，轻声念起祷文来。他的巨大身影投在几个板箱上，折成了几段。他再次匆匆画了个十字，又再次深深鞠了个躬，这时库

米佳的爱情 | 371

兹马憎恶地看了他一眼。阿基姆在那里一本正经地祈祷，你倒试试去问问他信不信上帝！那时他那双鹞鹰眼睛简直会从眼窝里瞪出来！简直是个鞑靼人！

库兹马觉得他出城似乎已是一年前的事，而且再也回不到那里去了。湿漉漉的帽子扣在头上，一双冰凉的脚套在沾满泥泞的靴子里好生难受。脸吹了一天的风，火辣辣地痛。他从凳子上站起来，迎着潮湿的风向大门走去，从这扇大门可以通向田野，通向早已荒芜的乡村墓地。一抹微弱的光线落在泥泞的地上，库兹马一走开，阿基姆就吹灭了灯，灯光熄灭了，夜色立刻笼罩了大地。浅蓝色的闪电打得更加强烈，更加突然，照亮了整个天空，照亮了整个花园的深夜，直到最远的建着一个澡堂的枞树林，突然间，漆黑的夜色又淹没了一切，使人晕眩起来。远处的低地又打起雷来。库兹马站了一会儿，辨认出大门口隐隐有一线微弱的光，便穿过潇潇响的老菩提树和槭树林子，走到土堤上的大路上去，在那里来回踱步。雨点又落在帽子上和手上。漆黑的夜晚又一次被雷电划破，雨丝在电光中闪亮。在这暗淡的浅蓝色闪光中，荒地上清晰地显现出一匹湿淋淋的细脖子马的轮廓。荒地那边淡淡的灰绿色燕麦地在墨黑的背景上闪亮了一下，那匹马抬起头来，这情景让库兹马不寒而栗。他转身回到大门那边去。他好容易摸黑走到枞树林旁的澡堂那里，大雨倾盆而下，就像儿时那样，他脑子里突然掠过大洪水①的那一幕可怕情景。他划了一根火柴，看见窗下有一张宽阔的板床，于是脱下外衣，卷起来，把它扔到床头上。他摸黑爬上板

---

① 指圣经传说中的大洪水。参见《旧约·创世记》第6—8章。

床，深深叹了一口气，伸直身子，像老年人一样仰卧着，闭上疲乏的眼睛。我的上帝，这是一次多么荒唐和艰难的旅行啊！他怎么会落到这个地方？现在地主的宅第里也是一片漆黑，闪电悄悄在镜子里闪现了一下，一瞬即逝……阿基姆睡在大雨滂沱中的窝棚里……这个澡堂自然不止一次闹过鬼：阿基姆是不是真的相信世上有鬼呢？不，可是他仍然言之凿凿地说他那过世的爷爷——必定是爷爷，而且必定是过世的——有一次到干燥棚里去拿谷糠，看见一个鬼脖子上套着锁链，盘着腿坐在那儿，浑身是毛，像狗一样……库兹马蜷起一条腿，把一只手放在额头上，长吁短叹，愁肠百结，不觉渐渐沉入了梦乡……

夏天他是在谋生中度过的。租种花园的想法看来很愚蠢。他回到城里，反复考虑自己的处境，便开始找一个管家或管理员的职务干。后来他下决心干什么都行，只要有一口饭吃。可是他踏破铁鞋到处奔走求告，还是一无所获。在城里他早就被人视为大怪物，他酗酒，无所事事，都成了人们取笑的对象。他的生活起初让城里的人感到惊奇，后来又让人感到困惑。一点也不错：什么地方见过这样一个城里人，一年到头住客店，单身一个人，穷得叮当响，简直像个背着手摇风琴到处流浪的艺人。他的全部财产就是一个小箱子加一把沉甸甸的旧伞。于是库兹马想去照照镜子，看看自己到底像个什么样子。他晚上住"通铺"，和来来往往的陌生人住在一起，早上因为天热，就到集市、酒馆里混混，想在那里找个差事。午后睡一觉，然后坐在窗口读读书，看看尘土飞扬的白色街道和炎热的浅蓝色天空……这个由于挨饿和苦苦思索而变得瘦削、头发也已花白的城里人究竟是为谁和为了什么而活在世界上？他自称无政府主义者，可又说不清什么叫无政府主义。他坐在那儿，读读书，唉声叹气，在房间里来回踱踱步，蹲下来，打开小箱子，理理那些翻破了的小册子和手稿、两三件褪了色的竖领衬衫，一件旧的长摆常礼服，一件坎肩和一张磨损的出生证……除此以外，他还能做些什么呢？

这一年的夏天很长，城里还热得要命。这家客店角落里的屋子一直在太阳底下曝晒。夜里房间里闷热得人血直往头上冲，敞开的窗外任何一点声响都能把人吵醒。干草棚里臭虫不计其数，公鸡啼叫，畜粪臭气冲天，也无法在那儿入眠。库兹马整个夏天做梦都想到沃罗涅日去。哪怕是利用两班列车当中的空隙到沃罗涅日的街道上去走走，看看那些熟稔的杨树和城外那间浅蓝色的小房子……可这是为了什么？是为了花掉十到十五卢布，以后却没钱买蜡烛和面包吗？一个上了这么大岁数的人还沉浸在过去的爱情回忆中，难道不难为情？至于克拉莎，她还会承认是他的女儿吗？两年前他见过她：她坐在窗口织花边，小脸蛋是那么可爱羞涩，但是长得只像她母亲……

入秋前，库兹马确信，他必须出门去朝圣，进一家修道院修行，或者干脆就拿剃刀抹脖子。秋天来临了。集市上已洋溢着苹果和李子的香味。来了好多中学生。太阳已移到板条广场那边落下：傍晚走出大门，经过十字路口，就能看见左边那条直通广场的街道整个儿沐浴在从低处射来的单调的夕照里，光线强烈得令人目眩。篱笆墙里的花园落满了尘土，结着许多蛛网。波洛佐夫迎面走来，他身上披着斗篷，已经换下原先的礼帽，戴了一顶钉着帽徽的遮阳帽，市属公园里已没有人迹。露天音乐厅已经封闭，夏天卖马乳酒和柠檬的售货亭也已关闭，用木板搭的小卖部也关门了。有一天，库兹马坐在这个露天音乐厅旁边，心情苦闷至极，甚至当真动了自杀的念头。太阳落下去了，还放射着粉红色的余晖，粉红色的小树叶在林荫道上飞舞，寒风阵阵吹来。教堂里响起了晚钟，听着这外县礼拜六有节奏的、浑厚的钟声，库兹马心如刀割。突然从露天音乐厅下面传来一阵咳嗽声和呼哧声……"这是莫季卡①。"库兹马想。果然是鸭头莫佳从台阶上爬上来。他脚蹬一双火红色士兵皮靴，身穿一件很长的中学生制服，一身面粉——显然是去逛过集市——头上戴了一顶被车轮碾过无数次的草帽。他没睁开眼睛，不断吐唾沫，醉醺醺地从他身边摇摇晃晃地走过去。库兹马强忍着眼泪，喊住他：

"莫佳！过来谈谈，抽支烟……"

莫佳走回来，坐在条凳上，耸动着眉毛，昏昏沉沉地卷着烟卷，似乎还没有搞清楚坐在他身边的人是谁，是谁在向他抱怨自己的命运……

第二天，正是这个莫佳给库兹马带来了吉洪的便条。

九月底，库兹马来到了杜尔诺夫卡。

三

在很久以前，那时伊里亚·米罗诺夫在杜尔诺夫卡住了两年光景，库兹马还很小，他只记得周围是一大片散发着香

---

① 莫季卡是莫佳的卑称。

米佳的爱情 | 375

味的墨绿色大麻田，杜尔诺夫卡村就隐没在这片大麻田中间；他还记得一个黑漆漆的夏夜。那一天夜里没有一家人家点灯，"九个姑娘，九个婆娘，第十个寡妇"都穿着一身白衣服，赤着脚，没包头巾，手里举着扫帚、木棍、叉子，在漆黑的夜色中白晃晃地走过伊里亚的家门口。她们敲着炉门、煎锅，敲击声震耳欲聋，而她们那村野的大嗓门合唱更盖过了这片敲击声：那寡妇拖着一把木犁，她旁边的一个姑娘捧着一幅很大的圣像，其他人则敲敲打打，边唱边走。只听见那寡妇用低嗓音唱起来：

牛瘟啊，牛瘟，
你可别走进咱们村！

众人用挽歌的腔调应和着：

咱们就来犁一圈——

接着又用尖利的声音凄凄惨惨地唱下去：

手捧神香和十字架……

如今杜尔诺夫卡的田野已平淡无奇。这一天，吉洪·伊里奇请他吃饭，喝果子露酒，待他十分亲切。库兹马从沃尔戈尔回来，心里高兴，还带着微醺，他看着周围那片一马平川的褐色耕地，感到心满意足。几乎是夏天的太阳、一尘不染的空气、晴朗的碧空，这一切都向他预示着长久的安定生活，让人心花怒放。弯弯曲曲的灰白色艾蒿被木犁连根翻了出来，有那么多，得用大车把这些杂草运走。田庄旁边的耕地上有一匹马，鬣毛上沾着杂草，一辆大车装满了艾蒿，堆得高高的，旁边的地上躺着雅科夫，他赤着脚，穿着沾满了尘土的短裤和长长的麻布衫，身体倚在一条灰色的大公狗身上，还拉着它的耳朵。那条大公狗正斜视着库兹马，对着他发威。

"会咬人吗？"库兹马大声问。

"凶得很！"雅科夫抬头翘起山羊胡子，连忙回答，"见了马都要往它头上蹦……"

库兹马开心得大笑起来。庄稼汉就是庄稼汉，草原就是草原！

道路下了坡，视野缩小了。前面一间干燥棚的新铁皮屋顶闪耀着绿色的光芒，仿佛沉没在长满低矮草木的荒凉花园里。花园后面，对面山坡上有一长排农舍，都是土墙草顶。右边的耕地后面是一道很大的山沟，末尾同另一道把田庄和村子隔开的山沟连在一起。在两道山沟会合处的三角地上耸立着两台张着风翼的风车，周围是几家独院小地主的房舍——奥西卡称他们为"三角地上的"，——此外就是牧场上一所粉刷得雪白的小学。

"怎么，孩子们都在念书吗？"库兹马问。

"都得念，"奥西卡说，"他们那个学生厉害得很哪！"

"什么学生？是先生吧？"

"就先生吧，差不多。他把那帮孩子调教得可好啦。他是个大兵。一上来，二话不说，抬手就打，就这样把那些孩子训得服服帖帖的！有一次我跟吉洪·伊里奇上那儿去，所

米佳的爱情 | 377

有的孩子一下子齐刷刷地站起来，齐声嚷嚷：'您好！'这样的大兵，你到哪儿去找啊！"

库兹马又笑起来。

车子驶过谷仓，顺着一条夯实的大路走过一个小小的花园，然后拐向左边，走进一个长长的院子。院子已经晒干，被阳光照得金灿灿的。库兹马的心怦怦地跳起来：他终于回到家了。他登上台阶，跨过门槛，便向过道屋角落里黑糊糊的圣像深深鞠了一躬……

宅院对面，背对杜尔诺夫卡村和宽阔的山沟，建造着几座粮仓。从宅院的台阶上，稍稍往左，看得见杜尔诺夫卡，右边是三角地的一部分：一台风车和小学。宅院里的房间都很小，空荡荡的。写字间里堆满了黑麦，大厅和客厅里只有几把坐垫破旧的椅子。客厅有几扇窗朝花园开着，整个秋季库兹马都开着窗睡在客厅的破沙发上。地板从来没有人打扫：最初住在这儿的是一个充当厨娘的守寡的独院地主婆，她原是杜尔诺沃少爷的情妇，她得经常跑回去照料孩子，又得回家去做饭，还得为库兹马和雇工准备吃食。早晨都是库兹马自己烧茶炊，然后坐在大厅的窗口下喝果茶。山沟那边一到晨光熹微时，村子里便家家升起袅袅炊烟，花园里散发出阵阵清香。中午太阳当空照耀着村子，天热起来，花园里的槭树和菩提树红成了一片，悄悄地飘落一片片色彩斑斓的树叶。一群鸽子整天在厨房的斜屋顶上晒太阳睡觉，在蔚蓝色的晴空中屋顶上新铺的麦秸显得更加橙黄灿烂。午饭后雇工在休息，独院地主婆回家去了，库兹马常出去散步。他走到打谷场上，太阳，坚实的道路，枯萎的杂草，变成褐色的苋菜，可爱的晚开浅蓝色菊苣花，随风飘荡的葱花——这一切都令他心花怒放。田野中的耕地在阳光下像一张绸缎般的蛛网闪闪发亮,伸展到无边的天地间去。菜园里枯萎的牛蒡上停着几只金翅雀。打谷场上寂然无声,只有在太阳晒热的地方,蚕斯发出一阵高似一阵的嘶鸣……库兹马从打谷场上爬过土堤,再经过花园的枞树林回田庄去。在花园里他同租种花园的城里人聊了一会儿,又同在那里拣落地果实的新娘子和科莎谈谈话,并同她们一起钻进荨麻丛中,那里有许多熟透的果实。有时他也到村里和小学去走走……

那个当教员的大兵天生愚笨,当了几年兵更变成一个十足的糊涂蛋。从外表上看他像一个最普通的庄稼汉,可是说起话来却与众不同,常常说出些莫名其妙的话,对此你只好摊开双手。他脸上总是挂着莫测高深的微笑,与人谈话时总是眯起眼睛居高临下地注视着对方,对人家的提问却从来不立即回答。

"请问尊姓大名?"库兹马第一次走进小学,问他。

大兵眯起眼睛想了想。

"没有名字就分不出雌雄了。"他终于不慌不忙地说,"我也要问您:亚当——这是不是个名字?"

"是名字。"

"好。那么,比如说,从那个时候起死了多少人?"

"不知道,"库兹马说,"你干吗问这事?"

"就因为我们从来搞不明白这件事!比如说,我是个士兵和兽医。不久前我到市场上去,一看,有匹马患了鼻疽。我立刻去找警察局长:如此这般,局长大人。局长问我:'你能用笔宰掉这匹马吗?'我说:'遵命!'"

"用什么笔?"库兹马问。

"鹅毛笔。我拿了一根鹅毛,削好,扎进马的主动脉,对着鹅毛管吹了口气,事情就完了。这事情看来很简单,可做起来还得动动脑筋!"

大兵狡黠地挤挤眼睛,用一根手指敲敲自己的脑门,说:

"这儿还是蛮机灵的!"

库兹马耸耸肩膀,没说什么。后来走过独院地主婆家,从她的儿子先卡那儿才打听到大兵的名字,原来他叫帕尔缅。

"你们今天布置了什么作业?"库兹马又问,他好奇地看看先卡那一头火红的乱发,他那机灵的碧绿眼睛,布满雀斑的脸,孱弱的身子,冻得裂开口子的手脚。

"习题,背诗。"先卡说,他用右手抓住向后抬起的脚,用另一只脚在原地跳着。

"什么习题?"

"数大雁。大雁飞过的时候……"

"哦,我知道,"库兹马说,"还有什么?"

"还有老鼠……"

"也要数吗?"

"是的。跑来六只老鼠,每只老鼠搬六枚铜子儿,"先卡很快地说,眼睛瞟着库兹马的银表链。"有一只老鼠多搬了两枚铜子儿……问一共搬了多少……"

"好极了。那么背什么诗呢?"

先卡把脚放下来。

"一首诗,叫《他是谁?》。"

"背出来了吗?"

"背出来了……"

"好,你背背看。"

先卡说得更快了——诗里说的是一个在涅瓦河畔树林里骑行的骑士,树林里只有

> 枞树、松树和飞白的苔藓……

"是灰白,"库兹马说,"不是飞白的。"

"哦,是非白的。"先卡表示接受。

"那么那个骑士是谁呢?"

先卡想了想。

"是个魔法师。"他说。

"好。那么告诉你妈妈,让她给你把鬓角的头发剪一剪,不然老师来揪你的头发,你就倒霉了。"

"那他会揪我的耳朵的。"先卡并不担心,又抓起一只脚跳到牧场上去。

三角地和杜尔诺夫卡像所有毗连的村子一样,总是互相敌视,彼此瞧不起。三角地的人把杜尔诺夫卡的人都看成强盗和叫花子,杜尔诺夫卡的人也这样看待三角地的人。杜尔诺夫卡是属于"老爷"的,三角地上住的是"加尔曼"——独院小地主。只有独院小地主婆置身于这种敌视和纷争之外。她身材瘦小,干净利索,生性活泼,做事细心,待人和气,总是笑脸相迎。她对三角地和杜尔诺夫卡的每户人家都了如指掌,总是把三角地上发生的每件事,哪怕是鸡毛蒜皮,都首先传到田庄上。而大家对她的生活也都心中有数。她从来不对人隐瞒自己的事,总是坦坦荡荡地把丈夫和杜尔

诺沃少爷的事告诉别人。

"有什么办法呢?"她轻轻地叹一口气说,"家里穷得揭不开锅,新粮打下来也不够吃。说句良心话,男人挺疼我的,可不得不听人家的。少爷为了我给了整整三大车黑麦。我问男人:'怎么办?'男人说:'看来只好去了。'他去运黑麦,一边搬,一边滴滴答答地掉眼泪……"

白天她不停地干活,晚上缝缝补补,还到铁路上去偷防雪栅上的木板。一天晚上库兹马到吉洪·伊里奇那里去,刚驾车爬上高地便吓呆了:在落日余晖的淡淡光亮中,昏暗的耕地上有个黑糊糊的大怪物,越长越大,迎着库兹马慢慢地飘过来。

"谁?"库兹马勒住缰绳,轻轻地喝了一声。

"啊!"那个在空中迅速长大的怪物也惊吓地叫了一声,接着便哗哗地掉下来。

库兹马镇定下来,马上就在黑暗中认出了独院小地主婆。她赤着脚,弯着腰,轻快地迎着他跑来,身上扛着两块两俄丈①长的木板——那是铁路上冬天防雪用的。她歇过气来,便微笑着对他轻声说:

"您吓死我了。夜里跑这么一趟,吓得浑身直哆嗦,可有什么办法?全村的人都用这种木板当柴烧,靠它活命呢……"

雇工科舍尔则是一个毫无趣味的人。跟他没有什么话好说,他也不喜欢说话。像大部分杜尔诺夫卡人一样,他只会一再重复那些陈词滥调,说些众所周知的道理。天气变坏

---

① 俄国长度单位,1俄丈合2.134米。

了，他就望望天空说：

"要下雨了。雨水这会儿对青苗最重要。"

休闲地耕第二遍时，他就说：

"不耕二遍，来年没面。老一辈人都这么说。"

他在高加索当过兵，但士兵生涯并没有在他身上留下什么痕迹。有关高加索的事他什么也说不出，除了说那边山外有山，从地底下冒出一种很奇怪的热水来："放一块羊肉进去，一分钟就熟，如果不及时取出来，又变成生的了……"他一点也不为见过世面而骄傲，反而瞧不起那些阅历丰富的人，说那些"到处流浪"的人要么是迫不得已，要么是因为太穷。他不相信任何流言，说那是"瞎扯"！可又指天发誓，相信不久前天刚黑时有一个大车轮从巴索夫村滚过，那是一个妖婆变的；有个庄稼汉，是个聪明人，他抓住这个车轮，解下腰带，从轮毂里穿过，把她捆了起来。

"那后来呢？"库兹马问。

"后来？"科舍尔回答，"那妖婆一早醒来，一看，有根腰带从她嘴里穿进去，从屁眼里露出来，还在肚皮上打了个结……"

"那她为什么不解开腰带？"

"显然，那结上是画过十字的。"

"你相信这种胡言乱语也不害臊？"

"我有什么好害臊的？人人都瞎说一气，我也是个人。"

库兹马只爱听他唱歌。天黑时坐在敞开的窗下，哪儿都没有一点灯光，山沟对面的村子黑糊糊的，静得连屋角外面的苹果掉下来都听得见。科舍尔敲着梆子在院子里慢慢走着，用假

米佳的爱情 | 383

声忧伤地唱道:"金丝雀啊,你别唱……"他通宵守望着田庄,白天睡觉,几乎没有什么事可做:吉洪·伊里奇把杜尔诺夫卡这一年的事早早就抓紧了结了,只从畜群里留下一匹马和一头母牛。

原来晴朗的日子,现在变得又冷又灰暗,而且十分寂静。金翅雀和山雀开始在树木凋零的花园里啁啾,交嘴雀在枞树林里鸣啭,出现了太平鸟、灰雀和一些温静的小鸟,它们在打谷场上成群地飞来飞去,原来堆放麦垛的地方长出了嫩绿的小苗,有时有这样的一只小鸟一声不响地栖息在田野的草茎上……杜尔诺夫卡后面的菜园里最后一批土豆就要刨完了。天开始黑得早了。田庄上的人都说:"这会儿火车来得晚了!"其实火车时刻表并没有变动……库兹马整天坐在窗下看报,他把春天卡扎科沃之行以及同阿基姆的谈话记下来,并把在村里的见闻记在一本旧的账册上……他最关注的是阿灰。

阿灰是村子里最穷最不务正业的农民。他把地租出去,却不外出谋生。他坐在家里挨饿受冻,一心只想发财抽烟。所有的红白喜事都可以看到他的人影,他从不放过任何一次婚礼、洗礼宴和葬礼。所有为买卖、交换而办的应酬酒席上都少不了他,他不但插足外人办的酒席,而且插足邻居办的酒席。阿灰的外表和他的绰号完全相符:他灰头土脸,瘦骨嶙峋,中等个儿,溜肩膀,穿一件又破又脏的短皮袄,毡靴开了口,用细绳绑住,至于帽子,那就更不用说了。他待在家里,从来不摘下这顶帽子,也不从嘴里拿下烟斗,他那副神气就像一直在等待着什么。依他看来,他是倒了一辈子霉。从来就没有什么好事落到他身上,就是这么一回事!那种微不足道的小事他可不干。所有的人自然直想骂他……

"舌头本来就不长骨头，"阿灰说，"你先把事情交到我手里，然后再来评头论足。"

他的地不少，有三俄亩，但要交十个人的人头税。阿灰不想亲自去耕种，他说："我把地租出去也是不得已，土地是我们的母亲，应该好好种，可我怎么种得好！"他种的地不超过一半，而且不到收割时候就卖了青苗："好货色卖了贱价钱。"但他还是理直气壮地说："要等它成熟，你倒试试看！""凡事，比如说，还是等一等好些……"雅科夫眼睛看着旁边，冷笑着嘟囔说。可是阿灰也跟着冷笑，虽然无奈，却带着鄙夷的神色。

"好些！"阿灰不满地说，"你瞎说一气倒是容易：闺女出嫁了，小子成了家。可我呢？你看，都蹲在家里……孩子又不是别人的。我得为他们养羊喂猪崽子……他们也要吃要喝的呀。"

"说到养羊，比如说，这种事怪不得它，"雅科夫发了火，反驳说，"我们啊，比如说，总忘不了酒啊烟啊……烟啊酒啊……"

为了避免跟这个邻居无谓地吵架，雅科夫连忙走开了。阿灰则平心静气说了一句很切实际的话：

"老兄，酒鬼睡一觉就会清醒，糊涂虫可是一辈子也醒不过来的呀。"

阿灰和兄弟分家以后，一直东奔西走，给人家当佣工，在城里的人家和乡下的庄园干活。他也去打过三叶草，有一次就在打三叶草时走了运。有人要雇一大帮人，阿灰去参加

米佳的爱情 | 385

了,打一普特①给八十戈比,结果他打了两普特多。等到把荚子打下来以后,阿灰又承包了脱粒。他把草籽混在秕子里面,然后把这些秕子买下来。他就这样发了一笔财,在那年秋天盖了一座砖房。可是没有考虑到房子里需要取暖,他连吃的东西都没有,能拿什么来取暖呢?只好拿屋顶上盖的麦秸来生火,这么一来房子足有一年没有屋顶,整座房子也熏黑了。他还拿烟囱去换马轭。说的也是,连马都还没有呢,不过总得一样一样置办起来呀……阿灰终于下了决心,决定把房子卖掉,建造或者买一间便宜点的土坯房。他是这么盘算的:造这座房子至少用去了一万块砖,一千块砖值五卢布,甚至六卢布,这样他就能卖到五十卢布……可结果砖头只有三千五百块,一根大梁原估计可卖得五卢布,结果也只卖了两个半卢布……他一直在物色新房子,但整整一年里他只去看那些他根本买不起的房子。最后只好安下心来住在现有的房子里,只是坚信将来一定能住上一所坚固、宽敞、暖和的新房。

"坦白说,这种房子可不是我住的!"有一次他斩钉截铁地说。

雅科夫仔细看了看这房子,摇摇头说:

"哦,那么,你就等着天上掉馅饼?"

"会掉馅饼的。"阿灰神秘地说。

"哦,你就别胡思乱想了,"雅科夫说,"还是随便找个活干干,再别丢了,比如说,那份差事……"

阿灰总梦想拥有一座像样的院子,一切都安排得舒舒服

---

① 俄国重量单位,1 普特合 16.38 公斤。

服，有一份称心体面的工作，这种想法折磨了他一辈子，因而他不想出外谋生。

"干活可不是吃蜜糖。"邻居们都这样说。

"只要东家是个明白人，干活也会像吃蜜糖一样甜啊！"

说到这里，阿灰突然活跃起来，从嘴里拿出熄了火的烟斗，说起他心爱的故事来：当年他还是个单身汉的时候，他在叶列茨城外一个神父家老老实实地干了整整两年活。

"现在只要我跑到那里，人家都会抢着要我！"他扬声说，"我只要说一句：神父，我来了，给您干活来了。"

"那么，你就去一趟让大家看看呀……"

"就去！我可是一屋子的孩子！不用说：谁都见死不救，眼看着一个人就这样完蛋……"

今年阿灰又完蛋了。他整个冬天愁眉苦脸地坐在家里，没有生火，饥寒交迫。大斋节期间，他不知用什么办法在图拉乡下鲁萨诺夫家找到一份差事：在本乡本土已经没有人肯雇用他了。但是还不到一个月鲁萨诺夫家的庄园就让他厌恶透了。

"喂，伙计！"有一次管家说，"我算把你看透了：你想找个借口溜掉。你们这帮狗崽子，只要拿了钱就想溜之大吉。"

"也许有哪个二流子想溜，可不是我们。"阿灰断然否认。

管家没听出他话中有话，只好对他强硬些。有一次他叫阿灰天黑前去运喂牲口的糠。他驾车来到打谷场，把麦秸叉到大车上。管家走过来：

米佳的爱情 | 387

"难道我跟你说的不是俄国话,我可是叫你运糠。"

"现在不是运糠的时候。"阿灰理直气壮地回答。

"为什么?"

"内行的当家人是在中午而不是在夜里喂糠的。"

"还要你来教训我吗?"

"我不喜欢折磨牲口,我就教你这一回。"

"你要运麦秸?"

"应该知道什么时候干什么事。"

"你立刻给我停下来。"

阿灰气得脸色煞白。

"不,我不能放下活不干,我不能放下活儿。"

"把叉子拿过来,你这条狗,别再造孽了。"

"我不是狗,是上帝的仆人。我运完这一车就走,然后我就离开这儿。"

"哼,老弟,我看未必吧。你走了,马上又会回到我们乡里来的。"

阿灰从大车上跳下来,把叉子扔到麦秸上:

"我会回来?"

"你会的!"

"小子,你才不会回来呢!难道我不了解你。老弟,东家不会夸奖你的。"

管家脸上的两块肥肉变成了绛紫色,眼珠子翻白,眼看就要瞪出来。

"好啊!原来如此!不会夸奖我?你说,什么时候有过这种事,为了什么?"

"我没有什么好说的。"阿灰喃喃地说,觉得两条腿突然吓得抬不动了。

"不行,老弟,你既然敢这么瞎说,你就得说出来!"

"我问你,面粉藏到哪儿去了?"阿灰突然大叫起来。

"面粉,什么面粉?什么面粉?"

"头道粉,刚磨出来的……"

管家使劲抓住阿灰的衣领,抓得死死的,有那么一会儿两个人都呆住了。

"你干吗抓住我的胸口?"阿灰平心静气地问,"你想掐死我吗?"

接着突然愤怒地大叫起来:

"好,你打吧,打吧,趁现在气头上狠狠地打吧!"

他使劲挣脱出来,一把抓起叉子。

"来人哪!"管家大叫起来,虽然周围什么人也没有。"去叫村长!你们都听着,这狗崽子要打死我啦!"

"别过来,当心你的鼻子,"阿灰横端着叉子说,"现在可不比从前了!"

但是管家突然一拳挥了过去,阿灰立刻一头栽倒在麦秸上……

整个夏天阿灰又干坐在家里,等着杜马的恩典。他整夜从这家转到那家,想碰上一个来收购三叶草的商人,好跟他合伙……有一天村边一个新的草垛着了火。阿灰第一个跑到火灾现场,他的嗓子喊哑了,眉毛烧焦了,全身淋得透湿,指挥着那些运水的工人和拿着叉子扑向大火的人。那些救火的人从四面八方揭掉着火的草垛顶,有的干脆在火光中、柴禾的爆裂声中、泼洒的水中、呼叫声中乱转,在堆在房子旁边的圣像、水桶、纺车、马衣、哭哭啼啼的农妇和从烧焦的

米佳的爱情 | 389

柳条上掉落的黑叶子之间跑来跑去……十月的一天里，刚下过一场大雨，又袭来一股寒流，池塘上冻了，邻居的一头骟猪从结了冰的土堆上滑进了池塘，撞破了冰层，掉进水里，阿灰头一个使尽全身力气跑了过来，冲进水里去抢救……骟猪还是淹死了，但为了这件事阿灰却得以从池塘上跑到田庄的下房讨些烧酒、烟叶和吃食。起初他冻得浑身发紫，牙齿捉对儿厮杀，两片发白的嘴唇勉强翕动着，换了科舍尔的衣服。后来他有了酒意便活跃起来，开始吹牛，又说起他在神父那边如何老老实实地干活，去年如何机灵地把女儿嫁了出去。他坐在桌旁，如饥似渴地嚼着一块生火腿肉，又得意扬扬地讲起他的故事：

"好，她勾搭上了，我是说马特留什卡和叶戈尔卡……是的，勾搭上了，让她去勾搭吧。有一天，我坐在窗口，看见叶戈尔卡从家门口走过一次，两次……我那闺女呢，也一直往窗前凑……我想，这是他们俩都有那个意思了。我对老太婆说：你去喂牲口，我出去一次，有人来约我见面。我绕到屋后往草堆上一坐，我坐在那儿等着。这时下着头场雪。我看见叶戈尔卡又悄悄走过来……闺女也来了。两人往地窖那边走去，接着溜进一间新房子。那是一间空房子，就在旁边。我稍稍等了一下……"

"原来是这么回事！"库兹马苦笑着说。

阿灰以为是在夸奖他，是在称赞他的聪明和机灵，便时而提高声音时而压低声音继续说下去：

"你等等，听下去，下面还有呢。我刚才说，我稍稍等了一下，后来就跟过去……突然跳到门口，就在我闺女身上把他抓住！他们俩吓得魂不附体。叶戈尔卡像个大麻包从我闺女身上滚下来,她像只鸭子躺在地上发呆……'来吧,'他说,'你揍我吧。'这是他说的。我说,'我用不着打你。'我拿起他的内衣,还有外衣,让他只穿一条裤衩,差不多赤身露体。我说,'现在你走吧,愿意上哪儿就上哪儿。'我自个儿回家了。我回头一看,他在后面跟着:雪是那么白,而他也像雪一样白,边走边呼哧着……没地方躲,能躲到哪儿去啊?我那马特廖娜·米古拉夫娜①等我一走出那房子就往野地里奔去!一路哇哇地哭开了——还是我那邻居大婶抓住她的袖子,硬是从巴索夫村那边把她拉回来。我让她休息了一下便对她说:'我们是不是穷人?'她不吭声。'你妈糊涂不糊涂?'她还是不吭声。'我们的面子都给你丢光了,是不是?你想养下一大堆私生子把我们家塞满,让我干瞪眼啊?'我就抽她,我家里有一根像鞭子一样的东西……说简单点吧,我把她的腰都打烂了!而那小子坐在板凳上哭。接着我把那宝贝也收拾了一顿……"

"就叫他娶你的闺女了?"库兹马问。

"那还用说!"阿灰高声说,他觉得有点醉,便把盘子里的几块火腿收拢来,塞进裤袋里。"你还不知道那婚礼办得有多红火呢!老兄,花起钱来,我可是眼睛都不眨一眨……"

"竟有这种事!"这天晚上谈过话之后,库兹马想了好久。天阴下来了。不想写东西,心里越来越烦闷。只有人家来求他帮点什么忙的时候,他才高兴点。巴索夫村的光头来

---

① 马特廖娜是马特留什卡的本名,后者是前者的小称。米古拉夫娜是她的父称,正确地说应是"尼古拉耶夫娜"。

过好几次，他是个秃头的庄稼汉，戴一顶很大的帽子，他要写一张状子告他的亲家，因为亲家把他的锁骨打折了。三角地的寡妇"小酒瓶"也来了，要求帮她给儿子写封信。那"小酒瓶"穿得破破烂烂，因为淋了雨，全身湿透，还结了冰。她一边流泪，一边告诉库兹马写些什么：

"谢里普霍夫市，贵族澡堂旁，热尔图欣公寓……"

她哭了起来。

"还写些什么？"库兹马难过地皱起眉毛，像老头儿那样从眼镜上面望着"小酒瓶"，"好，写好了，下面写什么？"

"下面吗？""小酒瓶"轻声问着，竭力控制着自己的声音，往下说：

"亲爱的，下面你写清楚点……交米哈尔·纳扎雷奇·赫鲁索夫亲收……"

她说了下去，有时断断续续，有时一口气说下去：

"我亲爱的宝贝儿子米沙，米沙，你怎么都把我们忘记了，你一点消息也没有……你也知道，我们租人家的房子住，眼下人家要赶我们走，我们可搬到哪儿去好啊……我亲爱的儿子米沙，看在上帝的分上，你回来一趟，越快越好……"

她又含泪低声说：

"我们哪怕挖个土窑也好啊，这样我们就有自己的窝了……"

冰凉的狂风暴雨，白天黑得像傍晚，田庄上到处是泥泞，上面撒落一层槐树的小黄叶，杜尔诺夫卡周围是一片无边无际的耕地和冬麦地，乌云一片片飘来，没有个尽头，使人对这万恶的地方感到深恶痛绝。这里一年有八个月刮着暴风雪,四个月是阴雨天,解手都得跑到畜棚或樱桃园里去。阴雨天到来的时候,就得把客厅的门窗封得严严实实,搬到大厅里去住,整个冬天就在那里过夜、吃饭、抽烟,在一盏昏暗的油灯下度过漫漫的长夜,戴着帽子,穿着呢外衣在屋角之间走来走去,以此勉强抵御从门缝里钻进来的寒风。有时发现忘记储备煤油,库兹马便只好摸黑度过黄昏时刻,晚上则随便找一截蜡烛头点上,以便吃晚饭。晚餐吃的是由新娘子满脸不高兴默默送上来的土豆汤和黄米粥。

"出去走走才好。"他有时想。

附近有身份的人家只有三家:一家是老公爵小姐沙霍娃,她连本地的首席贵族都不接待,嫌他没有教养;第二家是退役的宪兵扎克热夫斯基,他因患痔疮,脾气很坏,连家门都不让进;最后还有一家是小地产贵族巴索夫,他住在一座小屋里,娶了个普通的农妇,谈起话来总离不开马轭和牲口。有一次,科洛杰齐(杜尔诺夫卡属于这个教区)的神父彼得来造访库兹马,但彼此都无意结识对方。库兹马只招待神父喝茶,因为神父看到桌上的茶炊便不自然地哈哈大笑起来。"是茶炊吗?太好了!我看您不是很喜欢招待客人!"那笑声和他这个人很不协调:他是个瘦高个儿,肩胛骨很大,长着一头浓密的黑发,眼睛滴溜溜直转。那笑声好像不是他发出来的。

库兹马不常到哥哥那里去。而哥哥也只有在心情不好的时候才到他这里来。他感到孤独已极,有时竟把自己比作鬼岛上的德雷福斯①。他把自己和阿灰进行比较。发现他和阿灰一样贫穷、懦弱,一辈子都在盼望有朝一日能过上有工作的好日子!

下头场雪的时候,阿灰不知哪里去了,失踪了近一个礼拜。

回来的时候带着一脸的晦气。

"你又上鲁萨诺夫那儿去了?"邻居们问他。

"去了。"阿灰回答。

"去干吗?"

"人家要我去帮他干活。"

"是这样。你不干?"

"我又不比他们笨,一辈子都不会去干!"

阿灰帽子也不脱又坐到长凳上,这一坐又要坐好久了。暮色里看着他那座小房子心里都难过。在这片苍茫的暮色中,宽阔的积雪山沟对面,杜尔诺夫卡村、它的干燥棚、家家户户屋后的柳丛都黑压压的一片,好不凄凉。但夜色一降临,家家户户点起灯来,所有的农舍里便显得又宁静又舒适,只有阿灰家幽暗的房子仍是黑魆魆的,使人感到心情沉重。它是那么冷冷清清,死气沉沉。库兹马知道,一走进他半开着的黑过道屋,你就会感到好像走进了一个兽穴——里面有一股积雪的凉气,从屋顶的破洞里可以看见一块阴沉的天空,风吹得随便扔在屋架上的畜粪和干树枝沙沙响;你可以摸到歪斜的墙壁,一推开门,迎面碰到的是寒气、黑暗和

---

① 德雷福斯(1859—1935),法国总参谋部犹太血统军官,1894年被诬告充当德国间谍,判终身苦役。

394 | 译文经典

在黑暗中微微发亮的结冰的小窗……看不见一个人，但知道主人就坐在长凳上，他的烟斗上点燃的烟丝发出一点火光；女主人性情温顺，话语不多，有点傻头傻脑。她轻轻地摇动着吱吱响的摇篮，里面躺着一个脸色苍白、饿得发昏的患佝偻病婴儿。一群孩子挤在有点暖气的炕上说着悄悄话。床板下霉烂的麦秸上有两个好朋友——一只山羊和一只小猪崽在玩闹，发出窸窸窣窣的声音。人在屋子里要担惊受怕地弯着腰，以免脑袋撞上天花板。转身也要小心翼翼，从门槛到对面一堵墙只有五步深。

"谁啊？"黑暗中发出一声轻轻的问话。

"是我。"

"怎么会，是库兹马·伊里奇吗？"

"正是。"

阿灰挪了挪身子，从长凳上让出一个位子。库兹马坐下来，点了一支烟。他们慢慢谈起话来。阿灰在黑暗中感到压抑，他朴实，忧心忡忡，也不掩饰自己的毛病，说起话来声音有时发颤。

冰天雪地的漫长冬天来临了。

在青灰色的天空底下，白茫茫的田野显得更加广阔，更加荒凉。一座座农家小屋、干草棚、柳丛、干燥棚在第一场新雪衬托下显得更加清晰分明。后来又刮起了暴风雪，大风把雪刮到一起，积起了那么多的雪，整个乡村便显出了荒凉萧索的北方景象。房屋上面都低低地压着白色的大帽子，土台也积着厚厚的一层雪，只有其中勉强露出的门窗还是黑的。暴风雪过后，结了一层灰色冰层的田野上又刮起凛冽的寒风，把山沟里那些孤零零的橡树上仅剩的褐色枯叶一扫而

米佳的爱情 | 395

光。一生酷爱打猎的独院小地主塔拉斯·米里亚耶夫又隐没在遍布野兔足迹、难以通行的雪原里。运水的大车变成冰坨子，冰窟窿周围结成一圈滑溜溜的冰堆，积雪上被轧出一条条道路——冬天的生活就这样开始了。乡村里开始流行各种疾病：天花、疟疾、猩红热……整天都有村妇掖起裙子，露出冻得发紫的光膝盖，穿着湿漉漉的树皮鞋，把头包得大大的，弯腰到冰窟窿这里汲取下面的暗绿色的臭水——整个杜尔诺夫卡都吃这种水。她们从装炉灰的铁罐里拖出自己的灰麻布衫、男人的厚裤子、婴儿的脏被子，在水里涮着，用木棒捶着，互相交流着各种信息，说手冻僵了，马丘京家的奶奶得热病快死了，雅科夫的儿媳妇喉咙噎住了……三点钟天就黑了，毛茸茸的狗蹲在屋顶上，几乎与雪堆一般高。谁也不知道这些狗吃些什么，可是它们都活着，一只只还凶得要命。

田庄里的人都醒得很早。天刚拂晓，灰蒙蒙的晨曦中，家家户户都点起了灯，生了火，屋檐下慢慢散发出浓浓的白烟，可厢房和过道屋一样，还是很冷，窗上结着一层灰白的冰。库兹马被一阵敲门声和带着雪花、结了冰的麦秸的窸窣声吵醒，这些麦秸是科舍尔从雪橇上搬下来的。听得见他的喑哑声音，那是一个醒得早又空着肚子被冻僵了的人的声音。茶炊的烟囱响了起来，新娘子正和科舍尔在一本正经地低声交谈。她没有睡在下房里，那里的蟑螂能把人的手脚咬出血来，而是睡在前厅里，全村的人都坚信，她这样做绝不是无缘无故的。全村的人都知道新娘子去年秋天的遭遇。这个默默无言的新娘子比苦行修女还要严肃，还要忧郁。但为什么会这样呢？库兹马已经从独院小地主婆那里知道了村里的人在议论些什么,因此他每天早上醒来总在想这件事,觉得又羞愧又反感。他用拳头敲敲墙,告诉家里人他要喝茶,接着便边咳嗽边抽烟。这样做,他会觉得心里舒坦些轻松些。他盖着皮袄躺着,不想离开温暖的被窝,边抽烟边想:"这些人真无耻!我的女儿都和她一样大了……"隔壁睡着一个年轻女人,这只能激起他的父爱:白天她总板着脸,不多说一句话,晚上一睡下来,那纯真、忧郁和孤寂的秉性就回到她身上了。然而村里的人能够相信库兹马的父爱吗?连吉洪·伊里奇都不相信。有时他还发出阴阳怪气的笑声。他总是那么疑神疑鬼,并且很粗暴地表现他的疑心。近来,他更像发了疯一样,不管你跟他说什么,他总回答一样的话:

"吉洪·伊里奇,你听说了吗?都说扎克热夫斯基患了卡他病快死了。这会儿已送到奥廖尔去了。"

"胡说,我可知道那卡他病!"

"是医士告诉我的。"

"你再去听他多说点吧……"

"我想订份报纸,"要是你对他说,"请给我十卢布,算在薪水里。"

"哼!就爱往脑袋里装那些荒唐事。老实说,我口袋里总共只剩下十五还是二十戈比了…"

新娘子低着头走进来说:

"吉洪·伊里奇,我们的面粉快没了……"

"怎么会快没了?唉,你在瞎说,这婆娘!"

他皱起眉头。他还硬说面粉至少还够吃三天,同时还一会儿看看库兹马,一会儿看看新娘子,有一次竟笑嘻嘻地问他们:

"你们睡得怎么样?还暖和吧?"

新娘子的脸刷地红了起来,她低下头,走了出去,库兹马又羞又恼,气得两手冰凉。

"你怎么不害臊,吉洪·伊里奇哥哥,"他转过身子面对着窗口,喃喃地说,"尤其在你跟我谈起那件事之后……"

"那她干吗脸红?"吉洪·伊里奇问。他又恨又尴尬,脸上堆着不自然的微笑。

早晨最不愉快的事情是洗脸。前厅里的麦秸带来阵阵寒气,冰块像碎玻璃一样在脸盆里漂着。库兹马有时只洗洗手就去喝茶,他刚睡醒,看起来就像个老头儿。由于不讲卫生,天又冷,一个秋天下来,他瘦得很厉害,头发也白了不少。他的双手瘦了,手上的皮肤变得又薄又亮,出现了许多老人斑。

早晨是灰色的。在结了一层冰的灰色积雪下,整个乡村也变成了灰色。晾在干草棚屋顶下横木上的衣服冻得像灰色的树皮。农舍旁泼出来的泔水、倒出来的炉灰也都结了冰。一些穿得破破烂烂的小男孩从农舍和干草棚当中的街道赶到学校去上课,他们穿着草鞋爬上雪堆,又从雪堆上溜下。他们身上都背着麻布书包、石板,带着面包。年老多病、脸色黝黑的"铁锅"只穿一件粗呢外衣,踏着一双用猪皮缝补过的又硬又难看的毡靴,挑着两只沉甸甸的木桶,脚步蹒跚地迎着他们走来。不知谁家的一辆运水车,只用麦秸塞住出口,走过一个个雪堆,一路摇摇晃晃,边走边洒出水来。一些村妇走来走去,互相借一点盐、黄米或一小簸箕面粉去烙饼或烧面糊。打谷场上空荡荡的,只有雅科夫家干燥棚的门上在冒烟,他也学那些富裕的农民,在冬天脱粒。打谷场和屋后光秃的柳丛后面,低矮灰白的天空底下,伸展着一片灰色的雪原,起伏不平、结着一层冰的原野。

有时库兹马到下房科舍尔那里去吃早饭,吃的是滚烫的土豆或是隔夜的酸菜汤。

他常常回忆起他生活了一辈子的城市,他自己也觉得奇怪,那边一点也不吸引他。吉洪倒是朝思暮想,一直向往城里的生活,他从心底里看不起和憎恨乡村。库兹马对乡村要恨也恨不起来,现在他回顾自己的生活,觉得那种生活比从前更加使他心惊肉跳。在杜尔诺夫卡他变得十分懒散,常常不洗脸,整天不脱他那件厚呢外衣,和科舍尔喝一盆汤。但最糟的是,从前那种生活使他急剧地衰老,不是一天天,而是一小时一小时地衰老下去,他对此感到心惊肉跳,虽然如此,他却感到这种生活还是他所喜爱的,除此之外,他仿佛又回到生来就为他铺好的轨道上:看来,杜尔诺夫卡人的血在他身上不是白流的!

早饭后他有时在田庄上或村子里散步。他去过雅科夫的打谷场,也到阿灰或科舍尔家串门。科舍尔的老母亲一个人过日子,她是遐迩闻名的巫婆,她生就个高挑个子,骨瘦如柴,牙齿大得令人想起死神,说话粗鲁干脆,像庄稼汉一样吸烟斗;她烧好暖炕,就坐在板床上抽烟,晃动她那又细又长、穿着厚重黑草鞋的腿。整个大斋节期间,库兹马总要出去一两次,去邮局和哥哥家。对他来说,出门是件很难的事情:库兹马冻得浑身麻木,没有了感觉。他身上的羊皮袄穿得太久了,毛几乎脱光。野外的风又那么猛烈。在杜尔诺夫卡待久了出来呼吸呼呼冬天清新寒冽的空气真让人精神为之一振。一个人日日夜夜看到的只有村子,一旦来到灰白的冰天雪地，心灵当然也为之感到震撼。冬天这蓝盈盈的远方是那么辽阔无垠，美丽如画。马儿迎着凛冽的寒风，喷着鼻子，劲头十足地奔驰着，被马蹄敲碎的冰块飞溅到雪橇上，科舍尔的脸冻得发紫，呼哧呼哧喘着粗气，下坡时，他跳下驭座，往前奔时他又从侧面跳上雪橇。寒风刺骨，捂在夹雪花的麦秸里的脚冻僵发痛，前额和颧骨痛得像要裂开……乌里扬诺夫卡那低矮的邮局是那样冷清，只有偏僻地方的公家办公处才会有如此冷清的景象。屋里散发着一股霉味和火漆味，一个衣衫褴褛的邮差在盖邮戳，脸色阴沉的萨哈罗夫在向几个庄稼汉嚷嚷，他在生气，因为库兹马没想到给他送上五只母鸡或一普特面粉。吉洪·伊里奇家附近弥漫着机车冒出来的烟味，它让人想到这个世界上还有城市、人群、报纸和新闻。和哥哥谈谈话，在他那里休息一下，暖暖身子，本应是一件很愉快的事。可是谈话总不投机。铺子上的生意或者其他事务不时打断他们的谈话，哥哥的谈话也总是涉及经营上的事，要不然就是认为人家尽在瞎说，数落庄稼汉们的奸刁和凶恶，表示得尽快把田产卖出去。纳斯塔西雅·彼得罗夫娜的样子很可怜。看样子她很怕丈夫，人家在谈话，她总爱插嘴，可又说得颠三倒四。她又喜欢夸丈夫，称赞他脑子好，眼睛尖，样样拿得起，什么事都亲自过问，可她的话总也说不到点子上。

"他样样拿得起，样样拿得起！"她说。可是吉洪·伊里奇粗暴地打断她。这样谈了一个钟头，库兹马就想回田庄上去了。"发神经了，真的，发神经了！"在回家的路上，库兹马喃喃地说。他想起吉洪那张阴沉凶恶的脸，他的闭塞、多疑和啰唆。于是他一会儿呵斥科舍尔，一会儿吆喝拉车的马，急着回到自己那间小屋去，把自己的苦闷连同那身难以御寒的旧衣藏起来……

圣诞节里巴索夫村的伊凡努什卡突然窜到库兹马家里来，他是个老派的庄稼汉，已经老得疯疯癫癫，从前可是因膂力过人而闻名遐迩。他是个矮个子，腰弯得像一张弓，从来也不抬起他那栗色头发蓬乱的头，走起路来脚尖朝里。在霍乱流行的一八九二年里，伊凡努什卡的一家子人几乎都死光了。只有他一个当兵的儿子活下来，如今在离杜尔诺夫卡不远的铁路上当护路工。他本可以在儿子那里安度晚年，但他宁可到处流浪，乞讨为生。他左手拿着手杖和帽子，右手拿一只麻袋，头顶着雪花，用一双内八字脚笨拙地走着，挨家挨户地乞讨。不知为什么，连那些牧羊犬都不咬他。他走进屋来，嘟囔了一句："愿上帝保佑这一家和当家人，"就靠墙坐在地板上。库兹马放下书，惊讶而担心地从夹鼻眼镜上方看着他，像看着一头从草原上窜来的野兽，屋里坐着这么一个人岂非咄咄怪事。新娘子垂着眼皮，面带亲切的微笑，默默地轻轻迈动她那双穿着树皮鞋的脚走了进来，递给伊凡努什卡一盆煮熟的土豆和一大块面包，上面还撒着一层盐，然后靠在门框上站着。她穿着树皮鞋，肩膀结实宽阔，美丽而苍白的脸十分纯朴，像个旧时的农妇，这样的年轻农妇称伊凡努什卡为爷爷，真是再恰当不过了。她微笑着——她只对他一个人微笑，——轻声细语地说：

"吃吧，吃吧，爷爷。"

而伊凡努什卡并没有抬起头，只从她的声音里感受到她的好意，他低声哼哼着作为回答，有时喃喃地说一句："主保佑你，孙女。"举起爪子一般的手笨拙地在胸前画了个大大的十字,狼吞虎咽起来。在他那栗色的、简直不像人头的浓密粗硬的头发上雪花融化了。树皮鞋上的冰也化成水流到地板上。套在肮脏的麻布衫上的破旧棕色外套发出一股烟火味。他的手由于长期的劳动已经变了形,不能弯曲的粗糙手指艰难地抓着土豆。

"穿一件外衣不觉得冷吗?"库兹马大声问他。

"什么?"伊凡努什卡侧着一只被头发遮住的耳朵,用微弱的声音问了一声。

"你冷不冷?"

伊凡努什卡想了想。

"怎么会冷?"他慢慢地回答。"一点也不冷……早年可要冷多了。"

"你抬起头来,把头发理一理!"

伊凡努什卡慢慢地摇摇头。

"兄弟,这会儿可抬不起来了……朝底下弯呢……"

他使劲抬起那张长满毛发的可怕的脸,眯开眯成一条缝的眼睛,露出呆板的笑容。

他吃饭以后叹了一口气,画了个十字,把落在膝盖上的面包屑收拢来,吃下去,然后在身边摸了一阵,找他的麻袋、手杖和帽子,找到以后便安下心,不慌不忙地说起话来。他可以一声不响地坐上一天,但库兹马和新娘子不断地向他提出问题,他好像在梦中,从某个遥远的地方回答着。他用似通非通的古代语言对他们说起一些传说。说沙皇是金身铸就,他不能吃鱼,因为鱼"太咸";说先知以利亚有一次捅破了天，才掉到地上，因为他"太重"；说施洗约翰①生下来像羊一样浑身是毛，他给人家施洗时，先用一根铁拐杖敲他的头，让他"醒悟过来"；说任何一匹马每年总有一次，在花神和月桂节都要弄死一个人；说从前黑麦长得他都不能钻进去，一个人一天能割两俄亩；说他从前有一匹骟马，非常强壮，脾气暴躁，他只好"用铁链拴着"；说六十年前他伊凡努什卡有一张弓让人偷去了，这张弓就是出两卢布价钱他都不肯卖……他硬说，他的一家人不是死于霍乱，而是遭了火灾之后搬到新屋去，没有让一只公鸡在那里过夜，说他和儿子之所以幸免于难是偶然的，因为他那天睡在干燥棚里……将近黄昏时伊凡努什卡站起来就走，不管天气怎样，无论怎么留他过夜，他都不肯……后来他得了致他死命的重感冒——主显节②前夕在儿子的岗亭里过世。弥留时儿子劝他领圣餐。伊凡努什卡不肯：他说，一领圣餐人就要死，可他对死神"决不屈服"。他有好几天不省人事，说胡话的时候也吩咐他的儿媳妇，说如果死神来敲门，就说他不在家。一天夜里，他清醒过来，便使足力气，爬下炕来，跪在长明灯下的圣像前。他深深地叹着气，好半天口中念念有词，一再说："求主赦免我的罪……"然后他匍匐在地上，沉默了好久，思量着。接着，他突然站起来，坚决地说："不，我决不屈服！"第二天早晨，他看见儿媳妇在做馅饼，把炉子烧得很热……

"是给我准备后事吗？"他声音颤抖着问。

---

① 圣经传说中给耶稣施洗的圣徒。
② 东正教节日，1月18或19日，是一年中最冷的时期。也称"耶稣洗礼节"。

米佳的爱情

儿媳妇没作声。他又使足力气下了炕，走到过道屋。没错，靠墙竖着一口紫色的大棺材，上面有个东正教十字架！于是他想起三十年前邻居有个名叫鲁基扬的老头的事。鲁基扬病倒了，家里人给他买了一口棺材，一口花了好多钱买的上好棺材，又从城里运来面粉、伏特加、咸鲈鱼，可鲁基扬的病倒好了。这棺材怎么办？花的钱怎么收得回来？为此家里人咒骂了他五年，就这样把他咒死了……伊凡努什卡想起这件事，终于低下头，乖乖地走回屋里去。夜里他人事不省地仰卧着，可怜巴巴地用颤抖的声音呻吟，声音越来越轻。突然他的两膝哆嗦起来，说话结结巴巴，呼吸时高高挺起胸膛，终于口吐白沫，一动不动了……

因为去看伊凡努什卡，库兹马差不多病了一个月，卧床不起。主显节那一天早晨，人家都说鸟都冻得飞不动了，而库兹马连毡靴都没有。可他还是乘雪橇去看了死者。伊凡努什卡那双僵硬的手交叉放在他那穿着干净麻布衫的宽胸膛下面，那双在整整八十年笨重的原始劳动中结满茧子的手是那么粗糙、可怕，丑陋已极，库兹马连忙转过身去。至于伊凡努什卡的头发和死畜般的脸，他更是看都不敢看，连忙用白布把它盖上。为了暖暖身子，他喝了一点伏特加，在烧得通红的炉灶前坐了一会儿。岗亭里很暖和，像过节一样打扫得很干净，屋角盖着白布的紫色宽大棺材一头的顶上，挂着发黑的圣像，圣像前闪耀着蜡烛的金黄色火光，墙上有一幅色彩鲜艳的民间木版画——《约瑟被弟兄们出卖》。那殷勤的大兵老婆轻而易举地用炉叉夹起一普特重的铁锅，放到炉灶上去，快活地说着官家供应劈柴的事，一直劝客人等丈夫从村里回来。但库兹马发起寒热症来，他的脸在发烧，伏特加像毒液一样流遍了他冻僵的全身，他的眼睛里滚动着没来由的泪水……他没等到身子暖和过来，便驾着雪橇顺着结着坚冰、起伏不平的田野驰往吉洪·伊里奇家里。那浑身长满白色卷毛的骟马挂着白霜快步跑着，肚子里咕咕直响，从鼻孔里呼出一股股灰白色的热气。雪橇的挡雪板呼呼响着，滑铁滑过坚硬的冰雪发出响亮的吱吱声。身后夕阳在层层寒雾中变成了黄色。前面，从北方吹来令人窒息的刺骨寒风。许多房屋的顶棚因挂满一团团厚霜而倾斜。成群的灰色大鸦在骟马前面飞来飞去，在光滑的道路上落下，啄着结冰的马粪，一会儿飞上，一会儿飞下。库兹马透过结了霜的白花花的沉重眼睫毛看着这些飞鸟，觉得他那冻僵的脸加上白花花的胡须，活像个圣诞老人。太阳落下了，起伏不平的雪原在橙黄色的夕阳余晖中变成死气沉沉的淡绿色，高高的雪丘和豁口处出现了浅蓝色的阴影……库兹马猛然掉转马头，赶着马回头往家里驰去。太阳完全西沉了，放下灰蒙蒙的玻璃窗的屋里仅透进一点朦胧的光线，暮色苍茫，屋里显得空落落，冷清清。花园里靠窗的地方挂着一个鸟笼，笼里的灰雀已经死了，它爪子朝上躺在那里，羽毛蓬起，红色的嗉子鼓得大大的。

"完了！"库兹马说着，抓着灰雀出去扔掉。

杜尔诺夫卡在这凄凉的黄昏，处在冬天的草原中，被冰雪覆盖着，和世界隔得那么遥远，突然使他觉得恐怖。完了！他那发烧的头晕乎乎，沉甸甸，他现在躺下去，恐怕就再也起不来了……新娘子穿着树皮鞋，手里提着一只桶，从雪地上吱吱响着走近了台阶。

"我病了，杜纽什卡！"库兹马和蔼地说，希望能从她嘴里得到一句关切的话。

可新娘子只干巴巴地回答了一声：

"要烧茶炊吗？"

她甚至没有问问他生什么病，也没有问伊凡努什卡的事……库兹马回到黑漆漆的房间里，浑身哆嗦，他恐惧地想到，这是怎么回事，要大小便怎么办，便无力地躺到沙发上……于是，黄昏连着黑夜，黑夜连着白天，也不知道过了多少天……

第一天夜里三点钟，他醒过来，用拳头敲敲墙壁要水喝：睡梦中他渴得好难受，心里一直惦记着灰雀到底扔掉没有。可是任他怎么敲击墙壁，还是没有人答应。新娘子睡到下房去了。库兹马这才想起，并且感觉到他病得厉害，他心里一阵难受，简直像睡在墓穴里。这么说，散发着雪花味、麦秸味和马轭味的过道里没有人！这么说，他这个病人竟没有人来关心，孤单单一个人睡在这个阴暗冰凉的小屋里，在这漫长冬夜的死寂里，只有玻璃窗透进一点朦胧的光线，窗外挂着一个已没有用处的鸟笼！

"主啊，求你拯救我，可怜我，主啊，求你帮助我。"他抬起身子，用发抖的手摸摸衣袋，口中念念有词。

他想擦一根火柴。但他的絮语其实是发高烧的胡话，滚烫的脑袋嗡嗡直响，手脚冰凉……他可爱的亲生女儿克拉莎来了，猛然推开门，把他的头放在枕头上，坐在沙发旁的椅子上……她打扮得像个小姐：穿着天鹅绒皮大衣，戴着白色裘皮帽，手上套着白色裘皮暖手筒。她的手上散发出香水味，眼睛水汪汪的，两颊冻得通红……"啊，一切都解决得那么好！"有人轻声说。但克拉莎为什么不点灯，此外，原来她不是来看他而是来为伊凡努什卡送葬的……她还在吉他伴奏下突然用低音唱："哈兹-布拉特是个勇敢的小伙子，你的房子太简陋……"这可不好。

库兹马刚生病的时候，心里极其苦闷，内心备受折磨，连说胡话的时候都惦记着灰雀、克拉莎和沃罗涅日，可是他始终没有忘记要对一个人说，希望哪怕在一件事上可怜可怜他——别把他葬在科洛杰齐。但是，我的上帝，期望杜尔诺夫卡人动恻隐之心，那不是发疯吗！一天早晨，科舍尔和新娘子在生火，库兹马清醒过来，他们那些普普通通、平平静静的谈话在他听来都觉得那么无情、陌生和不可理解，就像一个病人对健康人的日常生活总觉得无情、陌生和不可理解一样。他正想喊人烧茶炊，可一时竟说不出话来：他听见科舍尔在气愤地低声说话，当然是在议论他这个病人，接着是新娘子断断续续的回答：

"管他呢！死了，埋掉就是了……"

后来窗子变得亮堂了，傍晚前的阳光透过光秃的槐树枝照射进来。屋里弥漫着烟草的蓝色烟雾。床边坐着一个浑身散发出药味和寒气的老医生，他正捋着胡子上的冰碴。桌上的茶炊烧开了，身材高大、一头白发、神情严峻的吉洪·伊里奇站在桌旁沏着芳香四溢的茶。医生在谈自家的母牛，以及面粉和黄油的价格，而吉洪·伊里奇在谈他如何巧妙地厚葬纳斯塔西雅·彼得罗夫娜，说终于找到购买杜尔诺夫卡的人，这事使他很高兴。库兹马这才明白：吉洪·伊里奇刚刚从城里来，纳斯塔西雅·彼得罗夫娜在去火车站的途中突然亡故；吉洪·伊里奇花了一大笔安葬费，他已经从买主那儿拿到购买杜尔诺夫卡的定金——现在他完全安心了……

有一天，库兹马醒过来时已经很晚，他只觉得身体虚弱，于是坐下来喝茶。天色阴沉，气温较高，下了许多新雪。阿灰从窗前走过，他穿的树皮鞋在雪地上留下有许多小十字的脚印。几只牧羊犬围着他跑来跑去，嗅着他的破衣襟。他拉着一匹肮脏的浅黄色高头大马，那马又老又瘦，肩膀被马轭磨破，脊背被打伤，稀疏的尾巴弄得很脏，整匹马的样子非常难看。它的一条腿在膝盖下面的地方骨折，用三条腿跛着走路。库兹马想起吉洪·伊里奇已经来三天了，说过要吩咐阿灰宰一匹老马让那几条牧羊犬美美地吃一顿，还说阿灰从前干过这一行当——买一头死掉或不再能使用的牲口宰掉，以赚一张皮。吉洪·伊里奇说过阿灰不久前发生的一件让人心惊胆战的事：阿灰准备宰一匹母马，他忘了把马脚绊住，只把马头缚住，拴在一边。接着，他在胸前画了个十字，用一把尖刀刺进那匹马锁骨旁边的血管，那匹马尖叫了一声，因疼痛和暴怒龇着满口黄牙，一股黑血喷向雪地。它边叫边冲向宰杀它的人，像人一样久久追逐着他，要不是"雪积得太深"，它肯定会追上他……这件事使库兹马受到很大的震动，他望着窗口，又感到两条腿有千斤重。他大口喝了几口热茶，慢慢平静下来。他吸了几口烟，坐了一会儿……最后他站起来，走到过道屋，看看化了冰的窗子外面那萧疏的花园：花园里雪白的林间空地上，血淋淋的肋骨很大的马尸把雪地染红了，马身上带着长长的脖子和剥了皮的马头；几只狗弓着身子，用爪子按着马肉，贪婪地撕扯着肠子；两只黑老鸦从旁边跳到马头上，狗咆哮着向它们扑去，它们便腾地飞起来，又落到洁白的雪地上。"伊凡努什卡，阿灰，乌鸦……"库兹马想，"主啊，救救我，怜悯我，从这儿把我带走吧！"

库兹马的病久久没有痊愈。想到春天快要到了，他悲喜交加，真想快一点离开杜尔诺夫卡。他知道冬天远未结束，但解冻已经开始了。二月的第一个礼拜是阴暗多雾的。浓雾覆盖着田野，消融着积雪。村子渐渐变成黑色，肮脏的雪堆之间积满了水。有一次区警察局长乘马车经过村子，被马粪溅了一身。公鸡啼叫了，从通风口里吹进了春天的潮气，令人不胜振奋……真想活下去，活下去，等待春天的到来，迁到城里去，听天由命地活下去，随便做什么都行，哪怕为了一口饭……当然，还是到哥哥那里去，不管他是什么样的人。哥哥已经建议他这个病人搬到沃尔戈尔去。

"我能把你赶到哪儿去？"吉洪·伊里奇想了想，说，"三月一日我就得把铺子连同房子一起交出去了。弟弟，我们到城里去吧，还是离开这帮强盗远些好！"

说得不错：这些人就是一帮强盗。独院地主婆来过一回，详详细细地讲了阿灰不久前的情况。杰尼斯卡从图拉回来，没事闲待着，在村里闲扯，说他想讨老婆，他现在有钱了，很快就会过上上等人的生活。村里人起初认为他不过是瞎说一气，后来从杰尼斯卡的暗示中明白了是怎么回事，相信了他。阿灰也相信了他，就来巴结这个儿子。可是等他剥了一张马皮，从吉洪·伊里奇手里拿到一个卢布，再把马皮拿去卖了半个卢布后，他便得意扬扬地寻欢作乐去了：他喝了两天酒，把烟斗也丢了，便在炕上躺倒了。他头痛，又没有烟抽，于是从天花板上扯下纸来卷烟卷，这天花板是杰尼斯卡用报纸和各种各样图画糊起来的。他自然是偷偷撕下的，但有一天还是被杰尼斯卡撞上了。他撞上了，便大声嚷

米佳的爱情 | 409

嚷起来。阿灰也带着酒意跟着嚷叫——杰尼斯卡便把他从炕上拖下来往死里打,直到邻居们跑来劝解……库兹马寻思,吉洪·伊里奇像发疯似的硬要新娘子和这样一个强盗坏子结婚,难道他自己不就是一个强盗吗!

库兹马刚听到这桩婚事时便下定决心要阻止它。这种事太可怕了,太荒唐了!后来他在病中醒来的时候,甚至为这件荒唐事感到高兴。新娘子对他这个病人那么冷淡,这使他大为吃惊。"畜生,野蛮人!"他想起这件婚事,又狠狠地加了一句:"太好了!她这是活该!"现在他病好了,决心和气愤也随之消失。有一次他和新娘子谈起吉洪·伊里奇这个主意,她却平平静静地回答:

"我已经和吉洪·伊里奇谈过这件事了。愿上帝保佑他身体健康,他可是出了一个好主意。"

"好主意?"库兹马感到吃惊。

新娘子看看他,摇摇头说:

"怎么不好?您这人真怪,真的,库兹马·伊里奇!他答应出钱,办喜事也包在他身上……再说他给我找的也不是什么死了老婆的男人,而是个年轻小伙子,没有什么毛病……不玩女人,也不是酒鬼……"

"可他是个二流子,好打架,一个十足的蠢货。"库兹马说。

新娘子垂下眼睛,沉默了一会儿,然后又叹了一口气,转过身向门口走去。

"您也知道,"她声音发颤地说,"这是您的事……您就劝他收回这个主意吧……上帝保佑您。"

库兹马睁大眼睛,大喊一声:

"等一等,你疯了!难道我想让你遭殃吗?"

新娘子转过身来,站住。

"您这不是让我遭殃吗?"她涨红了脸,目光逼人,粗暴地说,"照您的意思,我该上哪儿去?一辈子求人家?拣人家的面包皮吗?像个叫花子到处讨饭?要不就找个死了老婆的老头儿?我的苦还没有吃够吗?"

她突然说不出话来,边哭边走出去。晚上库兹马竭力向她解释,他并不想破坏她这桩事。她终于相信了他,柔情而腼腆地笑了笑。

"那就谢谢您了。"她温柔地说,那声调就跟对伊凡努什卡说话一样。

但这时又有泪珠在她睫毛上抖动,库兹马又惊奇地摊开双手。

"你这又是为了什么事?"他说。

新娘子轻声回答:

"跟杰尼斯卡过说不定也没有什么好高兴的……"

科舍尔从邮局取来了几乎是一个半月前的报纸。天气阴暗多雾,库兹马从早到晚一直坐在窗前看报。新近发生的"暗杀事件"和死刑多得不可胜数,使他吃惊得目瞪口呆。白色的雪糁斜打下来,落在黑糊糊的穷山村里,撒在坑坑洼洼的泥泞道路上,马粪、冰层和水面上;黑雾笼罩着田野……

"阿芙朵季娅!"库兹马站起来叫道,"叫科舍尔给雪橇套马!"

吉洪·伊里奇在家。他穿着一件印花布竖领衬衫,脸色黝黑,胡子雪白,灰白的眉毛紧皱着,身子魁梧强壮,坐在

米佳的爱情 | 411

茶炊旁烧茶。

"哦，弟弟！"他客气地喊了一声，并没有舒展开眉毛。"终于出来了？当心点，还没好吧？"

"大哥，简直要闷死了。"库兹马和他互相接吻，回答。

两人互相问了有什么新闻，然后默默地喝茶、抽烟。

"你瘦多了，弟弟！"吉洪·伊里奇吸了一口烟，皱紧眉头看着库兹马，说。

"要是你，你也会消瘦的，"库兹马轻声回答，"你没看报纸？"

吉洪·伊里奇笑了笑。

"看那些胡言乱语？不，饶了我吧。"

"你真不知道处死了多少人！"

"处死？活该……你没听说叶列茨那边发生的事吧？贝科夫兄弟田庄上的？……你还记得那两个说话语音不清的人吗？……贝科夫兄弟的关系不比我们两个差，一到晚上就坐下来下棋……突然，你说怎么着？台阶上发出一阵脚步声，有人叫了一声：'开门！'我的好弟弟，贝科夫兄弟的眼睛都来不及眨一眨，他们家的雇工就闯了进来，那是个像阿灰一样的庄稼汉，他后面跟着两个暴徒，简单说，就是流浪汉……他们手里都拿着一根铁棒。他们举起铁棒大叫：'举起手来，他妈的！'不用说，贝科夫兄弟这一惊非同小可，他们霍地跳起来大叫：'怎么回事？'那庄稼汉还是一个劲地吆喝：'举起手来，举起手来！'"

吉洪·伊里奇苦笑了一声，默默地沉思起来。

"再说下去啊。"库兹马说。

"没什么可说的了……不消说，兄弟俩举起手来问：'你们要干什么？''把火腿交出来！钥匙在哪儿？''狗崽子，你还不知道吗？那不是？就挂在门上啊……'"

"这话是举着手说的吗？"库兹马打断他的话。

"那还用说，是举着手的……哼，现在该收拾这帮叫人举起手来的家伙了。得绞死他们，那还用说。他们已经蹲了监狱了，好家伙……"

"为了一只火腿就要绞死他们吗？"

"不，是为了他们的愚蠢，主啊，赦免我的罪。"吉洪·伊里奇半生气半开玩笑地说，"得了，上帝作证……你还想硬充巴拉什金！该醒醒了……"

库兹马扯扯灰白的胡子。镜子里映出他那饱经沧桑的瘦脸、哀伤的眼睛和扬起的左眉，他看看自己的样子，接受哥哥的意见，轻轻地说：

"想硬充？是啊，该醒醒了……早该醒醒了……"

于是吉洪·伊里奇把话题转到正事上。他刚才在讲贝科夫兄弟的遭遇时停下来沉思，显然是因为想起一件比处死人犯重要得多的事。

"我跟杰尼斯卡说过了，叫他尽快把那件好事办了，"他抓起一撮茶叶放进茶壶里，坚决、明确、严厉地说，"弟弟，我请你出面办这件事。你也明白，我出面不方便。这事办完，你就搬到这儿来。弟弟，到时候准会喜气洋洋的！我们既然决定把那边的财产彻底处理掉，你再待在那里就没有必要了，那只会两边开销多花钱。你搬过来，跟我一起拉这辆大车。我们把这个包袱甩掉，上帝保佑我们到城里去，做粮食买卖。在这个穷山沟里是施展不开的。我们彻底把它扔掉,哪怕它下地狱也没我们的事。可不能在这儿等死!等着瞧吧,"他锁紧眉头,伸出两只手,攥紧拳头,"运气是逃不出我的手心的,要我躺下还早着呢!等着我把魔鬼的犄角拽下来吧!"

库兹马几乎是怀着恐惧的心理望着他那双凝固不动的疯狂眼睛和歪斜的嘴角,听着他那些杀气腾腾的话,却无言以对。后来他问:

"大哥,看在基督的分上,请你告诉我,这桩婚事对你有什么好处?我不明白,上帝作证,我不明白。我真不想看见你那个杰尼斯卡。这个新式的怪人,新式的罗斯,比旧式的还坏。你别看他那么腼腆,那么多情,装得像个傻瓜,那是个无耻的畜生!他老是说我和新娘子在一起……"

"你说话总没个分寸,"吉洪·伊里奇皱起眉头打断他的话,"你不总是唠叨,说什么不幸的人民,不幸的人民!现在怎么变成畜生了!"

"是的,我唠叨过,以后还要唠叨!"库兹马情绪激动地接着说,"不过现在我也搞糊涂了!这会儿我什么也搞不明白:不知是不幸的还是……不过,我可告诉你:你自己也讨厌这个杰尼斯卡呀!你们两个都彼此憎恨!他说你是土匪,咬住老百姓的肩胛骨不放,你也骂他土匪!他在村子里无耻地吹嘘,说他如今成了某巨头的亲家了……"

"我知道!"吉洪·伊里奇又打断他。

"说到新娘子,你知道他说了些什么?"库兹马没理他,又说下去,"你知道,新娘子的脸又白又嫩,可他这畜生说什么?他说她'纯粹是瓷做的,一个小玩意儿!'还有一点你应该明白,他不会待在乡下,你现在就是用套马索也别想把这个流浪汉拴在村子里。他算什么当家人,算什么有家室的人?昨天我听见他在村子里油腔滑调地唱:'像天使一样美丽,像魔鬼一样阴险恶毒……'"

"我知道!"吉洪·伊里奇吼了一声,"他不会待在乡下,说什么也不会!让他见鬼去吧!你说他不像个当家人,我和你就算好当家人了吗?我记得,在小酒馆里,我跟你谈正经事,你还记得吗?你听鹌鹑叫去了……后来呢?后来又怎么样?"

"后来怎么样?这跟鹌鹑有什么关系?"库兹马问。

吉洪·伊里奇用手指头在桌上弹着,一板一眼地厉声说:

"等着瞧吧:'白里捣水——白费事。'我的话一诺千金,我说到做到。我不想烧香赎罪,只想行善积德。哪怕捐点小钱,上帝也会记住我的。"

库兹马霍地跳起来。

"上帝啊,上帝啊!"他高声叫喊起来,"我们心中哪有上帝啊!杰尼斯卡心中哪有上帝啊!阿基姆、缅绍夫、阿灰、你、我,心中哪有上帝啊?"

"等一等,"吉洪·伊里奇厉声问道,"哪个阿基姆啊?"

"生病的时候,"库兹马没理他,继续说下去,"我想到上帝了吗?我只想,我对他一无所知,我不会想到他!"库兹马大声说,"我没有知识!"

他那饱经风霜的眼睛游移不定地环视着四周,他把衣服上的纽扣一会儿扣上,一会儿解开,又在房间里走了一圈,然后在吉洪·伊里奇跟前站住。

"大哥,你记住,"他两颊通红,说,"你记住:我们好景不长了。烧什么香也救不了我们。你听见吗?我们是杜尔诺夫卡人!"

他激动得不知说什么好,但吉洪·伊里奇又想到了什么主意,突然同意他的说法:

"不错。老百姓根本不中用!你只要想想……"

他又活跃起来,为他的新主意而得意:

"你只要想想:他们种地种了整整一千年,瞧我说的!还要多!可怎么种,一个人也不知道!就这一件事都干不好!不知道什么时候该下地!什么时候该播种!什么时候该收割!'人家怎么干,我们也怎么干',没有一个婆娘不会烤面包——可结果是上面的皮都掉下来,只剩下一包酸面团!"

于是库兹马目瞪口呆,他的思绪全乱了套。

"他疯了!"他用茫然的眼睛注视着在点灯的哥哥,心里想。

吉洪·伊里奇没等他理清头绪,便情绪激昂地说下去。

"老百姓!都是些粗话连篇、好吃懒做、不说真话的人,全那么厚颜无耻,彼此都不相信!请注意!"他吼叫着,也不管点燃的灯芯暴燃起来,黑烟直冲天花板,"不是不相信我们,是彼此不相信!他们都这样,个个都这样!"他带着哭声叫嚷着,咔嚓一声把灯罩扣在油灯上。

窗外天空渐渐变成蓝色。洁白的细雪飘落在水洼和雪堆上。库兹马望着哥哥一言不发。话题突然转变,使得库兹马的火气全不见踪影。他不知道说什么好,也不敢看看哥哥那疯狂的眼色,便卷起烟卷来。

"他疯了,"他绝望地想,"这是报应啊。全都一样!"

吉洪·伊里奇点了一支烟,情绪也渐渐平静下来。他坐下来,望着灯火,喃喃地说:

"你就会抓住杰尼斯卡不放……你听见过马卡尔·伊凡诺维奇那个云游派教徒的事吗?给抓起来了。他和一个朋友在路上拦了一个婆娘,把她拖进克留基奇的更房里,两人把她轮奸了四天……嘿,现在坐班房了……"

"吉洪·伊里奇,"库兹马关切地说,"你在说些什么呀?何必说这些呢?你大概不舒服吧,一会儿说这,一会儿说那……你是不是喝多了?"

吉洪·伊里奇沉默着。他只挥挥手,那注视着灯火的眼睛里滚动着泪珠。

"喝酒啦?"库兹马低声问道。

"喝了,"吉洪·伊里奇也低声回答,"要是你,你也会喝的!你想想看,我这个金鸟笼子得来容易吗?你再想想,我像条被链条拴住的公狗,还带着个老太婆,这辈子过得轻松吗?好弟弟,我从没关心过谁……可也没有人关心过我!你想想,难道我不知道人家有多么恨我吗?你想想,有朝一日,我要是落到这帮庄稼汉手里,要是他们在这次革命中交上好运,那他们准会大动肝火,把我碎尸万段。等着瞧吧,等着瞧吧,好事还在后头呢!到时候我们得把他们一个个干掉!"

"为了一只火腿,就要绞死?"库兹马问。

"就算是绞死吧,"吉洪·伊里奇痛苦地说,"我这是随便说说的……"

"可现在真的在绞死人!"

米佳的爱情 | 417

"这事与我们无关。他们要面对上帝的审判。"

他皱起眉头,闭起眼睛沉思。

"啊!"他长叹一声,悲痛地说,"啊,我亲爱的弟弟,我们很快很快也要面对他的审判了!现在我每天晚上都要读圣礼书,伏在这本书上号啕痛哭。我非常惊奇:这些亲切的话是怎么想出来的!你看,等一等……"

他霍地站起来,从镜子后面拿出一本厚厚的教会用书,双手哆嗦着戴上眼镜,呜咽着,仿佛怕被人打断似的匆匆念起来:

"当我想到死亡,看见棺材里躺着一个上帝按照自己的模样创造出来的人,他变得那么丑陋,失去了声音和视觉,我就不禁失声痛哭起来……"

"浮华与人生,恰如过眼云烟,转瞬即逝。尘世的一切均属虚无,《圣经》上说:我们赢得世界之日即是我们进入坟墓之时,帝王和乞丐皆不能免……"

"帝王与乞丐!"吉洪·伊里奇悲喜交集地重说了一遍,摇摇头。"日子过到头了,弟弟!以前我有个聋哑厨娘,你明白吗,是个傻里傻气的女人,我送给她一条进口头巾,**她拿去反过来戴**……你明白吗?因为她犯了傻,舍不得用。平时她舍不得,要到节日才戴,等到过节的时候,那头巾已经成了碎布片……我也一样……**我就是这样过日子的。确实是这样!**"

库兹马回到杜尔诺夫卡,只觉得心里太苦闷,对一切都不感兴趣。就是在这种苦闷中,他度过了在杜尔诺夫卡的最后一段日子。

这些日子一直在下雪,阿灰家里一直在等下雪,让雪把路冻平了好办喜事。

二月十二日傍晚，在寒冷昏暗的过道屋里有过这样一场低声的谈话。新娘子站在炉灶旁，一条黄底黑点的头巾拉到脑门上，眼睛望着穿树皮鞋的脚。短腿的杰尼斯卡站在门边，没有戴帽子，穿一件溜肩膀的厚重上衣。他的眼睛也朝下望着在手里摆弄的一双打了鞋钉的短筒靴。这双短筒靴是新娘子的。杰尼斯卡拿去修理，现在来要五戈比工钱。

"我没有钱，"新娘子说，"库兹马·伊里奇准睡了，你等明天再来吧。"

"我可不能等。"杰尼斯卡用指甲抠着鞋钉，若有所思，像唱歌似的说。

"那怎么办？"

杰尼斯卡想了想，叹一口气，把自己浓密的头发甩到后面去，突然抬起头。

"算了，别白白地磨牙了，"他眼睛没看新娘子，大着胆子，断然大声说，"吉洪·伊里奇跟你谈过了吗？"

"谈过了，"新娘子回答，"都谈厌了。"

"那我马上就跟爹一起来。反正库兹马·伊里奇一会儿就会来喝茶的……"

新娘子想了想。

"随你的便……"

杰尼斯卡把短筒靴放在窗台上，不再提工钱的事，走了。过了半小时，台阶上响起把雪从树皮鞋上跺下来的跺脚声：杰尼斯卡同阿灰一起来了，阿灰上衣腰间还系了一根红腰带。库兹马出来见他们。杰尼斯卡和阿灰对着漆黑的屋角久久地画着十字，然后甩了甩头发，抬起头来。

米佳的爱情 | 419

"说媒人不是媒人,却是好人!"阿灰不慌不忙地说起来,话说得极其松弛和流畅。"你嫁养女,我娶儿媳。天作之合,是他们的福气。你说的话请你兑现。"

接着,他不失身份地低低鞠了一躬。

库兹马强忍着苦笑,吩咐叫新娘子过来。

"你去找她。"阿灰像在教堂里一样低声吩咐杰尼斯卡。

"我在这儿。"新娘子从门外炉灶旁走出来,对阿灰鞠了一躬,说。

大家都静默着。炉栅在黑暗中烧得通红,茶炊在地上咕噜咕噜地沸腾着。在场的人脸都看不清。

"怎么样,闺女,决定吧。"库兹马笑笑,说。

新娘子想了想。

"对小伙子没意见……"

"你呢,杰尼斯卡?"

杰尼斯卡也沉默了一会儿。

"好吧,反正得娶媳妇的……上帝保佑,也许还行吧……"

于是两亲家互相祝贺喜事有了良好开端。茶炊端到下房去了。独院地主婆最先得到消息,从三角地赶来,在下房里点了灯,打发科舍尔去买酒和葵花子,安排未婚夫妻坐在圣像底下,给他们倒了茶,自己在阿灰旁边坐下,为了打破尴尬的局面,她望着脸色苍白的杰尼斯卡和他那又粗又长的睫毛,尖着嗓子唱起来:

一个小伙白脸蛋,

漂漂亮亮好少年，
来到我家后花园，
摘下葡萄来尝鲜……

第二天，凡是从阿灰那里听到这场订婚宴消息的人都笑开了颜，并劝告他："不管怎么说，你也得帮小两口操办操办！"科舍尔也说："年轻人的事，你是该帮一把。"阿灰默默地走回去，给正在过道屋里熨衣服的新娘子送来两只铁锅和一团黑线。

"他媳妇，"他难为情地说，"喏，这是你婆婆让送来的，也许还有用……家里没什么东西，要有，藏也藏不住……"

新娘子向他鞠了一躬，道了谢。她在熨一块窗纱，是吉洪·伊里奇让人送来给她"当婚纱"用的。她含着眼泪，已哭红了眼睛。阿灰想安慰她几句，说自己过的也不是喝蜜的日子，但是迟疑了一下，叹口气，把铁锅放在窗台上，走了。

"我把线放在铁锅里了。"他嘟囔着。

"谢谢您了，爹。"新娘子仍旧用对伊凡努什卡说话时那种温柔的口气再次对他道谢。阿灰一走出去，她便突然苦笑了一下，唱起歌来："一个小伙白脸蛋……"

库兹马从大厅里探出头来，从眼镜上面严厉地瞪了她一眼，她便不作声了。

"我说，"库兹马说，"这件事还是就此罢手吧？"

"现在晚了，"新娘子低声说，"反正丢脸是免不了的……谁不知道吃喜酒的钱是谁出的，再说，钱已开始花了……"

库兹马耸耸肩膀。确实，跟窗纱在一起，吉洪·伊里奇还派人送来二十五卢布，一袋精白面粉、黄米和一头尚未养肥的猪……但是不能因为宰了这头猪，就把自己断送掉啊！

"唉！"库兹马说，"你真让我难过！'丢人，花钱'……难道你抵不上一头猪？"

"抵得上抵不上都一样，人死了不能复生。"新娘子爽爽快快毅然决然地回答。她叹了一口气，把刚熨好还暖烘烘的窗纱折得整整齐齐。"您现在就吃饭吗？"

她的神情平静了下来。"算了，跟她谈不拢！"库兹马想。于是对新娘子说：

"随你便吧，随你便吧……"

吃过中饭，他点了支烟，望着窗口。天黑下来了。他知道，下房里已烤好了黑麦点心——"喜饼"。还要准备两锅肉冻，一锅面条，一锅菜汤，一锅粥，都要放肉。阿灰在粮仓和草棚之间的雪堆上忙活着。在湛蓝的暮色中，雪堆上一把麦秸发出橙黄色的火焰，正在给一头宰好的猪烧毛。一群牧羊犬围着火焰，等待着饱餐一顿，它们那白色的嘴脸和胸膛都被火光映成丝绸一样的粉红色。阿灰在雪地上跑来跑去，一边赶狗，一边照管着火堆。他把衣服的下摆解开，撩起来掖在腰带上，又用执着一把明晃晃的刀子的右手把帽子推到后脑勺上去。阿灰的身子一会儿被火光照亮这边，一会儿被照亮那边，在雪地上投下跳来跳去的巨大身影，那样子活像个多神教教徒。接着，独院小地主婆从粮仓前跑过，顺着小路到村里去，一会儿就在雪堆旁消失了。她去召集为婚礼唱歌的姑娘们，还去向朵玛什卡借枞树，这棵枞树藏在地窖里，常常被姑娘出嫁前告别女友的晚会借去使用。库兹马梳好头，脱下两肘已经磨破的上衣，换上珍藏的长摆常礼服，走到积着一层白雪的台阶上。在灰白色的薄暮中，下房的窗口已亮起灯光，窗边已站着黑压压的一大群姑娘、小伙子和小男孩，人声鼎沸，三架手风琴各拉各的调，一起拉将起来。库兹马驼着背，把手指头扳得格格直响，他走到人群前，弯腰挤进黑洞洞的过道屋。过道屋里也挤满了人，一群小男孩在大人的腿间钻来钻去，人们揪着他们的脖子把他们赶出去，他们又钻了进来……

"看在上帝的分上，让他们进来吧。"被挤到门口的库兹马说。

他被人使劲地挤着，因为有人在拉门。在一团团蒸汽中，他跨过门槛，站在门框旁。挤在这儿的人穿得干净些——姑娘们披着花披巾，小伙子们穿着新衣服。房间里充满衣料、短皮袄、煤油、马合烟和针叶树的气味。桌上有一株碧绿的小树，上面装饰着红布条，树枝一直伸展到昏暗的铁皮油灯上。这桌子摆在化了冰的湿漉漉的窗口下，熏黑的潮湿墙壁旁，周围坐着打扮得漂漂亮亮的来唱歌的姑娘，她们个个涂脂抹粉，眼睛雪亮，头上包着丝绸或羊毛头巾，鬓角上插着从公鸡尾巴上拔下来的五彩缤纷的弯曲羽毛。库兹马进来的时候，那个脸色黝黑、神情凶狠而聪明、长着一对锐利的黑眼睛、一双连在一起的黑眉毛的瘸腿姑娘朵玛什卡正扯起粗犷有劲的嗓门唱着一首古代的喜歌：

就在今天的晚上，
最后一夜的时刻，

> 在告别女友的晚会……

姑娘们用不和谐的声音齐声合唱最后一句唱词,接着一起转身面对着新娘:她按照当地的风俗坐在炉灶旁,没有梳妆,头上包着黑披巾,应该用大声哭诉来回答姑娘们唱的歌:"我的亲爹,我的亲娘,亲闺女,要出嫁,苦日子,怎么过?"但新娘没作声。因此姑娘们唱完歌,不满地用眼睛斜睨着她。后来她们私下商议了一下,便皱起眉头,慢腾腾地唱起了《孤儿歌》:

> 可爱的澡堂烧起来,
> 教堂的钟啊敲起来!

库兹马咬紧牙哆嗦着,一股寒气从头上掠到脚跟,颧骨上一阵酸痛,眼睛湿润了。新娘用披巾把自己裹紧,突然全身哆嗦号啕痛哭起来。

"姑娘们,别唱了!"有人喊了一声。

但姑娘们没理他:

> 教堂的钟啊敲起来,
> 快把我爹来叫醒……

新娘呻吟着把头埋在双膝中间,用双手捧着,哽咽着……最后人们把浑身哆嗦、摇摇晃晃的新娘带到隔壁没生炉子的房间里梳妆打扮。

接着,库兹马为她祝福。新郎带着雅科夫的儿子瓦西卡来了。新郎穿着瓦西卡的长筒靴,他已理过发,脖子刮得通红,套着滚花边的浅蓝色衬衫衣领。他用肥皂洗过脸,显得年轻多了,甚至颇为英俊。他自己知道这一点,便庄重而谦逊地垂下黑色的睫毛。伴郎瓦西卡穿着一件红衬衫,敞开罗曼诺夫式短皮袄,走进来,严厉地瞟了一眼唱歌的姑娘们。

"别吵了!"他粗暴地喊了一声,然后按照仪式说:"出来吧,出来吧。"

唱歌的姑娘齐声回答:

"没有三人盖不起房,没有四角顶不起梁。每个角落放一个卢布,第五个放在中间,再加上一瓶酒。"

瓦西卡从衣袋里拿出一瓶半俄升[1]的酒放在桌上,姑娘们拿了酒站起来。屋里更挤了。门又一次敞开,一股蒸汽和寒气涌了进来,独院小地主婆手捧贴金圣像,推开人群走进来,新娘跟在她后面。她穿着浅蓝色宽皱边连衣裙,大家齐声惊叹:她是那么苍白、安详和美丽。瓦西卡使劲给了一个宽肩、大头、罗圈腿弯得像达克斯狗[2]的男孩一记耳光,又把一个人的旧短皮袄扔到房子当中的麦秸上。新郎新娘站在那上面,库兹马没抬起头,从独院小地主婆的手里接过圣像,屋里鸦雀无声,连那好奇的大头孩子的抽泣声都听得见。新郎新娘一起跪下来,向库兹马叩头。他们站起来又跪下去。库兹马看了看新娘,他们对视了一下,他们的目光里都带着恐惧的神色。库兹马的脸刷地发白了,他恐惧地想:"我马上把圣像扔到地上去……"但是他的手不由自主地拿

---

[1] 旧俄量酒单位,1俄升合1.2299升。
[2] 一种腿短而弯曲的狗。

米佳的爱情

着圣像在空中画了个十字。新娘轻轻吻了一下圣像,又用嘴唇去吻库兹马的手。库兹马把圣像交给旁边的一个人,以父亲般的疼爱和柔情捧住新娘子的头,吻吻她那散发着香味的新头巾,痛哭起来。接着,他泪眼模糊,什么也看不见,转过身,推开众人,大步走回过道屋去。风雪吹打着他的脸。积雪的门槛在黑暗中发白,屋顶上寒风呼啸。门外刮着白茫茫的暴风雪,从窗口放射出来的灯光越过土台上厚厚的积雪,形成一道道烟气迷蒙的光束。

暴风雪到第二天早晨还没有停下来。在飞卷的灰白色雪花中既看不见杜尔诺夫卡村,也看不见三角地上的磨坊。天色时亮时暗。花园一片雪白,呼呼地响着,和寒风的呼啸汇合在一起,恰如远处教堂的钟声。雪堆的尖顶冒着蒸汽。几只牧羊犬沾着满身雪花蹲在台阶上,眯起眼睛,透过暴风雪的凛冽寒气嗅着下房烟囱里飘出来的香喷喷的热气,库兹马站在台阶上,好容易才分辨出几个庄稼汉和几匹马的黑糊糊的身影以及雪橇和铃铛的响声。新郎的雪橇上套着两匹马,新娘的雪橇只套着一匹。雪橇上铺着两端有黑色花纹的喀山毡子。迎亲的人都系着彩色腰带。婆娘们穿着棉袄,裹着披巾,小心翼翼地踏着碎步向雪橇走去,还装腔作势地说:"老天爷,什么都看不见啊!……"新娘身上的皮袄和浅蓝色连衣裙都撩起来盖在头上,以免压皱,她只穿着白色衬裙坐在雪橇上,戴着纸花冠的头上裹着小头巾和大披巾。她已经哭得浑身乏力,在暴风雪中看着这些黑糊糊的人影,听着暴风雪的呼啸、客人的说话声、庆贺的铃铛声,就像在做梦。马匹耷拉着耳朵,转过头避开迎面扑来的风雪;狂风把人们的说话声、叫嚷声吹散,迷住人们的双眼,雪花沾在人们的胡须和帽子上，使它们变成雪白，在雪雾和暮色中迎亲的人都要费好大力气才能彼此辨认出来。

"嘿，真他妈的！"瓦西卡嘴里嘀咕着，低下头，拿起缰绳，坐在新郎身旁。

接着，他粗鲁而平静地迎风喊了一声：

"老爷们，为迎亲的新郎祝福吧！"

有人回答：

"上帝祝福……"

于是小铃铛冷冷清清地响起来，雪橇的滑木吱吱响起来，被雪橇撞碎的雪堆溅起一股粉末，成螺旋形飘升着，旋风、马鬃、马尾往后面掠去……

村里教堂的更房烧得暖烘烘的，人们在等待神父，全都被煤气熏得透不过气来。教堂里也充满了煤气味，又冷又昏暗，因为外面刮着暴风雪，教堂里拱顶很低，窗子还装着窗栅。只有新郎、新娘和神父手里擎着蜡烛，神父肩胛骨很宽，穿着黑袍，低头对着一本滴满蜡烛油的书，戴着眼镜，迅速地念着。地板上有一摊摊水渍，全是来参加婚礼的人的皮靴和树皮鞋带进来的雪融化的。门一打开就有一股风朝人们的脊背吹来。神父神情严峻，一会儿看看被打开的门，一会儿看看新婚夫妇，看看他们那紧张地准备接受一切承诺的身影，他们那被烛光从下面照亮的温顺的脸。他按照习惯，用颇有感情的语调念着一些词句，用动人的祝祷加以强调，但完全没想到这些词句的含义，也没想这些话是对谁说的。

"至圣的上帝，万物的创造者……"他匆匆地念着，声音时而低沉，时而昂扬。"你曾为你的仆人亚伯拉罕祝福，并使撒拉生育……把利百加赐给以撒为妻……让雅各和利亚结合……请赐给你的仆人……"

"叫什么名字?"神父停下来,没有改变脸上的表情,压低声音,严厉地问诵经士。听到"杰尼斯、阿芙朵季娅"这两个名字之后,他又带着感情说下去:

"请赐给你的仆人杰尼斯和阿芙朵季娅平安、长寿、贞洁……赐给他们子孙满堂……为他们从天上降下甘霖……让他们小麦、甘醴、橄榄油满仓……让他们家像黎巴嫩的雪松一样昌盛……"

但周围的人即使听懂他的话,也只会想到阿灰的家,而不会想到亚伯拉罕和以撒的家,只会想到杰尼斯卡,而不会想到黎巴嫩的雪松。这短腿的杰尼斯卡穿着别人的长筒靴和别人的外衣,一动不动的脑袋上齐耳朵戴着一顶王冠——顶上面有个十字架的铜王冠,实在又别扭又可怕。戴着王冠的新娘显得更加美丽,也更加憔悴,她的手在发抖,烛油一滴滴滴到浅蓝色连衣裙的皱边上……

傍晚的暴风雪刮得更加猛烈。参加婚礼的人拼命赶着马回家去,凡卡·克拉斯内的大嗓门老婆站在前面的雪橇上,像巫婆一样手舞足蹈,挥着手帕,对着风雪和滚滚的夜雾大吼大叫,雪花飞落到她的嘴唇上,压低了她那狼嗥般的声音:

> 瓦灰色的鸽子,
> 有一颗金色的头!

一九〇九——一九一〇年
于莫斯科
冯春译

米佳的爱情

一

三月九日是米佳在莫斯科的最后一个幸福的日子，至少他是这么认为的。

上午十一点多钟他和卡嘉顺着特维尔林荫道向山坡上走去。冬天突然让位给了春天，在阳光底下已有些暖洋洋。云雀似乎真的飞回来了，带来了温暖和欢乐。到处都水淋淋的，所有的积雪都在融化，雪水从屋顶上不断滴下来，管院子的都出来铲除人行道上的冰，扫除屋顶上的积雪，到处人头攒动，热闹起来。天上高高的云团散开了，化成细微的白色烟霭，融化在湿度很大的蓝天中。远处高高地耸立着普希金纪念像，他正低头沉思，神情安详，而那座耶稣蒙难修道院则闪耀着金光。但是最令人赏心悦目的还是卡嘉，这天她特别美，浑身透露出天真烂漫、亲切可爱的气息，总是怀着一种孩子般的轻信挽住米佳的手臂，仰视着他的脸，而米佳则幸福得有些飘飘然，他昂首阔步，走得那么快，卡嘉好容易才跟上他。

到了普希金纪念像附近，她突然说：

"你咧开大嘴笑的时候，总像个可爱的小娃娃那么羞答答,真好笑。你可不要见怪,我就是看中你这种笑容才爱你的。还有,就是喜欢你这双拜占庭人的眼睛……"

米佳竭力掩饰住心中的得意和少许委屈,尽量忍住笑,望着已经高耸在他们面前的普希金纪念像,和蔼可亲地回答:

"在可爱的小娃娃这点上,我们似乎不相上下。至于说我像拜占庭人,那就像说你和中国的皇后相像一样荒唐。你们这些人哪,对拜占庭啊,文艺复兴啊都入了迷了……我真不明白你母亲是怎么教你的!"

"怎么,你要是处在她的位置上就要把我锁在深闺里吗?"卡嘉问。

"不用锁在深闺里,我干脆就不让那些江湖艺人和艺术学校、音乐学院、戏剧学校的未来明星踏进门槛一步。"米佳回答说,仍然竭力让自己显得平心静气、和蔼随便。"是你亲口告诉我,说布科维茨基已经请你去斯特列利纳宫①吃饭,而叶戈罗夫建议你塑造一座像即将消失的海浪一样的裸体雕像,不用说,这样的荣幸已经让你陶醉得忘乎所以了。"

"即使因为你的缘故,我也决不会放弃艺术的,"卡嘉说,"也许我是个讨人嫌的女人,就像你常常说我的一样,"她说,虽然米佳从来没有这样说过她,"也许,我是个学坏了的女人,但我就是这么一个人,你好歹就认了吧。我们别再吵了,至少是今天,天气这么好,风和日暖的,你就别再打翻醋坛子啦!你怎么就不明白,对我来说,你总比别人好,是我唯一爱的人?"她声音不响,却执拗地问他,并且装出一副娇媚的样子凝视着他的眼睛,露出沉思的神情,慢

---

① 原指彼得堡附近的宫廷园林建筑群,此处用作饭店名称。

慢地朗诵一首诗：

> 我们早已存着心照不宣的秘密，
> 心灵与心灵已经交换过定情的戒指……

她的最后一句话和两句诗深深地刺伤了米佳的自尊心，总之，即使在今天这样的一个日子里，也有许多事情使他不愉快和痛苦。说他像小娃娃那样羞答答，这句玩笑话就使他很不开心；类似的话他从卡嘉的嘴里已经不是第一次听到，而且说出这种话并非偶然。卡嘉常常在各方面表现出比他老练，常常（是不自觉地，也就是说自然而然地）显示出她在各方面都比他强，这说明她在风流韵事上已颇有经验，对此他只好痛苦地加以忍受。使他不愉快的还有"总比"那个措词（"对我来说，你总比别人好"），还有，她在说这句话的时候不知为什么突然压低声音，尤其使他反感的是那两句诗，以及她在朗诵时的那副装腔作势的样子。这两句诗以及她朗诵时的腔调最容易使他联想到那个把卡嘉从他身边夺走的文艺界，要是在平时定会使他燃烧起狂热的仇恨和妒火，然而，即使如此，在这一天他还是比较从容地忍受了，因为这是在莫斯科度过的幸福的一天，后来他一想起这一天的情景，也总怀着同样的心情。

这一天，卡嘉在库兹涅茨桥的齐默尔曼琴行买了几本斯克里亚宾[①]的乐谱，回家途中她随便谈起米佳的母亲，边笑

[①] 斯克里亚宾（1871/72—1915），俄罗斯作曲家和钢琴演奏家，曾任莫斯科音乐学院教授。

米佳的爱情 | 431

边说:

"你真想象不出,我现在就有多么怕她。"

自从他们谈恋爱以来,不知为什么一次也没有谈起过他们的未来,谈过他们恋爱的结局。现在卡嘉突然说他妈妈,那口气好像不言自明——他妈妈是她未来的婆婆。

二

后来的日子似乎一如既往。米佳继续陪伴卡嘉去艺术剧院附属的学校,参加音乐会和文学晚会,或者在卡嘉坐落在基斯洛夫卡的家里待到半夜两点钟,享受着她母亲给予他们的令人惊讶的自由。她母亲长着一头深红色头发,一直在抽烟,每天搽胭脂,是个和蔼善良的妇女(她早已和丈夫分居,而丈夫又组织了另一个家庭)。卡嘉也常常跑到莫尔恰诺夫卡大学生宿舍里去找米佳。他们的幽会和从前一样几乎是一刻不停地在如痴如醉的接吻中度过的。但是米佳却坚定不移地感觉到某种可怕的变故突然发生了,事态有了异变,卡嘉身上发生了某些变化。

那段令人终生难忘的轻松愉快的日子很快就过去了,那时他们刚刚萍水相逢,那时刚刚认识就觉得交谈(哪怕从早谈到晚)是他们最大的快乐,那时米佳突然发现他已坠入他从童年和少年时代起就梦寐以求的童话般的爱情世界。那是十二月里的事。那是些滴水成冰的日子,天气晴朗,莫斯科银装素裹,到处被浓霜覆盖,低低的太阳看起来就像一颗朦朦胧胧的红球。一月份和二月份,一股劲吹的幸福旋风直围着米佳的爱情转,这幸福似乎就要实现,至少也是快要实现了。可即使是在那时候也已经有些迹象在不断惊扰和毒化这种幸福（而且越来越频繁）。即使在那个时候，米佳也常常觉得，似乎存在着两个卡嘉：一个是他一见钟情，一开始就那么执着地追求，是他那么离不开的卡嘉，而另一个则是实实在在、平平常常，和第一个那么格格不入，因而令他十分痛苦的卡嘉。然而当时米佳的感受毕竟和现在不可同日而语。

一切都可以理解。春天来临了，女人有许多事要操心，要买新年用品，定做春装，一会儿改做这件，一会儿改做那件，真是没完没了。卡嘉也确实要经常和母亲一道去找裁缝。此外，她还面临着她所就读的那所私立戏剧学校的考试。因此她的忙碌和心不在焉完全是合情合理的。米佳就时刻以这些理由来宽慰自己。但是这种宽慰解决不了问题，他那颗多疑的心对他说的完全是另一码事，而且更有说服力，并且证明了一个越来越明显的事实：卡嘉内心对他越来越冷淡，因而他的猜疑和忌妒也跟着日益加剧。戏剧学校校长的赞美捧得卡嘉晕晕乎乎，她忍不住把这些溢美的言辞告诉了米佳。校长对她说："你是我们学校的骄傲"（他对所有的女生都以"你"相称）。而且，除了公共课程外，他还在大斋节期间单独给她开小灶，以便让她在考试中出人头地。众所周知，这个校长曾玩弄过许多女生，每年夏天他都要带一个女生到高加索、到芬兰、到国外去度假。于是米佳想到，这个校长目前正在打卡嘉的主意，虽说这责任不在卡嘉，然而她毕竟察觉到这一点，明白他的心思，因此似乎已经和他有了那种可耻的罪恶关系。卡嘉对他米佳的关注正在减少，这一点再明显不过，于是那种想法便使他更加苦恼。

他觉得总有些什么因素正在引诱卡嘉摆脱他。他一想起

米佳的爱情 | 433

那个校长，心里就不能平静。但校长又算得了什么！看来，总有些别的什么兴趣正在超越卡嘉对他的爱。对谁，对什么怀着这种兴趣？米佳不知道。反正他对与卡嘉有关的所有的人、所有的事都感到忌妒，而最主要的，是对他想象中卡嘉背着他干的事感到恼火。他觉得，有一种诱惑正在把卡嘉无可挽回地吸引过去，促使她与他离心离德，而这种诱惑可能是一种他连想象一下都感到可怕的事情。

有一次卡嘉当着母亲的面半开玩笑地对他说：

"您啊，米佳，总是根据《治家格言》①的清规戒律来谈论女人。这么一来，您一定会成为一个不折不扣的奥赛罗②，真要这样，我是永远不会爱上您，更不会嫁给您的！"

母亲却不以为然：

"可我不能想象缺少忌妒心的爱情。依我看，谁不忌妒，谁就没有爱。"

"不，妈妈，"卡嘉说，她向来喜欢说人家说过的话，"妒忌就是不尊重所爱的人。要是不信任我，那就是不爱我。"她故意不看米佳。

"可是依我看，"母亲反驳说，"忌妒就是爱情。我在一本书上看到过的。那本书上说得很清楚，还举了《圣经》上的例子，连上帝都说自己是忌妒者和复仇者……"

说到米佳的爱情，眼下完完全全表现为忌妒了。而且这种忌妒已经不是一般的酸溜溜的感觉，而到了刻骨铭心的地步。他和卡嘉尚未超越爱情的那道最后界线，虽然他们单独

---

① 俄国16世纪一部要求家庭生活无条件服从家长的法典。
② 莎士比亚同名悲剧中的主人公，因忌妒而杀死妻子。

在一起的时候，已经无所不为。而现在，遇到这种时刻，卡嘉的恋情常常表现得比以前更加热烈。但是现在这种恋情却显得很可疑，有时甚至会让人觉得非常可怕。引起他忌妒的所有感觉都是可怕的，而其中有一种感觉让他最害怕，这是一种什么样的感觉，米佳怎么也无法确定，甚至还闹不明白。这种感觉就是：每当那种热烈的恋情表现出来的时候，本来是那么幸福，那么甜蜜，对他们，米佳和卡嘉来说，是一种世界上最崇高最美好的感情的流露，可是米佳一想到卡嘉和别的男人也可能发生这种恋情时，这种恋情立刻就变得难以形容的丑陋，而且反常。这时卡嘉就会激起他强烈的憎恨。他们单独在一起的时候，他和卡嘉所做的一切，他都认为是纯洁无邪的，像天堂般美妙。但他一想象别人处于他的位置的时候，一切就都发生了变化，一切都变成了无耻的丑剧，他恨不得把卡嘉掐死，而且要掐死的首先是卡嘉，而不是想象中的情敌。

三

卡嘉考试的那一天（在大斋节的第六个星期）仿佛是特地安排好的，目的就是为了证实米佳为之苦恼的猜疑是确确实实存在的事实。

考场上卡嘉根本没有看见他，也没有注意他的在场，她变得那么陌生，完全成了个公众关心的人物。

她取得了巨大的成功。她着一身洁白的衣裙，装扮得像个新娘，她的激动使她变得更加迷人。大家一起向她热烈鼓掌。而那个校长，一个春风得意的演员，长着一双冷漠忧郁的眼睛，坐在第一排，仅仅为了显示他至高无上的尊严，不时给她指点一下，他的声音不响，刚刚能让全场听到，这声音实在令人难以忍受。

"少点台词腔。"他的语气那么有力、平静，那么权威，好像卡嘉完全是他的私有财产。"别做戏，要体验人物的感情。"他有板有眼地说。

这种场面也令人难以忍受。而朗诵本身也同样令人难以忍受，虽然博得许多掌声。卡嘉脸上燃烧着火热的红晕和羞赧，她的声音有时突然中断，气息急促，然而这副模样却使她显得十分妩媚动人。其实她朗诵时每个声音里都充满了庸俗和歌唱般的腔调，虚假而又愚蠢，但是在米佳所憎恨的戏剧界里却认为这是最高的朗诵艺术。卡嘉已经全身心投入这个戏剧界：她不是在朗诵，而是始终带着一副情思绵绵的懒洋洋的神态在大声叫嚷，那种急迫的祈求实在毫无来由，过分夸张。米佳为她羞愧得不知道眼睛往哪里瞧好。一旦天使般的纯洁同放荡混合在一起，那真是天下最可怕的事。而在她身上，在她那烧得通红的脸蛋上，在她那身洁白的连衣裙上（这身连衣裙在舞台上显得短了些，因为大厅里的观众都是从下面往上看着她的），她那双白色鞋子上和裹着白色丝袜的双腿上都显示出既有天使般的纯洁，又饱含放荡的意味。"姑娘在教堂的唱诗班里歌唱"，卡嘉装腔作势地用过分天真的声调朗诵着，这首诗写的是一个似乎像天使般贞洁的姑娘。此时的米佳既有一种对卡嘉的强烈亲近感（就像一般在人群中对恋人都有这种感觉一样），又对她怀着一种愤恨不已的敌意，既为她感到骄傲，意识到无论如何她是属于他的，又感到一种撕心裂肺的痛楚：不，她已经不属于他了！

考试之后又是一些幸福的日子。但是米佳已经不像从前那样轻信这种幸福了。卡嘉想起这次考试，说：

"你真傻！难道你没有感觉到我朗诵得那么好，仅仅是为了你？"

可是米佳无法忘记他在考场上的感受，也无法对她说，这种感受现在已经烟消云散。卡嘉也猜中了他心里的想法，有一次他们发生口角的时候，她便大喊大叫起来：

"我不明白，既然你认为我这么坏，为什么还要爱我！你到底想从我这儿得到什么？"

他自己也不明白他为什么爱她，虽然他觉得他的爱并没有淡薄下去，而且随着他充满忌妒心的搏斗的日益强烈而变得更加强烈。为了她，为了这种爱，为了执着地追求越来越苛刻的爱，他正在和某个人、某件事进行着这种充满忌妒心的搏斗。

"你爱的只是我的肉体，而不是心灵！"有一次卡嘉痛苦地说。

这又是某一出戏里的台词，虽然它是那么荒唐可笑，完全是陈词滥调，却触及了他那百思不得其解的问题。他不知道为什么要爱她，也说不清楚，他要的是什么……爱，究竟意味着什么？要回答这个问题尤其不可能，因为米佳无论是耳闻还是从书本上看到的，都没有一个字能够给它作出一个确切的定义。无论是书本还是生活，仿佛都存在着一种默契，要么只谈一种几乎没有肌肤之亲的爱情，要么只谈所谓的情欲和肉欲。他的爱既不像前者，也不像后者。他从她身上体验到什么呢？是所谓的爱情，还是所谓的情欲？当他解开她的上衣，吻着她的胸脯，吻着她那天堂般美妙的处女胸脯,她天真烂漫地以一种震撼他心灵的顺从,不懂羞愧地为他袒露出来胸脯时,他尝到了那种让他死去活来的幸福,几乎要昏死过去,那么,使他尝到这种幸福的到底是卡嘉的心灵还是她的肉体呢?

四

她的变化越来越大了。

考试得到优异成绩起了很大作用。不过毕竟还有其他原因。

随着春天的来临,卡嘉不知为什么突然变得像个交际场所的名门闺秀,她总是盛装打扮,来去匆匆。每当她乘着马车前来看他(现在她不再步行,总是乘马车),放下面纱,快步走过走廊,绸裙发出窸窸窣窣的声音时,米佳总为他家那道昏暗的走廊感到无地自容。现在她对他总是温柔备至,但也必定姗姗来迟,并且缩短会面时间,说是又得和妈妈到女裁缝那儿去。

"你明白吗,现在我们都拼命打扮!"她说,愉快地睁大圆圆的、亮得叫人吃惊的眼睛。她心里明白,米佳不会相信她的话,但还是这么说了,因为现在他们之间已没有什么话好谈。

现在她几乎不摘下帽子,也不放下手中的阳伞,只匆匆坐到米佳的床上,用一双穿着丝袜的小腿去逗得他神魂颠倒。临走时她总要说,今晚她又不在家,要陪妈妈去做客!每一次她都要哄哄他,以补偿他那种照她说来是"愚蠢"的痛苦:她故意神秘地望望门口,从床上溜下来,在他的双腿旁扭动大腿，然后匆匆地压低声音说：

"来，吻我一下！"

五

四月底米佳终于下定决心到乡下去，让自己冷静一下。

他把自己和卡嘉折磨得够呛。这种痛苦之所以令人难以忍受，是因为它毫无来由：到底发生过什么事了？卡嘉什么地方对不住他？因此有一天卡嘉忍无可忍地对他说：

"好吧，你走吧，走吧，我已经受不了啦！我们必须分开一段时间，好好想清楚我们的关系。你已经瘦成这个样子，难怪我妈妈说你一定患了肺痨病。我再也无法忍受下去了！"

于是米佳到乡下去的事就这么决定了。但是使米佳大为惊讶的是，虽说远行已经决定，而且他仍然痛苦得难以自拔，却几乎感到自己还是个幸福的人。远行刚决定，从前的一切又突然回来了。因为他毕竟极不愿意相信发生过什么使他日夜不得安宁的可怕的事。再说，卡嘉身上只要发生一点轻微的变化，就足以使他认为一切又变了样。而卡嘉呢，又恢复了从前那样的温柔体贴，热烈地爱着他，毫无假情假意的成分（出于忌妒的本性，他以那种明察秋毫的敏感感觉到这一点）。他又在她家里待到半夜两点钟，两人有说不完的话，而且行期越近，就越感觉到他们完全没有必要暂时分开和"想想清楚两人的关系"，这样做实在太荒唐。有一次，卡嘉甚至哭了，而她是从来不哭的，这些泪水突然使他觉得她是他最亲近的人，一种强烈的怜悯心刺痛了他的心窝，他觉得对不起她。

卡嘉的母亲六月初将到克里米亚去消夏，还要把卡嘉一起带走。他们决定在米斯霍尔会合，到时候米佳也必须到米斯霍尔去。

于是他做着各种出门的准备，在莫斯科跑来跑去，总处在一种喝醉酒的不正常状态，当一个人身患重病，手脚却还灵便的时候，就常处于这种状态。他感到一种病态的醉意的不幸，而同时又感到一种病态的幸福，为卡嘉重新对他表示的亲近和关心所感动，她甚至陪他去买旅行用的皮带，就像是他的未婚妻或妻子，总之，他为重新回到他身边、使他重温当初和她开始恋爱时的一切而感动。他也是这样感受周围的一切的：房屋、街道、街道上的行人和车马、一直阴云密布的春天天气、尘土和雨水的气息、幽巷里篱笆内正在开花的白杨散发出来的像教堂里一样的香味：一切都在向他表白离别的痛苦、期望夏天在克里米亚聚会的甜蜜，在克里米亚再没有什么会来打扰他们，一切都将如愿以偿（虽然他并不清楚这"一切"是什么）。

临走的那一天普罗塔索夫顺路来和他话别。在中学高年级学生和大学生当中常常可以遇到一些青年人，他们都学会一种悲天悯人的嘲讽派头，装出一种样子，仿佛他们比世上所有的人都年长，都饱经沧桑。普罗塔索夫就是这样一个人，他是米佳最要好的朋友中的一个，是他唯一的知己，尽管米佳对自己的爱情讳莫如深、从不透露，但他对米佳恋爱中的一切秘密却了如指掌。他看着米佳捆箱子，看到他的手在发抖，便忧郁地笑了笑，用一种智者的口吻开导他：

"求主饶恕我吧，你们俩还纯粹是个孩子呢！我亲爱的坦波夫省的维特^①，凭这一切你就应该明白，卡嘉首先是个最典型的女性，连警察局长本人都对她束手无策。而你，作为一个男子汉，竟然气得发狂，对她那传宗接代的本能提出了至高的要求，不用说，这一切完全是合乎规律的，从某种意义上说甚至是神圣的。正如尼采先生正确指出的：你的肉体就是最高的理性。但是合乎规律的还有另一个方面：你在这条神圣的道路上可能会摔断脖子送了命。在动物世界里有这么一些生物，它们为了第一次，也是最后一次爱情的行为必须付出生命的代价。但对于你来说，这种结果并不是不可避免的，因此，你必须十分留神，好自为之。总之，你不要操之过急。'士官生施密特，我保证，夏天会回来的！'^② 天无绝人之路，卡嘉并非绝无仅有的女人。我看你拼命捆箱子的样子，知道你并不同意我的看法，对这条绝路你已经爱之弥深，那就请你原谅我的饶舌，愿上帝的侍者尼古拉和他的全体圣徒保佑你！"

普罗塔索夫紧紧握了一下米佳的手，走了。米佳便动手捆铺盖，这时他从开向院子的窗口听见，住在对面学声乐的一个大学生试了一下嗓子，高声练唱起来，他每天从早到晚练声，这时唱的是《阿斯拉族人》^③。米佳匆匆收紧皮带，把

---

① 借用德国诗人歌德的名著《少年维特的烦恼》中主人公的名字。维特系该小说中的主人公，因失恋而自杀。坦波夫省指米佳的籍贯。
② 引自科兹马·普鲁特科夫所作《士官生施密特》一诗。科兹马·普鲁特科夫是俄国作家阿列克谢·托尔斯泰（1817—1875）和亚历山大·热姆丘日尼科夫（1816—1896）、阿列克谢·热姆丘日尼科夫（1821—1908）、弗拉基米尔·热姆丘日尼科夫（1830—1884）三兄弟的共同笔名。
③ 俄国作曲家鲁宾斯坦（1835—1881）根据德国诗人海涅的同名诗作谱写的一首抒情歌曲。

米佳的爱情 | 441

搭扣扣好，抓起帽子就到基斯洛夫卡去和卡嘉的母亲告别。那个大学生唱的歌曲，它的旋律和歌词一直在米佳的耳际萦绕，在他的脑子里一遍一遍地回旋，因此他醉意蒙眬，无论是街道还是路人都视而不见，这种醉意比最近几天来得更厉害。他仿佛已经真的走上了一条绝路，士官生施密特就是在这条绝路上企图开枪自杀的。哼，那又怎么样，绝路就绝路，他这样想着，思绪又回到大学生唱的那首歌曲上。歌词上说：那"绝世美人"苏丹公主在花园里散步，遇见了站在"白沫飞溅的"喷泉旁的黑奴，有一次她问他的名字和家乡，起初他感到恐惧，却以一种忧郁的朴实口吻恭敬地回答她：

> 我叫穆罕默德……

最后他以一种既兴奋又悲哀的惨叫结束他的回答：

> 我的种族就是阿斯拉族，
> 他们一恋爱，就要死亡。①

卡嘉在更衣，以便到火车站去送米佳，她从自己的房间里（米佳曾在这个房间里度过多少难忘的时刻啊！）亲昵地大声对他说，打第一遍铃的时候她就会赶到。那位亲切善良的深红色头发的妇人独自坐在那里抽烟，她十分忧郁地看了他一眼——她想必已洞悉他们的关系，一切都心中有数。而

---

① 以上歌词引自钱春绮译《罗曼采罗》。

他则面红耳赤，内心颤抖着，吻了吻她那皮肤柔软松弛的手，像儿子一样低下头，而她则怀着一种母爱吻了几次他的鬓角，并且画了个十字。

"唉，亲爱的，"她怯生生地微笑着，用格里鲍耶陀夫①的话说，"欢笑着活下去吧！基督和您同在，走吧，走吧……"

六

他把宿舍里该收拾的都收拾好之后，便在一名勤杂工的帮助下，把行李搬上一辆歪歪斜斜的出租马车，最后笨拙地坐到行李旁边。马车走动了，一种离别旧居的感伤之情立刻涌上心头——生命历程中的一个阶段结束了，永远结束了！而同时他又产生了一种始料不及的轻松感，对新的开端的期望。他稍稍平静了些，精神也好些了，似乎开始用一种新的眼光来看待周围的一切。结束了，别了，莫斯科，别了，在莫斯科经历的一切！天色阴沉，稀稀拉拉地下起雨来，街巷里空荡荡的，铺路的鹅卵石黑黑的，闪闪发亮，就像生铁铸成的一样，房屋也是一片阴沉沉的样子，看上去很脏。马车夫慢腾腾地赶着车，真叫人心急难耐，他身上的气味很重，不时逼得米佳扭过脸去，并且竭力屏住呼吸。马车驶过克里姆林宫，然后是波克罗夫卡，又转入街巷，某处花园里有只乌鸦由于下雨和傍晚的暮色而哑哑直叫着。然而毕竟是春天了，空气中洋溢着春天的气息。马车终于到达车站，米佳跟

---

① 格里鲍耶陀夫（1795—1829），俄国作家，著有喜剧《智慧生痛苦》。

米佳的爱情 | 443

在脚夫后面奔往人群嘈杂的候车大厅，奔往站台，接着往三号站台跑去，那里已经停着长长一列笨重的列车，准备开往库尔斯克。列车前围着一大群乱糟糟的乘客，脚夫轰隆隆地推着行李车往前赶，一路吆喝，叫人群让路，米佳一眼就从这些嘈杂的人群中看到那"绝世美人"一个人远远地站在那里，在整个人群中，甚至在全世界，她都显得那么卓尔不群。已经打过第一遍铃，这一次倒是他迟到了，而不是卡嘉。她来得很早，在那里等他，这使他深深地感动。她向他奔过来，又一次以妻子或未婚妻的关切口吻对他说：

"亲爱的，快去占位子！马上就打第二遍铃了。"

打过第二遍铃，她还令人感动地站在站台上，从下面望着站在挤得水泄不通、臭气熏天的三等车厢门口的米佳。她身上的一切都显得那么富有魅力——她那美丽可爱的脸蛋，她那娇小的倩影，她那仍旧带着少女稚气的女性风韵所显示出来的清新和青春气息，她那仰望的水汪汪的眼睛，她那简朴的、曲线上带有某些优雅的撩人意味的浅蓝色女帽，甚至她那深灰色上衣，米佳怀着一种崇拜心情仿佛已触摸到那上衣的衣料和绸里子。而他却那么瘦弱难看，为了出门旅行穿一双粗重的皮靴和旧上衣，上面的纽扣已磨出了红铜色。然而卡嘉仍然用那真诚的饱含爱恋和忧郁的眼神望着他。第三遍铃猛然响起，激烈地震撼着米佳的心，他仿佛失去理智似的从车厢的通过台上奔下来，而卡嘉也同样像失去理智，恐惧地向他迎面奔去。他吻了一下她的一只戴手套的手，然后回头向车厢跑去，含着眼泪，狂喜地向她挥着遮檐帽。卡嘉则用一只手稍稍提起裙子和站台一起缓缓向后飘去，可眼睛仍然追随着米佳的身影。她越来越快地向后飘去，风越来越猛烈地吹拂着米佳从窗口露出的头发,火车头也越来越快地疾驰而去,汽笛无情、蛮横、带着威胁的意味怒吼起来,要求前方为它让路。突然她和站台的末端从视线中消失了……

七

春天漫长的黄昏早已降临,暮色由于天空阴云密布而更加昏暗,笨重的列车在早春光秃而寒冷的田野上隆隆地疾驶着。列车员在车厢通道里查票,为车灯插蜡烛,而米佳仍站在哐啷哐啷响的车窗旁感受卡嘉的手套留在他嘴唇上的气味,浑身燃烧着分别时最后一瞬的烈焰。去年那漫长的莫斯科冬天使他幸福而痛苦,改变了他的全部生活,现在已经整个儿、完完全全离他而去,仿佛是另一个陌生世界的事了。在这个陌生的新世界里现在连卡嘉似乎也是以一个陌生的新形象出现在他眼前……是啊,是啊,她是谁?她是怎么回事?而爱情、情欲、心灵、肉体呢?这又是怎么回事?这一切并不存在,存在的是另一回事,完全不同的另一回事!不过这手套的气味难道也不是卡嘉的,不意味着爱情,不意味着心灵,不意味着肉体?而实际上,车厢里的庄稼汉和工人,那带着自己丑陋的孩子去上厕所的妇女,那被震得叮当响的车灯里的昏黄蜡烛,那春天旷野上的暮色——这一切都和爱情、心灵有关,都意味着痛苦和难以言喻的欢乐。

第二天早晨列车到达奥廖尔,得在这里换车,一列开往外省的火车停在远处的站台上。米佳觉得,这里和莫斯科相比是多么朴实、宁静和亲切,如今莫斯科已离他十万八千里,对他来说,卡嘉曾经是莫斯科的中心,现在似乎变得如此孤独、可怜,对她只剩下柔肠寸断的爱!连零零星星飘浮着一些灰白色雨云的天空,连阵阵田野上的风也比莫斯科纯朴和柔和……列车从奥廖尔徐徐开出,米佳坐在几乎没有人的车厢里,慢慢吃着图拉产的用刻花模子做出来的蜜糖饼干。后来列车加快了速度,匆匆奔驰着,摇着他进入了梦乡。

一直到维尔霍维耶他才醒过来。列车停下来,车站上人头攒动,熙熙攘攘,但仍显出小地方的荒僻索寞。车站饭店里飘出香喷喷的油烟味。米佳津津有味地吃了一盘菜汤,喝了一瓶啤酒,后来又睡着了。旅途劳顿使他困倦难当。他再次醒过来的时候列车已奔驰在一片春意盎然的白桦林子里,这白桦林子是他所熟悉的,已离终点站不远。天色又像春天常见的那样阴暗下来,敞开的车窗飘进一些雨意,似乎还伴随着一股蘑菇的清新味儿。树林仍是光秃秃的,但火车的轰鸣在树林里听起来毕竟比在旷野里清晰得多,而且远处的车站已闪烁着春天里特有的凄清的灯光。瞧,看见信号机上高高的绿灯了。在这光秃秃的白桦林中,在这苍茫的暮色中这信号灯看起来特别诱人。接着列车哐啷一声驶入了岔道……上帝啊,在站台上迎候小少爷的仆人是多么土气,却又多么亲切!

马车离开火车站,走进一座春意盎然却又泥泞不堪的大村庄,这时暮色更浓了,乌云也更加浓重。万物都沉浸在这异常柔和的昏暗中,沉浸在大地万籁俱寂的氛围里,沉浸在这与黑糊糊的低垂雨云融成一片的温暖夜色中,于是米佳又一次感到惊奇和欣喜:农村是多么宁静、朴实和贫困,这些散发着浓烈气味、没有烟囱的农舍早已沉入梦乡(农民从报喜节起就不再把炉火烧旺），处身于这黑魆魆的温暖草原上是多么令人心旷神怡啊！四轮马车在坑坑洼洼的泥泞路上颠簸着，一家富裕农民的院子里耸立着几棵高高的橡树，它们仍是光秃秃的，尚未发芽，呈现出一副萧索的景象，只有几个白嘴鸦的巢黑糊糊地落在树枝上。一座农舍前有个装束古怪的庄稼汉，仿佛是从远古走来的，他正凝视着昏暗的前方。这庄稼汉赤着脚，穿一件破破烂烂的粗呢上衣，长着长长直发的头上戴着一顶羊皮帽……下着温暖、甜美、馨香的小雨。米佳想象着睡在这些农舍里的农家少女和年轻的农妇，想象着这个冬天他因为和卡嘉亲密相处而领略到的全部女性温柔，于是，卡嘉、农家少女、夜晚、春天、小雨的气息、翻耕过准备孕育丰硕果实的土地的芬芳、马汗的臭味以及对那只皮手套气味的回忆，全都融合在一起了。

八

乡下的生活是以平和令人沉醉的日子开始的。列车从莫斯科火车站开出的第一个夜晚，卡嘉的形象似乎立刻就黯淡下来，和周围的人融化在一起了。然而这只是一种感觉，这种感觉还持续了几天，等到米佳睡够了觉，恢复了常态，习惯了新的环境以后，这种感觉便烟消云散了。这种新的环境实际上是从孩提时代起就熟悉的祖居、乡村、乡村的春天，以及春天光秃而空旷的世界。现在这个世界经过重新洗净，焕发着青春的朝气，正孕育着新的繁荣。

田庄不大，老宅也颇为简陋，家务并不繁冗，不需要很多仆役。米佳的生活开始得很平静。妹妹阿尼娅是初二的中学生；弟弟科斯佳是武备中学的学生，一个少年郎，正在奥廖尔上学，最早也得到六月初才会回来。妈妈奥尔加·彼得罗夫娜一直忙于家务，通常都在田里忙活，只有到了天黑才回家睡觉，家里唯有管家（仆人都管他叫总管）帮她料理一切。

米佳回到家里，当晚睡了整整十二个小时，醒来后梳洗完毕，全身换上干净衣服，走出阳光灿烂的房间（房间的窗子都朝东开向花园），到老屋各处去走走，所到之处，都真切地感受到家人的亲情和老家令人身心愉快的宁静和朴实。不管到哪里，一切陈设都原封不动，和许多年前一样，都是他所熟悉的，而且散发着好闻的气味。为了迎接他的到来，所有的地方都收拾过，所有房间的地板都擦洗过。只有那间和过道屋以及至今仍沿用旧称的仆人室相通的大厅还没有擦洗好。一个从村里雇来打短工的满脸雀斑的农家姑娘站在阳台门旁边的窗台上，挺直身子，吹着口哨，擦着高处的玻璃，她那湛蓝的身影投映在低处的玻璃上，仿佛相隔很远。使女帕拉莎从装着热水的桶里捞出一块大抹布，她赤着脚，露出一双雪白的腿，翘起脚尖用小小的脚后跟在水淋淋的地板上走着，用很快的语速友好而毫不拘束地和米佳谈话，不时用卷起袖子的臂肘抹一下热汗淋漓的脸。她说：

"您去喝茶吧，您妈天没亮就和总管到火车站去了，您大概没听见……"

于是卡嘉立即不容分说地让他想起了她：这时米佳发现自己正馋涎欲滴地望着那卷起袖子的女性手臂，那挺直身体站在窗台上擦玻璃的农家姑娘的女性曲线，她的裙子，裙子下面那双像两根结实柱子的光腿。他高兴地感觉到了卡嘉对他的权力，他是属于她的，感觉到了这个早晨他所有的感受中都有她的神秘存在。

他对这种存在的感觉一天比一天强烈，一天比一天美好，随着他的日益恢复常态，心境渐趋平和，他也渐渐淡忘了那个作为普通女人的卡嘉。在莫斯科的时候他总不能把作为普通女人的卡嘉同他心目中理想的卡嘉融合在一起，这使他深感痛苦。

九

现在他是头一回作为一个成年人住在家里，连妈妈对他的态度也和以前不一样，而主要的是，他的心灵中已第一次萌发了实实在在的爱情，他自孩提时代起，自少年时代起就暗暗地等待着的那种情感，现在已经实现了。

还在他的幼年时期，他身上就萌动着一种难以言喻的神秘感情。记不清什么时候，什么地方，想必也是在春天，在花园里的一丛丁香花旁边——他还记得一种小甲虫斑蝥的强烈气味，——当时他还完全是个小娃娃，站在一个年轻女人身旁——大概是他的保姆，——突然有一样东西，也许是她的脸，也许是她套在丰满胸脯上的无袖便裙，像天堂的光华一样大放光明，于是有一种感觉像热浪一样从他的心中滚过，在他心中翻腾，就像母腹中的胎儿……但那件事犹如一场梦。后来在童年、少年时代和上中学的岁月里，发生的一切也像在梦境里一样。对一些在母亲陪伴下前来参加他童年节庆的小姑娘，他常常对这个或那个产生一种特别的非同一般的迷恋，对某一个使他迷恋的，也是非同一般的，穿着小连衣裙、小皮鞋、头上的缎带打着蝴蝶结的小姑娘的一举一动产生一种隐秘而强烈的好奇心。在晚些时候，当时他已经在省城上学，他也曾对一个女中学生产生自觉得多的恋情，这种恋情几乎持续了整整一个秋天。那个女中学生每到傍晚时分总要爬到邻居花园篱笆里的一棵树上：她的活泼劲儿、可笑的样子、咖啡色连衣裙、头上的圆形梳子、肮脏的小手、笑声、放开喉咙大叫，一切都让米佳朝思暮想，苦苦思念，有时甚至让他痛哭流涕，强烈地想从她那儿得到些什么。后来这种恋情不知不觉消失了，渐渐淡忘了，又产生了几次新的或长或短、仍然是隐秘的恋情，这些都产生在中学的舞会上，他几次三番突然坠入情网，为情而欣喜若狂，为情而悲痛欲绝……他身上感到一种难忍的煎熬，心中有一种朦朦胧胧的预感，期待着发生什么事情……

他是在乡下出生和长大的，但因为上中学不得不在城里度过春季，只有一年是例外，那是在前年，他回乡下过谢肉节，生了病，因为养病整个三月份和四月份的上半月一直待在家里。这是一段难忘的日子。他卧床两个礼拜，在这段时间里，他只能从窗口看到随着气温的升高、日光的日渐增强，积雪、花园、树干和枝丫每天都在发生变化。他发现有一天早晨，房间里阳光那么明亮、暖和，连苍蝇都活过来，在窗玻璃上爬动……第二天午后，太阳移到屋后，照着屋子的另一边，他发现窗外白色的积雪已变成淡淡的蓝色，树梢上蔚蓝的天空已飘着一大片一大片白色的浮云……又过了一天，满天乌云之间已现出大块大块明朗的碧空，树皮上现出潮润的光泽，窗外屋檐上滴着雪水，让人喜不自胜，怎么也看不够……后来的几天里，野外起了温湿的雾，下起了春雨，没几天积雪便完全融化，河水流动了，花园和院子里的泥土裸露出来，重新变成黑色，显出一派喜气洋洋的景象……米佳久久不能忘怀三月底的一天，那天他第一次骑马到野外去溜达。天空并不十分晴朗，却把花园里苍白、单调的树木照耀得那么生意盎然，朝气蓬勃。田野上仍然寒风料峭，麦茬地仍然一片荒凉，现出一片焦黄，可是翻耕过的田地（已经播种燕麦）黑油油的，表现出一种原始的强大力量。他骑马径直穿过麦茬地和初耕地向树林走去，远远就看见了那片在清新空气中屹立的树林，它光秃秃的，只是小小的一片，首尾都可尽收眼底。然后他顺着山坡走到谷地上，马蹄踩着厚厚的隔年落叶，发出沙沙的声响，有些地方的落叶是干的，呈淡黄色，有些地方的落叶是湿的，呈黄褐色。他又穿过几道洒满落叶的冲沟，沟里还流动着涓涓春水，从一簇簇灌木丛底下不时刷的一声窜出几只暗黄色的丘鹬，径直从马蹄下飞走……田野上凛洌的寒风向他迎面袭来，马匹在吸饱水分的麦茬地和黑油油的耕地上奋力奔驰，它张大鼻孔呼呼地喘着气，以一种震撼人的粗野力量打着响鼻，从内脏深处发出阵阵呼啸——这整整一个春天，尤其是这一天，对他来说意味着什么呢？当时他觉得正是这个春天成了他真正初恋的时光，在那些日子里，他每天都处在恋爱的状态中，他爱所有的中学生，爱天下所有的姑娘。可是现在他觉得那段时光已离他如此遥远！他当时还完全是个毛孩子，幼稚、单纯，既不懂得忧伤和欢乐，也没有多少梦想！当时他那既没有对象又没有结果的爱情不过是一场梦，或者宁可说是对一场美梦的追忆。而现在世界上已经有了一个卡嘉，有一颗体现这个世界、战胜世上一切的心灵。

十

米佳回到乡下的最初一段时间,只有一次在恐惧中想起了卡嘉。

有一回,天已经很晚了,米佳走到后门口的台阶上。天非常黑,静悄悄的,田野发出潮乎乎的气息。几颗小星星从黑糊糊的花园上空的云层里钻了出来,仿佛在流泪。突然远处某个地方不知什么东西像鬼一样凄厉地叫了一声,接着发出一连串鬼哭狼嚎似的尖叫。米佳打了个寒噤,呆住了,接着便小心翼翼地走下台阶,走进黑漆漆的,仿佛充满敌意从四面八方监视着他的林荫道,然后就停下脚步,等待着,谛听着那如此突然、如此可怖地响彻整个花园的声音到底是什么声音,是从什么地方发出的。他想,这不过是猫头鹰或林鸮求偶的叫声,如此而已,但他仍吓得不敢动弹一下,仿佛黑暗中真的有鬼出现,只是看不见而已。蓦地又响起一声使米佳胆战心惊的嗥叫,这叫声就在附近,在林荫道的树梢上,接着又响起一阵折裂声和沙沙声,那鬼悄没声息地转移到花园的另一个地方去了。它在那里又像狗一样嗥叫起来,然后像婴孩一般可怜巴巴地央求,发出呻吟,嘤嘤哀泣,又扑腾着翅膀,像某种猛禽怀着一种受折磨的快感发出悲鸣和尖叫,接着发出一阵浪笑,仿佛有人胳肢它,折磨它。米佳浑身哆嗦,在黑暗中睁大眼睛,竖起耳朵,全神贯注地注视着,谛听着。但那鬼突然停止浪笑,气喘吁吁,发出一声划破花园夜空的垂死哀号,接着便不再作声,仿佛掉到地底下去了。米佳又等了几分钟,想听听会不会再响起这种令人毛骨悚然的求偶声，但没有等到，于是不声不响地回家去了。这一夜他是在梦魇的折磨中度过的，三月份的莫斯科之恋所产生的那些病态和令人厌恶的思想感情在梦中不断纠缠着他，使他不得安生。

但是第二天早晨，在阳光照耀下，昨夜的那些折腾很快就烟消云散了。他回忆着当他们决定他必须暂时离开莫斯科时，卡嘉是如何地痛哭流涕，而当她忽然想到六月初要他到克里米亚去会面时，她又是如何地欢欣雀跃，后来她又那么令人感动地帮他整理行装，送他到火车站去……他拿出她的一张照片，久久地凝视着她那小小的化妆得很漂亮的头，为她那爽直、坦率（几乎圆圆的）明眸的纯洁和明亮而深深感动……后来他给她写了一封非常真诚的长信，充分信赖他们的爱情，于是他又感觉到她无处不存在，这种存在充满了爱情和幸福，给他带来了生活的信心与欢乐。

他想起了九年前父亲去世时他的心情。这也是春天里发生的事。父亲去世的第二天，他怀着困惑和恐惧的心情怯生生地走过大厅，父亲安卧在长桌上，胸部高高隆起，两只苍白的大手叠放在胸口上，稀疏的大胡子乌黑乌黑，鼻子惨白惨白，身上穿着贵族礼服。米佳走到门口台阶上，朝竖在门旁覆盖着金色锦缎的巨大棺盖看了一眼，突然领悟到人活在世上是要死亡的！世上的万物都会死亡：这死亡存在于阳光普照下的世界，院子里的春草、天空、花园之中……他往花园走去，走进被阳光照耀得五彩缤纷的菩提树林荫道，接着又拐进边上的一条被阳光照耀得更加绚烂的林荫道。他凝望着一棵棵树木和第一批出现的白蝴蝶，倾听着最初出现的小鸟的甜蜜鸣啭，觉得这一切全和以前不一样，他怎么也认不出来了。他只觉得，死亡无处不存在，他只看到，大厅里放着可怕的长桌，门口台阶上竖着覆盖着锦缎的长长的棺盖！都和从前不一样了！从前太阳没有这么明亮，野草没有这么碧绿，蝴蝶在春天里末端刚刚有点暖和的青草上不是这么凝然不动地停着——总之，一切都和一昼夜之前不一样了，一切都变得仿佛世界末日即将来临，春天和它那永恒的青春活力的瑰丽都已黯然失色，充满了忧伤！这种感觉持续了很久，持续了整整一个春天，和他在家里的感觉一样——这也许是一种心理作用，——老屋里虽然经过清洗和多次通风，却仍然有一股难闻的甜腻腻的味道，让人觉得恐怖……

现在米佳又出现了这种莫名其妙的心情，不过完全是另一种心情：这个春天是他初恋的春天，和以往的春天完全不同的春天。世界又发生了变化，仿佛又充满了另一种因素，不过不是充满敌意的因素，不是让人觉得恐怖的因素，相反，是一种和春天的欢乐与蓬勃生机奇异地融合在一起的因素。这种因素就是卡嘉，或者说得更正确点，是他想从卡嘉身上得到的那种世界上最美妙的东西。现在随着春日一天天逝去，他对她的要求也日渐增多。现在她不在眼前，存在的只是她的形象，这形象不是实在的，只是他所梦想的，他觉得，她不会去损害他要求她做到的那样纯洁和美好，因此，米佳觉得，他眼前的一切景物中都有卡嘉存在，而且这种感觉一天比一天强烈。

十一

米佳回到老家的第一个礼拜里，对这一点是深信不疑的，因而心里总是乐滋滋的。这段时间仿佛还是春天的前夕。他抱着一本书坐在客厅敞开的窗前，透过房前小花园的冷杉和松树间的空隙眺望着前方牧场上一条污浊的小河，眺望着河对岸山坡上的村子：白嘴鸦由于被幸福的劳碌搞得精疲力竭而从早到晚不停地在邻近地主庄园花园里的光秃白桦树上呱呱叫春；山坡上的村子还是灰蒙蒙一片荒凉，只有柳条呈现出淡淡的嫩绿……他向花园走去：花园里的草木仍很低矮、光秃、稀疏——只有林中草地因开满绿松石般的小花而显得一片葱茏，林荫道上的金合欢树披上了翠绿的嫩叶，花园南面低洼的谷地上有一片樱桃林开出一片淡淡的白花……他往田野走去，田野上仍是灰蒙蒙光秃秃的一片，麦茬像刷子一般向上戳着，田间道路已经晒干，但仍布满冻土块，呈现淡紫色……这一切都赤裸裸地体现着青春的朝气和对美好未来的期待——这一切就是卡嘉。他本来以为，来庄园干活的农家姑娘、下房里的雇工、读书、散步、到村里熟悉的庄稼汉那里去聊天、同妈妈谈心、和总管（他是个高大、粗野的退伍大兵）驾着跑车出去兜风能够让他散散心，但仍不能如愿以偿……

接着又一个礼拜过去了。一天夜里下起了滂沱大雨，第二天太阳便一下子发挥出它的威力，春天顷刻之间告别了它那种不温不火、有气无力的状态，周围的一切在日新月异地变化，甚至不是以日计算，而是时时刻刻都呈现出新的面貌。麦茬地开始翻耕，变得像黑丝绒一般乌黑发亮，田埂也开始发绿，院子里的嫩草变得更加滋润鲜艳，天空变得更蓝更明亮，花园披上了新鲜、葱茏的绿装，灰色的穗状丁香现出淡紫色，散发着一股清香，出现了许多黑色的大苍蝇，它们像金属一般闪耀着蓝盈盈的亮光，停在丁香闪亮的墨绿色叶子上和阳光斑驳的暖洋洋的小径上。苹果树和梨树还裸露着枝条，但那上面已萌发出浅灰色的小小嫩叶，它们那弯弯曲曲的枝丫像一张张鱼网往四面八方伸到别的树下去，那上面毛茸茸的像乳白色雪花似的花芽日夜发生着变化，变得一天比一天白，一天比一天稠密，一天比一天芬芳。在这个美妙的季节里，米佳快乐地、专心致志地观察着他周围在春日中发生的变化。在这个季节里卡嘉不仅没有退出他的脑海，没有在春日的景色变化中消失，相反，她参与了这种变化，她把自己连同自己的美都赋予春天的景色，为万物增添了新的光彩，她的美同万紫千红的满园春色一起，同日益变得华丽的白色花园、日益变得蔚蓝的天空一起正变得日益鲜艳动人。

十二

一天下午，米佳走到充满夕照的大厅去喝茶，突然看到茶炊旁放着一封信，为了这封信，他白白地等了一上午。他快步走到桌前——他给卡嘉写了那么多的信，她早就该回他的信了——一个小巧精致的信封和上面熟悉的怯弱笔迹呈现在他眼前，它亮得耀眼，却又使他胆战心惊。他抓住信，大步走出老屋，然后走进花园，沿着主林荫道跑出去。他走到花园最远处横亘着一道谷地的地方才停下来，然后往四下里看了看，一下子撕开信封。信很短，一共就那么几行，但是米佳一连看了四五遍才算看懂——他的心在猛烈地跳动。"我亲爱的，我唯一的恋人！"他看了又看，由于这句动人心魄的话，他脚下的大地仿佛飘浮了起来。他举目远望，只见花园上的天空得意扬扬地、欢乐地放射着光辉，他周围的花园白得耀眼，一只夜莺已经感觉到黄昏前的寒意，以夜莺特有的那种自我陶醉的柔情蜜意，在远处青翠欲滴的灌木丛里放开喉咙，声音清脆地鸣啭起来。于是血从他的脸上退去，他快乐得头皮发麻……

他慢慢地走回家去，他的爱情之杯已经满溢出来了。他就这样小心翼翼地把它捧在怀里，在此后的几天里幸福地默默等待着下一封信。

十三

花园里万紫千红，花团锦簇。

一棵到处都看得见的高耸在花园南部的巨大老槭树长满了新鲜的绿叶，显得郁郁葱葱，变得更加高大而醒目了。

米佳从自己房间的窗口经常眺望的那条主林荫道的树木也变得更加高大和鲜明：老菩提的树梢虽说仍然稀疏，却布满了嫩叶的花纹，鲜嫩苍翠地成行挺立在花园的上空。

老槭树和林荫道下面是一片密密麻麻的枝叶繁茂、芬芳馥郁的奶油色繁花。

所有这一切：老槭树巨大华丽的树冠，鲜嫩苍翠的成行的林荫道，苹果树、梨树和稠李树婚纱似的白色花海，太阳、碧空，以及花园洼地上、谷地上、分支林荫道两旁、小径上和老屋南墙下的花木——丁香丛、金合欢、醋栗、牛蒡、荨麻和艾蒿，都显得郁郁葱葱、苍翠欲滴、气象万千，真叫人喜不自胜。

在洁净葱绿的院子里，由于花木蓬勃生长，从四面八方包围过来，院子仿佛变得窄小了，房屋也显得矮小些、漂亮些。整座老屋仿佛都在迎候客人——所有的房间整天都门窗洞开：白色的大厅，蓝色的旧式客厅，也是蓝色、挂着许多椭圆形彩画的小巧起居室和洒满阳光的藏书室都是这样。藏书室是拐角上的一个宽敞的房间，里面不住人，只有前面角落里供着几尊古老的圣像，沿墙放着一排排低矮的梣木书橱。各种各样有浓有淡的碧绿花木都逐渐向老屋蔓延过来，兴高采烈地探视着所有的房间，而在树木枝丫的空隙中则可以看见蓝盈盈的碧空。

但没有来信。米佳知道卡嘉不善于写信，坐到书桌前，找来笔、纸、信封，还要去买邮票，这对她来说有多么困难……但这种理智的推想仍然于事无补。这几天他一直怀着幸福甚至是自豪的心情满怀信心地等着第二封来信，现在这种心情已经烟消云散，他感到越来越痛苦，越来越惊惶不安。因为在第一封这样亲热的来信之后，应该接着再写来更美好更快乐的信。可是卡嘉却沉默了。

现在他不大到村子里去，也难得骑马到田野上去散心。他终日坐在藏书室里，翻阅着在书橱里放了几十年、纸质已经发黄的杂志。杂志里有许多老一辈诗人写的优美诗歌和美妙的作品，说的几乎都是同一件事——自从世界被创造以来，所有的诗歌和歌曲都在诉说这件事，现在他的心灵唯一关注的也是这件事，不管遇到什么情况，他总能把这件事这样或那样地同他本人、同自己的恋爱、同卡嘉联系起来。因而他会一连几小时坐在打开的书橱旁边的圈椅上，反复念着这些诗，拿它来折磨自己：

> 人们已进入梦乡，我的恋人，让我们走进草木葱茏的花园！
>
> 人们已进入梦乡，只有星星在天穹上注视着我们……①

所有这些令人迷醉的诗句，所有这些动人心魄的召唤仿佛都是他自己写出来的，现在仿佛只是对一位女性，对一个在任何地方他米佳都能看见的人讲的，而且有时候还几乎带着一种警告的语气：

> 水平如镜的河面上，
> 天鹅扑腾着翅膀——
> 河水荡起了涟漪，
> 啊，来吧，星星在忽闪，
> 树叶微微地打战，
> 云彩在空中飘飞……②

他闭起眼睛，打着寒战，一连几次吟诵着这召唤的诗句，充满爱的心灵的呼喊，他的爱正渴望着成功，渴望着幸福的回应。后来他久久地凝望着前方，谛听着乡村中笼罩老屋的沉寂——终于痛苦地摇摇头。是的，她没有回应，眼下她正在某一个地方，在遥远的莫斯科，在一个陌生的世界默默地大放异彩！他的柔情蜜意再一次从心中消退，那警告般的、不祥的、带着诅咒意味的诗句重新回响起来，蔓延

---

① 引自俄国诗人阿·阿·费特（1820—1892）的诗。
② 引自俄国作家屠格涅夫的《召唤》一诗。

米佳的爱情 | 459

开去：

> 啊，来吧，星星在忽闪，
> 树叶微微地打战，
> 云彩在空中飘飞……

十四

一天，米佳在午饭后——他是在正午进餐的——打了一会儿瞌睡，便走出老屋，不慌不忙地向花园走去。花园里常有农家姑娘来干活，给苹果树松土，今天她们又来干活了。米佳是去找她们的，想在她们身边坐坐，跟她们聊聊天。这已经成了他的习惯。

这天天气很热，没有风。他在树影婆娑的林荫道上走着，远远地就看到周围枝头上繁花似锦，一片雪白。尤其是梨树上，全都花团锦簇，长得极其茂盛。雪白的梨花和晶莹的蓝天交相辉映，眼前呈现出一片淡淡的紫罗兰般色彩。梨树和苹果树一边开花一边凋落，树下翻松的土地上撒满了凋萎的花瓣。在温煦的空气里可以感觉到这些花瓣甜丝丝的馨香味中还夹杂着些晒热腐烂的厩肥味。有时天空飘着朵朵白云，湛蓝的天空变成浅蓝色，温煦的空气和这腐烂的厩肥味便变得更柔和更甜美。蜜蜂和熊蜂在花团锦簇的雪白花丛中采蜜，这温馨的春天乐土便发出一片嗡嗡声，令人昏昏欲睡，甜蜜欲醉。连夜莺也在沉醉中害上了相思病，大白天就此起彼伏地唱个不停。

林荫道延伸到远处一扇通往打谷场的大门便到了尽头。那儿的左边,花园围墙的角落里有一片郁郁葱葱的云杉林,云杉林旁边的苹果树中间有两个打扮得花花绿绿的农家姑娘。米佳像平时那样,从林荫道当中拐过弯,向她们走去,他弯着腰穿过低矮、纷披的树枝,那些树枝像女性一样能摸着他的脸,发出蜂蜜一样的甜味,其中仿佛还有柠檬的芬芳。姑娘中有一个长着火红头发、身材瘦小的索尼卡,像平时一样一看见他便狂笑起来,大声喊叫。

"哟,东家来了!"她装出吃惊的样子叫道,从她坐着休息的一根粗树枝上跳起来,跑过去抓住铁铲。

另一个姑娘格拉什卡相反,装出完全没有发现米佳的样子,不慌不忙地把一只脚狠狠踩在铁铲上,她脚上穿着一双用黑毡条编成的软绳鞋,鞋里塞满了白色的花瓣。她把铁铲使劲插进地里,翻起一块泥土,并用有力而悦耳的嗓子高声唱起来:"花园哪,我的花园,你为谁把花儿怒放!"这是个身材高大的姑娘,很有些男子汉气概,总是铁板着脸。

米佳走过去,坐到索尼卡刚才坐过的那根老梨树的枝丫上。索尼卡容光焕发地望着他,故意装出一副快活放肆的样子大声问他:

"刚刚起床吗?留神点,别睡过了头,误了大事!"

她喜欢米佳,但竭力掩饰这一点,却又不善于掩饰,在他面前总显得扭捏不安,举止无措,想说什么就说什么,不过话里却常常弦外有音,隐隐约约猜测着,认为米佳来来去去总是一副失魂落魄的样子,事情一定不简单。她怀疑米佳已勾搭上帕拉莎,至少是有这个企图。她因而醋劲大发,跟他说话时而温情脉脉,时而粗野暴躁,瞧着他时而柔肠百转，想让他明白她的心，时而冷若冰霜，满含敌意。米佳对她的这种态度既感到困惑，又暗自得意。信一直没有来，他现在过的不是正常人的生活，而是在无尽的期待中度日如年。这种等待使他越来越痛苦，而使他越来越痛苦的还有他的处境，他没有一个可以说说知心话的人，不能跟谁谈谈自己心中隐秘的爱情和苦恼，谈谈卡嘉，谈谈自己渴望去克里米亚的焦急心情，因此索尼卡的弦外之音，暗示他对某人有了情意，这反而使他感到愉快。因为这些话毕竟触及了他心中为之痛苦的隐情。使他激动不已的还有：索尼卡爱上了他，这就是说，她多多少少和他是亲近的，这么一来她就成了他心中爱情生活的一分子，使他有时甚至产生一种别有滋味的希望：在感情上也许可以把索尼卡当作一个相好，甚至某种程度上可以让她代替卡嘉的位置。

刚才索尼卡说："留神点，别睡过了头，误了大事。"她毫不怀疑，这句话必定触及了他的秘密。他往四下里看了看。他跟前的那片墨绿色云杉林郁郁葱葱，在灿烂的阳光照耀下，几乎成了黑色，透过那尖尖的树梢，天空显得格外蔚蓝瑰丽。菩提树、槭树和榆树的嫩叶被强烈的阳光穿透，亮得透明，在整个花园中，形成了一张轻盈欢乐的凉棚，往草地上、小径上和林中空地上投下色彩斑斓的清荫和璀璨明亮的光斑。那些鲜艳芬芳的花朵在这凉棚底下显得黯淡些，看起来像陶瓷做成的，在被阳光穿透的地方则闪闪发亮，显得光彩夺目。米佳故意面带笑容，问索尼卡：

"我有什么事好耽误的？我正闲得发慌呢！"

"您别装了，用不着赌咒发誓的，我心里有数！"索尼卡快活而粗鲁地大声回答，不相信米佳没搞过那种风流韵事，这又一次使米佳感到扬扬得意。突然一头额上有一撮白色卷毛的黄牛犊慢慢从云杉林里跑出来，走到索尼卡后面，咬起她那印花布裙子的皱边，她急忙赶走那头牛犊，又哇啦哇啦叫起来：

"哎哟，让鬼把你抓去！又来了这么个小崽子！"

"据说有人来给你说媒了，是真的吗？"米佳不知道说些什么好，为了把谈话继续下去，便说，"据说，那人家很有钱，小伙子又长得漂亮，可你却不听你爹的话，拒绝了……"

"有钱，可有点傻气，脑子里漆黑一团。"索尼卡机灵地回答，有几分得意。"说不定我心里有了别人呢……"

铁板着脸、默不作声的格拉什卡没放下手里的活，只摇摇头。

"姑娘，瞧你在这儿瞎说些什么！"她轻声说，"你在这儿胡说八道，传到村里，名声可不好听……"

"你闭嘴吧，别在这儿唠叨个没完。"索尼卡嚷嚷着，"我不是乌鸦，我有一副鹰爪！"

"那么你心里的那个'别人'是谁呢？"米佳问。

"我就老实对您说了吧！"索尼卡说，"我爱上了您家那个牧人老爷爷。我全身都热乎乎的！我可不比您差劲，就喜欢骑老马。"她挑衅地说，显然是在暗射帕拉莎，她今年二十岁，在村里人看来，已是个老姑娘了。她突然扔下铁铲，大胆地坐到地上，因为她认为她在悄悄地爱着少爷，多少有这样的权利。她把双腿伸直，稍稍把穿着旧粗皮短靴和花毛袜子的两脚分开，有气无力地垂下双手。

"唉，什么活也没干，已经累得要死了！"她咯咯地笑

着大声说,"我的靴子很小巧,"她尖声尖气地唱起来:

  我的靴子很小巧,
  上漆的靴尖多美妙——

她又咯咯地笑起来,大声说:
  "跟我到窝棚里去歇口气,要我干什么都行!"
  她的笑声传染给了米佳。他咧开嘴尴尬地笑着,从粗树枝上跳下来,走到索尼卡身边,把头搁在她的膝盖上躺下来,索尼卡把他的头推开,他又搁了上去。他又想起最近几天读了多遍的一首诗:

  我看见了玫瑰,是幸福的力量,
  使她那鲜艳的蓓蕾怒放,
  用露水滋润了自己的芳容,
  在我的面前展开了爱的世界——
  它广阔无边,难以破解,
  芬芳馥郁而美好温馨……

  "别吓我!"索尼卡大声喊叫,这回她真的给吓坏了,竭力抬起他的头,把它推开。"要不然我会叫得让树林里的狼通通嗥叫起来的!我什么也不会给您的,我的心烧过一阵,这会儿全灭了!"
  米佳闭起眼睛,一声不吭。阳光穿过树叶、枝丫和梨花洒下点点热乎乎的光斑,晒得他脸上怪痒痒的。索尼卡温柔地使劲抓住他那粗硬的黑发,大声嚷嚷:"简直就是一头马鬃！"接着用遮檐帽盖在他的眼睛上。他的后脑勺上感觉到她的腿——女人的腿是世界上最可怕的东西！——碰到了她的腹部，闻到了她那花布裙子和上衣的气味。这一切都和百花盛开的花园，和卡嘉融合在一起；远近夜莺懒洋洋的鸣啭，无数蜜蜂一刻不停使人昏昏欲睡的甜蜜的嗡嗡声，甜蜜蜜、暖烘烘的空气，甚至脊背躺在地面上这种最普通的感觉都激起他的一种渴望，使他渴望去享受一种超越人间的幸福，这种感觉折磨着他，使他变得浑身酥软。蓦地，云杉林里有个什么东西沙沙响起来，幸灾乐祸而快活地哈哈大笑，然后发出很响的"咕咕——咕咕"声。这声音那么恐怖，那么突兀，那么近，那么清晰，甚至听得出它的沙哑声和舌尖上的颤音，他顿时产生一种极其强烈的渴望——对卡嘉的渴望，要卡嘉无论如何立刻就把那种非人间的幸福带给他的渴望和欲求，这种渴望的欲求是那么强烈，以致他猛地跳起来，快步走开去，使索尼卡惊奇不已。

由于这种对幸福的强烈渴望与欲求，由于云杉林里就在他头顶上突然响起这种又可怕又清晰的叫声，仿佛把这整个春天的世界炸得天翻地覆，他突然意识到，信不会再来了，也不可能再来了，莫斯科一定发生了什么事，或者就要发生什么事，他完了，他要毁灭了！

十五

回到家里，米佳在大厅的镜子前站了一会儿。"她说得对，"他想，"我的眼睛即使不像拜占庭人，无论如何也像疯子。而我这副瘦骨嶙峋的样子，那么笨拙，一点也不匀称，眉毛黑得像木炭,头发又黑又硬,岂不像索尼卡说的那样,简直像一头马鬃吗?"

这时他听见有人赤着脚从他背后快步走来,他自己也觉得难为情,便转过身来。

"没错,有了情人了,所以总照镜子。"帕拉莎跟他开玩笑,和蔼可亲地说。她端着沸腾的茶炊,跑过他身边,向阳台走去。

"妈妈找过您了。"她补说了一句,把茶炊放到收拾干净准备喝茶的桌子上,转过身,用敏锐的目光闪电般瞥了他一眼。

"大家都知道,大家都猜到是怎么回事了!"米佳心里想,接着硬着头皮问道:

"她在哪儿?"

"在她房间里。"

太阳已绕过房子转到西边的天空,几棵松树和冷杉伸出长满针叶的枝丫荫蔽着阳台,阳光把树下的园地照得像镜子一般亮堂。树下的卫矛丛也被照耀得像夏天一般通亮。桌子上覆盖着淡淡的树荫和点点热乎乎的光斑,台布亮得耀眼。一群胡蜂在装着白面包的篮子上、盛着果酱的车料玻璃盆和茶杯上盘绕。这幅景象显示出夏天乡村的美好,说明在这里可以过上多么无忧无虑的幸福生活。妈妈当然最理解他的处境,为了表明他心中完全没有什么沉重的心事,他便赶在妈妈出来喝茶之前,从大厅里往走廊走去。这道走廊通往他的卧室、妈妈的卧室和另外两个房间,这两个房间是阿尼雅和科斯佳夏天放假时回来住的。走廊里很昏暗,奥尔加·彼得罗夫娜的卧室涂成浅蓝色,里面摆满了老屋里最古老的家具,虽然摆得很满,却也很舒适。卧室里有几只小衣柜、五斗橱,一张大床和一个神龛,神龛前照例点着一盏长明灯,虽然奥尔加·彼得罗夫娜从来就不那么虔信上帝。敞开的窗外、通往主林荫道的地方有一个荒芜的花坛,花坛上笼罩着一大片阴影,阴影的外边则是阳光灿烂的花园,花园里是一片苍翠的绿叶和雪白的梨花。奥尔加·彼得罗夫娜是个高大、瘦削、黝黑而又古板的四十岁妇人,她对周围的景色早已见惯,这时正坐在窗前的圈椅上,戴着眼镜笨拙地戳着钩针,埋头编织。

"妈妈,你找我吗?"米佳走到房门口站住,问道。

"没什么事,我不过想去看看你。现在除了吃午饭,我几乎看不见你。"奥尔加·彼得罗夫娜回答。她没停下手里的活计,说话的口气有点怪,平静得过了头。

米佳想起三月九日那一天卡嘉曾对他说,她不知为什么有点怕他母亲,他还想起卡嘉的话中毫无疑问别有一番心照不宣的令人陶醉的含义……他不好意思地嘟囔着说:

"你也许要跟我谈点什么事吧?"

"没什么,不过我觉得最近你好像有什么心事……"奥尔加·彼得罗夫娜说,"你也许可以出去走走……比如说,去梅谢尔斯基那儿聊聊天……他家有好几个待嫁的姑娘,"她笑笑,接着说,"依我看,他家的人都很亲切,好客。"

"我很高兴,这几天就去一趟,"米佳勉强回答,"现在我们还是去喝茶吧,阳台上可舒服啦……到那儿我们再谈。"他心里明白,妈妈是个明察秋毫的聪明人,凡事都有节制,不会再回到这种无益的谈话上来的。

他们在阳台上几乎坐到夕阳西下。喝了茶,妈妈继续她的编结,还谈谈邻居的事,谈谈农活,谈谈阿尼雅和科斯佳。八月份阿尼雅又要补考!米佳听着,有时回答几句,但一直回味着他离开莫斯科前夕的那种心情,他又产生了一种喝醉酒的感觉,仿佛生了重病。

傍晚他不停地在家里踱步了两个钟头,在大厅、客厅、起居室和藏书室来回走着,一直走到藏书室通向花园的南窗前。夕阳透过松树和冷杉的枝叶把大厅和客厅的窗户涂上了一层柔和的红晕,听得见聚集在下房旁边准备吃晚饭的雇工们的谈笑声。薄暮时分,平展展的淡蓝色晚空中一动不动地高悬着一颗颗玫瑰红的星星,它们正凝望着卧室之间的空地和藏书室的窗户。槭树苍翠的树梢和花园里盛开的如冬雪般的白色花海在蓝天的衬托下,有如一幅美丽的风景画。他一直不停地踱步,已经完全不理会旁人会怎么说。他咬紧了牙关,咬得头疼起来。

十六

从这天起他不再关注正在到来的夏天在他周围引起的变化。他看见,甚至也感觉到了这些变化,但对于他来说这些变化已不再具有独立的价值。他欣赏着这些变化,给他带来的只有痛苦:景色越是绮丽,他越是感到痛苦。卡嘉真的已经变得很难以理解了,无论从哪一方面说,卡嘉现在都变得那么荒谬绝伦。随着每一个新的日子的来临,都越来越可怕地证实,她对他米佳来说已不复存在,她已经属于别人,她已经把自己和那原本应完全属于米佳的爱情献给了另一个人。因此米佳觉得,世上的一切对他来说已经没有任何意义，只能使他徒增痛苦而已，可是他越觉得没有意义，使他徒增痛苦，这世上的一切就越令人感到美好。

夜里他几乎天天失眠。这些月夜的幽美实在是无与伦比。夜间乳白色的花园十分幽静。夜莺在尽享爱情的愉悦之后已浑身乏力。正轻轻地吟唱着，互相比着谁的歌声更甜蜜，更细腻，更纯真，更精美，更动听。恬静、柔和、洒下银辉的月亮低低地挂在花园的上空，它旁边总伴随着一片美不胜收的、涟漪般细密的浅蓝色云彩。米佳睡在没有放下窗帘的卧室里，花园和月亮彻夜面对着他卧室的窗口。每当他睁开眼睛，凝望着月亮的时候，他立刻就会着了魔似的从心底里呼唤着："卡嘉！"他悲喜交集，自己都觉得奇怪：月亮怎么会让他联想到卡嘉呢，可事实上是联想到了，它总是有什么因素让他联想到，而最使他觉得惊奇的是，这种因素竟是那么现实的！有时候他干脆什么也没有看见，想念卡嘉，对他们在莫斯科共处时的回忆以极大的力量支配着他，使他浑身像打摆子那样颤抖，求上帝——可惜，全是枉费心机！——让她和他在一起，就待在这张床上，哪怕是在梦中。有一次在冬天里，他和她到大剧院看索宾诺夫[1]和夏里亚宾同台演出的歌剧《浮士德》。不知为什么，他觉得这个夜晚特别令人陶醉：无论是在他下面因座无虚席已显得闷热的灯火辉煌、香气扑鼻的宽敞大厅，无论是坐满珠光宝气、服装华丽的观众、用深红丝绒、金色花纹装饰的包厢，无论是大厅上空闪耀着珍珠般光彩的巨型枝形吊灯，无论是下面远远的乐池里在乐队指挥舞动臂

---

[1] 索宾诺夫（1872—1934），俄罗斯抒情男高音歌唱家。

膀指挥下流泻出来的序曲都令他心驰神往。这序曲的旋律时而高亢嘹亮,像魔鬼一样可怕,时而极其缠绵,如泣如诉:"图勒有一位国王……"[①]歌剧散场后,米佳在那严寒的月夜送卡嘉回基斯洛夫卡家里,在她家待到很晚很晚,由于连续不断热烈地亲吻而使尽了浑身力气,临走时带走了卡嘉夜间扎辫子用的一根丝带。现在,在这恼人的五月之夜,他甚至一想起这根眼下放在他书桌里的丝带就不能不浑身战栗。

他白天睡觉,醒来后就骑马到有火车站和邮局的一个大村庄去。一连几天天气都很好。有时下点小雨,或来一阵狂风暴雨,接着又是艳阳高照,在果园、田野和森林上空勤奋地进行它那繁忙的工作。花园里的花渐渐凋谢了,但树木却长得更加浓密苍郁。树林沉浸在一片繁花和萋萋芳草中,树林深处热闹非凡,夜莺和杜鹃的鸣啭不绝于耳,召唤着人们到树林碧绿苍翠的深处去。田野不再是光秃秃的,那边已密密麻麻地长出各种各样庄稼的幼芽。米佳整天都消磨在这些树林和田野之中,流连忘返。

他觉得每天早晨站在阳台上或院子里等待总管或雇工从邮局回来,又总没有什么结果,实在不好意思。再说总管或雇工也不一定有时间为一点小事骑马跑到八俄里以外的地方去。于是他亲自骑马到邮局去。但是他回来的时候也总是只带回一份奥廖尔报纸或一封阿尼雅、科斯佳的信。他痛苦到了极点。他骑马走过的田野和树林都显得那么绮丽,那么欢

---

① 引自歌德《浮士德》第1部第8场《傍晚》,钱春绮译。图勒系传说欧洲极北之国。

乐,这使他感到压抑,他感到胸口隐隐作痛,那是一种肉体上的疼痛。

有一次,临近黄昏的时候,他从邮局回来,经过邻近一座荒弃的庄园,这庄园坐落在一个已与周围的桦树林连在一起的旧时的大花园里。他策马在上工大街走着,这是庄园的主林荫道,庄稼汉们称它为上工大街。林荫道由两行参天黑云杉组成,道路很宽,阴森森的,极有气派,铺满厚厚的一层滑溜溜的红褐色针叶,通向坐落在林荫道尽头的一座古老的宅第。太阳已沉落到左边大花园和树林背后,血红、干燥、柔和的阳光斜穿过林荫道上的树干,照亮了林荫道的路面,在金灿灿的针叶层上闪闪发亮。周围笼罩着如此令人心醉的静谧(只有夜莺在花园里到处鸣啭),云杉和古老宅第周围的茉莉花丛散发出如此馥郁的芬芳,米佳在这片天地里所感受到的巨大幸福(这幸福在很久以前是属于某一个陌生人的),再加上他突然如此清晰地看到那破败的大阳台上、茉莉丛中站着已成为他年轻妻子的卡嘉,他自己也感觉到自己的脸色一下子变得死一样煞白,于是他毫不犹豫地对着整条林荫道狂呼:

"如果过一个礼拜还没有信来,我就开枪自杀!"

十七

第二天他起得很晚。午饭后他坐在阳台上,膝盖上放着一本书,眼睛望着盖有印章的书页,心里却犹豫不决地想着:"要不要到邮局去?"

天气很热,白蝴蝶成双成对地在滚烫的草丛上、像玻璃般发亮的卫矛上追逐盘绕。他一边注视着那些蝴蝶，一边再次问自己："是去一趟呢，还是从此再不干这种丢人的事？"

这时总管骑着一匹公马从山下来到大门口。总管看了看阳台，径直朝米佳走去。来到米佳跟前，他勒住马，说：

"早上好！还在看书啊？"

他嘴边闪过一丝笑容，往四下里看了看。

"妈妈还在睡觉？"他轻声问道。

"我想，还在睡，"米佳回答，"有什么事？"

总管沉吟了一下，突然一本正经地说：

"少爷，书是好东西，什么时候都可以读。可您干吗把日子过得像个修士呢？难道这儿的婆娘、闺女还少吗？"

米佳没有回答，低头看着书本。

"你刚才到哪儿去了？"他眼睛没看着总管，问道。

"到邮局去了。"总管说，"不用说，信一封也没有，只有一份报纸。"

"为什么说'不用说'？"

"因为，就是说，还在写，没写完。"总管粗暴而带着嘲笑意味地回答，因为米佳没有答理他的话，很不高兴。"请拿去吧。"他把报纸递给米佳说，接着催动马匹，走了。

"我要开枪自杀！"米佳横下一条心，想道，他眼睛看着书，但什么也没有看进去。

十八

米佳不可能不知道，世界上最荒谬的事无过于开枪自杀，击碎自己的脑袋，猝然中止自己年轻而强壮的心脏的搏动，消灭思想感情，使自己失去听觉和视觉，从现在刚刚展现在他面前的美好得难以形容的世界上消失，顷刻之间就失去一切，再也不能在这现实生活中生存，在这现实生活中有卡嘉和眼前就要来临的夏天，有天空、云彩、太阳、温煦的和风、田野上的庄稼、村落、乡村、农家姑娘、妈妈、庄园、阿尼雅、科斯佳、旧杂志里的诗篇，而在某个地方有塞瓦斯托波尔、拜达尔山口①，有松树和山毛榉成林的炎热的雪青色崇山峻岭，有白得耀眼的闷热的公路、利瓦吉亚和阿卢普卡的公园②，有波光潋滟的大海边上热乎乎的沙滩，晒得像黑炭的孩子，晒得像黑炭的游泳者，还有，仍然是卡嘉，穿着白色连衣裙，打着白色阳伞坐在波涛汹涌的大海边的鹅卵石上，大海上波光粼粼，亮得令人目眩，波浪总能唤起人们莫名的幸福感，让人不由自主地发出微笑……

他明白这一点，然而有什么办法呢？世界好比一个魔圈，这个魔圈里越是美好，魔圈里的人就越是痛苦，越是难以忍受，如何挣脱这个魔圈，挣脱这个魔圈后又能逃到哪里去呢？他面前明摆着一种幸福，可世界却拿这种幸福来折磨他，不让他得到这种他最向往的幸福，正是这一点他觉得难以承受。

他早晨醒来，首先映入他眼帘的是欢乐的太阳，他首先听到的是从孩提时代就听惯的乡村教堂的欢乐钟声，教堂就

---

① 克里米亚山地的山口，系拜达尔谷地通往黑海的必经之地。
② 利瓦吉亚，克里米亚黑海边的疗养地，有葡萄酒酿制厂。阿卢普卡，克里米亚南岸的疗养地，有博物馆、风景公园。

在花园后面，花园里洒满了清晨的露珠、树影和太阳的光斑，鸟儿婉转啼鸣，花儿争奇斗艳；就连墙上发黄的糊墙纸在他看来也是欢乐和亲切的，这些糊墙纸在他年幼时就已发黄。但他马上就想起了一个名字，它既使他兴奋，又使他害怕，直刺他的心窝：卡嘉！朝阳闪耀的是她的青春活力，花园的娇艳柔媚来自于她的娇艳柔媚，教堂钟声的欢乐与谐趣洋溢着她的美丽与优雅，连祖先时代的糊墙纸都在要求她和米佳一起共同感受故乡农村的古代习俗，体验父辈和祖先在这座庄园和祖居里代代相传的生活。于是他猛地掀掉被子，跳下床来，只穿一件衬衣，敞开领子，光着一双瘦瘦的长腿，但仍然那么结实、年轻、带着被窝里的温暖，迅速拉开写字台的抽屉，一下抓住他所珍藏的那张小照，如饥似渴地，带着疑问呆呆地望着它。她的全部娇媚，全部优雅，少女和女性身上那些难以言喻、光彩夺目、具有强大吸引力的全部魅力都反映在她这张带有少许蛇一般狡黠的脸蛋上，反映在她的发式上，反映在她那略带挑衅、同时又天真无邪的目光上！然而这目光却闪耀着迷一般的深沉，快乐而守口如瓶的缄默，他可从哪儿去摄取足够的力量来经受住这既如此亲切又如此疏远的目光？经受住这已不仅是疏远，甚至可能是永远不属于他的、曾经为他展示过难以言传的幸福生活，却又如此无耻而可怕地欺骗了他的目光？

　　那天傍晚，他从邮局回来，途经沙霍夫斯科耶村，走过那座有一道黑云杉林荫道的荒弃的古老庄园，他发出了一声连自己都没有想到的呼喊，准确地表明了他的身心已处于极度衰竭的状态。他骑马停在邮局的窗口前，坐在马鞍上看着邮差徒劳地在一堆报纸和信件中为他翻寻邮件，这时他听到身后传来列车进站的声音，这声音和蒸汽的气味使他想起了在库尔斯克车站和莫斯科的情景，一丝幸福之感不由得使他的心震颤起来。他从邮局回来，骑马经过那大村庄的时候，竟惊讶地发现，每一个在他前面行走的身材娇小的农家姑娘、她们行走时双腿的动作都和卡嘉有许多相似之处。在田野上他遇到一辆迎面疾驰而来的三驾马车，那四轮马车上闪过两顶女帽，其中有一顶是姑娘戴的，他差一点对那女子大叫一声："卡嘉！"田埂上的白花刹那间使他想到她的白手套，青青的木耳使他联想到她的面纱的颜色……当他在夕阳的余晖下骑马走进沙霍夫斯科耶村时，云杉干燥、甘甜的气味和茉莉花香的馥郁使他强烈地感到夏天已经来临，并联想到从前一定有个古老家族的人家在这富丽堂皇的庄园里消夏，这种感受是那么强烈，以致他望着林荫道里金光闪闪的红色霞光和林荫道深处覆盖着黄昏阴影的邸宅竟突然仿佛看到了卡嘉，看到卡嘉已出落成一个焕发出全部女性美的成熟女子正从阳台上款款走进花园，他看得那么真切，就像现在真切地看到那邸宅和茉莉花一样。他早已失去生活中真实卡嘉的概念，在他的想象中她已一天比一天变得更加不同凡响，一天比一天更加楚楚动人，到这一天傍晚她的姿容已具有倾国倾城的力量，以致米佳为之大吃一惊，其程度更甚于那天下午冷不丁听到杜鹃在头上大叫一声时的惊悚。

十九

于是他不再到邮局去，使尽所有的力气，强迫自己不再往邮局跑。他自己也不再写信,因为什么办法都试过了,什么话都写过了:他曾赌咒发誓向她保证他的爱情,说这种真挚的爱情世上还从来没有过;他曾低三下四地向她恳求她的爱,或者哪怕给他一点"友谊"也好;他也曾昧着良心骗她,说他生病了,他是躺在病床上给她写信的,目的是哪怕能引发她的一点恻隐之心,哪怕得到她的一点关注;他甚至用一些暗示威胁她,说他现在只剩下一条路好走——他只得告别人世,让卡嘉和"那些更幸福的情敌"得以摆脱他。他不再写信,不再强求她答复,竭尽全力强迫自己不再等待(可是内心深处仍存着一线希望:只要他装出一副心如死灰的样子,骗过命运之神,或者哪一天他真的心如死灰了,却突然来了一封信),千方百计不再思念卡嘉,千方百计想办法从她身上解脱出来,他又看起书来,拿到什么就看什么,他又同总管一起到邻近各个村庄去处理经济事务,还不停地关照自己:"一切都无所谓了,听天由命吧!"

有一天他和总管一起从一个田庄回家,像平时一样,把竞赛马车赶得飞快。两人坐在车上,总管坐在前面驾车,米佳坐在后面,车子颠簸得厉害,两人不断被弹起来,尤其是米佳,他牢牢地抓住坐垫,一会儿看看总管红红的后脑勺,一会儿看看在眼前跳动的田野。快到家里,总管放下缰绳,慢慢驾着车,一边卷着烟卷,一边对着打开的烟荷包笑嘻嘻地说:

"少爷,那天你不该生我的气。难道我说得不对?书是好东西,所以有时间玩的时候就不该看书,书本又不会自己跑掉,干什么都得有个时候。"

米佳的脸刷地一下红起来,他装出一副老实人的样子,尴尬地笑笑，脱口说出一句话来：

"没有个中意的人啊……"

"怎么会呢？"总管说，"有那么多媳妇、姑娘呢！"

"姑娘光会吊人胃口，"米佳竭力学总管的语气，回答，"对姑娘很难指望。"

"不会吊你胃口的，只是你不知道怎样和她们打交道。"总管已经用一种教训的口气对他说，"你就是舍不得花钱。干勺子是要划破嘴巴的。"

"我才不会舍不得钱呢，只要事情办得成就行。"米佳突然不知羞耻地回答。

"您可不要舍不得钱，我会把事情办得漂漂亮亮的，"总管说。他边抽烟边带点委屈的样子接着说，"我不是贪图您那一卢布，也不看重您的礼物，我是想让您开心。我琢磨来琢磨去，终于明白了：少爷害相思病呢！我想，这样可不行，不能这样下去。我一向是为东家着想的。我在你们家已经干了一年多了，荣耀归于上帝，我还没有听见您或是太太说过一句对我不满意的话。就说牲口吧，换了别人，东家的牲口关他什么事？喂饱了固然好，没喂饱，管它呢。可我不是这样。我最宝贝牲口了，我跟伙计们说：对我怎么样，我不在乎，可你们得把我的牲口喂饱！"

米佳心里已经在琢磨，总管准是喝醉了酒，但总管突然改变那种又委屈又想表白的口气，掉过头来用探询的目光望着米佳说：

"还有谁比阿莲卡合适？这娘儿们真够刺激的，年纪轻轻的，丈夫在矿上……不过，不用说，总得给她一点好处。我看，全部开销算在一起，花五个卢布足够了。比如说，花

米佳的爱情 | 477

一个卢布请她吃一顿,两个卢布交到她手里。至于我,只要给一点香烟钱就行了……"

"为这种事我不会舍不得钱的,"米佳回答,又一次违背自己的意愿,"不过你说的是哪一个阿莲卡啊?"

"当然是护林人家里的那一个,"总管说,"难道您不认识她?就是新来的护林人的儿媳妇。我想,上一个礼拜天您在教堂里见过的……当时我就想,把她介绍给我们家少爷正合适!她出嫁只一年多,人正正派派的……"

"那有什么可说的,"米佳笑嘻嘻地回答,"你就去安排吧。"

"我会尽力去办的,"总管抓起缰绳说,"我这两天就去探探她的口气。您也不能打瞌睡。明天她和几个姑娘会到我们花园里修围墙,您也到花园里去一趟……书本永远不会跑掉的,再说,您回莫斯科去还够您念的……"

他又催动马匹,马车又颠簸跳动起来,米佳牢牢抓住坐垫,尽量不去看总管红彤彤的粗脖子,而是透过自己家里的花园和岸坡上、岸边牧场旁村庄上的柳条望着前方。这件突如其来的、荒唐而又使人酥软得足以让全身掠过一阵寒战的事已办成了一半。他自小就熟悉的耸立在花园树梢后面的教堂钟楼、那上面在夕阳中闪闪发亮的十字架,现在看起来似乎和以前完全不同了。

二十

由于米佳的身材长得瘦削,那些农家姑娘都管他叫猎狗,他属于那样一种种族:眼睛乌黑,看起来就像一直瞪着眼睛；甚至在成年之后嘴唇上也不长小胡子，脸颊上也不长大胡子，只长出一些稀疏粗硬的卷毛。可是在和总管谈话后的第二天，他一早就修了脸，穿上一件黄色的绸衬衫，他那疲惫的、似乎得到了什么启迪的脸却出人意外地变得容光焕发、光艳照人。

上午十点多钟，他竭力装出一副无事可做、百无聊赖出来散散步的样子，慢慢地向花园走去。

他从朝北的正门台阶上走出去。北边，在马车棚和畜栏的屋顶上方，在看得见教堂钟楼的那部分花园上空弥漫着一片黑糊糊的阴霾。到处都是灰蒙蒙的，空气中弥漫着下房烟囱里冒出来的炊烟和气味。米佳转身绕过老宅，往菩提树林荫道走去，眼睛望着花园的树梢和天空。从飘往花园后面的乌云中吹来一阵阵微弱而灼热的东南风。鸟儿不再歌唱，连夜莺也噤若寒蝉。只有无数的蜜蜂采好了蜜静悄悄地飞过花园。

一些农家姑娘又在那片云杉林旁修整围墙，修补围墙上被牲口踩出的窟窿，用泥土和冒着热气、虽然有些臭味却不难闻的畜粪把这些窟窿堵住。这些畜粪是由几个雇工不时从畜栏里运来的，他们一路经过林荫道，在那上面撒下一摊摊潮湿发亮的畜粪。在那里干活的农家姑娘有六个。索尼卡已经不在其中，她终于找到了婆家，现在正待在家里准备婚事。几个姑娘都还很娇嫩，其中有胖胖的、模样儿颇好的阿纽特卡，有格拉什卡，她似乎变得更稳重更有男子气了，此外还有阿莲卡。米佳在树林中一看见她，立即就明白，这就是阿莲卡，虽然以前从来没有见过她。阿莲卡身上竟有些特点酷似卡嘉，这种共同点（也许只是感觉）猛然映入他的眼

米佳的爱情

帘,冷不丁像闪电一样使他大吃一惊。这种感觉使他感到十分惊讶,他甚至停下脚步,刹那间不知如何是好。后来他断然径直向她走去,目不转睛地盯住她。

她也长得那么娇小可爱,机灵活泼。尽管她是来干脏活的,却穿着一件颇为好看的(白底小红花)印花布上衣,腰间束一条黑色漆皮腰带,下身是同样的印花布裙子,头上扎着玫瑰红的丝头巾,脚上穿着红色羊毛袜,套着一双黑色软底麻鞋。这鞋子上(或者更确切地说,是她那娇小的秀足上)仍然有一种和卡嘉的小脚相似之处,也就是一种女性的,像少女的秀足那样娇小玲珑。她的头也不大,那深色的眼睛也长得和卡嘉一模一样,并且也是那么水汪汪的。米佳走过去的时候,只有她一个人在干活,仿佛已意识到自己在一群姑娘当中有着一种特殊的地位。她站在围墙上,右脚搁在一把大叉子上边,正在和总管说话。总管躺在一棵苹果树下夹里已穿破的上衣上面,用两肘支起身子,吸着烟。米佳走到他跟前,他客气地把身子挪到草地上,把铺着上衣的地方让给少东家。

"请坐,米特里·帕雷奇[①],请抽烟。"他友好而随便地说。

米佳悄悄地朝阿莲卡瞥了一眼——她的脸在玫瑰红头巾的映衬下显得漂亮极了——坐下来,垂下眼睛,抽起烟来(在这一年的冬春时节他曾多次戒烟,现在又抽上了)。阿莲卡竟没有向他行礼问好,仿佛没有看见他似的。总管继续和

[①] 米特里(或季米特里)是米佳的本名,米佳是小名,帕雷奇是米特里(米佳)的父称,用名字和父称称呼对方表示尊敬。

她谈着一件什么事，米佳因为没听到前面的话，所以不明白他们在谈些什么。她脸上堆着笑容，但笑容却恰恰说明她心不在焉。总管的每一句话里都含着一种轻薄和嘲弄的意味。她回话时口气轻佻，同样含着嘲弄，暗示他，他正在打某个女人的主意，事情做得既愚蠢、无礼，同时又心虚，生怕老婆知道。

"行了，我说不过你。"最后总管说，不再争斗下去，仿佛对这种无益的口水战已感到厌烦。"你还是跟我们一起坐坐吧，少爷有话要跟你说。"

阿莲卡眼睛望着别处，把一圈圈深色的头发塞进鬓边去，仍站在原地不动。

"过来呀，我说，你这傻娘们！"总管说。

阿莲卡犹豫了一下，突然轻盈地跳下围墙，跑过来，在离躺在上衣上的米佳两步远的地方蹲下来，用那双睁得很大的深色眼睛快活而好奇地望着他的脸，然后笑嘻嘻地问他：

"少爷，你身边真的没有个相好的婆娘吗？就像教堂里的职员那样过日子？"

"你怎么知道他身边就没有个相好的婆娘？"总管问。

"我当然知道，"阿莲卡说，"我听说过。不，他不能找相好的。他在莫斯科有一个。"她说，突然丢过一个眼色。

"他没找到个合适的，所以身边没人，"总管回答，"人家的事就你知道得多！"

"怎么没有合适的？"阿莲卡吃吃地笑着说，"姑娘媳妇那么多！阿纽特卡不就是一个，还有谁比她俊？阿纽特卡，过来，有事找你！"她高声喊道。

阿纽特卡肩膀宽宽，脊背柔软，两臂短短的，回过头来——脸蛋儿挺漂亮,含着憨厚愉快的笑容,——这时用唱歌似的声音高声回答了一句,又更加卖力地干起活来。

"跟你说,你过来!"阿莲卡又喊了一句,声音更响了。

"我用不着过去,这种事我还没学会。"阿纽特卡高高兴兴像唱歌似地回答。

"我们用不着阿纽特卡,我们要一个干净些、文雅些的,"总管用教训的口气说,"我们自己知道需要什么人。"

接着,他意味深长地看了阿莲卡一眼。她有些难为情,脸上浮起淡淡的红晕。

"不,不,不,"她微笑着掩饰自己的窘态,回答道,"比阿纽特卡好的你们是找不到的。你们不想要阿纽特卡,那就找娜斯季卡,她也打扮得干干净净的,还在城里待过……"

"行了,你别说了,"总管突然粗暴地说,"干自己的事去吧,胡扯够了。太太本来就骂过我,说我没管好你们,尽让你们在那儿胡闹……"

阿莲卡跳起来,又以那种非同寻常的灵活劲儿抓起叉子。但这时雇工卸下最后一车畜粪,叫了一声:"吃早饭啦!"接着扯动缰绳,灵巧地把空车吱吱呀呀地沿林荫道往山坡下赶去。

"吃早饭啦,吃早饭啦!"姑娘们扔下铁铲和叉子,异口同声地叫着,有的跳过围墙,有的跳下围墙,闪动光光的小腿和各种颜色的袜子,跑到云杉树下去拿自己带来的饭包。

总管瞟了米佳一眼,向他眨眨眼,表示事情有门了,接

着抬起身子,打着官腔表示同意:

"好吧,要吃早饭就吃早饭吧……"

姑娘们穿着花花绿绿的衣服,在一排蓊郁的云杉树下快活地随便散坐在草地上,解开饭包,取出面饼,放在伸直的两腿间的裙裾上,有的就着一瓶牛奶,有的就着克瓦斯吃起了面饼。她们边吃早饭边嘻嘻哈哈地高声谈笑,每说一句话都伴随着一阵哈哈大笑,并且不时用好奇而挑逗的目光看看米佳。阿莲卡朝阿纽特卡弯下身子,在她耳边说着悄悄话。阿纽特卡忍俊不禁,使劲推开她(阿莲卡笑得前仰后合,把脑袋扑到膝盖上),装出一副气愤的样子,故意用她那唱歌似的嗓子喊得整个云杉林都听得见:

"傻婆娘,无缘无故笑些什么?你乐些什么呀?"

"走吧,米特里·帕雷奇,别惹出麻烦事来,"总管说,"谁知道她们在搞些什么鬼!"

二十一

第二天花园里不干活,因为是假日,礼拜天。

夜里下了一场大雨,雨水哗啦啦地打在屋顶上,花园不时被一大片惨白的闪电照亮,就像在童话世界里一样。可是天快亮时,天气又放晴了,万物又恢复了它们的本来面貌,显得明媚绚烂。米佳被一阵欢乐明快的钟声唤醒了。

他不慌不忙地梳洗、更衣,喝了一杯茶,便到教堂去做礼拜。"妈妈早就走了,"帕拉莎亲热地责怪他说,"可您却像个鞑靼人[①]似地……"

到教堂去可以出庄园大门,往右拐,经过牧场,也可以穿过花园,沿主林荫道,然后往左拐,从花园和打谷场中间的大路上走去。米佳走的是穿过花园的那条路。

到处是一派夏日的景象。米佳迎着把打谷场和田野照耀得金光闪闪的朝阳沿林荫道走去。这太阳的光焰和教堂的钟声不知怎么竟和他,和这乡村的早晨那样美好那样和谐地融合在一起;再说,这一夜米佳又是通宵未眠,彻夜胡思乱想、百感交集,现在他刚刚洗漱一番、梳理好他那一头湿漉漉的乌黑发亮的头发,戴上大学生的制帽,突然觉得一切竟然都是那么美妙,他又满怀希望,觉得一切痛苦都能得到完满的解决,他可以从这些痛苦中得到拯救,摆脱出来。钟声当当地敲响着,向他发出声声召唤,打谷场在前面闪耀着灼热的阳光,一只啄木鸟竖起冠毛,停住一会儿,急速地顺着满是疖疤的菩提树干跑上它那照满阳光的翠绿的树梢;许多像天鹅绒似的深红色熊蜂勤劳地钻进林中空地和太阳晒热地方的花丛里采蜜;鸟儿在整个花园里无忧无虑地甜蜜地鸣啭歌唱……一切都像在童年和少年时代不止一次出现过的那样,那美妙的无忧无虑的往昔岁月历历在目地出现在他脑海里,他突然产生了一种信心:上帝是慈悲的,在这世界上即使没有卡嘉,想必也能活下去。

"对了,我可以到麦谢尔斯基家去串串门。"米佳突然想起。

但这时他抬起眼睛——看到在离他二十步远的地方,阿

[①] 俄罗斯人认为鞑靼人是野蛮人,不信上帝。

莲卡正走过大门。她还是包着那条玫瑰红的丝头巾,身上穿着一条漂亮的滚着皱边的天蓝色连衣裙,脚上穿着一双鞋跟上打了鞋钉的新皮鞋。她摆动屁股,走得很快,没有看见他,他连忙躲到旁边的树木后面去。

等她从眼前消失后,他的心怦怦直跳着,急忙回头走回家去。他突然明白,他上教堂是怀着一个不可告人的目的,也就是想见到她,可是到教堂里去看她,那是不行的,不该这么做。

二十二

吃午饭的时候快递从车站上送来一份电报——阿尼雅和科斯佳通知家里,说明天晚上将回来。米佳对这件事完全漠然置之。

午饭后他仰面朝天躺在阳台上的藤躺椅上,闭上眼睛,感受着晒到阳台上的热乎乎的阳光,谛听着夏天苍蝇的嗡嗡声。他的心在颤抖,脑子里老想着一个尚未解决的问题:跟阿莲卡的事情接下去怎么办?什么时候才能办成?昨天总管为什么不直接问她同意不同意,要是同意,那么什么时候在什么地方见面?可是同时还有个问题在折磨他:他已经下定决心不再去邮局,是不是要改变主意呢?今天是不是再要去一次,去最后一次呢?这是不是对自己的自尊心的又一次毫无意义的嘲弄呢?是不是用一种可怜巴巴的希望再一次毫无意义地折磨自己?但是再去一趟邮局又会让自己增添多少苦恼呢?其实这不过是一次一般性的散步。那边,莫斯科,对他来说,一切不是都永远了结了吗?难道事至今日这种局面还不清楚吗？现在他还有什么办法去挽回呢？

"少爷！"阳台旁突然响起一声轻轻的叫唤声，"少爷，您没睡着吧？"

他立即睁开眼睛。他身边站着总管，穿一身新的印花布衬衫，戴一顶新的遮阳帽。他满面春风，油光光的脸上露出少许倦意和醉意。

"少爷，快点，我们到树林里去，"他悄悄地说，"我跟太太说了，我得去找特里丰谈养蜂的事。趁太太还在睡觉，我们快点走吧，要不然她一醒来，说不定会改变主意呢……我们随便带点东西去请特里丰吃，等到他喝醉，你就跟他聊天，我耍个花招和阿莲卡悄悄说几句话。您快点出来吧，我已经套好车啦……"

米佳霍地跳起来，穿过下房，抓起帽子，快步向车棚走去，那里的一辆跑车已经套上年轻的烈性牡马。

二十三

牡马直接从原地旋风般飞出大门。他们在教堂对面的杂货铺前面停了一会儿，买了一俄磅腌猪油和一瓶伏特加，便继续赶路。

村口的一座农舍一闪而过。打扮得漂漂亮亮的阿纽特卡正站在屋前无事可做。总管想跟她开个玩笑，粗暴地对她喊了句什么，醉醺醺地毫无意义地摆出一副雄赳赳的样子，恶狠狠地扯了扯缰绳，用它在牡马的臀部抽了一下。牡马跑得更有劲了。

米佳坐在马车上颠簸着，使尽全身力气抓住马车。太阳把他的后脑勺晒得好舒服，田野上的热气暖烘烘地向他迎面扑来，散发出开始扬花的黑麦的清香、尘土和车轮上润滑油的气味。黑麦田泛起一片银灰色的涟漪，像某种珍奇的兽皮在翻滚，缓缓向后退去，一群云雀不时在麦田上空盘旋，歌唱，斜飞着掠过，又落在麦田上，前方远处显现出一片嫩绿的树林……

过了一刻钟，马车已驶入树林，仍旧以原来的速度疾驰着，不时撞上树桩和树根，在浓荫蔽日的林间大道上前进，大道上洒满点点阳光，两旁萋萋芳草中开满无数的鲜花，令人心花怒放。阿莲卡穿着天蓝色连衣裙和短筒靴伸直双腿坐在护林人守卫室旁枝叶扶疏的橡树丛里刺绣。总管驾车从她身旁驰过，用鞭子威胁了她一下，一会儿便在守卫室门口停下。树林和橡树嫩叶发出的新鲜而苦涩的味道使米佳感到一阵惊喜，一群小狗围住马车汪汪直叫，整个树林回荡着狗吠的回声，震耳欲聋。这些小狗站在那里用各种吠声狂怒地吠叫，可是它们那毛茸茸的嘴脸却显得和蔼可亲，它们的尾巴也在不停地摇着。

两人下了车，把牡马拴在窗下一棵遭到过雷击的枯树上，走进黑洞洞的过道屋。

守卫室里很干净，很舒适，也很狭小，阳光透过树林射进它的两个小窗，再加上早晨烤面包生过炉子，因而屋里很热。阿莲卡的婆婆费多西娅是个收拾得很干净、仪表端庄的老太婆，她坐在桌旁，背朝着阳光灿烂、爬满小苍蝇的小窗。一看到少东家，便站起来向他深深地鞠了个躬。两人和她打过招呼便坐下来吸烟。

"特里丰在哪儿？"总管问。

"在储藏室里歇着，"费多西娅说，"我这就去叫他。"

"有门啦！"她一出去，总管就眨眨双眼，低声说。

但是米佳并没有看出任何迹象说明成功在望。他只是窘得难以忍受，觉得费多西娅心里一定完全明白他们的来意。他脑子里又掠过一个三天来一直使他忐忑不安的念头："我在干些什么呀？我发疯了！"他觉得自己成了一个听任外人摆布的梦游症患者，越来越快地走向一个致命的却又无法摆脱其诱惑的深渊。但他强自镇定，装出一副与平日无异的样子，坐在那儿，吸着烟，朝四面八方看看这守卫室。他感到羞愧得无地自容的是，当他想到特里丰马上就要进来，听说他这个人非常凶狠，机灵过人，他一定会比费多西娅更快地明白这其中的奥妙。可同时他又在想："她平时睡在哪儿呢？在这张板床上还是在储藏室？"不用说，肯定是在储藏室，他想。树林里的夏夜，储藏室的窗户没有窗框，没有玻璃，整夜都可以听到树林里梦幻般的天籁，而她却沉入了梦乡……

二十四

特里丰走进来，也向米佳深深地鞠了一躬，但一声不吭，也没有看他一眼。接着，他在桌旁的一条长凳上坐下，冷冷地，没好气地问总管，光临他家有何贵干。总管连忙说，是太太派他来的，要请特里丰去看看她家的养蜂场，说她家的养蜂人又老又聋，不中用了，而他特里丰又聪明又在行，说不定是全省首屈一指的养蜂专家呢。说着，他急忙从一边的裤袋里掏出一瓶伏特加，又从另一边裤袋里掏出用灰色粗纸包好的腌猪油，那灰色粗纸已沾满了油渍。特里丰带着嘲讽的神情冷冷地往那上面瞟了一眼，不过还是站起来从架子上取下一只茶杯。总管先把酒端给米佳，然后是特里丰，接着是费多西娅，最后才给自己斟了一杯。费多西娅很高兴地一饮而尽。喝过酒，总管又一边给大家斟第二杯，一边鼓起鼻孔，嚼着面包。

特里丰很快就喝醉了，但是并没有改变那种冷冰冰的不友好的嘲讽态度。总管喝下第二杯伏特加以后，已经酩酊大醉，神情呆滞。谈话表面上还很友好，但两人的眼睛里都充满了猜疑和憎恨。费多西娅默默地坐着，装出一副很客气的样子，可是心里很不高兴。阿莲卡没有露面，米佳对她出来会面已经不抱任何希望，而且心里很明白，她即使来了，指望总管还能和她"说几句心里话"，这无异于痴人说梦，于是他站起来，板着脸说，该走了。

"就走，就走，还不晚！"总管皱着眉头，厚颜无耻地回答，"我还要跟您说句悄悄话呢。"

"到路上说吧，"米佳不露声色地说，但声音更严厉了，"我们走吧。"

但总管用手掌拍了一下桌子，用一种醉醺醺的神秘口气说：

"听我说，这种话是不能在路上说的！您出来一下……"

他费力地站起来，打开通往过道的门。

米佳跟着他走出去。

"说吧，怎么回事？"

"别吱声！"总管摇摇晃晃地把米佳身后的门关上，神秘地悄悄说。

"什么事儿叫我'别吱声'？"

"别吱声！"

"我不明白你的意思。"

"别吱声！我们的事儿快成功了！我保证！"

米佳把他推开，走出过道屋，在门口站住，不知道该怎么办：稍等一会儿还是一个人单独乘车回去，或者干脆就步行回家。

离他十步路的地方是一片浓荫蔽日的苍翠树林，现在已经笼罩着暮色，因而显得更加鲜艳、洁净和秀丽。清朗的夕阳已落到树梢后面，把它那鲜红的金光透过树梢落到树林里。蓦地，在树林的深处，他觉得是在远处山沟的那一边，响起一阵女性的唱歌般的声音，它是那么诱人，那么让人着迷，这种声音似乎只有在树林里，在夏日的晚霞中才这么动听。

"哟——！"那女人拖长声音呼唤着，显然是觉得树林里的回声很有趣。"哟——！"

米佳从门口跳下来，从山花烂漫的草地上向树林奔去。树林顺着岩石累累的山沟往坡下伸展开去。阿莲卡站在沟底，嘴里咬着一根草。米佳跑到一座断崖上站住。阿莲卡从下面惊奇地看着他。

"你在这儿干吗？"米佳轻声问她。

"我来找我家的玛鲁西卡和母牛。您有什么事？"她也轻声回答。

"怎么，你肯来吗？"

"我干吗白来呢？"她说。

"谁让你白来啦？"米佳几乎是耳语似的问，"这点你尽可以放心。"

"那你说什么时候?"阿莲卡问。

"就明天吧……你什么时候方便?"

阿莲卡想了想。

"我明天要到妈妈那儿剪羊毛,"她沉吟了一下,小心翼翼地扫视了一下米佳背后高地上的树林,说,"傍晚,等天一黑下来,我就来。可上哪儿去呢?不能到粮仓那儿,会有人来的……要么到您家花园谷地的那个窝棚里,行吗?不过说话可得算数,不能骗我,白来我可不答应……您这不是在莫斯科,"她说,从下面笑眯眯地看着他,"听说,那里的女人是倒贴的……"

二十五

两人回家时丑态百出。

特里丰不愿欠下这份人情,也拿出一瓶酒来,总管喝得酩酊大醉,连马车都爬不上去,起初他只是趴在车上,受惊的牡马往前一蹿,差点自个儿跑掉。但米佳一声不吭,无动于衷地看着总管,耐心地等着他坐好。总管又毫无来由地怒气冲冲赶着马。米佳默不作声,紧紧抓着车帮,眼睛望着暮色苍茫的天空和在面前不断摇晃跳动的田野。一群云雀在田野上空趁着太阳还未下山尽情唱着它们温柔的歌。渐渐昏暗下来的东方,不时在远处发出没有雷声的闪光,它并不预示着什么,只是说明天气会一直很好。米佳完全懂得领略这黄昏的瑰丽,但现在他无心欣赏这幅美景,他脑子里,他心里只想着一件事:明天傍晚!

家里有个消息在等着他,收到来信,阿尼雅和科斯佳明

米佳的爱情 | 491

确通知家里明天将乘晚班火车回家。他大吃一惊：他们回到家里，傍晚时也许会到花园去，说不定会跑到谷地的窝棚里……但他立即想到，他们从车站回到家里不会早于九点钟，接着会让他们吃夜宵，喝茶……

"你去接他们吗？"奥尔加·彼得罗夫娜问。

他感到自己的脸色都发白了。

"不，我不想去……我有点事……再说，车里也坐不下……"

"车里坐不下，你可以骑马去呀……？"

"不是这么回事，我不知道……我有什么必要亲自去？至少，现在我不想去……"

奥尔加·彼得罗夫娜关切地盯着他。

"你不舒服吗？"

"我没事，"米佳几乎是粗暴地回答，"我只是很想睡觉……"

他随即回到自己房间去，摸黑躺到长沙发上，衣服也没脱便睡着了。

夜里他听到远处传来一阵舒缓的音乐声，发现自己正站在一个幽暗的巨大深渊边上。深渊越来越亮，渐渐变得深不可测，越来越辉煌，越亮堂，里面的人越来越多，已经可以听到非常清晰的如怨如诉的歌声："图勒有一位国王……"他感动得浑身战栗，翻了个身，又睡着了。

二十六

这一天真是度日如年。

米佳像个木头人似的走出去喝茶、吃午饭，然后又回到自己的卧室，躺下来，从书桌上拿起已放在那里很久的一本皮谢姆斯基①的作品看了起来，可是一个字也没看进去。于是他久久地望着天花板，倾听着窗外阳光灿烂的花园里那种夏天特有的和谐而柔和的声响……有一次他站起身来，到藏书室去换一本书看。这个藏书室是那么美好，它充满了旧时代的情趣，是那么宁静，从一扇窗子可以看到花园里那棵珍贵的槭树，从另外几扇窗子可以看见西边晴朗的天空。米佳一走进这房间，就清晰地回想起春天他坐在这个藏书室里读着旧杂志上的诗歌的那些日子（这些日子离现在已经非常遥远了），他觉得这个藏书室和卡嘉是那么密不可分，于是立刻转过身子，急忙退出去。"见鬼去吧，"他恼火地想着，"让那浪漫的悲剧式的爱情见鬼去吧！"

他想起自己曾有过一个念头，如果卡嘉再不来信，他就开枪自杀，他为自己曾有过这种念头而气愤，便又躺下来看皮谢姆斯基的小说。但他仍然什么也没看进去，有时他眼睛看着书，脑子里想的却是阿莲卡，因腹部越来越强烈的颤抖而浑身颤抖起来。黄昏越近，他的颤抖就越频繁发作。屋里响起说话声和脚步声，院子里也响起说话声——已经在套车准备到车站去，——这些声音就像他在病中听到的那样，当时他一个人躺在病床上，周围的日常生活照样进行着，这种生活对他非常淡漠，因而他觉得这种生活和自己毫无关系，甚至和自己是敌对的。终于听见帕拉莎在高声喊叫："太

---

① 皮谢姆斯基（1821—1881），俄国作家，作品有长篇小说《一千个农奴》、剧本《苦命》等。

米佳的爱情 | 493

太,马套好了!"接着传来铃铛单调的叮当声,然后是嘚嘚的马蹄声,四轮马车驶近台阶的沙沙声……"唉,这些乱七八糟的事要闹到什么时候啊!"米佳等得不耐烦,情不自禁地嘀咕起来,但他没有动,只专心致志地听着奥尔加·彼得罗夫娜在下房里最后叮嘱些什么。突然铃铛丁零丁零地响起来,接着渐渐和驶往山下的马车声融合在一起,一点一点消失了……

米佳一跃而起,走到大厅里。大厅里空荡荡的,被金黄色的落日余晖照得亮堂堂。整座老宅都空无一人,空得有点奇怪,令人不寒而栗!米佳怀着一种怪异的,仿佛要告别的心情看了一眼几个敞开的静悄悄的房间之间的通道,看看客厅、起居室、藏书室,从藏书室的窗口可以看见南边暮色苍茫的地平线、槭树美丽如画的树梢和它的上空粉红色的天蝎座 α 星……然后他又看看帕拉莎是不是在下房里。确信下房里也没有人之后,他连忙从衣架上取下帽子,奔回卧室,把他的一双长腿远远地伸到花坛上,跳出窗口。他在花坛上定定神,接着便猫着腰往花园奔去,立刻就拐进长满金合欢和丁香丛的荒僻的林荫支道上。

二十七

还没有露水,因而傍晚花园的香味并不特别浓烈,但是米佳由于这天傍晚不由自主的行动,还是觉得他有生以来——也许幼年时期是例外——还从未闻到像现在这么浓烈这么多种多样的香味。周围的一切都散发出香味——金合欢、丁香叶、醋栗叶、牛蒡、艾蒿、鲜花、青草、土地……

米佳急匆匆地走了几步,心里害怕地想道:"她要是骗我,不来了呢?"这回他觉得他的整个生命都决定于阿莲卡来还是不来这件事上。在花草的芬芳中,他还捕捉到从村里飘来的烧晚饭的炊烟味,于是他又一次停下脚步,回头看了一下:一只傍晚飞出来的甲虫在他身旁慢慢地飞着,发出嗡嗡的响声,仿佛在撒播宁静、安谧和暮色,然而晚霞将它那久久尚未熄灭的柔和的初夏霞光投射到半个天空,因而天色仍然明亮。一钩新月高悬在树木掩映的屋顶上方明净空寥的蓝天,发出微微的闪光。米佳眼望着那钩新月,急速地在胸前画了个小小的十字,大步跨进金合欢丛。这条林荫道通往山沟,却没有通往窝棚——到那里必须从左边斜穿过去。米佳大步穿过树丛,一会儿弯下腰,一会儿拨开树枝,在枝丫横生的矮树丛中奔跑。不多一会儿他就来到约会的地方。

他提心吊胆地钻进窝棚,在黑暗中闻到一股发霉的干草味,他睁大眼睛往四下里看了看,几乎是惊喜地确信里面还没有人。但是那个命中注定的时刻越来越近了,他站在窝棚旁边,整个人都变得非常敏感,十分紧张。这一天他几乎没有一分钟不是在极度兴奋中度过的。这时他已经兴奋到极点。但奇怪的是——无论白天还是现在,这种兴奋好像是独立存在的,并没有渗透到他的全身,他只是肉体上兴奋,而内心仍是冷静的。不过他的心跳得很厉害。周围静得出奇,他甚至只听到一种声音——自己的心跳。一群柔弱的淡色小蝴蝶无声无息地不知疲倦地在枝叶之间,在傍晚的天空中显得千姿百态的苹果树灰色树叶间飞舞盘绕,由于这些默默飞舞的小蝴蝶,天地间的寂静显得更加沉寂了,仿佛是这些小蝴蝶施了什么魔法,把这寂静的天地镇住了。突然他身后有个地方响起一阵窸窸窣窣的声音,这声音像一阵惊雷使他大吃一惊。他猛地转过身,望着围墙那边的树木,只见一团黑糊糊的东西正从苹果树的枝丫下向他移动过来,还没等他明白过来,这黑糊糊的东西已经跑到他跟前,对他做了一个幅度很大的动作——原来是阿莲卡。

她昂起头,把蒙在头上的毛料黑短裙的裙裾放下来,于是他看见她那慌张的然而笑得那么灿烂的脸蛋。她赤着双脚,只穿着一条短裙和一件普通的本色布衫,把下摆掖在短裙里。布衫下高耸着她那少女般的双乳,开得很大的领口袒露出她的脖子和一部分肩膀,袖子卷到肘部上面,露出两只滚圆的手臂。在她身上,从戴着黄头巾的小巧的头到一双女性的,同时还是少女的纤小赤脚,都是那么可爱,那么灵巧,那么迷人,米佳至今只看到过她那盛装的样子,现在头一次领略到她那朴素无华的打扮中透露出来的全部妩媚,不由得从内心发出一声赞叹。

"等什么,还不快点。"她快乐地鬼鬼祟祟地低声说,然后朝四下里看了一眼,钻进窝棚,进入那发出浓烈气味的黑暗中。

她在窝棚里站住,米佳咬紧颤抖得咯咯响的牙齿,连忙把手伸进裤袋里——由于紧张,他的腿僵硬得像两根铁棍,——把一张捏得皱巴巴的五卢布钞票塞到她手里。她急匆匆把钞票藏进怀里,坐到地上。米佳坐到她身旁,搂住她的脖子,不知道接下去怎么办——是不是应该吻她。她的头巾和头发散发出的气息,她身上的大葱味,混合着农舍和炊烟的气味,一切都是那么诱人,使他的头晕晕乎乎起来,他心里明白,感觉到这一点了,然而和以前一样:强烈的肉欲并没有转变为心灵的渴望,没有转变为幸福感,没有使他欣喜若狂,没有使他全身变得酥软。她脸朝天躺了下去,他躺在她身边,紧贴着她,把手伸过去。她轻轻地神经质地笑着,抓住他的手,往下面拉去。

"说什么也不行。"她说,不知是开玩笑还是当真。

她拉开他的手,用她的小手紧紧抓住它,她的眼睛透过窝棚三角形的门框看着苹果树的枝丫,看着树枝后面渐渐昏暗下来的蓝天和那颗孤零零的一动不动的红色天蝎座 α 星。这双眼睛所表示的是什么意思呢?该怎么办?吻她的脖子还是吻她的嘴唇?突然她撩起黑色的短裙,匆忙地说:

"等什么,还不快点……"

他们俩站起来的时候——米佳站起来时,由于大失所望而垂头丧气,——她理了理头发,重新包好头巾,已经像个亲人,像个情妇似地问他:

"听说您常常到苏博季诺去。那边有个神父在卖猪崽,价钱很便宜。是真的吗?您听说过没有?"

二十八

这个礼拜,从礼拜三就下起小雨,到了礼拜六便从早到晚下个没完,下得跟瓢泼似的。

这一天,雨不时倾盆而下,下得特别狂暴,连绵不断。

一整天,米佳都不知疲倦地在花园里徘徊,一整天都在痛哭流涕,有时连他自己都觉得奇怪,哪来这么大的劲头,哪来这么多泪水。

帕拉莎一直在找他,在院子里、菩提树林荫道高声喊

米佳的爱情 | 497

叫,叫他吃午饭,后来又叫他去喝茶,可他一直不答理。

天很凉,空气潮湿得砭人肌骨,天色由于满天乌云而十分晦暗。在满天乌云的衬托下,湿淋淋的花园里茂密的花草却显得更加郁郁苍苍、鲜艳和瑰丽。不时刮来的阵风把树木上的雨水掀落下来,形成另一场暴雨———阵水珠的激流。但是米佳什么都没有看见,什么都没去注意。他的白帽子耷拉下来,灰不溜丢的,大学生制服也发黑了,长筒靴直到膝盖的地方都沾满了泥泞。他全身里里外外都湿透,面如土色,他泪眼模糊,目光疯狂,那样子真是可怕。

他一支接一支地抽烟,在泥泞的林荫道上大步走来走去,有时就在苹果树和梨树之间湿漉漉的深草丛中乱走,走到哪儿算哪儿,不时撞上长满泡涨了的灰绿色苔藓的弯曲而多疖疤的树枝。他不时在泡涨发黑的板凳上坐一会儿,接着往山沟那边走去,在窝棚里他和阿莲卡躺过的潮湿麦秸上躺下。由于寒冷,由于空气中冰凉的潮气,他的一双大手已经发青,嘴唇发紫,双颊凹陷的死人一样苍白的脸上现出淡紫色。他脸朝天躺着,把一只脚搭在另一只脚上面,双手垫在头底下,眼睛疯狂地盯着窝棚发黑的草顶,从那里正一大滴一大滴地滴下铁锈色的雨水。后来他颧骨上的肌肉绷紧了,眉毛开始跳动。他猛地跳起来,从裤袋里掏出一封他已看过上百遍的又脏又皱的信来(这封信是土地测量员昨天晚上捎来的,他来庄园办事,要住上好几天),又第一百零一遍如饥似渴地读着。

"亲爱的米佳,不要生我的气,忘掉吧,忘掉过去的一切!我不好,我讨人嫌,我是个堕落的女人,我配不上您,可是我发狂般地热爱艺术!我已经打定主意,下了决心,我要走了,跟谁在一起,您是知道的……您是个敏感的聪明人,您了解我,我求你啦,你别折磨自己,也别折磨我!你别再给我写信,这是徒劳无益的!"

看到这里,米佳把信揉成一团,把脸埋在湿漉漉的麦秸里,发疯般咬着牙,上气不接下气地号啕大哭起来。信中无意中用"你"称呼他①,是那么惊心动魄地让他想起并且仿佛恢复了他们之间的亲密关系,仿佛把一种无限的柔情注入他的心田,使他受宠若惊,因为这种柔情超出了一个人所能承受的程度!可是和"你"这个称呼同时表明的却是一个铁石心肠的声明,如今连给她写信都是徒劳无益的!啊,是的,是的,他知道这一点:徒劳无益!一切都了结了,永远了结了!

黄昏前暴雨以十倍的强度倾泻到花园里,并且不时响起突如其来的巨雷,他终于被赶进了屋里,他从头到脚淋得透湿,全身打着寒战,牙齿捉对儿厮杀。他躲在树林后面观察了一下,确信没有人看见他,便迅速窜到窗下,从外面托起窗框(窗框是老式的,有一半可以托起),跳进房间,锁上房门,扑到床上。

天很快就黑下来了。屋顶上、屋子周围、花园里,雨到处哗哗地下着。雨声是双重的,各不一样,花园里是一种,屋子周围,因为杂有雨水顺着一道道水沟流往水洼的流水声和拍溅声,又是另一种。米佳刹那间变得昏昏沉沉,这雨声便在他心中激起一种莫名其妙的恐惧,再加上他的鼻孔、呼吸和脑袋发出的热气,他便陷入一种被麻醉的状态;这雨声

---

① 俄罗斯人用"你"称呼对方,表示关系亲密,用"您"表示客气。

米佳的爱情 | 499

还使他觉得自己仿佛处身于另一个世界，仿佛是在别人家里度过另一个傍晚时光，使他心惊胆战地预感着某件事将要发生。

他知道，他感觉到，自己是在自己的卧室里，由于下雨和暮色的降临，房间里已经很暗了，而从大厅到那边的茶几旁正传来妈妈、阿尼雅、科斯佳和土地测量员的谈话声，与此同时他还感觉到自己在别人的家里追着一个正离他而去的年轻保姆，他心中充满一种无以名状的不断增长的恐惧，其中还夹杂着情欲和对某人与某人将发生暧昧关系的预感，这种暧昧关系是不正当的、卑劣的，可是他自己似乎也参与了这种勾当。可以感觉到这种勾当是通过一个大白脸的婴儿做成的，一个年纪轻轻的保姆往后仰着身子，把他抱在手里摇着。米佳急匆匆地追赶着她，他追上了，并且想回头看看她的脸，看看这个保姆是不是阿莲卡，不料却来到了一个昏暗的、窗玻璃上涂满了粉笔字的中学教室。那个女人站在教室里的五斗橱前面照着镜子，看不见他——他突然变成了一个隐身人。她穿着一条紧裹两条滚圆大腿的黄色绸衬裙，脚蹬一双小巧的高跟鞋，腿上裹着薄薄的镂花黑长袜，透过袜子可以隐约看到她的腿，她心里甜滋滋却又怯生生，羞答答，因为她知道接下去要发生什么事。她把婴儿藏进五斗橱的抽屉里，把辫子甩到胸前，匆匆编着。她时而往房门口瞟一眼，照着镜子，镜子里映出她略施粉黛的脸蛋、裸露的双肩、像乳汁般白得发青的小小的乳房和粉红色的乳头。房门打开了，一个穿晚礼服的绅士神采飞扬却又心惊胆战地不时回顾着走进来，那没有血色的脸刮得精光，又黑又拳的头发剪得很短。他掏出一只扁扁的金烟盒，无拘无束地吸起烟来。她编着辫子，怯生生地望着他，知道他想干什么，接着把辫子甩到背后，举起赤裸裸的双臂……他放下架子抱住她的腰，她也搂住他的脖子，露出黑魆魆的腋窝，偎依在他身上，把脸藏在他胸前……

二十九

米佳醒了过来，一身冷汗，他恐惧地清楚意识到，他这一生已经完了，这世界是那么荒谬绝伦，毫无希望，黑暗至极，比在地狱里和坟墓中有过之而无不及。房间里黑洞洞的，窗外一片哗哗的雨声和流水拍溅声，这雨声和拍溅声（甚至是自己发出的一点声音）却是他那不断发着冷战的身子无法忍受的。而最让他无法忍受和觉得可怕的便是那荒谬绝伦的不正当的两性苟合，刚才他仿佛还和那个胡子剃得精光的绅士一起干过这种事。大厅里不断传来谈笑声。这些谈笑声和他是那么格格不入，那么粗暴地糟蹋生活，而生活又对他那么冷漠，那么无情，因而显得那么可怕，那么不正常……

"卡嘉！"他在床上坐起来，放下两条腿，说，"卡嘉，你怎么能这样！"他出声说，完全相信，她在听他说话，她就在这里，她之所以没说什么话，没有回答他的问题，是因为她心里难过，她心里明白由于她所做的一切造成了无法补救的可怕结局。"啊，一切都无所谓了，卡嘉。"他柔肠寸断地低声说着。他是想说，他愿意原谅她所做的一切，只要她仍旧投入他的怀抱，让他们一起得到挽救——挽救他们在那无限美好的春光明媚的世界里建立起来的美好爱情，那种爱情在不久之前还像天堂一般美妙。他刚刚低声说了句"啊，一切都无所谓了，卡嘉！"便立刻明白过来，不，并非一切都无所谓，过去的事情已经无法挽回了，要重新看到从前在沙霍夫斯科耶茉莉花丛生的阳台上那一幕奇妙的幻象已经不可能了，于是他轻轻地撕心裂肺般痛哭起来。

　　这份痛苦是那么强烈，那么无法忍受，以致他没想到他在干些什么，没意识到他这样做会有什么后果，他只是强烈地希望达到一个目的——哪怕有一会儿工夫可以摆脱这种痛苦，不要再落入他在其间度过这一天、刚才还在其中做着人间所有噩梦中最可怕最令人厌恶的噩梦的那个可怕世界，于是他摸索着拉开床头柜的抽屉，抓住那冰冷的沉甸甸的手枪，如释重负般长长地叹了一口气，张开嘴巴，痛痛快快地使劲开了一枪。

一九二四年九月十四日
于法国滨海阿尔卑斯省
冯春译

图书在版编目(CIP)数据

米佳的爱情/(俄罗斯)蒲宁著;冯玉律,冯春译.
—上海:上海译文出版社,2020.4(2024.5重印)
(译文经典)
ISBN 978-7-5327-8361-8

Ⅰ.①米… Ⅱ.①蒲…②冯…③冯… Ⅲ.①中篇小说—俄罗斯—现代②短篇小说—小说集—俄罗斯—现代
Ⅳ.①I512.45

中国版本图书馆CIP数据核字(2020)第044483号

И. А. Бунин
МИТИНА ЛЮБОВЬ
根据 ИЗБРАННЫЕ ПОВЕСТИ И РАССКАЗЫ БУНИНА(Московский рабочий 1995年版)翻译

米佳的爱情
〔俄〕蒲 宁 著 冯玉律 冯 春 译
责任编辑/刘 晨 装帧设计/张志全工作室

上海译文出版社有限公司出版、发行
网址:www.yiwen.com.cn
201101 上海市闵行区号景路159弄B座
浙江新华数码印务有限公司印刷

开本787×1092 1/32 印张16.25 插页5 字数284,000
2020年4月第1版 2024年5月第4次印刷
印数:10,001—12,000册

ISBN 978-7-5327-8361-8/I·5127
定价:65.00元

本书中文简体字专有出版权归本社独家所有,非经本社同意不得转载、摘编或复制
如有质量问题,请与承印厂质量科联系。T:0571-85155604